NATE
el grande CÓMIC

RBA MOLINO
LECTORUM

NATE
el grande  CÓMIC

EN LA CIMA DEL MUNDO

LINCOLN PEIRCE

Traducción de Mireia Rué

RBA
LECTORUM

Originally published in English under the title
BIG NATE FROM THE TOP
Author: Lincoln Peirce

Text and illustrations copyright © 2010 by United Feature Syndicate, Inc.
Translation copyrigh © 2019 by Mireia Rué Górriz
Spanish edition copyright © 2019 by RBA LIBROS, S.A.

These strips appeared in newspapers
from August 28, 2006, through April 1, 2007

U.S.A. Edition

Lectorum ISBN 978-1-63245-728-8
Legal deposit: B. 15.063-2019

Printed in Spain.

10 9 8 7 6 5 4 3 2 1

A JDP,
el Nate el Grande original

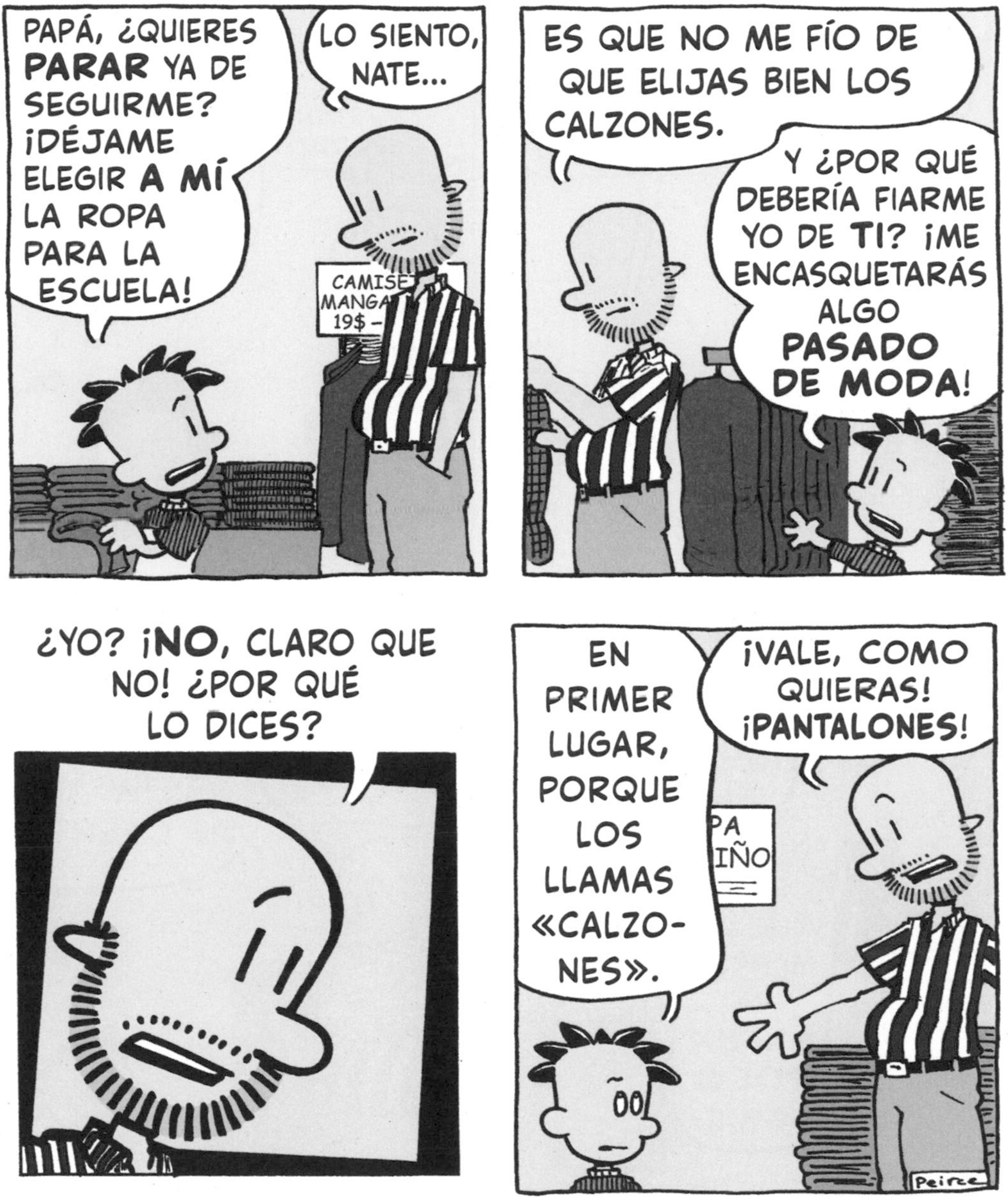
PAPÁ, ¿QUIERES PARAR YA DE SEGUIRME? ¡DÉJAME ELEGIR A MÍ LA ROPA PARA LA ESCUELA!
LO SIENTO, NATE...
ES QUE NO ME FÍO DE QUE ELIJAS BIEN LOS CALZONES.
Y ¿POR QUÉ DEBERÍA FIARME YO DE TI? ¡ME ENCASQUETARÁS ALGO PASADO DE MODA!
¿YO? ¡NO, CLARO QUE NO! ¿POR QUÉ LO DICES?
EN PRIMER LUGAR, PORQUE LOS LLAMAS «CALZONES».
¡VALE, COMO QUIERAS! ¡PANTALONES!
Peirce

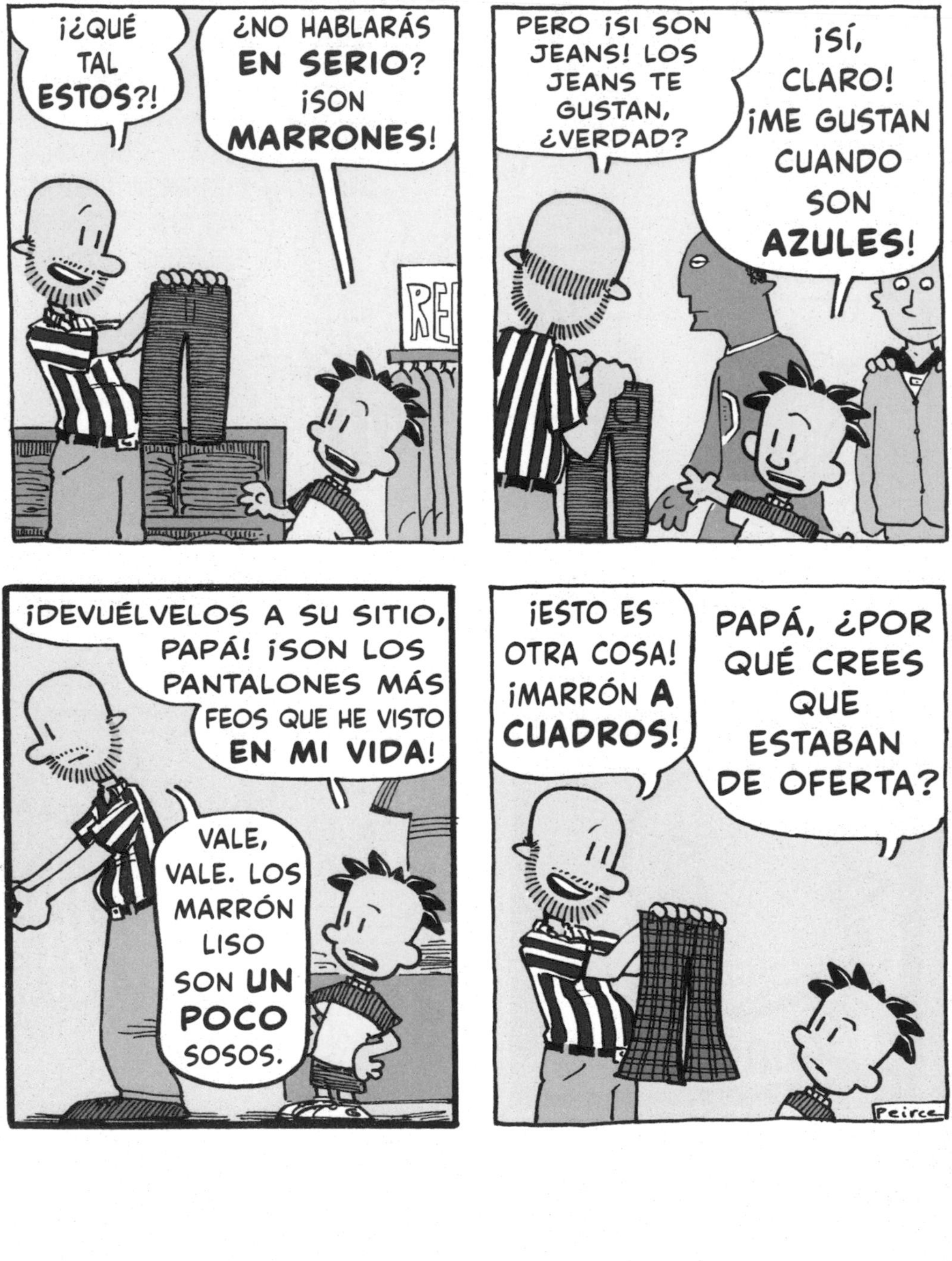
¡¿QUÉ TAL ESTOS?!
¿NO HABLARÁS EN SERIO? ¡SON MARRONES!
PERO ¡SI SON JEANS! LOS JEANS TE GUSTAN, ¿VERDAD?
¡SÍ, CLARO! ¡ME GUSTAN CUANDO SON AZULES!
¡DEVUÉLVELOS A SU SITIO, PAPÁ! ¡SON LOS PANTALONES MÁS FEOS QUE HE VISTO EN MI VIDA!
VALE, VALE. LOS MARRÓN LISO SON UN POCO SOSOS.
¡ESTO ES OTRA COSA! ¡MARRÓN A CUADROS!
PAPÁ, ¿POR QUÉ CREES QUE ESTABAN DE OFERTA?
Peirce

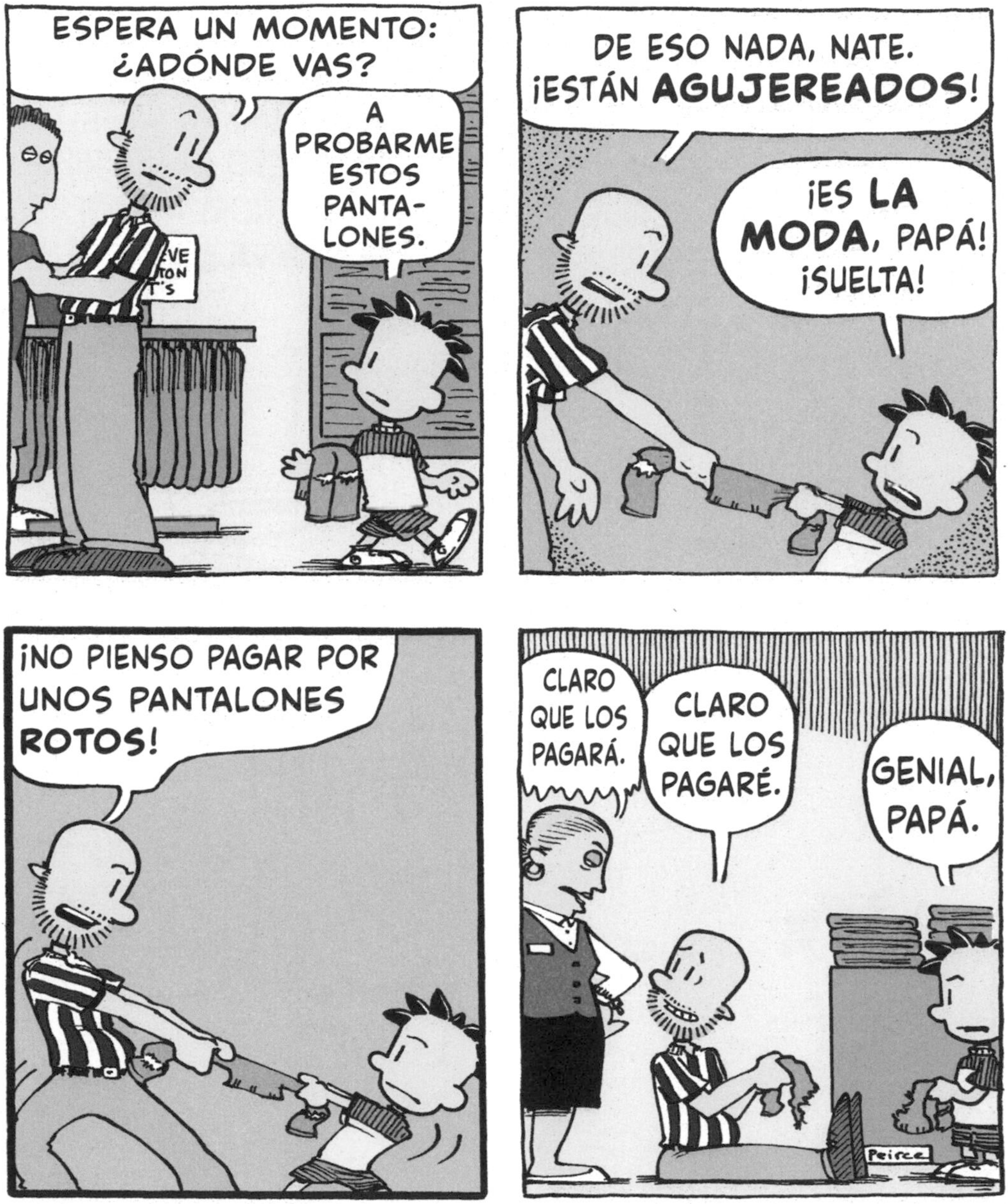
ESPERA UN MOMENTO: ¿ADÓNDE VAS?
A PROBARME ESTOS PANTA-LONES.
DE ESO NADA, NATE. ¡ESTÁN **AGUJEREADOS**!
¡ES **LA MODA**, PAPÁ! ¡SUELTA!
¡NO PIENSO PAGAR POR UNOS PANTALONES **ROTOS**!
CLARO QUE LOS PAGARÁ.
CLARO QUE LOS PAGARÉ.
GENIAL, PAPÁ.
Peirce

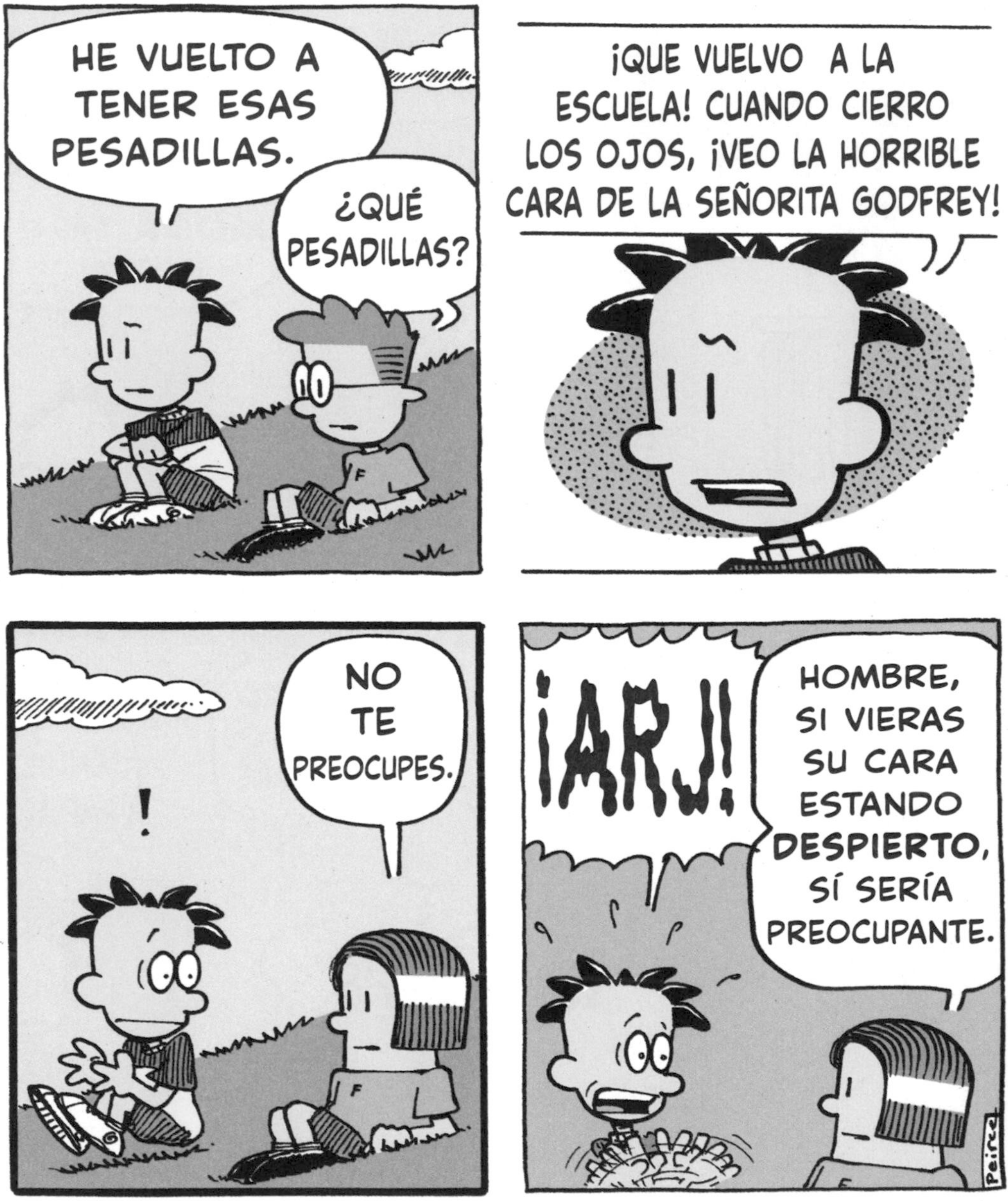
HE VUELTO A TENER ESAS PESADILLAS.
¿QUÉ PESADILLAS?
¡QUE VUELVO A LA ESCUELA! CUANDO CIERRO LOS OJOS, ¡VEO LA HORRIBLE CARA DE LA SEÑORITA GODFREY!
!
NO TE PREOCUPES.
¡ARJ!
HOMBRE, SI VIERAS SU CARA ESTANDO **DESPIERTO**, SÍ SERÍA PREOCUPANTE.
Peirce

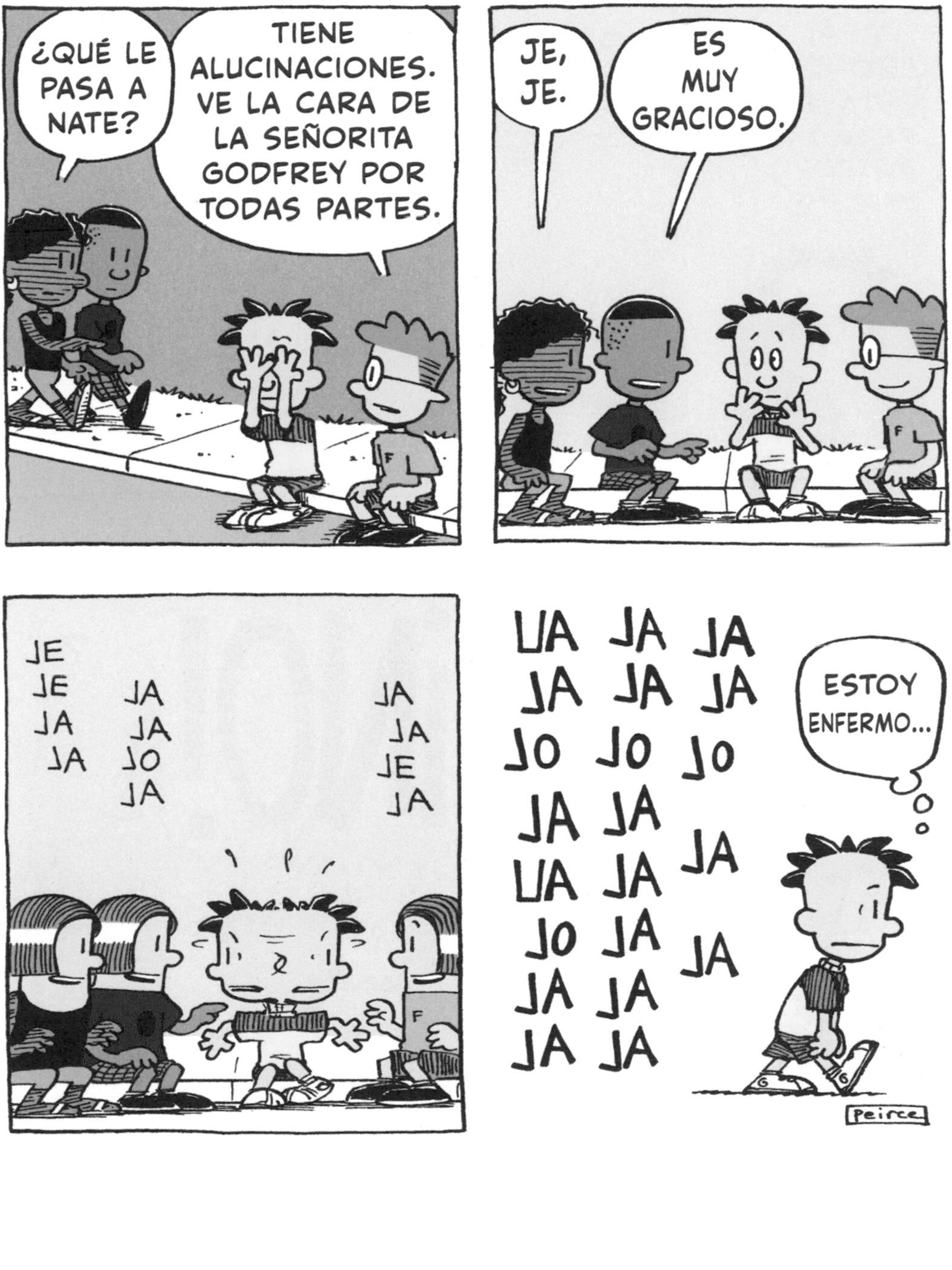
¿QUÉ LE PASA A NATE?
TIENE ALUCINACIONES. VE LA CARA DE LA SEÑORITA GODFREY POR TODAS PARTES.
JE, JE.
ES MUY GRACIOSO.
JE JE JA JA
JA JA JO JA
JA JA JE JA
JA JA JA
JA JA JA
JO JO JO
JA JA
JA JA JA
JO JA JA
JA JA
JA JA
ESTOY ENFERMO...
peirce

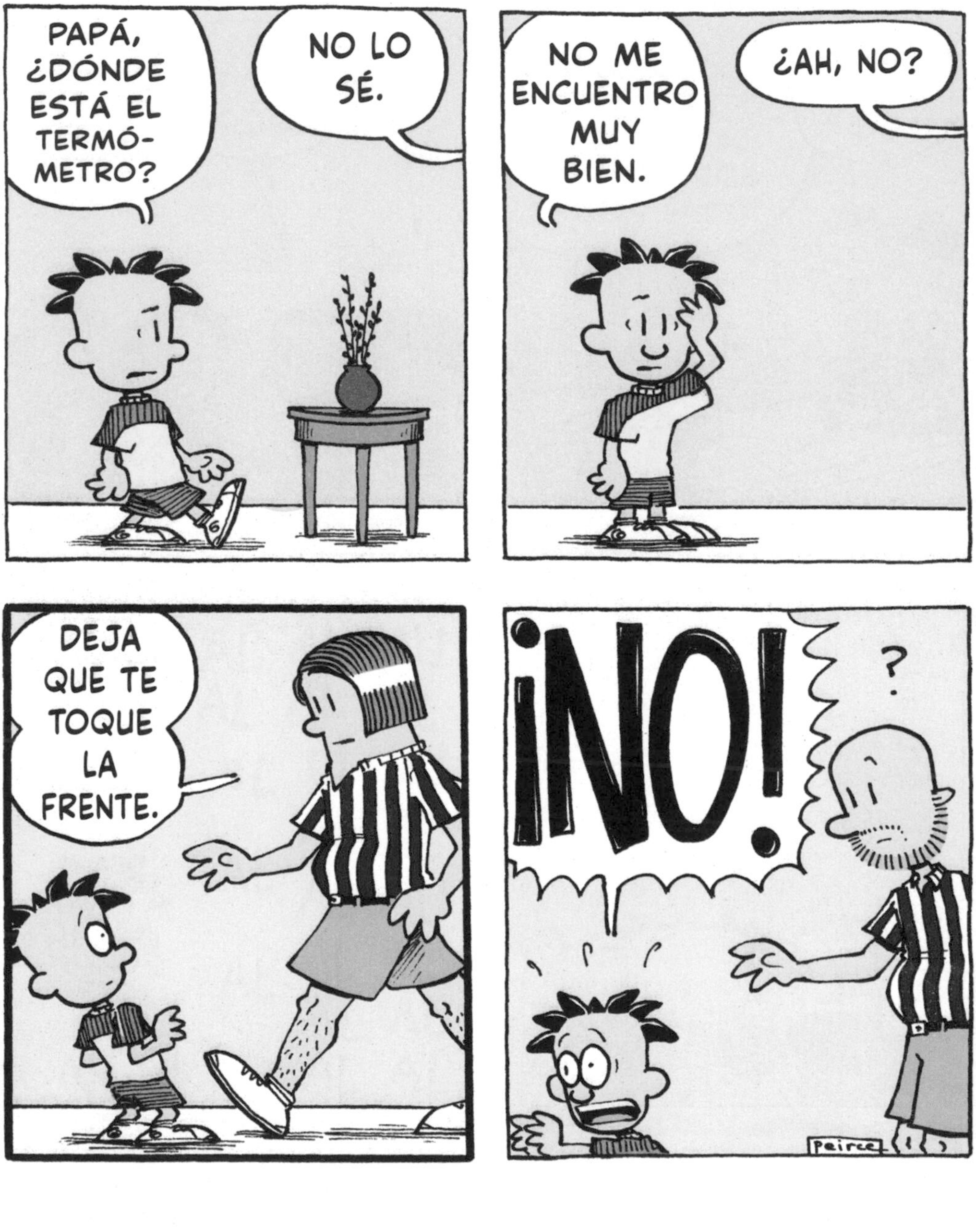
PAPÁ, ¿DÓNDE ESTÁ EL TERMÓ-METRO?
NO LO SÉ.
NO ME ENCUENTRO MUY BIEN.
¿AH, NO?
DEJA QUE TE TOQUE LA FRENTE.
¡NO!
?
peirce

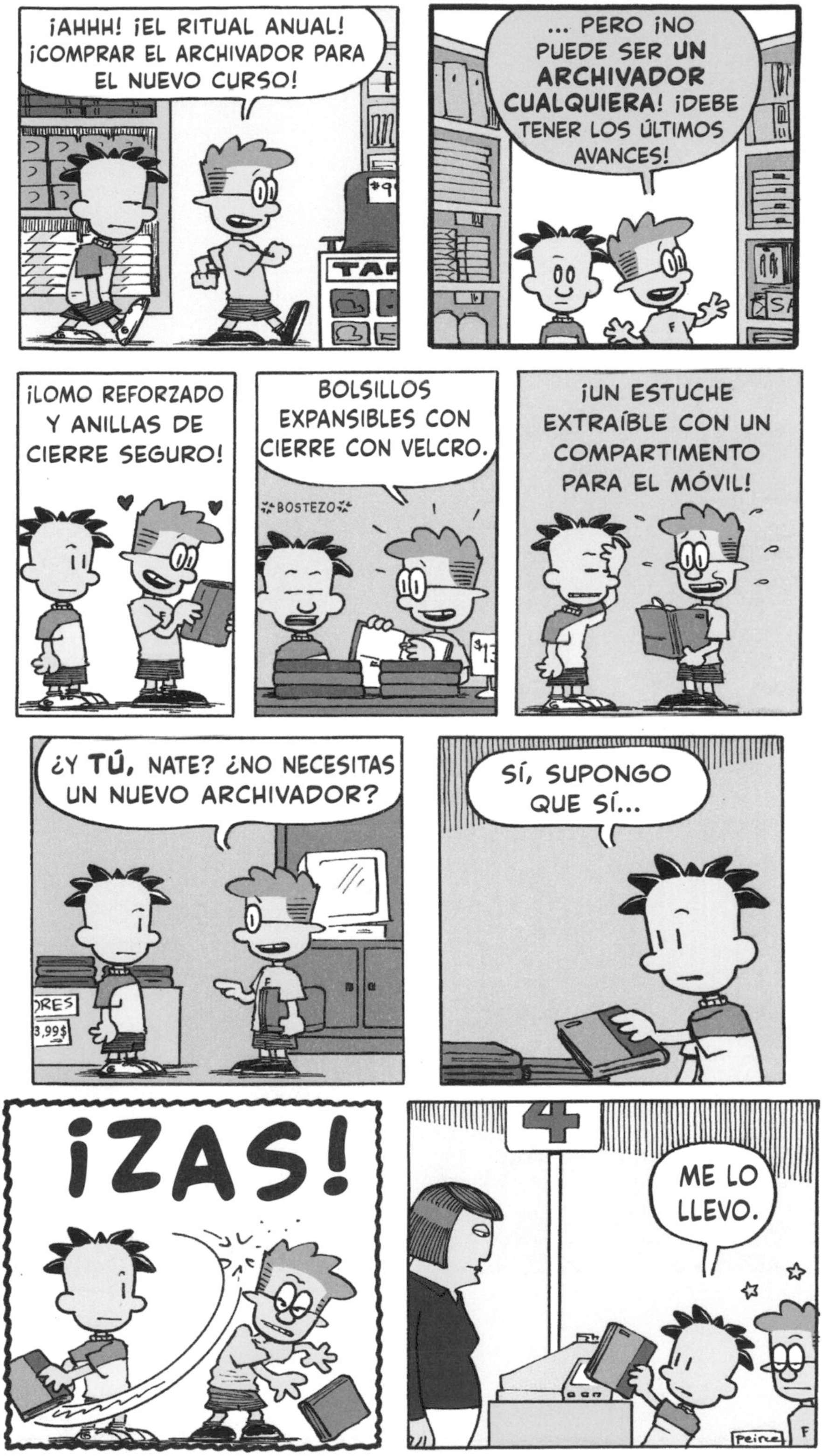
¡AHHH! ¡EL RITUAL ANUAL! ¡COMPRAR EL ARCHIVADOR PARA EL NUEVO CURSO!
... PERO ¡NO PUEDE SER UN ARCHIVADOR CUALQUIERA! ¡DEBE TENER LOS ÚLTIMOS AVANCES!
¡LOMO REFORZADO Y ANILLAS DE CIERRE SEGURO!
BOLSILLOS EXPANSIBLES CON CIERRE CON VELCRO.
BOSTEZO
¡UN ESTUCHE EXTRAÍBLE CON UN COMPARTIMENTO PARA EL MÓVIL!
¿Y TÚ, NATE? ¿NO NECESITAS UN NUEVO ARCHIVADOR?
SÍ, SUPONGO QUE SÍ...
¡ZAS!
ME LO LLEVO.

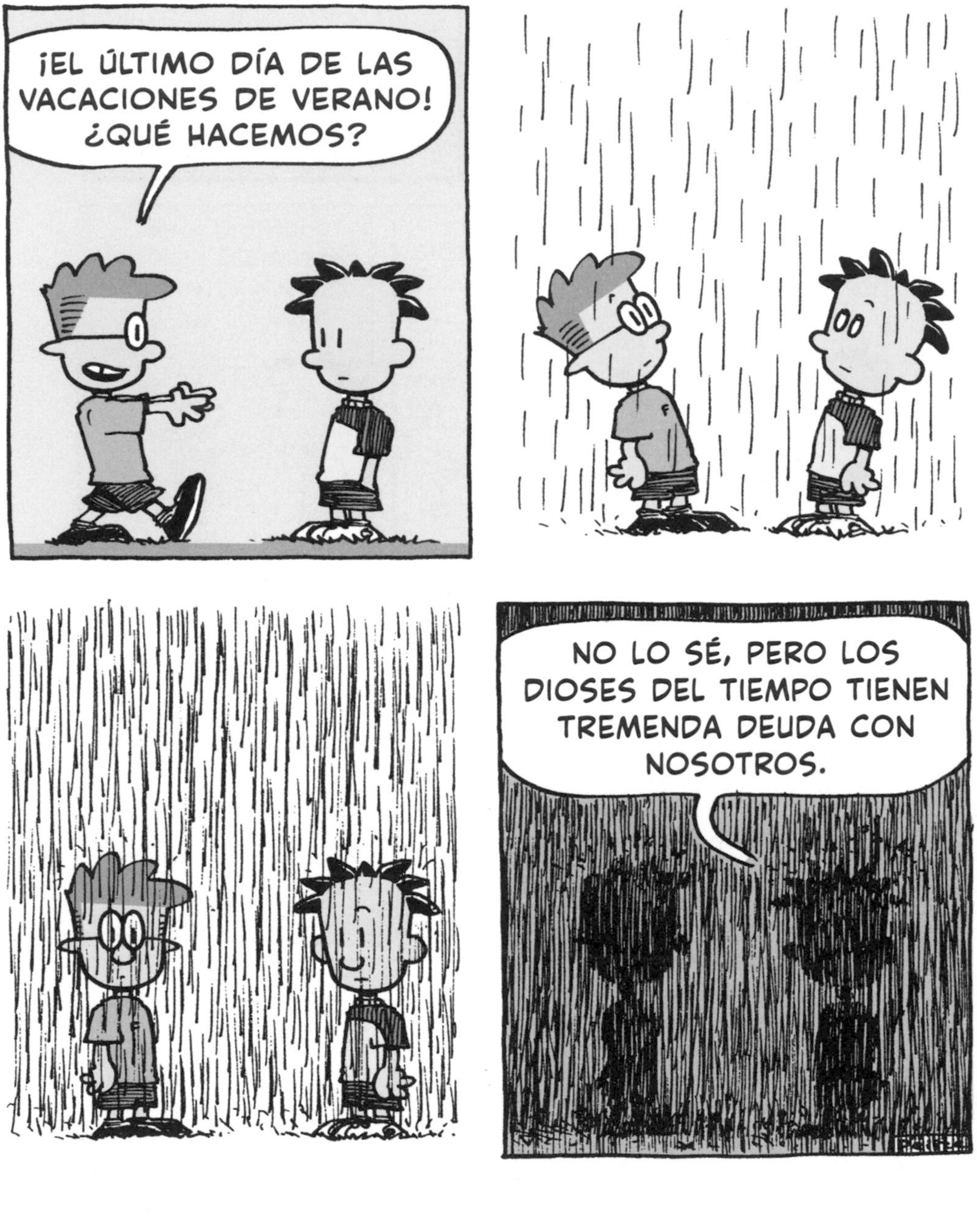
¡EL ÚLTIMO DÍA DE LAS VACACIONES DE VERANO! ¿QUÉ HACEMOS?
NO LO SÉ, PERO LOS DIOSES DEL TIEMPO TIENEN TREMENDA DEUDA CON NOSOTROS.

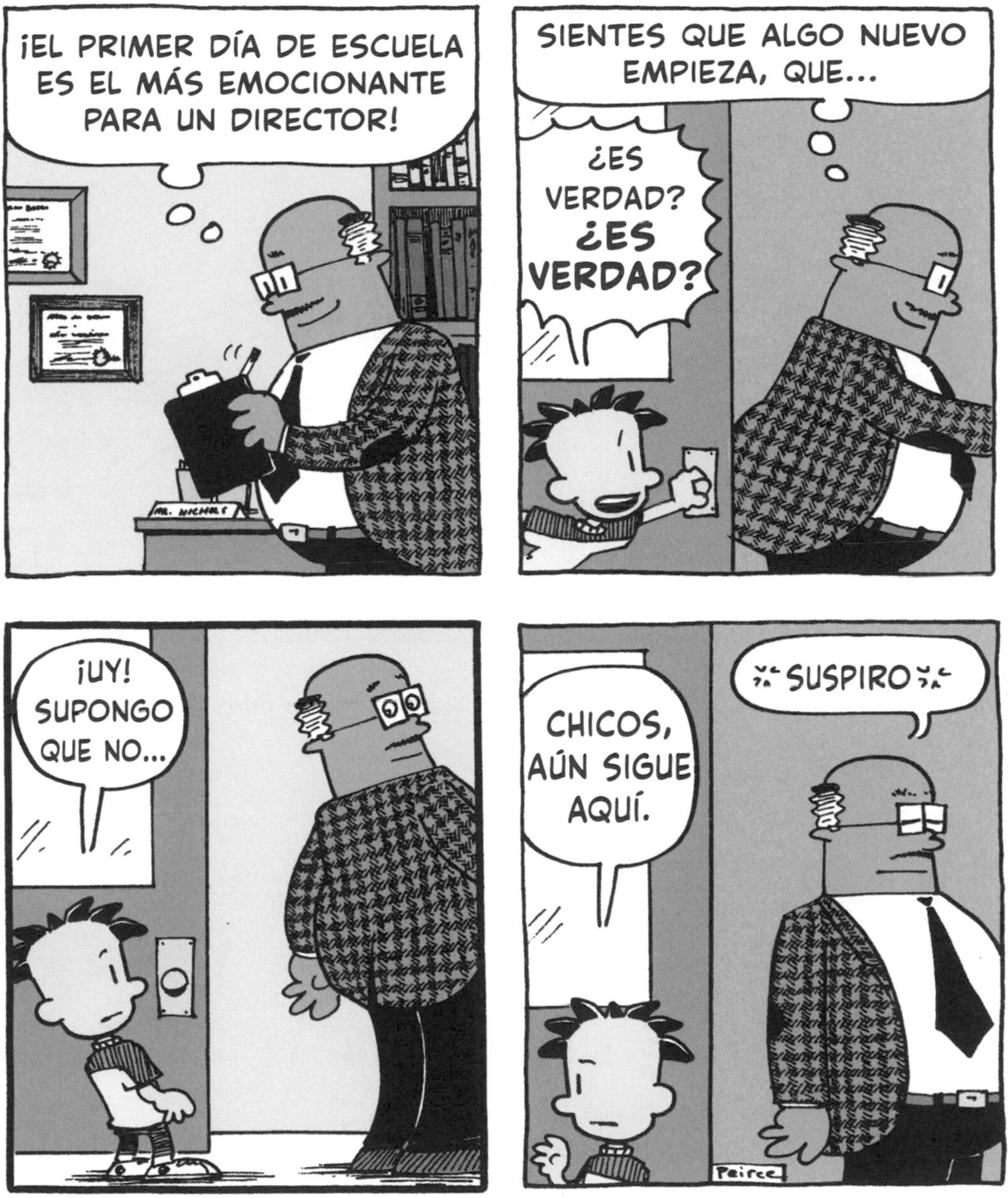
¡EL PRIMER DÍA DE ESCUELA ES EL MÁS EMOCIONANTE PARA UN DIRECTOR!
SIENTES QUE ALGO NUEVO EMPIEZA, QUE...
¿ES VERDAD? ¿ES VERDAD?
¡UY! SUPONGO QUE NO...
CHICOS, AÚN SIGUE AQUÍ.
SUSPIRO
Peirce

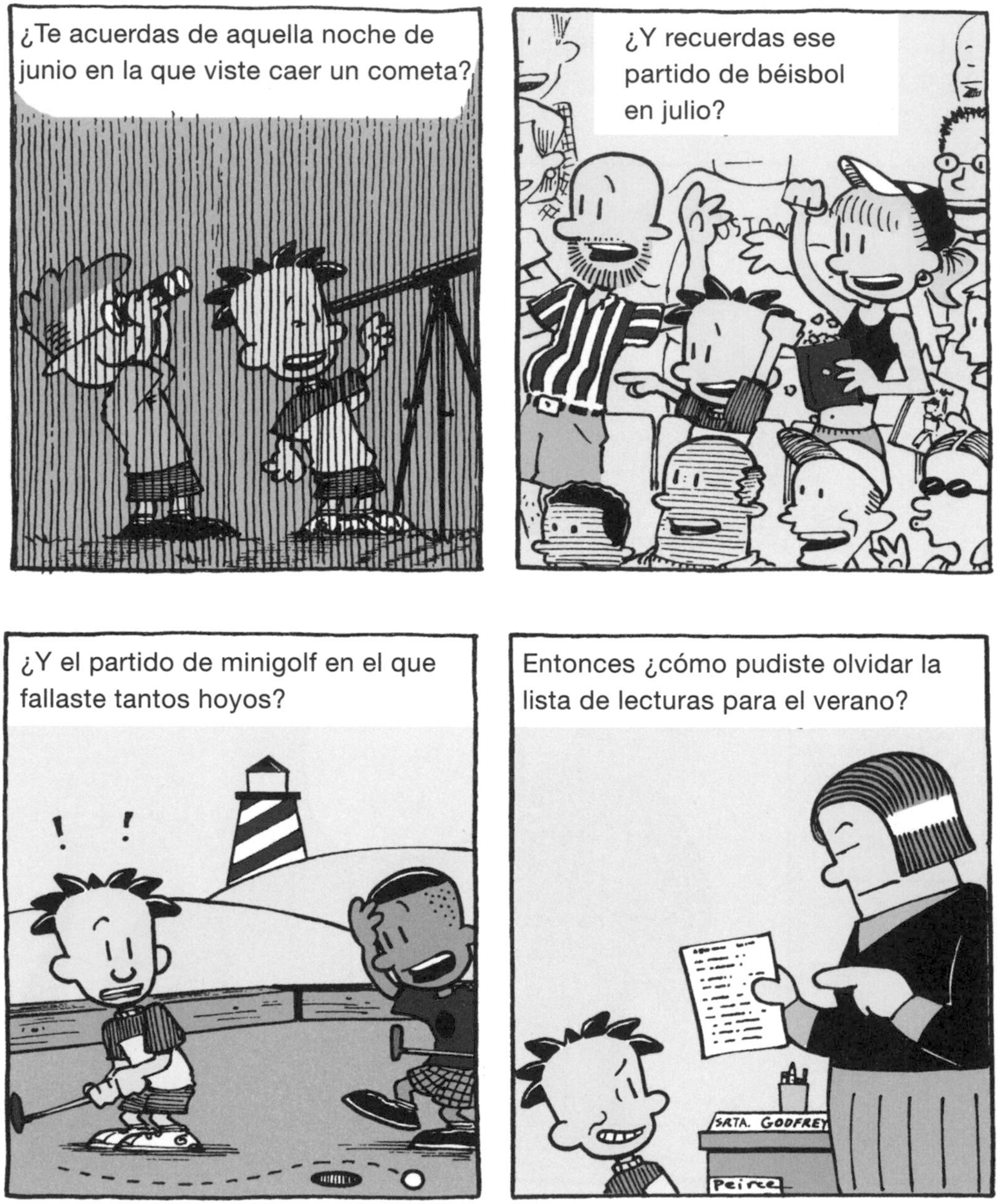
¿Te acuerdas de aquella noche de junio en la que viste caer un cometa?
¿Y recuerdas ese partido de béisbol en julio?
¿Y el partido de minigolf en el que fallaste tantos hoyos?
Entonces ¿cómo pudiste olvidar la lista de lecturas para el verano?
SRTA. GODFREY
Peirce

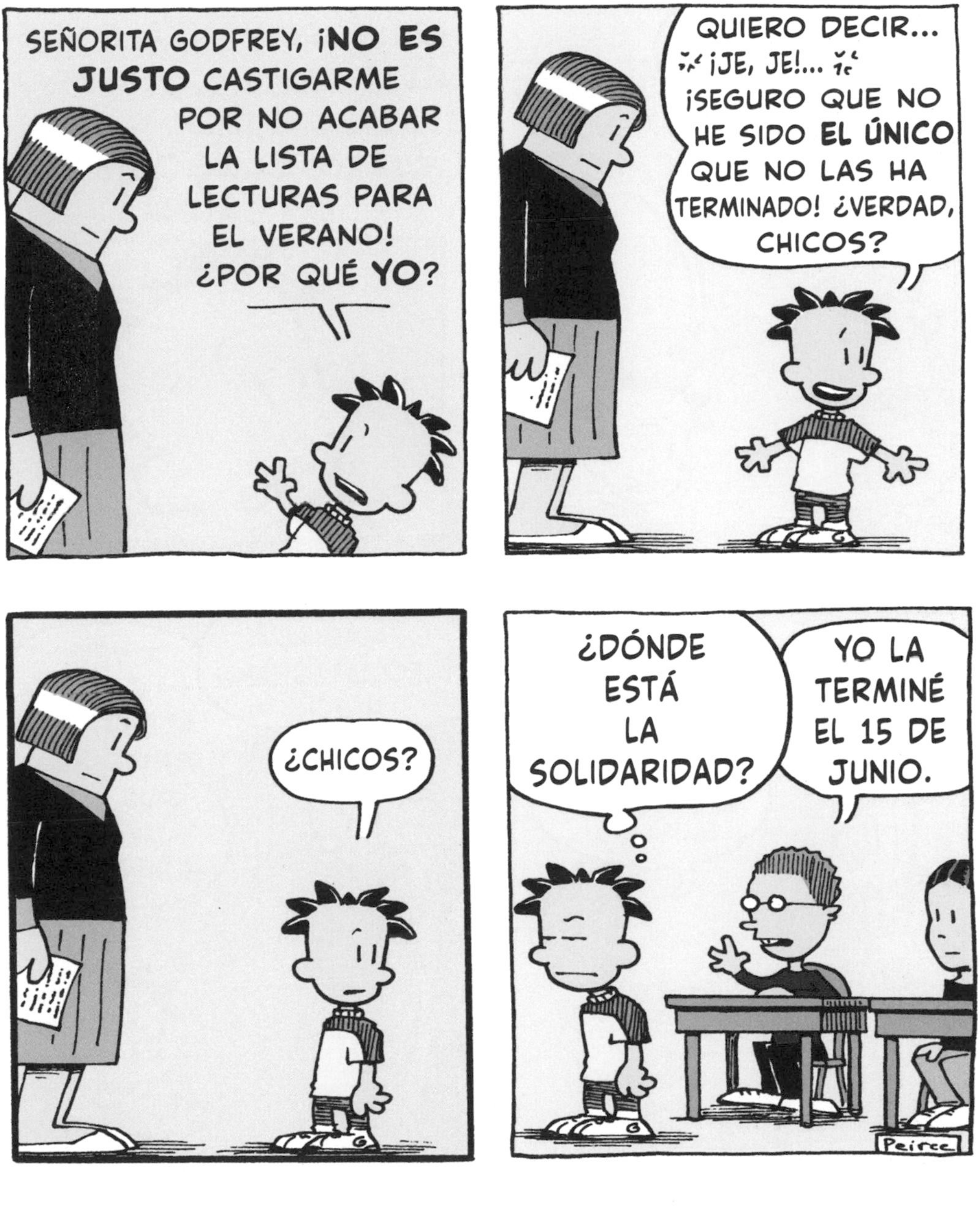
SEÑORITA GODFREY, ¡NO ES JUSTO CASTIGARME POR NO ACABAR LA LISTA DE LECTURAS PARA EL VERANO! ¿POR QUÉ YO?
QUIERO DECIR... ¡JE, JE!... ¡SEGURO QUE NO HE SIDO EL ÚNICO QUE NO LAS HA TERMINADO! ¿VERDAD, CHICOS?
¿CHICOS?
¿DÓNDE ESTÁ LA SOLIDARIDAD?
YO LA TERMINÉ EL 15 DE JUNIO.
Peirce

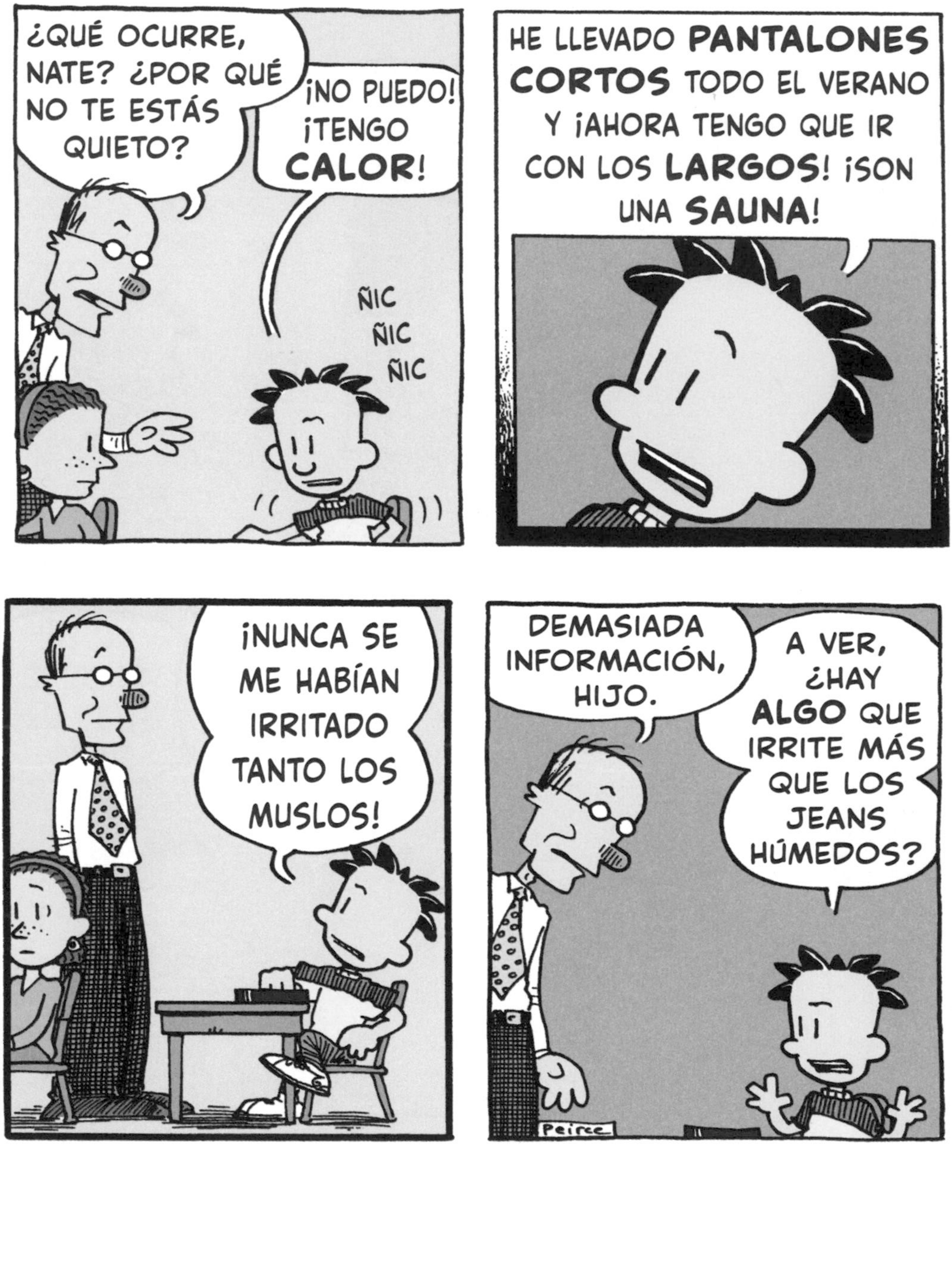
¿QUÉ OCURRE, NATE? ¿POR QUÉ NO TE ESTÁS QUIETO?
¡NO PUEDO! ¡TENGO CALOR!
ÑIC ÑIC ÑIC
HE LLEVADO PANTALONES CORTOS TODO EL VERANO Y ¡AHORA TENGO QUE IR CON LOS LARGOS! ¡SON UNA SAUNA!
¡NUNCA SE ME HABÍAN IRRITADO TANTO LOS MUSLOS!
DEMASIADA INFORMACIÓN, HIJO.
A VER, ¿HAY ALGO QUE IRRITE MÁS QUE LOS JEANS HÚMEDOS?
Peirce

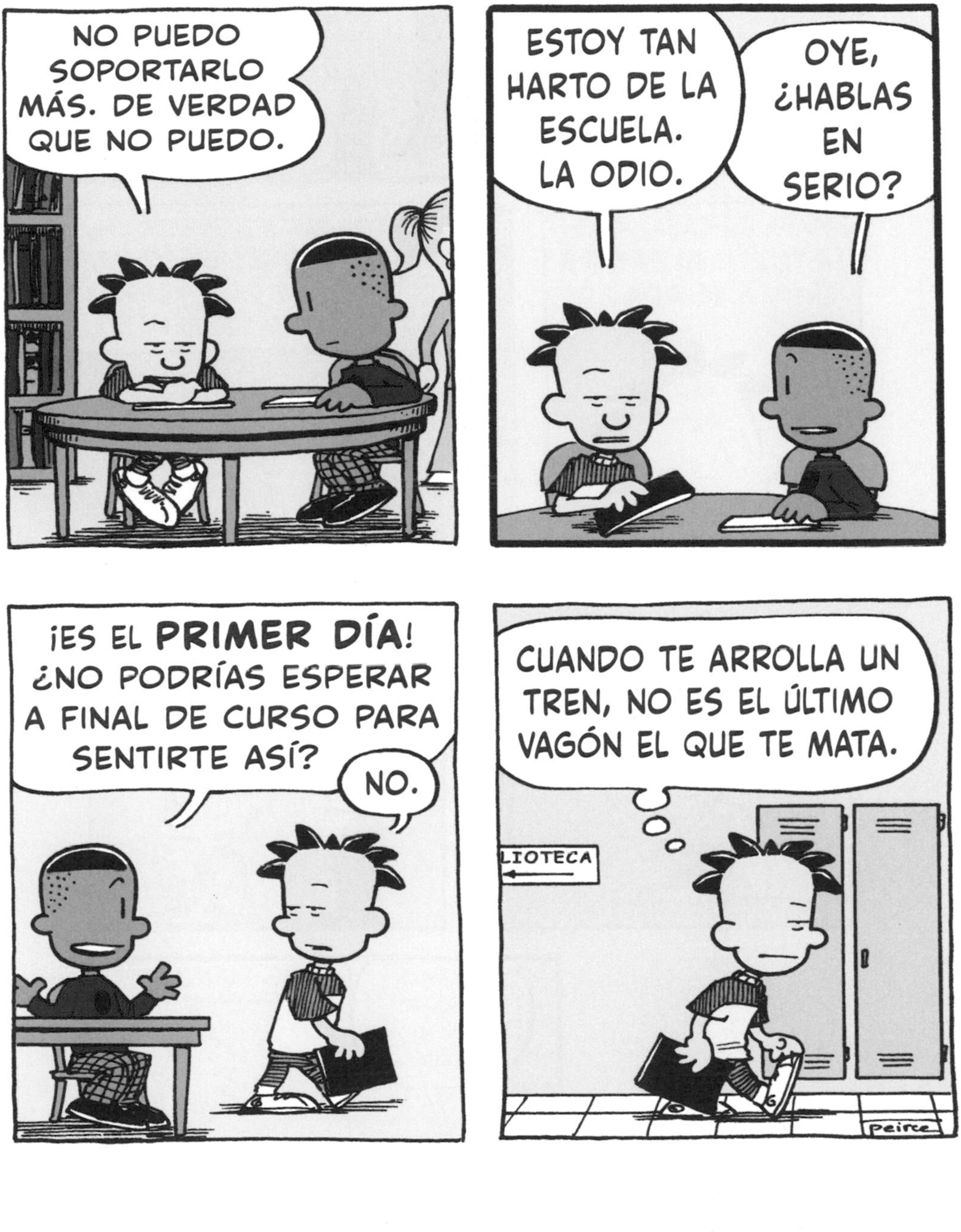
NO PUEDO SOPORTARLO MÁS. DE VERDAD QUE NO PUEDO.
ESTOY TAN HARTO DE LA ESCUELA. LA ODIO.
OYE, ¿HABLAS EN SERIO?
¡ES EL **PRIMER DÍA**! ¿NO PODRÍAS ESPERAR A FINAL DE CURSO PARA SENTIRTE ASÍ?
NO.
CUANDO TE ARROLLA UN TREN, NO ES EL ÚLTIMO VAGÓN EL QUE TE MATA.
LIOTECA
peirce

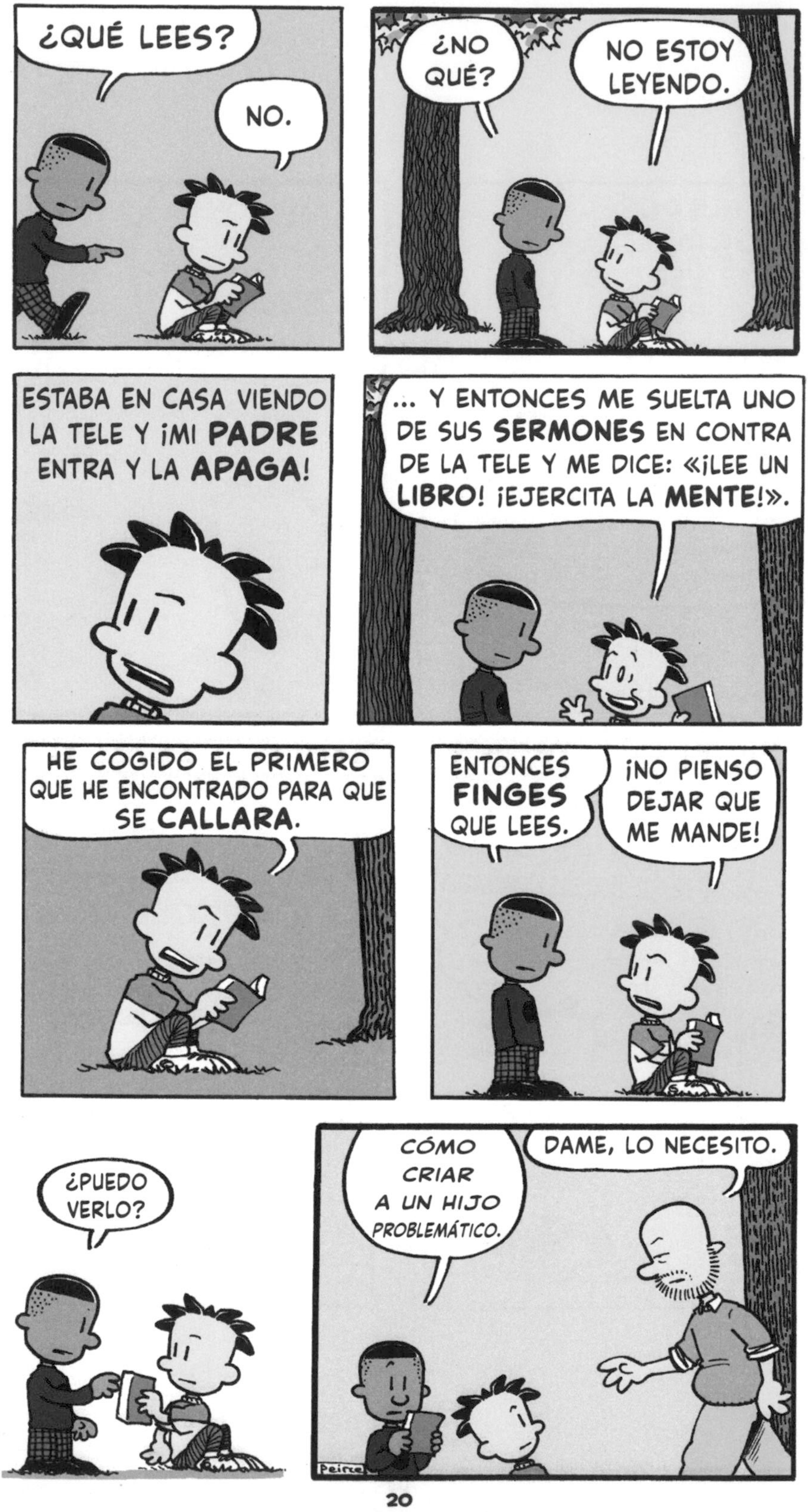
¿QUÉ LEES?
NO.
¿NO QUÉ?
NO ESTOY LEYENDO.
ESTABA EN CASA VIENDO LA TELE Y ¡MI PADRE ENTRA Y LA APAGA!
... Y ENTONCES ME SUELTA UNO DE SUS SERMONES EN CONTRA DE LA TELE Y ME DICE: «¡LEE UN LIBRO! ¡EJERCITA LA MENTE!».
HE COGIDO EL PRIMERO QUE HE ENCONTRADO PARA QUE SE CALLARA.
ENTONCES FINGES QUE LEES.
¡NO PIENSO DEJAR QUE ME MANDE!
¿PUEDO VERLO?
CÓMO CRIAR A UN HIJO PROBLEMÁTICO.
DAME, LO NECESITO.
Peirce

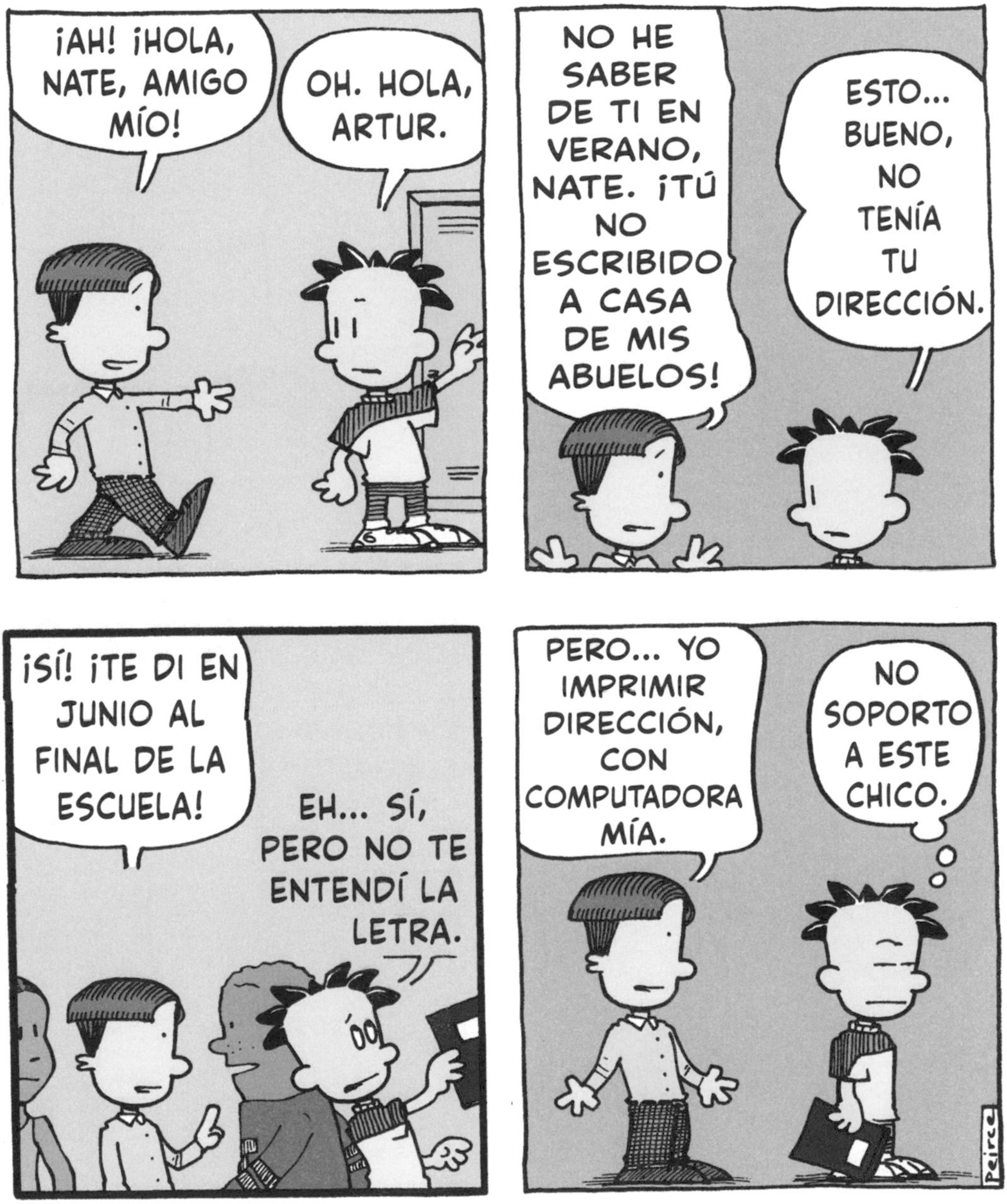
¡AH! ¡HOLA, NATE, AMIGO MÍO!
OH. HOLA, ARTUR.
NO HE SABER DE TI EN VERANO, NATE. ¡TÚ NO ESCRIBIDO A CASA DE MIS ABUELOS!
ESTO... BUENO, NO TENÍA TU DIRECCIÓN.
¡SÍ! ¡TE DI EN JUNIO AL FINAL DE LA ESCUELA!
EH... SÍ, PERO NO TE ENTENDÍ LA LETRA.
PERO... YO IMPRIMIR DIRECCIÓN, CON COMPUTADORA MÍA.
NO SOPORTO A ESTE CHICO.
Peirce

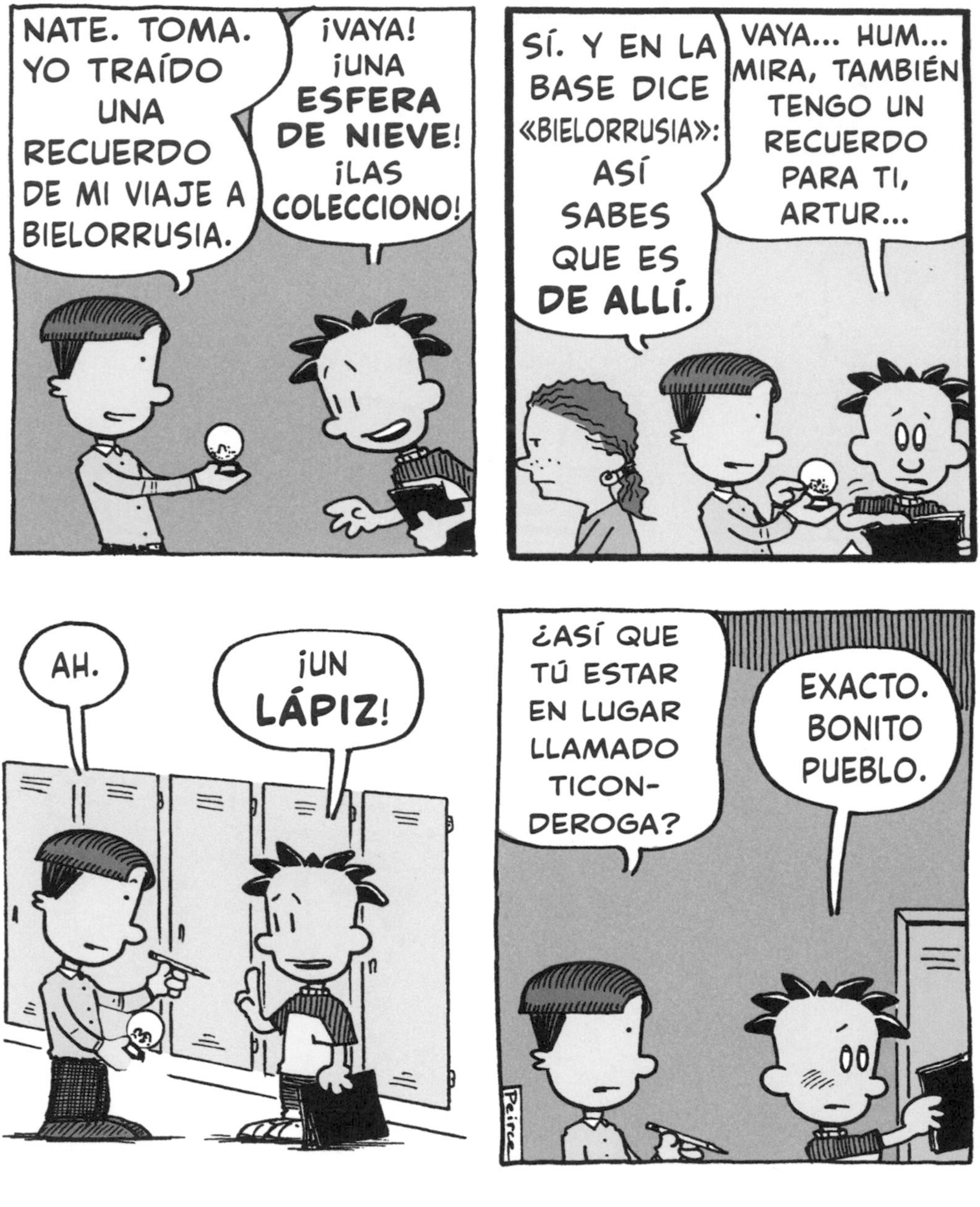
NATE. TOMA. YO TRAÍDO UNA RECUERDO DE MI VIAJE A BIELORRUSIA.
¡VAYA! ¡UNA ESFERA DE NIEVE! ¡LAS COLECCIONO!
SÍ. Y EN LA BASE DICE «BIELORRUSIA»: ASÍ SABES QUE ES DE ALLÍ.
VAYA... HUM... MIRA, TAMBIÉN TENGO UN RECUERDO PARA TI, ARTUR...
AH.
¡UN LÁPIZ!
¿ASÍ QUE TÚ ESTAR EN LUGAR LLAMADO TICON-DEROGA?
EXACTO. BONITO PUEBLO.
Peirce

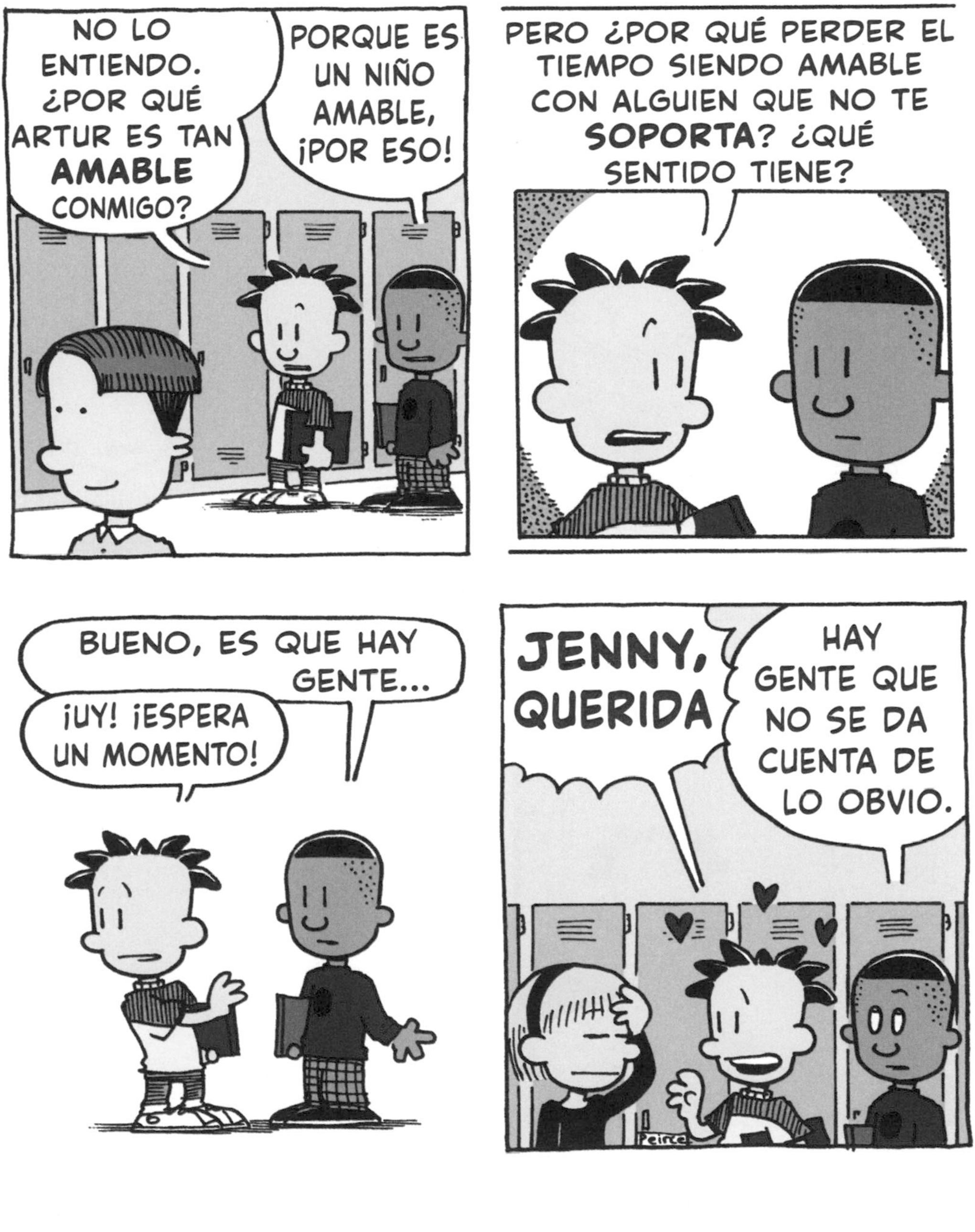
NO LO ENTIENDO. ¿POR QUÉ ARTUR ES TAN AMABLE CONMIGO?
PORQUE ES UN NIÑO AMABLE, ¡POR ESO!
PERO ¿POR QUÉ PERDER EL TIEMPO SIENDO AMABLE CON ALGUIEN QUE NO TE SOPORTA? ¿QUÉ SENTIDO TIENE?
BUENO, ES QUE HAY GENTE...
¡UY! ¡ESPERA UN MOMENTO!
JENNY, QUERIDA
HAY GENTE QUE NO SE DA CUENTA DE LO OBVIO.
Peirce

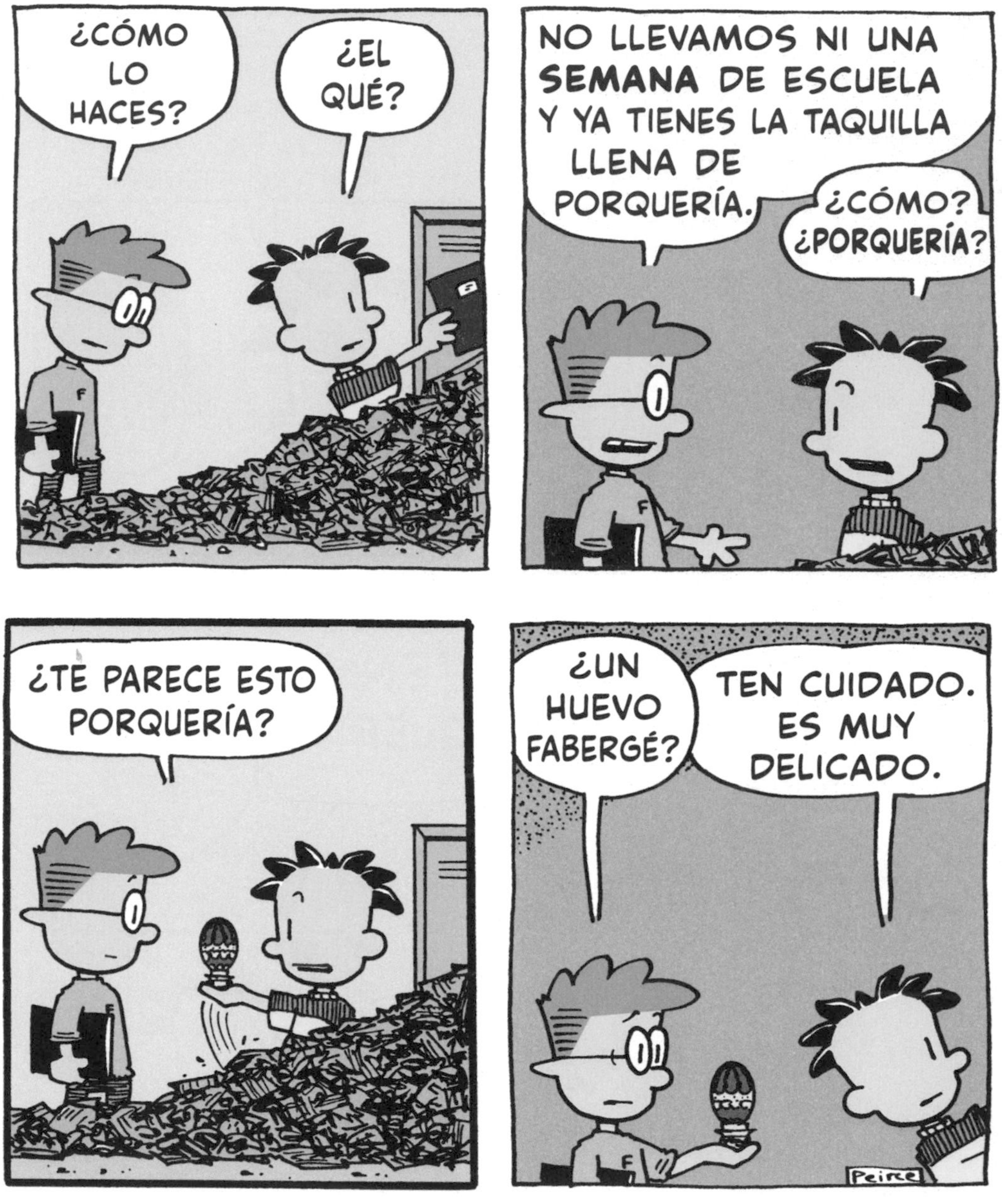
¿CÓMO LO HACES?
¿EL QUÉ?
NO LLEVAMOS NI UNA **SEMANA** DE ESCUELA Y YA TIENES LA TAQUILLA LLENA DE PORQUERÍA.
¿CÓMO? ¿PORQUERÍA?
¿TE PARECE ESTO PORQUERÍA?
¿UN HUEVO FABERGÉ?
TEN CUIDADO. ES MUY DELICADO.
Peirce

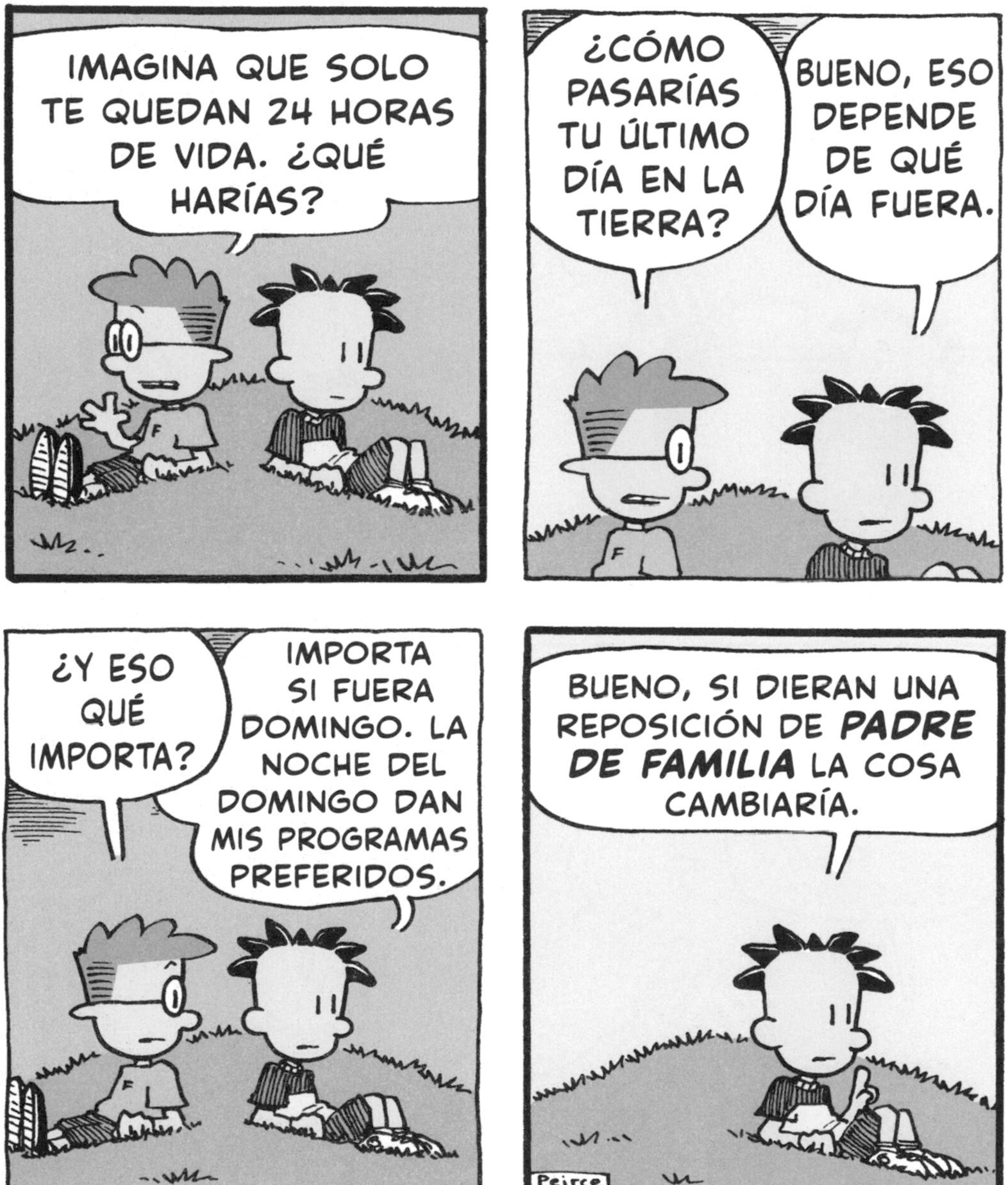
IMAGINA QUE SOLO TE QUEDAN 24 HORAS DE VIDA. ¿QUÉ HARÍAS?
¿CÓMO PASARÍAS TU ÚLTIMO DÍA EN LA TIERRA?
BUENO, ESO DEPENDE DE QUÉ DÍA FUERA.
¿Y ESO QUÉ IMPORTA?
IMPORTA SI FUERA DOMINGO. LA NOCHE DEL DOMINGO DAN MIS PROGRAMAS PREFERIDOS.
BUENO, SI DIERAN UNA REPOSICIÓN DE ***PADRE DE FAMILIA*** LA COSA CAMBIARÍA.
Peirce

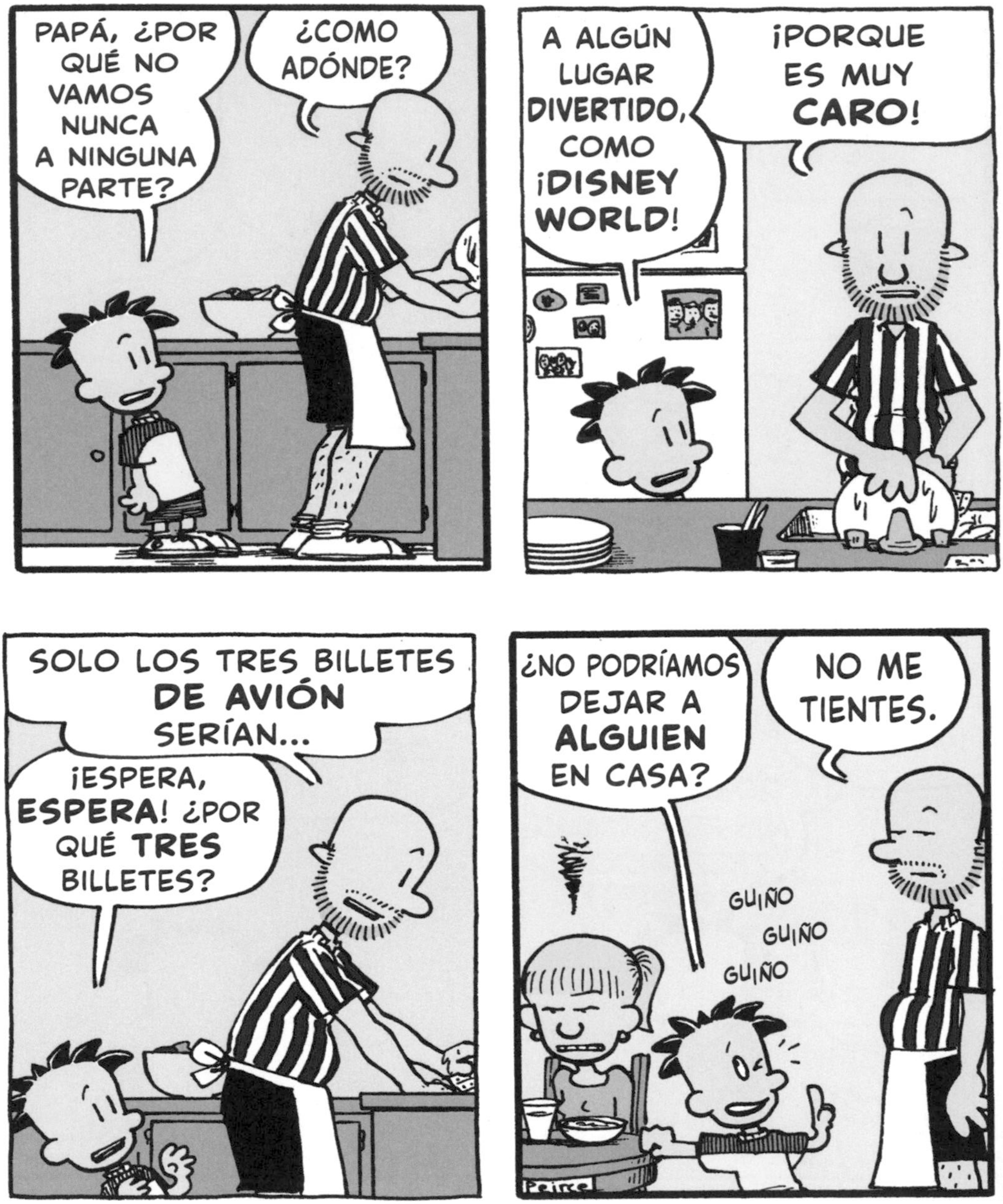
PAPÁ, ¿POR QUÉ NO VAMOS NUNCA A NINGUNA PARTE?
¿COMO ADÓNDE?
A ALGÚN LUGAR DIVERTIDO, COMO ¡DISNEY WORLD!
¡PORQUE ES MUY CARO!
SOLO LOS TRES BILLETES DE AVIÓN SERÍAN...
¡ESPERA, ESPERA! ¿POR QUÉ TRES BILLETES?
¿NO PODRÍAMOS DEJAR A ALGUIEN EN CASA?
NO ME TIENTES.
GUIÑO
GUIÑO
GUIÑO

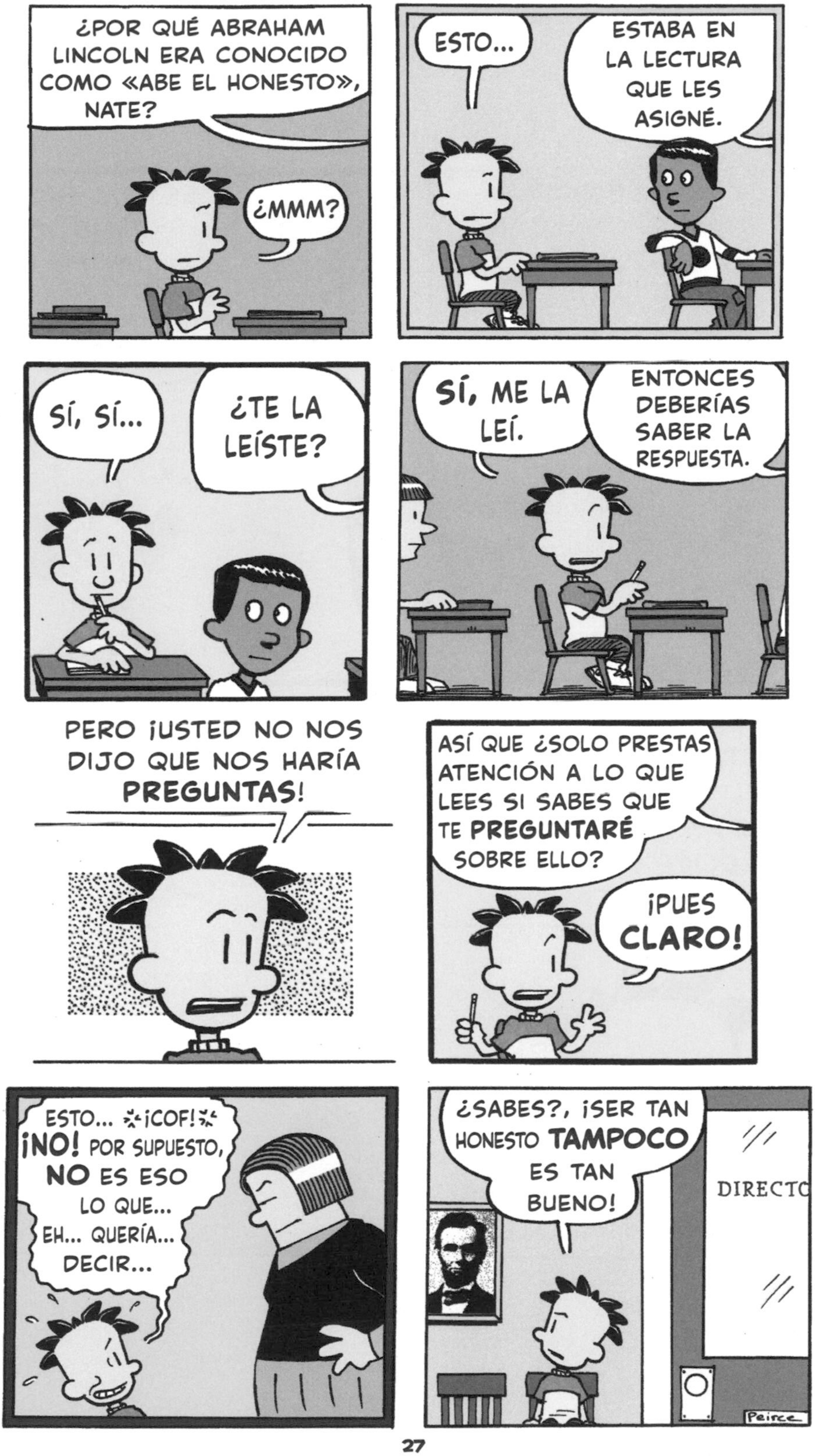
¿POR QUÉ ABRAHAM LINCOLN ERA CONOCIDO COMO «ABE EL HONESTO», NATE?
¿MMM?
ESTO...
ESTABA EN LA LECTURA QUE LES ASIGNÉ.
SÍ, SÍ...
¿TE LA LEÍSTE?
SÍ, ME LA LEÍ.
ENTONCES DEBERÍAS SABER LA RESPUESTA.
PERO ¡USTED NO NOS DIJO QUE NOS HARÍA PREGUNTAS!
ASÍ QUE ¿SOLO PRESTAS ATENCIÓN A LO QUE LEES SI SABES QUE TE PREGUNTARÉ SOBRE ELLO?
¡PUES CLARO!
ESTO... ¡COF! ¡NO! POR SUPUESTO, NO ES ESO LO QUE... EH... QUERÍA... DECIR...
¿SABES?, ¡SER TAN HONESTO TAMPOCO ES TAN BUENO!
DIRECTC
Peirce

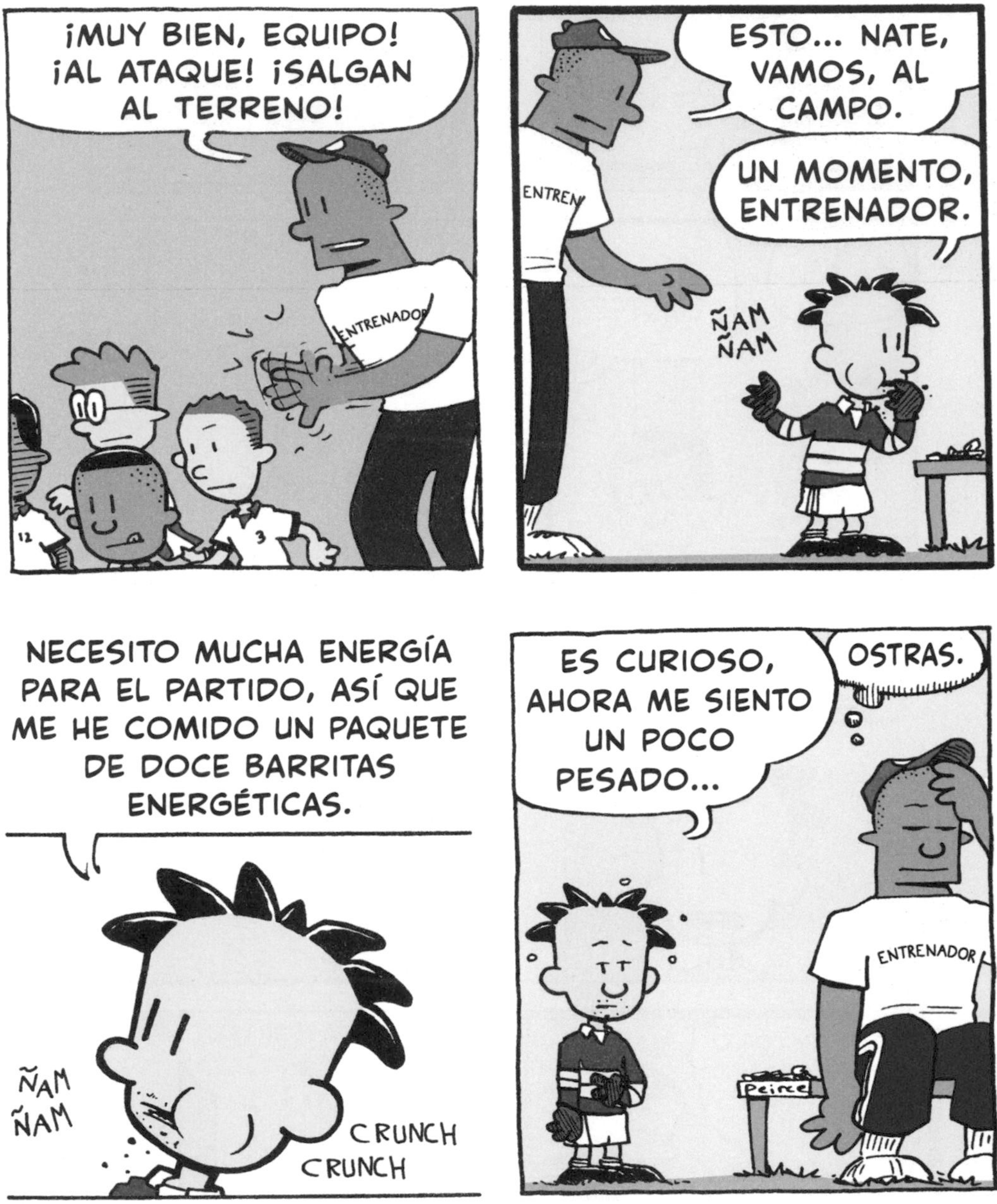
¡MUY BIEN, EQUIPO! ¡AL ATAQUE! ¡SALGAN AL TERRENO!
ENTRENADOR
ESTO... NATE, VAMOS, AL CAMPO.
UN MOMENTO, ENTRENADOR.
ÑAM ÑAM
NECESITO MUCHA ENERGÍA PARA EL PARTIDO, ASÍ QUE ME HE COMIDO UN PAQUETE DE DOCE BARRITAS ENERGÉTICAS.
ÑAM ÑAM
CRUNCH CRUNCH
ES CURIOSO, AHORA ME SIENTO UN POCO PESADO...
OSTRAS.
ENTRENADOR
Peirce

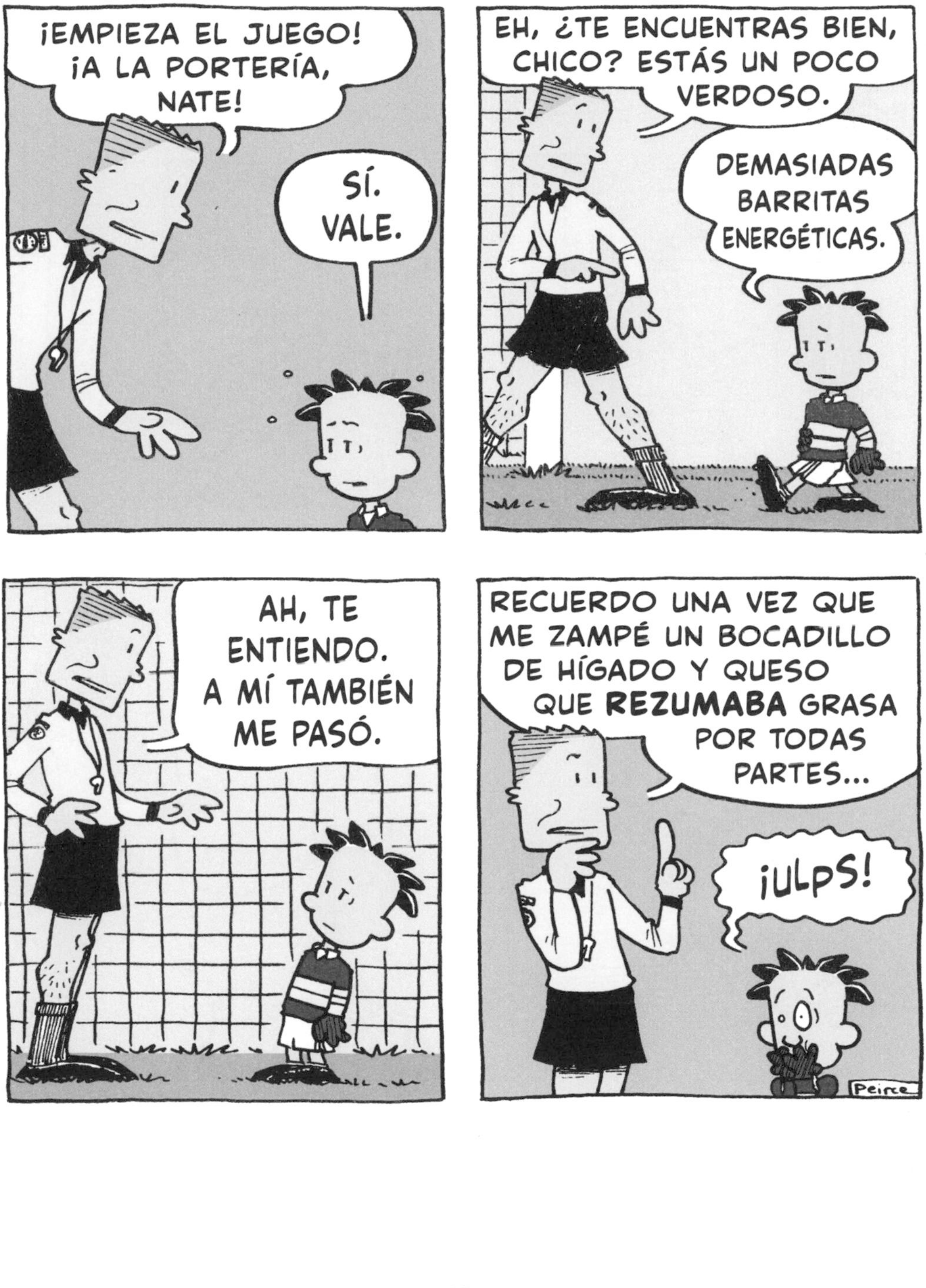
¡EMPIEZA EL JUEGO! ¡A LA PORTERÍA, NATE!
SÍ. VALE.
EH, ¿TE ENCUENTRAS BIEN, CHICO? ESTÁS UN POCO VERDOSO.
DEMASIADAS BARRITAS ENERGÉTICAS.
AH, TE ENTIENDO. A MÍ TAMBIÉN ME PASÓ.
RECUERDO UNA VEZ QUE ME ZAMPÉ UN BOCADILLO DE HÍGADO Y QUESO QUE **REZUMABA** GRASA POR TODAS PARTES...
¡ULPS!
Peirce

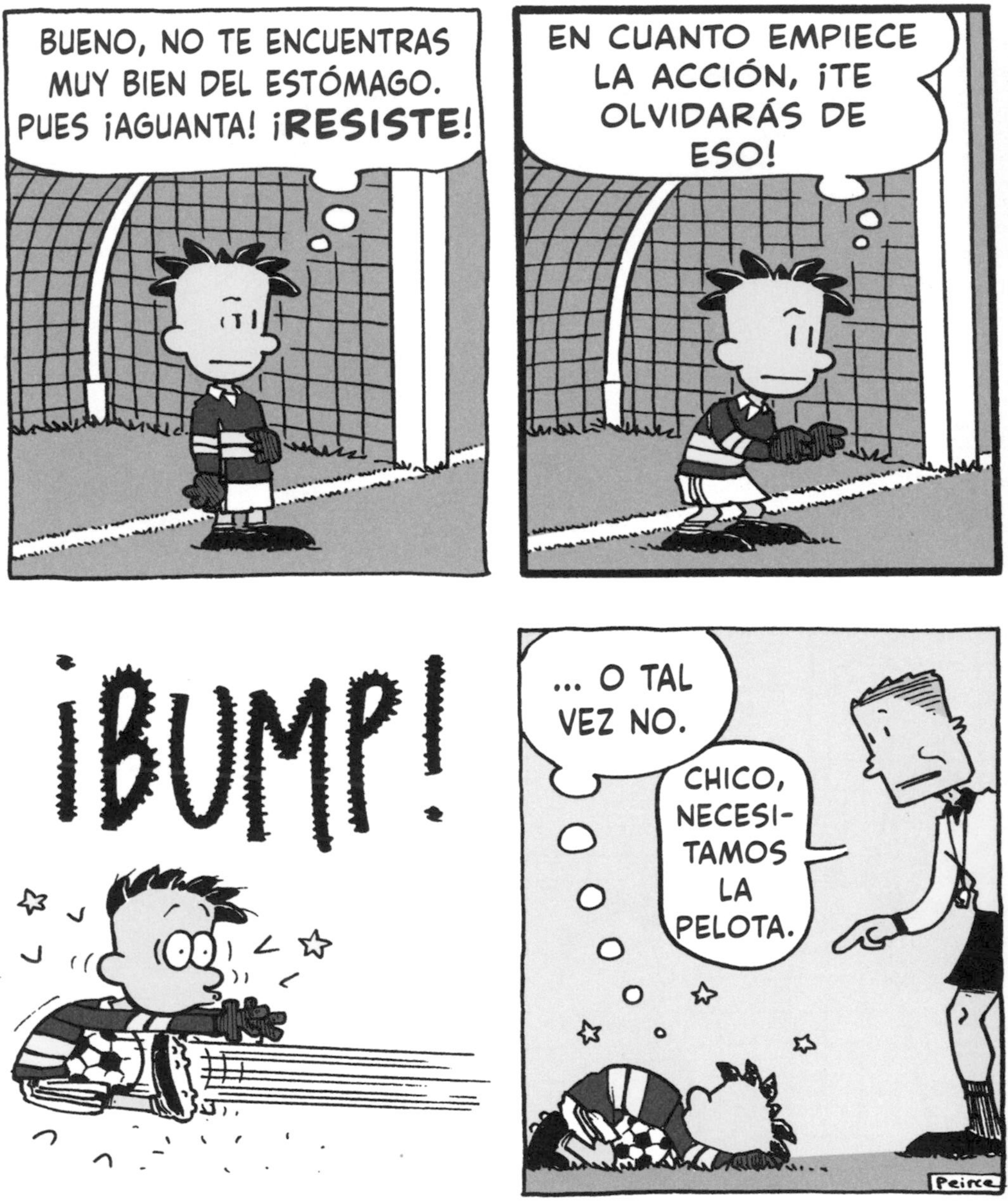
BUENO, NO TE ENCUENTRAS MUY BIEN DEL ESTÓMAGO. PUES ¡AGUANTA! ¡RESISTE!
EN CUANTO EMPIECE LA ACCIÓN, ¡TE OLVIDARÁS DE ESO!
¡BUMP!
... O TAL VEZ NO.
CHICO, NECESITAMOS LA PELOTA.
Peirce

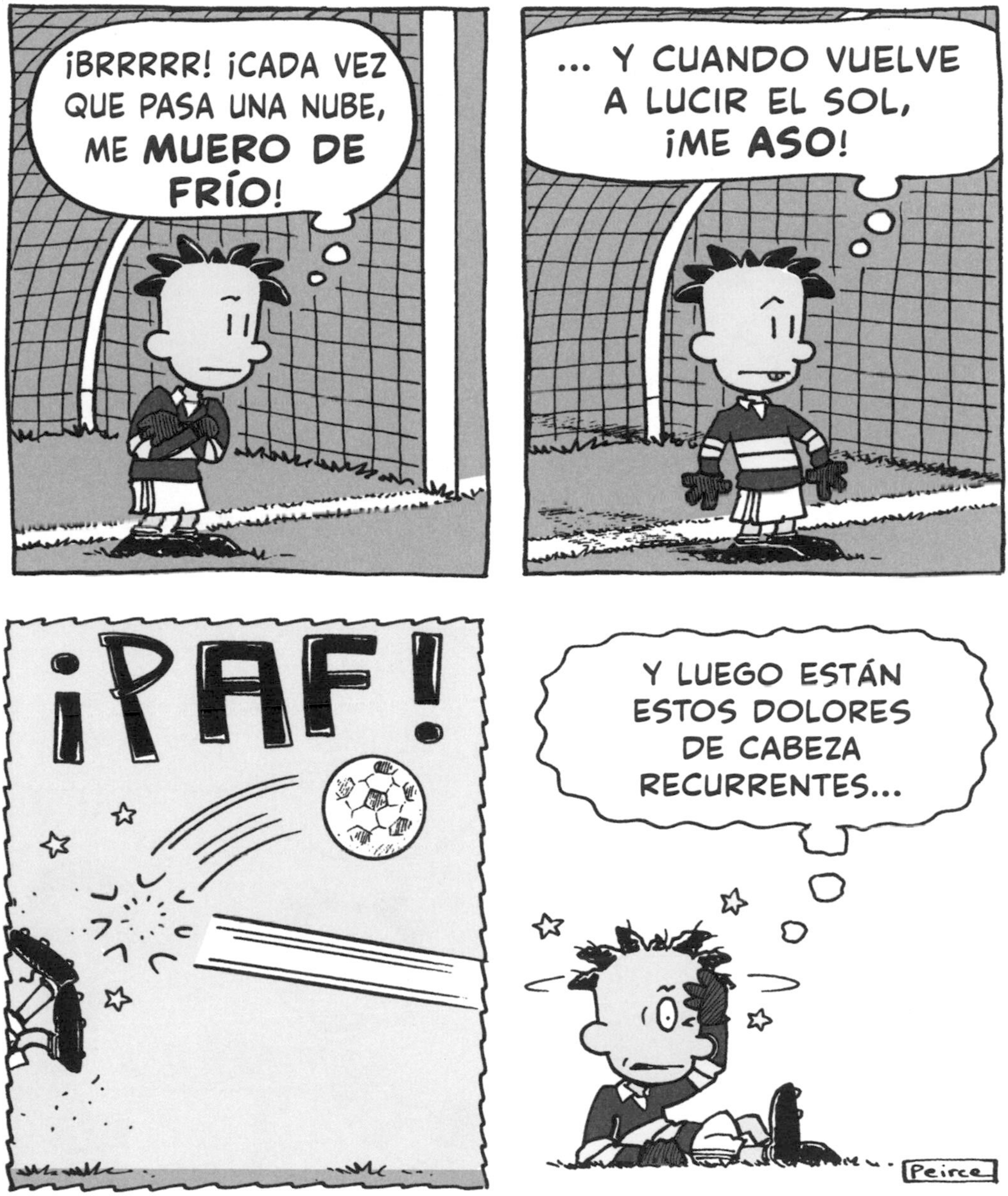
¡BRRRRR! ¡CADA VEZ QUE PASA UNA NUBE, ME **MUERO DE FRÍO**!
... Y CUANDO VUELVE A LUCIR EL SOL, ¡ME **ASO**!
¡PAF!
Y LUEGO ESTÁN ESTOS DOLORES DE CABEZA RECURRENTES...
Peirce

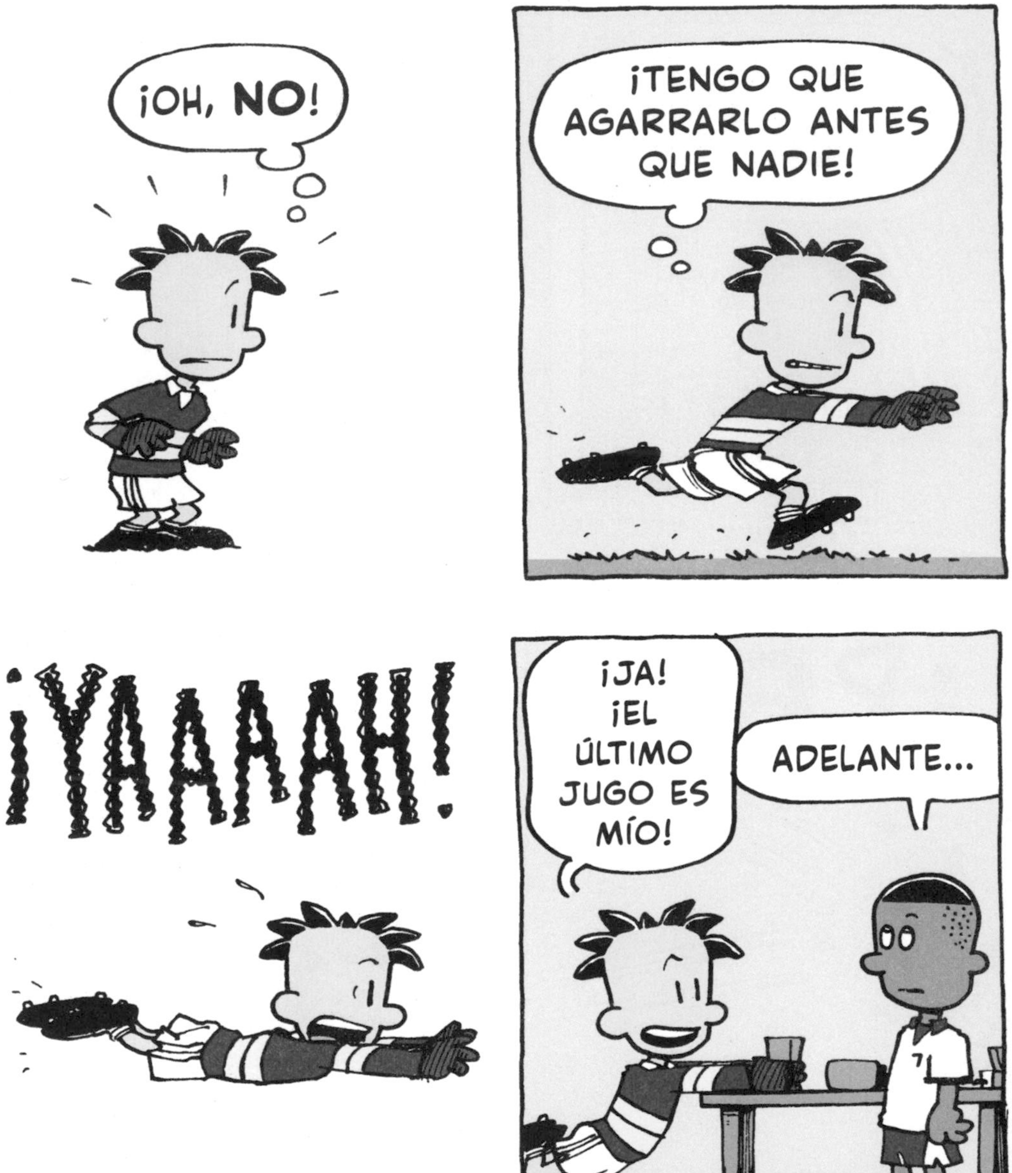
¡OH, NO!
¡TENGO QUE AGARRARLO ANTES QUE NADIE!
¡YAAAAH!
¡JA! ¡EL ÚLTIMO JUGO ES MÍO!
ADELANTE...
Peirce

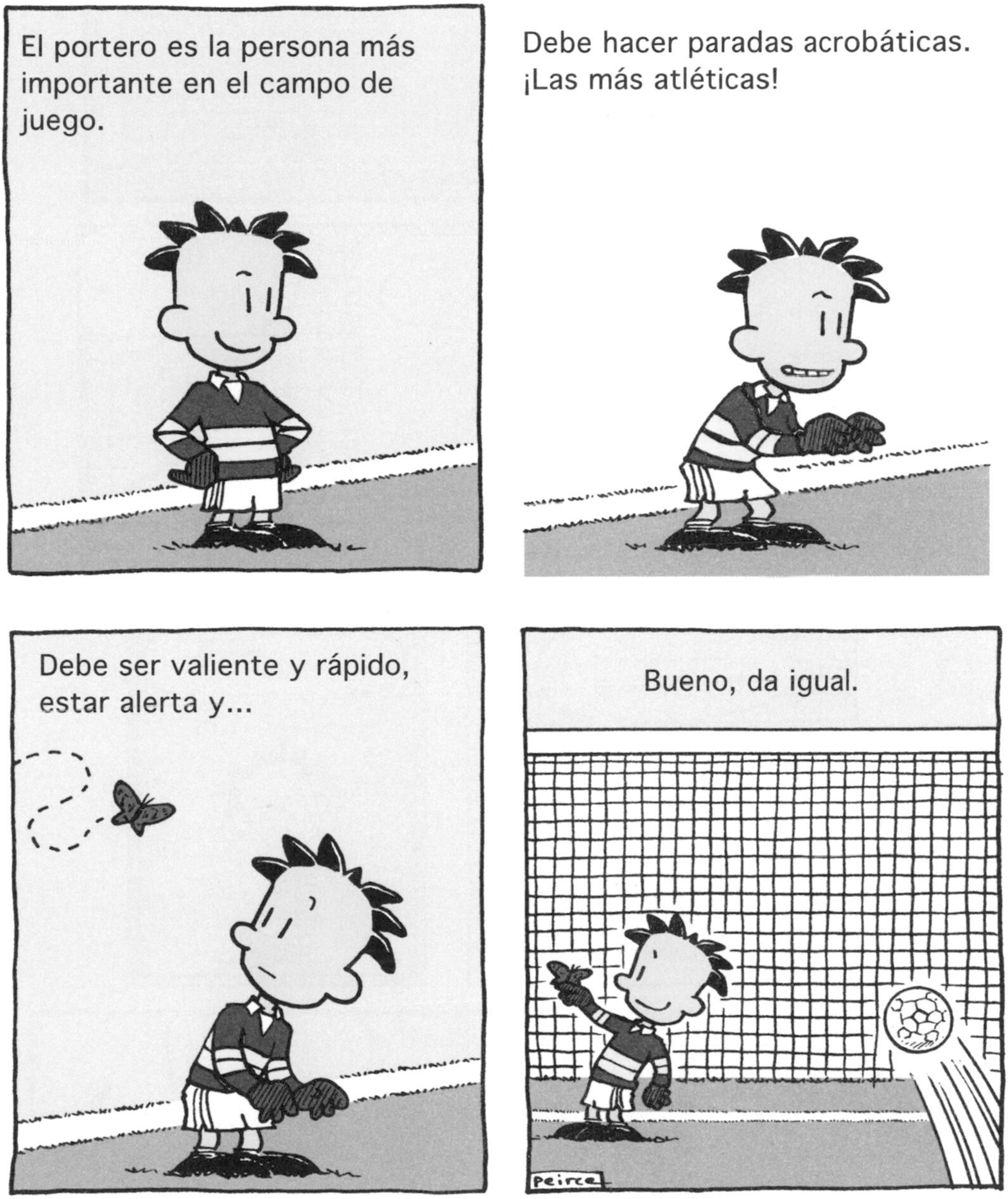
El portero es la persona más importante en el campo de juego.
Debe hacer paradas acrobáticas. ¡Las más atléticas!
Debe ser valiente y rápido, estar alerta y...
Bueno, da igual.
peirce

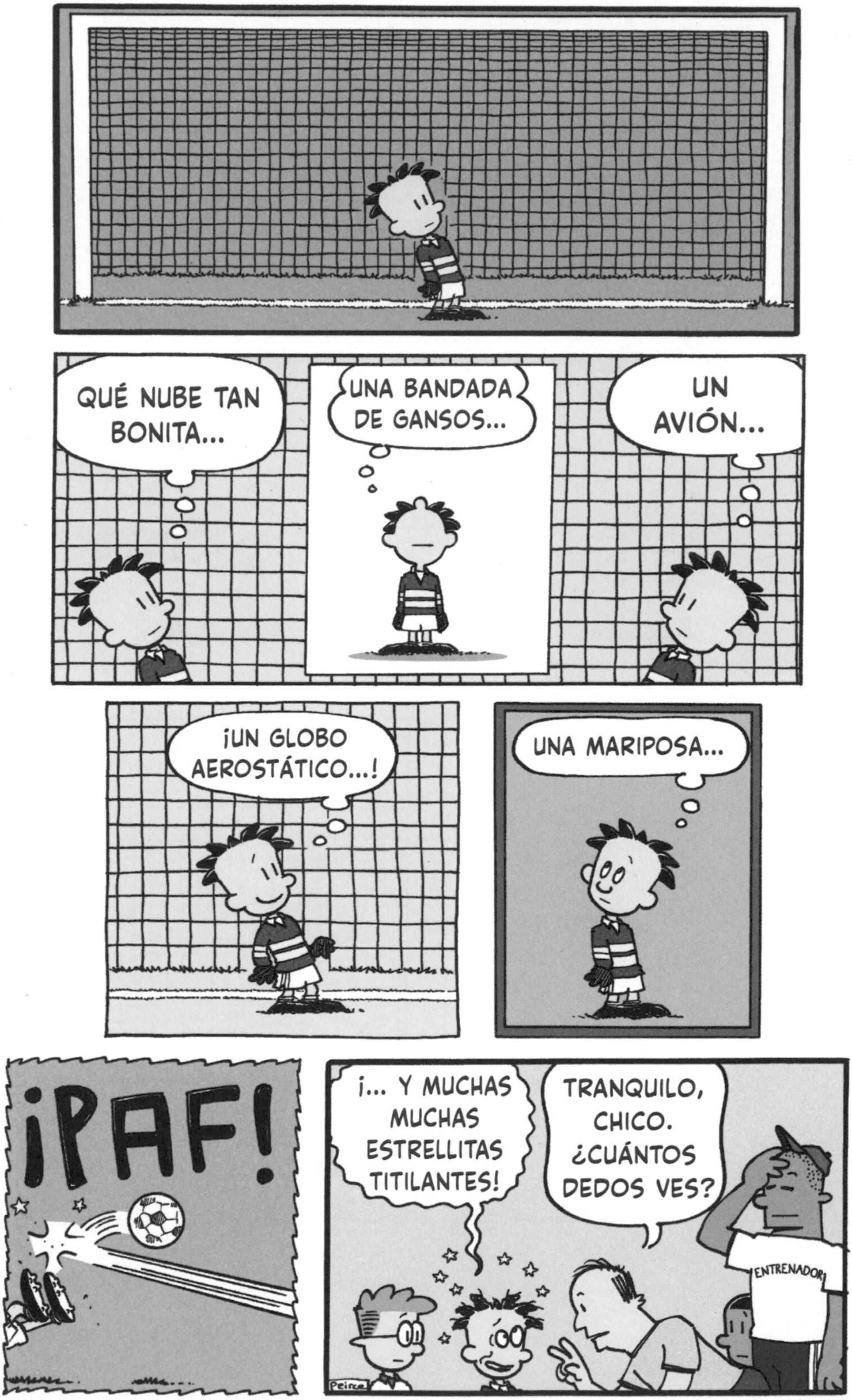
QUÉ NUBE TAN BONITA...
UNA BANDADA DE GANSOS...
UN AVIÓN...
¡UN GLOBO AEROSTÁTICO...!
UNA MARIPOSA...
¡PAF!
¡... Y MUCHAS MUCHAS ESTRELLITAS TITILANTES!
TRANQUILO, CHICO. ¿CUÁNTOS DEDOS VES?
ENTRENADOR
Peirce

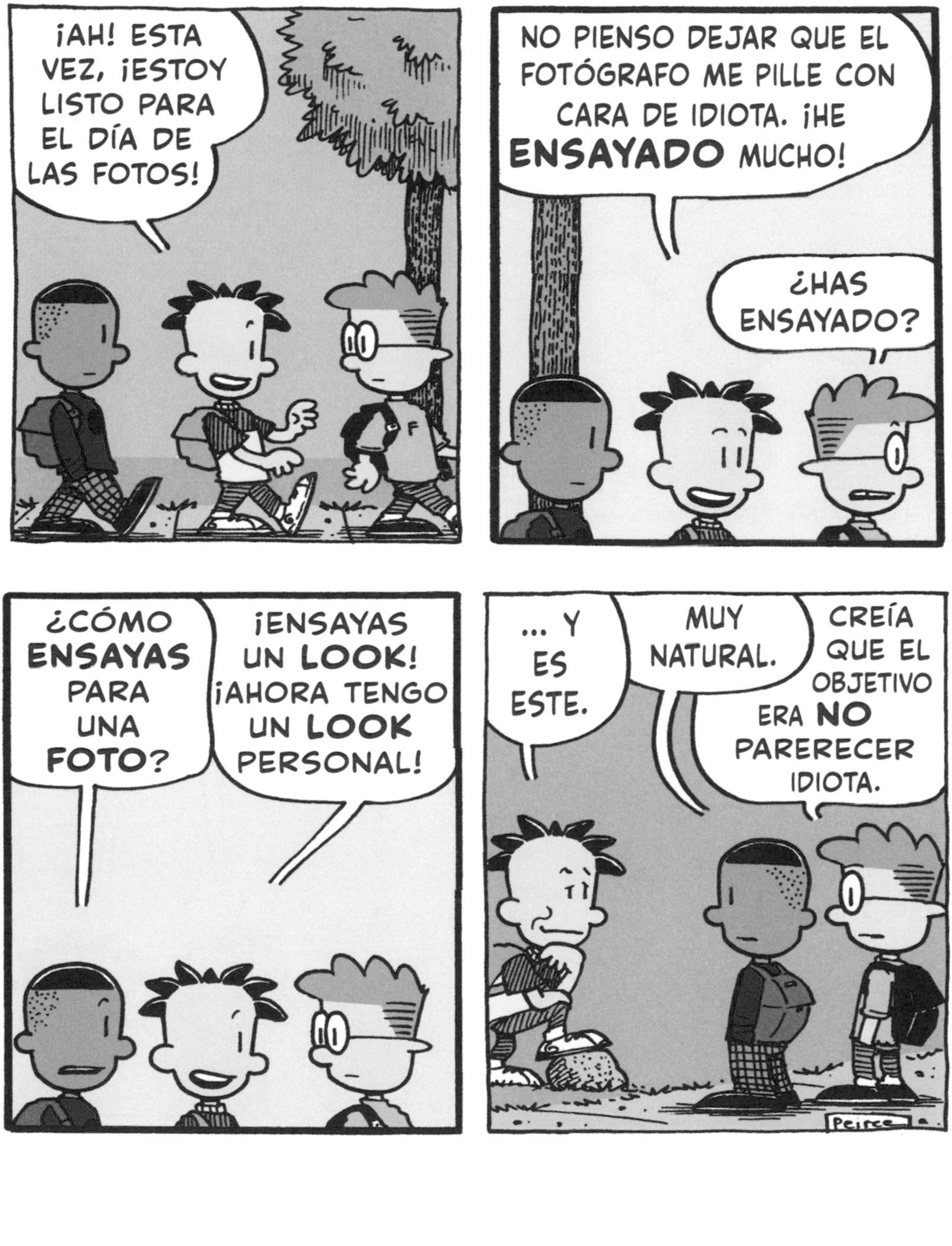
¡AH! ESTA VEZ, ¡ESTOY LISTO PARA EL DÍA DE LAS FOTOS!
NO PIENSO DEJAR QUE EL FOTÓGRAFO ME PILLE CON CARA DE IDIOTA. ¡HE ENSAYADO MUCHO!
¿HAS ENSAYADO?
¿CÓMO ENSAYAS PARA UNA FOTO?
¡ENSAYAS UN LOOK! ¡AHORA TENGO UN LOOK PERSONAL!
... Y ES ESTE.
MUY NATURAL.
CREÍA QUE EL OBJETIVO ERA NO PARERECER IDIOTA.
Peirce

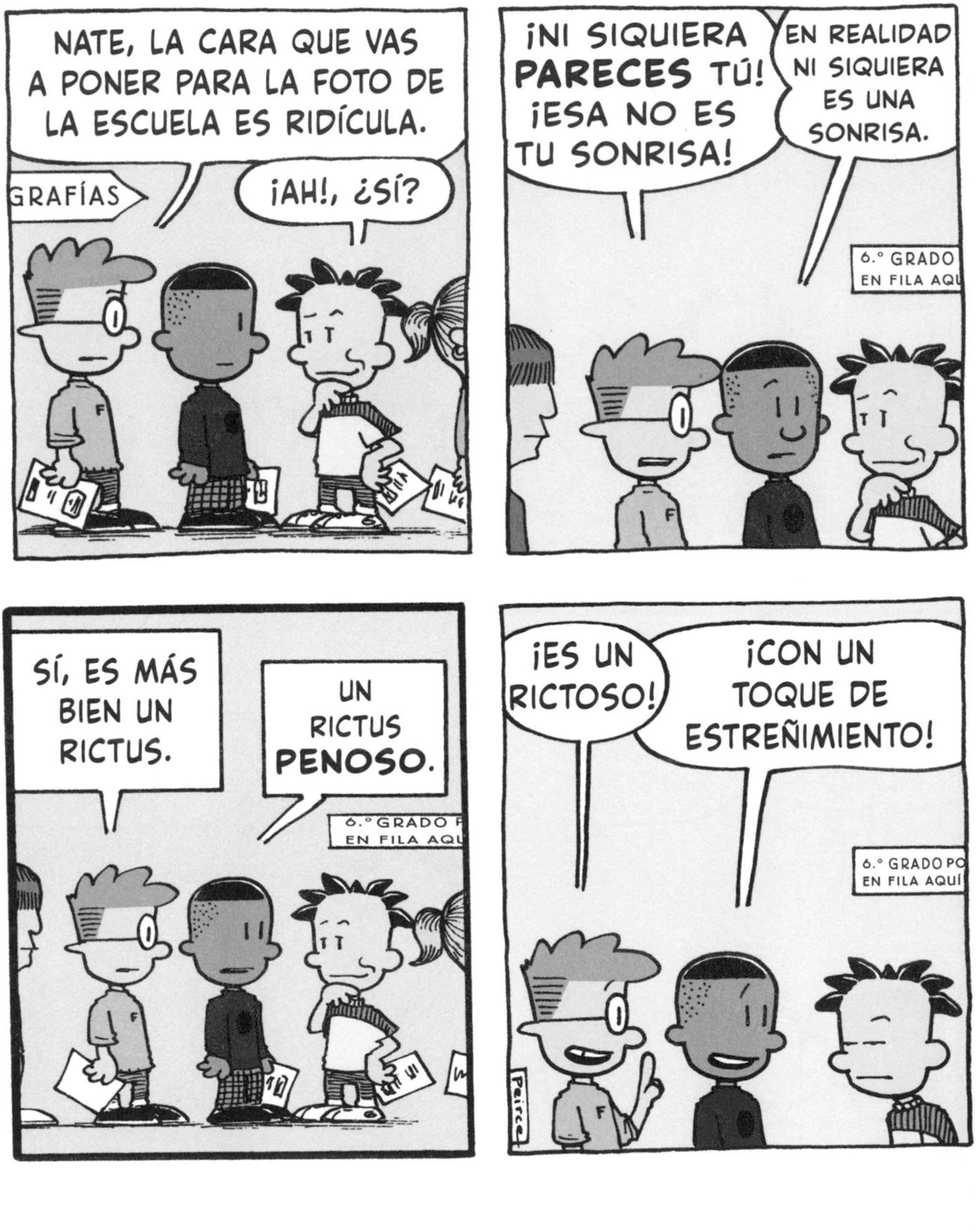
NATE, LA CARA QUE VAS A PONER PARA LA FOTO DE LA ESCUELA ES RIDÍCULA.
GRAFÍAS
¡AH!, ¿SÍ?
¡NI SIQUIERA **PARECES** TÚ! ¡ESA NO ES TU SONRISA!
EN REALIDAD NI SIQUIERA ES UNA SONRISA.
6.° GRADO
EN FILA AQU
SÍ, ES MÁS BIEN UN RICTUS.
UN RICTUS **PENOSO**.
6.° GRADO P
EN FILA AQU
¡ES UN RICTOSO!
¡CON UN TOQUE DE ESTREÑIMIENTO!
6.° GRADO PO
EN FILA AQUÍ
Peirce

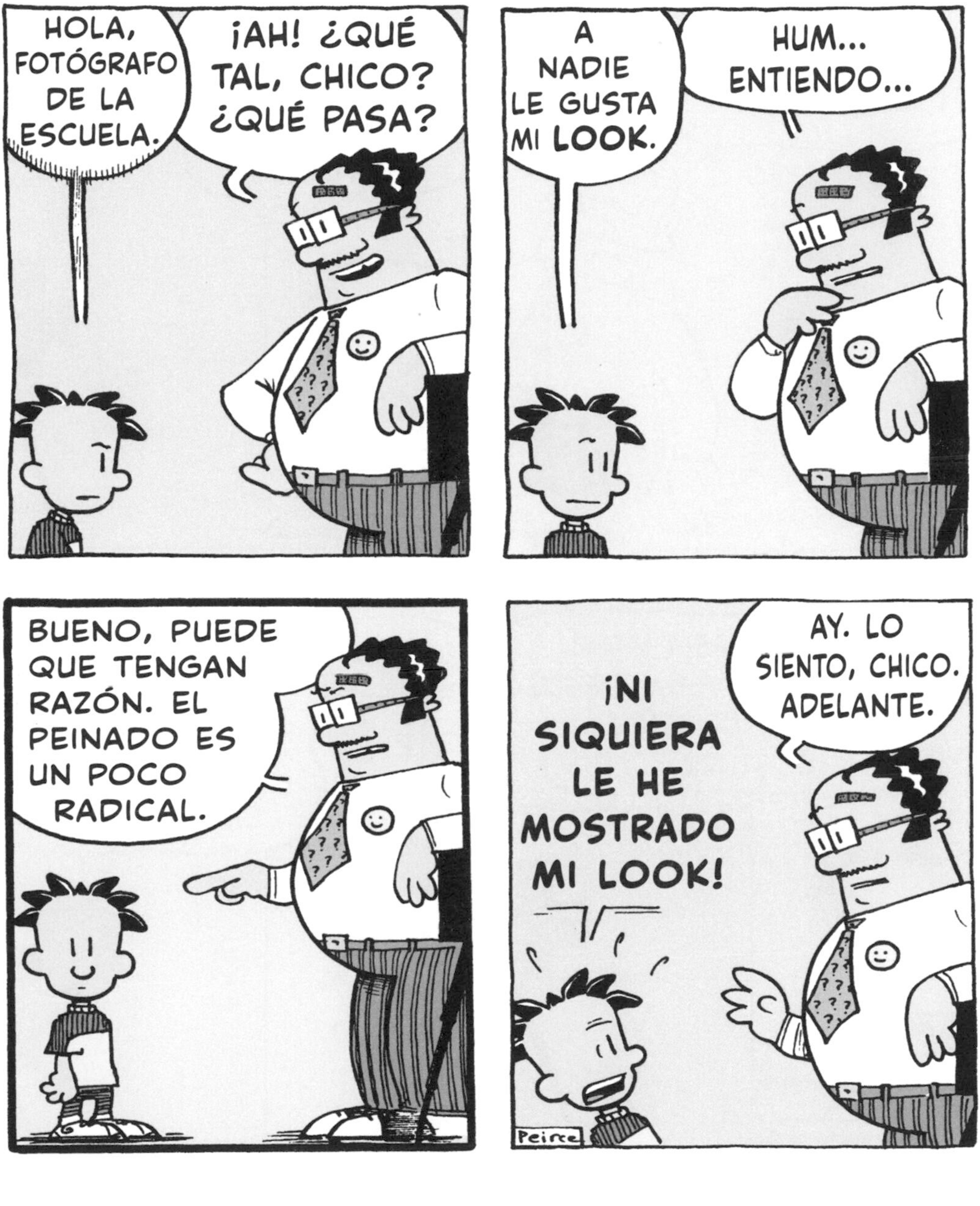
HOLA, FOTÓGRAFO DE LA ESCUELA.
¡AH! ¿QUÉ TAL, CHICO? ¿QUÉ PASA?
A NADIE LE GUSTA MI LOOK.
HUM... ENTIENDO...
BUENO, PUEDE QUE TENGAN RAZÓN. EL PEINADO ES UN POCO RADICAL.
¡NI SIQUIERA LE HE MOSTRADO MI LOOK!
AY. LO SIENTO, CHICO. ADELANTE.
Peirce

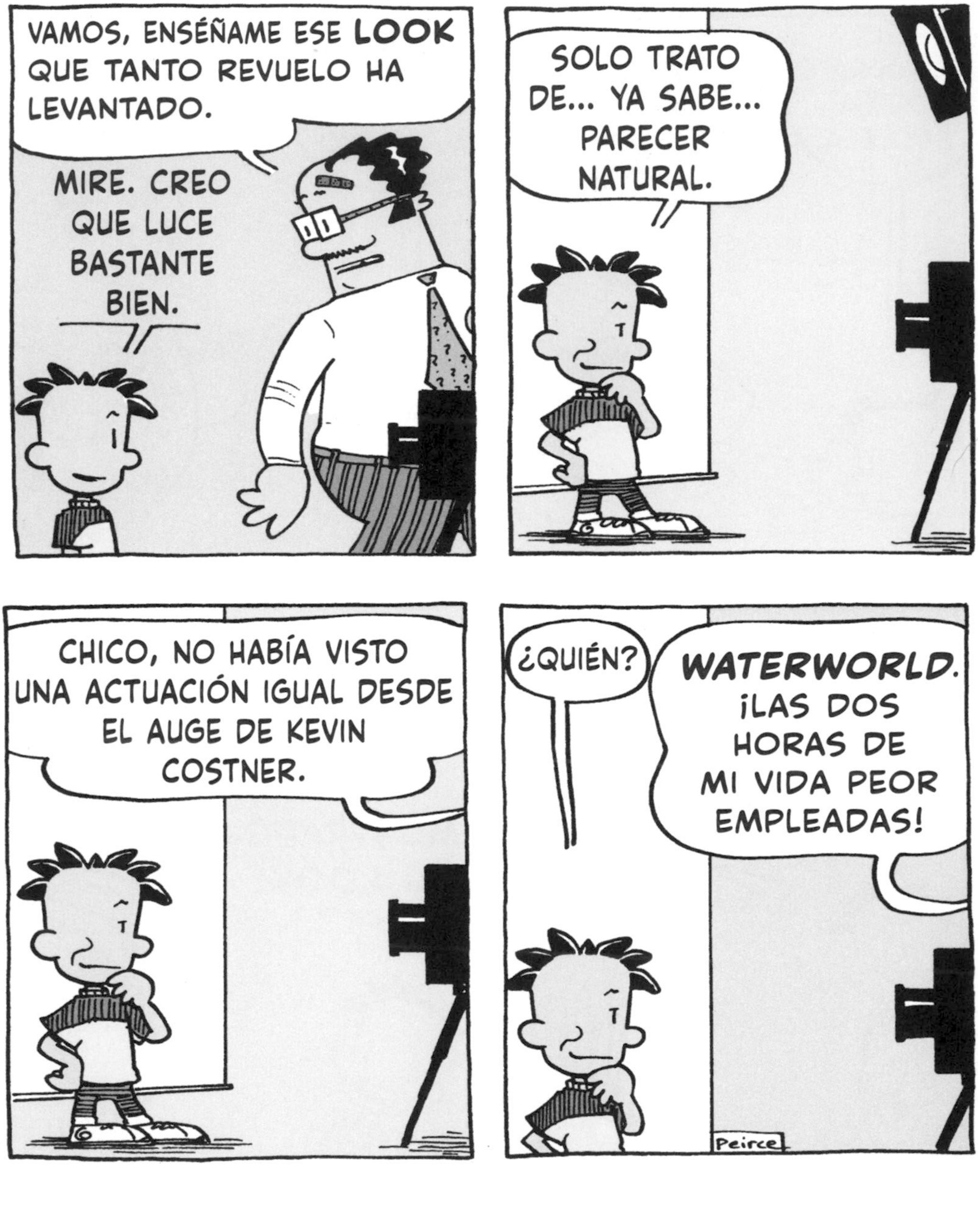
VAMOS, ENSÉÑAME ESE **LOOK** QUE TANTO REVUELO HA LEVANTADO.
MIRE. CREO QUE LUCE BASTANTE BIEN.
SOLO TRATO DE... YA SABE... PARECER NATURAL.
CHICO, NO HABÍA VISTO UNA ACTUACIÓN IGUAL DESDE EL AUGE DE KEVIN COSTNER.
¿QUIÉN?
WATERWORLD. ¡LAS DOS HORAS DE MI VIDA PEOR EMPLEADAS!
Peirce

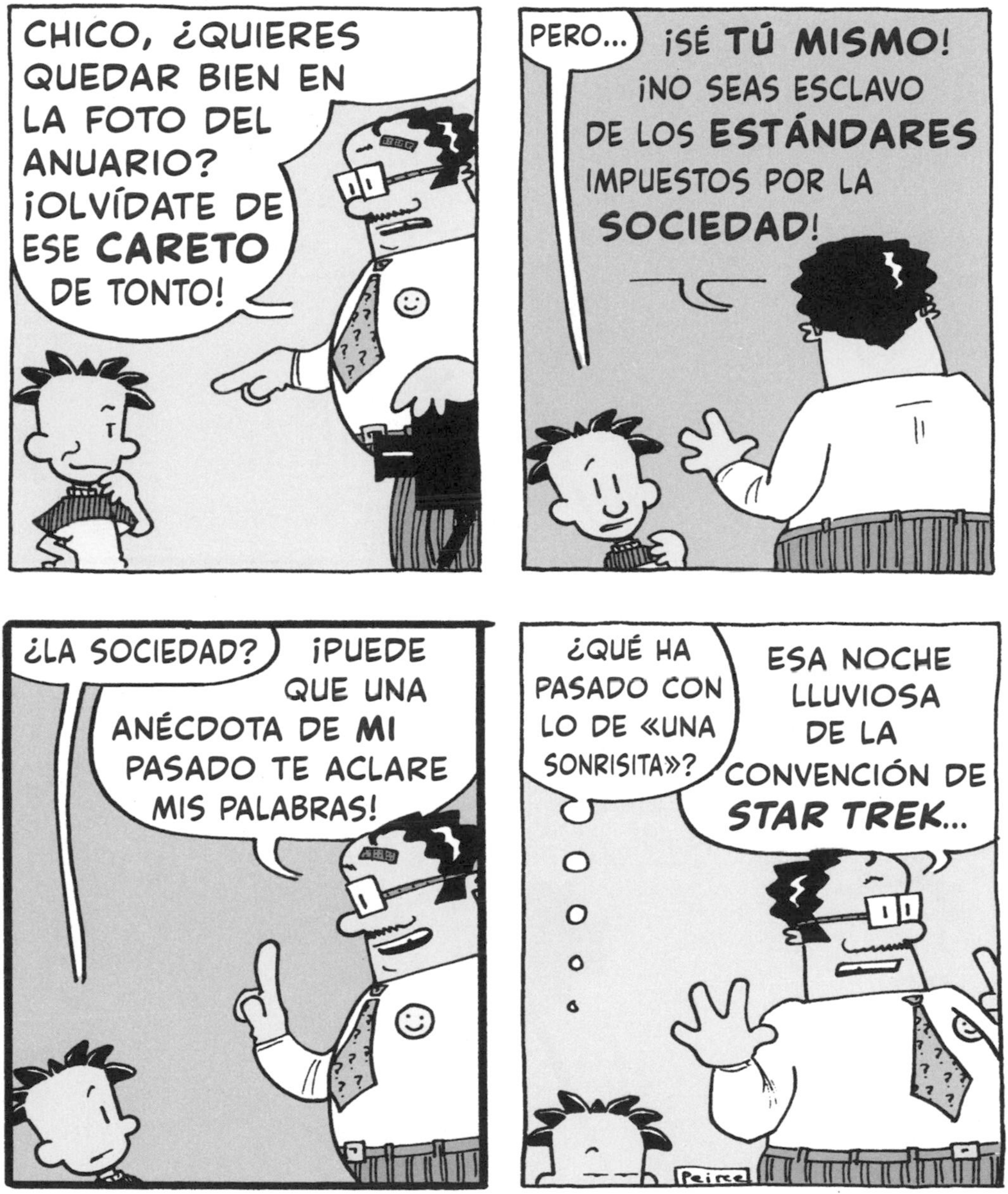
CHICO, ¿QUIERES QUEDAR BIEN EN LA FOTO DEL ANUARIO? ¡OLVÍDATE DE ESE **CARETO** DE TONTO!
PERO...
¡SÉ **TÚ MISMO**! ¡NO SEAS ESCLAVO DE LOS **ESTÁNDARES** IMPUESTOS POR LA **SOCIEDAD**!
¿LA SOCIEDAD?
¡PUEDE QUE UNA ANÉCDOTA DE **MI** PASADO TE ACLARE MIS PALABRAS!
¿QUÉ HA PASADO CON LO DE «UNA SONRISITA»?
ESA NOCHE LLUVIOSA DE LA CONVENCIÓN DE ***STAR TREK***...
Peirce

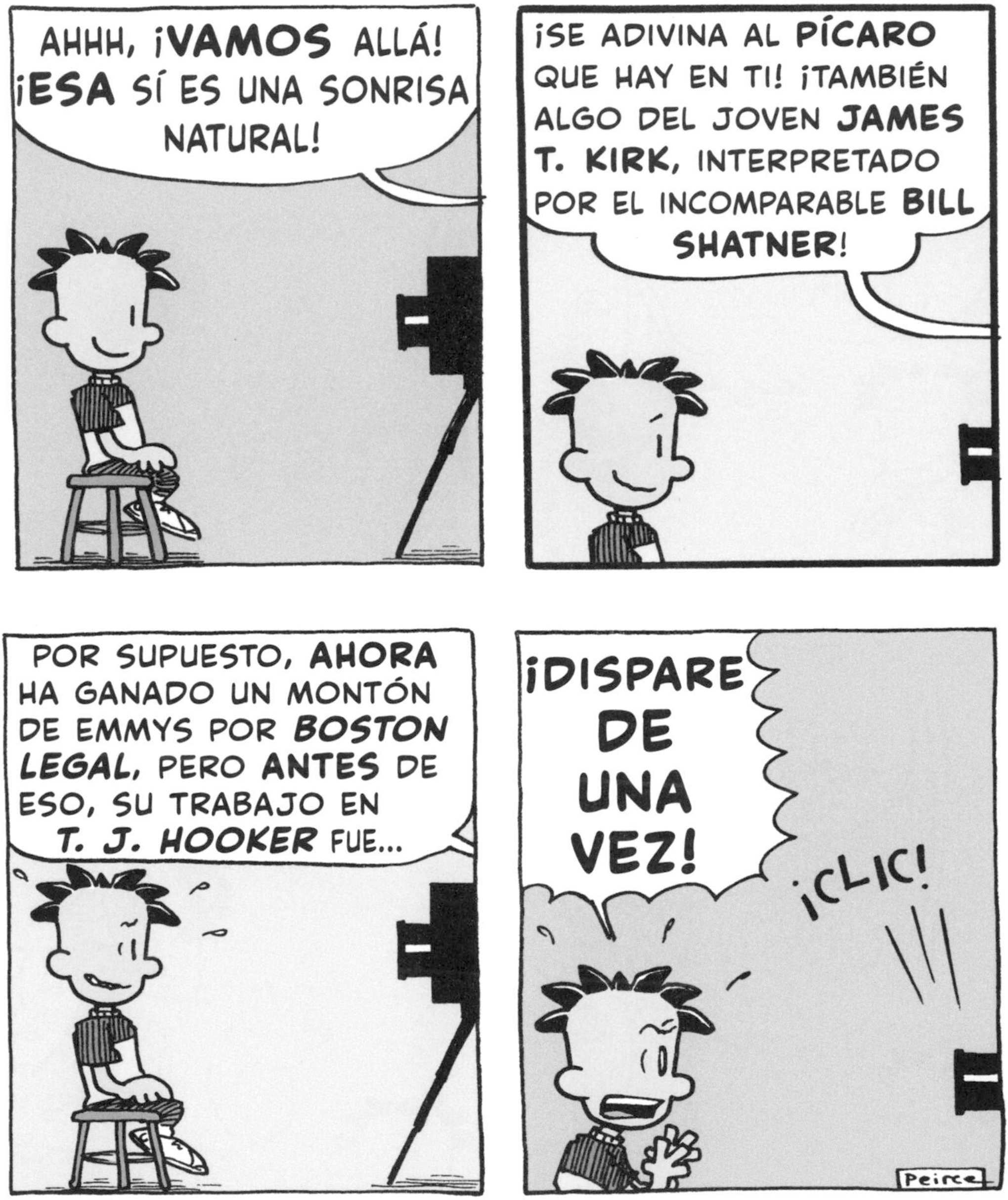
AHHH, ¡VAMOS ALLÁ! ¡ESA SÍ ES UNA SONRISA NATURAL!
¡SE ADIVINA AL PÍCARO QUE HAY EN TI! ¡TAMBIÉN ALGO DEL JOVEN JAMES T. KIRK, INTERPRETADO POR EL INCOMPARABLE BILL SHATNER!
POR SUPUESTO, AHORA HA GANADO UN MONTÓN DE EMMYS POR BOSTON LEGAL, PERO ANTES DE ESO, SU TRABAJO EN T. J. HOOKER FUE...
¡DISPARE DE UNA VEZ!
¡CLIC!
Peirce

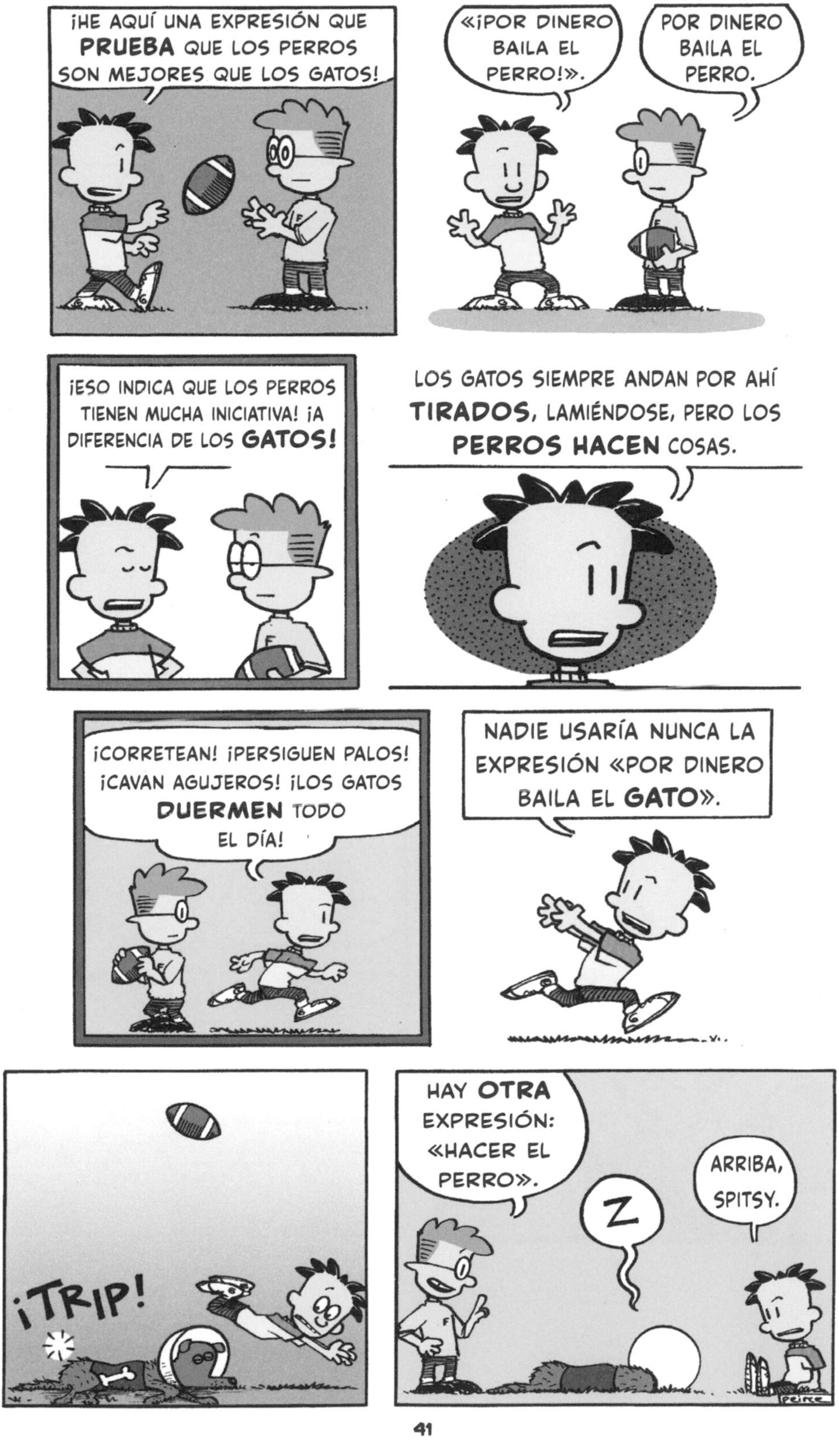
¡HE AQUÍ UNA EXPRESIÓN QUE PRUEBA QUE LOS PERROS SON MEJORES QUE LOS GATOS!
«¡POR DINERO BAILA EL PERRO!».
POR DINERO BAILA EL PERRO.
¡ESO INDICA QUE LOS PERROS TIENEN MUCHA INICIATIVA! ¡A DIFERENCIA DE LOS GATOS!
LOS GATOS SIEMPRE ANDAN POR AHÍ TIRADOS, LAMIÉNDOSE, PERO LOS PERROS HACEN COSAS.
¡CORRETEAN! ¡PERSIGUEN PALOS! ¡CAVAN AGUJEROS! ¡LOS GATOS DUERMEN TODO EL DÍA!
NADIE USARÍA NUNCA LA EXPRESIÓN «POR DINERO BAILA EL GATO».
¡TRIP!
HAY OTRA EXPRESIÓN: «HACER EL PERRO».
Z
ARRIBA, SPITSY.
peirce

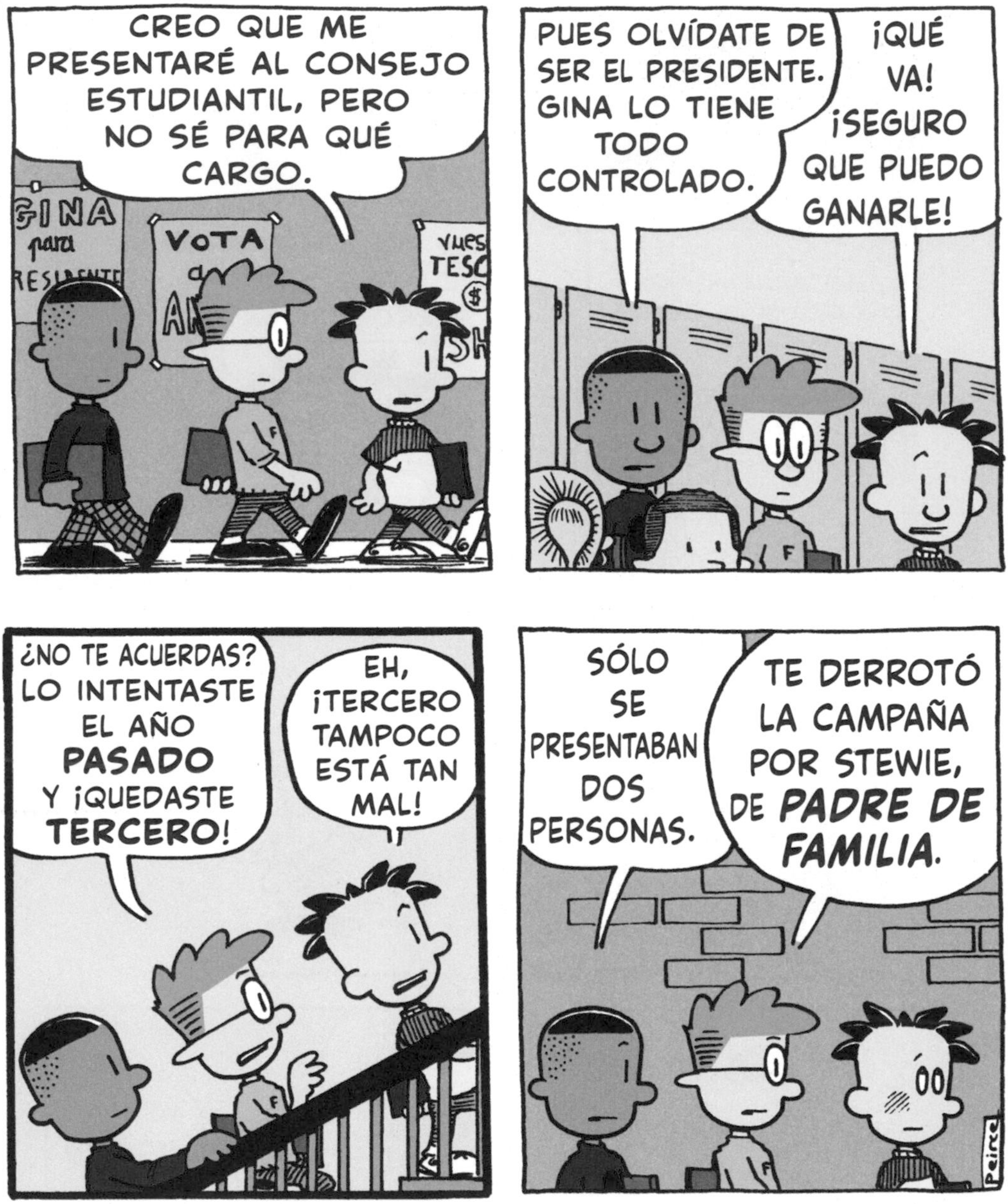
CREO QUE ME PRESENTARÉ AL CONSEJO ESTUDIANTIL, PERO NO SÉ PARA QUÉ CARGO.
GINA para PRESIDENTE
VOTA
PUES OLVÍDATE DE SER EL PRESIDENTE. GINA LO TIENE TODO CONTROLADO.
¡QUÉ VA! ¡SEGURO QUE PUEDO GANARLE!
¿NO TE ACUERDAS? LO INTENTASTE EL AÑO PASADO Y ¡QUEDASTE TERCERO!
EH, ¡TERCERO TAMPOCO ESTÁ TAN MAL!
SÓLO SE PRESENTABAN DOS PERSONAS.
TE DERROTÓ LA CAMPAÑA POR STEWIE, DE PADRE DE FAMILIA.
Peirce

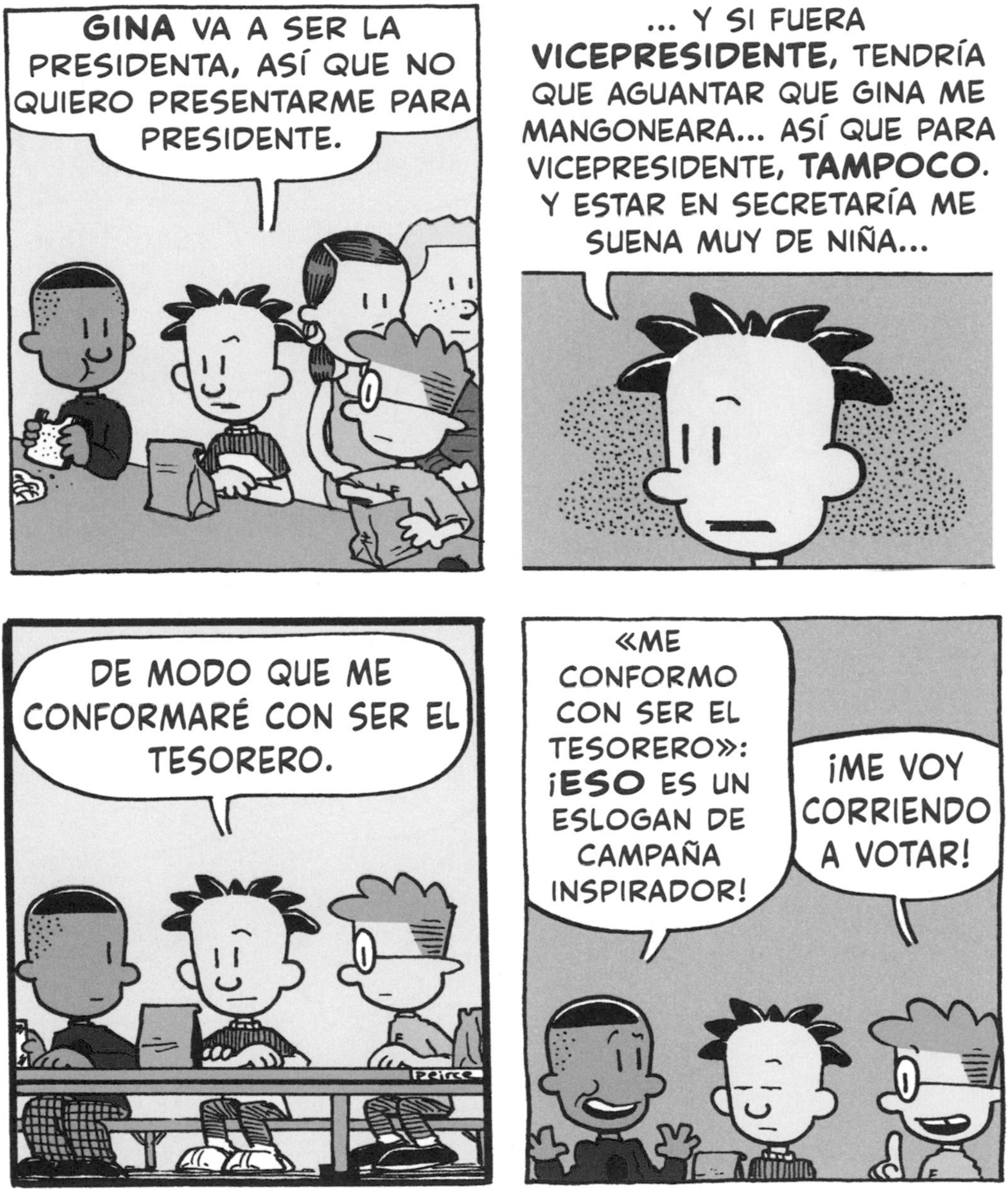
GINA VA A SER LA PRESIDENTA, ASÍ QUE NO QUIERO PRESENTARME PARA PRESIDENTE.
... Y SI FUERA VICEPRESIDENTE, TENDRÍA QUE AGUANTAR QUE GINA ME MANGONEARA... ASÍ QUE PARA VICEPRESIDENTE, TAMPOCO. Y ESTAR EN SECRETARÍA ME SUENA MUY DE NIÑA...
DE MODO QUE ME CONFORMARÉ CON SER EL TESORERO.
PEIRCE
«ME CONFORMO CON SER EL TESORERO»: ¡ESO ES UN ESLOGAN DE CAMPAÑA INSPIRADOR!
¡ME VOY CORRIENDO A VOTAR!

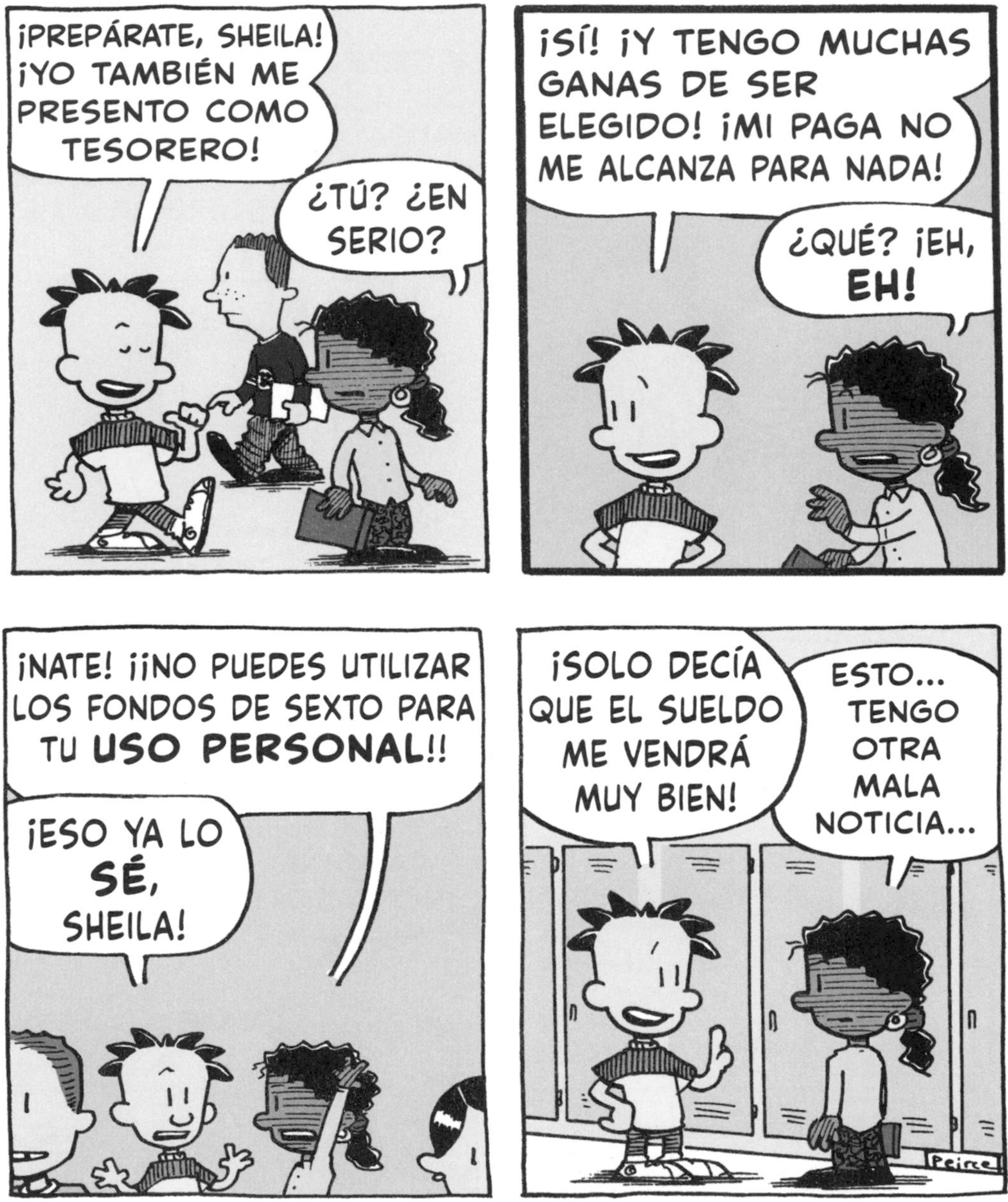
¡PREPÁRATE, SHEILA! ¡YO TAMBIÉN ME PRESENTO COMO TESORERO!
¿TÚ? ¿EN SERIO?
¡SÍ! ¡Y TENGO MUCHAS GANAS DE SER ELEGIDO! ¡MI PAGA NO ME ALCANZA PARA NADA!
¿QUÉ? ¡EH, EH!
¡NATE! ¡¡NO PUEDES UTILIZAR LOS FONDOS DE SEXTO PARA TU USO PERSONAL!!
¡ESO YA LO SÉ, SHEILA!
¡SOLO DECÍA QUE EL SUELDO ME VENDRÁ MUY BIEN!
ESTO... TENGO OTRA MALA NOTICIA...
Peirce

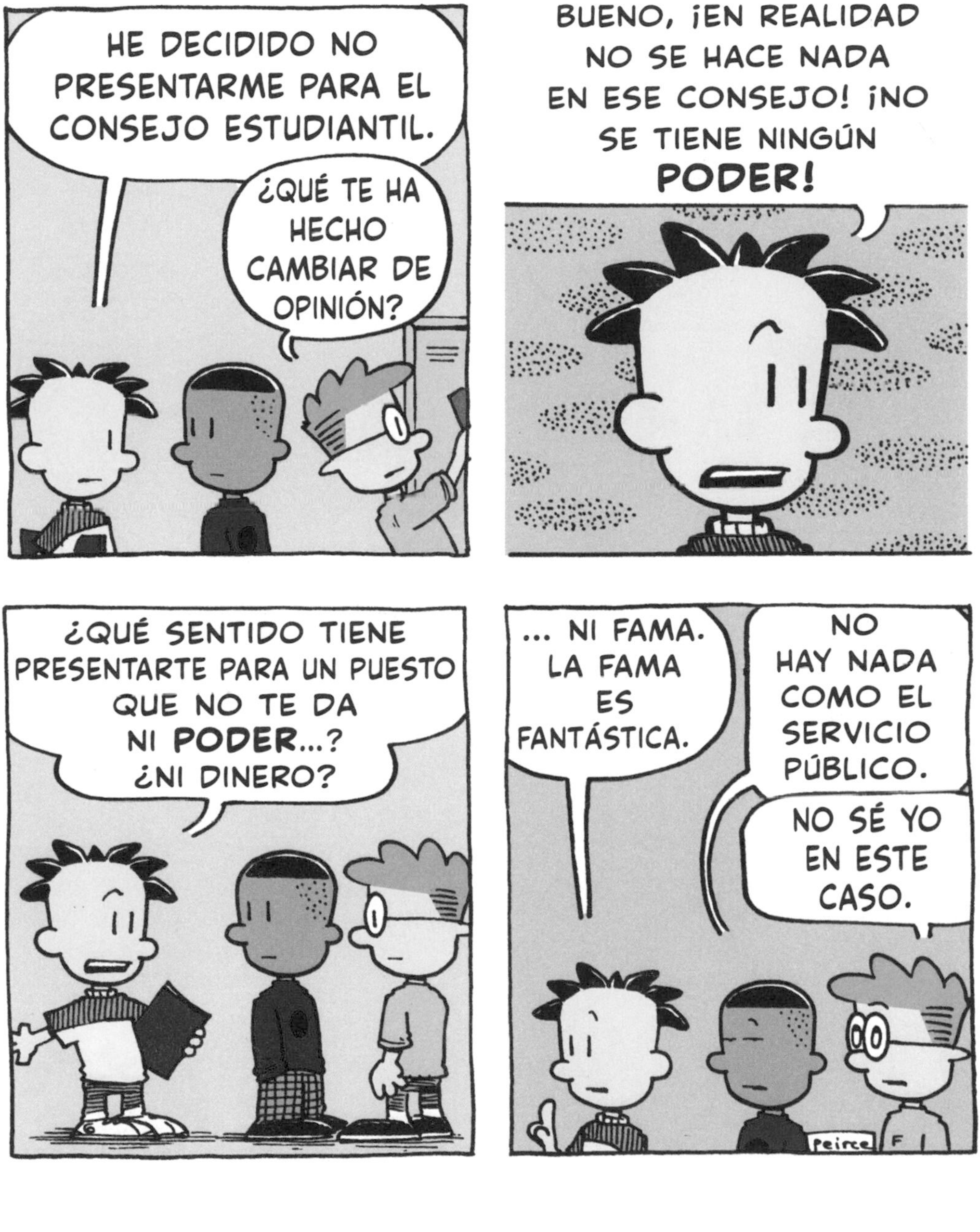

HE DECIDIDO NO PRESENTARME PARA EL CONSEJO ESTUDIANTIL.
¿QUÉ TE HA HECHO CAMBIAR DE OPINIÓN?
BUENO, ¡EN REALIDAD NO SE HACE NADA EN ESE CONSEJO! ¡NO SE TIENE NINGÚN **PODER**!
¿QUÉ SENTIDO TIENE PRESENTARTE PARA UN PUESTO QUE NO TE DA NI **PODER**...? ¿NI DINERO?
... NI FAMA. LA FAMA ES FANTÁSTICA.
NO HAY NADA COMO EL SERVICIO PÚBLICO.
NO SÉ YO EN ESTE CASO.
peirce

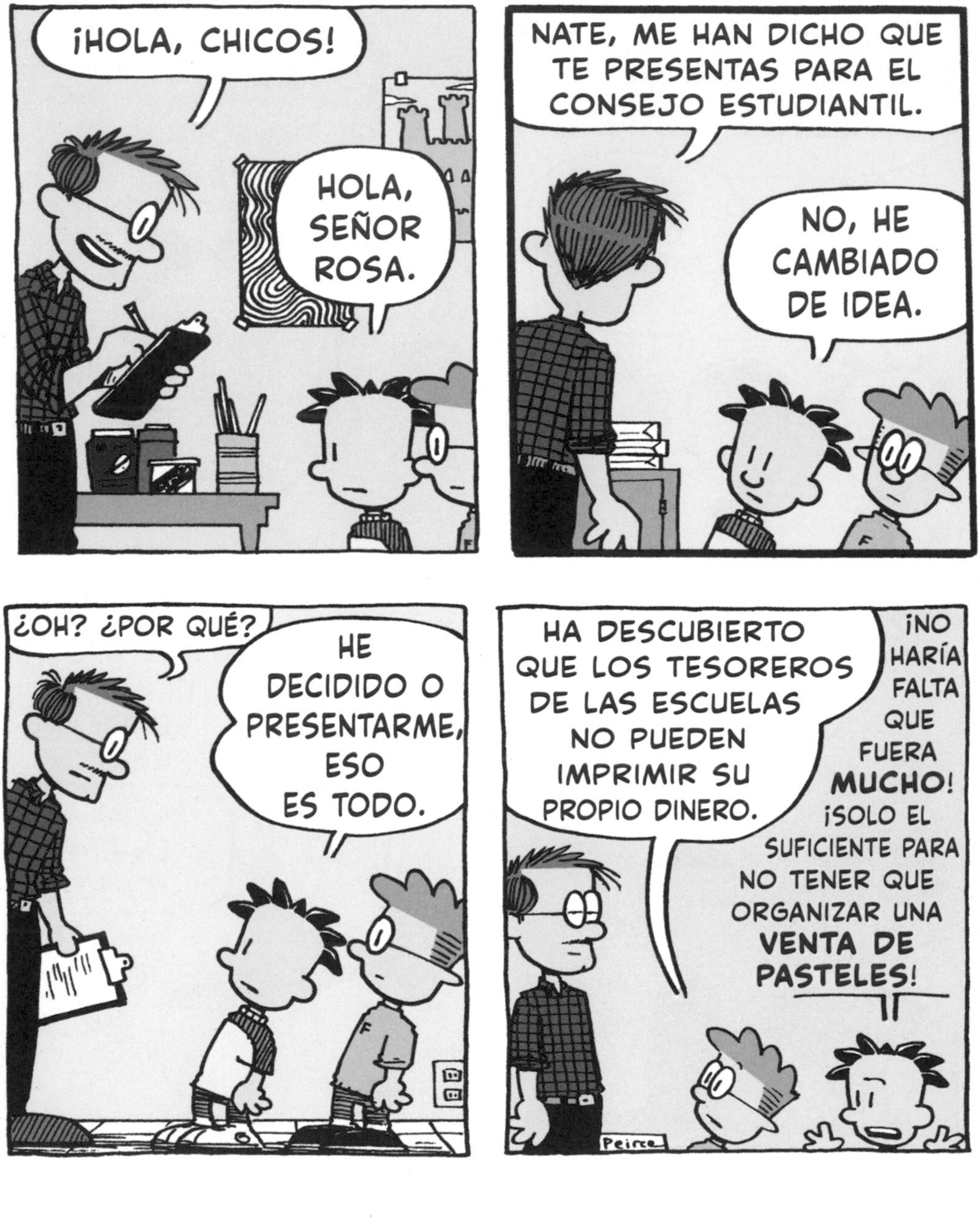
¡HOLA, CHICOS!
HOLA, SEÑOR ROSA.
NATE, ME HAN DICHO QUE TE PRESENTAS PARA EL CONSEJO ESTUDIANTIL.
NO, HE CAMBIADO DE IDEA.
¿OH? ¿POR QUÉ?
HE DECIDIDO O PRESENTARME, ESO ES TODO.
HA DESCUBIERTO QUE LOS TESOREROS DE LAS ESCUELAS NO PUEDEN IMPRIMIR SU PROPIO DINERO.
¡NO HARÍA FALTA QUE FUERA **MUCHO**! ¡SOLO EL SUFICIENTE PARA NO TENER QUE ORGANIZAR UNA **VENTA DE PASTELES**!
Peirce

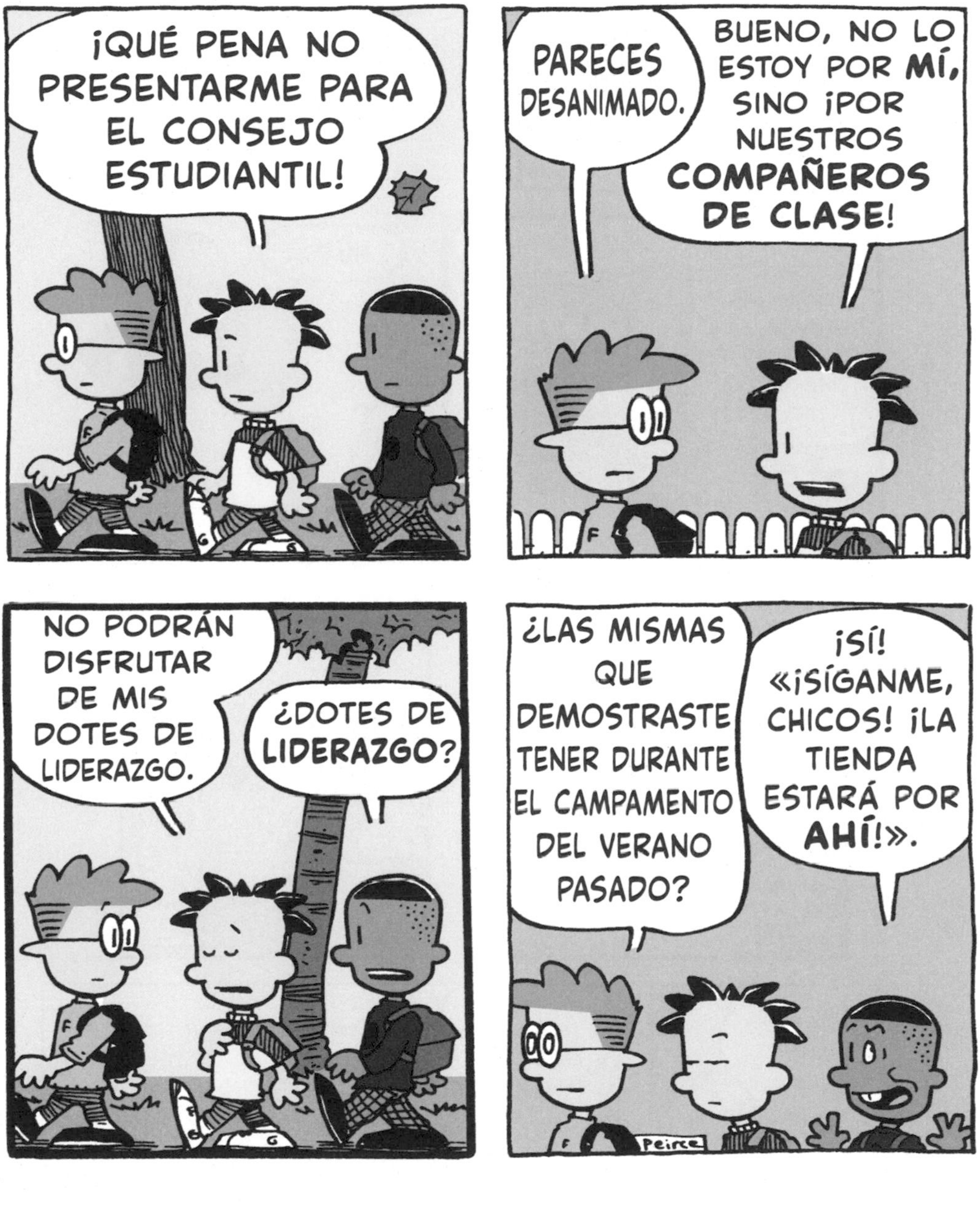
¡QUÉ PENA NO PRESENTARME PARA EL CONSEJO ESTUDIANTIL!
PARECES DESANIMADO.
BUENO, NO LO ESTOY POR **MÍ**, SINO ¡POR NUESTROS **COMPAÑEROS DE CLASE**!
NO PODRÁN DISFRUTAR DE MIS DOTES DE LIDERAZGO.
¿DOTES DE **LIDERAZGO**?
¿LAS MISMAS QUE DEMOSTRASTE TENER DURANTE EL CAMPAMENTO DEL VERANO PASADO?
¡SÍ! «¡SÍGANME, CHICOS! ¡LA TIENDA ESTARÁ POR **AHÍ**!».
Peirce

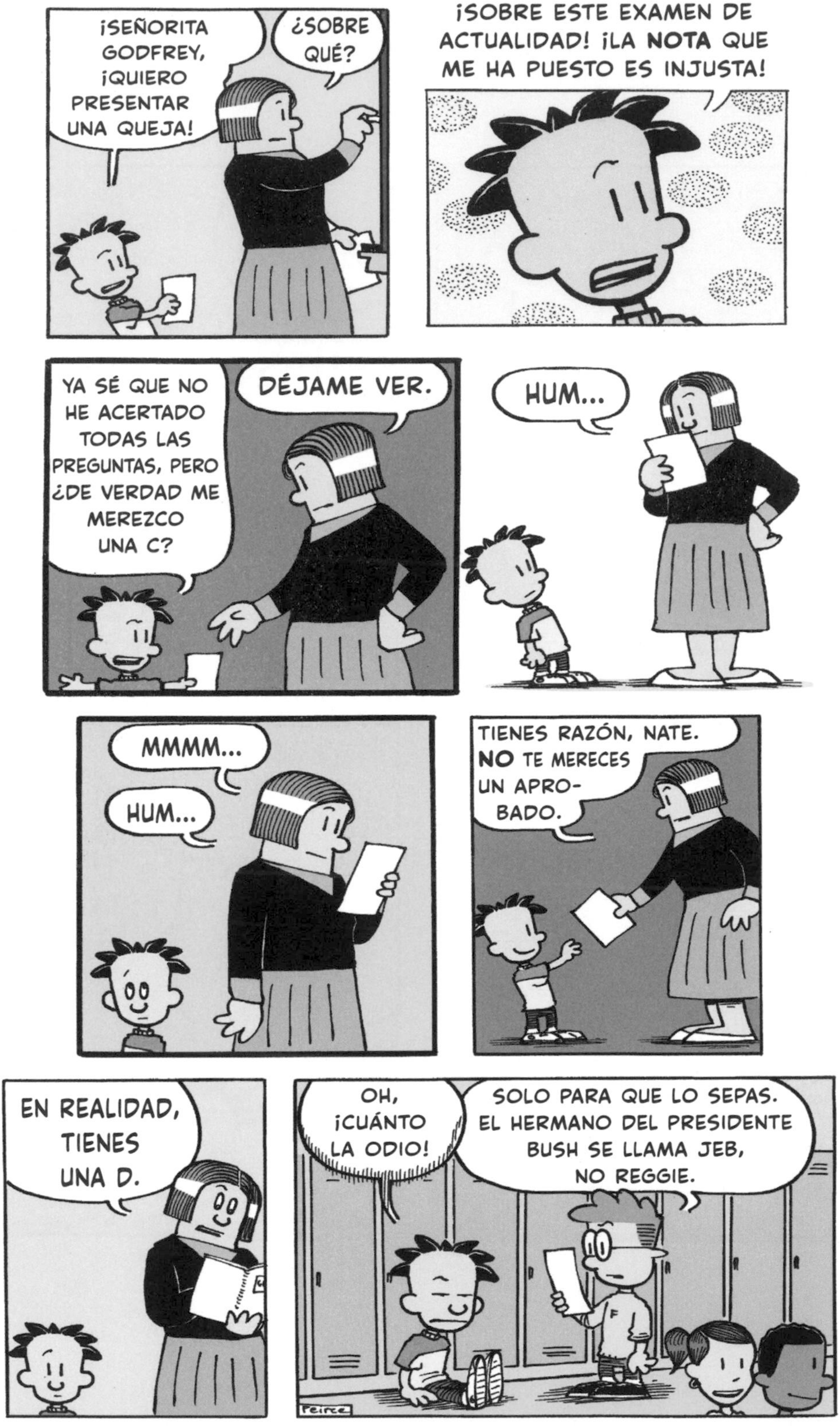
¡SEÑORITA GODFREY, ¡QUIERO PRESENTAR UNA QUEJA!
¿SOBRE QUÉ?
¡SOBRE ESTE EXAMEN DE ACTUALIDAD! ¡LA **NOTA** QUE ME HA PUESTO ES INJUSTA!
YA SÉ QUE NO HE ACERTADO TODAS LAS PREGUNTAS, PERO ¿DE VERDAD ME MEREZCO UNA C?
DÉJAME VER.
HUM...
MMMM...
HUM...
TIENES RAZÓN, NATE. **NO** TE MERECES UN APRO-BADO.
EN REALIDAD, TIENES UNA D.
OH, ¡CUÁNTO LA ODIO!
SOLO PARA QUE LO SEPAS. EL HERMANO DEL PRESIDENTE BUSH SE LLAMA JEB, NO REGGIE.
Peirce

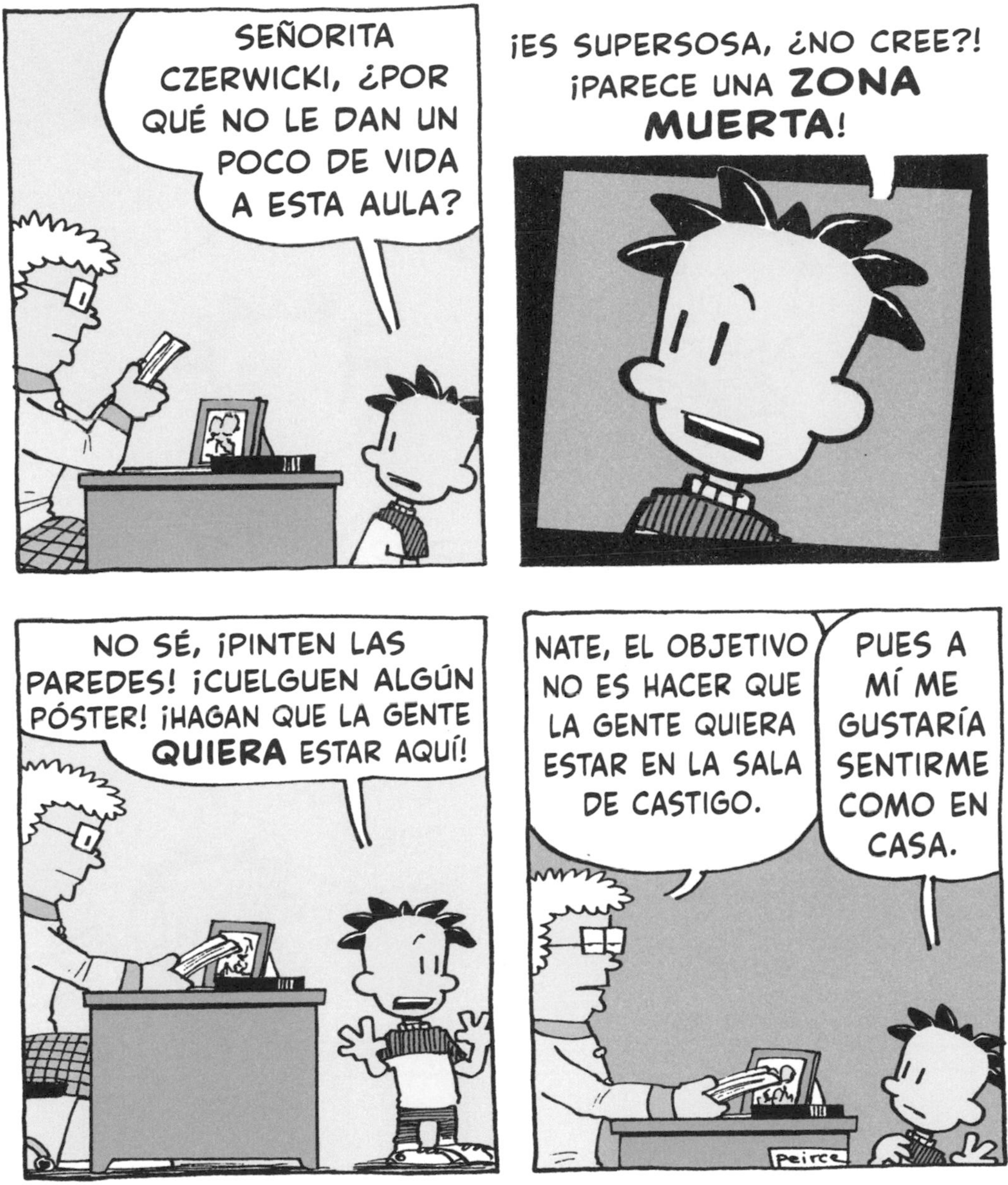
SEÑORITA CZERWICKI, ¿POR QUÉ NO LE DAN UN POCO DE VIDA A ESTA AULA?
¡ES SUPERSOSA, ¿NO CREE?! ¡PARECE UNA **ZONA MUERTA**!
NO SÉ, ¡PINTEN LAS PAREDES! ¡CUELGUEN ALGÚN PÓSTER! ¡HAGAN QUE LA GENTE **QUIERA** ESTAR AQUÍ!
NATE, EL OBJETIVO NO ES HACER QUE LA GENTE QUIERA ESTAR EN LA SALA DE CASTIGO.
PUES A MÍ ME GUSTARÍA SENTIRME COMO EN CASA.
peirce

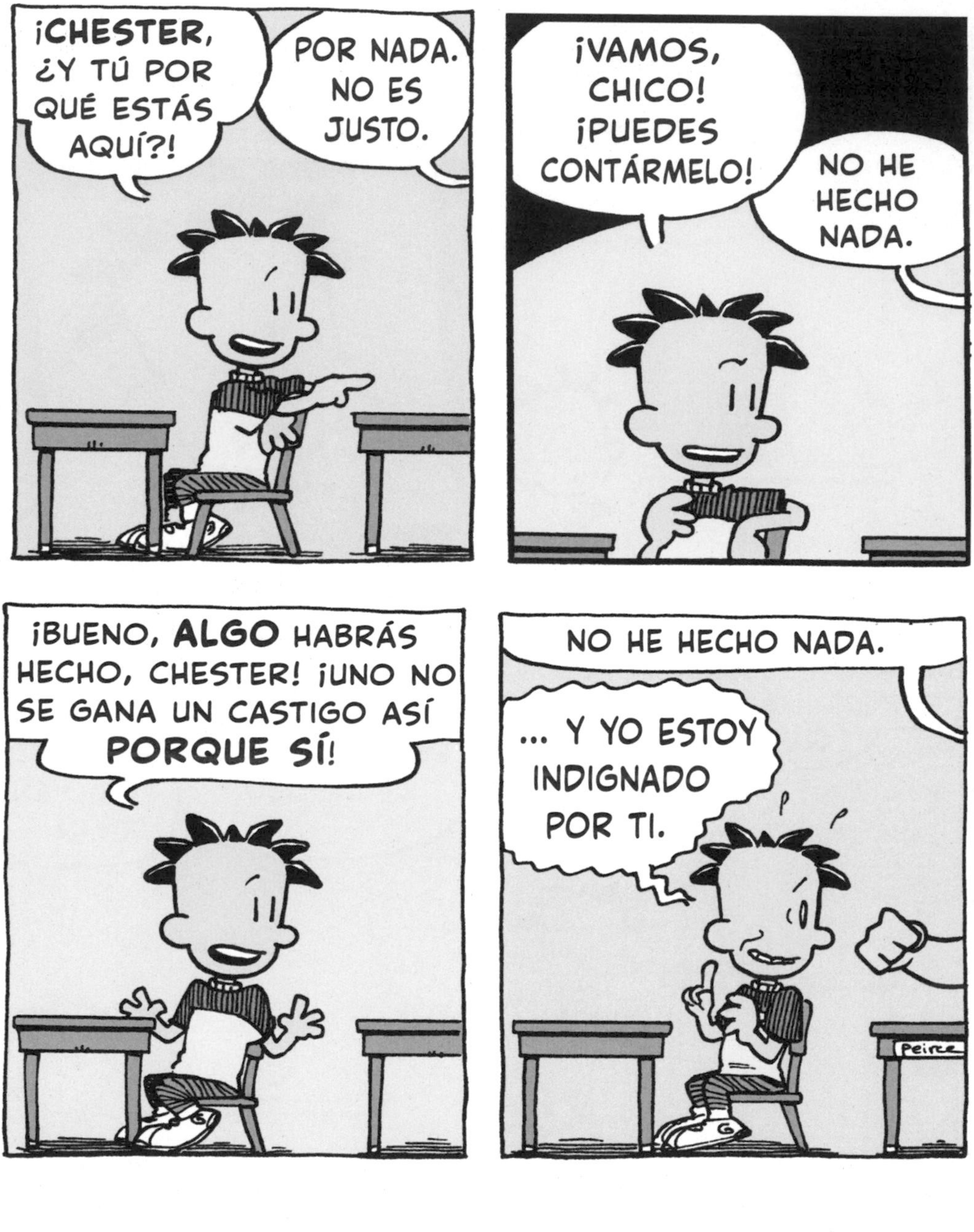
¡CHESTER, ¿Y TÚ POR QUÉ ESTÁS AQUÍ?!
POR NADA. NO ES JUSTO.
¡VAMOS, CHICO! ¡PUEDES CONTÁRMELO!
NO HE HECHO NADA.
¡BUENO, ALGO HABRÁS HECHO, CHESTER! ¡UNO NO SE GANA UN CASTIGO ASÍ PORQUE SÍ!
NO HE HECHO NADA.
... Y YO ESTOY INDIGNADO POR TI.
Peirce

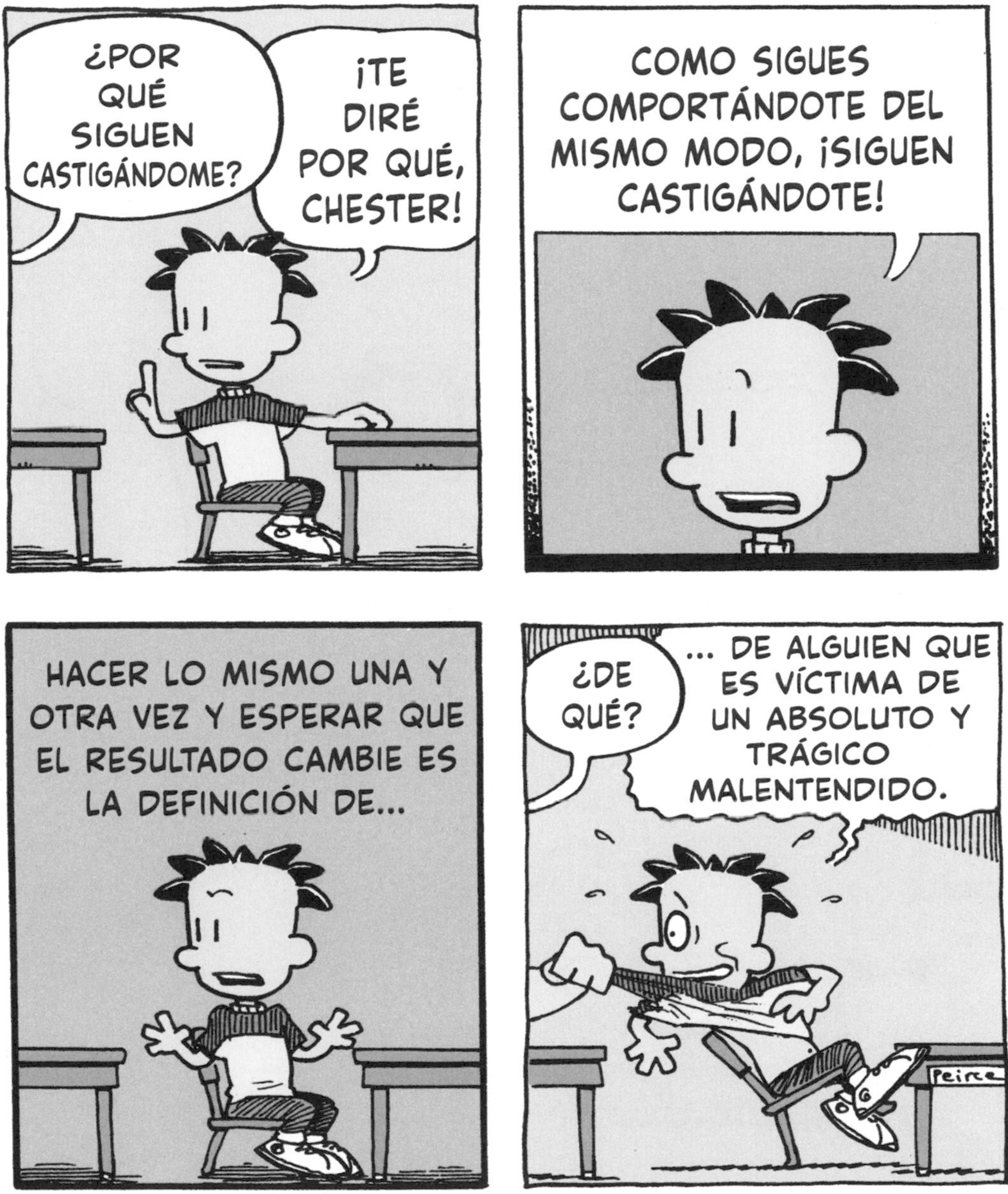
¿POR QUÉ SIGUEN CASTIGÁNDOME?
¡TE DIRÉ POR QUÉ, CHESTER!
COMO SIGUES COMPORTÁNDOTE DEL MISMO MODO, ¡SIGUEN CASTIGÁNDOTE!
HACER LO MISMO UNA Y OTRA VEZ Y ESPERAR QUE EL RESULTADO CAMBIE ES LA DEFINICIÓN DE...
¿DE QUÉ?
... DE ALGUIEN QUE ES VÍCTIMA DE UN ABSOLUTO Y TRÁGICO MALENTENDIDO.
Peirce

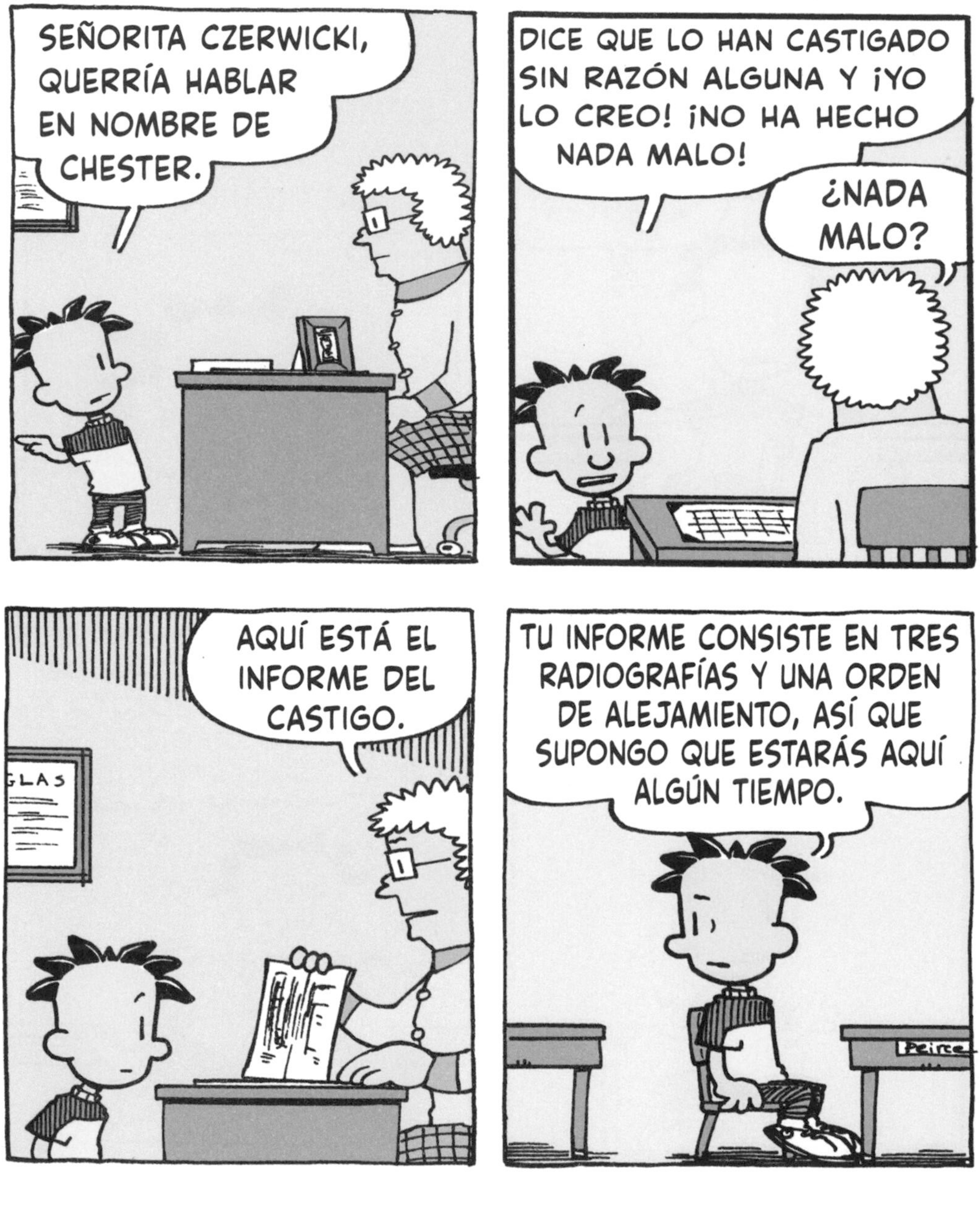
SEÑORITA CZERWICKI, QUERRÍA HABLAR EN NOMBRE DE CHESTER.
DICE QUE LO HAN CASTIGADO SIN RAZÓN ALGUNA Y ¡YO LO CREO! ¡NO HA HECHO NADA MALO!
¿NADA MALO?
AQUÍ ESTÁ EL INFORME DEL CASTIGO.
TU INFORME CONSISTE EN TRES RADIOGRAFÍAS Y UNA ORDEN DE ALEJAMIENTO, ASÍ QUE SUPONGO QUE ESTARÁS AQUÍ ALGÚN TIEMPO.

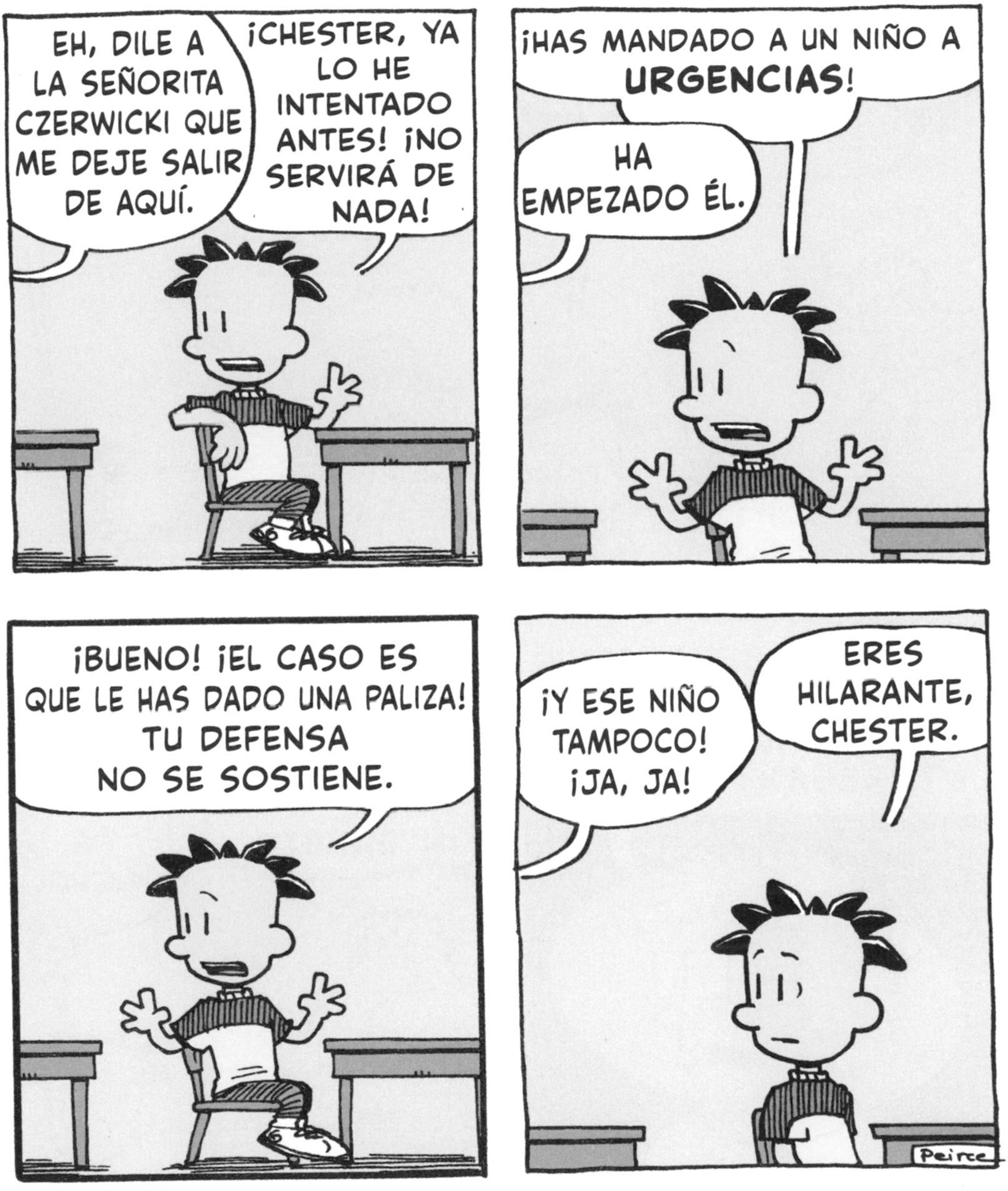

EH, DILE A LA SEÑORITA CZERWICKI QUE ME DEJE SALIR DE AQUÍ.
¡CHESTER, YA LO HE INTENTADO ANTES! ¡NO SERVIRÁ DE NADA!
¡HAS MANDADO A UN NIÑO A **URGENCIAS**!
HA EMPEZADO ÉL.
¡BUENO! ¡EL CASO ES QUE LE HAS DADO UNA PALIZA! TU DEFENSA NO SE SOSTIENE.
¡Y ESE NIÑO TAMPOCO! ¡JA, JA!
ERES HILARANTE, CHESTER.
Peirce

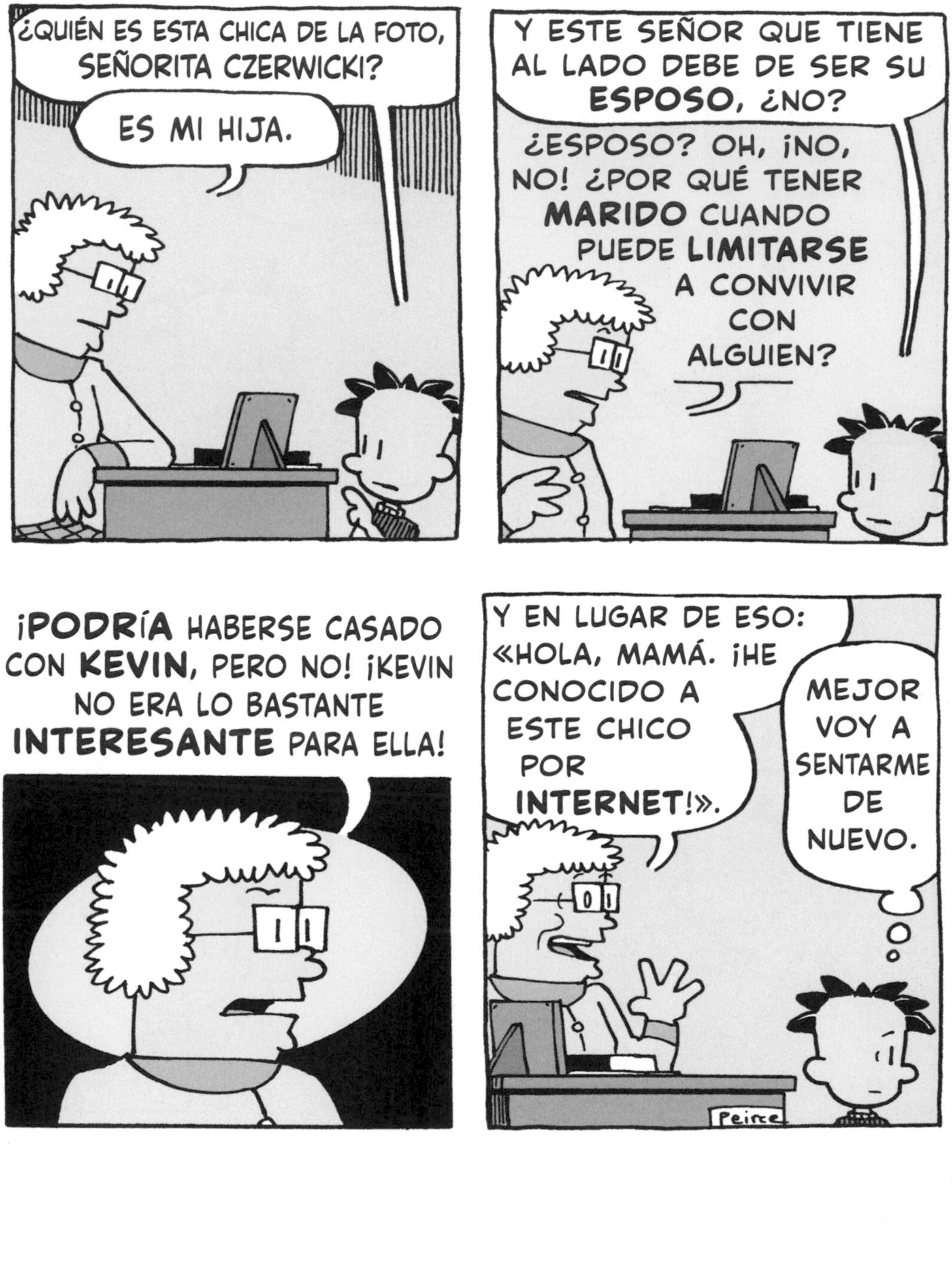

¿QUIÉN ES ESTA CHICA DE LA FOTO, SEÑORITA CZERWICKI?
ES MI HIJA.
Y ESTE SEÑOR QUE TIENE AL LADO DEBE DE SER SU ESPOSO, ¿NO?
¿ESPOSO? OH, ¡NO, NO! ¿POR QUÉ TENER MARIDO CUANDO PUEDE LIMITARSE A CONVIVIR CON ALGUIEN?
¡PODRÍA HABERSE CASADO CON KEVIN, PERO NO! ¡KEVIN NO ERA LO BASTANTE INTERESANTE PARA ELLA!
Y EN LUGAR DE ESO: «HOLA, MAMÁ. ¡HE CONOCIDO A ESTE CHICO POR INTERNET!».
MEJOR VOY A SENTARME DE NUEVO.
Peirce

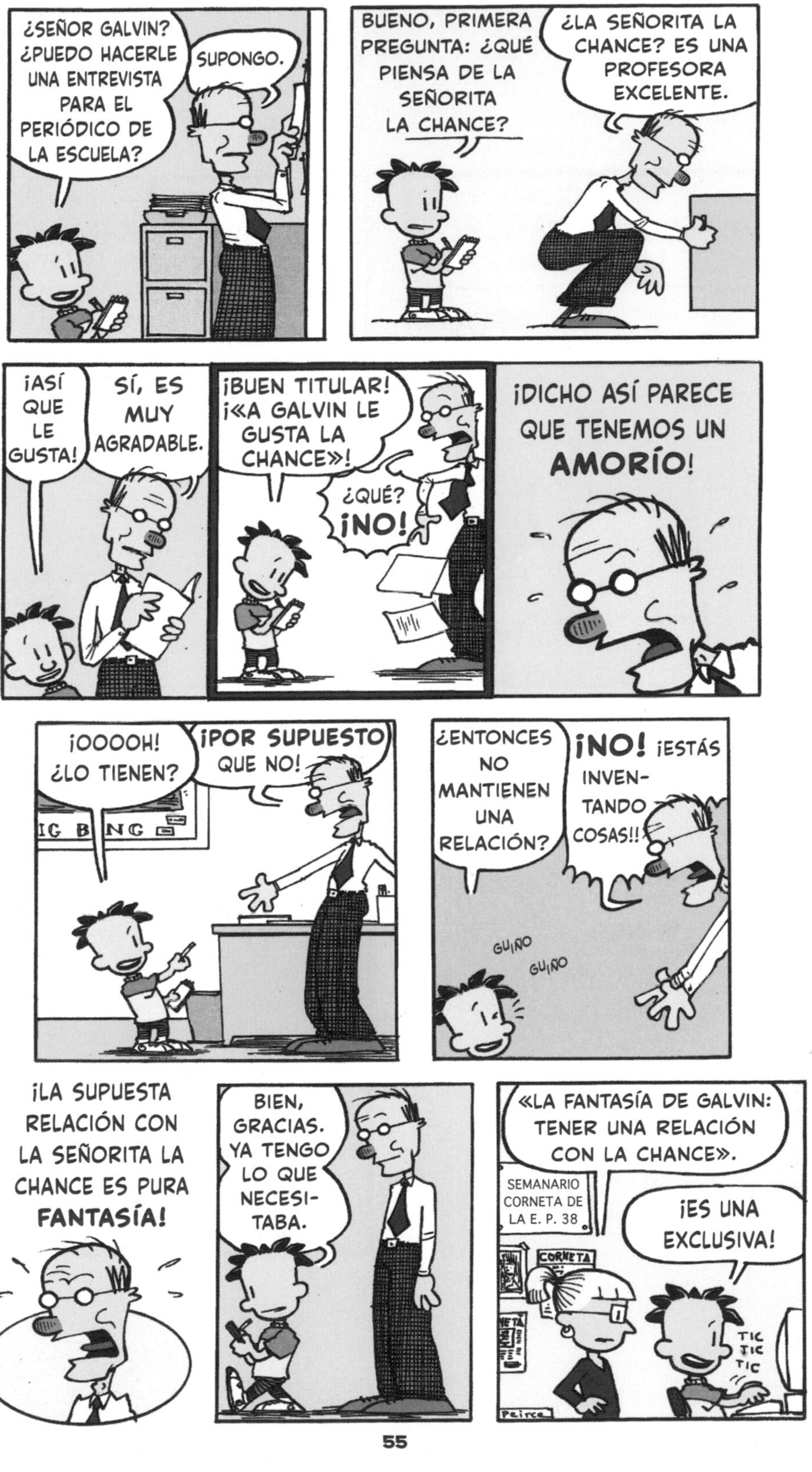
¿SEÑOR GALVIN? ¿PUEDO HACERLE UNA ENTREVISTA PARA EL PERIÓDICO DE LA ESCUELA?
SUPONGO.
BUENO, PRIMERA PREGUNTA: ¿QUÉ PIENSA DE LA SEÑORITA LA CHANCE?
¿LA SEÑORITA LA CHANCE? ES UNA PROFESORA EXCELENTE.
¡ASÍ QUE LE GUSTA!
SÍ, ES MUY AGRADABLE.
¡BUEN TITULAR! ¡«A GALVIN LE GUSTA LA CHANCE»!
¿QUÉ? ¡NO!
¡DICHO ASÍ PARECE QUE TENEMOS UN AMORÍO!
¡OOOOH! ¿LO TIENEN?
¡POR SUPUESTO QUE NO!
¿ENTONCES NO MANTIENEN UNA RELACIÓN?
¡NO! ¡ESTÁS INVENTANDO COSAS!!
GUIÑO
GUIÑO
¡LA SUPUESTA RELACIÓN CON LA SEÑORITA LA CHANCE ES PURA FANTASÍA!
BIEN, GRACIAS. YA TENGO LO QUE NECESITABA.
«LA FANTASÍA DE GALVIN: TENER UNA RELACIÓN CON LA CHANCE».
SEMANARIO CORNETA DE LA E. P. 38
CORNETA
¡ES UNA EXCLUSIVA!
TIC TIC TIC
Peirce

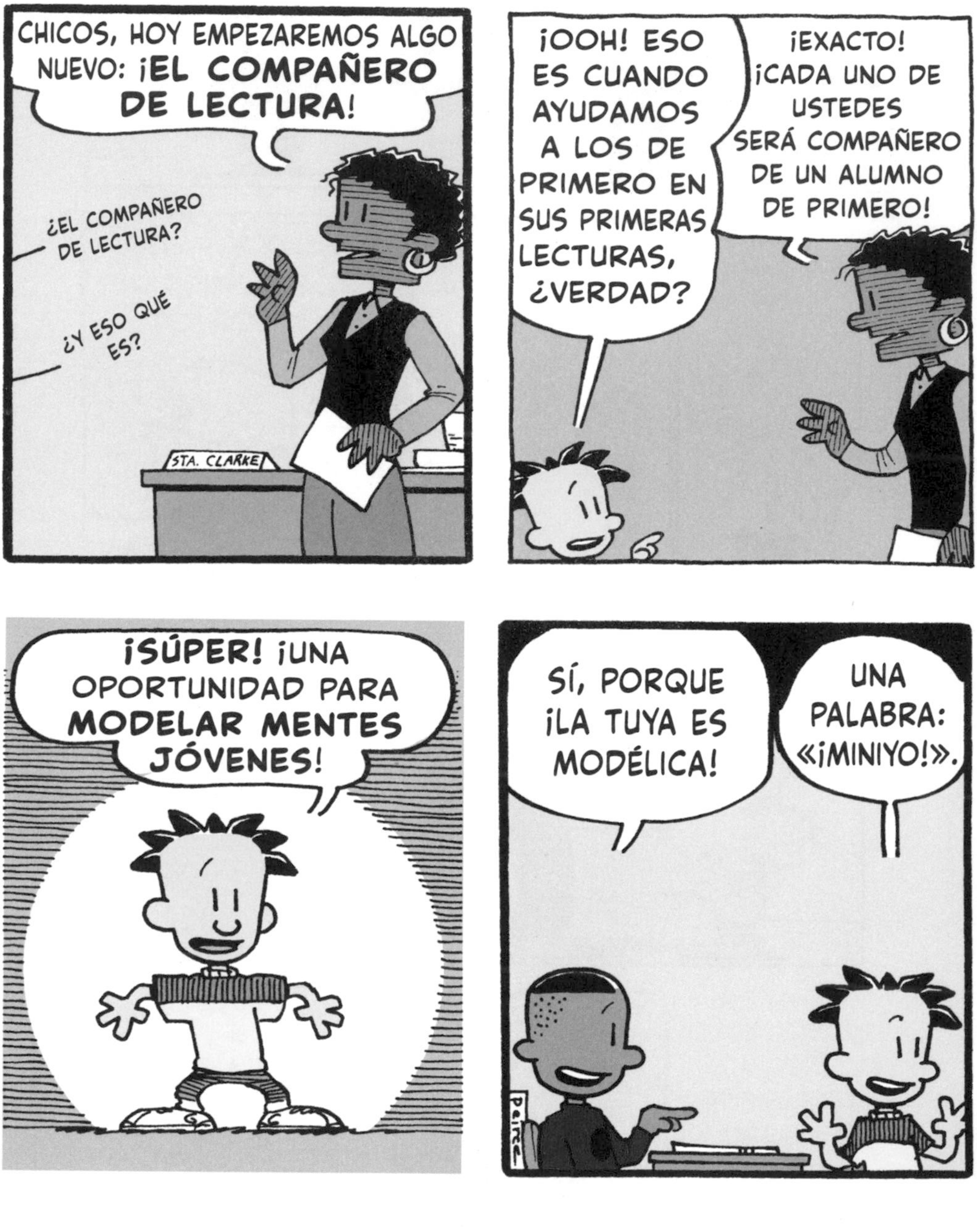
CHICOS, HOY EMPEZAREMOS ALGO NUEVO: ¡EL COMPAÑERO DE LECTURA!
¿EL COMPAÑERO DE LECTURA?
¿Y ESO QUÉ ES?
STA. CLARKE
¡OOH! ESO ES CUANDO AYUDAMOS A LOS DE PRIMERO EN SUS PRIMERAS LECTURAS, ¿VERDAD?
¡EXACTO! ¡CADA UNO DE USTEDES SERÁ COMPAÑERO DE UN ALUMNO DE PRIMERO!
¡SÚPER! ¡UNA OPORTUNIDAD PARA MODELAR MENTES JÓVENES!
SÍ, PORQUE ¡LA TUYA ES MODÉLICA!
UNA PALABRA: «¡MINIYO!».
PEIRCE

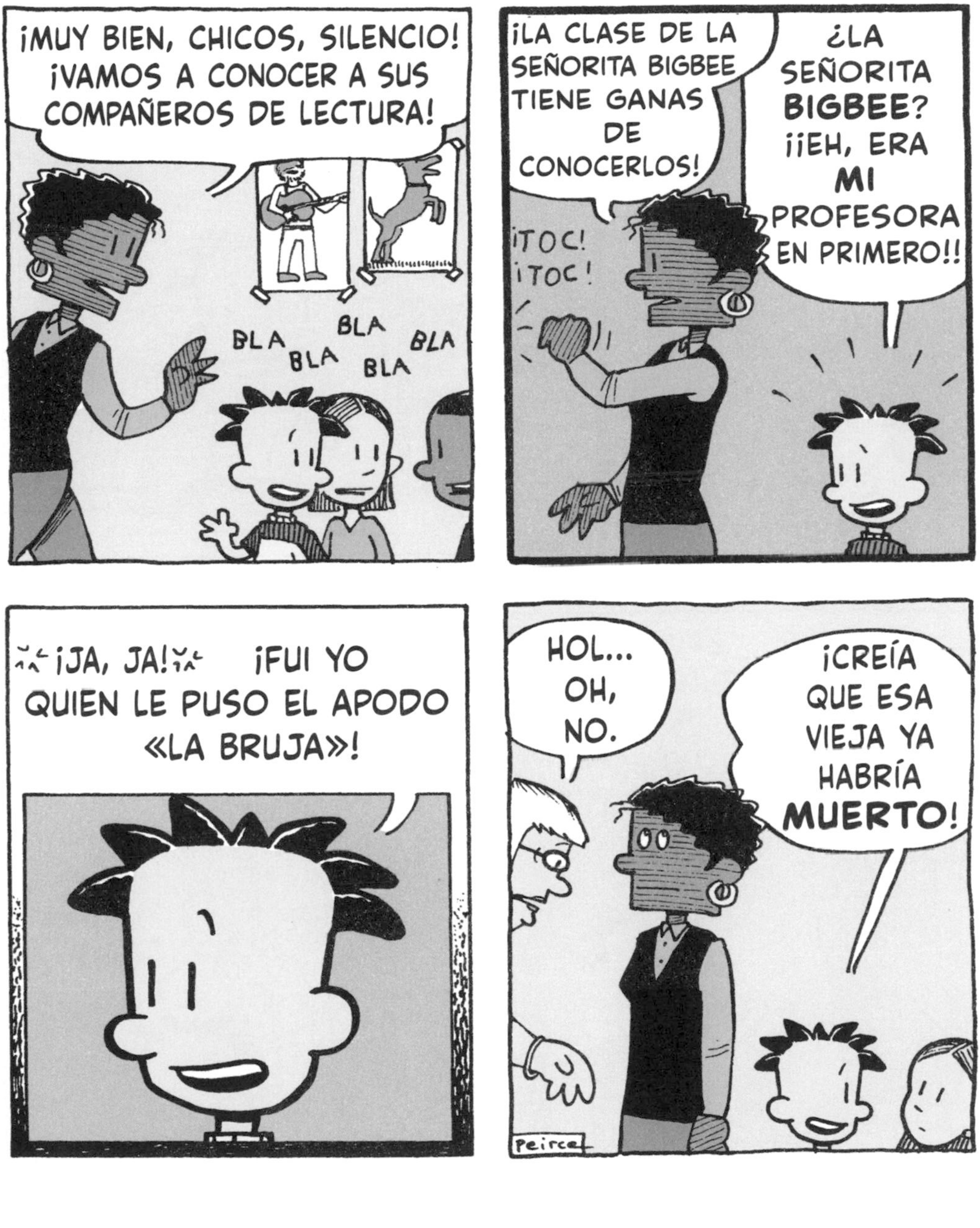
¡MUY BIEN, CHICOS, SILENCIO! ¡VAMOS A CONOCER A SUS COMPAÑEROS DE LECTURA!
BLA BLA BLA BLA BLA
¡LA CLASE DE LA SEÑORITA BIGBEE TIENE GANAS DE CONOCERLOS!
¡TOC! ¡TOC!
¿LA SEÑORITA **BIGBEE**? ¡¡EH, ERA **MI** PROFESORA EN PRIMERO!!
¡JA, JA! ¡FUI YO QUIEN LE PUSO EL APODO «LA BRUJA»!
HOL... OH, NO.
¡CREÍA QUE ESA VIEJA YA HABRÍA **MUERTO**!
peirce

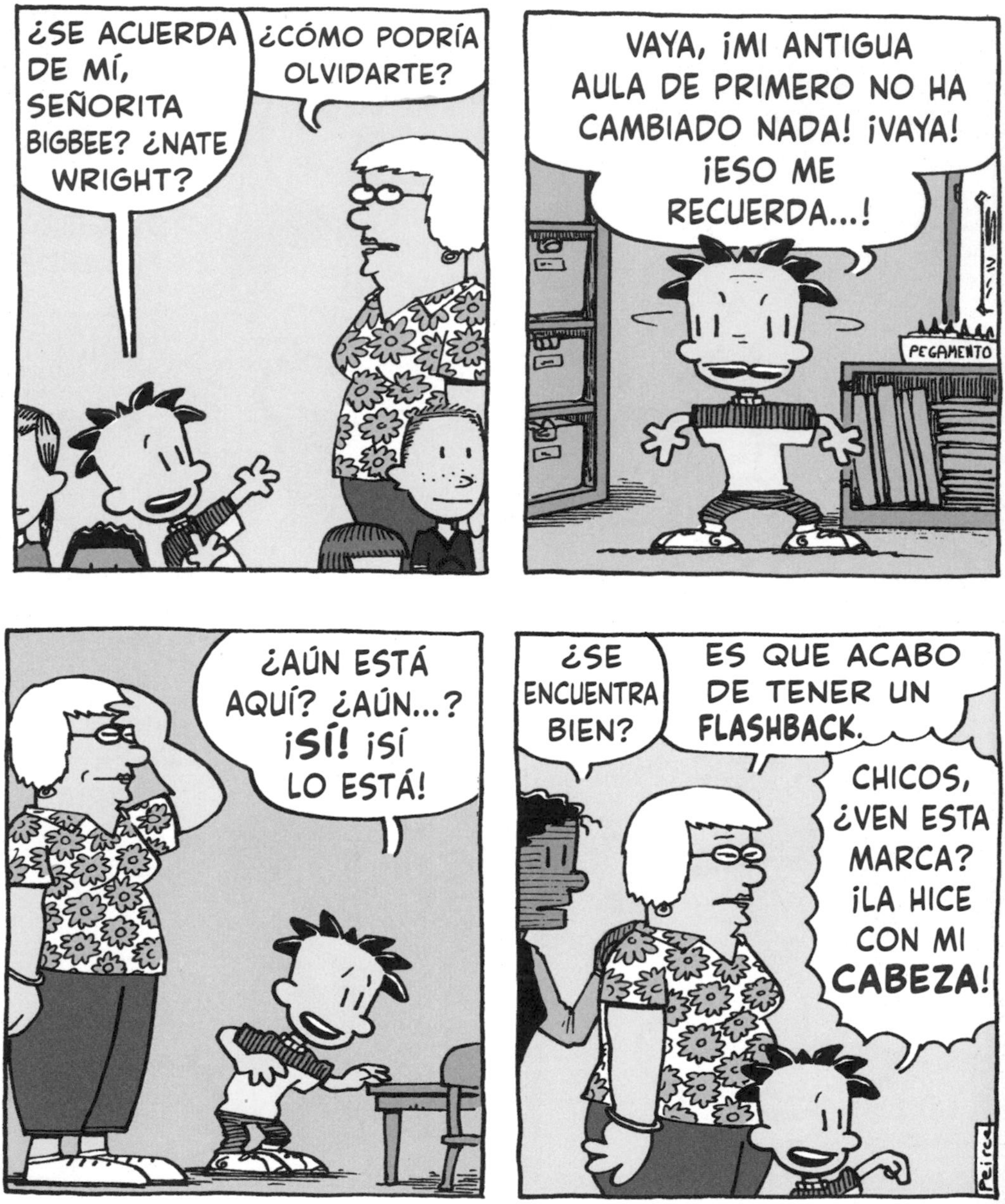
¿SE ACUERDA DE MÍ, SEÑORITA BIGBEE? ¿NATE WRIGHT?
¿CÓMO PODRÍA OLVIDARTE?
VAYA, ¡MI ANTIGUA AULA DE PRIMERO NO HA CAMBIADO NADA! ¡VAYA! ¡ESO ME RECUERDA...!
PEGAMENTO
¿AÚN ESTÁ AQUÍ? ¿AÚN...? ¡SÍ! ¡SÍ LO ESTÁ!
¿SE ENCUENTRA BIEN?
ES QUE ACABO DE TENER UN FLASHBACK.
CHICOS, ¿VEN ESTA MARCA? ¡LA HICE CON MI CABEZA!
Peirce

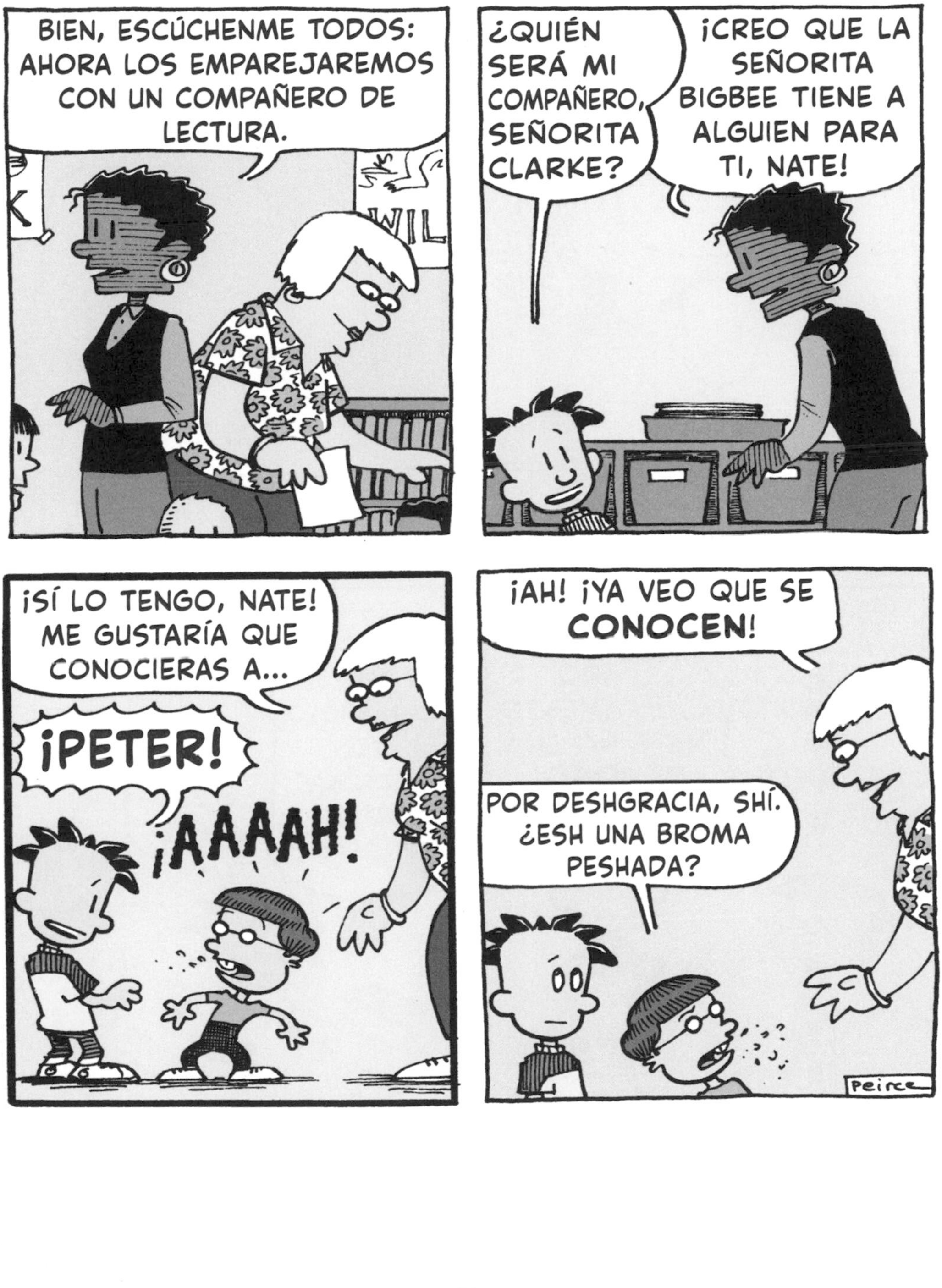
BIEN, ESCÚCHENME TODOS: AHORA LOS EMPAREJAREMOS CON UN COMPAÑERO DE LECTURA.
¿QUIÉN SERÁ MI COMPAÑERO, SEÑORITA CLARKE?
¡CREO QUE LA SEÑORITA BIGBEE TIENE A ALGUIEN PARA TI, NATE!
¡SÍ LO TENGO, NATE! ME GUSTARÍA QUE CONOCIERAS A...
¡PETER!
¡AAAAH!
¡AH! ¡YA VEO QUE SE **CONOCEN**!
POR DESHGRACIA, SHÍ. ¿ESH UNA BROMA PESHADA?
Peirce

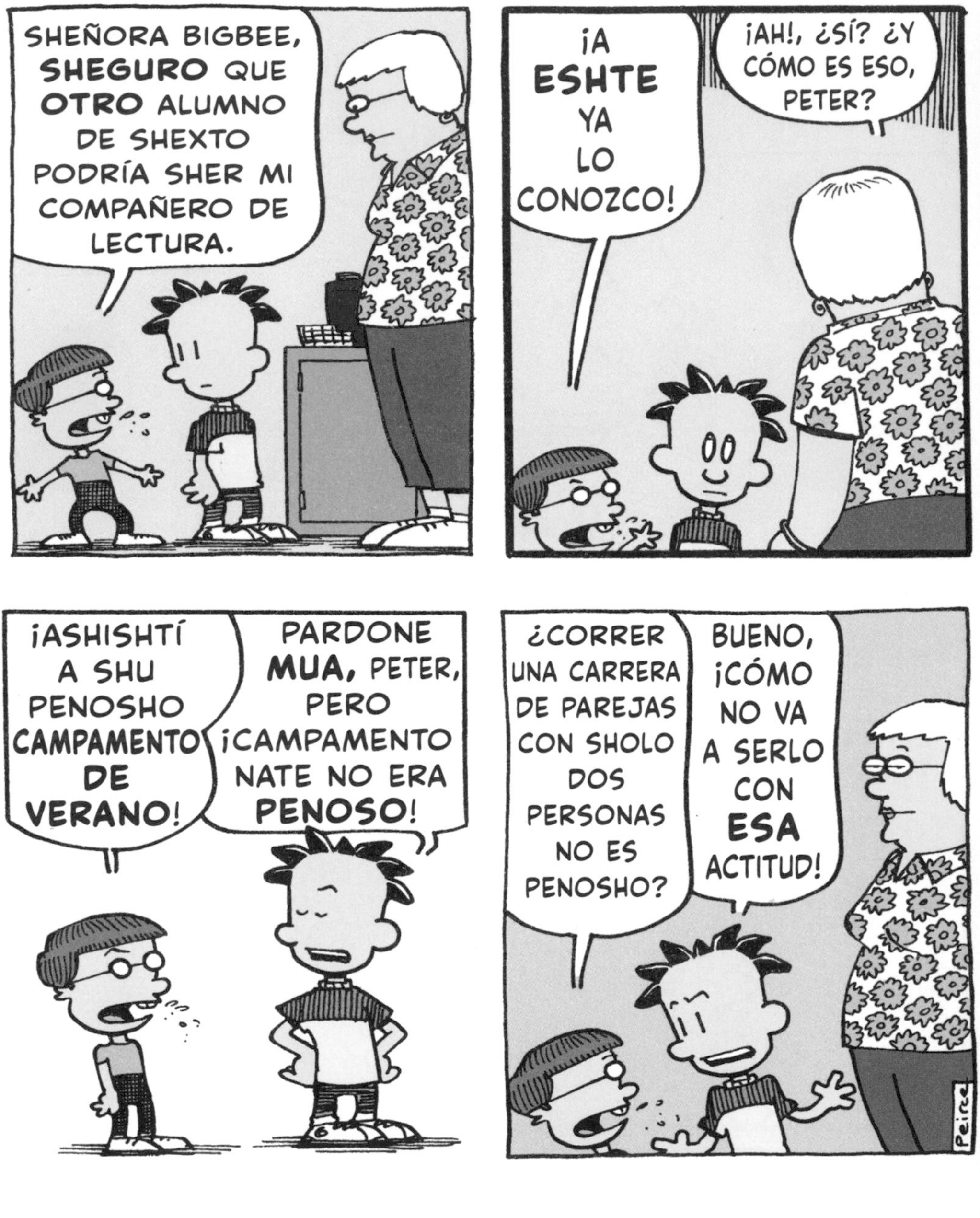
SHEÑORA BIGBEE, SHEGURO QUE OTRO ALUMNO DE SHEXTO PODRÍA SHER MI COMPAÑERO DE LECTURA.
¡A ESHTE YA LO CONOZCO!
¡AH!, ¿SÍ? ¿Y CÓMO ES ESO, PETER?
¡ASHISHTÍ A SHU PENOSHO CAMPAMENTO DE VERANO!
PARDONE MUA, PETER, PERO ¡CAMPAMENTO NATE NO ERA PENOSO!
¿CORRER UNA CARRERA DE PAREJAS CON SHOLO DOS PERSONAS NO ES PENOSHO?
BUENO, ¡CÓMO NO VA A SERLO CON ESA ACTITUD!
Peirce

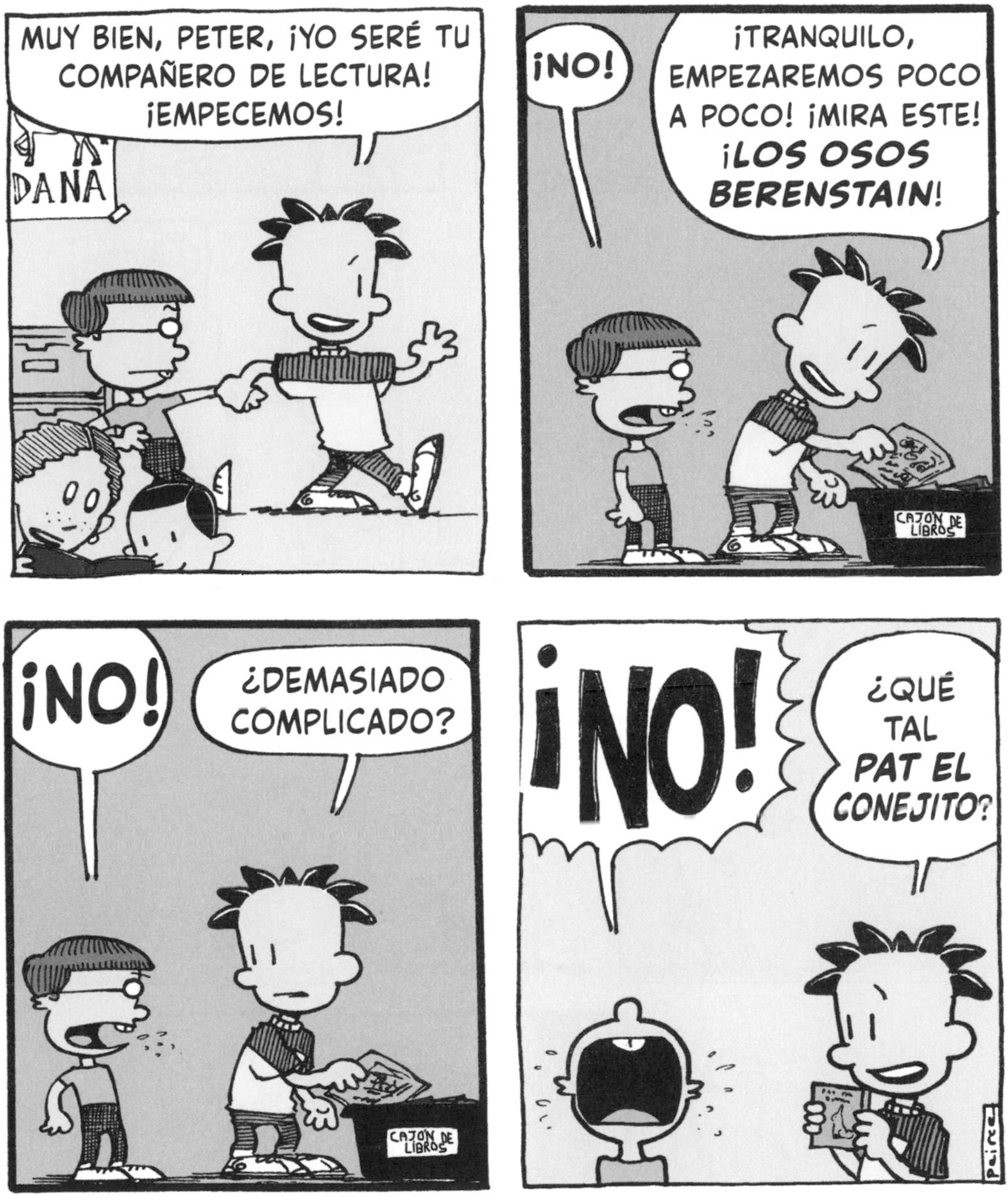
MUY BIEN, PETER, ¡YO SERÉ TU COMPAÑERO DE LECTURA! ¡EMPECEMOS!
DANA
¡NO!
¡TRANQUILO, EMPEZAREMOS POCO A POCO! ¡MIRA ESTE! ¡LOS OSOS BERENSTAIN!
CAJÓN DE LIBROS
¡NO!
¿DEMASIADO COMPLICADO?
CAJÓN DE LIBROS
¡NO!
¿QUÉ TAL PAT EL CONEJITO?
Peirce

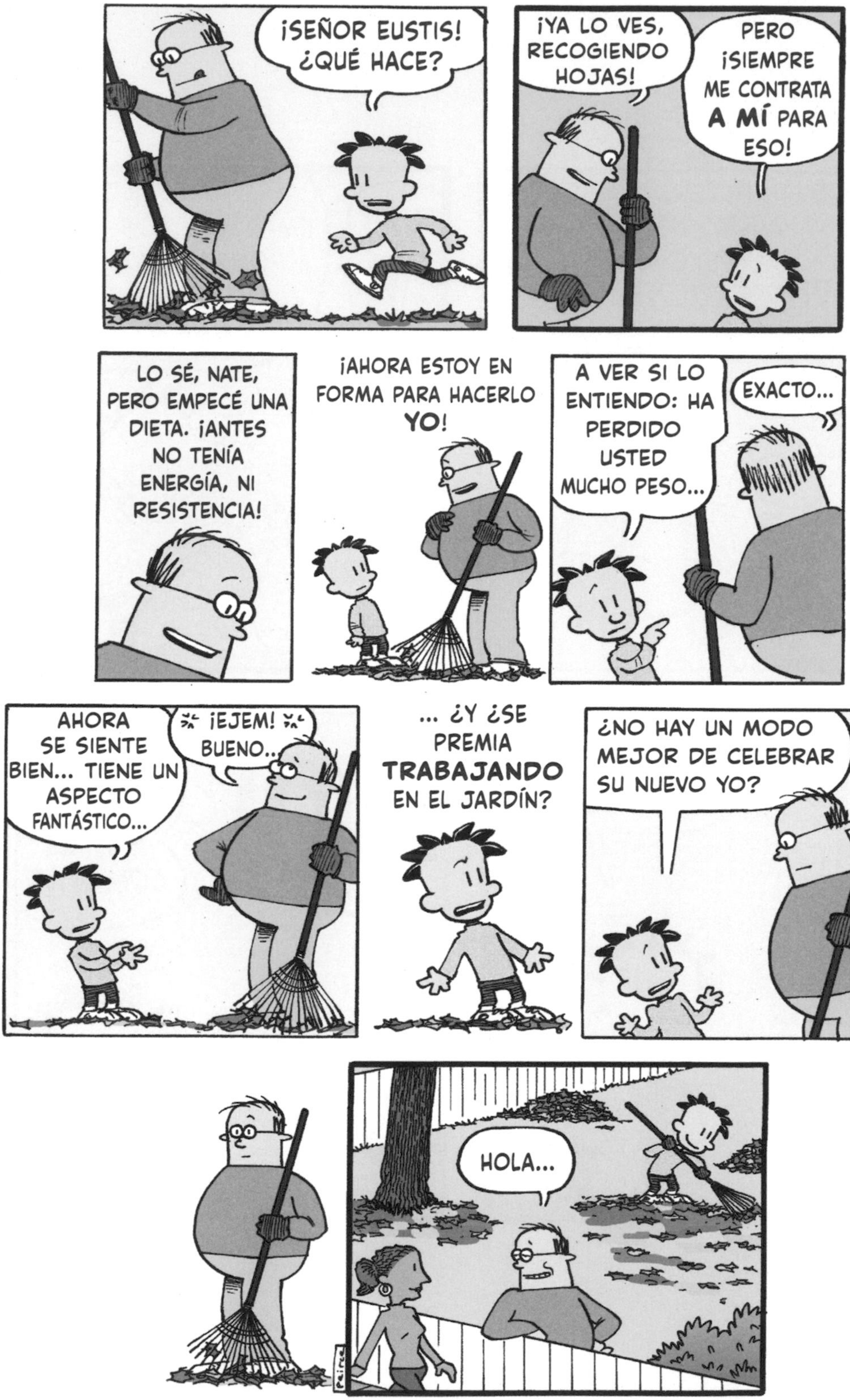
¡SEÑOR EUSTIS! ¿QUÉ HACE?
¡YA LO VES, RECOGIENDO HOJAS!
PERO ¡SIEMPRE ME CONTRATA A MÍ PARA ESO!
LO SÉ, NATE, PERO EMPECÉ UNA DIETA. ¡ANTES NO TENÍA ENERGÍA, NI RESISTENCIA!
¡AHORA ESTOY EN FORMA PARA HACERLO YO!
A VER SI LO ENTIENDO: HA PERDIDO USTED MUCHO PESO...
EXACTO...
AHORA SE SIENTE BIEN... TIENE UN ASPECTO FANTÁSTICO...
¡EJEM! BUENO...
... ¿Y ¿SE PREMIA TRABAJANDO EN EL JARDÍN?
¿NO HAY UN MODO MEJOR DE CELEBRAR SU NUEVO YO?
HOLA...
Peirce

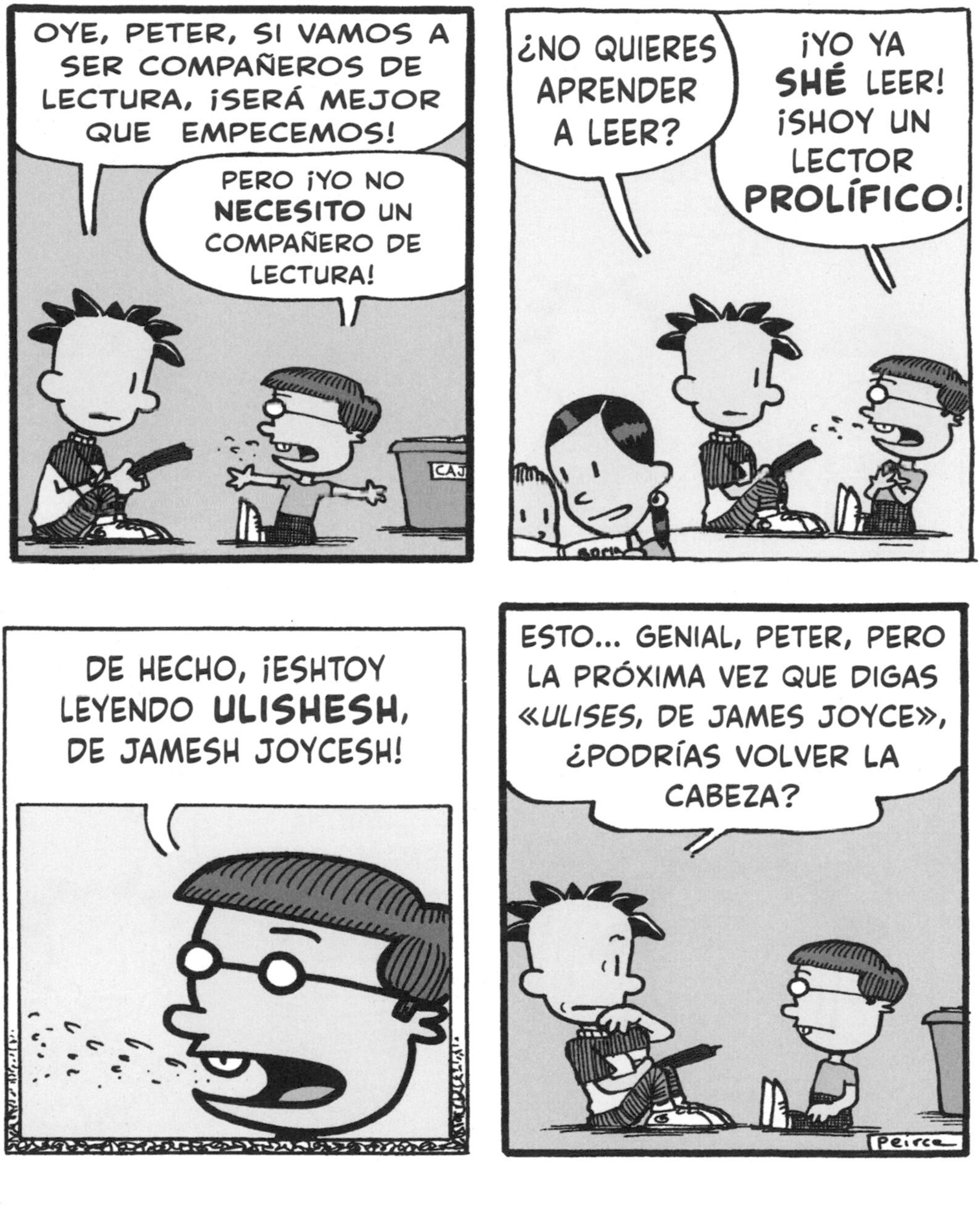
OYE, PETER, SI VAMOS A SER COMPAÑEROS DE LECTURA, ¡SERÁ MEJOR QUE EMPECEMOS!
PERO ¡YO NO **NECESITO** UN COMPAÑERO DE LECTURA!
¿NO QUIERES APRENDER A LEER?
¡YO YA **SHÉ** LEER! ¡SHOY UN LECTOR **PROLÍFICO**!
DE HECHO, ¡ESHTOY LEYENDO **ULISHESH**, DE JAMESH JOYCESH!
ESTO... GENIAL, PETER, PERO LA PRÓXIMA VEZ QUE DIGAS «*ULISES*, DE JAMES JOYCE», ¿PODRÍAS VOLVER LA CABEZA?
Peirce

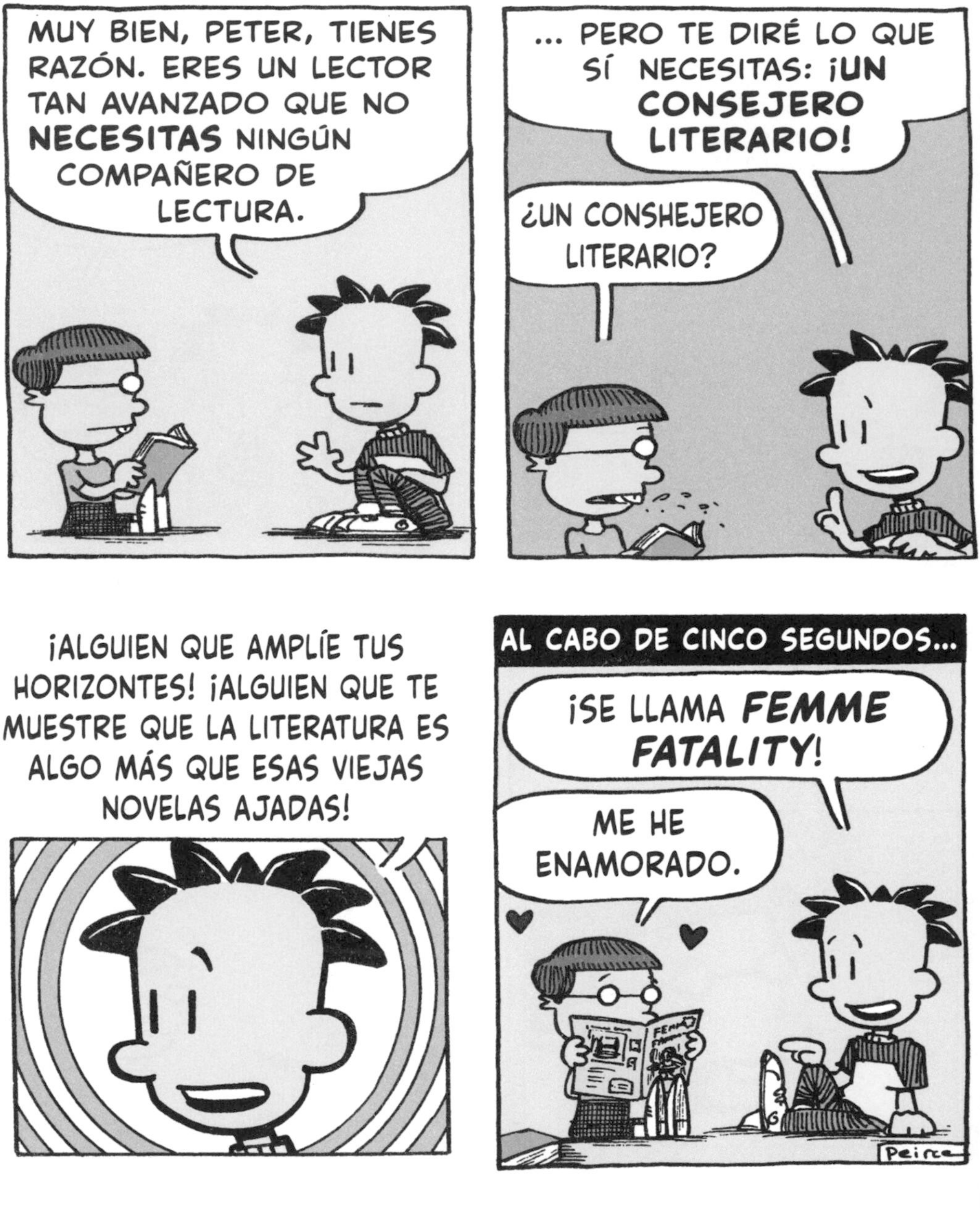
MUY BIEN, PETER, TIENES RAZÓN. ERES UN LECTOR TAN AVANZADO QUE NO NECESITAS NINGÚN COMPAÑERO DE LECTURA.
... PERO TE DIRÉ LO QUE SÍ NECESITAS: ¡UN CONSEJERO LITERARIO!
¿UN CONSHEJERO LITERARIO?
¡ALGUIEN QUE AMPLÍE TUS HORIZONTES! ¡ALGUIEN QUE TE MUESTRE QUE LA LITERATURA ES ALGO MÁS QUE ESAS VIEJAS NOVELAS AJADAS!
AL CABO DE CINCO SEGUNDOS...
¡SE LLAMA FEMME FATALITY!
ME HE ENAMORADO.
Peirce

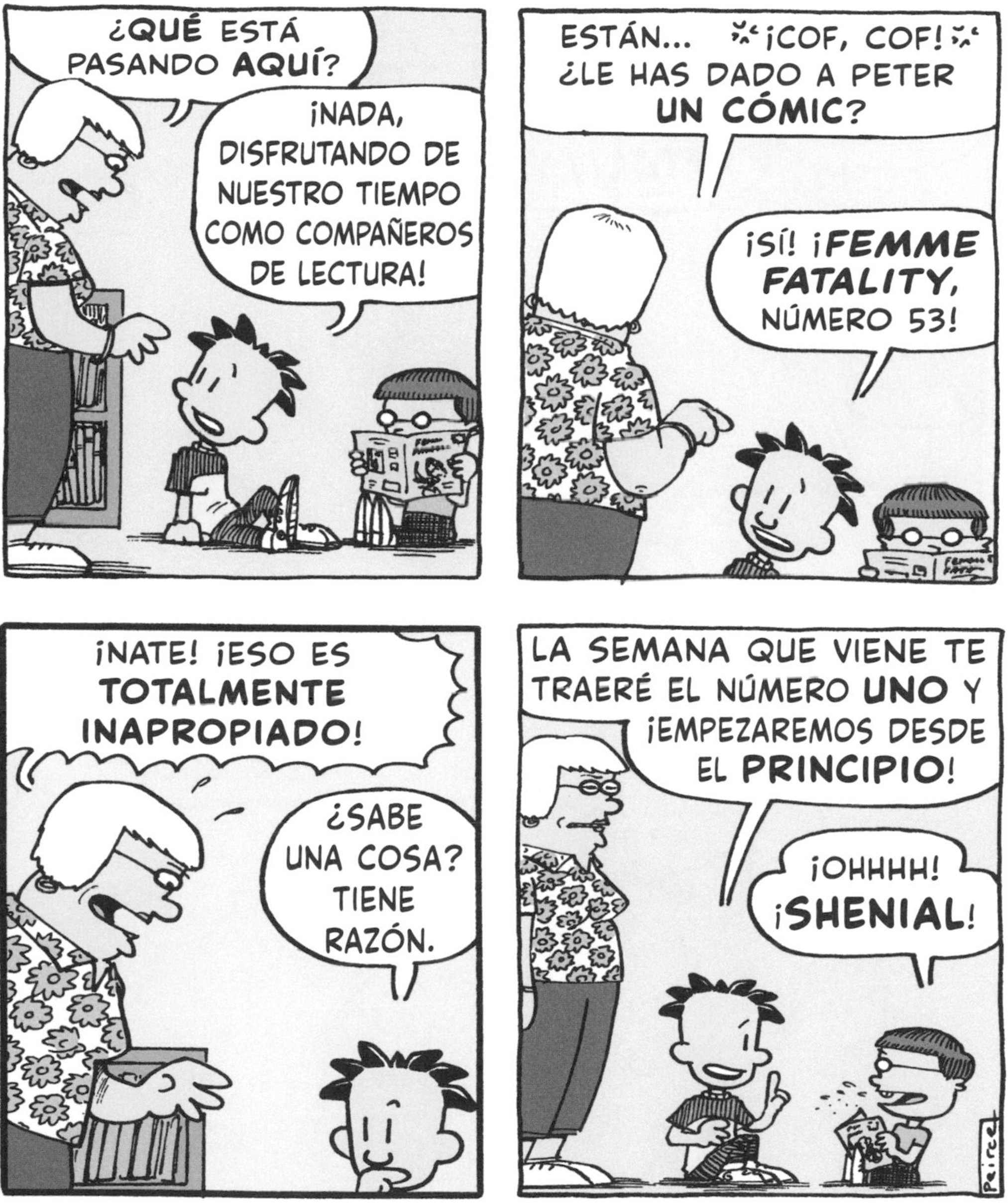
¿QUÉ ESTÁ PASANDO AQUÍ?
¡NADA, DISFRUTANDO DE NUESTRO TIEMPO COMO COMPAÑEROS DE LECTURA!
ESTÁN... ¡COF, COF! ¿LE HAS DADO A PETER UN CÓMIC?
¡SÍ! ¡FEMME FATALITY, NÚMERO 53!
¡NATE! ¡ESO ES TOTALMENTE INAPROPIADO!
¿SABE UNA COSA? TIENE RAZÓN.
LA SEMANA QUE VIENE TE TRAERÉ EL NÚMERO UNO Y ¡EMPEZAREMOS DESDE EL PRINCIPIO!
¡OHHHH! ¡SHENIAL!
Peirce

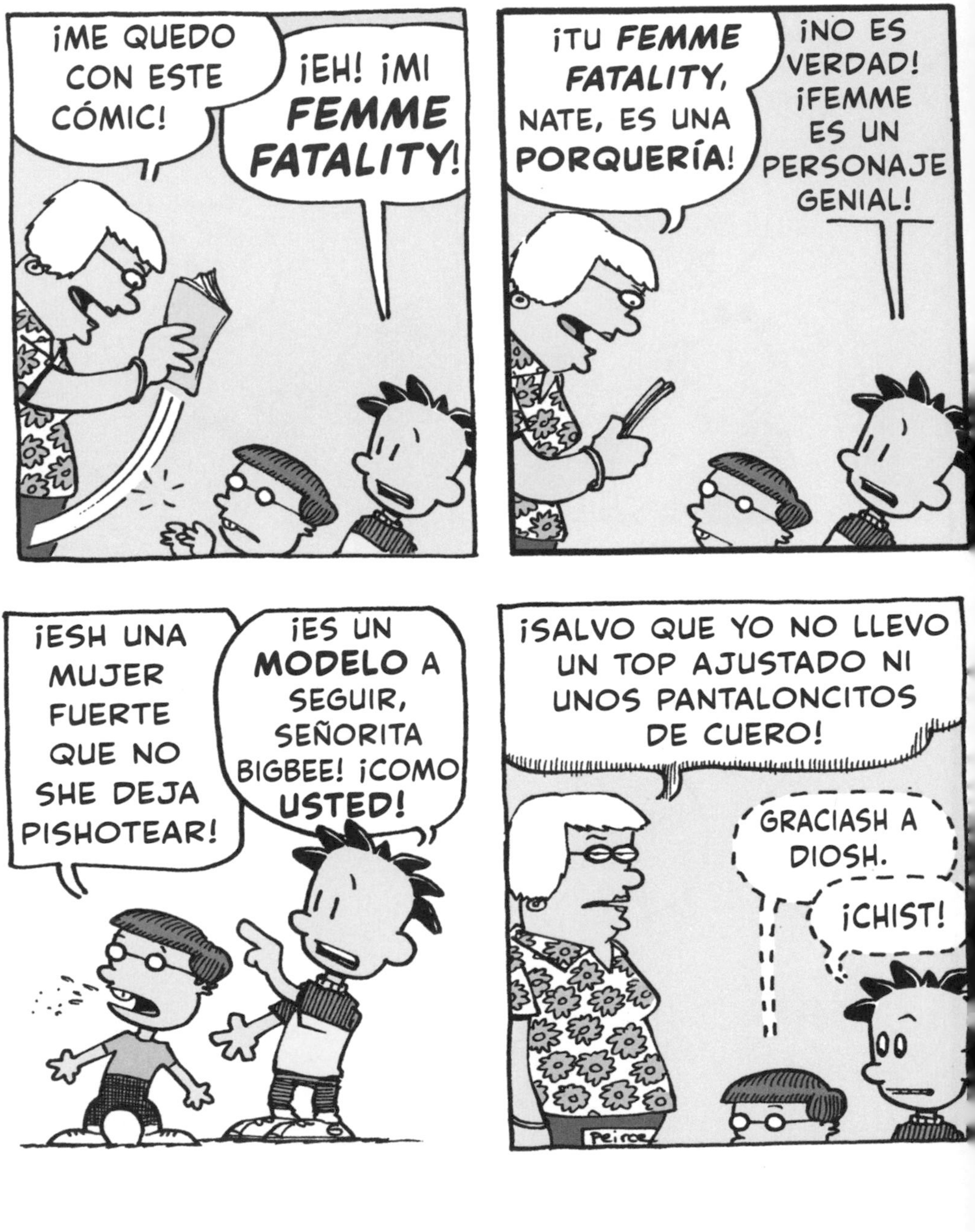
¡ME QUEDO CON ESTE CÓMIC!
¡EH! ¡MI **FEMME FATALITY**!
¡TU **FEMME FATALITY**, NATE, ES UNA **PORQUERÍA**!
¡NO ES VERDAD! ¡FEMME ES UN PERSONAJE GENIAL!
¡ESH UNA MUJER FUERTE QUE NO SHE DEJA PISHOTEAR!
¡ES UN **MODELO** A SEGUIR, SEÑORITA BIGBEE! ¡COMO **USTED**!
¡SALVO QUE YO NO LLEVO UN TOP AJUSTADO NI UNOS PANTALONCITOS DE CUERO!
GRACIASH A DIOSH.
¡CHIST!
Peirce

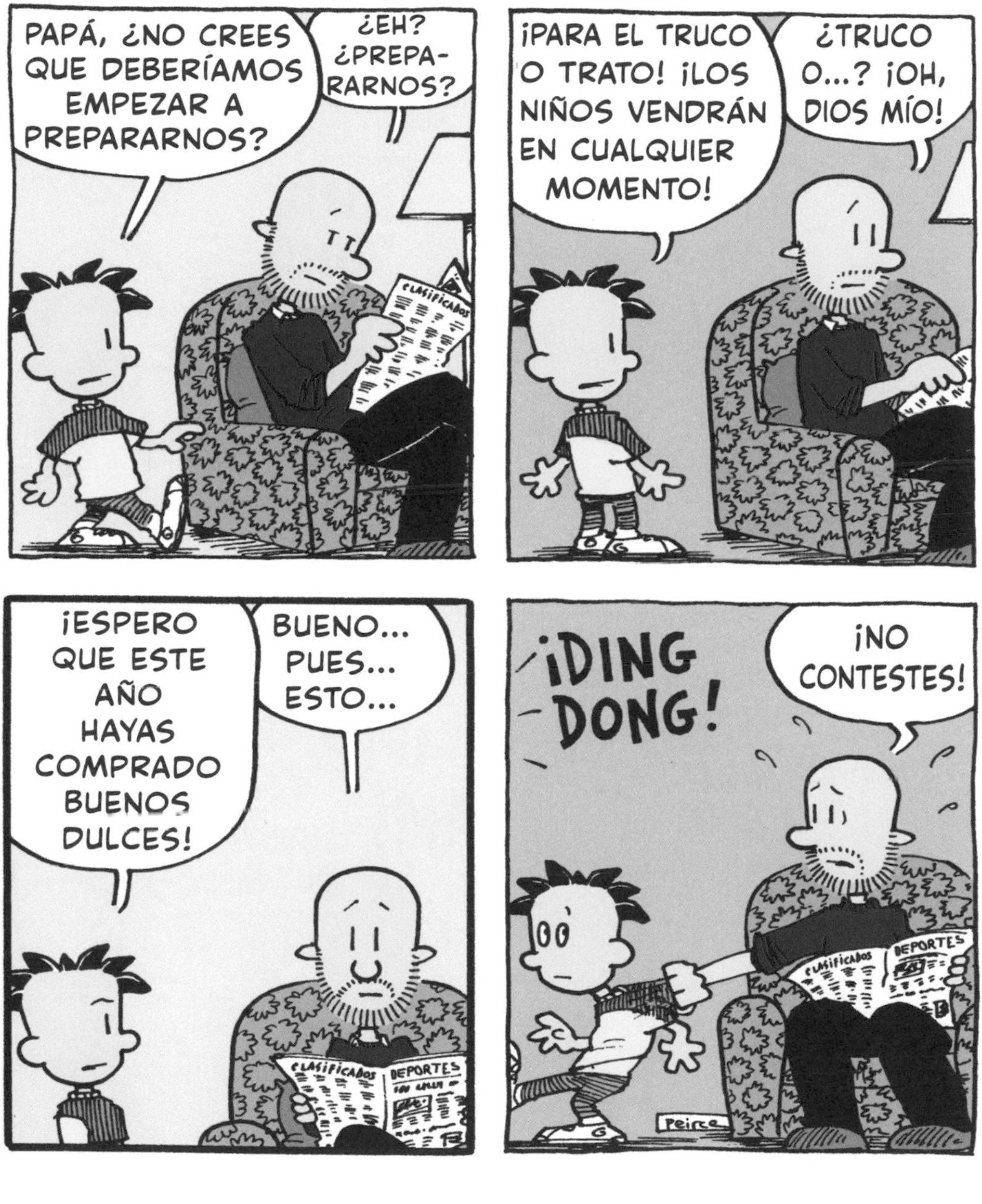
PAPÁ, ¿NO CREES QUE DEBERÍAMOS EMPEZAR A PREPARARNOS?
¿EH? ¿PREPA-RARNOS?
CLASIFICADOS
¡PARA EL TRUCO O TRATO! ¡LOS NIÑOS VENDRÁN EN CUALQUIER MOMENTO!
¿TRUCO O...? ¡OH, DIOS MÍO!
¡ESPERO QUE ESTE AÑO HAYAS COMPRADO BUENOS DULCES!
BUENO... PUES... ESTO...
CLASIFICADOS
DEPORTES
¡DING DONG!
¡NO CONTESTES!
CLASIFICADOS
DEPORTES
Peirce

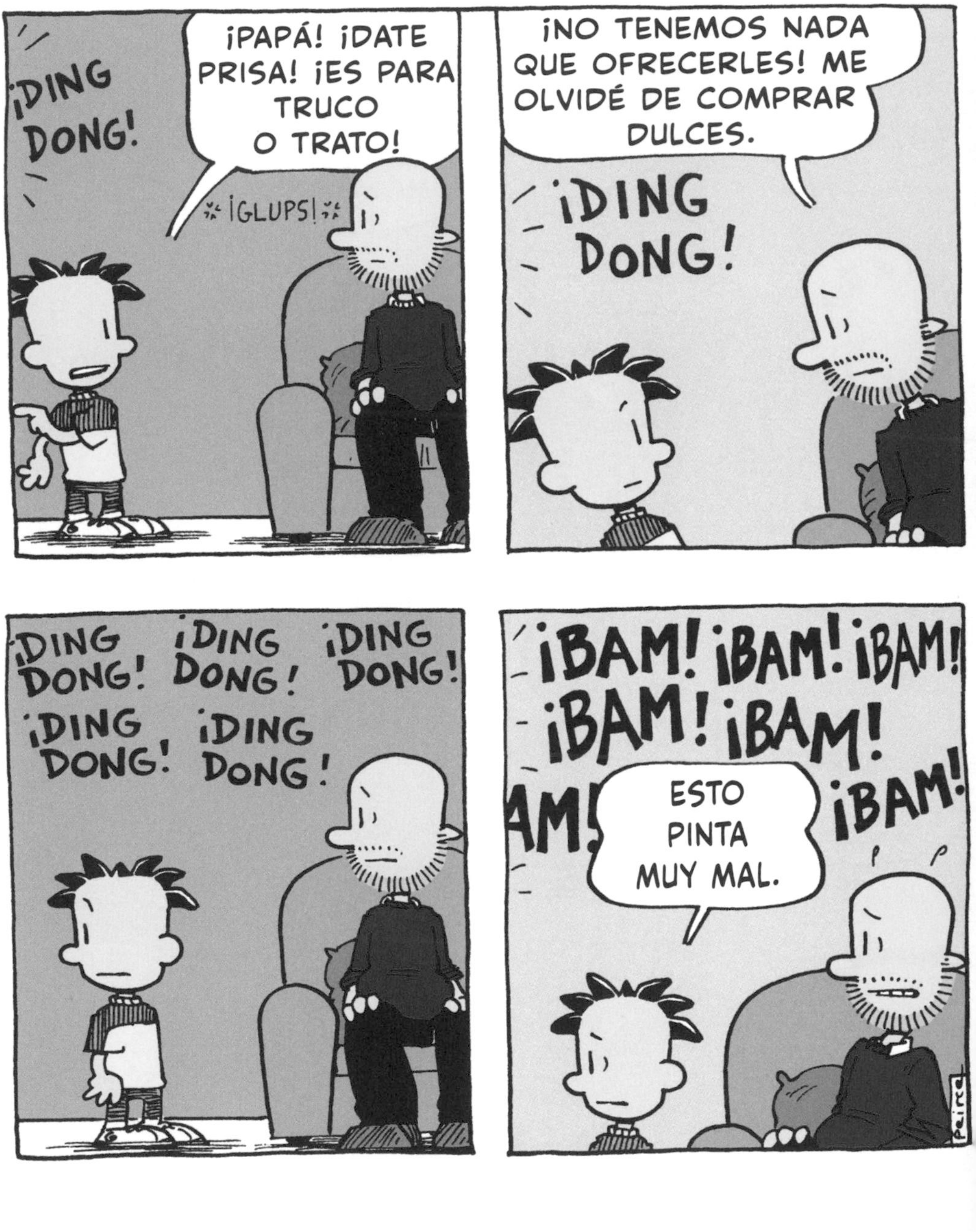
¡DING DONG!
¡PAPÁ! ¡DATE PRISA! ¡ES PARA TRUCO O TRATO!
¡GLUPS!
¡NO TENEMOS NADA QUE OFRECERLES! ME OLVIDÉ DE COMPRAR DULCES.
¡DING DONG!
¡DING DONG! ¡DING DONG! ¡DING DONG!
¡DING DONG! ¡DING DONG!
¡BAM! ¡BAM! ¡BAM!
¡BAM! ¡BAM!
AM! ¡BAM!
ESTO PINTA MUY MAL.
Peirce

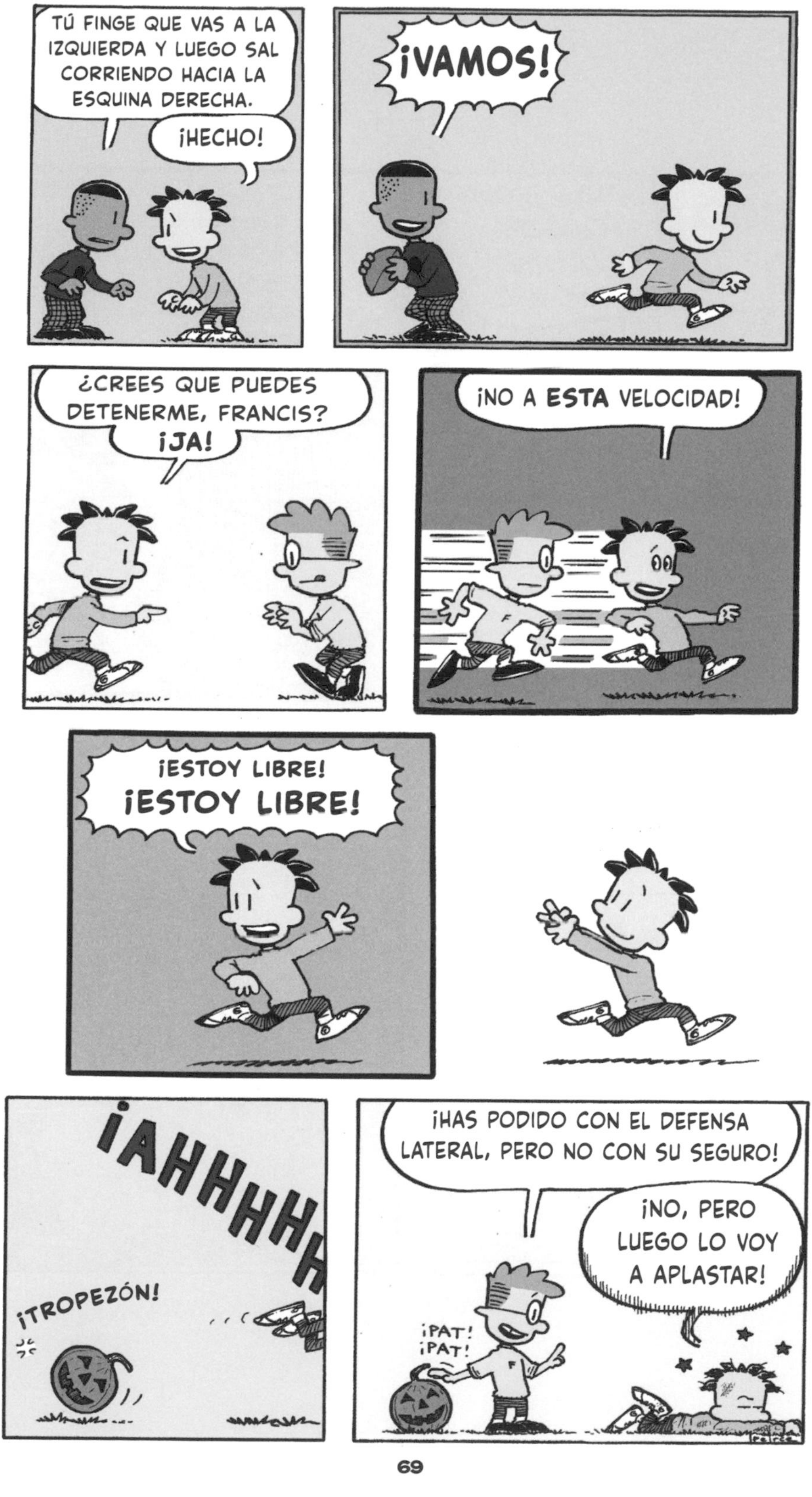
TÚ FINGE QUE VAS A LA IZQUIERDA Y LUEGO SAL CORRIENDO HACIA LA ESQUINA DERECHA.
¡HECHO!
¡VAMOS!
¿CREES QUE PUEDES DETENERME, FRANCIS? ¡JA!
¡NO A ESTA VELOCIDAD!
¡ESTOY LIBRE! ¡ESTOY LIBRE!
¡AHHHHHH
¡TROPEZÓN!
¡HAS PODIDO CON EL DEFENSA LATERAL, PERO NO CON SU SEGURO!
¡NO, PERO LUEGO LO VOY A APLASTAR!
¡PAT! ¡PAT!

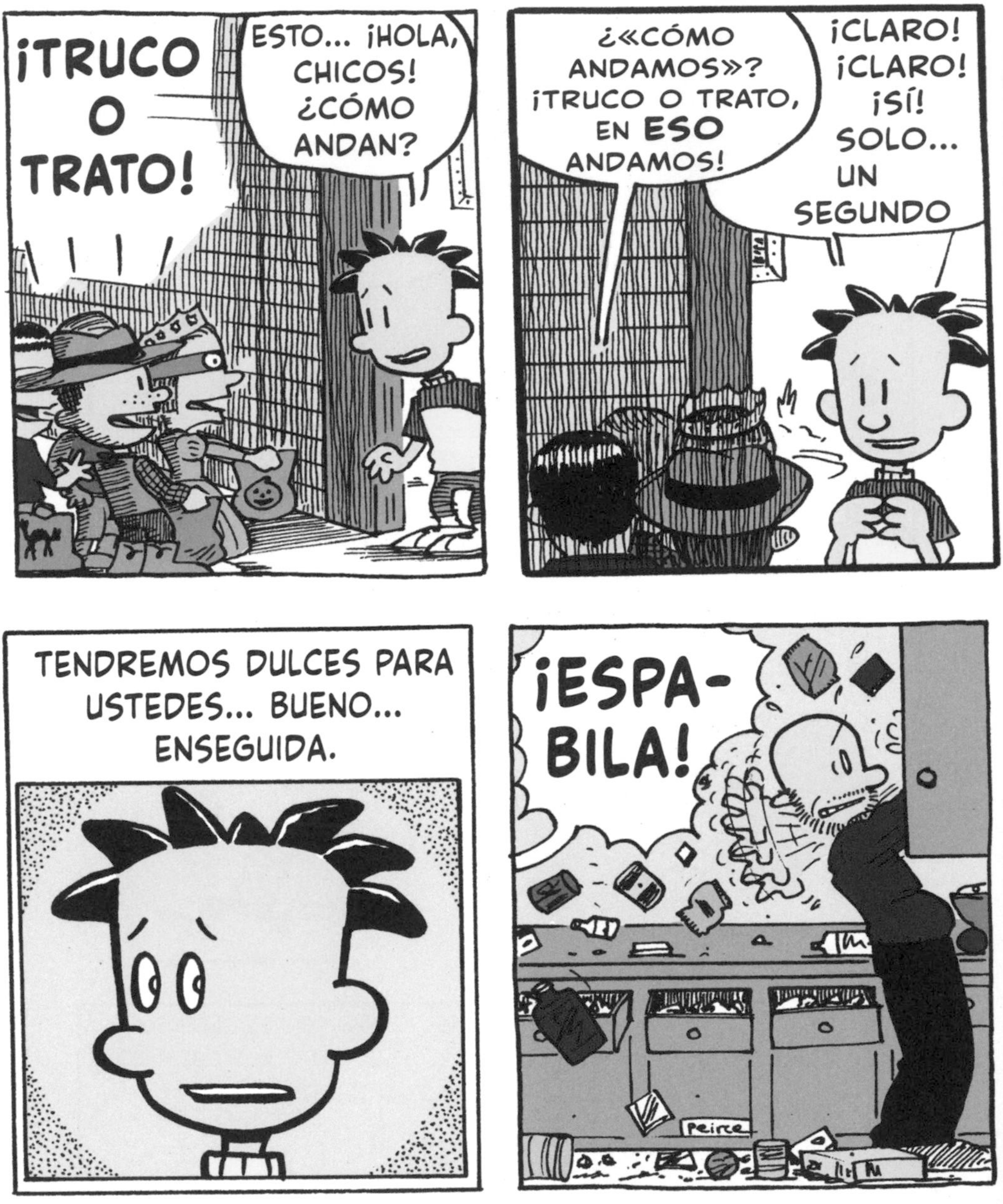
¡TRUCO O TRATO!
ESTO... ¡HOLA, CHICOS! ¿CÓMO ANDAN?
¿«CÓMO ANDAMOS»? ¡TRUCO O TRATO, EN ESO ANDAMOS!
¡CLARO! ¡CLARO! ¡SÍ! SOLO... UN SEGUNDO
TENDREMOS DULCES PARA USTEDES... BUENO... ENSEGUIDA.
¡ESPA-BILA!
Peirce

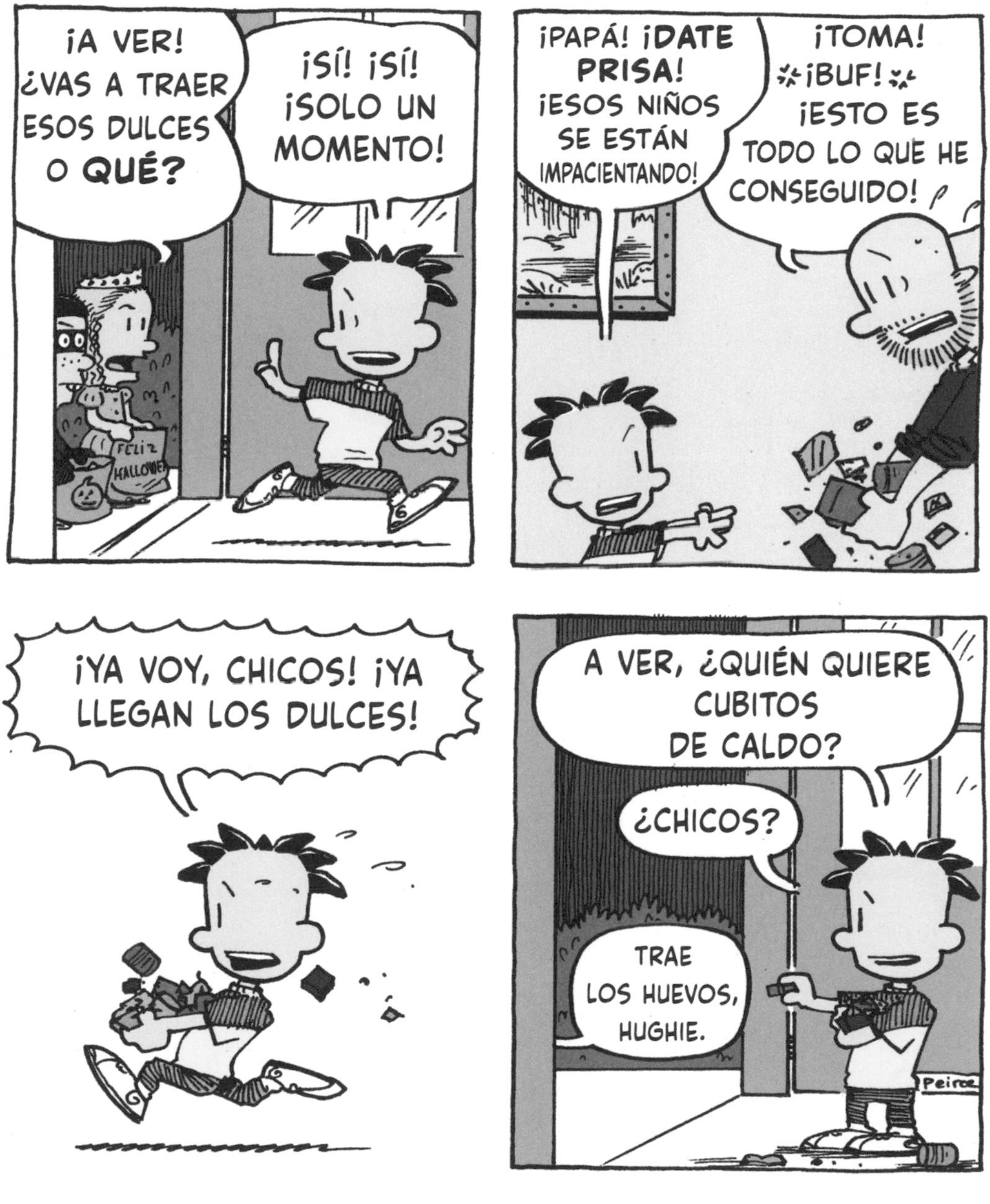
¡A VER! ¿VAS A TRAER ESOS DULCES O **QUÉ?**
¡SÍ! ¡SÍ! ¡SOLO UN MOMENTO!
FELIZ HALLOWE
¡PAPÁ! **¡DATE PRISA!** ¡ESOS NIÑOS SE ESTÁN IMPACIENTANDO!
¡TOMA! ¡BUF! ¡ESTO ES TODO LO QUE HE CONSEGUIDO!
¡YA VOY, CHICOS! ¡YA LLEGAN LOS DULCES!
A VER, ¿QUIÉN QUIERE CUBITOS DE CALDO?
¿CHICOS?
TRAE LOS HUEVOS, HUGHIE.
Peirce

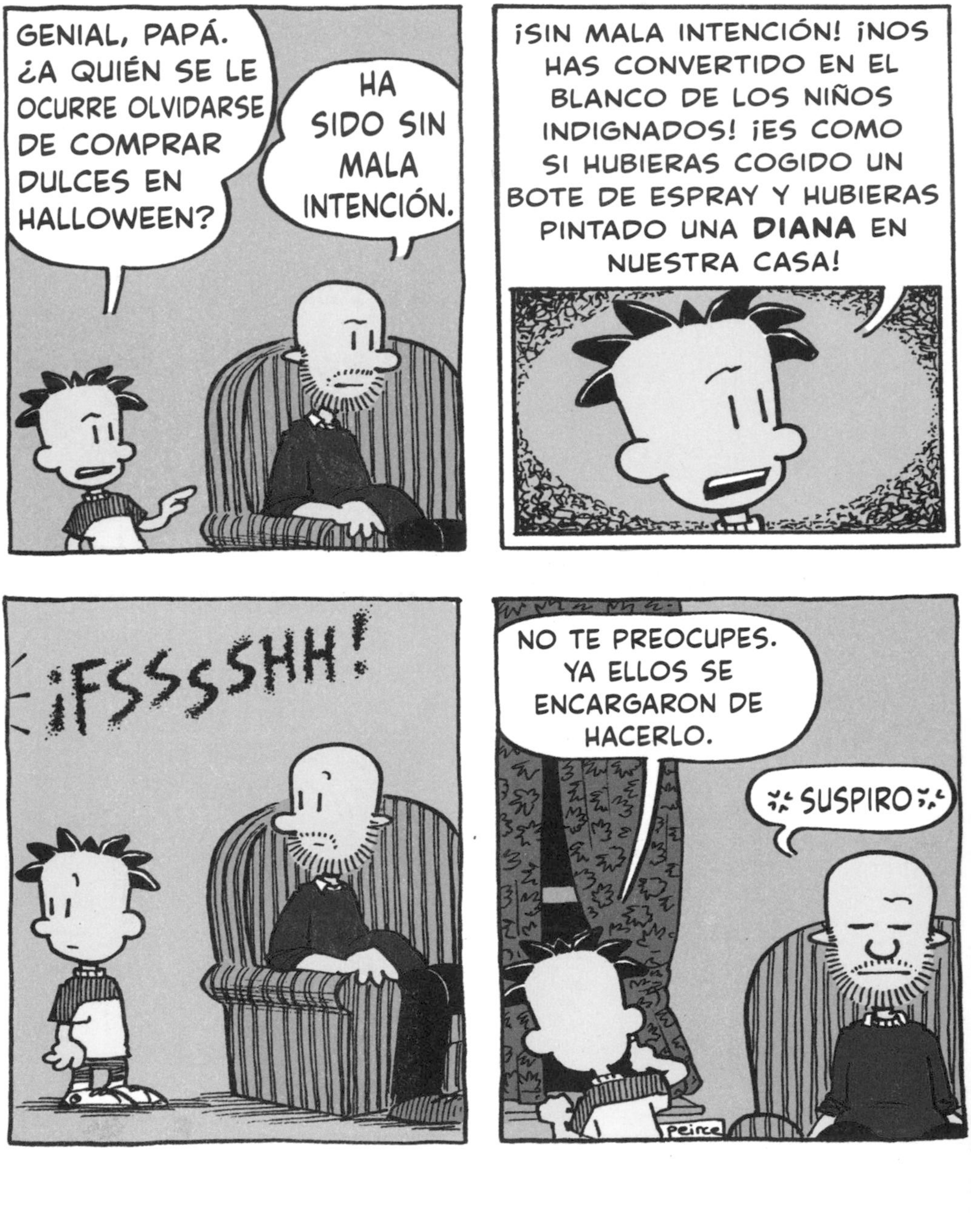
GENIAL, PAPÁ. ¿A QUIÉN SE LE OCURRE OLVIDARSE DE COMPRAR DULCES EN HALLOWEEN?
HA SIDO SIN MALA INTENCIÓN.
¡SIN MALA INTENCIÓN! ¡NOS HAS CONVERTIDO EN EL BLANCO DE LOS NIÑOS INDIGNADOS! ¡ES COMO SI HUBIERAS COGIDO UN BOTE DE ESPRAY Y HUBIERAS PINTADO UNA DIANA EN NUESTRA CASA!
¡FSSSSSHH!
NO TE PREOCUPES. YA ELLOS SE ENCARGARON DE HACERLO.
SUSPIRO
peirce

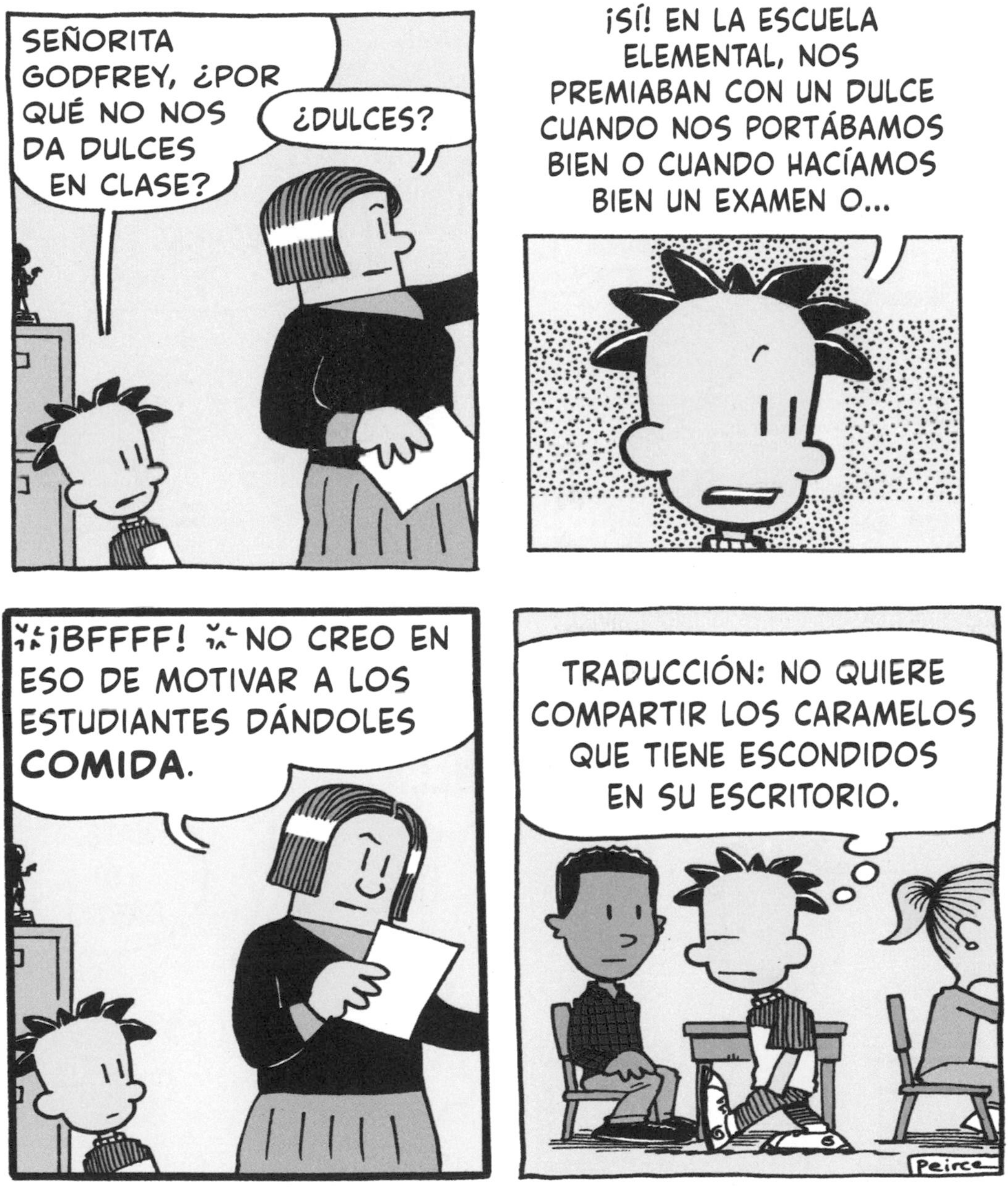
SEÑORITA GODFREY, ¿POR QUÉ NO NOS DA DULCES EN CLASE?
¿DULCES?
¡SÍ! EN LA ESCUELA ELEMENTAL, NOS PREMIABAN CON UN DULCE CUANDO NOS PORTÁBAMOS BIEN O CUANDO HACÍAMOS BIEN UN EXAMEN O...
¡BFFFF! NO CREO EN ESO DE MOTIVAR A LOS ESTUDIANTES DÁNDOLES **COMIDA**.
TRADUCCIÓN: NO QUIERE COMPARTIR LOS CARAMELOS QUE TIENE ESCONDIDOS EN SU ESCRITORIO.
Peirce

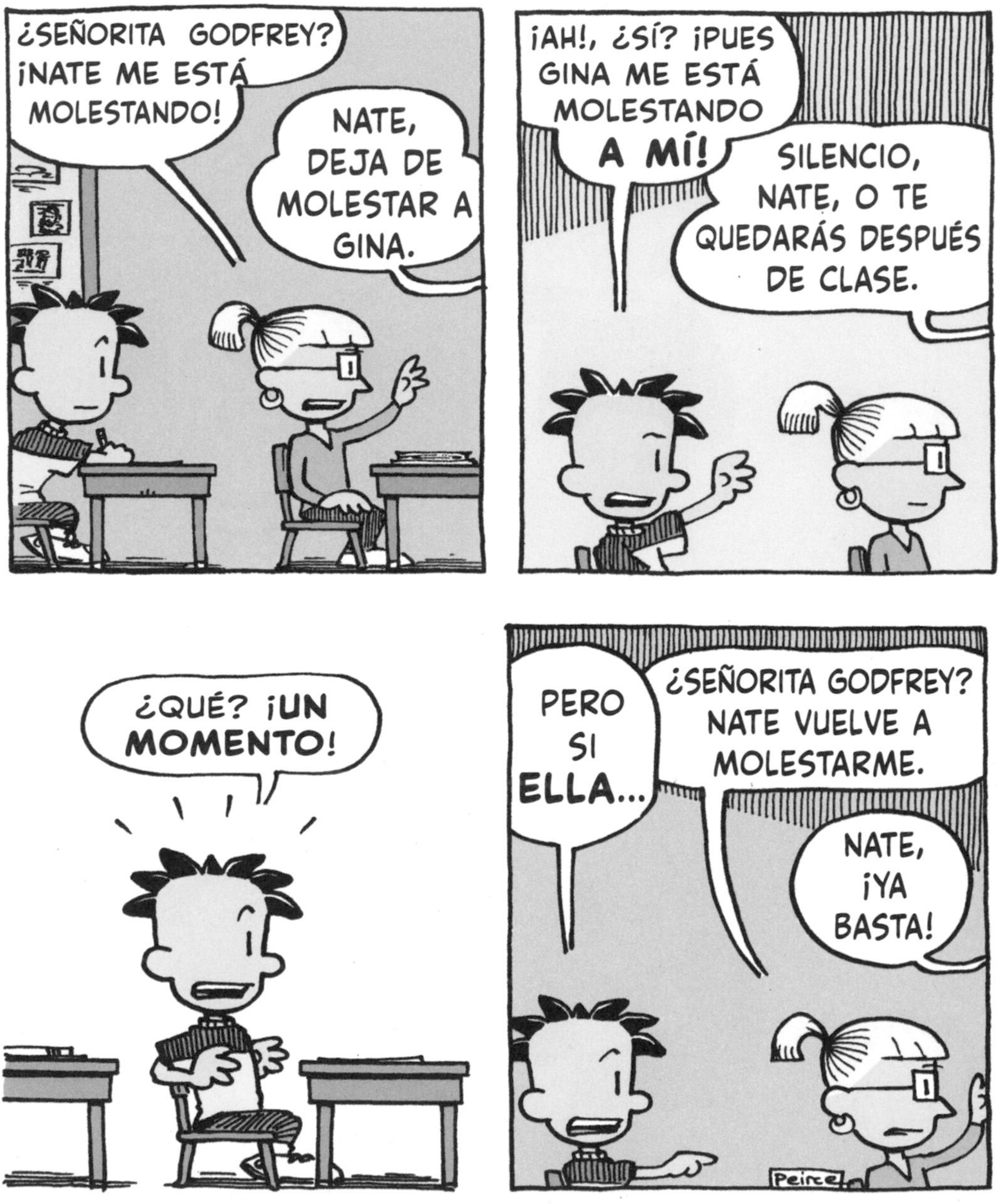
¿SEÑORITA GODFREY? ¡NATE ME ESTÁ MOLESTANDO!
NATE, DEJA DE MOLESTAR A GINA.
¡AH!, ¿SÍ? ¡PUES GINA ME ESTÁ MOLESTANDO A MÍ!
SILENCIO, NATE, O TE QUEDARÁS DESPUÉS DE CLASE.
¿QUÉ? ¡UN MOMENTO!
PERO SI ELLA...
¿SEÑORITA GODFREY? NATE VUELVE A MOLESTARME.
NATE, ¡YA BASTA!
Peirce

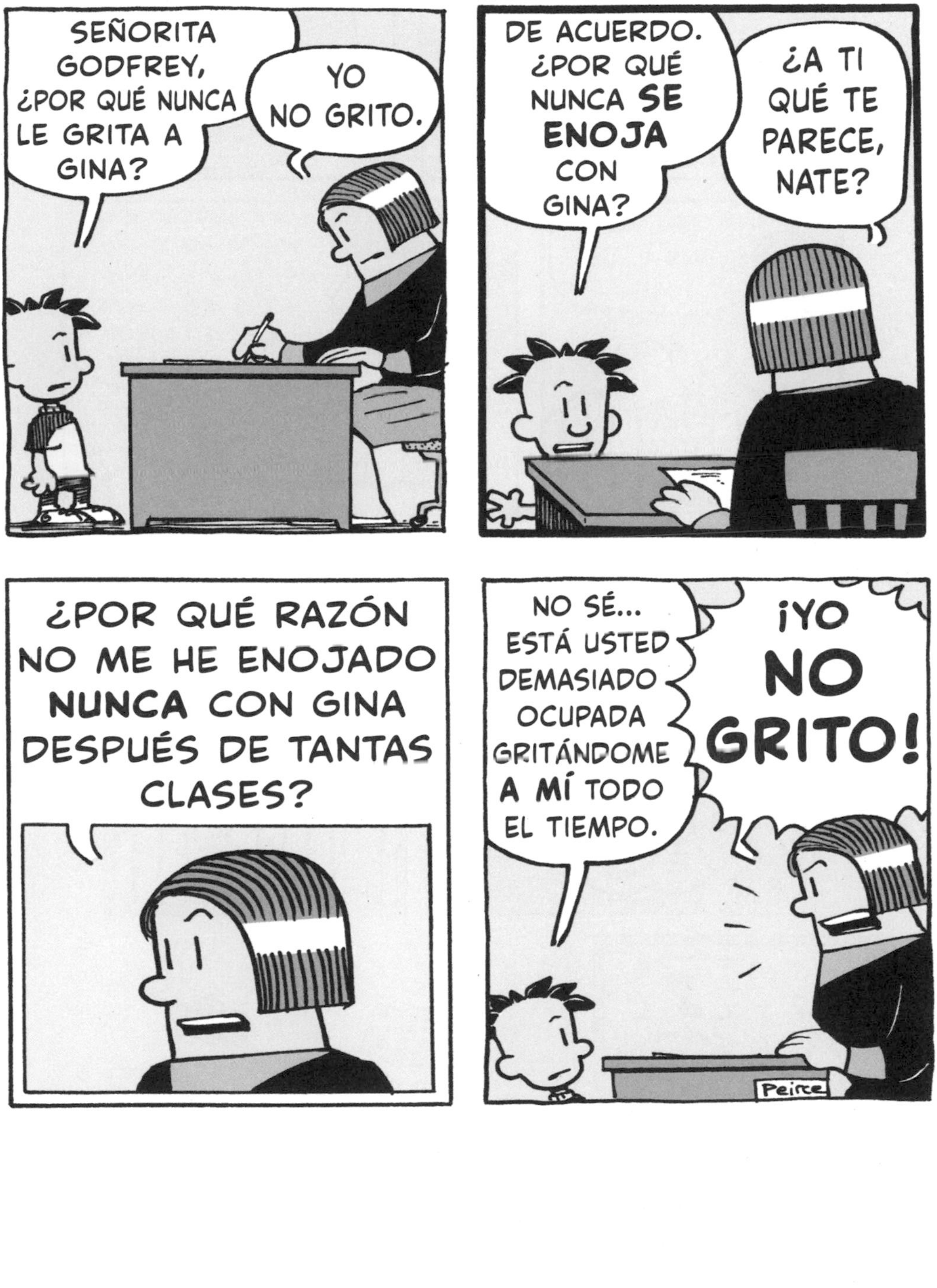
SEÑORITA GODFREY, ¿POR QUÉ NUNCA LE GRITA A GINA?
YO NO GRITO.
DE ACUERDO. ¿POR QUÉ NUNCA SE ENOJA CON GINA?
¿A TI QUÉ TE PARECE, NATE?
¿POR QUÉ RAZÓN NO ME HE ENOJADO NUNCA CON GINA DESPUÉS DE TANTAS CLASES?
NO SÉ... ESTÁ USTED DEMASIADO OCUPADA GRITÁNDOME A MÍ TODO EL TIEMPO.
¡YO NO GRITO!
Peirce

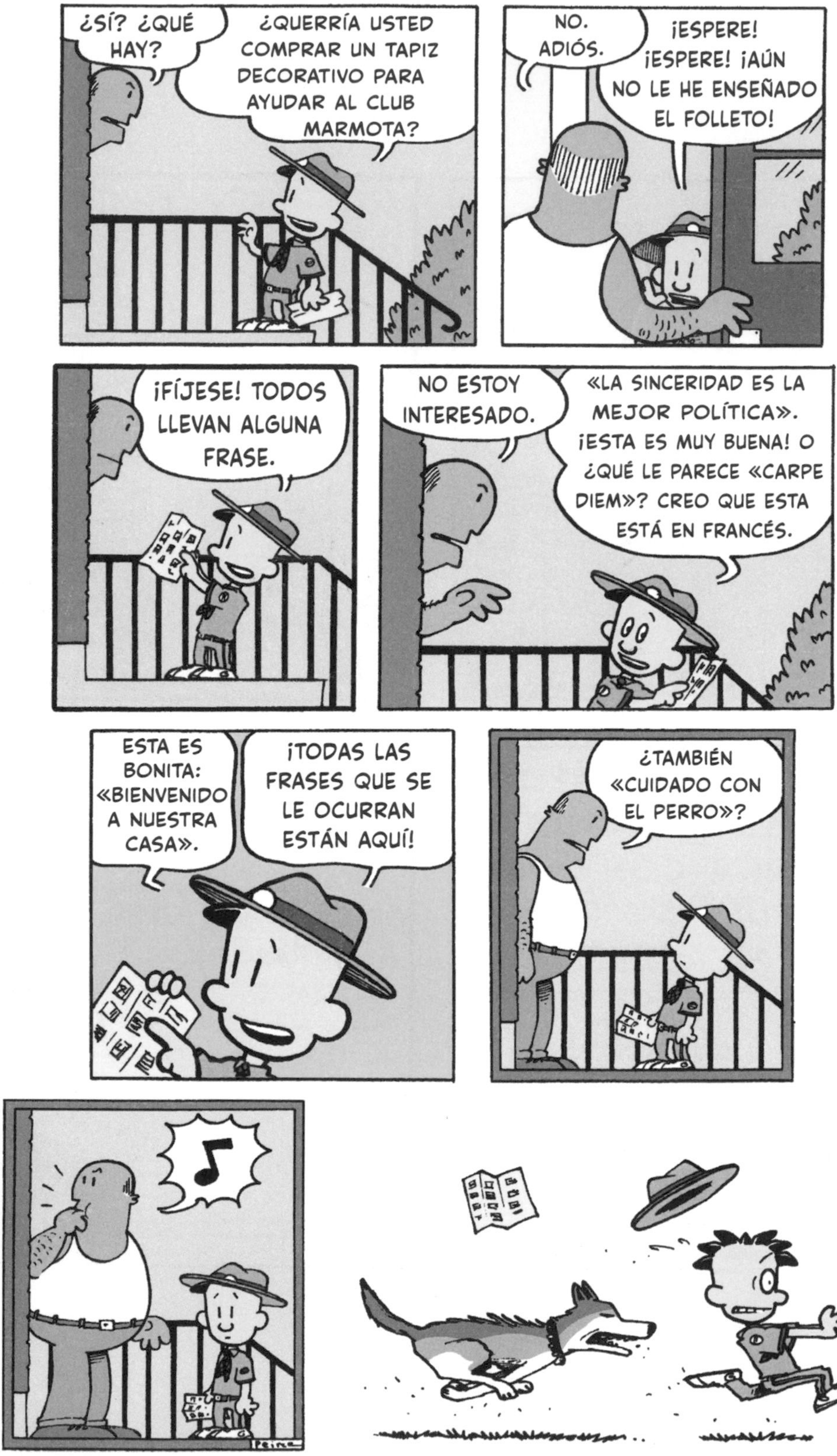
¿SÍ? ¿QUÉ HAY?
¿QUERRÍA USTED COMPRAR UN TAPIZ DECORATIVO PARA AYUDAR AL CLUB MARMOTA?
NO. ADIÓS.
¡ESPERE! ¡ESPERE! ¡AÚN NO LE HE ENSEÑADO EL FOLLETO!
¡FÍJESE! TODOS LLEVAN ALGUNA FRASE.
NO ESTOY INTERESADO.
«LA SINCERIDAD ES LA MEJOR POLÍTICA». ¡ESTA ES MUY BUENA! O ¿QUÉ LE PARECE «CARPE DIEM»? CREO QUE ESTA ESTÁ EN FRANCÉS.
ESTA ES BONITA: «BIENVENIDO A NUESTRA CASA».
¡TODAS LAS FRASES QUE SE LE OCURRAN ESTÁN AQUÍ!
¿TAMBIÉN «CUIDADO CON EL PERRO»?

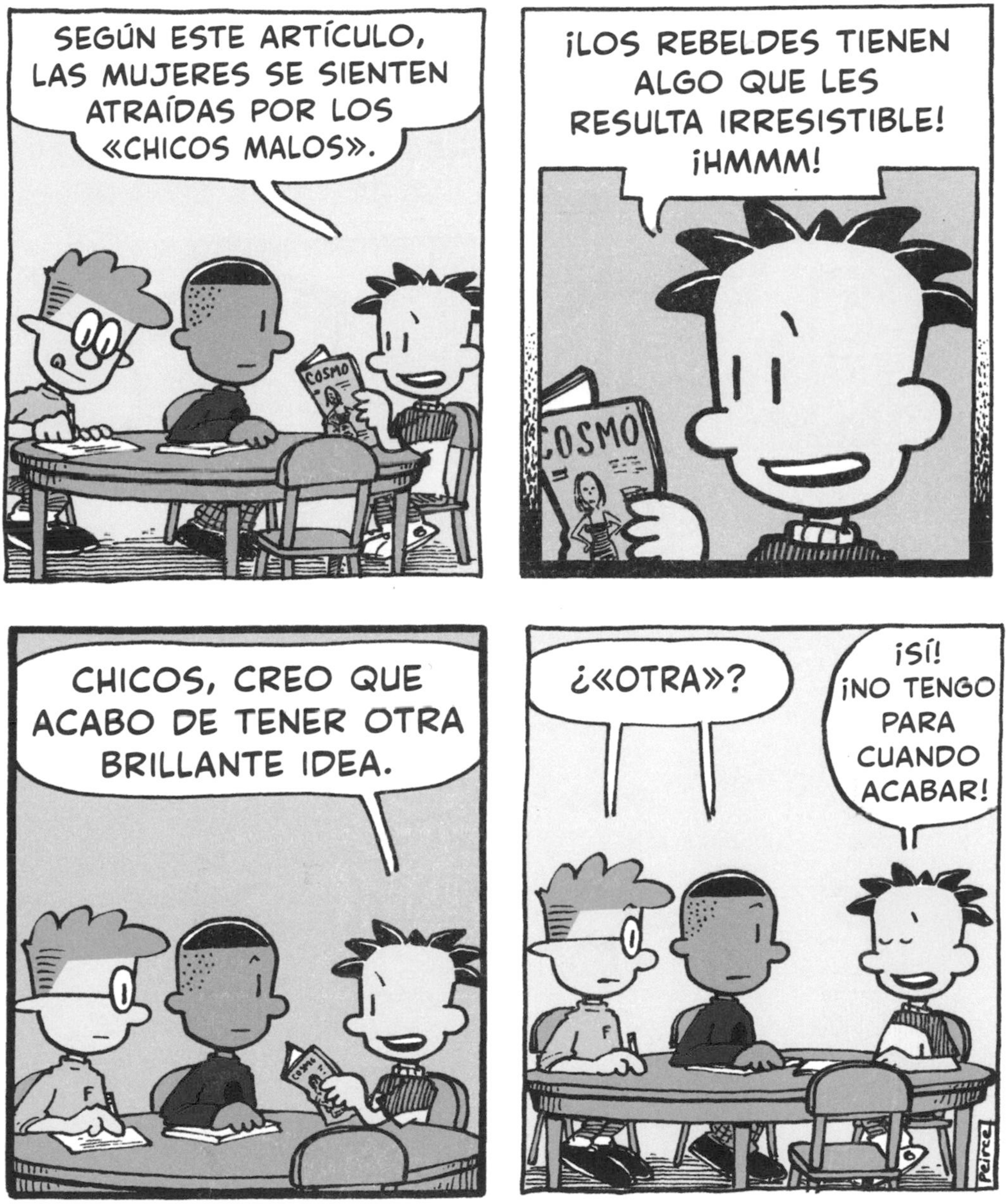
SEGÚN ESTE ARTÍCULO, LAS MUJERES SE SIENTEN ATRAÍDAS POR LOS «CHICOS MALOS».
COSMO
¡LOS REBELDES TIENEN ALGO QUE LES RESULTA IRRESISTIBLE! ¡HMMM!
COSMO
CHICOS, CREO QUE ACABO DE TENER OTRA BRILLANTE IDEA.
¿«OTRA»?
¡SÍ! ¡NO TENGO PARA CUANDO ACABAR!
Peirce

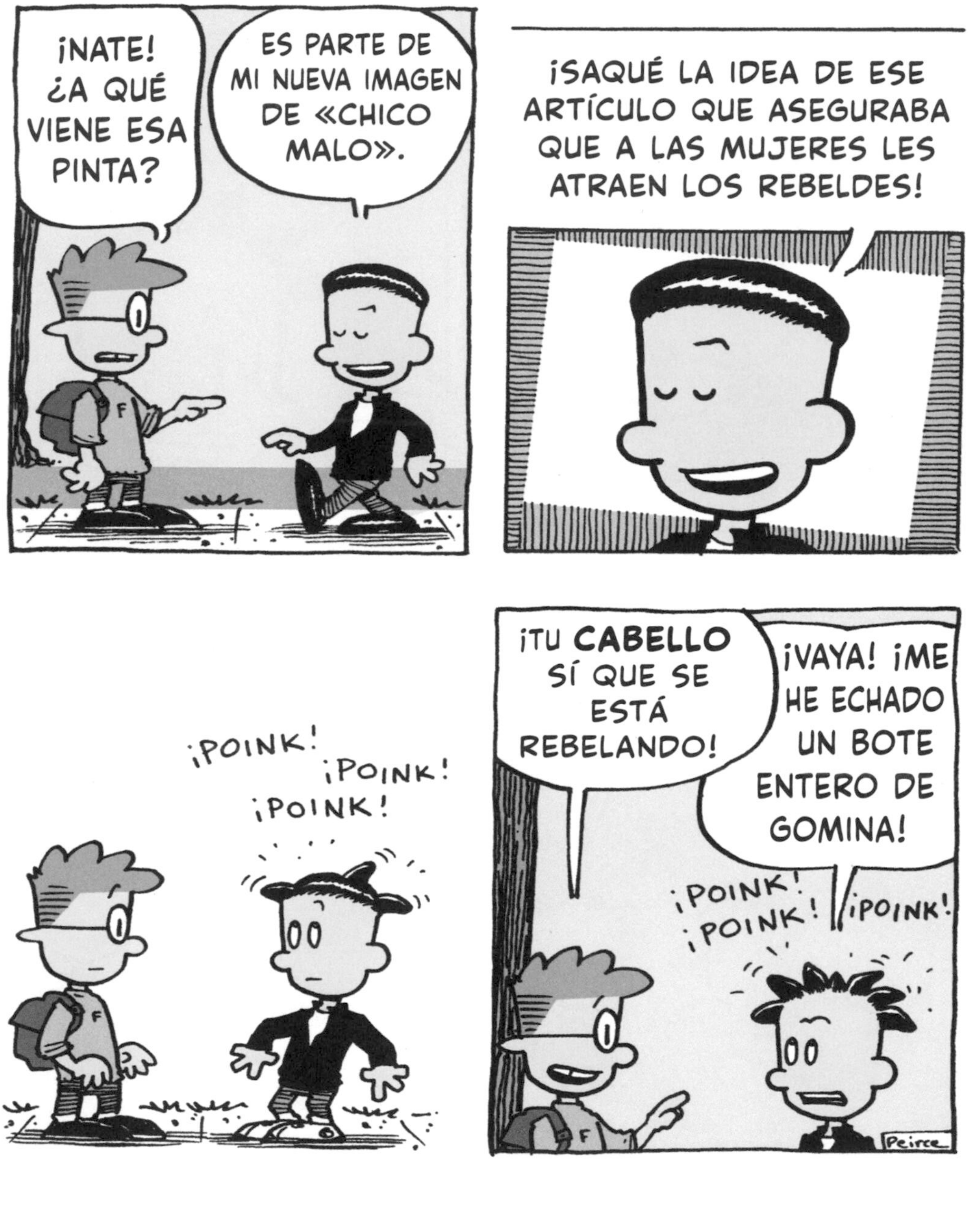
¡NATE! ¿A QUÉ VIENE ESA PINTA?
ES PARTE DE MI NUEVA IMAGEN DE «CHICO MALO».
¡SAQUÉ LA IDEA DE ESE ARTÍCULO QUE ASEGURABA QUE A LAS MUJERES LES ATRAEN LOS REBELDES!
¡POINK!
¡POINK!
¡POINK!
¡TU **CABELLO** SÍ QUE SE ESTÁ REBELANDO!
¡VAYA! ¡ME HE ECHADO UN BOTE ENTERO DE GOMINA!
¡POINK!
¡POINK!
¡POINK!
Peirce

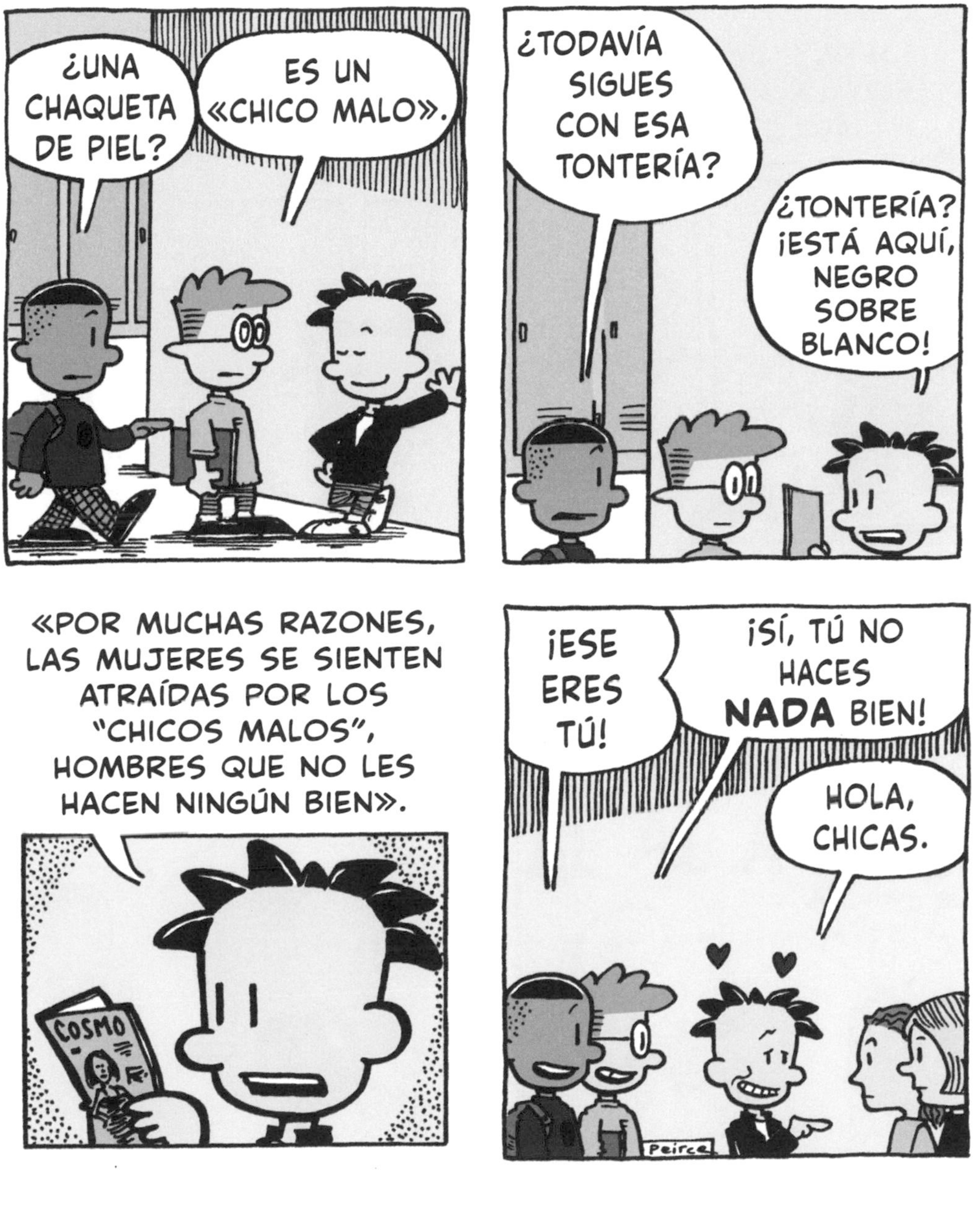
¿UNA CHAQUETA DE PIEL?
ES UN «CHICO MALO».
¿TODAVÍA SIGUES CON ESA TONTERÍA?
¿TONTERÍA? ¡ESTÁ AQUÍ, NEGRO SOBRE BLANCO!
«POR MUCHAS RAZONES, LAS MUJERES SE SIENTEN ATRAÍDAS POR LOS "CHICOS MALOS", HOMBRES QUE NO LES HACEN NINGÚN BIEN».
COSMO
¡ESE ERES TÚ!
¡SÍ, TÚ NO HACES **NADA** BIEN!
HOLA, CHICAS.
Peirce

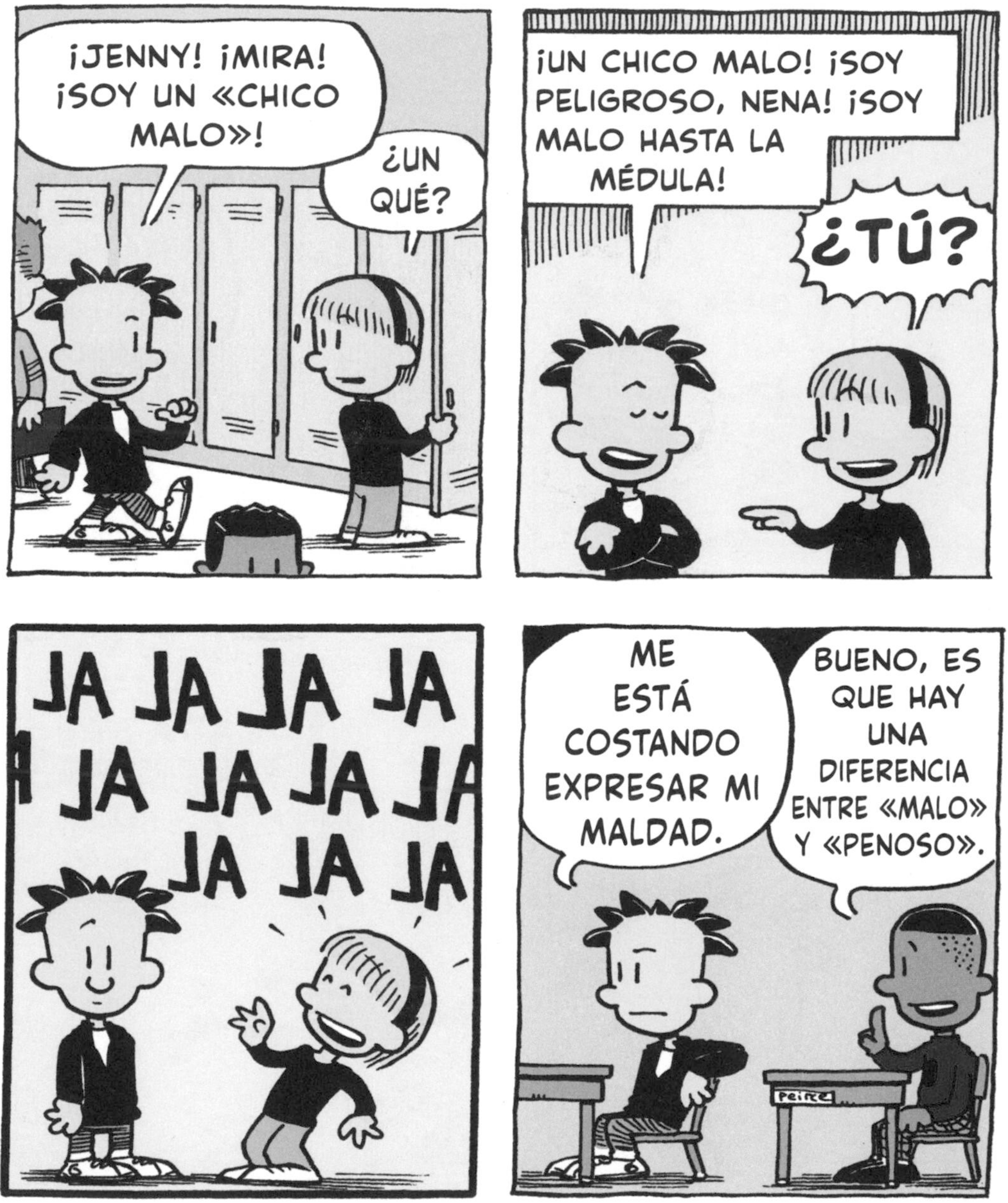
¡JENNY! ¡MIRA! ¡SOY UN «CHICO MALO»!
¿UN QUÉ?
¡UN CHICO MALO! ¡SOY PELIGROSO, NENA! ¡SOY MALO HASTA LA MÉDULA!
¿TÚ?
JA JA JA JA
JA JA JA JA
JA JA JA
ME ESTÁ COSTANDO EXPRESAR MI MALDAD.
BUENO, ES QUE HAY UNA DIFERENCIA ENTRE «MALO» Y «PENOSO».

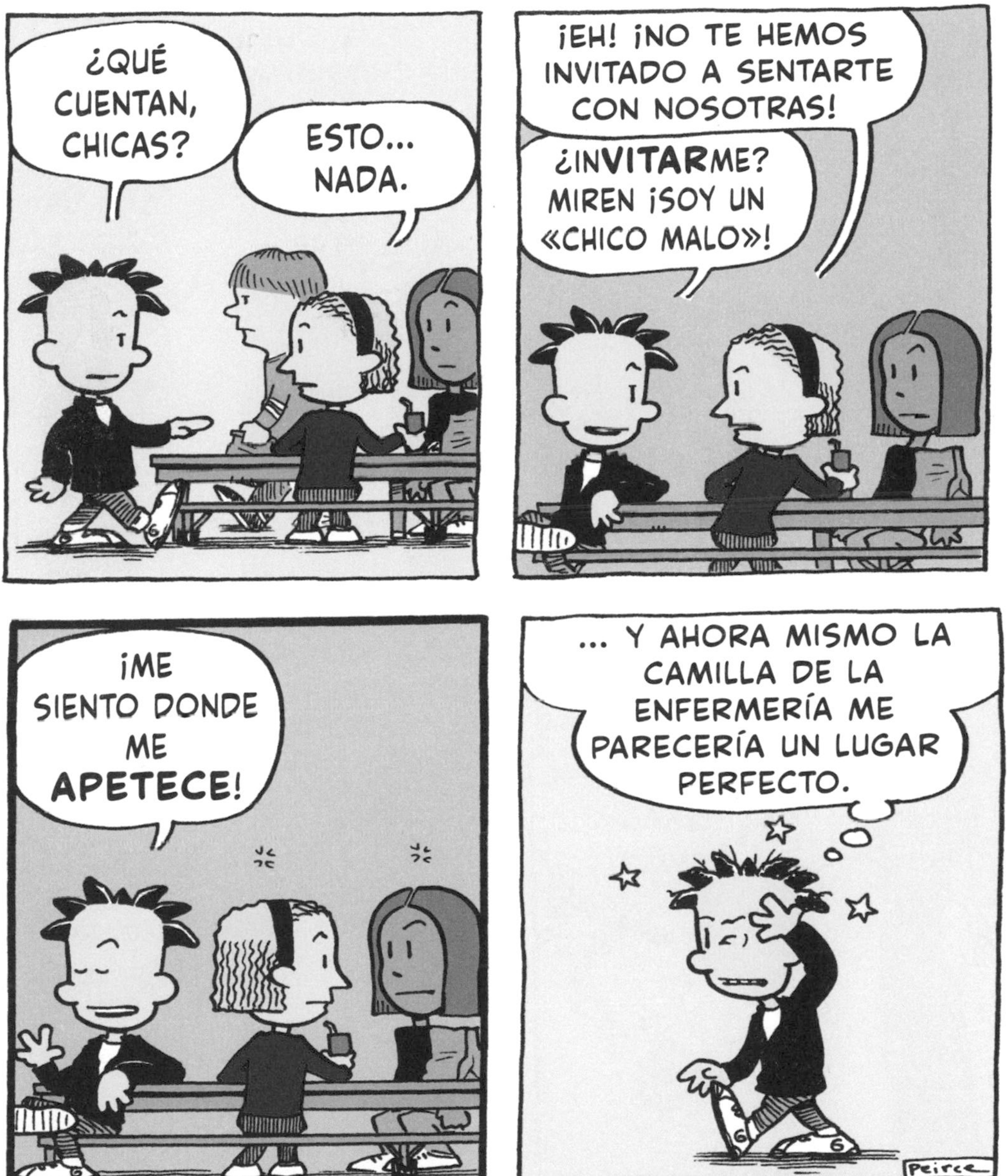
¿QUÉ CUENTAN, CHICAS?
ESTO... NADA.
¡EH! ¡NO TE HEMOS INVITADO A SENTARTE CON NOSOTRAS!
¿INVITARME? MIREN ¡SOY UN «CHICO MALO»!
¡ME SIENTO DONDE ME APETECE!
... Y AHORA MISMO LA CAMILLA DE LA ENFERMERÍA ME PARECERÍA UN LUGAR PERFECTO.
Peirce

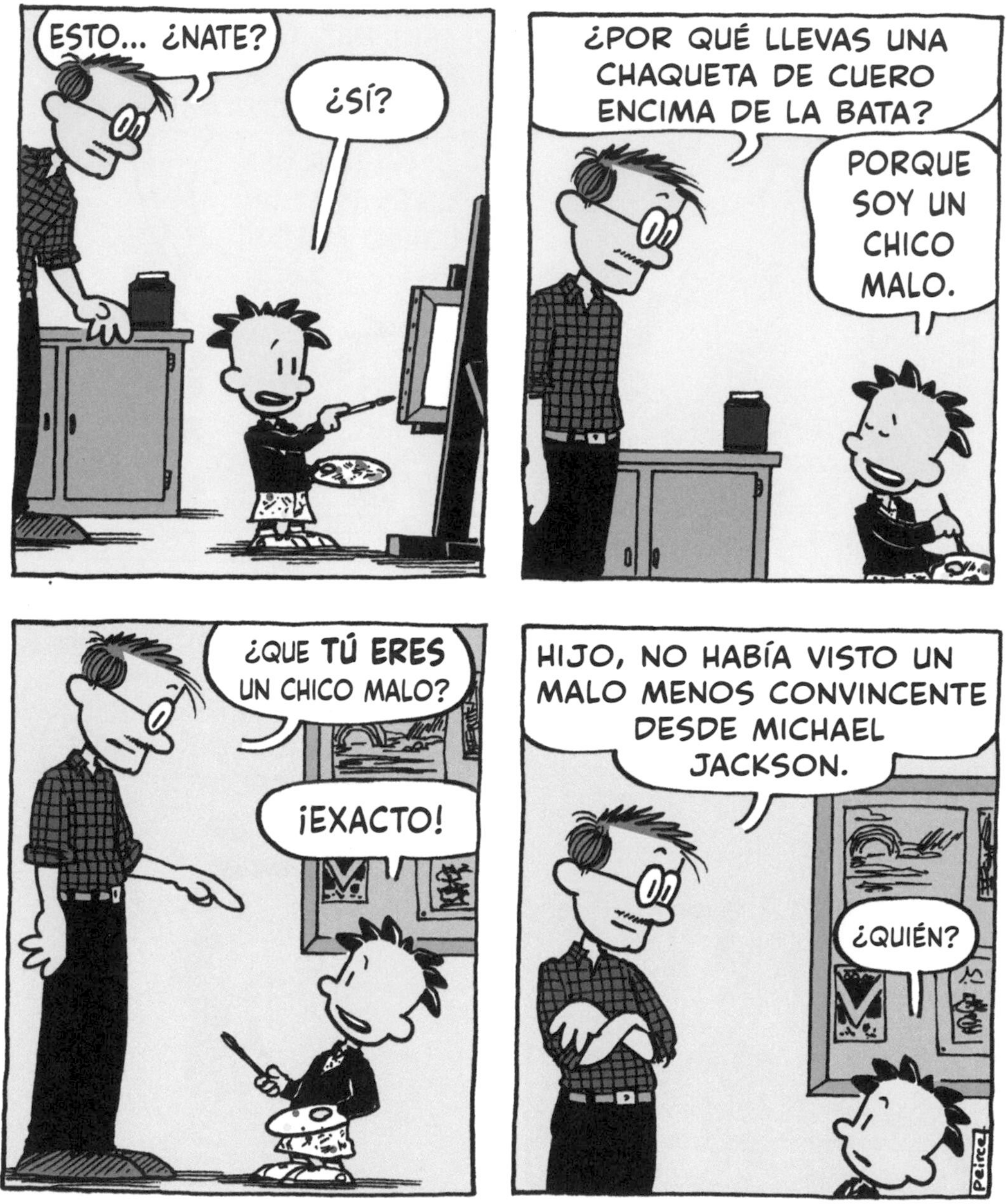
ESTO... ¿NATE?
¿SÍ?
¿POR QUÉ LLEVAS UNA CHAQUETA DE CUERO ENCIMA DE LA BATA?
PORQUE SOY UN CHICO MALO.
¿QUE TÚ ERES UN CHICO MALO?
¡EXACTO!
HIJO, NO HABÍA VISTO UN MALO MENOS CONVINCENTE DESDE MICHAEL JACKSON.
¿QUIÉN?
Peirce

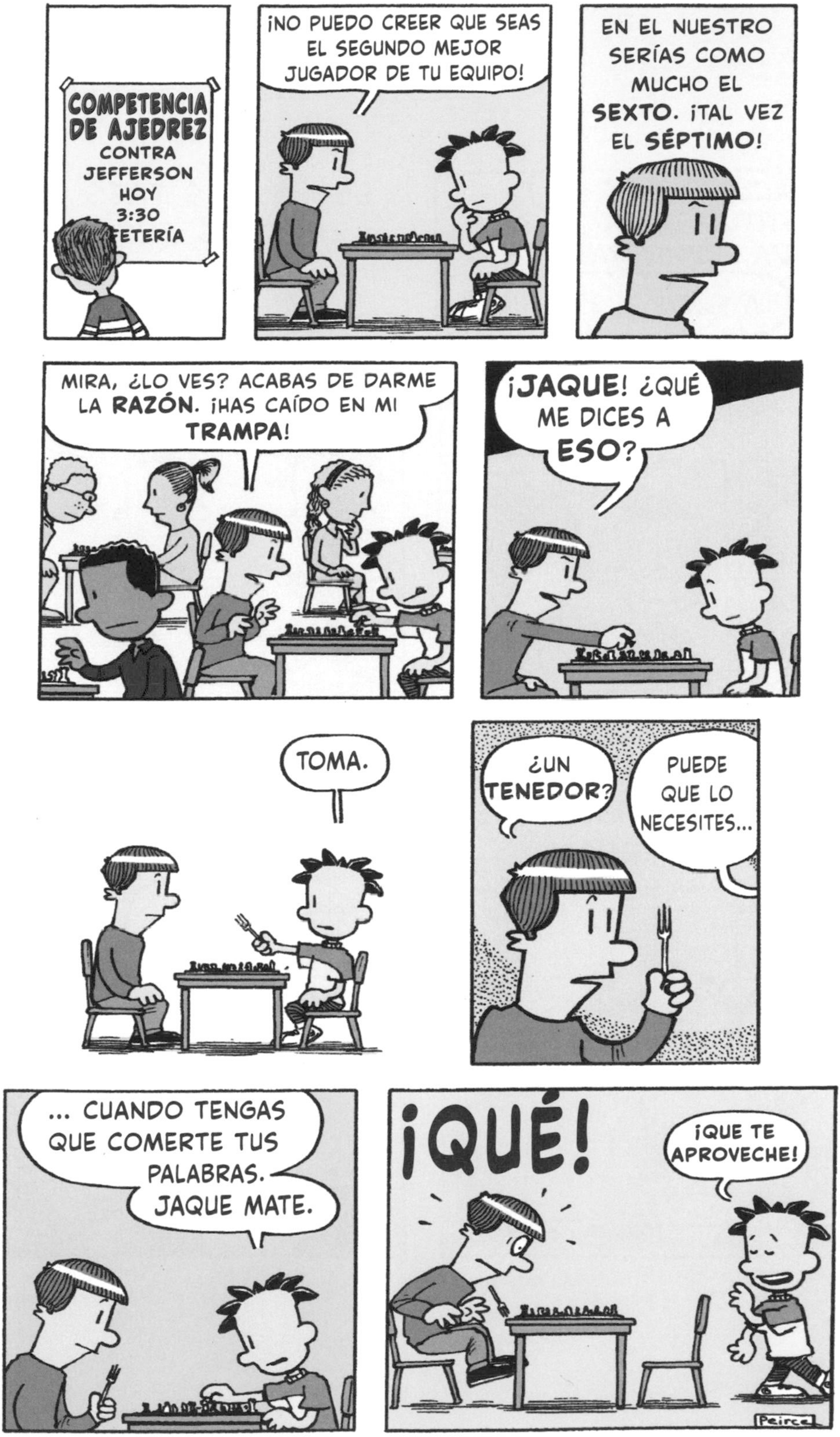
COMPETENCIA DE AJEDREZ
CONTRA JEFFERSON HOY 3:30 ...FETERÍA
¡NO PUEDO CREER QUE SEAS EL SEGUNDO MEJOR JUGADOR DE TU EQUIPO!
EN EL NUESTRO SERÍAS COMO MUCHO EL SEXTO. ¡TAL VEZ EL SÉPTIMO!
MIRA, ¿LO VES? ACABAS DE DARME LA RAZÓN. ¡HAS CAÍDO EN MI TRAMPA!
¡JAQUE! ¿QUÉ ME DICES A ESO?
TOMA.
¿UN TENEDOR?
PUEDE QUE LO NECESITES...
... CUANDO TENGAS QUE COMERTE TUS PALABRAS.
JAQUE MATE.
¡QUÉ!
¡QUE TE APROVECHE!
Peirce

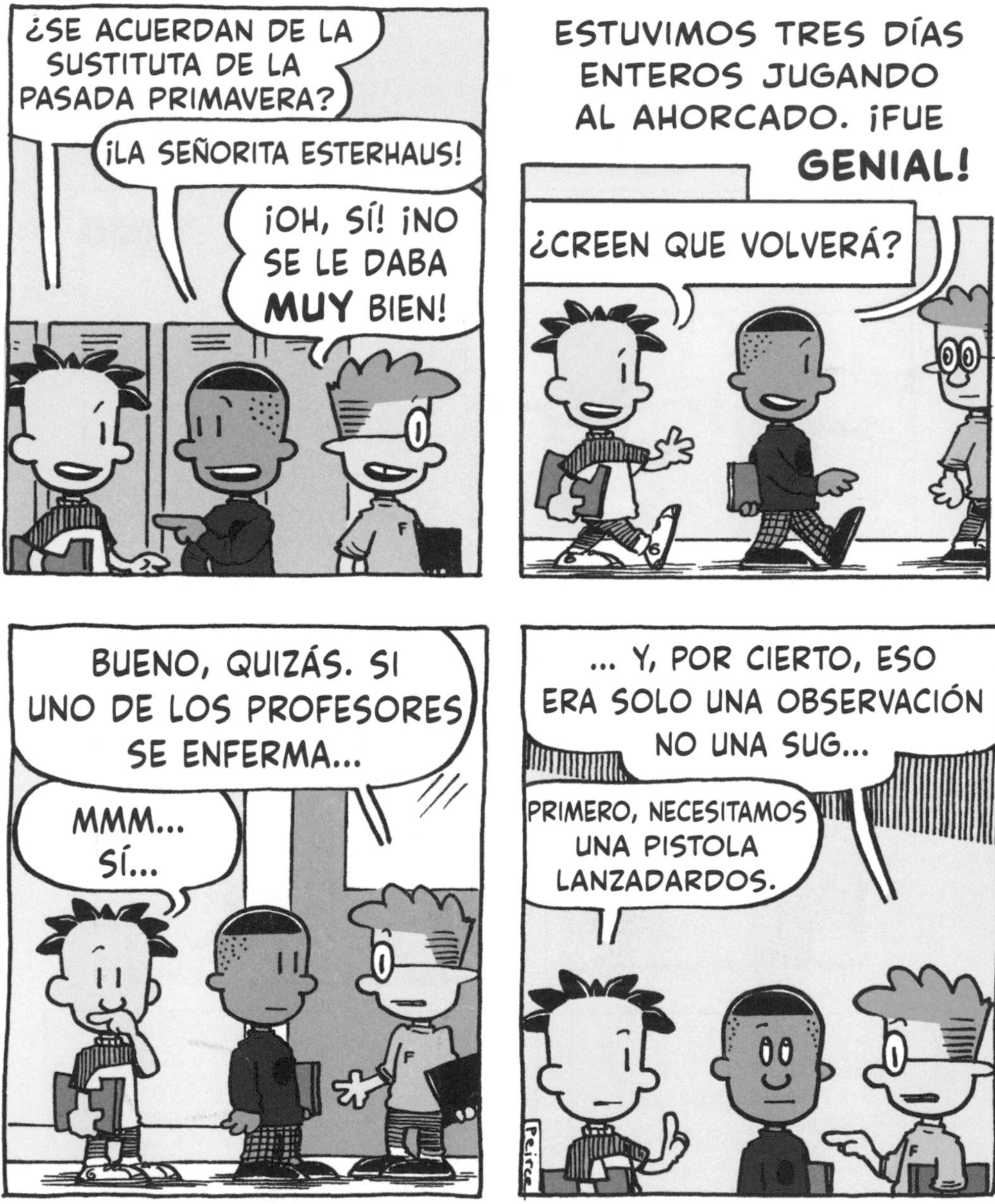
¿SE ACUERDAN DE LA SUSTITUTA DE LA PASADA PRIMAVERA?
¡LA SEÑORITA ESTERHAUS!
¡OH, SÍ! ¡NO SE LE DABA **MUY** BIEN!
ESTUVIMOS TRES DÍAS ENTEROS JUGANDO AL AHORCADO. ¡FUE **GENIAL!**
¿CREEN QUE VOLVERÁ?
BUENO, QUIZÁS. SI UNO DE LOS PROFESORES SE ENFERMA...
MMM... SÍ...
... Y, POR CIERTO, ESO ERA SOLO UNA OBSERVACIÓN NO UNA SUG...
PRIMERO, NECESITAMOS UNA PISTOLA LANZADARDOS.
Peirce

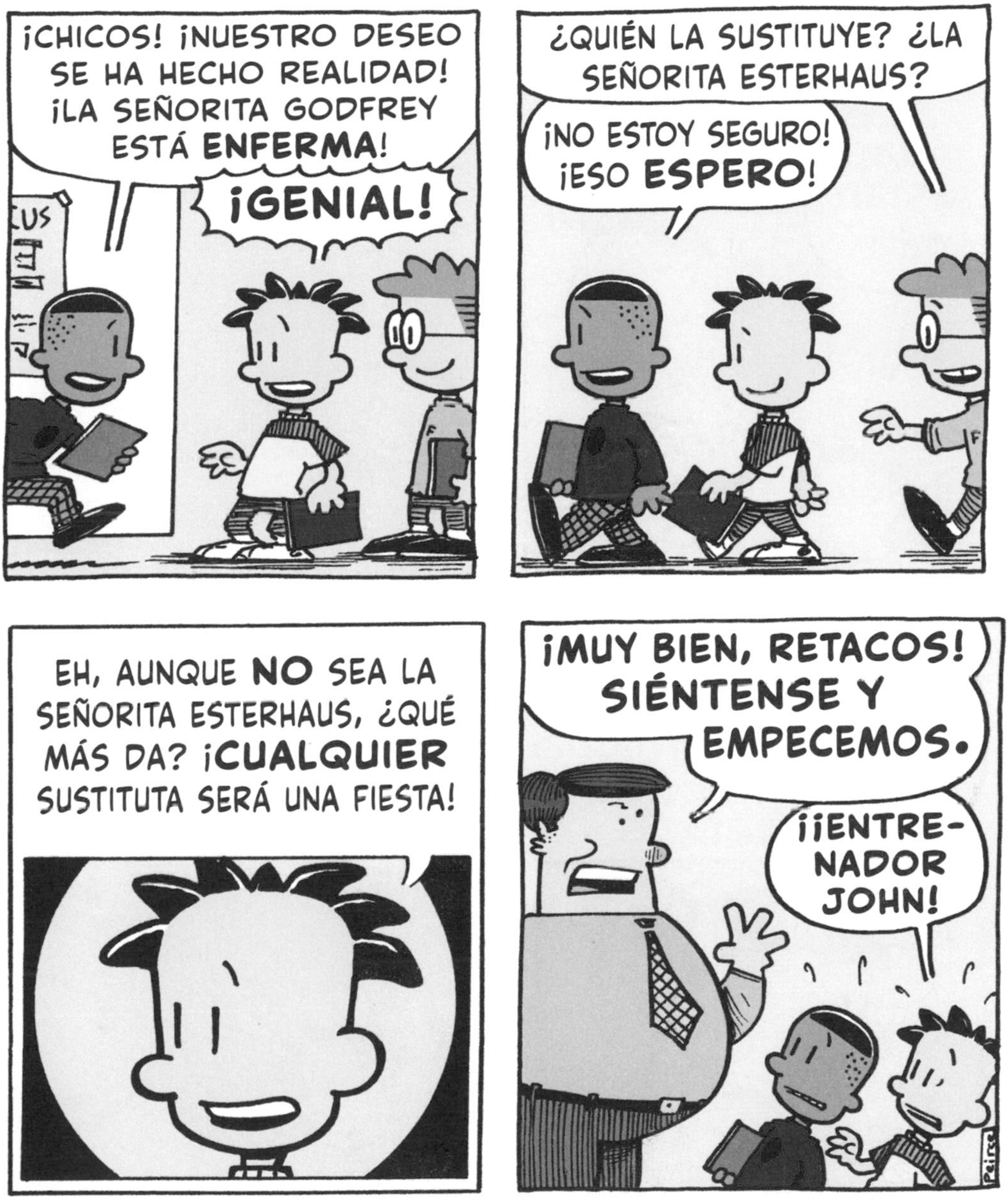
¡CHICOS! ¡NUESTRO DESEO SE HA HECHO REALIDAD! ¡LA SEÑORITA GODFREY ESTÁ ENFERMA!
¡GENIAL!
¿QUIÉN LA SUSTITUYE? ¿LA SEÑORITA ESTERHAUS?
¡NO ESTOY SEGURO! ¡ESO ESPERO!
EH, AUNQUE NO SEA LA SEÑORITA ESTERHAUS, ¿QUÉ MÁS DA? ¡CUALQUIER SUSTITUTA SERÁ UNA FIESTA!
¡MUY BIEN, RETACOS! SIÉNTENSE Y EMPECEMOS.
¡¡ENTRENADOR JOHN!
Peirce

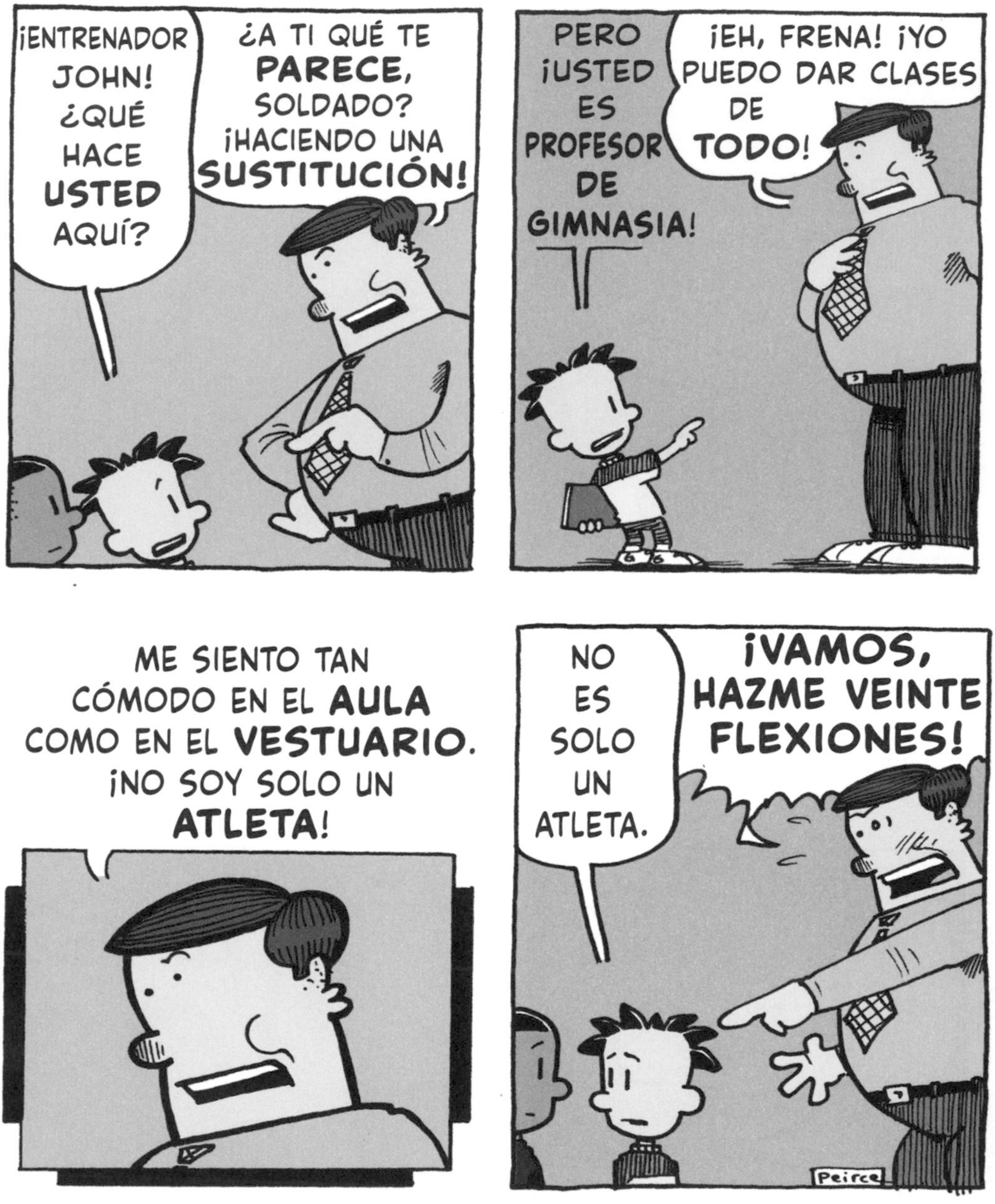
¡ENTRENADOR JOHN! ¿QUÉ HACE USTED AQUÍ?
¿A TI QUÉ TE PARECE, SOLDADO? ¡HACIENDO UNA SUSTITUCIÓN!
PERO ¡USTED ES PROFESOR DE GIMNASIA!
¡EH, FRENA! ¡YO PUEDO DAR CLASES DE TODO!
ME SIENTO TAN CÓMODO EN EL AULA COMO EN EL VESTUARIO. ¡NO SOY SOLO UN ATLETA!
NO ES SOLO UN ATLETA.
¡VAMOS, HAZME VEINTE FLEXIONES!
Peirce

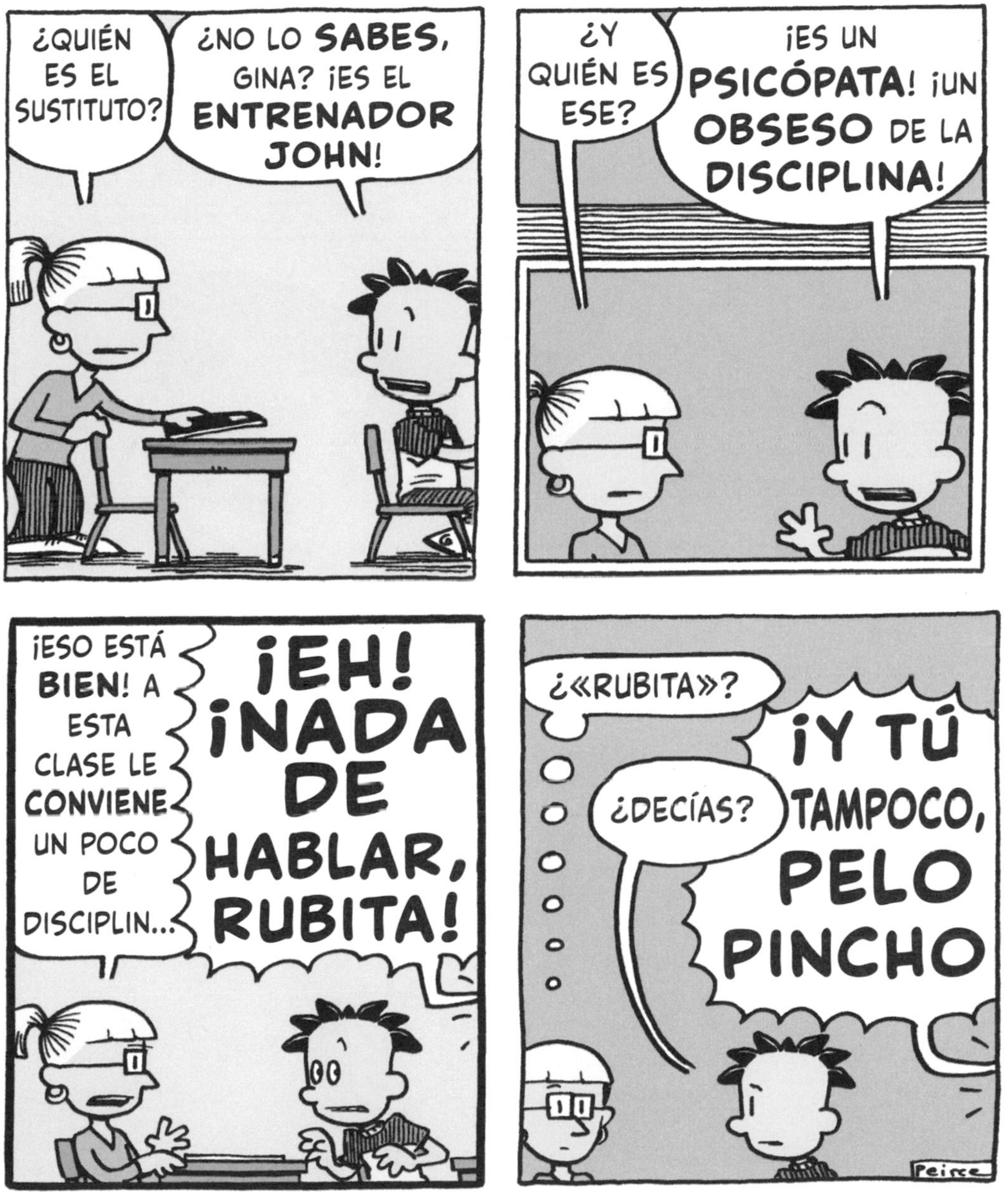
¿QUIÉN ES EL SUSTITUTO?
¿NO LO **SABES**, GINA? ¡ES EL **ENTRENADOR JOHN**!
¿Y QUIÉN ES ESE?
¡ES UN **PSICÓPATA**! ¡UN **OBSESO** DE LA **DISCIPLINA**!
¡ESO ESTÁ **BIEN**! A ESTA CLASE LE **CONVIENE** UN POCO DE DISCIPLIN...
¡EH! ¡NADA DE HABLAR, RUBITA!
¿«RUBITA»?
¿DECÍAS?
¡Y TÚ TAMPOCO, PELO PINCHO
Peirce

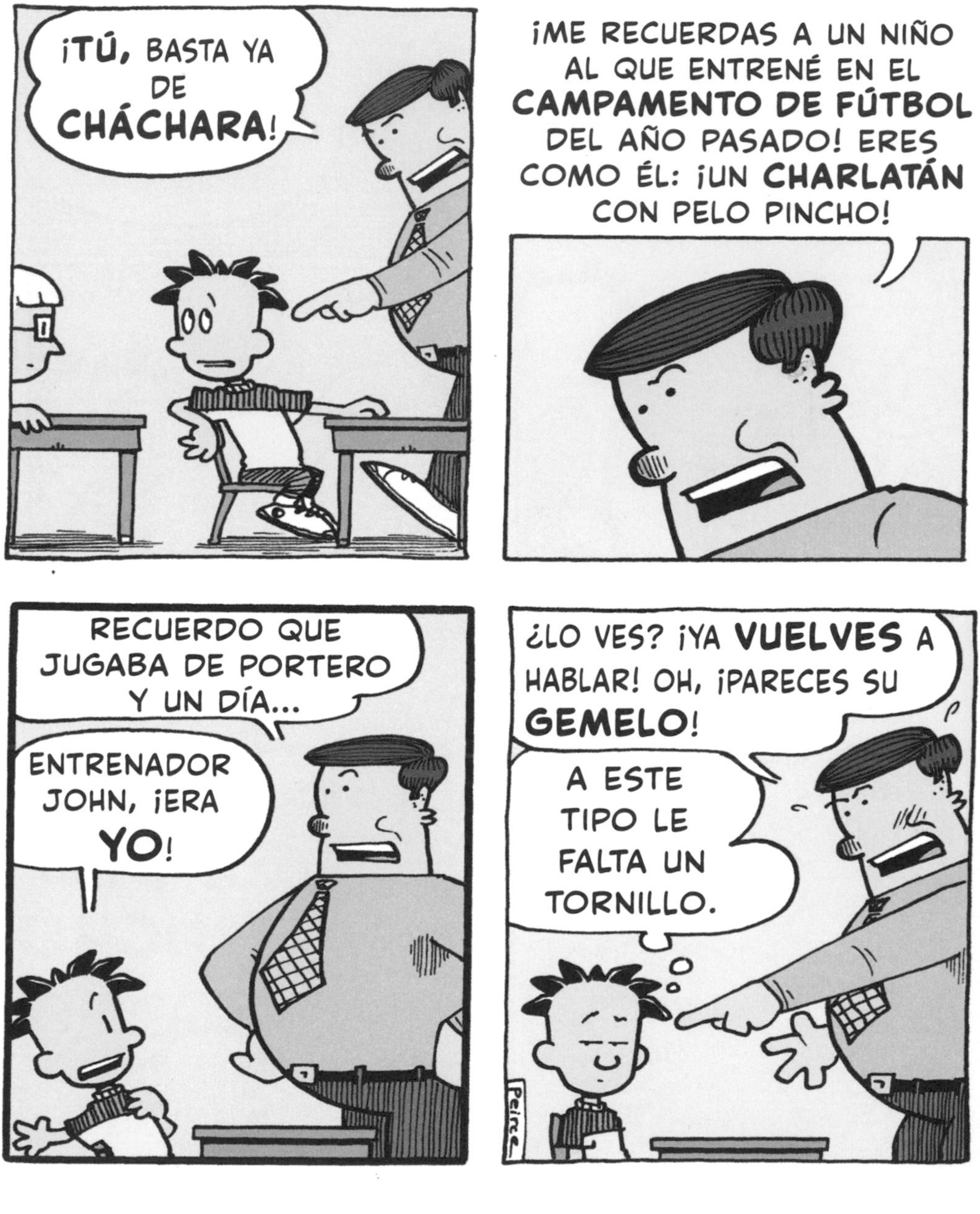
¡TÚ, BASTA YA DE CHÁCHARA!
¡ME RECUERDAS A UN NIÑO AL QUE ENTRENÉ EN EL CAMPAMENTO DE FÚTBOL DEL AÑO PASADO! ERES COMO ÉL: ¡UN CHARLATÁN CON PELO PINCHO!
RECUERDO QUE JUGABA DE PORTERO Y UN DÍA...
ENTRENADOR JOHN, ¡ERA YO!
¿LO VES? ¡YA VUELVES A HABLAR! OH, ¡PARECES SU GEMELO!
A ESTE TIPO LE FALTA UN TORNILLO.
Peirce

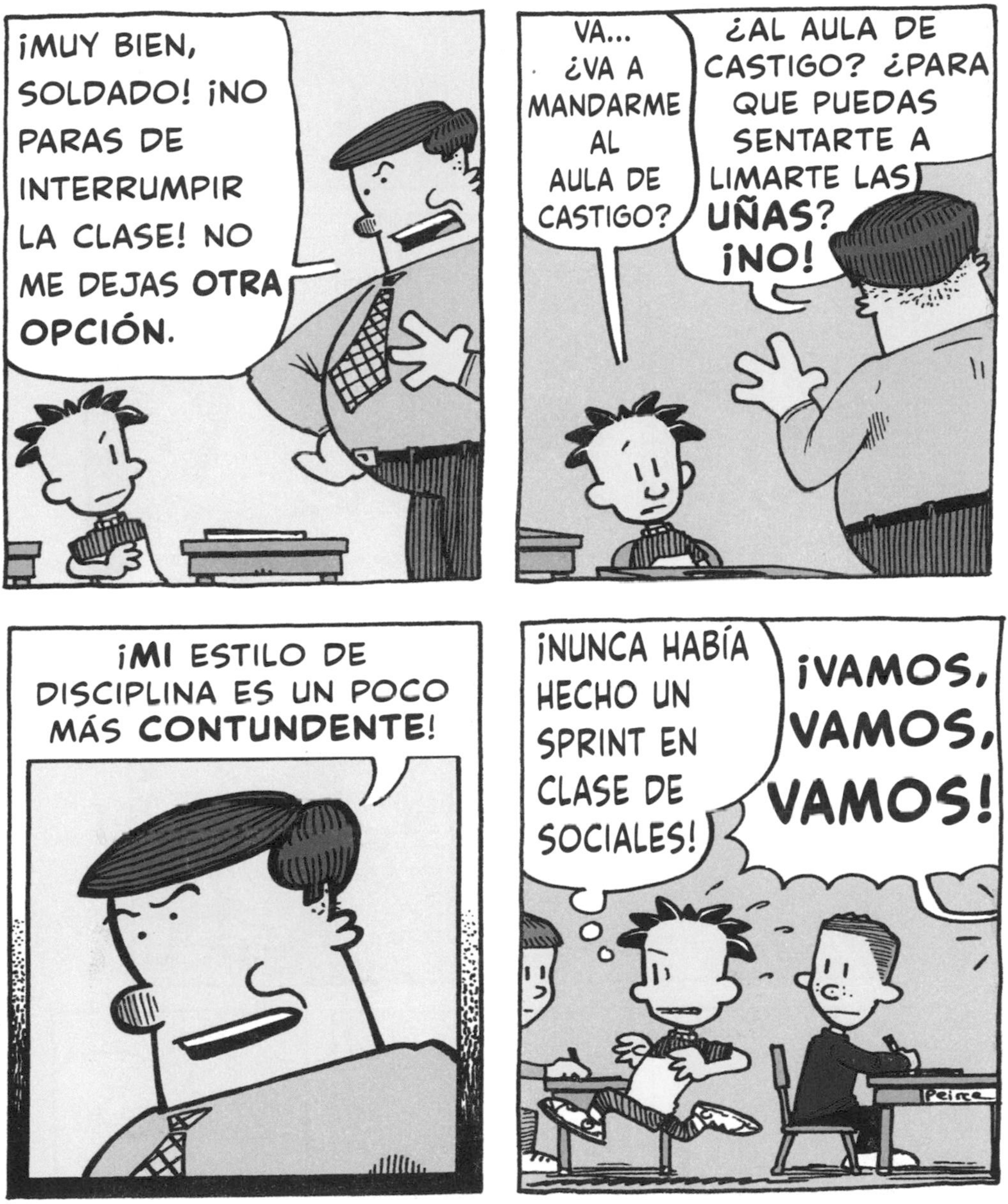
¡MUY BIEN, SOLDADO! ¡NO PARAS DE INTERRUMPIR LA CLASE! NO ME DEJAS OTRA OPCIÓN.
VA... ¿VA A MANDARME AL AULA DE CASTIGO?
¿AL AULA DE CASTIGO? ¿PARA QUE PUEDAS SENTARTE A LIMARTE LAS UÑAS? ¡NO!
¡MI ESTILO DE DISCIPLINA ES UN POCO MÁS CONTUNDENTE!
¡NUNCA HABÍA HECHO UN SPRINT EN CLASE DE SOCIALES!
¡VAMOS, VAMOS, VAMOS!
Peirce

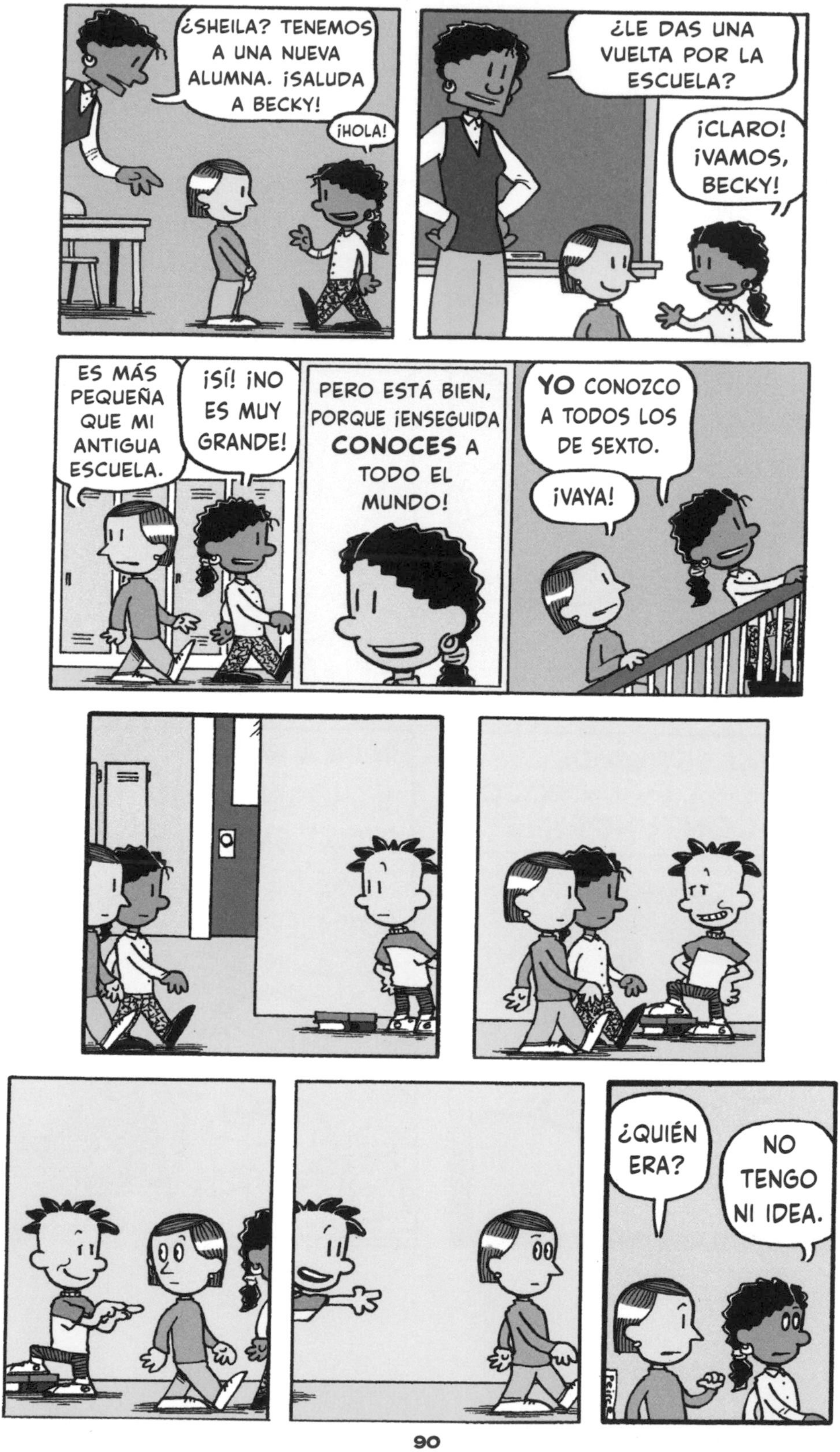
¿SHEILA? TENEMOS A UNA NUEVA ALUMNA. ¡SALUDA A BECKY!
¡HOLA!
¿LE DAS UNA VUELTA POR LA ESCUELA?
¡CLARO! ¡VAMOS, BECKY!
ES MÁS PEQUEÑA QUE MI ANTIGUA ESCUELA.
¡SÍ! ¡NO ES MUY GRANDE!
PERO ESTÁ BIEN, PORQUE ¡ENSEGUIDA CONOCES A TODO EL MUNDO!
YO CONOZCO A TODOS LOS DE SEXTO.
¡VAYA!
¿QUIÉN ERA?
NO TENGO NI IDEA.

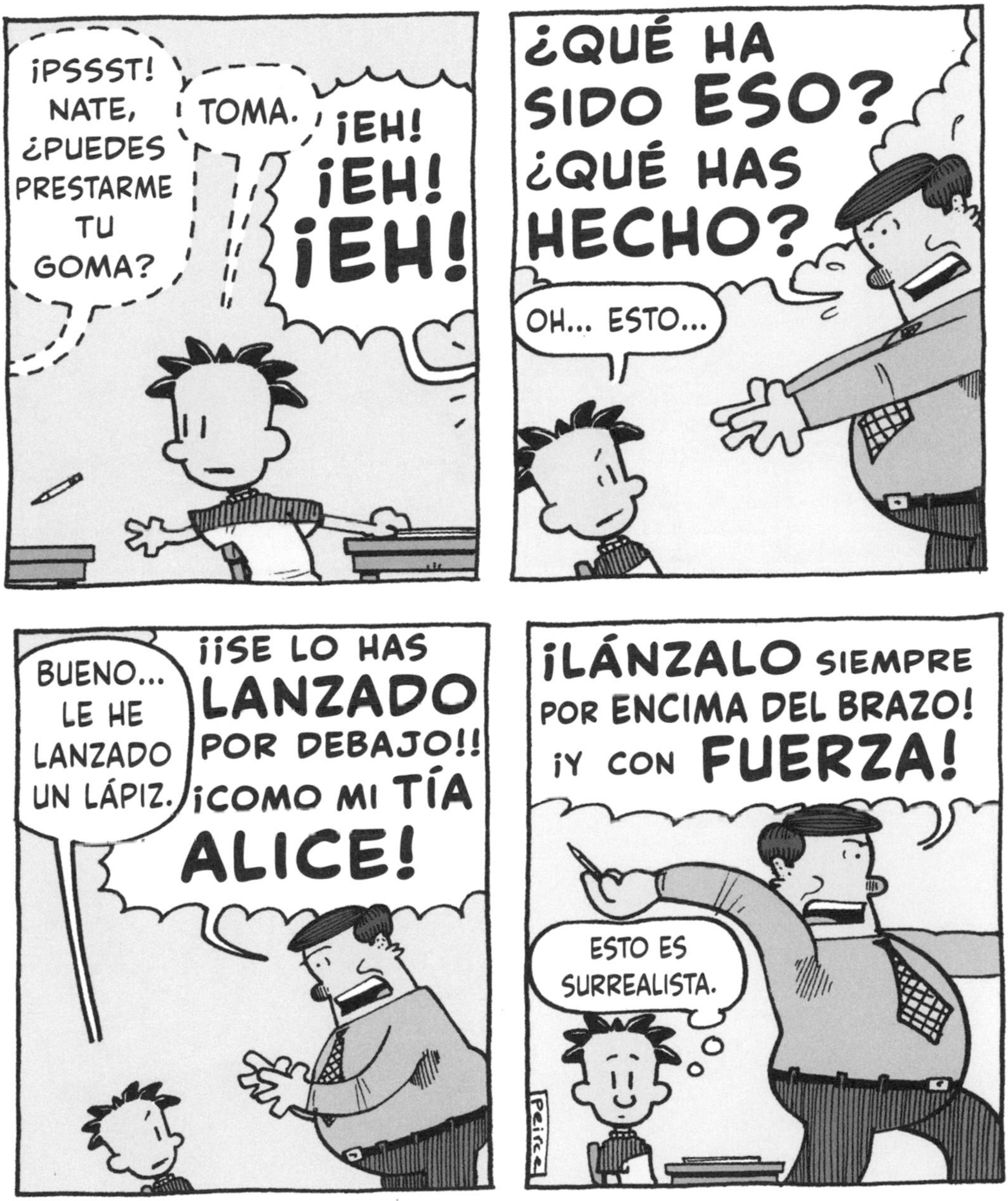
¡PSSST! NATE, ¿PUEDES PRESTARME TU GOMA?
TOMA.
¡EH! ¡EH! ¡EH!
¿QUÉ HA SIDO ESO? ¿QUÉ HAS HECHO?
OH... ESTO...
¡¡SE LO HAS LANZADO POR DEBAJO!! ¡COMO MI TÍA ALICE!
BUENO... LE HE LANZADO UN LÁPIZ.
¡LÁNZALO SIEMPRE POR ENCIMA DEL BRAZO! ¡Y CON FUERZA!
ESTO ES SURREALISTA.
Peirce

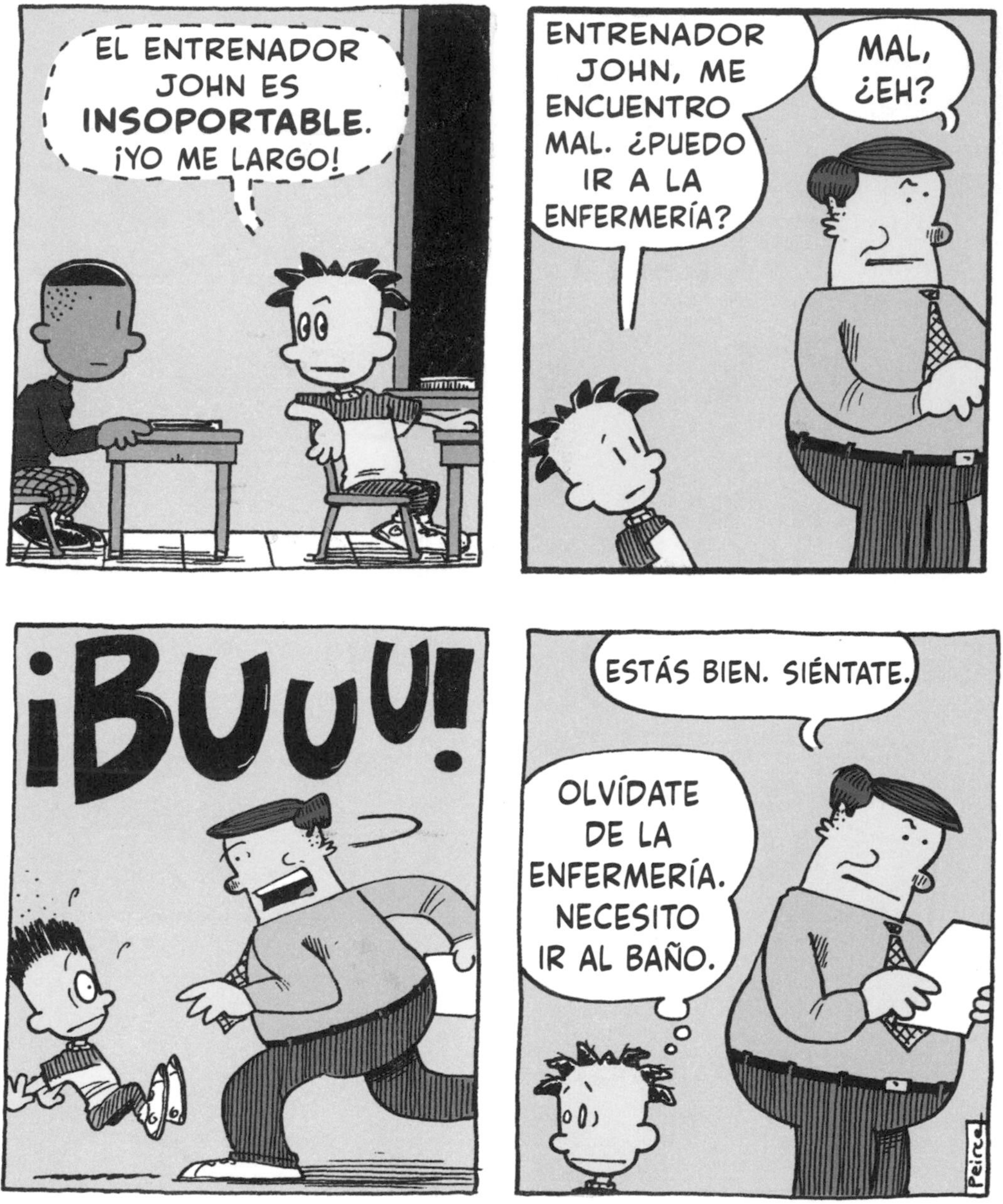
EL ENTRENADOR JOHN ES INSOPORTABLE. ¡YO ME LARGO!
ENTRENADOR JOHN, ME ENCUENTRO MAL. ¿PUEDO IR A LA ENFERMERÍA?
MAL, ¿EH?
¡BUUU!
ESTÁS BIEN. SIÉNTATE.
OLVÍDATE DE LA ENFERMERÍA. NECESITO IR AL BAÑO.
Peirce

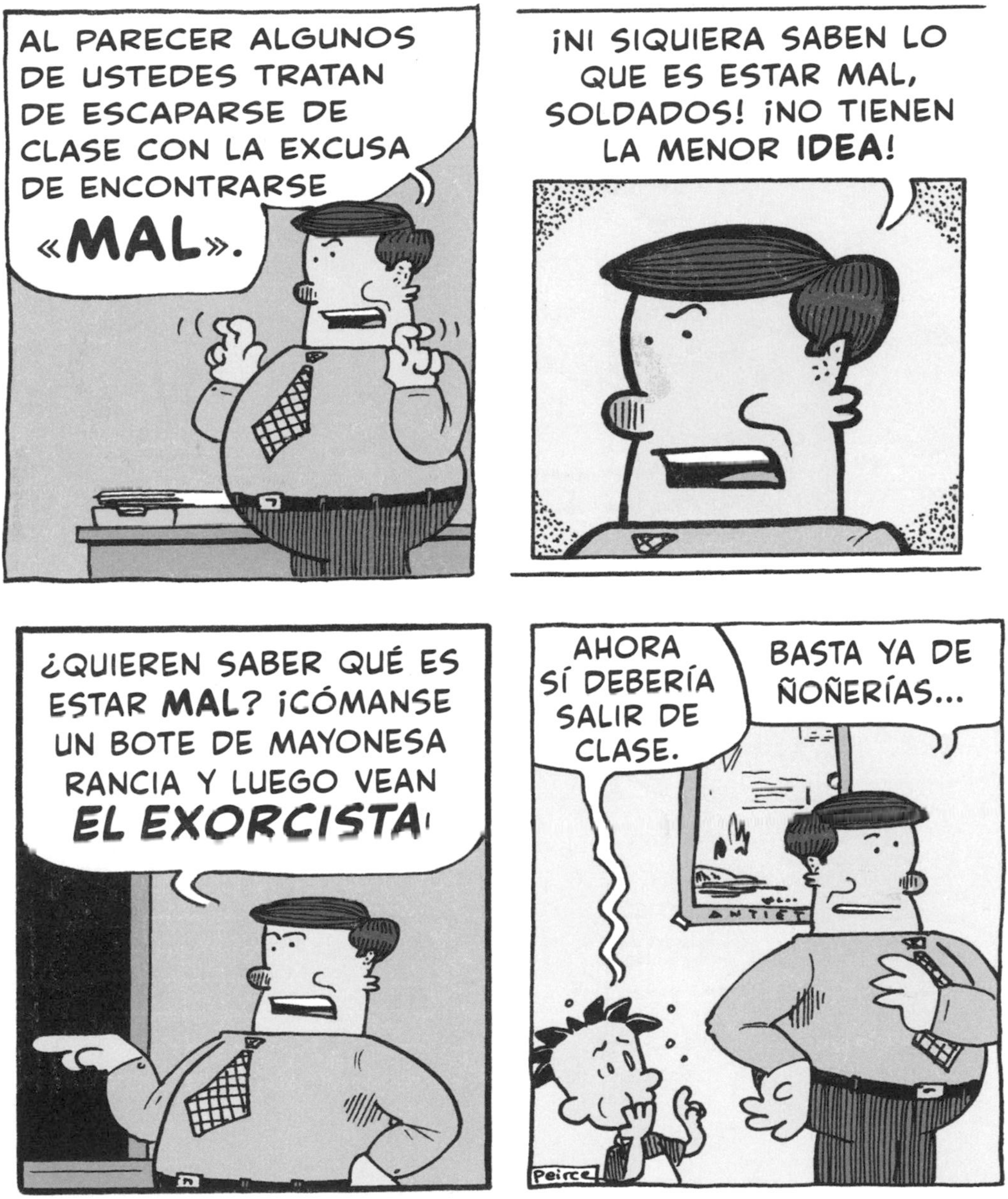
AL PARECER ALGUNOS DE USTEDES TRATAN DE ESCAPARSE DE CLASE CON LA EXCUSA DE ENCONTRARSE «MAL».
¡NI SIQUIERA SABEN LO QUE ES ESTAR MAL, SOLDADOS! ¡NO TIENEN LA MENOR IDEA!
¿QUIEREN SABER QUÉ ES ESTAR MAL? ¡CÓMANSE UN BOTE DE MAYONESA RANCIA Y LUEGO VEAN EL EXORCISTA!
AHORA SÍ DEBERÍA SALIR DE CLASE.
BASTA YA DE ÑOÑERÍAS...
Peirce

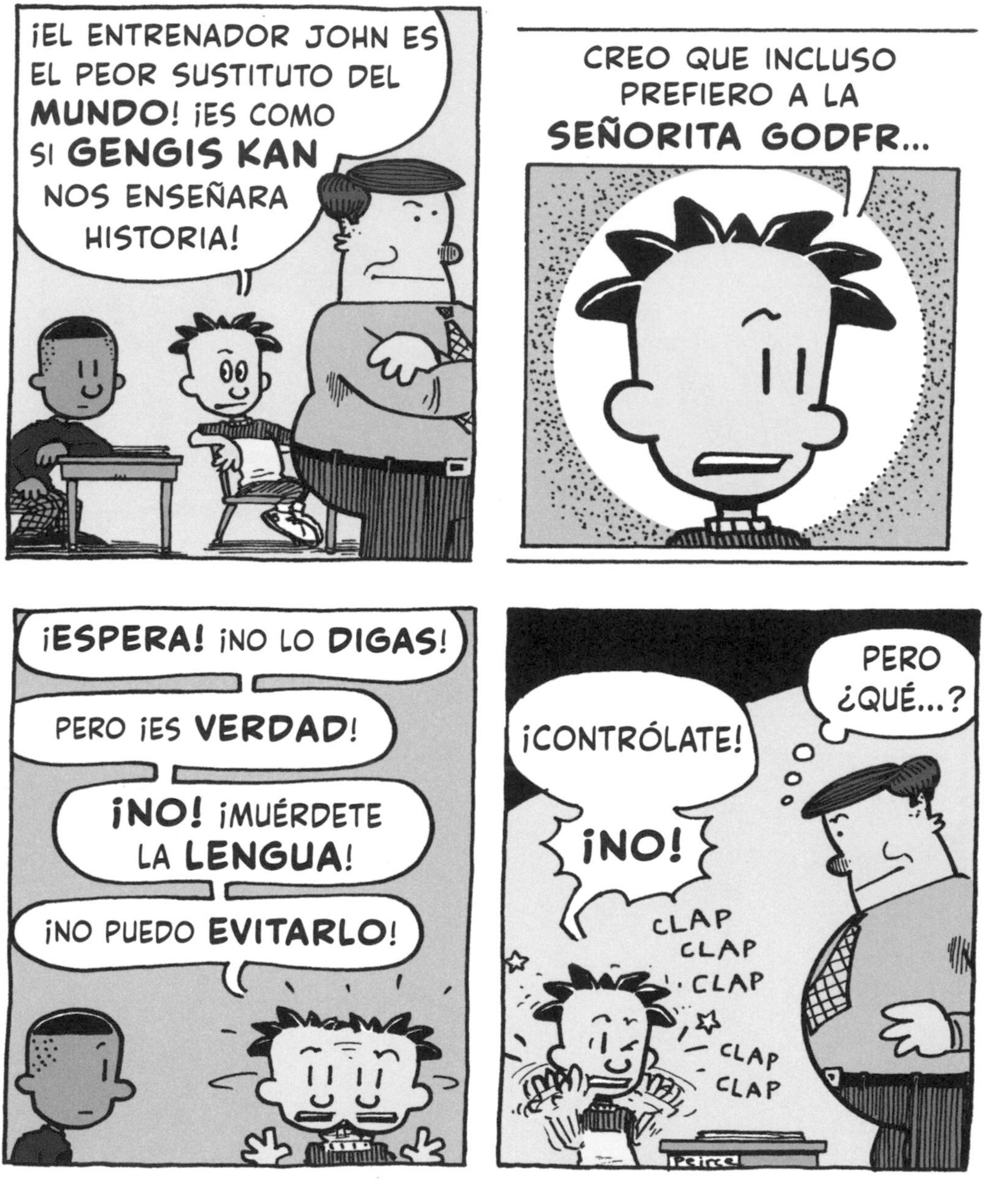
¡EL ENTRENADOR JOHN ES EL PEOR SUSTITUTO DEL MUNDO! ¡ES COMO SI GENGIS KAN NOS ENSEÑARA HISTORIA!
CREO QUE INCLUSO PREFIERO A LA SEÑORITA GODFR...
¡ESPERA! ¡NO LO DIGAS!
PERO ¡ES VERDAD!
¡NO! ¡MUÉRDETE LA LENGUA!
¡NO PUEDO EVITARLO!
¡CONTRÓLATE!
¡NO!
PERO ¿QUÉ...?
CLAP
CLAP
CLAP
CLAP
CLAP

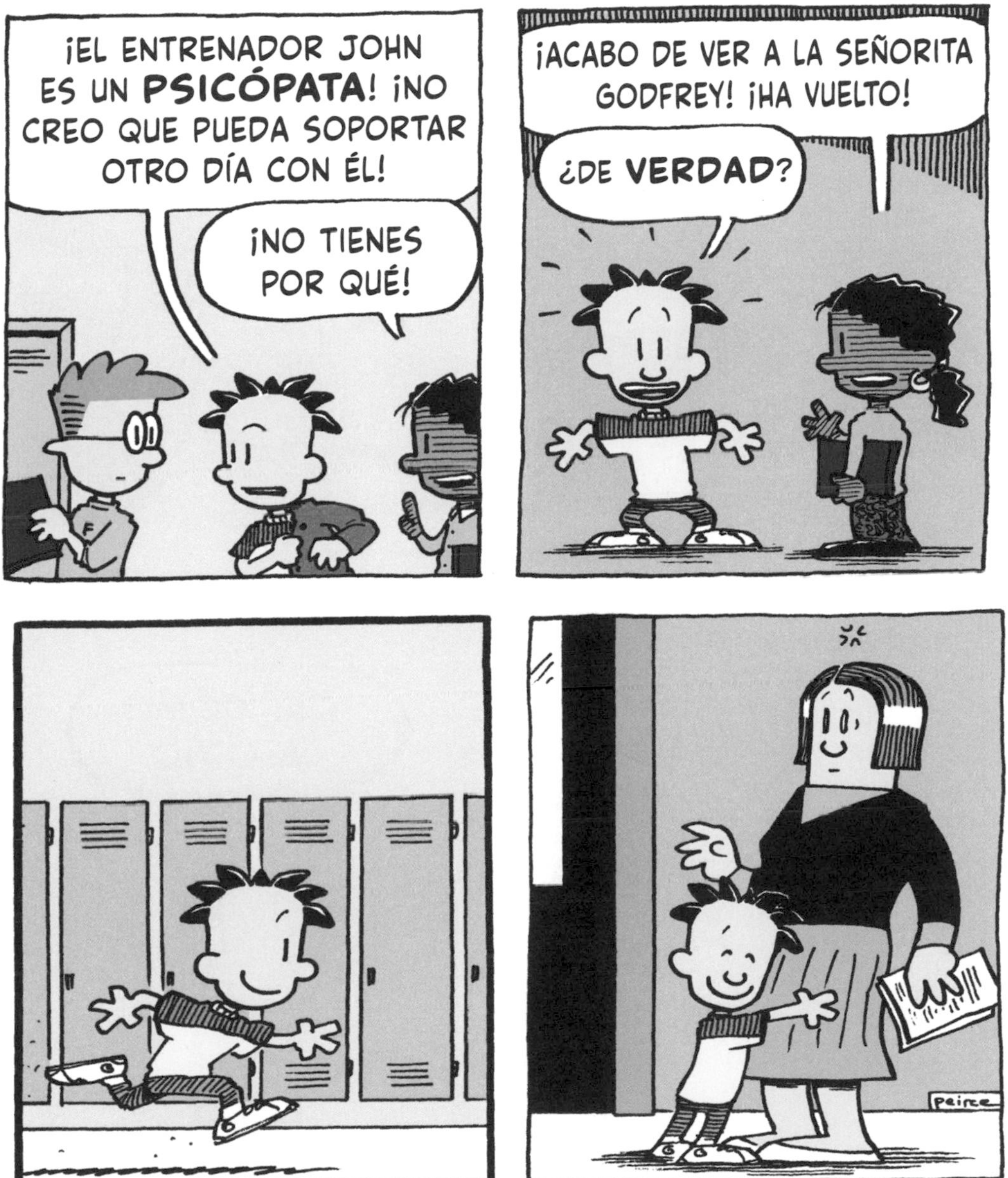
¡EL ENTRENADOR JOHN ES UN **PSICÓPATA**! ¡NO CREO QUE PUEDA SOPORTAR OTRO DÍA CON ÉL!
¡NO TIENES POR QUÉ!
¡ACABO DE VER A LA SEÑORITA GODFREY! ¡HA VUELTO!
¿DE **VERDAD**?
peirce

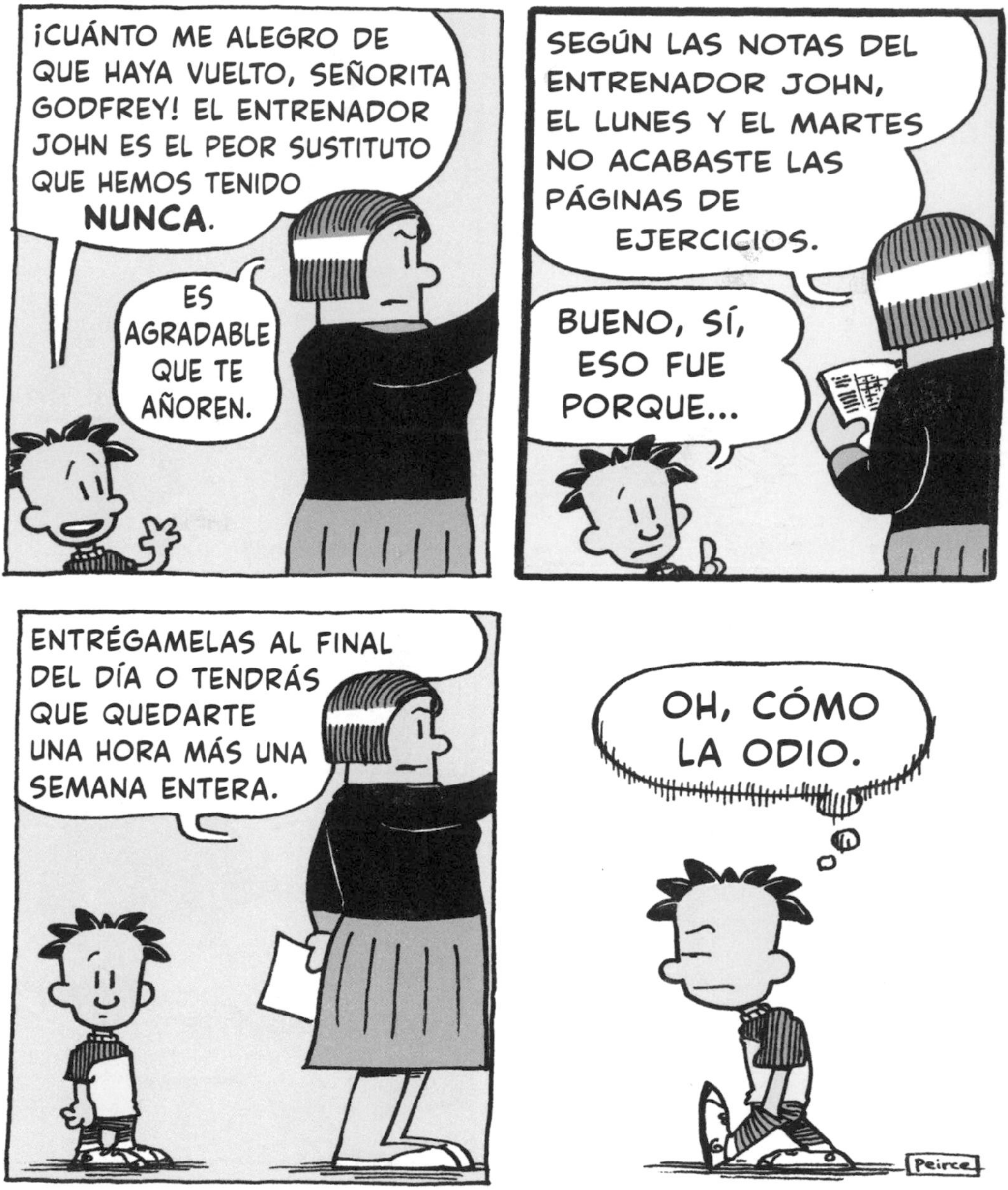
¡CUÁNTO ME ALEGRO DE QUE HAYA VUELTO, SEÑORITA GODFREY! EL ENTRENADOR JOHN ES EL PEOR SUSTITUTO QUE HEMOS TENIDO NUNCA.
ES AGRADABLE QUE TE AÑOREN.
SEGÚN LAS NOTAS DEL ENTRENADOR JOHN, EL LUNES Y EL MARTES NO ACABASTE LAS PÁGINAS DE EJERCICIOS.
BUENO, SÍ, ESO FUE PORQUE...
ENTRÉGAMELAS AL FINAL DEL DÍA O TENDRÁS QUE QUEDARTE UNA HORA MÁS UNA SEMANA ENTERA.
OH, CÓMO LA ODIO.
Peirce

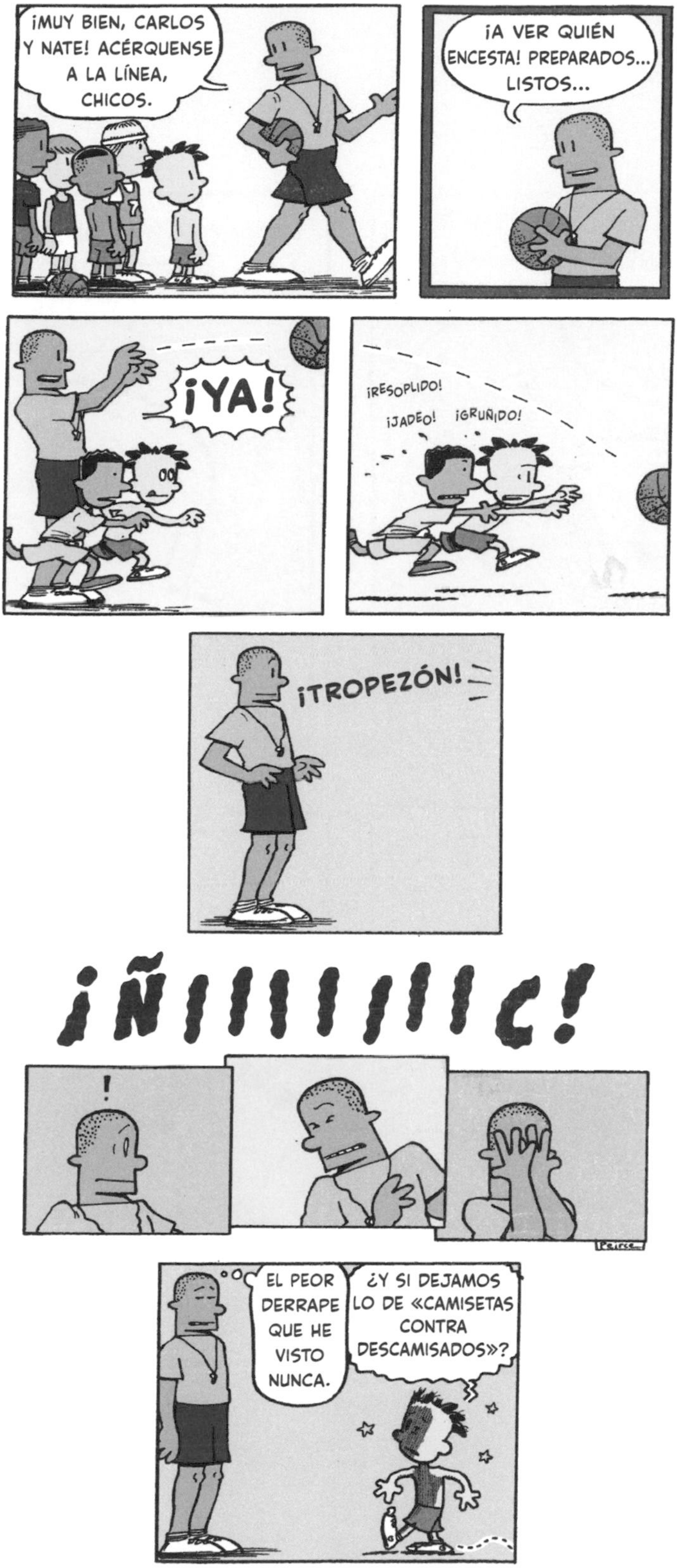

¡MUY BIEN, CARLOS Y NATE! ACÉRQUENSE A LA LÍNEA, CHICOS.
¡A VER QUIÉN ENCESTA! PREPARADOS... LISTOS...
¡YA!
¡RESOPLIDO!
¡JADEO!
¡GRUÑIDO!
¡TROPEZÓN!
¡ÑIIIIIIIC!
!
EL PEOR DERRAPE QUE HE VISTO NUNCA.
¿Y SI DEJAMOS LO DE «CAMISETAS CONTRA DESCAMISADOS»?

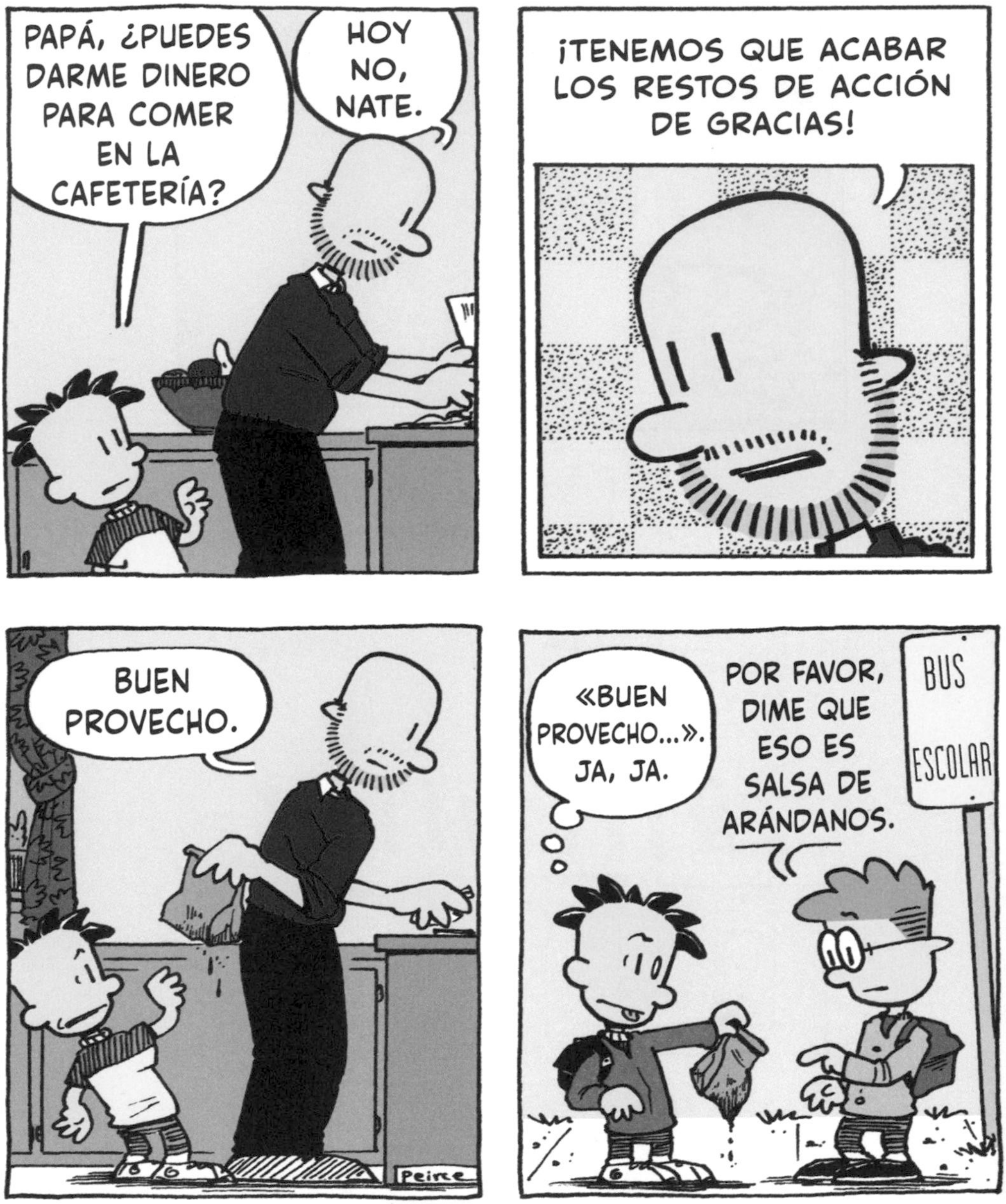
PAPÁ, ¿PUEDES DARME DINERO PARA COMER EN LA CAFETERÍA?
HOY NO, NATE.
¡TENEMOS QUE ACABAR LOS RESTOS DE ACCIÓN DE GRACIAS!
BUEN PROVECHO.
Peirce
«BUEN PROVECHO...». JA, JA.
POR FAVOR, DIME QUE ESO ES SALSA DE ARÁNDANOS.
BUS ESCOLAR

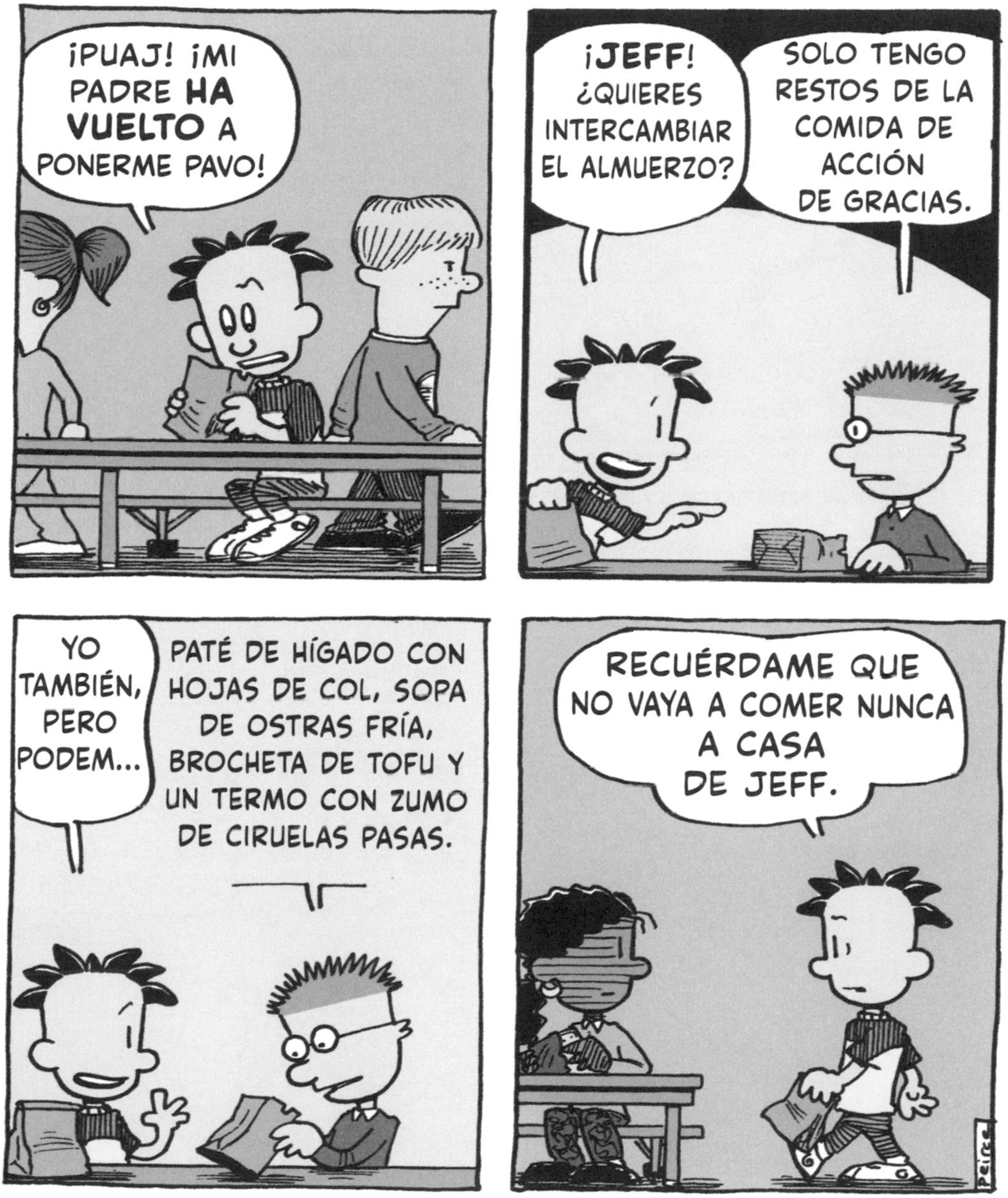
¡PUAJ! ¡MI PADRE **HA VUELTO** A PONERME PAVO!
¡**JEFF**! ¿QUIERES INTERCAMBIAR EL ALMUERZO?
SOLO TENGO RESTOS DE LA COMIDA DE ACCIÓN DE GRACIAS.
YO TAMBIÉN, PERO PODEM...
PATÉ DE HÍGADO CON HOJAS DE COL, SOPA DE OSTRAS FRÍA, BROCHETA DE TOFU Y UN TERMO CON ZUMO DE CIRUELAS PASAS.
RECUÉRDAME QUE NO VAYA A COMER NUNCA A CASA DE JEFF.
Peirce

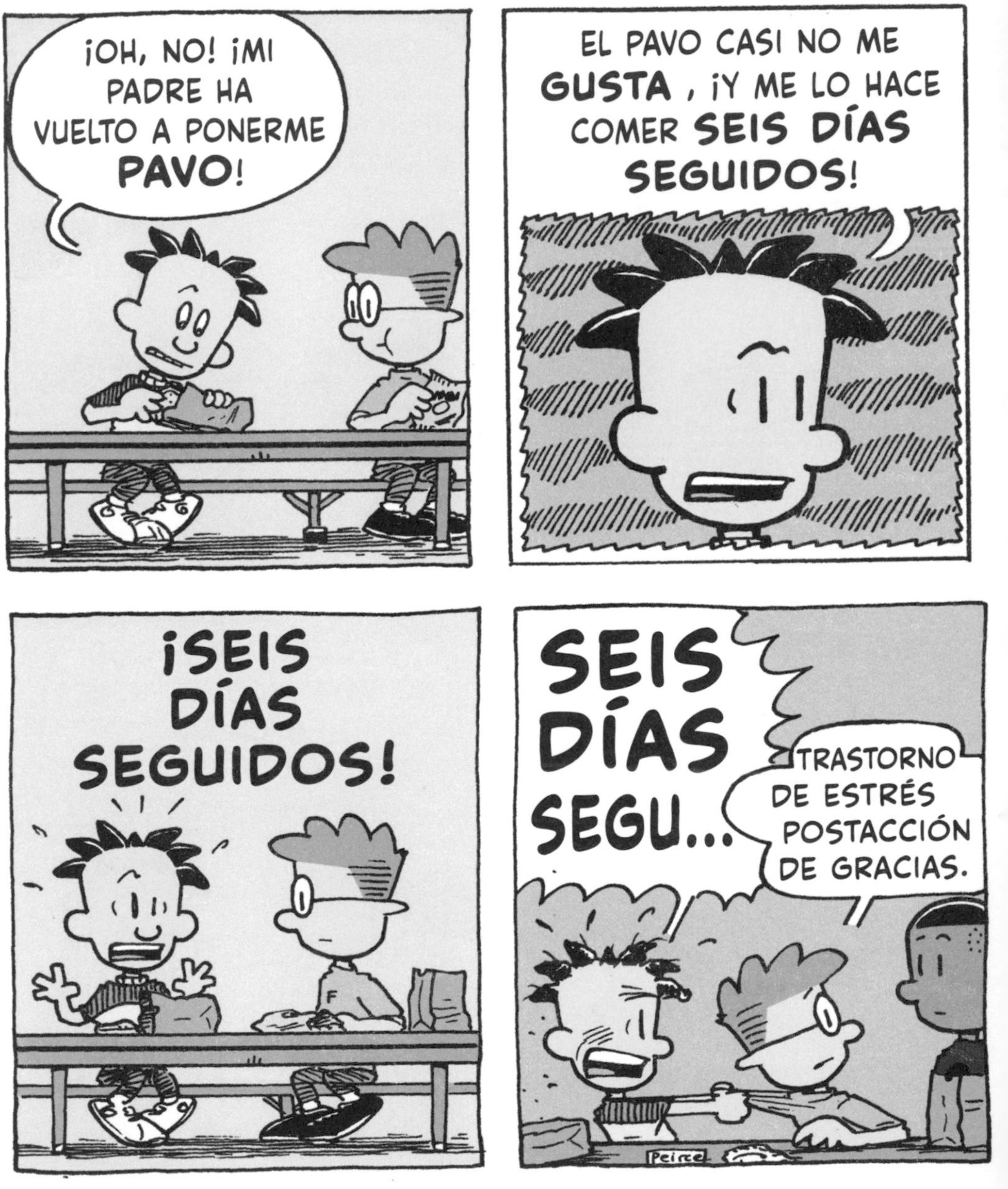
¡OH, NO! ¡MI PADRE HA VUELTO A PONERME PAVO!
EL PAVO CASI NO ME GUSTA , ¡Y ME LO HACE COMER SEIS DÍAS SEGUIDOS!
¡SEIS DÍAS SEGUIDOS!
SEIS DÍAS SEGU...
TRASTORNO DE ESTRÉS POSTACCIÓN DE GRACIAS.
Peirce

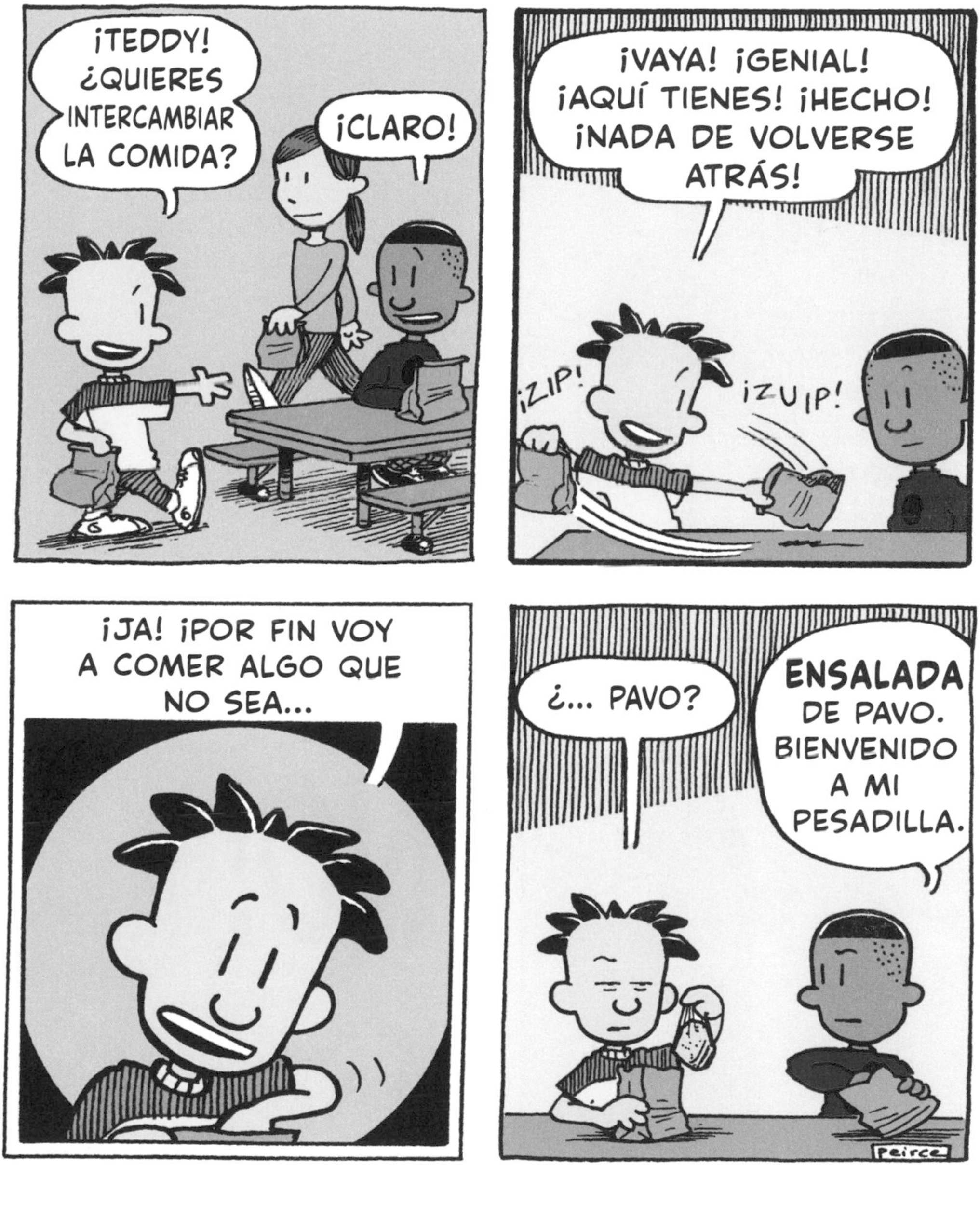
¡TEDDY! ¿QUIERES INTERCAMBIAR LA COMIDA?
¡CLARO!
¡VAYA! ¡GENIAL! ¡AQUÍ TIENES! ¡HECHO! ¡NADA DE VOLVERSE ATRÁS!
¡ZIP!
¡ZUIP!
¡JA! ¡POR FIN VOY A COMER ALGO QUE NO SEA...
¿... PAVO?
ENSALADA DE PAVO. BIENVENIDO A MI PESADILLA.
peirce

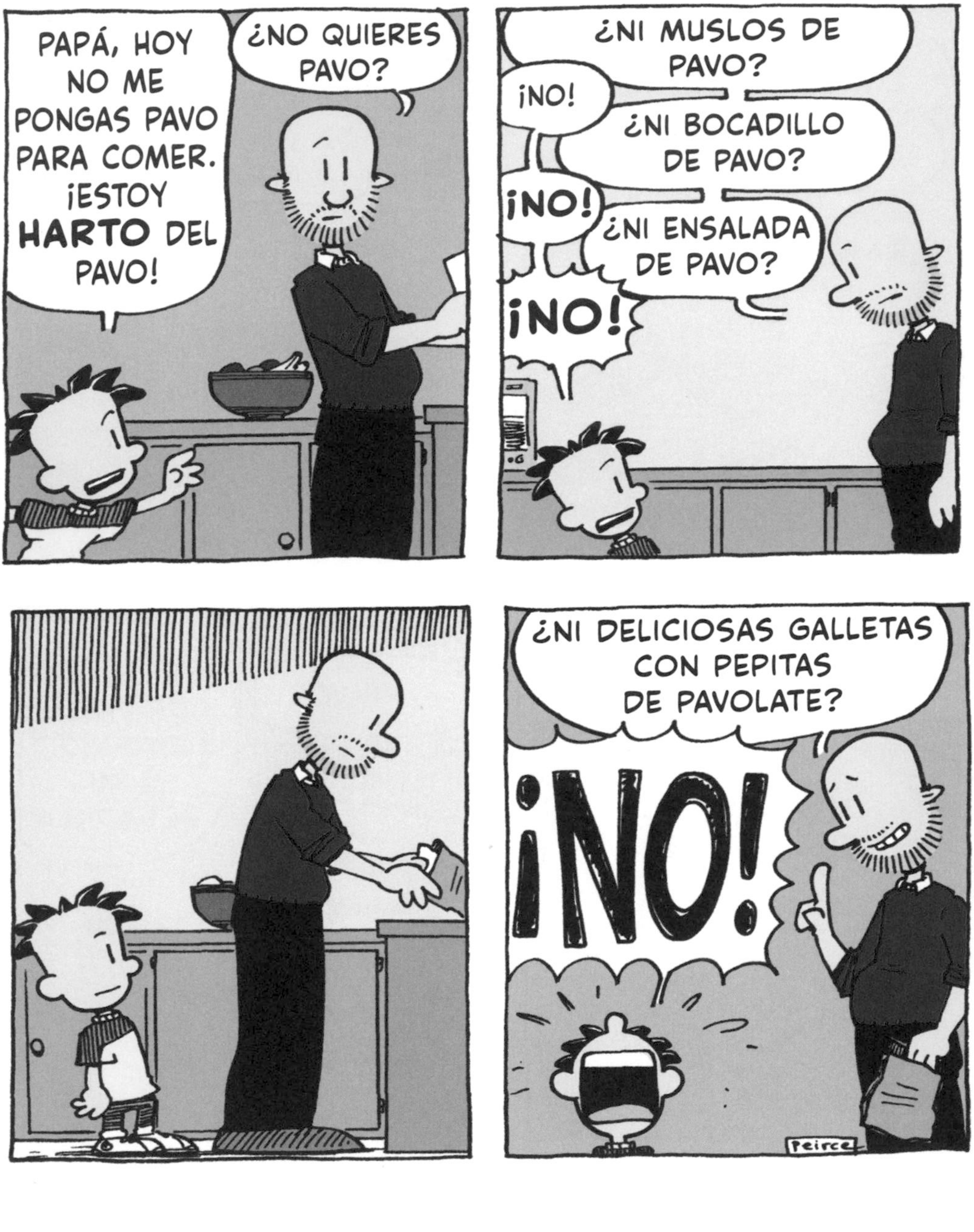
PAPÁ, HOY NO ME PONGAS PAVO PARA COMER. ¡ESTOY **HARTO** DEL PAVO!
¿NO QUIERES PAVO?
¿NI MUSLOS DE PAVO?
¡NO!
¿NI BOCADILLO DE PAVO?
¡NO!
¿NI ENSALADA DE PAVO?
¡NO!
¿NI DELICIOSAS GALLETAS CON PEPITAS DE PAVOLATE?
¡NO!
Peirce

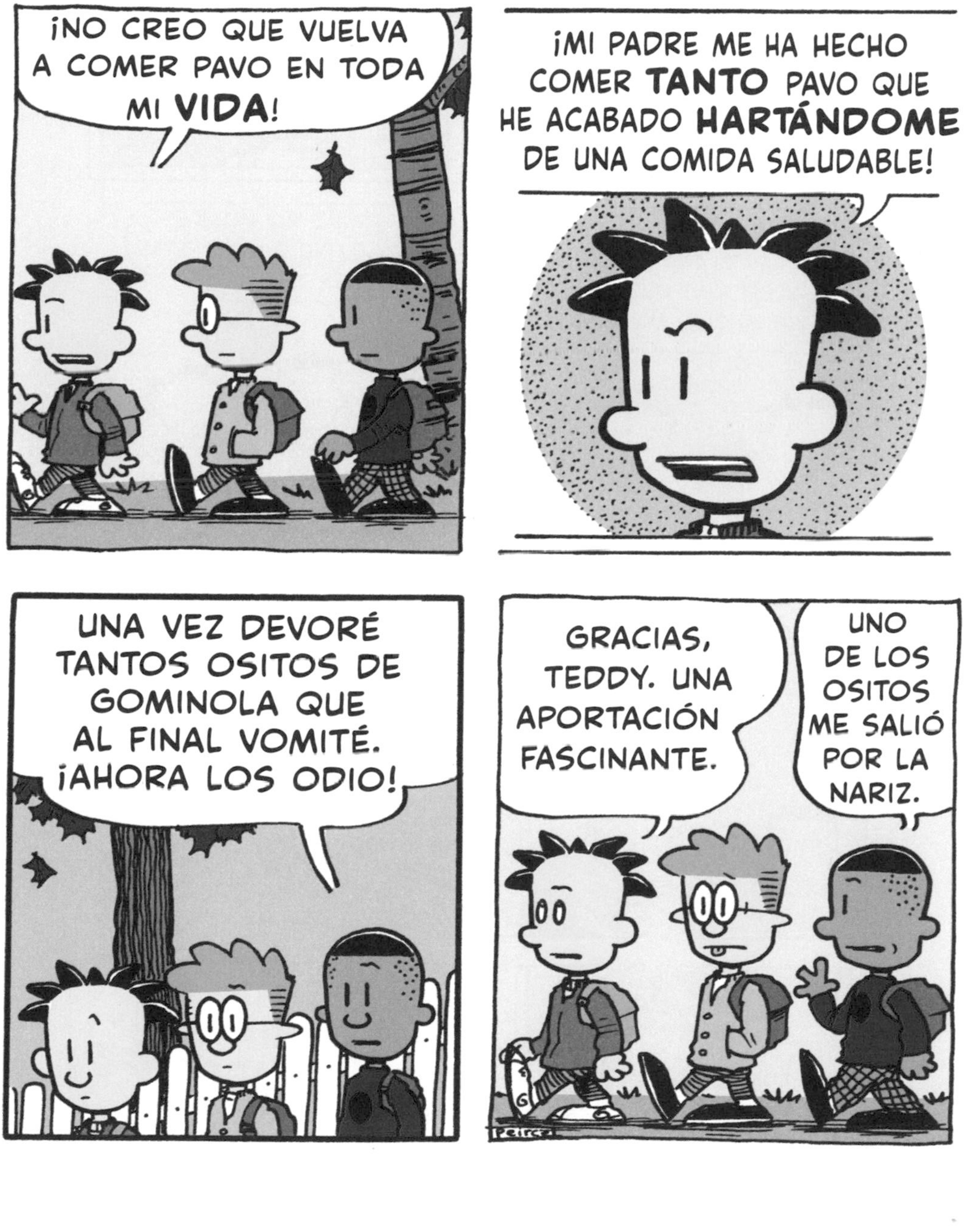
¡NO CREO QUE VUELVA A COMER PAVO EN TODA MI VIDA!
¡MI PADRE ME HA HECHO COMER TANTO PAVO QUE HE ACABADO HARTÁNDOME DE UNA COMIDA SALUDABLE!
UNA VEZ DEVORÉ TANTOS OSITOS DE GOMINOLA QUE AL FINAL VOMITÉ. ¡AHORA LOS ODIO!
GRACIAS, TEDDY. UNA APORTACIÓN FASCINANTE.
UNO DE LOS OSITOS ME SALIÓ POR LA NARIZ.

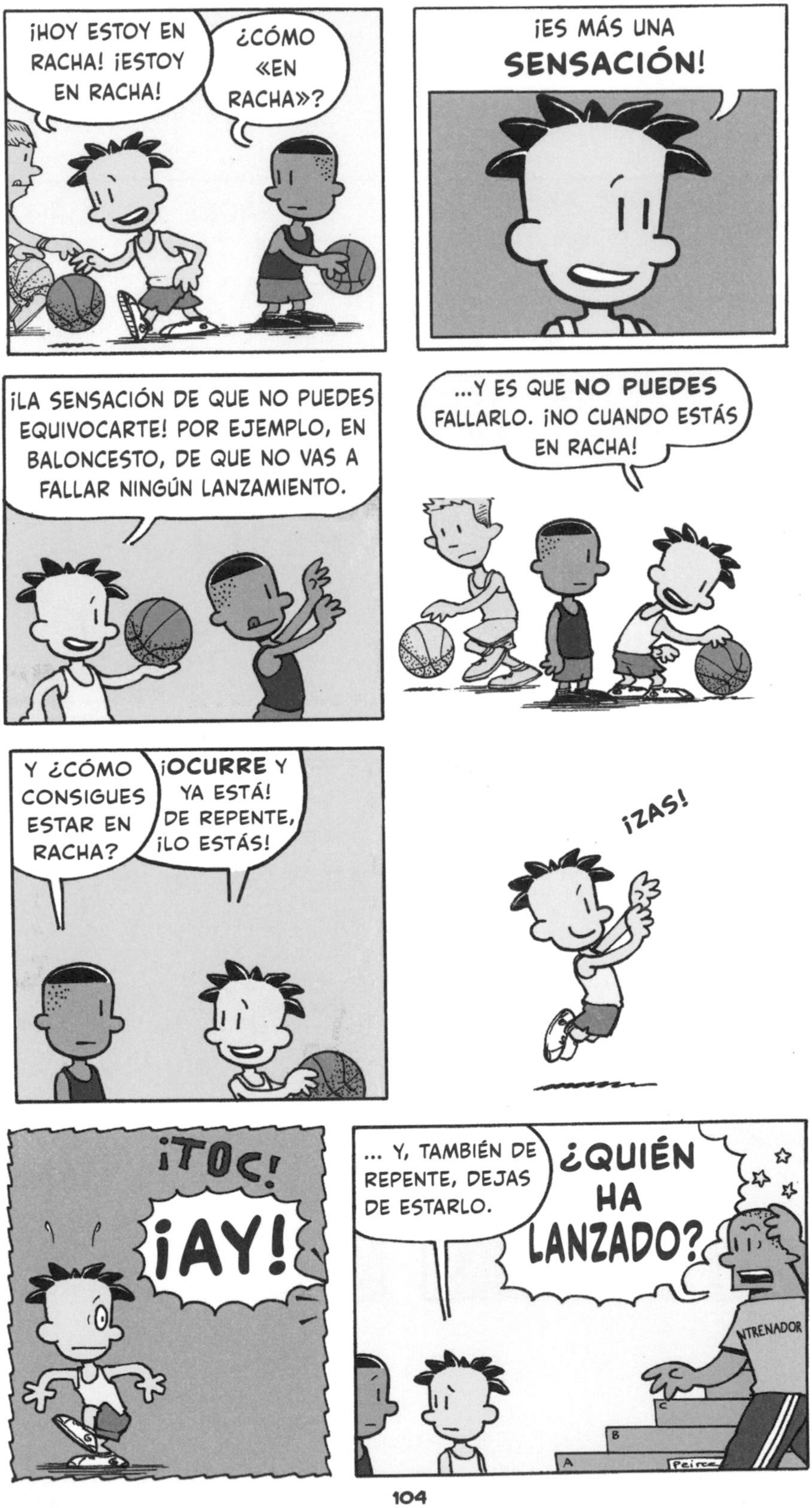
¡HOY ESTOY EN RACHA! ¡ESTOY EN RACHA!
¿CÓMO «EN RACHA»?
¡ES MÁS UNA **SENSACIÓN**!
¡LA SENSACIÓN DE QUE NO PUEDES EQUIVOCARTE! POR EJEMPLO, EN BALONCESTO, DE QUE NO VAS A FALLAR NINGÚN LANZAMIENTO.
...Y ES QUE **NO PUEDES** FALLARLO. ¡NO CUANDO ESTÁS EN RACHA!
Y ¿CÓMO CONSIGUES ESTAR EN RACHA?
¡**OCURRE** Y YA ESTÁ! DE REPENTE, ¡LO ESTÁS!
¡ZAS!
¡TOC!
¡AY!
... Y, TAMBIÉN DE REPENTE, DEJAS DE ESTARLO.
¿QUIÉN HA LANZADO?
NTRENADOR
C
B
A

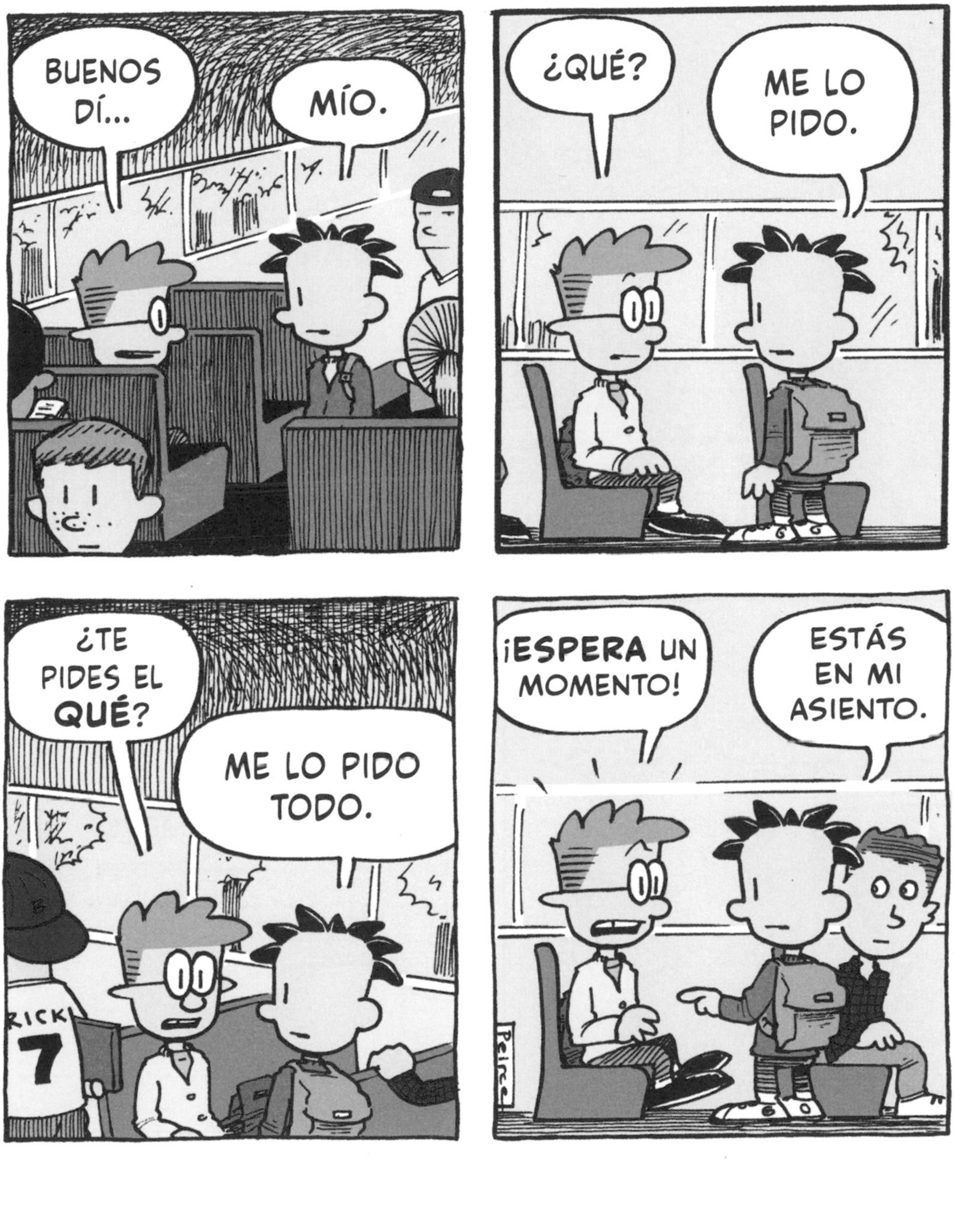
BUENOS DÍ...
MÍO.
¿QUÉ?
ME LO PIDO.
¿TE PIDES EL **QUÉ**?
ME LO PIDO TODO.
¡**ESPERA** UN MOMENTO!
ESTÁS EN MI ASIENTO.
RICK 7
Peirce

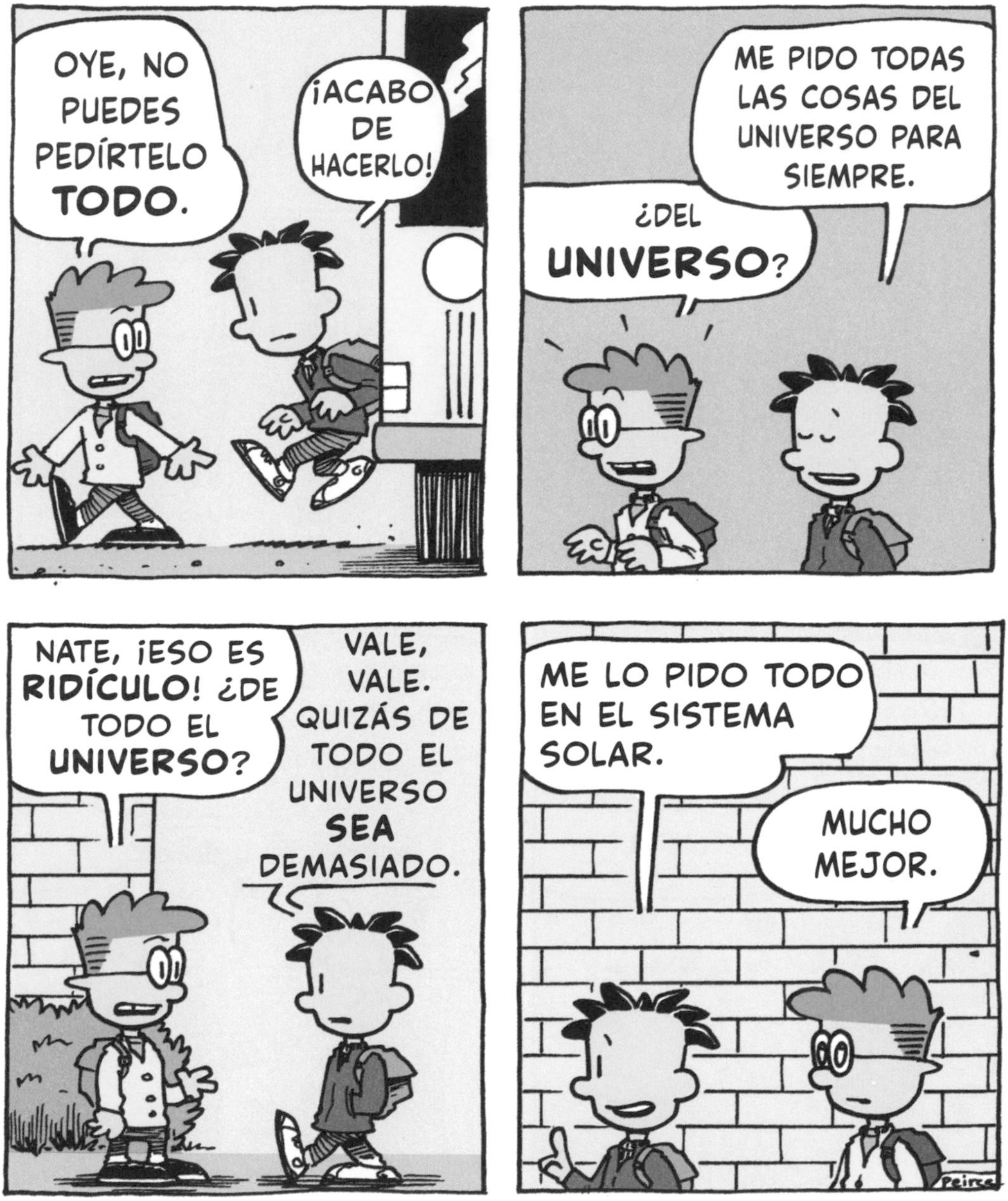
OYE, NO PUEDES PEDÍRTELO **TODO**.
¡ACABO DE HACERLO!
¿DEL **UNIVERSO**?
ME PIDO TODAS LAS COSAS DEL UNIVERSO PARA SIEMPRE.
NATE, ¡ESO ES **RIDÍCULO**! ¿DE TODO EL **UNIVERSO**?
VALE, VALE. QUIZÁS DE TODO EL UNIVERSO **SEA** DEMASIADO.
ME LO PIDO TODO EN EL SISTEMA SOLAR.
MUCHO MEJOR.
Peirce

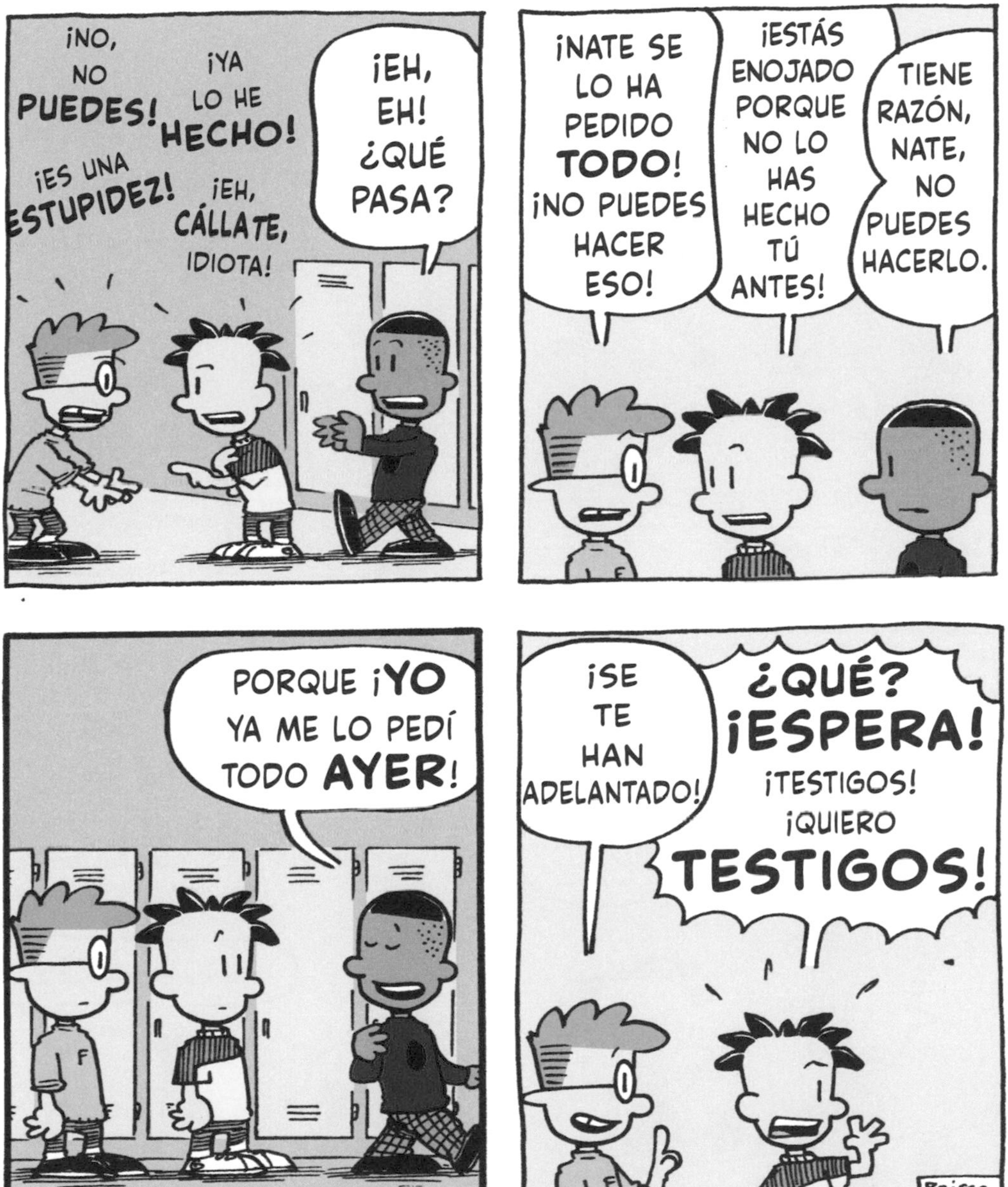
¡NO, NO PUEDES!
¡YA LO HE HECHO!
¡ES UNA ESTUPIDEZ!
¡EH, CÁLLATE, IDIOTA!
¡EH, EH! ¿QUÉ PASA?
¡NATE SE LO HA PEDIDO TODO! ¡NO PUEDES HACER ESO!
¡ESTÁS ENOJADO PORQUE NO LO HAS HECHO TÚ ANTES!
TIENE RAZÓN, NATE, NO PUEDES HACERLO.
PORQUE ¡YO YA ME LO PEDÍ TODO AYER!
¡SE TE HAN ADELANTADO!
¿QUÉ? ¡ESPERA! ¡TESTIGOS! ¡QUIERO TESTIGOS!
Peirce

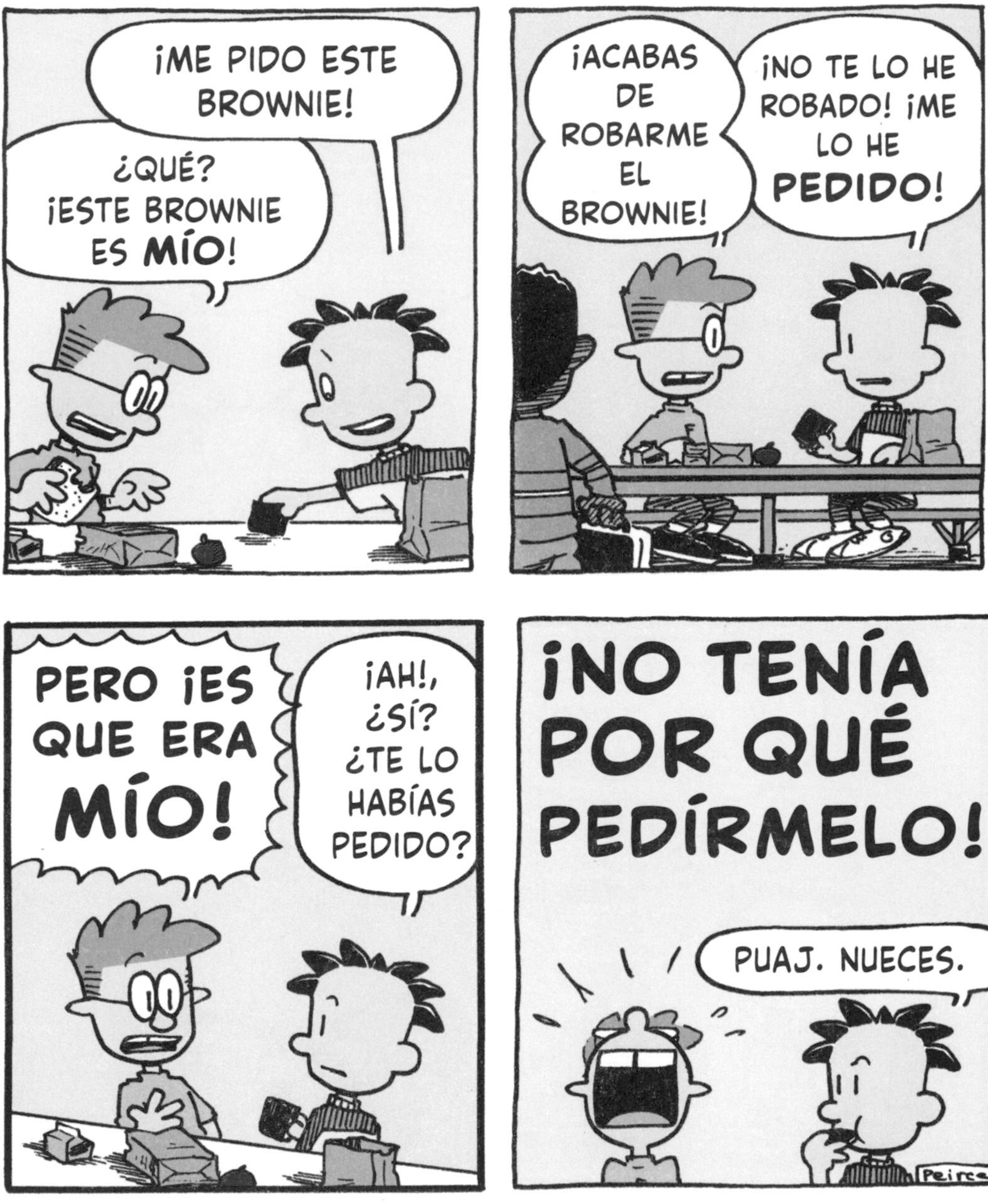
¡ME PIDO ESTE BROWNIE!
¿QUÉ? ¡ESTE BROWNIE ES MÍO!
¡ACABAS DE ROBARME EL BROWNIE!
¡NO TE LO HE ROBADO! ¡ME LO HE PEDIDO!
PERO ¡ES QUE ERA MÍO!
¡AH!, ¿SÍ? ¿TE LO HABÍAS PEDIDO?
¡NO TENÍA POR QUÉ PEDÍRMELO!
PUAJ. NUECES.
Peirce

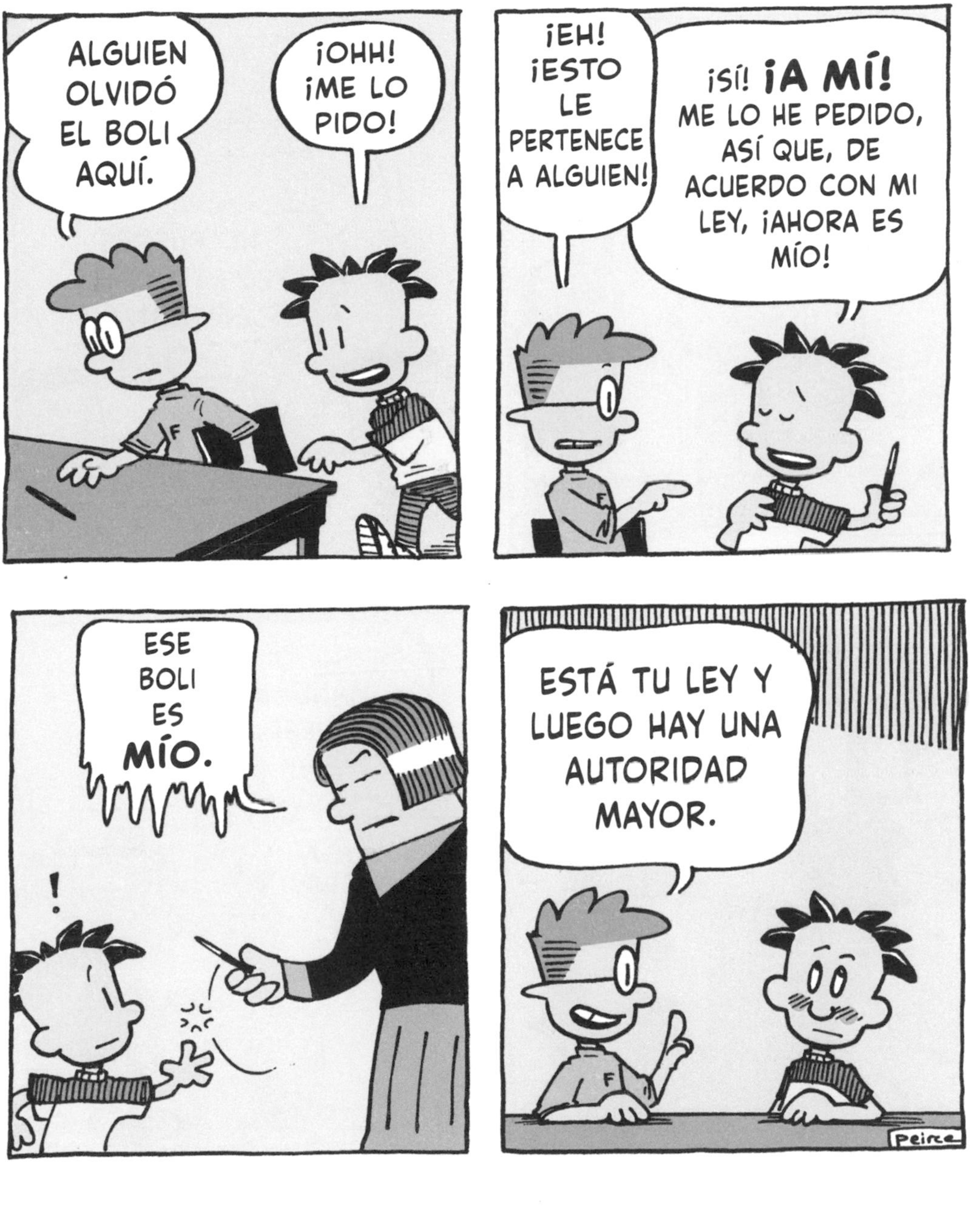
ALGUIEN OLVIDÓ EL BOLI AQUÍ.
¡OHH! ¡ME LO PIDO!
¡EH! ¡ESTO LE PERTENECE A ALGUIEN!
¡SÍ! ¡A MÍ! ME LO HE PEDIDO, ASÍ QUE, DE ACUERDO CON MI LEY, ¡AHORA ES MÍO!
ESE BOLI ES MÍO.
!
ESTÁ TU LEY Y LUEGO HAY UNA AUTORIDAD MAYOR.
Peirce

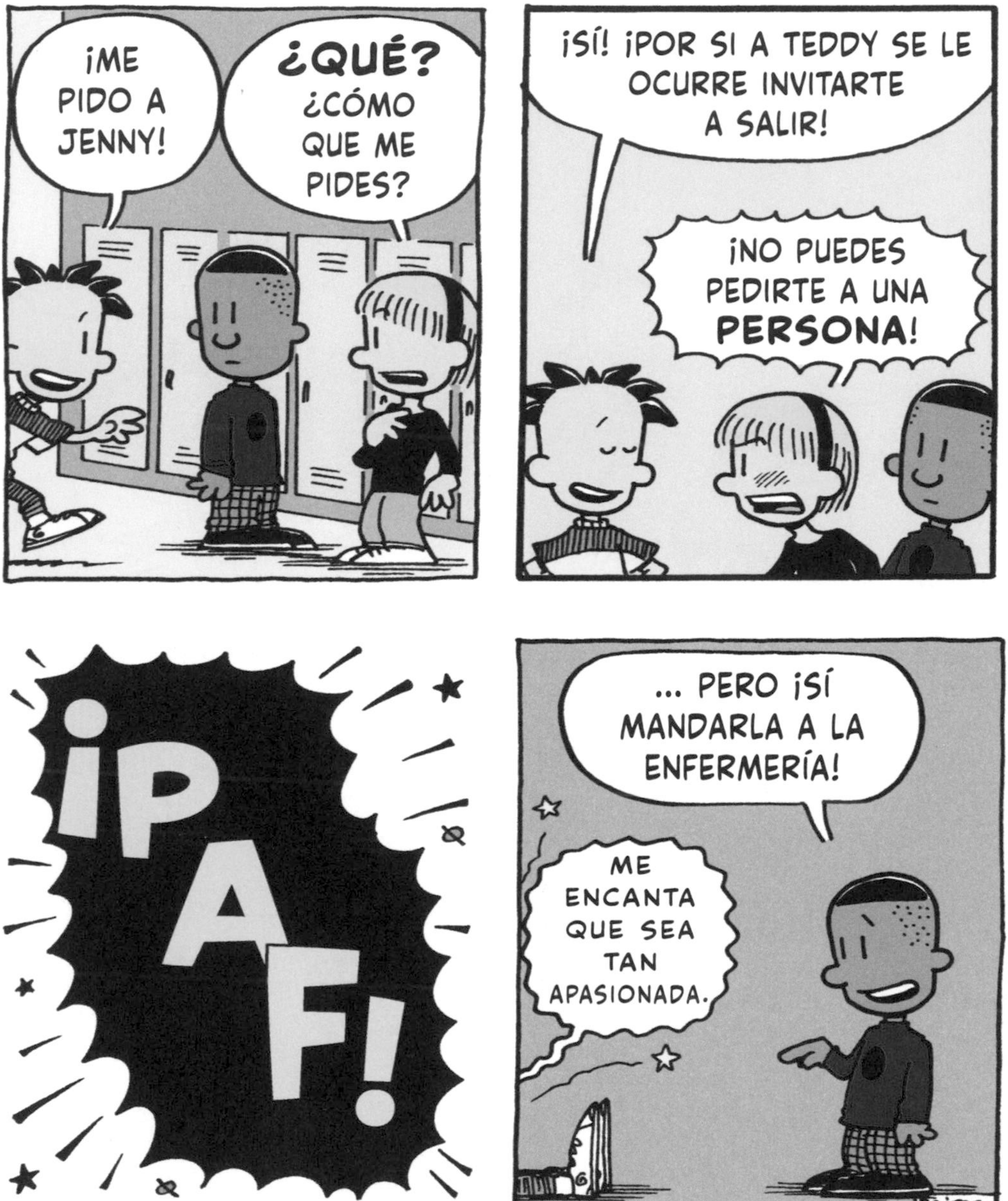
¡ME PIDO A JENNY!
¿QUÉ? ¿CÓMO QUE ME PIDES?
¡SÍ! ¡POR SI A TEDDY SE LE OCURRE INVITARTE A SALIR!
¡NO PUEDES PEDIRTE A UNA PERSONA!
¡PAF!
... PERO ¡SÍ MANDARLA A LA ENFERMERÍA!
ME ENCANTA QUE SEA TAN APASIONADA.
Peirce

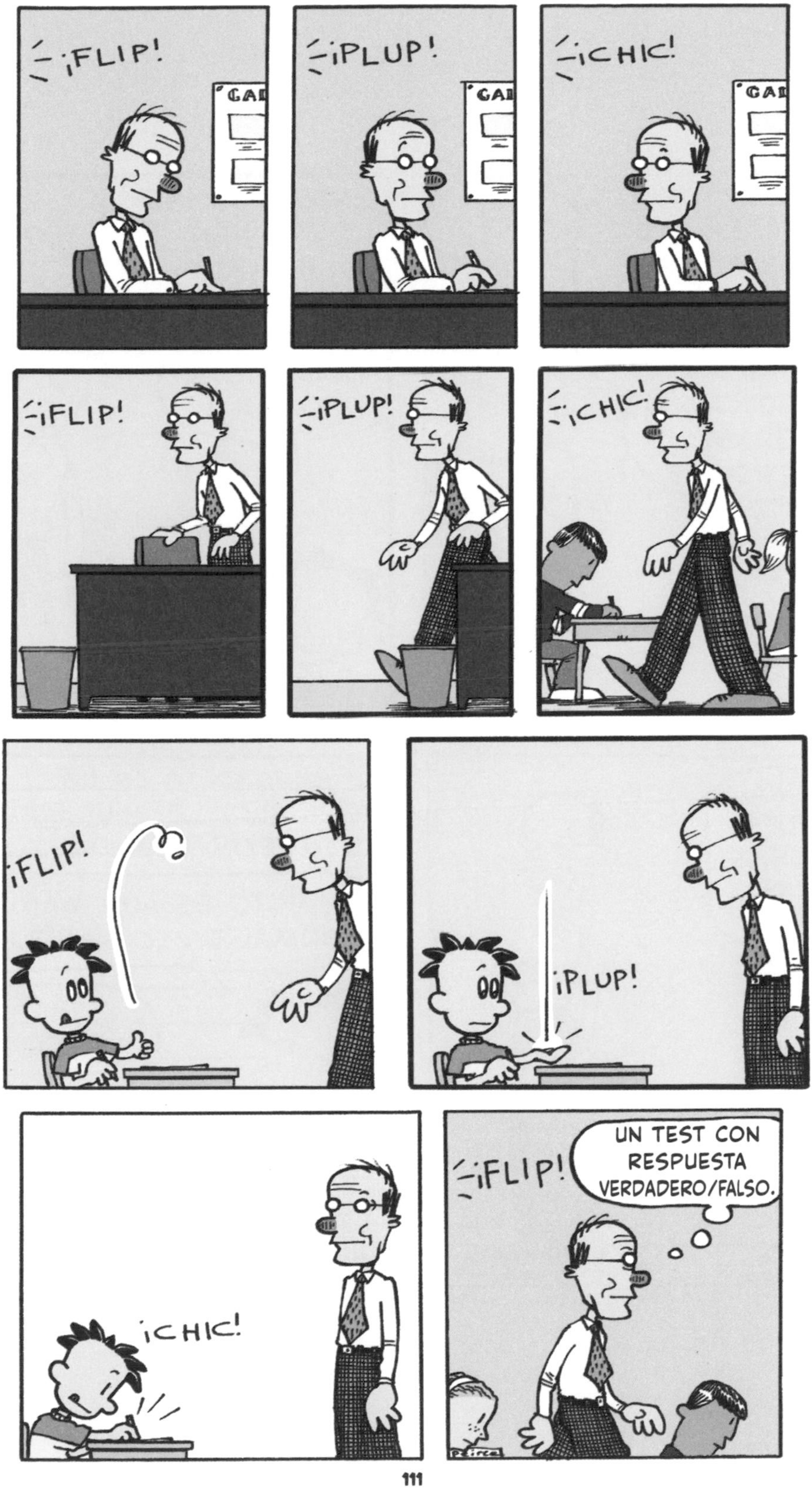
¡FLIP!
¡PLUP!
¡CHIC!
¡FLIP!
¡PLUP!
¡CHIC!
¡FLIP!
¡PLUP!
¡CHIC!
¡FLIP!
UN TEST CON RESPUESTA VERDADERO/FALSO.

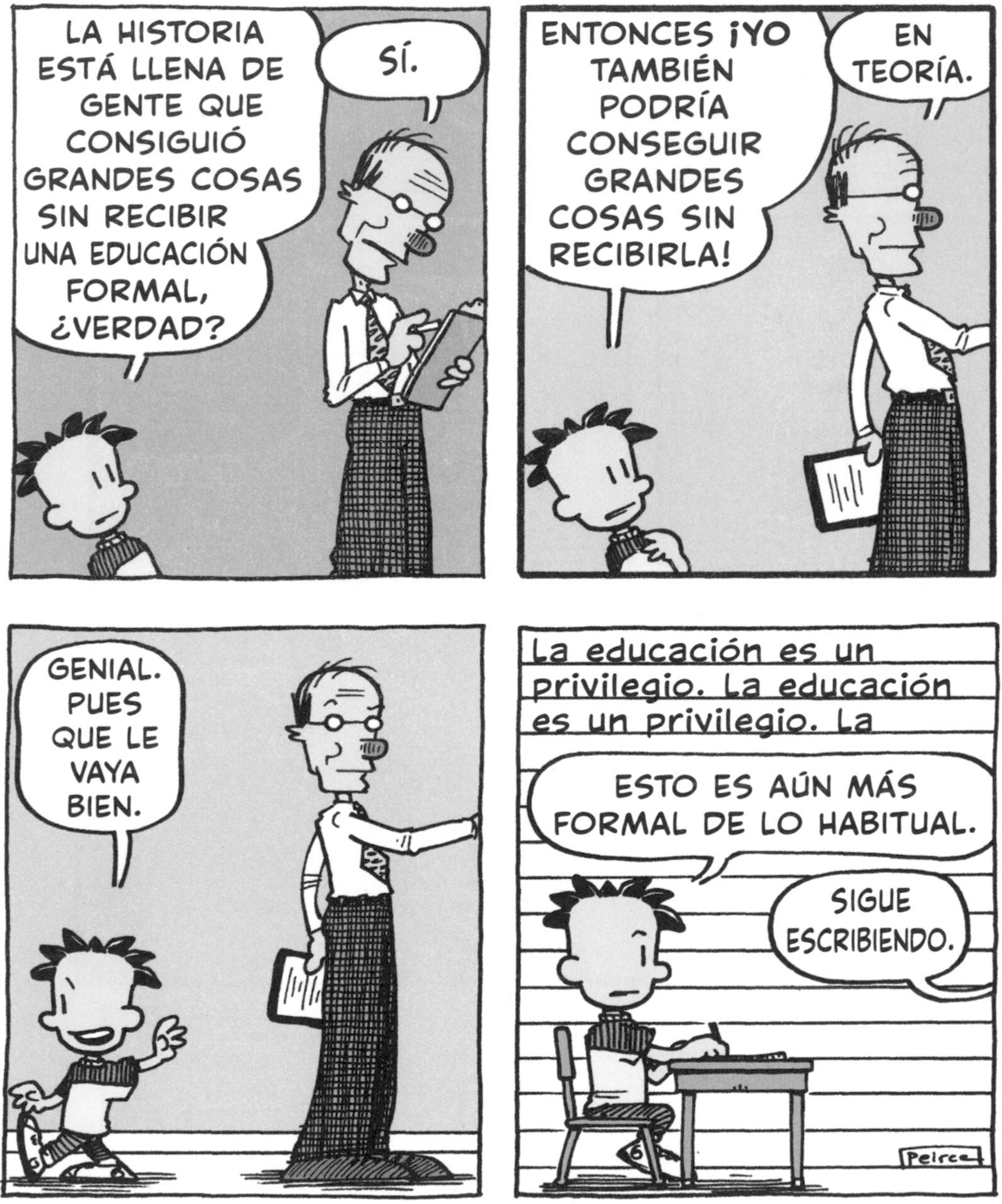
LA HISTORIA ESTÁ LLENA DE GENTE QUE CONSIGUIÓ GRANDES COSAS SIN RECIBIR UNA EDUCACIÓN FORMAL, ¿VERDAD?
SÍ.
ENTONCES ¡YO TAMBIÉN PODRÍA CONSEGUIR GRANDES COSAS SIN RECIBIRLA!
EN TEORÍA.
GENIAL. PUES QUE LE VAYA BIEN.
La educación es un privilegio. La educación es un privilegio. La
ESTO ES AÚN MÁS FORMAL DE LO HABITUAL.
SIGUE ESCRIBIENDO.
Peirce

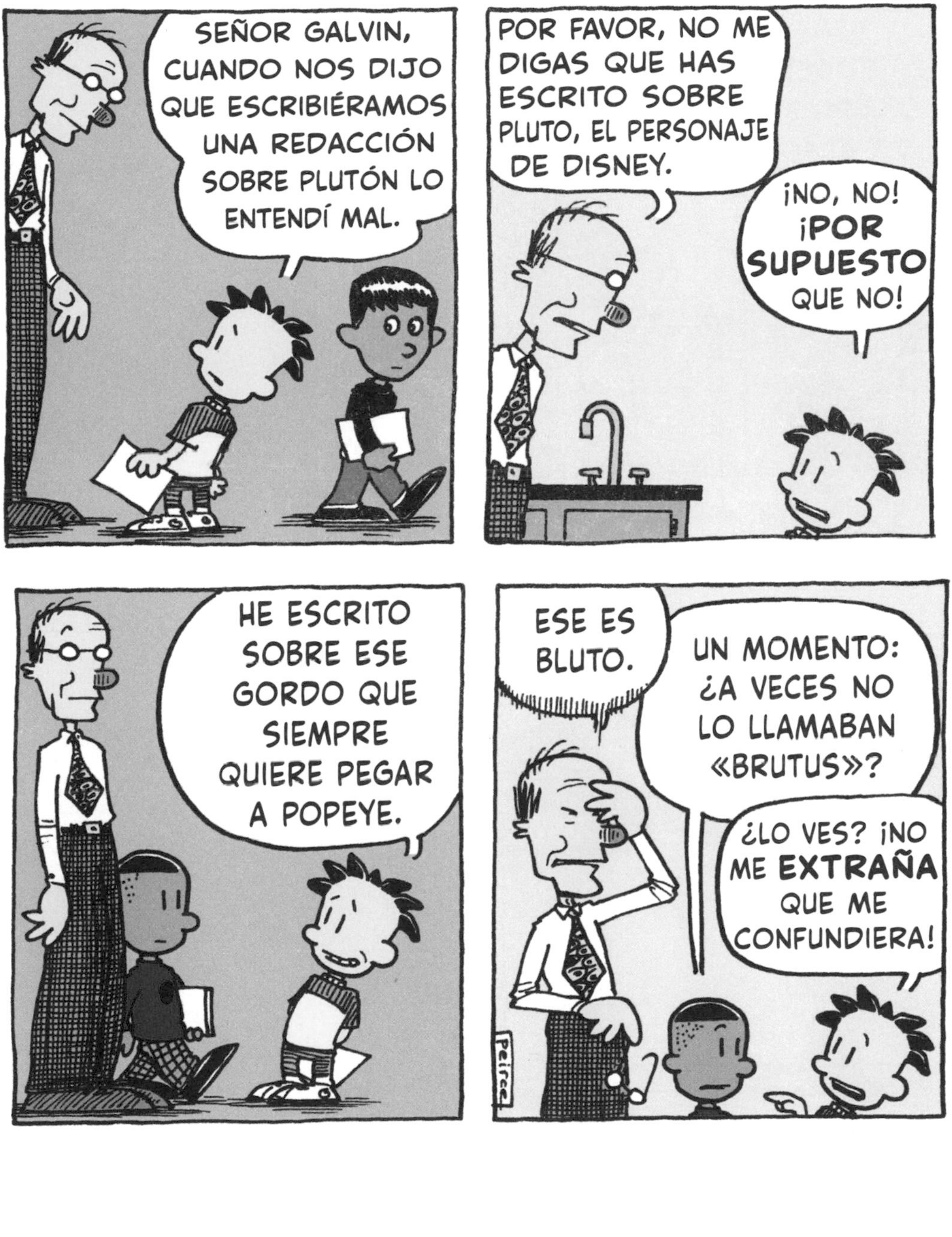
SEÑOR GALVIN, CUANDO NOS DIJO QUE ESCRIBIÉRAMOS UNA REDACCIÓN SOBRE PLUTÓN LO ENTENDÍ MAL.
POR FAVOR, NO ME DIGAS QUE HAS ESCRITO SOBRE PLUTO, EL PERSONAJE DE DISNEY.
¡NO, NO! ¡POR SUPUESTO QUE NO!
HE ESCRITO SOBRE ESE GORDO QUE SIEMPRE QUIERE PEGAR A POPEYE.
ESE ES BLUTO.
UN MOMENTO: ¿A VECES NO LO LLAMABAN «BRUTUS»?
¿LO VES? ¡NO ME EXTRAÑA QUE ME CONFUNDIERA!
Peirce

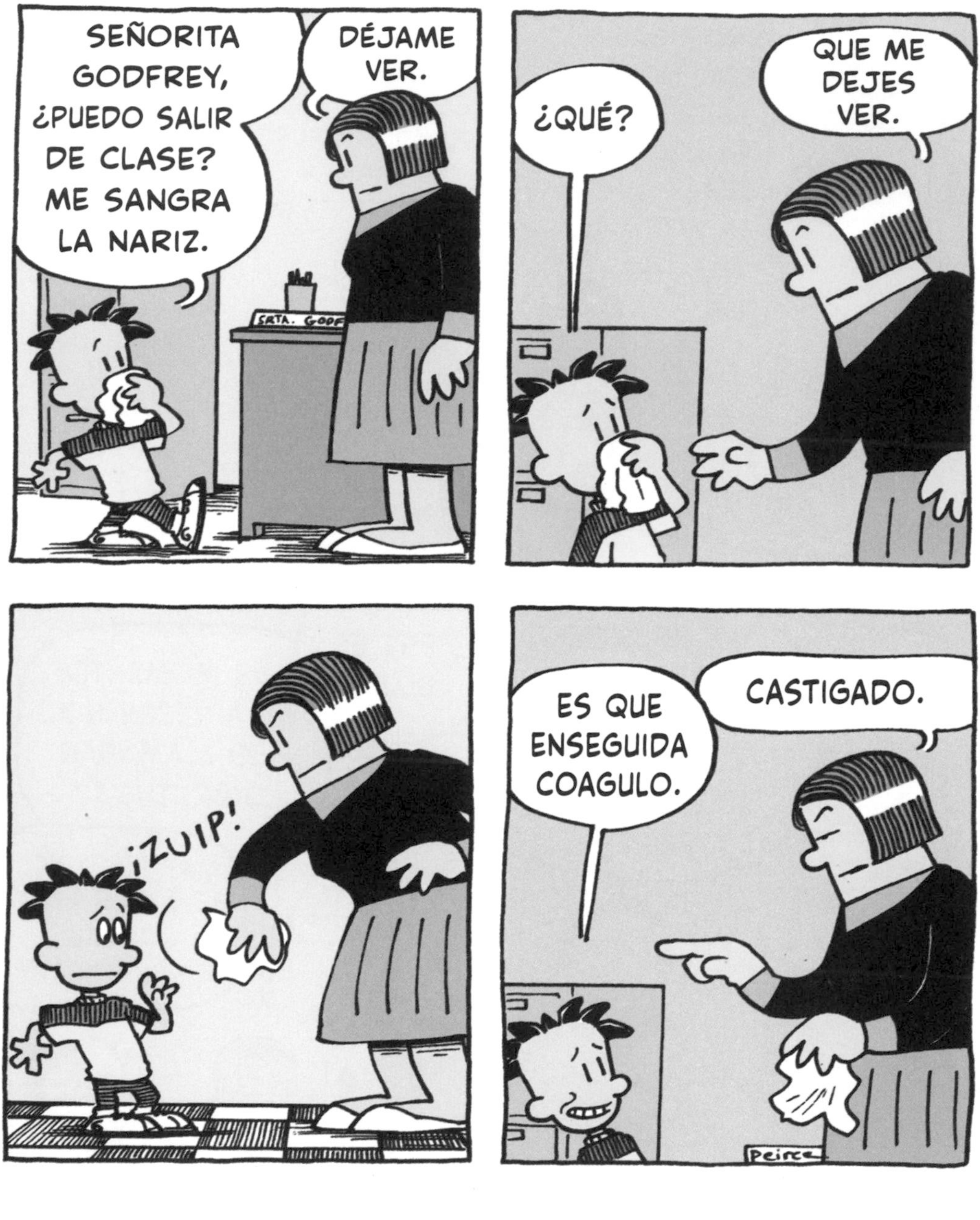
SEÑORITA GODFREY, ¿PUEDO SALIR DE CLASE? ME SANGRA LA NARIZ.
DÉJAME VER.
SRTA. GODF
¿QUÉ?
QUE ME DEJES VER.
¡ZUIP!
ES QUE ENSEGUIDA COAGULO.
CASTIGADO.
Peirce

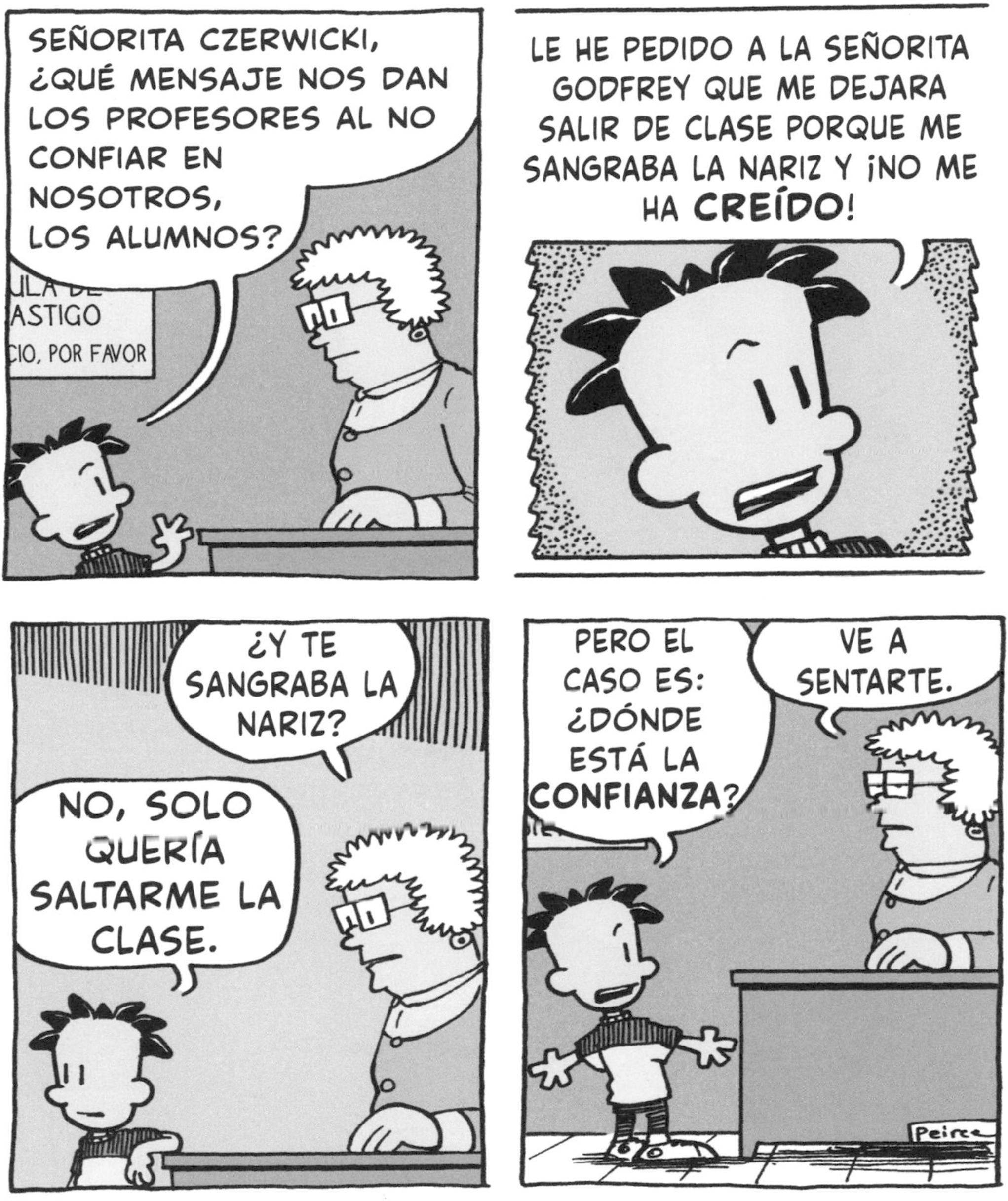
SEÑORITA CZERWICKI, ¿QUÉ MENSAJE NOS DAN LOS PROFESORES AL NO CONFIAR EN NOSOTROS, LOS ALUMNOS?
ASTIGO
CIO, POR FAVOR
LE HE PEDIDO A LA SEÑORITA GODFREY QUE ME DEJARA SALIR DE CLASE PORQUE ME SANGRABA LA NARIZ Y ¡NO ME HA **CREÍDO**!
¿Y TE SANGRABA LA NARIZ?
NO, SOLO QUERÍA SALTARME LA CLASE.
PERO EL CASO ES: ¿DÓNDE ESTÁ LA **CONFIANZA**?
VE A SENTARTE.
Peirce

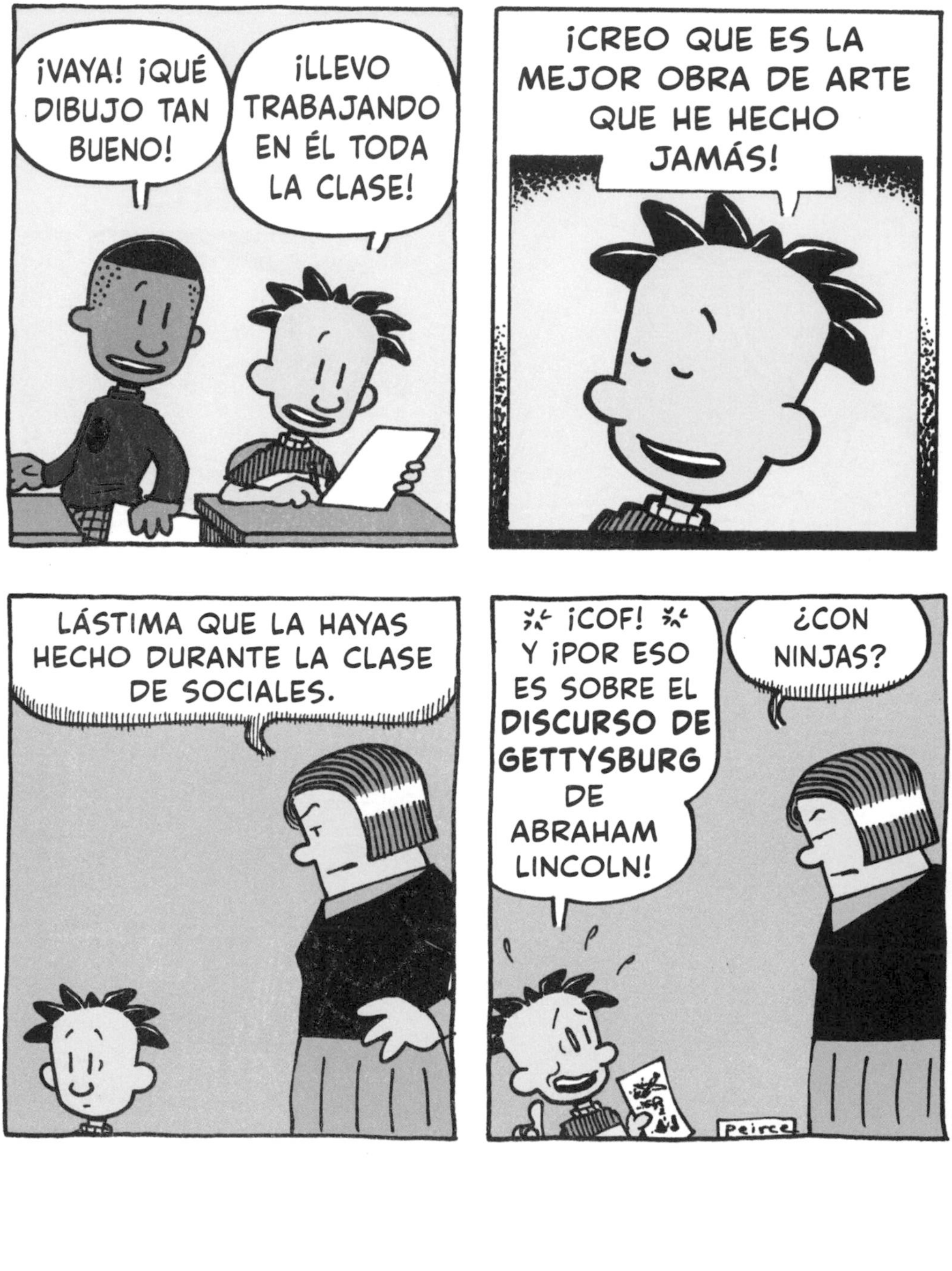
¡VAYA! ¡QUÉ DIBUJO TAN BUENO!
¡LLEVO TRABAJANDO EN ÉL TODA LA CLASE!
¡CREO QUE ES LA MEJOR OBRA DE ARTE QUE HE HECHO JAMÁS!
LÁSTIMA QUE LA HAYAS HECHO DURANTE LA CLASE DE SOCIALES.
¡COF! Y ¡POR ESO ES SOBRE EL DISCURSO DE GETTYSBURG DE ABRAHAM LINCOLN!
¿CON NINJAS?
Peirce

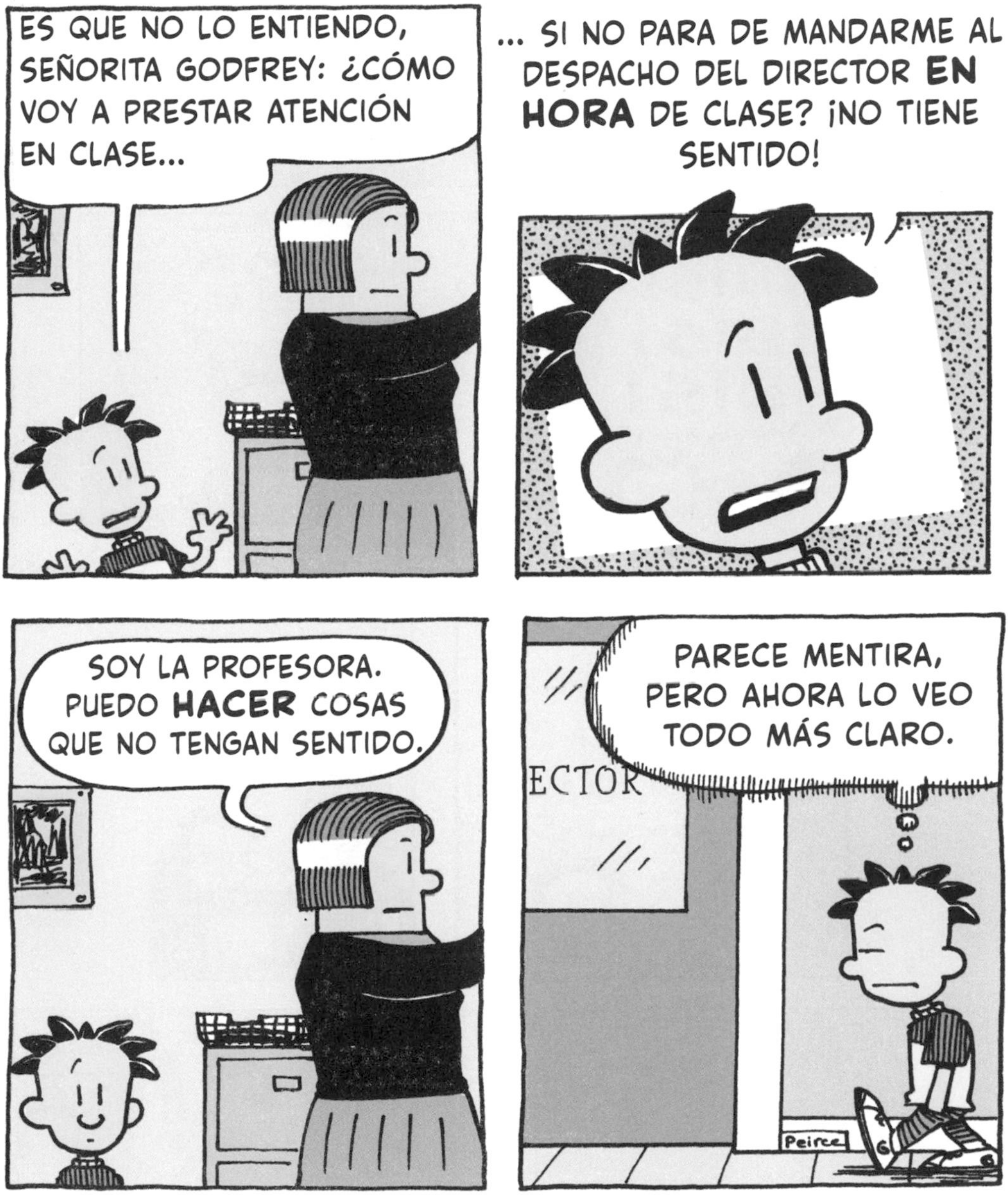
ES QUE NO LO ENTIENDO, SEÑORITA GODFREY: ¿CÓMO VOY A PRESTAR ATENCIÓN EN CLASE...
... SI NO PARA DE MANDARME AL DESPACHO DEL DIRECTOR **EN HORA** DE CLASE? ¡NO TIENE SENTIDO!
SOY LA PROFESORA. PUEDO **HACER** COSAS QUE NO TENGAN SENTIDO.
PARECE MENTIRA, PERO AHORA LO VEO TODO MÁS CLARO.
ECTOR
Peirce

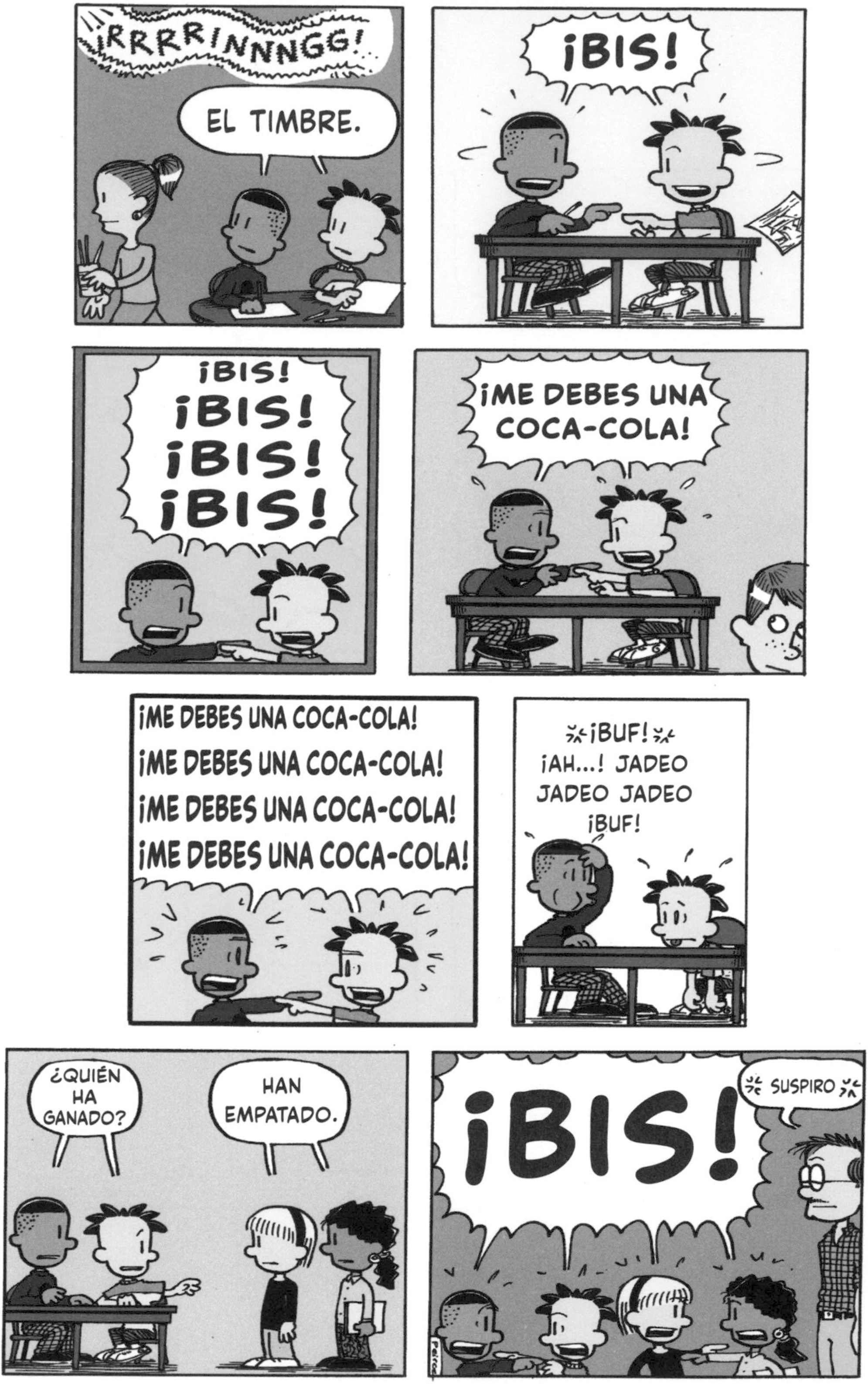
¡RRRRINNNGG!
EL TIMBRE.
¡BIS!
¡BIS! ¡BIS! ¡BIS! ¡BIS!
¡ME DEBES UNA COCA-COLA!
¡ME DEBES UNA COCA-COLA! ¡ME DEBES UNA COCA-COLA! ¡ME DEBES UNA COCA-COLA! ¡ME DEBES UNA COCA-COLA!
¡BUF! ¡AH...! JADEO JADEO JADEO ¡BUF!
¿QUIÉN HA GANADO?
HAN EMPATADO.
¡BIS!
SUSPIRO

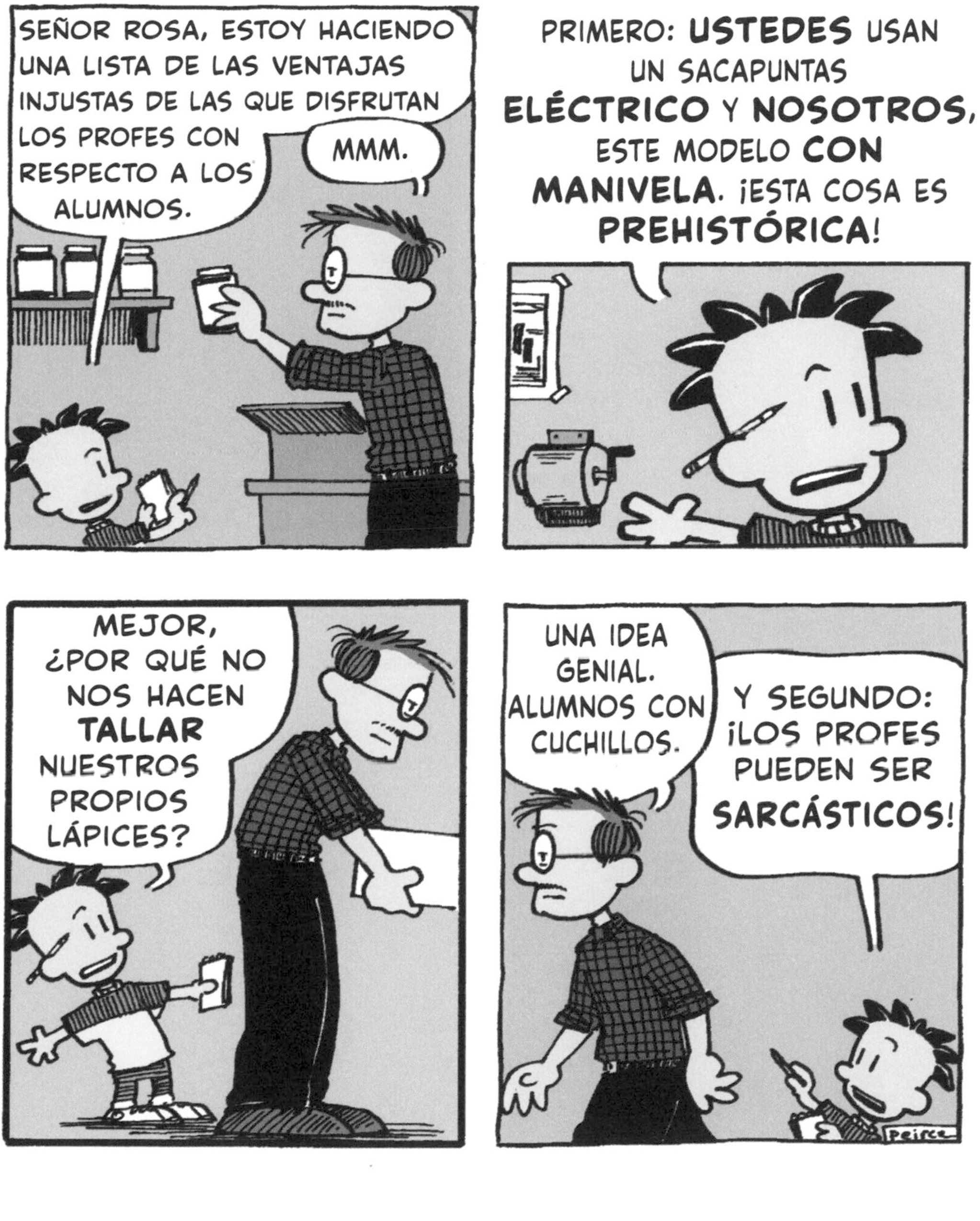
SEÑOR ROSA, ESTOY HACIENDO UNA LISTA DE LAS VENTAJAS INJUSTAS DE LAS QUE DISFRUTAN LOS PROFES CON RESPECTO A LOS ALUMNOS.
MMM.
PRIMERO: USTEDES USAN UN SACAPUNTAS ELÉCTRICO Y NOSOTROS, ESTE MODELO CON MANIVELA. ¡ESTA COSA ES PREHISTÓRICA!
MEJOR, ¿POR QUÉ NO NOS HACEN TALLAR NUESTROS PROPIOS LÁPICES?
UNA IDEA GENIAL. ALUMNOS CON CUCHILLOS.
Y SEGUNDO: ¡LOS PROFES PUEDEN SER SARCÁSTICOS!
Peirce

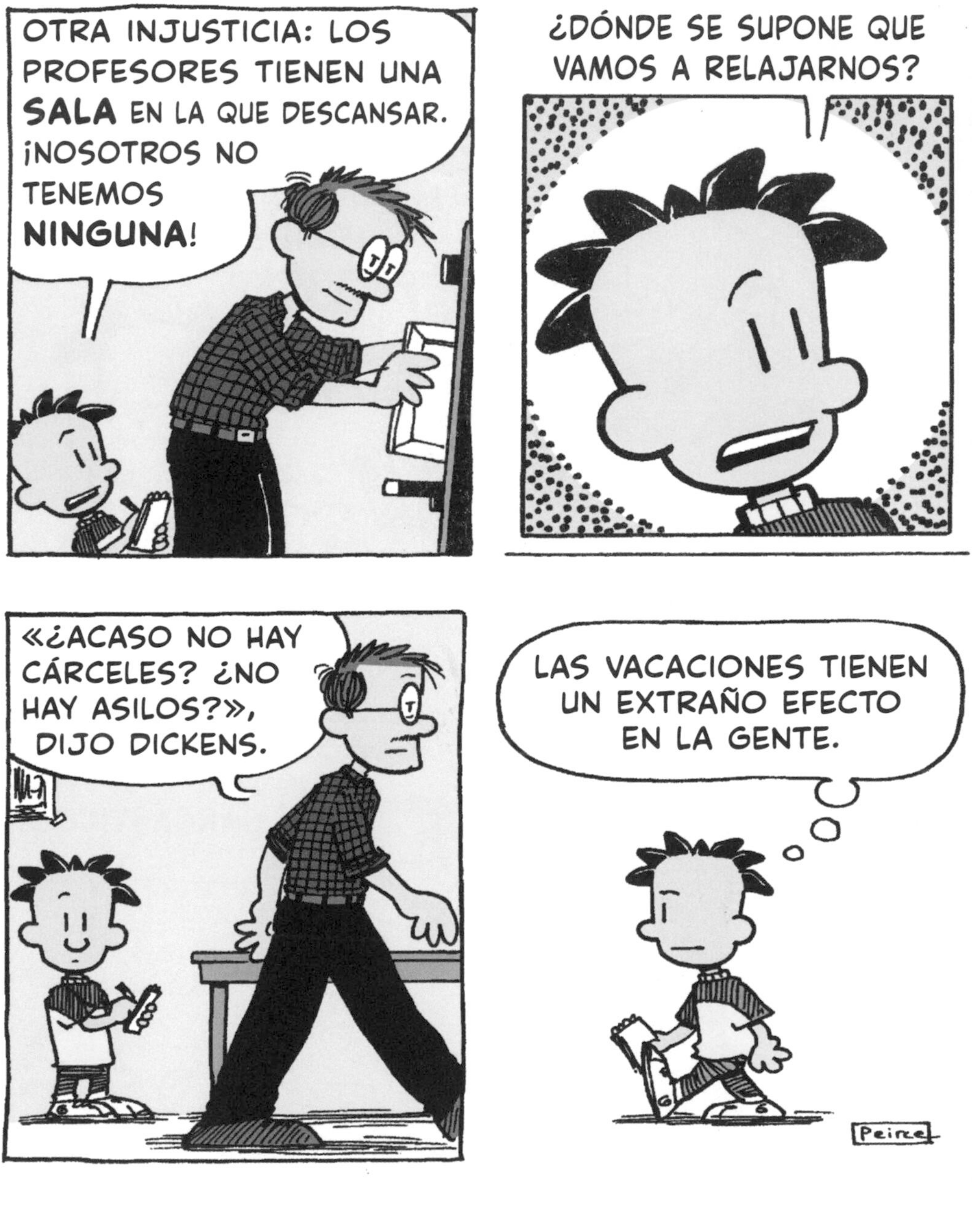
OTRA INJUSTICIA: LOS PROFESORES TIENEN UNA **SALA** EN LA QUE DESCANSAR. ¡NOSOTROS NO TENEMOS **NINGUNA**!
¿DÓNDE SE SUPONE QUE VAMOS A RELAJARNOS?
«¿ACASO NO HAY CÁRCELES? ¿NO HAY ASILOS?», DIJO DICKENS.
LAS VACACIONES TIENEN UN EXTRAÑO EFECTO EN LA GENTE.
Peirce

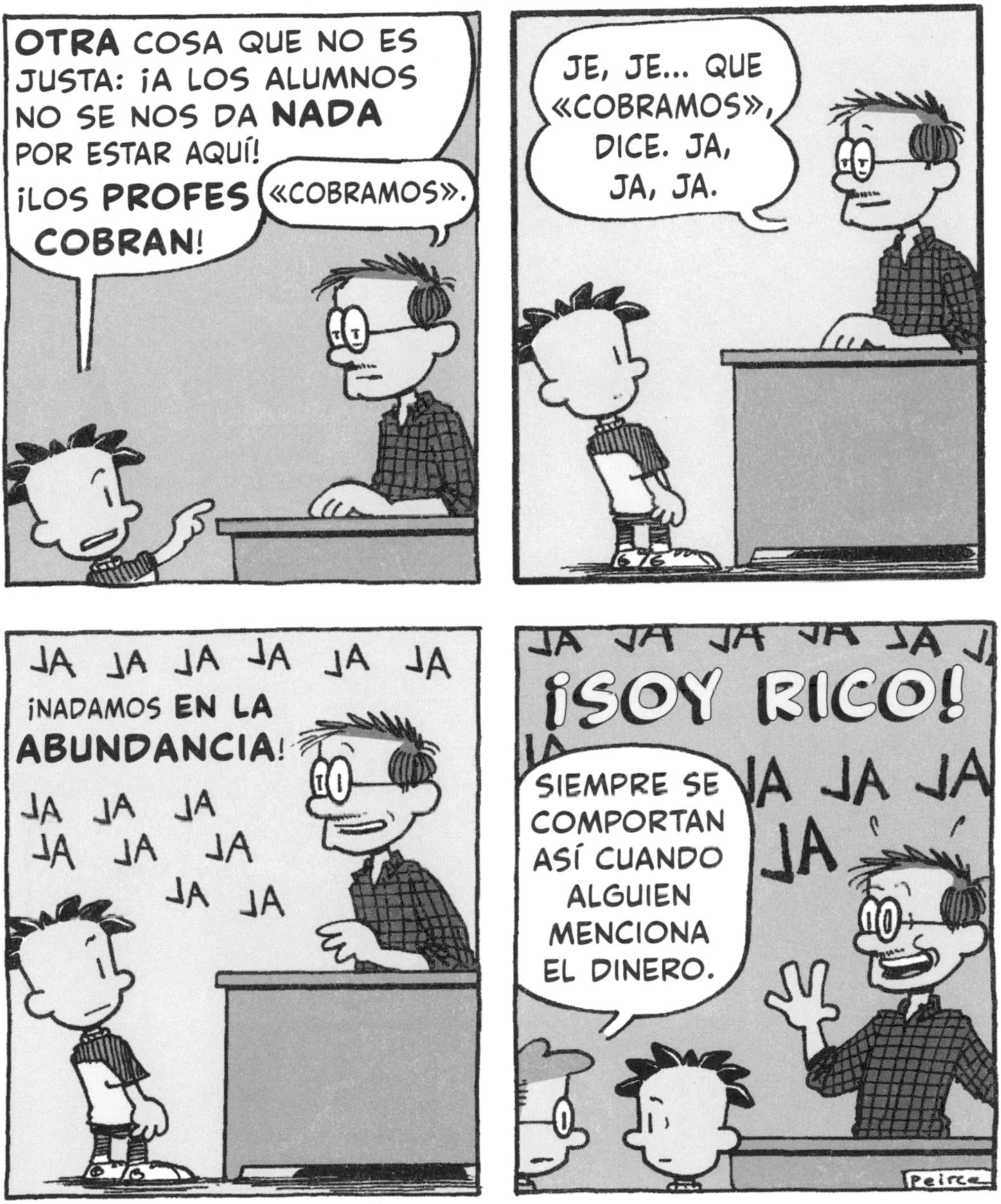
OTRA COSA QUE NO ES JUSTA: ¡A LOS ALUMNOS NO SE NOS DA NADA POR ESTAR AQUÍ! ¡LOS PROFES COBRAN!
«COBRAMOS».
JE, JE... QUE «COBRAMOS», DICE. JA, JA, JA.
JA JA JA JA JA JA
¡NADAMOS EN LA ABUNDANCIA!
JA JA JA JA JA JA JA JA
JA JA JA JA JA
¡SOY RICO!
JA JA JA JA
SIEMPRE SE COMPORTAN ASÍ CUANDO ALGUIEN MENCIONA EL DINERO.
Peirce

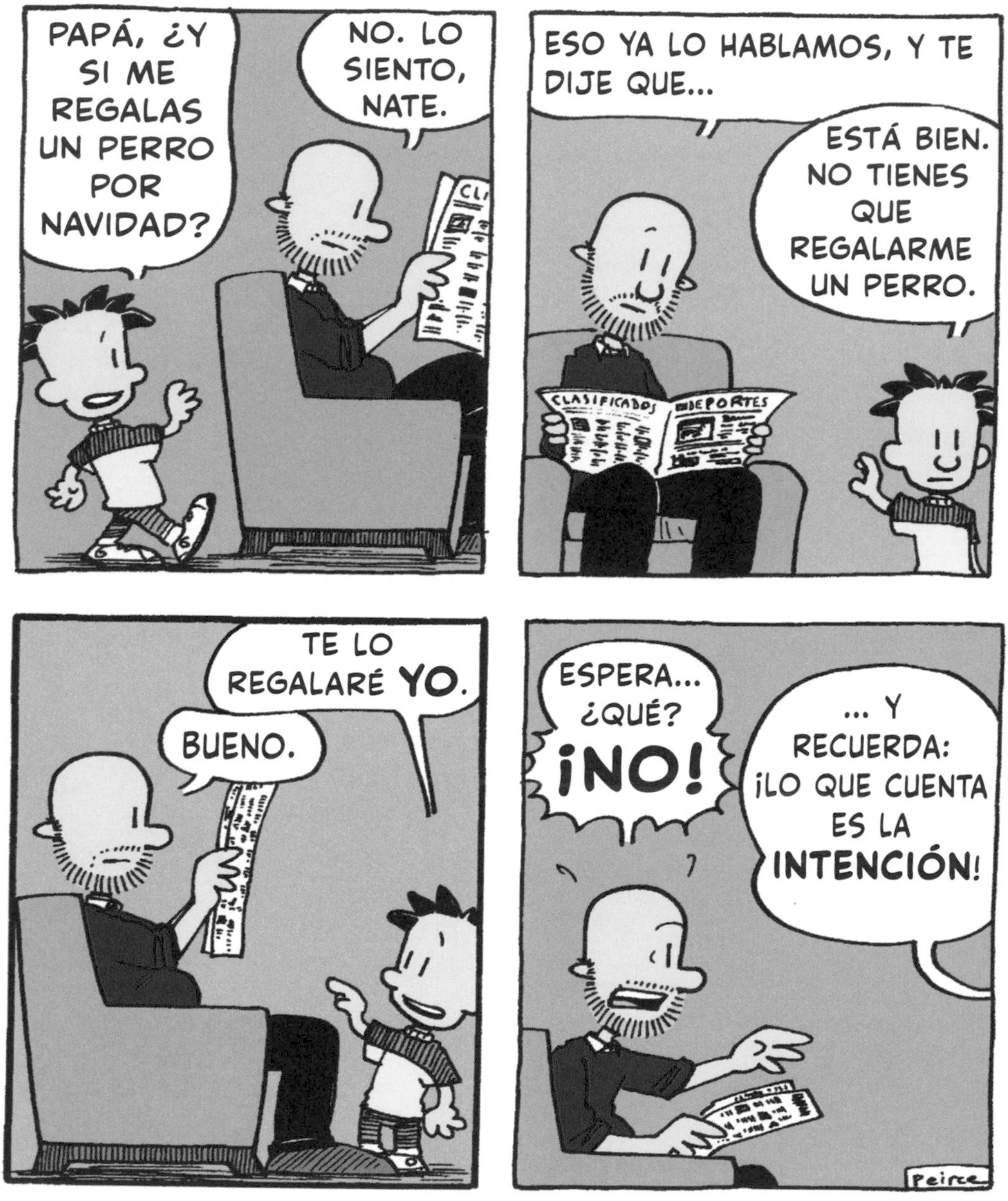
PAPÁ, ¿Y SI ME REGALAS UN PERRO POR NAVIDAD?
NO. LO SIENTO, NATE.
ESO YA LO HABLAMOS, Y TE DIJE QUE...
ESTÁ BIEN. NO TIENES QUE REGALARME UN PERRO.
TE LO REGALARÉ **YO**.
BUENO.
ESPERA... ¿QUÉ? ¡NO!
... Y RECUERDA: ¡LO QUE CUENTA ES LA **INTENCIÓN**!
Peirce

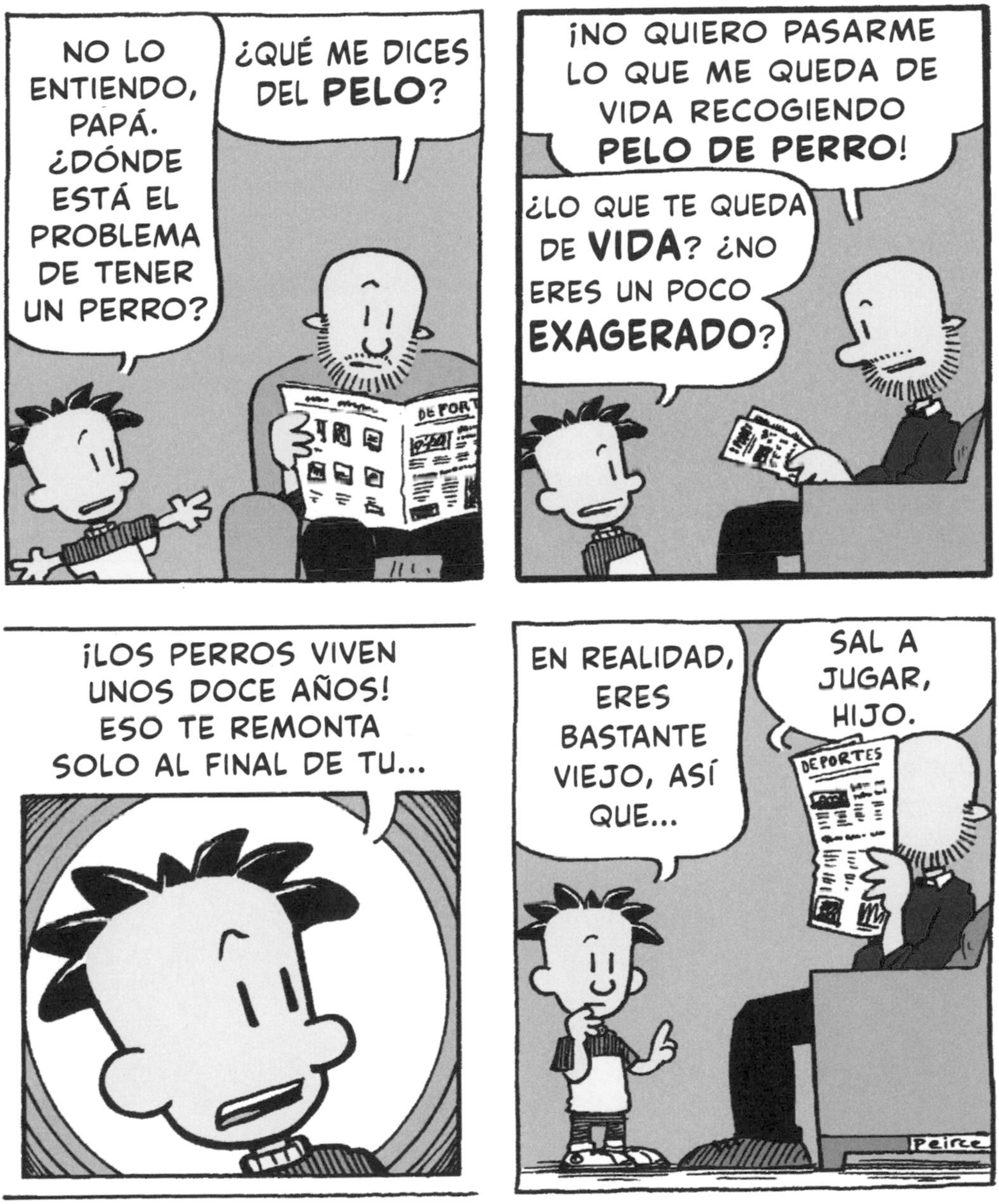
NO LO ENTIENDO, PAPÁ. ¿DÓNDE ESTÁ EL PROBLEMA DE TENER UN PERRO?
¿QUÉ ME DICES DEL PELO?
DEPORT
¡NO QUIERO PASARME LO QUE ME QUEDA DE VIDA RECOGIENDO PELO DE PERRO!
¿LO QUE TE QUEDA DE VIDA? ¿NO ERES UN POCO EXAGERADO?
¡LOS PERROS VIVEN UNOS DOCE AÑOS! ESO TE REMONTA SOLO AL FINAL DE TU...
EN REALIDAD, ERES BASTANTE VIEJO, ASÍ QUE...
SAL A JUGAR, HIJO.
DEPORTES
Peirce

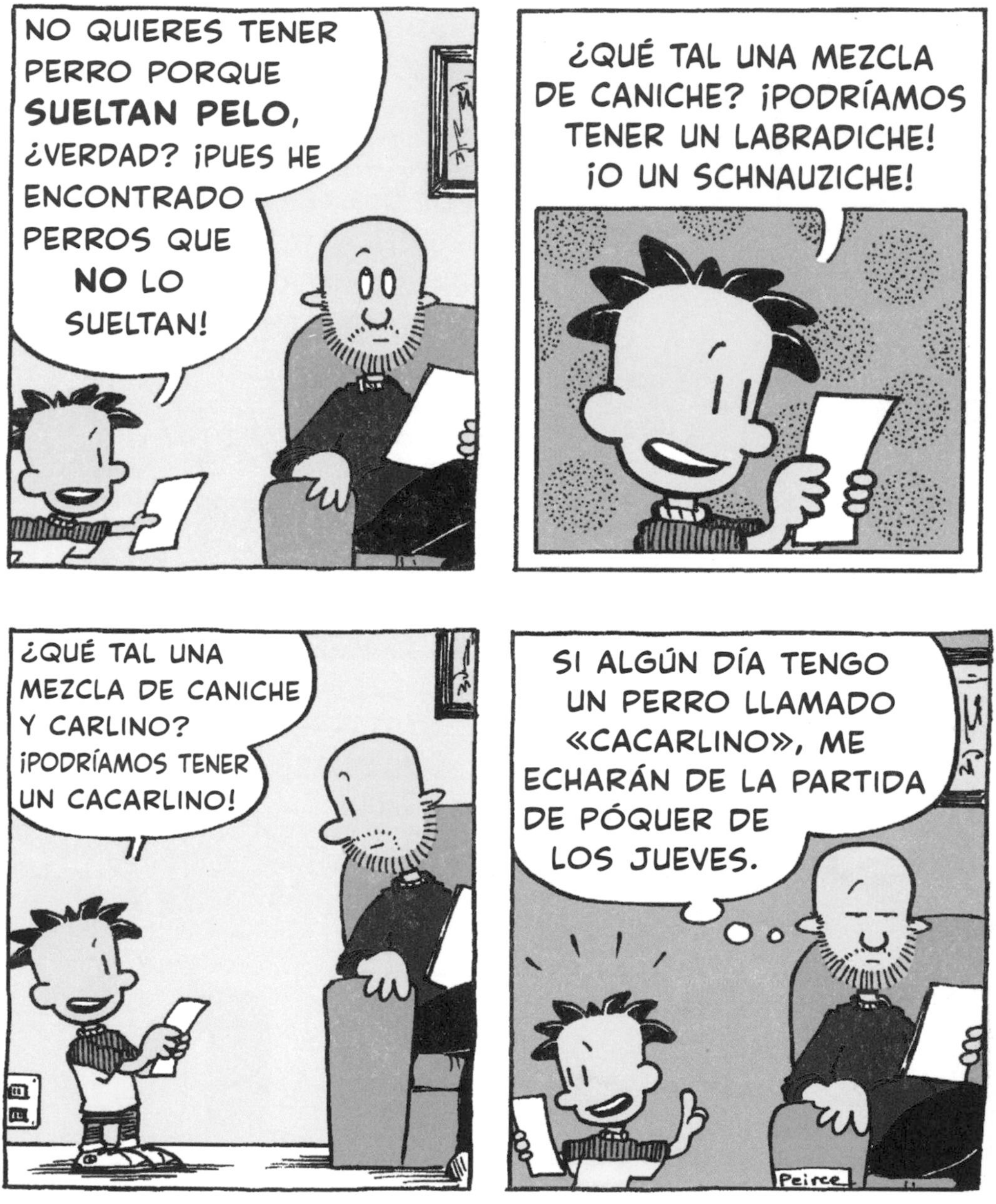
NO QUIERES TENER PERRO PORQUE **SUELTAN PELO**, ¿VERDAD? ¡PUES HE ENCONTRADO PERROS QUE **NO** LO SUELTAN!
¿QUÉ TAL UNA MEZCLA DE CANICHE? ¡PODRÍAMOS TENER UN LABRADICHE! ¡O UN SCHNAUZICHE!
¿QUÉ TAL UNA MEZCLA DE CANICHE Y CARLINO? ¡PODRÍAMOS TENER UN CACARLINO!
SI ALGÚN DÍA TENGO UN PERRO LLAMADO «CACARLINO», ME ECHARÁN DE LA PARTIDA DE PÓQUER DE LOS JUEVES.
Peirce

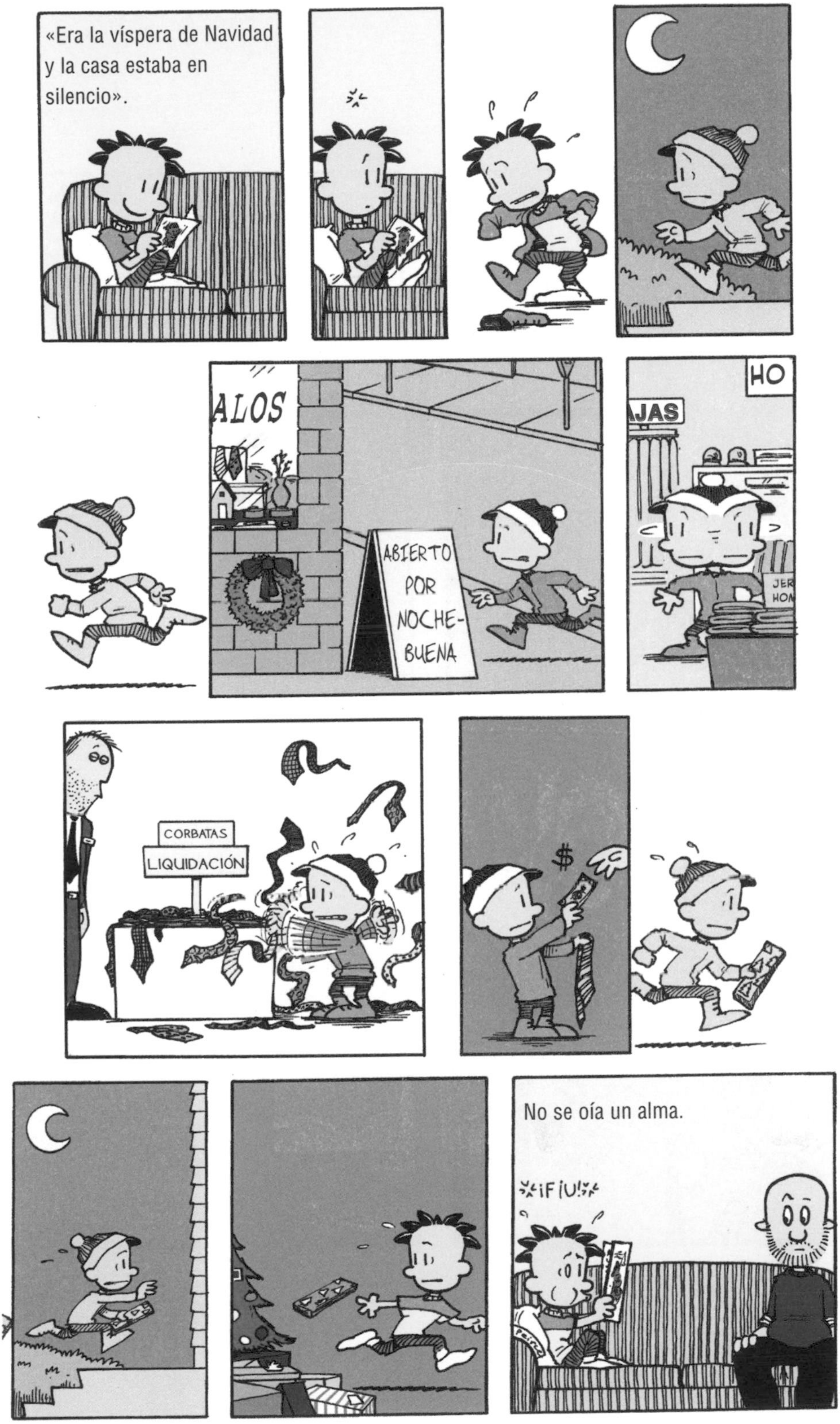
«Era la víspera de Navidad y la casa estaba en silencio».
ALOS
ABIERTO POR NOCHE-BUENA
HO
AJAS
JER
HOM
CORBATAS
LIQUIDACIÓN
$
No se oía un alma.
¡FIU!

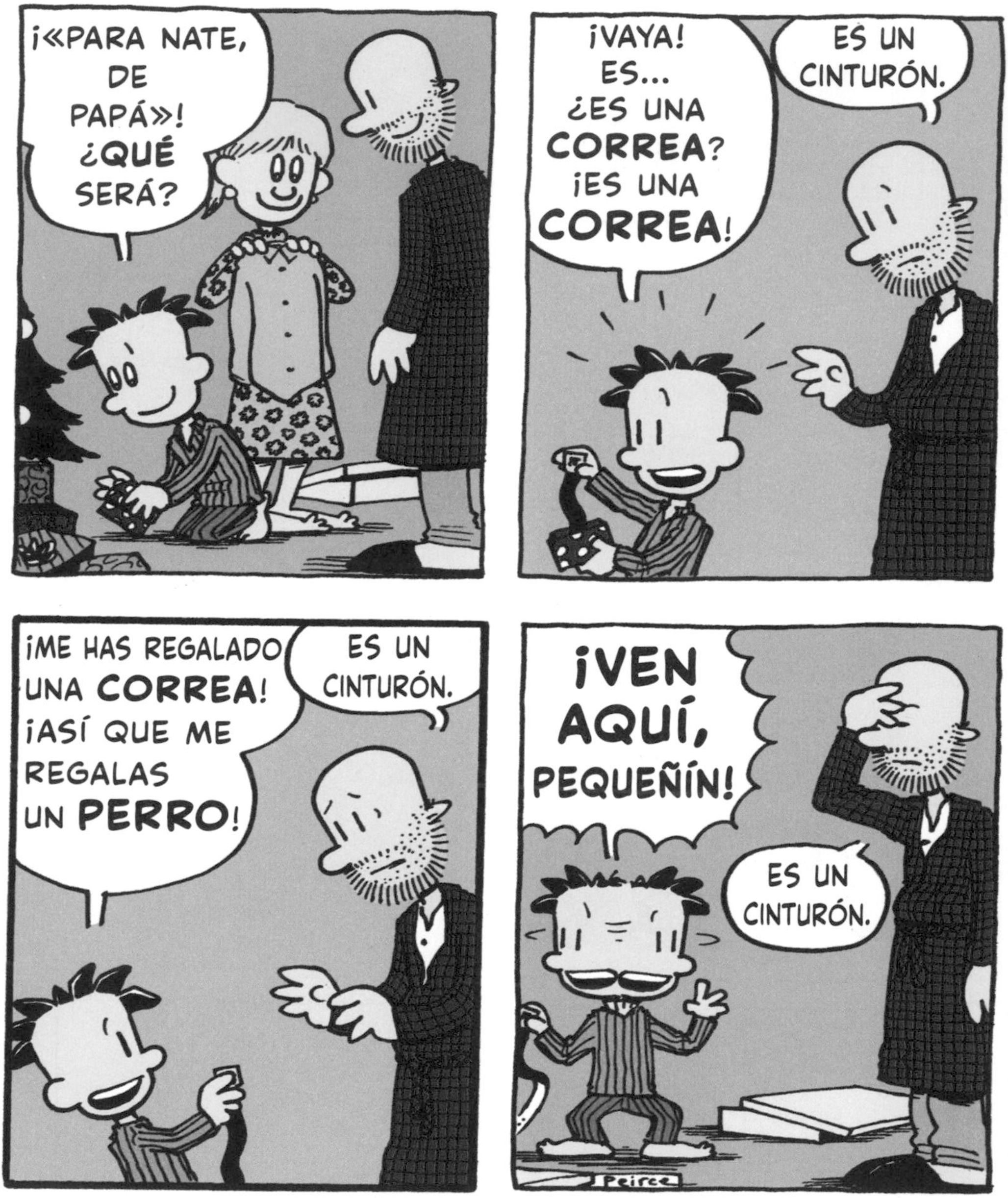
¡«PARA NATE, DE PAPÁ»! ¿QUÉ SERÁ?
¡VAYA! ES... ¿ES UNA CORREA? ¡ES UNA CORREA!
ES UN CINTURÓN.
¡ME HAS REGALADO UNA CORREA! ¡ASÍ QUE ME REGALAS UN PERRO!
ES UN CINTURÓN.
¡VEN AQUÍ, PEQUEÑÍN!
ES UN CINTURÓN.
J Peirce

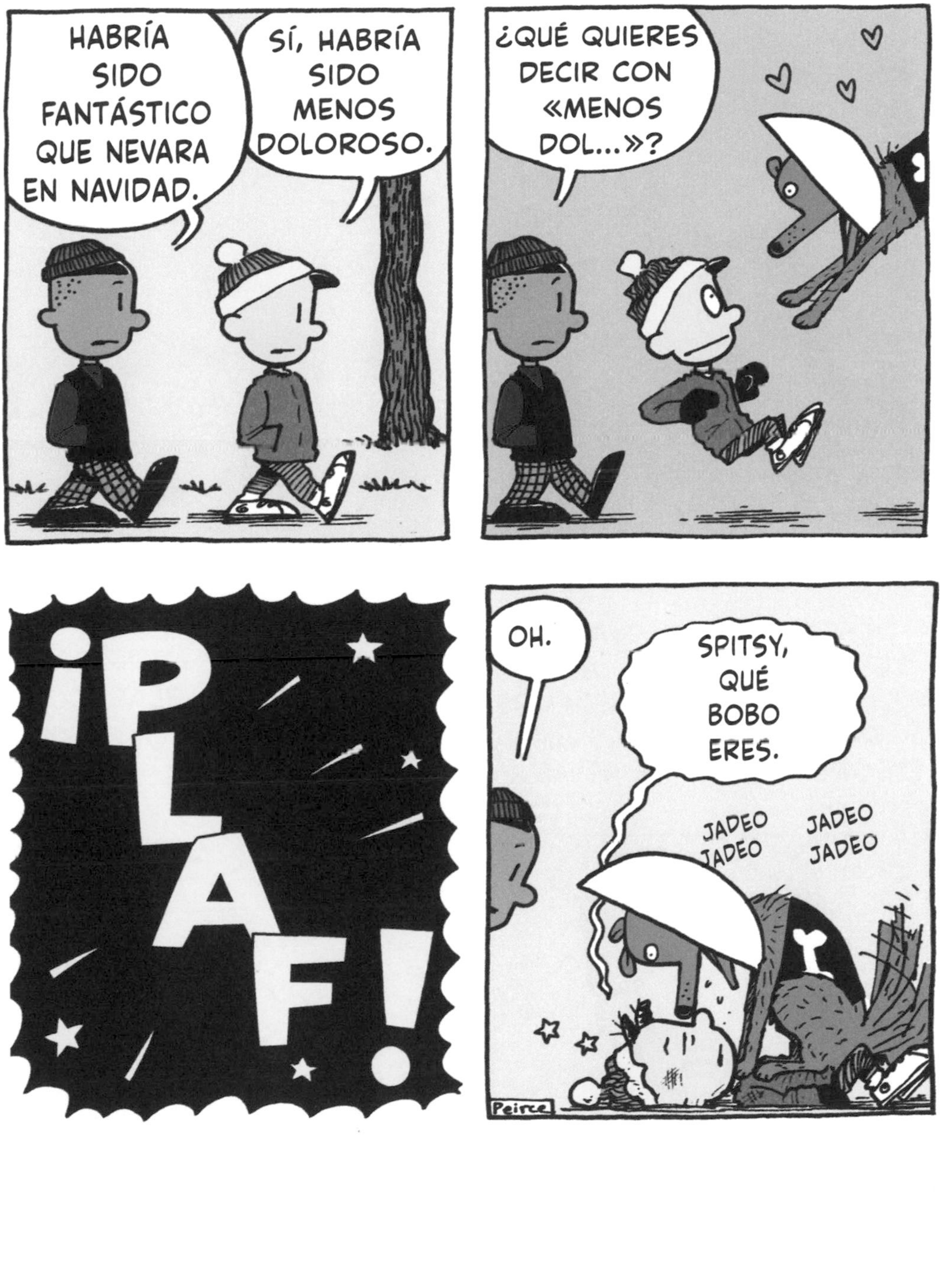
HABRÍA SIDO FANTÁSTICO QUE NEVARA EN NAVIDAD.
SÍ, HABRÍA SIDO MENOS DOLOROSO.
¿QUÉ QUIERES DECIR CON «MENOS DOL...»?
¡PLAF!
OH.
SPITSY, QUÉ BOBO ERES.
JADEO JADEO
JADEO JADEO
Peirce

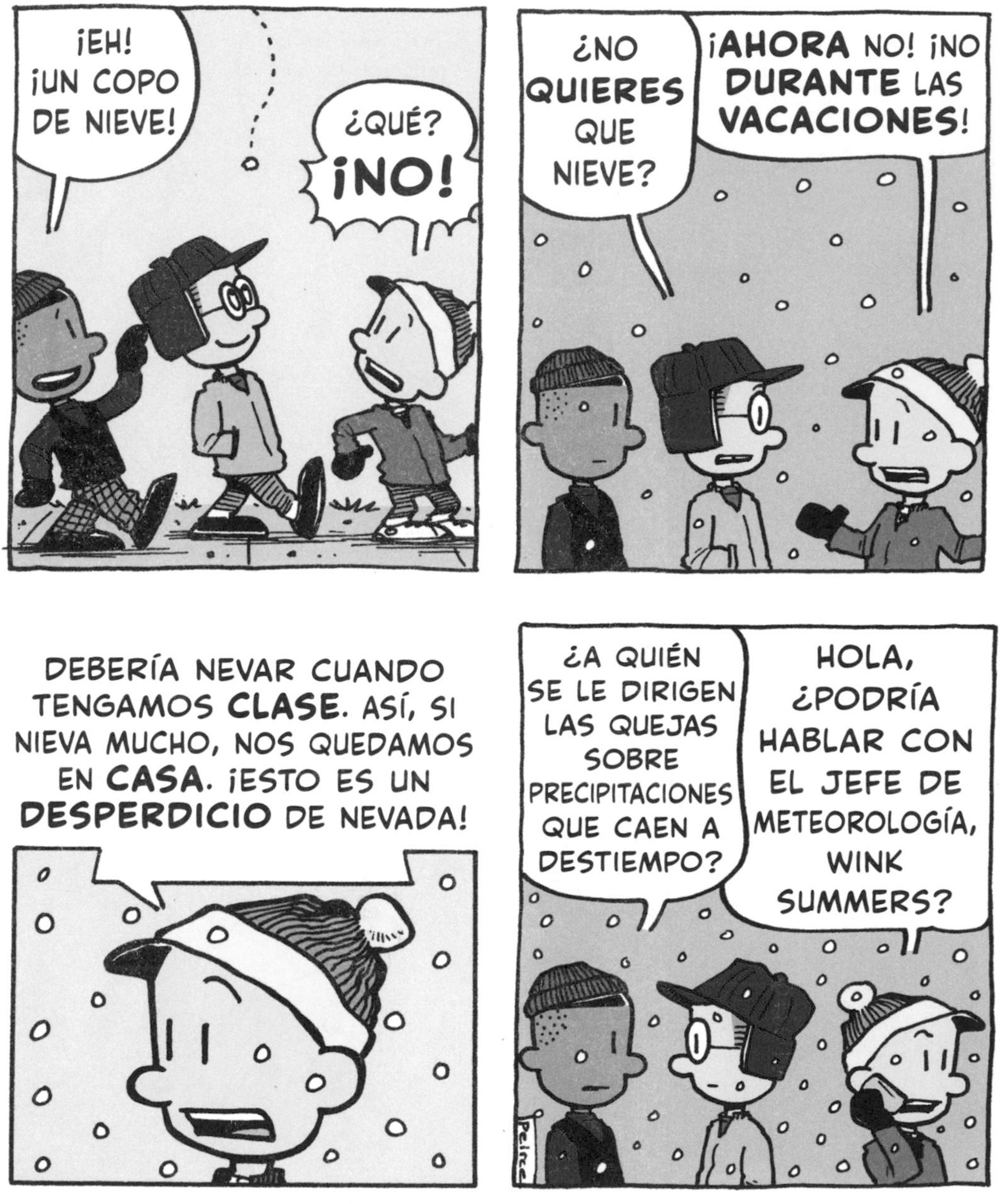

¡EH! ¡UN COPO DE NIEVE!
¿QUÉ? ¡NO!
¿NO QUIERES QUE NIEVE?
¡AHORA NO! ¡NO DURANTE LAS VACACIONES!
DEBERÍA NEVAR CUANDO TENGAMOS CLASE. ASÍ, SI NIEVA MUCHO, NOS QUEDAMOS EN CASA. ¡ESTO ES UN DESPERDICIO DE NEVADA!
¿A QUIÉN SE LE DIRIGEN LAS QUEJAS SOBRE PRECIPITACIONES QUE CAEN A DESTIEMPO?
HOLA, ¿PODRÍA HABLAR CON EL JEFE DE METEOROLOGÍA, WINK SUMMERS?
Peirce

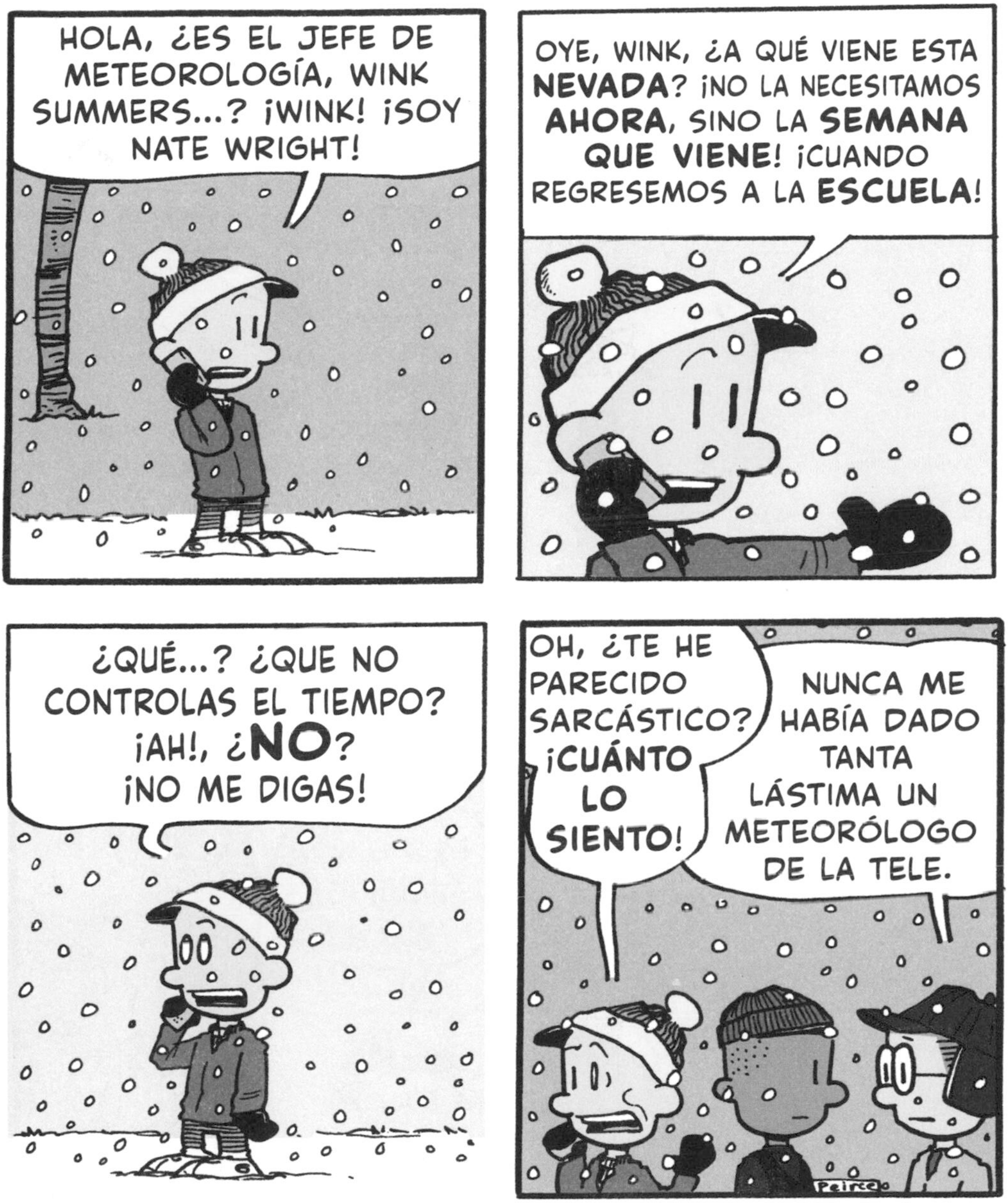
HOLA, ¿ES EL JEFE DE METEOROLOGÍA, WINK SUMMERS...? ¡WINK! ¡SOY NATE WRIGHT!
OYE, WINK, ¿A QUÉ VIENE ESTA **NEVADA**? ¡NO LA NECESITAMOS **AHORA**, SINO LA **SEMANA QUE VIENE**! ¡CUANDO REGRESEMOS A LA **ESCUELA**!
¿QUÉ...? ¿QUE NO CONTROLAS EL TIEMPO? ¡AH!, ¿**NO**? ¡NO ME DIGAS!
OH, ¿TE HE PARECIDO SARCÁSTICO? **¡CUÁNTO LO SIENTO!**
NUNCA ME HABÍA DADO TANTA LÁSTIMA UN METEORÓLOGO DE LA TELE.
Peirce

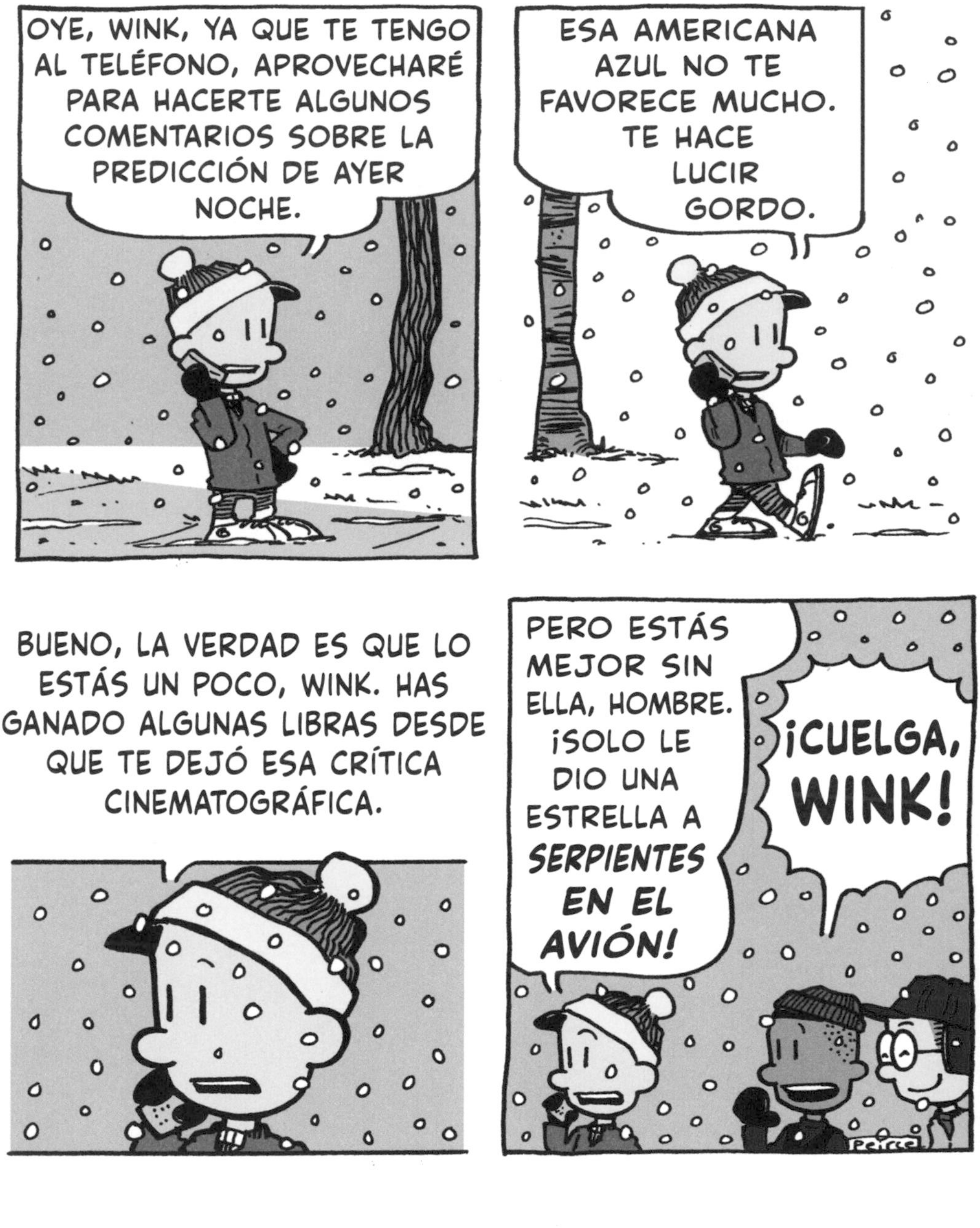
OYE, WINK, YA QUE TE TENGO AL TELÉFONO, APROVECHARÉ PARA HACERTE ALGUNOS COMENTARIOS SOBRE LA PREDICCIÓN DE AYER NOCHE.
ESA AMERICANA AZUL NO TE FAVORECE MUCHO. TE HACE LUCIR GORDO.
BUENO, LA VERDAD ES QUE LO ESTÁS UN POCO, WINK. HAS GANADO ALGUNAS LIBRAS DESDE QUE TE DEJÓ ESA CRÍTICA CINEMATOGRÁFICA.
PERO ESTÁS MEJOR SIN ELLA, HOMBRE. ¡SOLO LE DIO UNA ESTRELLA A SERPIENTES EN EL AVIÓN!
¡CUELGA, WINK!

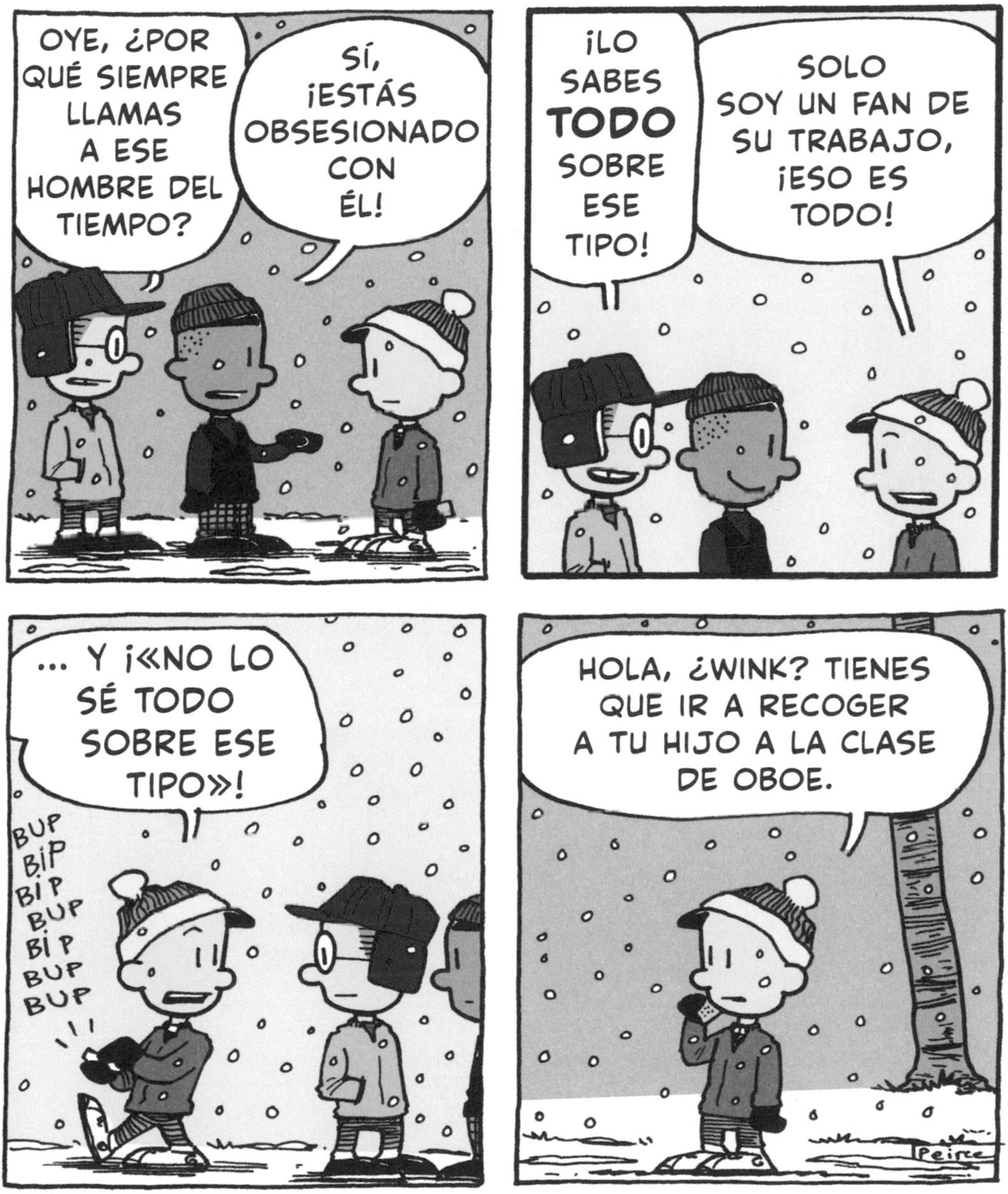
OYE, ¿POR QUÉ SIEMPRE LLAMAS A ESE HOMBRE DEL TIEMPO?
SÍ, ¡ESTÁS OBSESIONADO CON ÉL!
¡LO SABES **TODO** SOBRE ESE TIPO!
SOLO SOY UN FAN DE SU TRABAJO, ¡ESO ES TODO!
... Y ¡«NO LO SÉ TODO SOBRE ESE TIPO»!
BUP BIP BIP BUP BIP BUP BUP
HOLA, ¿WINK? TIENES QUE IR A RECOGER A TU HIJO A LA CLASE DE OBOE.
Peirce

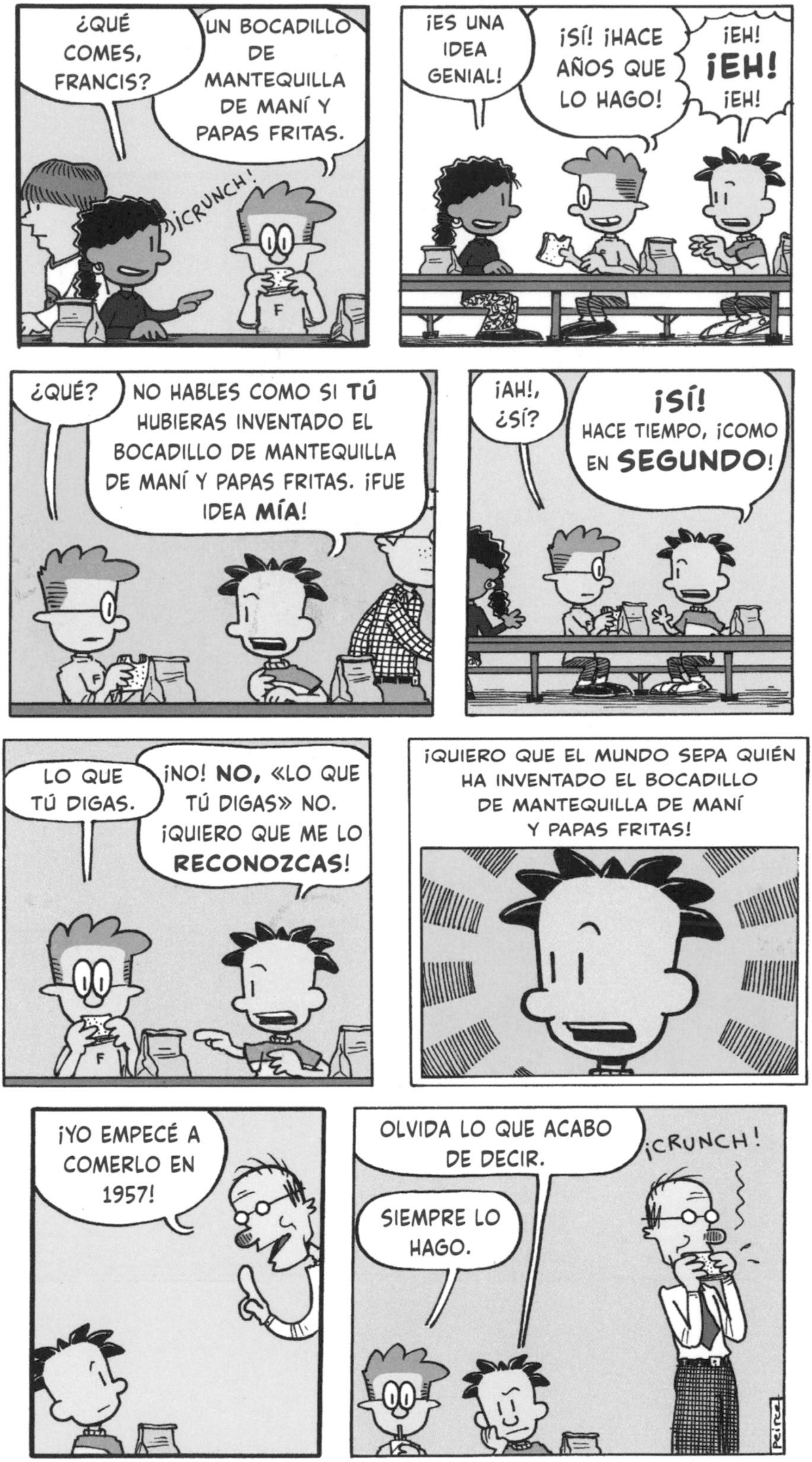
¿QUÉ COMES, FRANCIS?
UN BOCADILLO DE MANTEQUILLA DE MANÍ Y PAPAS FRITAS.
¡CRUNCH!
¡ES UNA IDEA GENIAL!
¡SÍ! ¡HACE AÑOS QUE LO HAGO!
¡EH! ¡EH! ¡EH!
¿QUÉ?
NO HABLES COMO SI TÚ HUBIERAS INVENTADO EL BOCADILLO DE MANTEQUILLA DE MANÍ Y PAPAS FRITAS. ¡FUE IDEA MÍA!
¡AH!, ¿SÍ?
¡SÍ! HACE TIEMPO, ¡COMO EN SEGUNDO!
LO QUE TÚ DIGAS.
¡NO! NO, «LO QUE TÚ DIGAS» NO. ¡QUIERO QUE ME LO RECONOZCAS!
¡QUIERO QUE EL MUNDO SEPA QUIÉN HA INVENTADO EL BOCADILLO DE MANTEQUILLA DE MANÍ Y PAPAS FRITAS!
¡YO EMPECÉ A COMERLO EN 1957!
OLVIDA LO QUE ACABO DE DECIR.
SIEMPRE LO HAGO.
¡CRUNCH!
PEIRCE

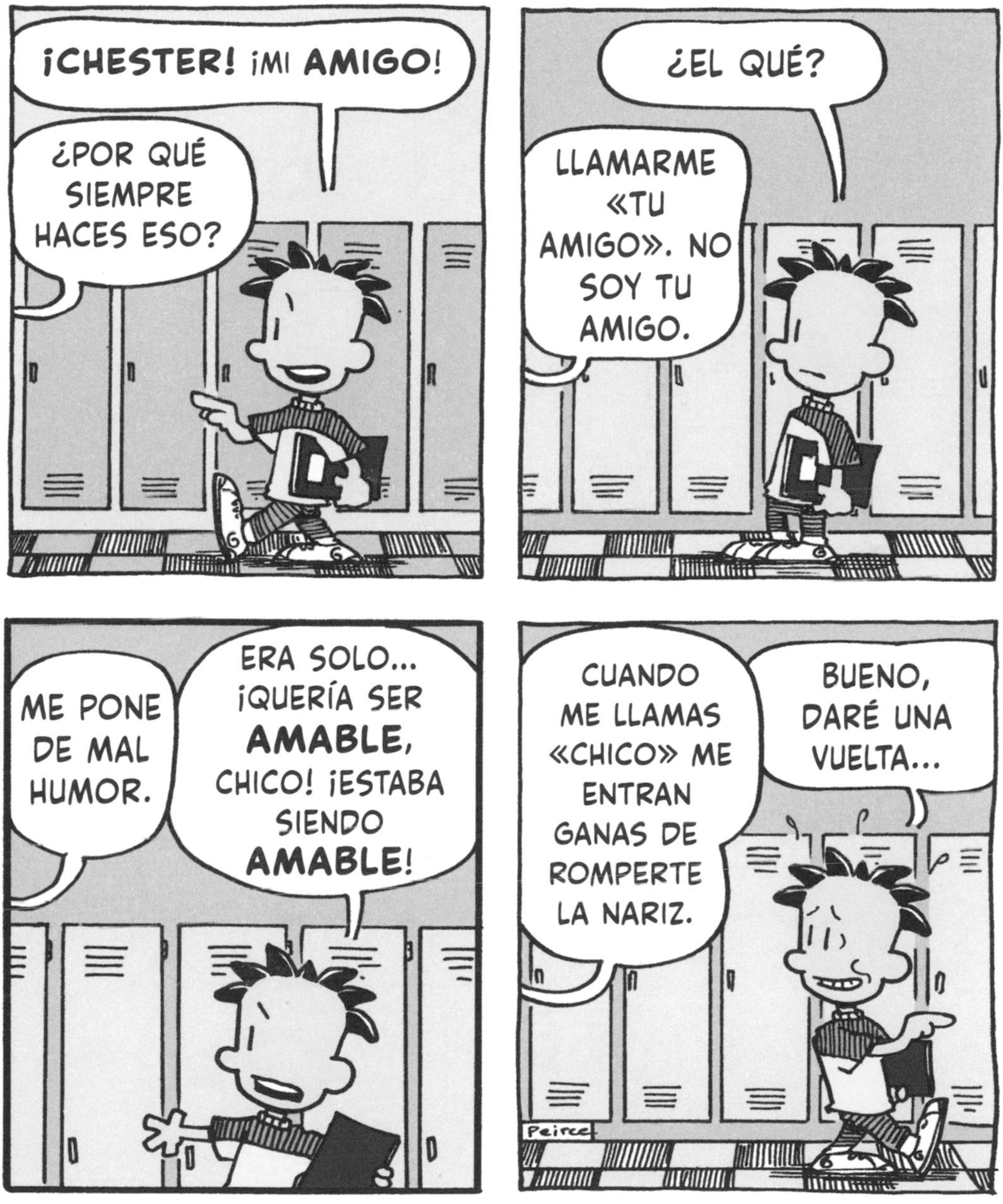
¡CHESTER! ¡MI **AMIGO**!
¿POR QUÉ SIEMPRE HACES ESO?
¿EL QUÉ?
LLAMARME «TU AMIGO». NO SOY TU AMIGO.
ME PONE DE MAL HUMOR.
ERA SOLO... ¡QUERÍA SER **AMABLE**, CHICO! ¡ESTABA SIENDO **AMABLE**!
CUANDO ME LLAMAS «CHICO» ME ENTRAN GANAS DE ROMPERTE LA NARIZ.
BUENO, DARÉ UNA VUELTA...
Peirce

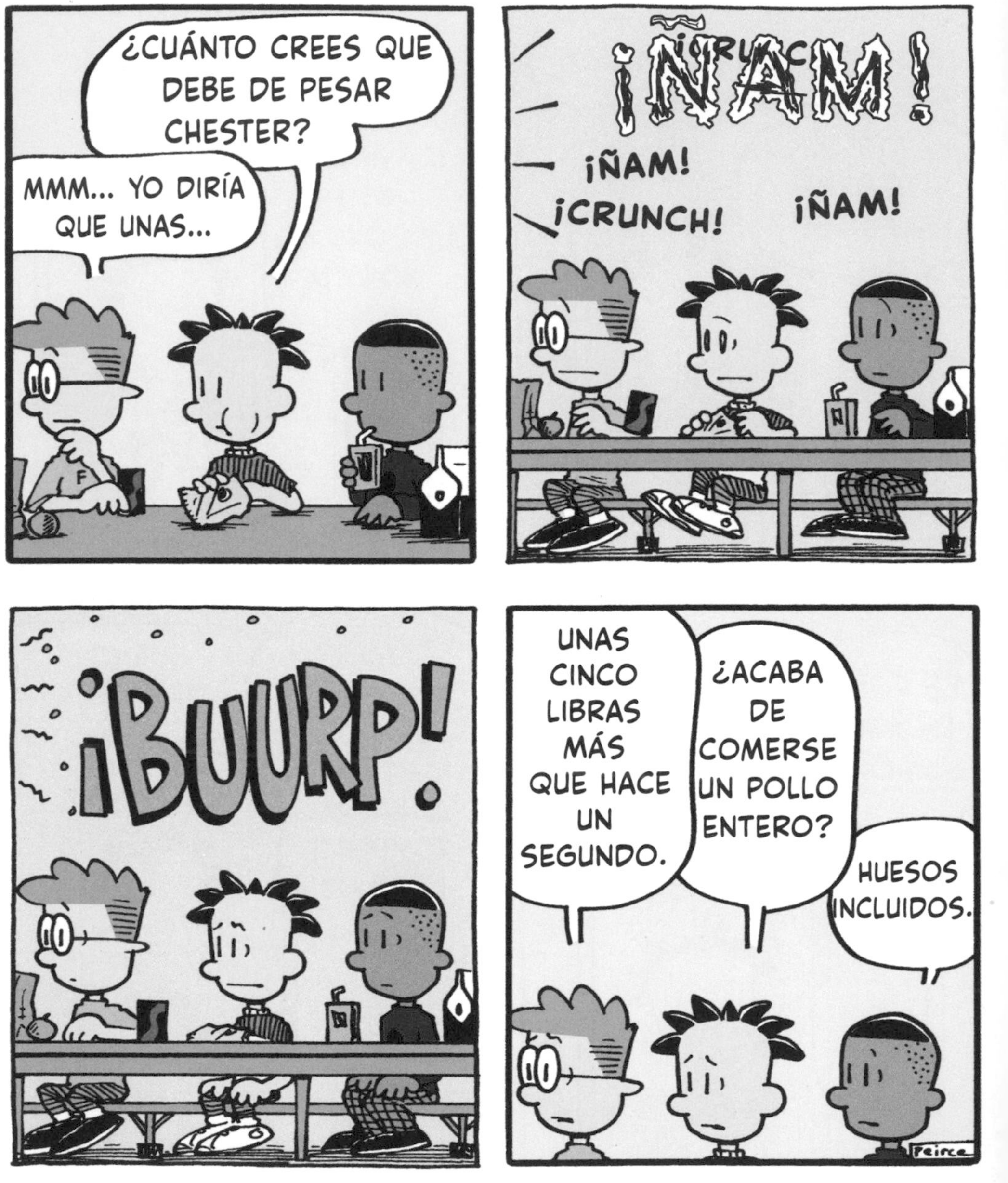
¿CUÁNTO CREES QUE DEBE DE PESAR CHESTER?
MMM... YO DIRÍA QUE UNAS...
¡ÑAM!
¡ÑAM!
¡CRUNCH!
¡ÑAM!
¡BUURP!
UNAS CINCO LIBRAS MÁS QUE HACE UN SEGUNDO.
¿ACABA DE COMERSE UN POLLO ENTERO?
HUESOS INCLUIDOS.
Peirce

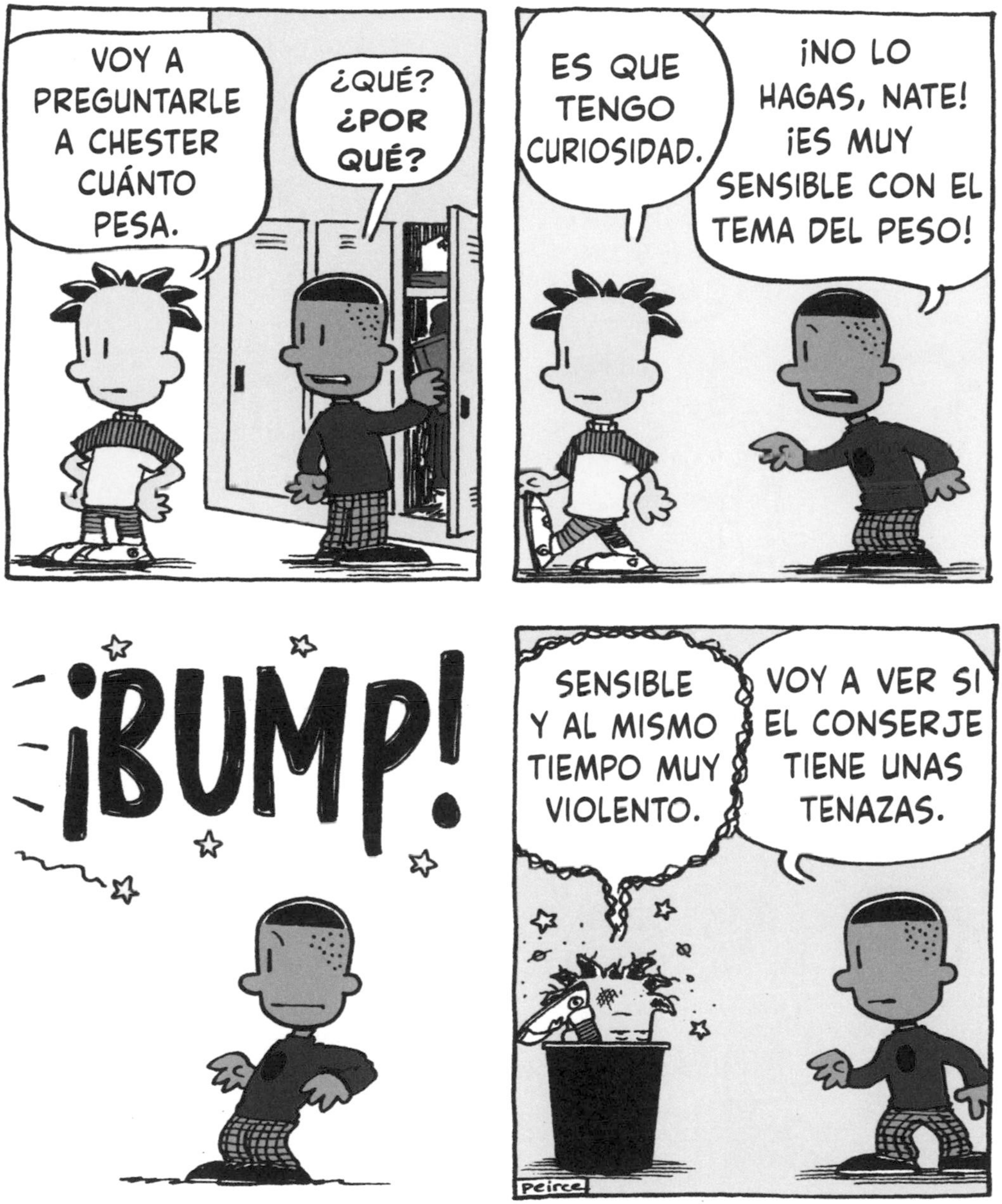
VOY A PREGUNTARLE A CHESTER CUÁNTO PESA.
¿QUÉ? ¿POR QUÉ?
ES QUE TENGO CURIOSIDAD.
¡NO LO HAGAS, NATE! ¡ES MUY SENSIBLE CON EL TEMA DEL PESO!
¡BUMP!
SENSIBLE Y AL MISMO TIEMPO MUY VIOLENTO.
VOY A VER SI EL CONSERJE TIENE UNAS TENAZAS.
Peirce

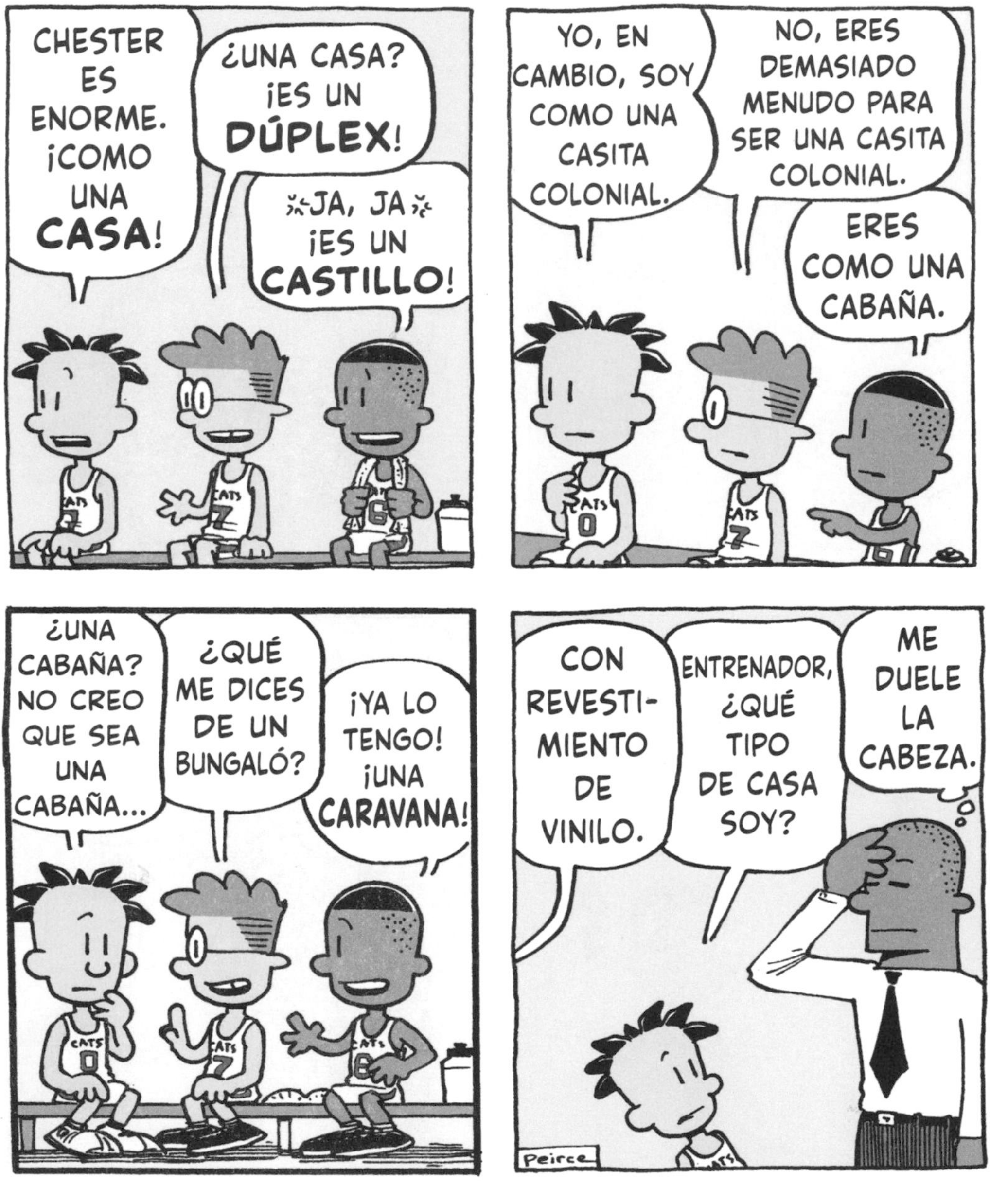
CHESTER ES ENORME. ¡COMO UNA CASA!
¿UNA CASA? ¡ES UN DÚPLEX!
JA, JA ¡ES UN CASTILLO!
YO, EN CAMBIO, SOY COMO UNA CASITA COLONIAL.
NO, ERES DEMASIADO MENUDO PARA SER UNA CASITA COLONIAL.
ERES COMO UNA CABAÑA.
¿UNA CABAÑA? NO CREO QUE SEA UNA CABAÑA...
¿QUÉ ME DICES DE UN BUNGALÓ?
¡YA LO TENGO! ¡UNA CARAVANA!
CON REVESTIMIENTO DE VINILO.
ENTRENADOR, ¿QUÉ TIPO DE CASA SOY?
ME DUELE LA CABEZA.
Peirce

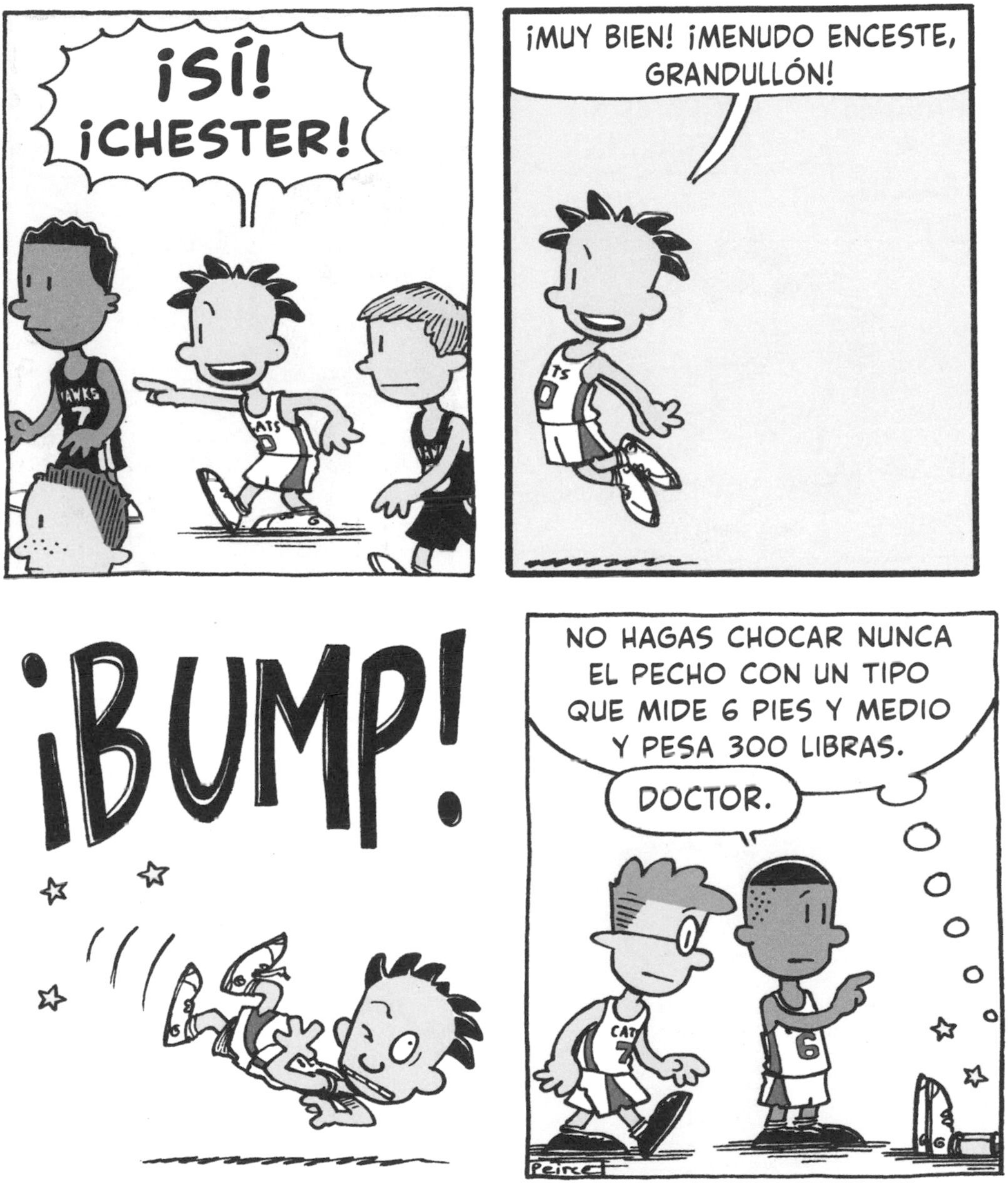
¡SÍ! ¡CHESTER!
¡MUY BIEN! ¡MENUDO ENCESTE, GRANDULLÓN!
¡BUMP!
NO HAGAS CHOCAR NUNCA EL PECHO CON UN TIPO QUE MIDE 6 PIES Y MEDIO Y PESA 300 LIBRAS.
DOCTOR.
Peirce

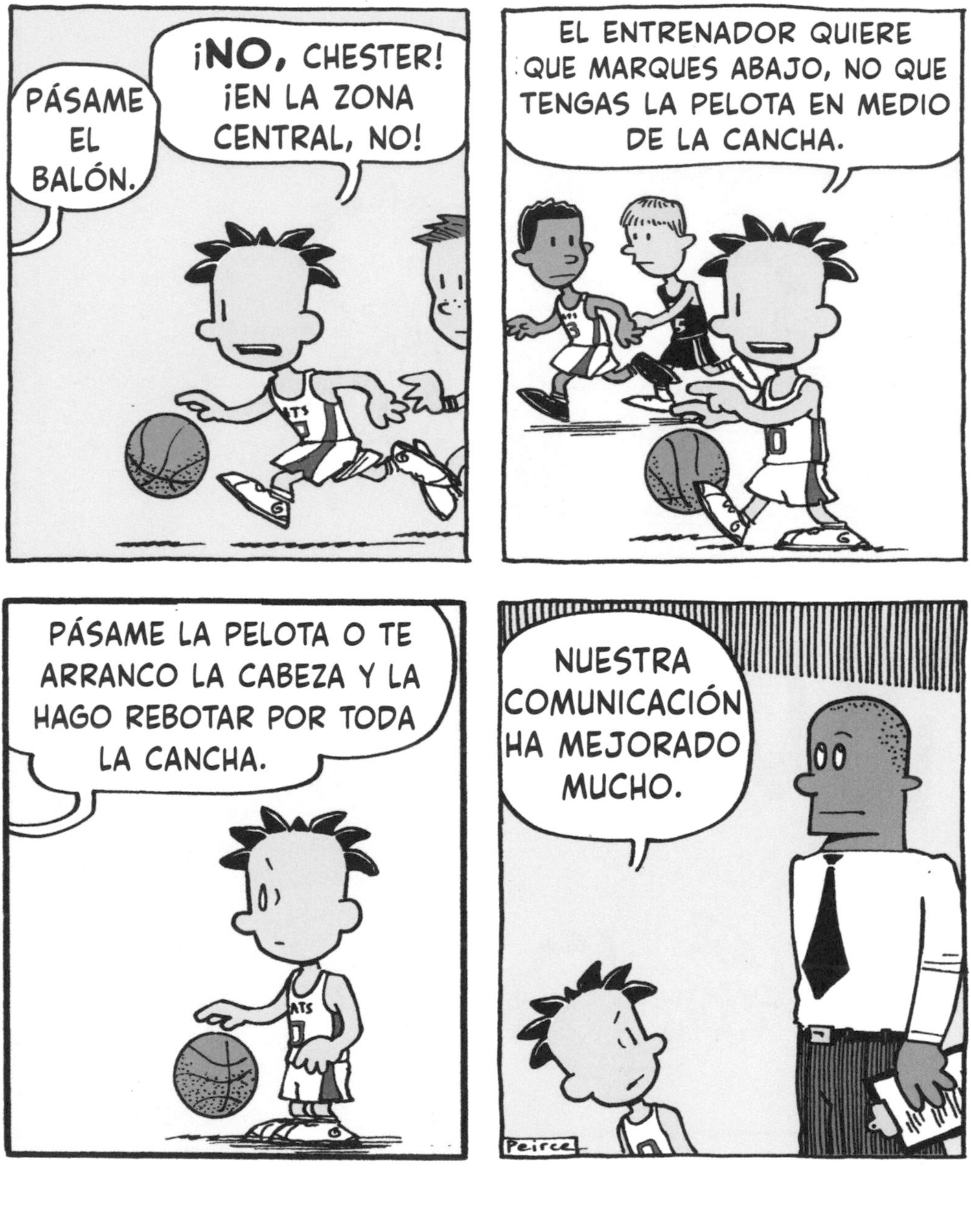
PÁSAME EL BALÓN.
¡NO, CHESTER! ¡EN LA ZONA CENTRAL, NO!
EL ENTRENADOR QUIERE QUE MARQUES ABAJO, NO QUE TENGAS LA PELOTA EN MEDIO DE LA CANCHA.
PÁSAME LA PELOTA O TE ARRANCO LA CABEZA Y LA HAGO REBOTAR POR TODA LA CANCHA.
NUESTRA COMUNICACIÓN HA MEJORADO MUCHO.
Peirce

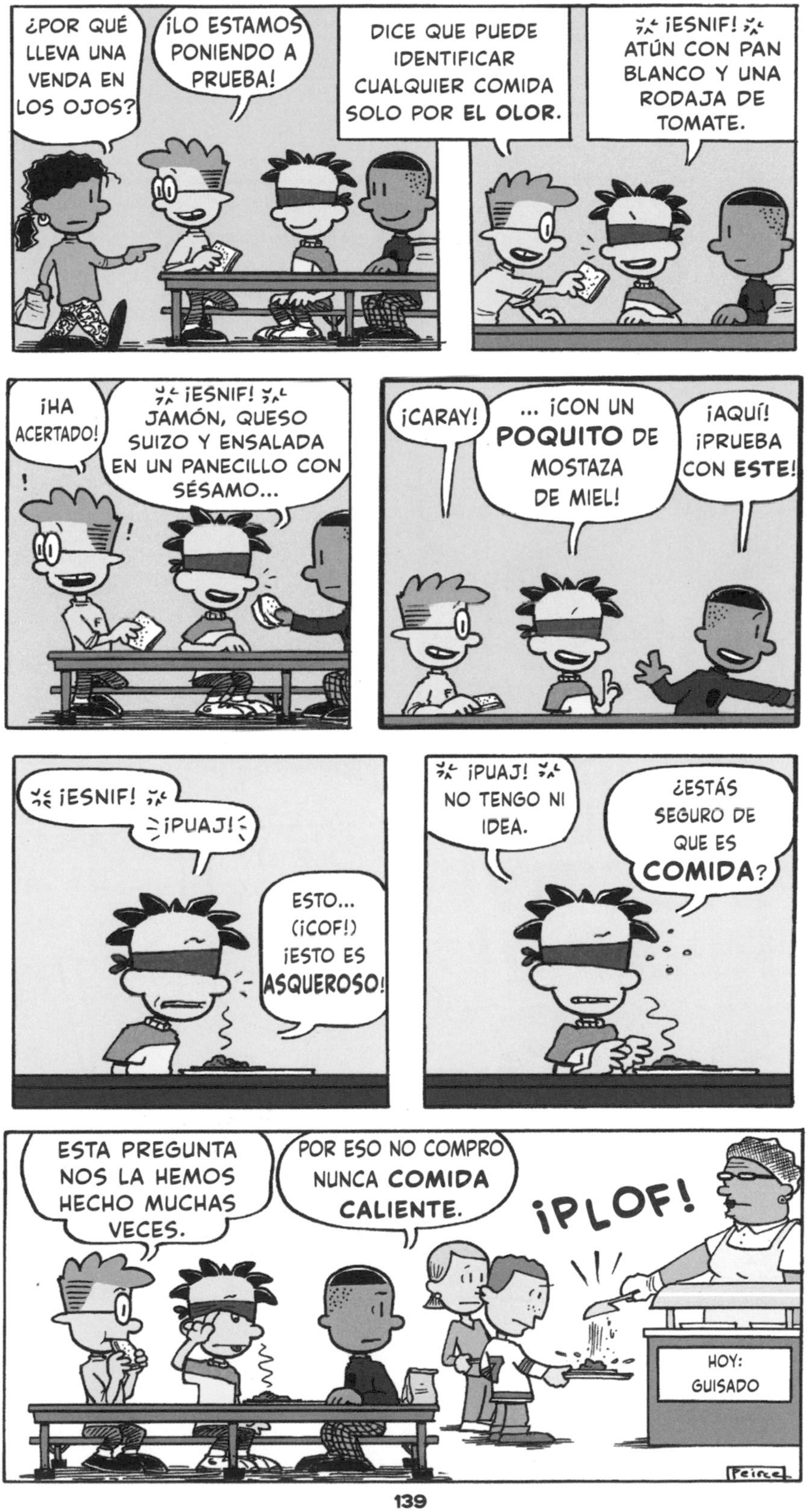
¿POR QUÉ LLEVA UNA VENDA EN LOS OJOS?
¡LO ESTAMOS PONIENDO A PRUEBA!
DICE QUE PUEDE IDENTIFICAR CUALQUIER COMIDA SOLO POR EL OLOR.
¡ESNIF! ATÚN CON PAN BLANCO Y UNA RODAJA DE TOMATE.
¡HA ACERTADO!
¡ESNIF! JAMÓN, QUESO SUIZO Y ENSALADA EN UN PANECILLO CON SÉSAMO...
¡CARAY!
... ¡CON UN POQUITO DE MOSTAZA DE MIEL!
¡AQUÍ! ¡PRUEBA CON ESTE!
¡ESNIF! ¡PUAJ!
ESTO... (¡COF!) ¡ESTO ES ASQUEROSO!
¡PUAJ! NO TENGO NI IDEA.
¿ESTÁS SEGURO DE QUE ES COMIDA?
ESTA PREGUNTA NOS LA HEMOS HECHO MUCHAS VECES.
POR ESO NO COMPRO NUNCA COMIDA CALIENTE.
¡PLOF!
HOY: GUISADO
Peirce

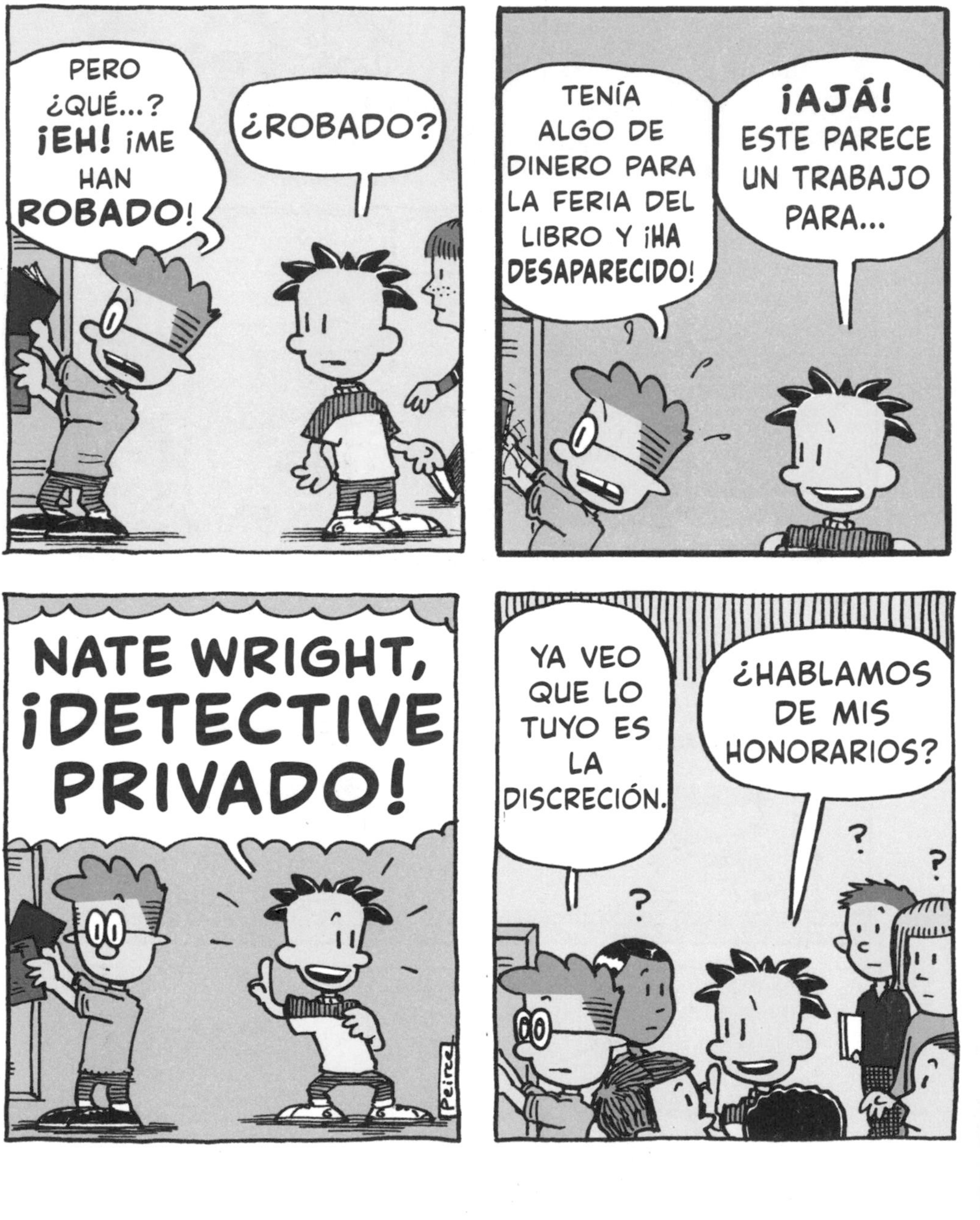
PERO ¿QUÉ...? ¡EH! ¡ME HAN ROBADO!
¿ROBADO?
TENÍA ALGO DE DINERO PARA LA FERIA DEL LIBRO Y ¡HA DESAPARECIDO!
¡AJÁ! ESTE PARECE UN TRABAJO PARA...
NATE WRIGHT, ¡DETECTIVE PRIVADO!
Peirce
YA VEO QUE LO TUYO ES LA DISCRECIÓN.
¿HABLAMOS DE MIS HONORARIOS?
?
?
?

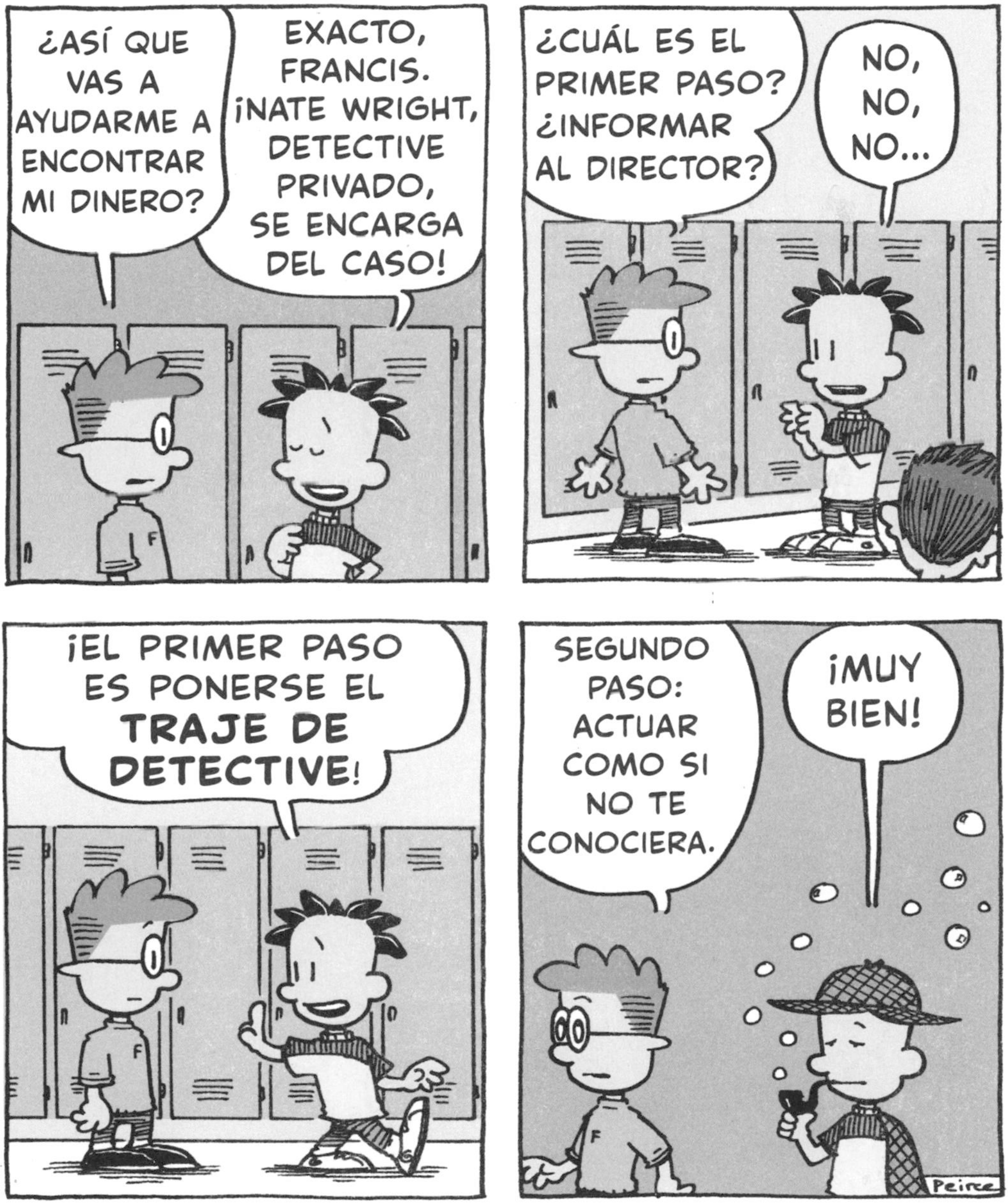
¿ASÍ QUE VAS A AYUDARME A ENCONTRAR MI DINERO?
EXACTO, FRANCIS. ¡NATE WRIGHT, DETECTIVE PRIVADO, SE ENCARGA DEL CASO!
¿CUÁL ES EL PRIMER PASO? ¿INFORMAR AL DIRECTOR?
NO, NO, NO...
¡EL PRIMER PASO ES PONERSE EL **TRAJE DE DETECTIVE**!
SEGUNDO PASO: ACTUAR COMO SI NO TE CONOCIERA.
¡MUY BIEN!
Peirce

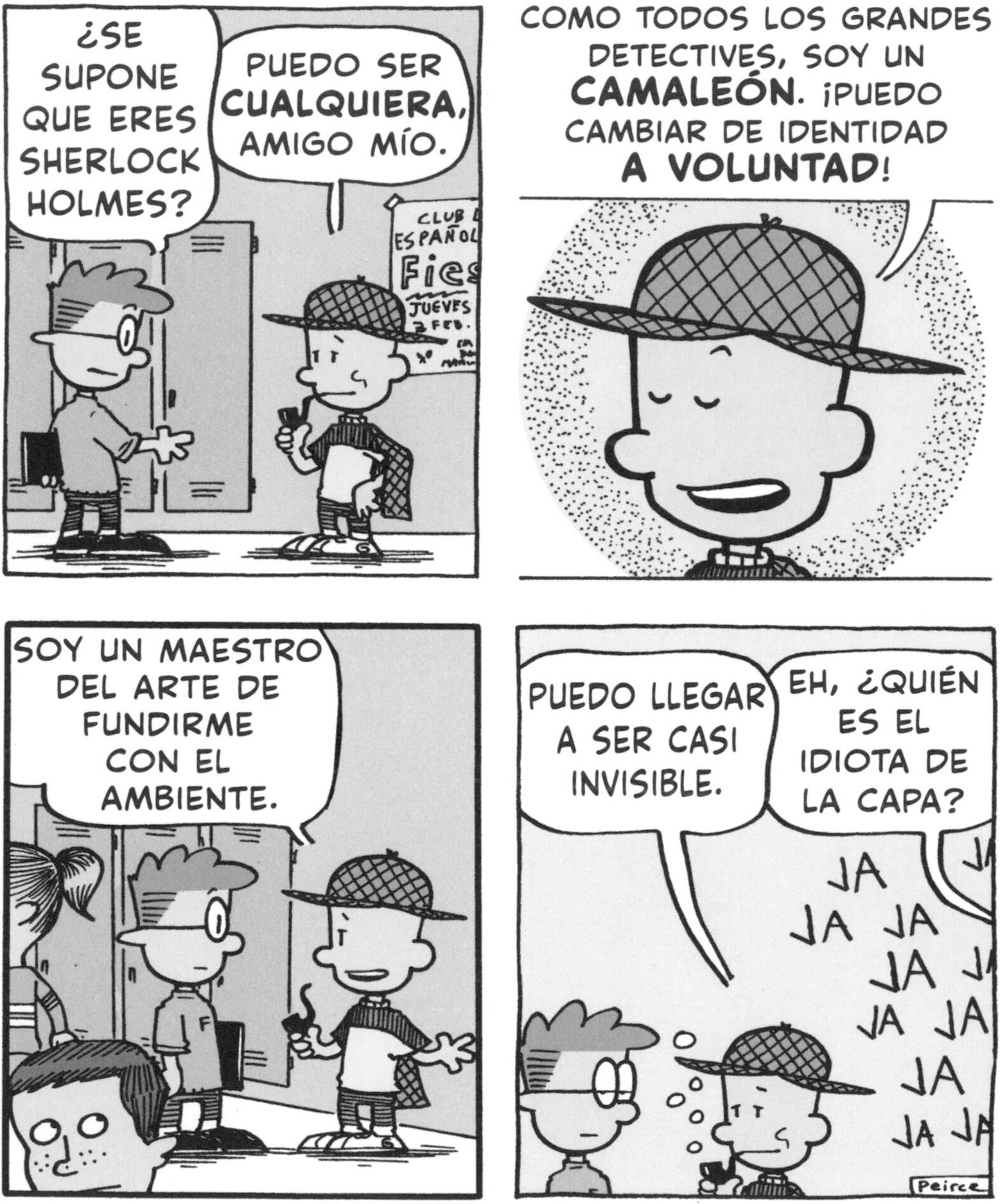
¿SE SUPONE QUE ERES SHERLOCK HOLMES?
PUEDO SER CUALQUIERA, AMIGO MÍO.
CLUB
ESPAÑOL
Fies
JUEVES
COMO TODOS LOS GRANDES DETECTIVES, SOY UN CAMALEÓN. ¡PUEDO CAMBIAR DE IDENTIDAD A VOLUNTAD!
SOY UN MAESTRO DEL ARTE DE FUNDIRME CON EL AMBIENTE.
PUEDO LLEGAR A SER CASI INVISIBLE.
EH, ¿QUIÉN ES EL IDIOTA DE LA CAPA?
JA JA JA JA JA JA JA JA
Peirce

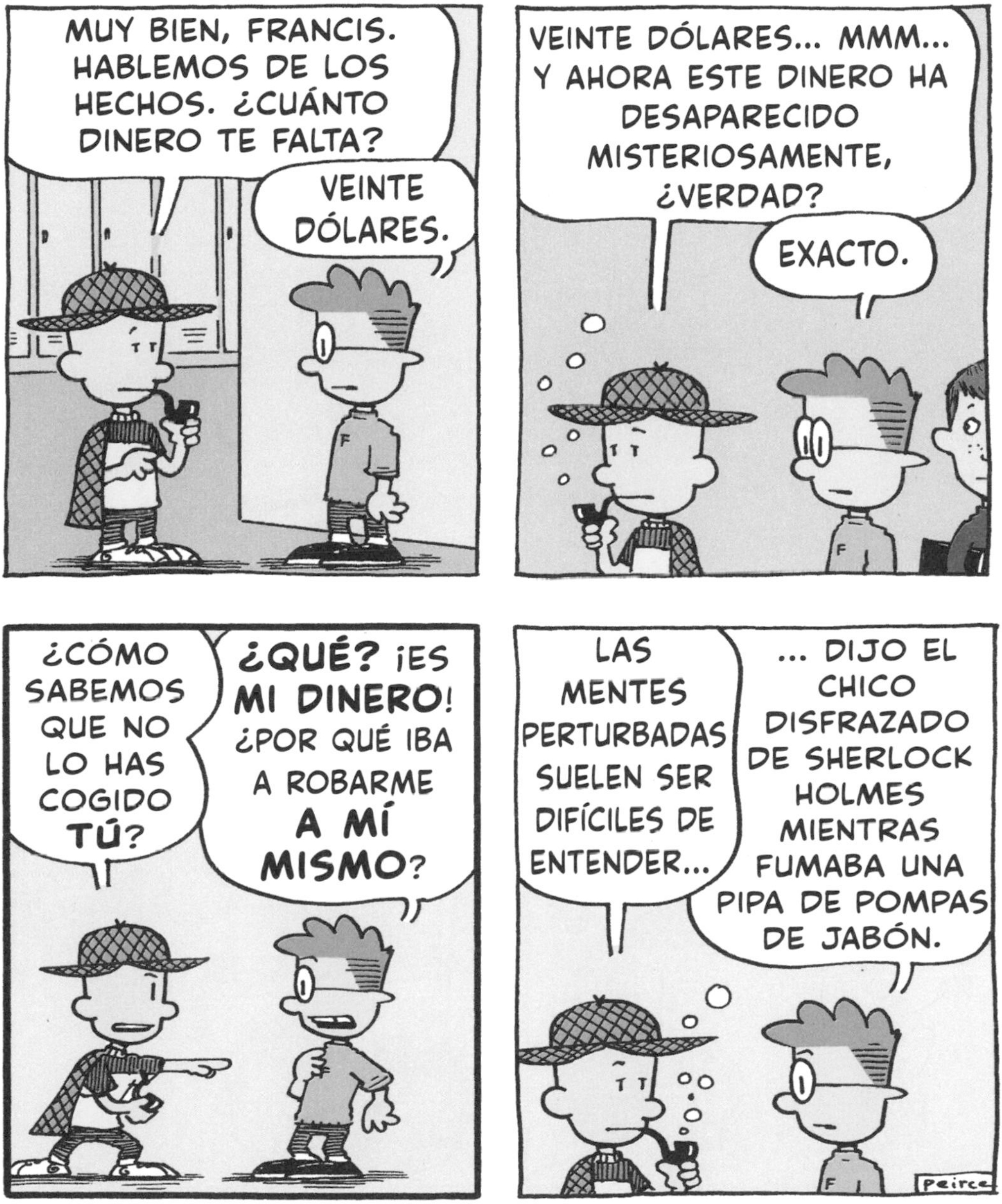
MUY BIEN, FRANCIS. HABLEMOS DE LOS HECHOS. ¿CUÁNTO DINERO TE FALTA?
VEINTE DÓLARES.
VEINTE DÓLARES... MMM... Y AHORA ESTE DINERO HA DESAPARECIDO MISTERIOSAMENTE, ¿VERDAD?
EXACTO.
¿CÓMO SABEMOS QUE NO LO HAS COGIDO TÚ?
¿QUÉ? ¡ES MI DINERO! ¿POR QUÉ IBA A ROBARME A MÍ MISMO?
LAS MENTES PERTURBADAS SUELEN SER DIFÍCILES DE ENTENDER...
... DIJO EL CHICO DISFRAZADO DE SHERLOCK HOLMES MIENTRAS FUMABA UNA PIPA DE POMPAS DE JABÓN.
Peirce

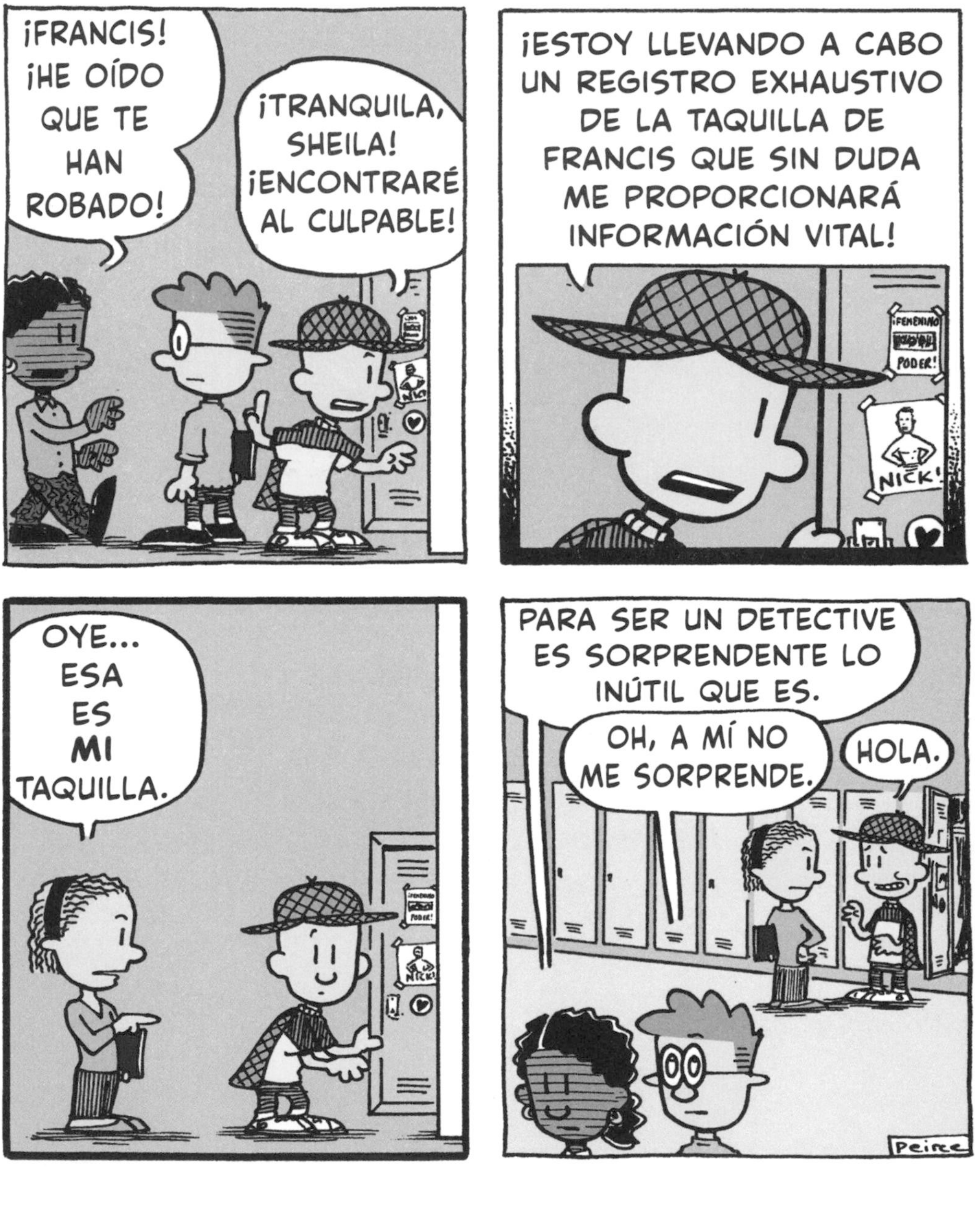
¡FRANCIS! ¡HE OÍDO QUE TE HAN ROBADO!
¡TRANQUILA, SHEILA! ¡ENCONTRARÉ AL CULPABLE!
¡ESTOY LLEVANDO A CABO UN REGISTRO EXHAUSTIVO DE LA TAQUILLA DE FRANCIS QUE SIN DUDA ME PROPORCIONARÁ INFORMACIÓN VITAL!
¡FEMENINO PODER!
NICK!
OYE... ESA ES **MI** TAQUILLA.
PARA SER UN DETECTIVE ES SORPRENDENTE LO INÚTIL QUE ES.
OH, A MÍ NO ME SORPRENDE.
HOLA.
Peirce

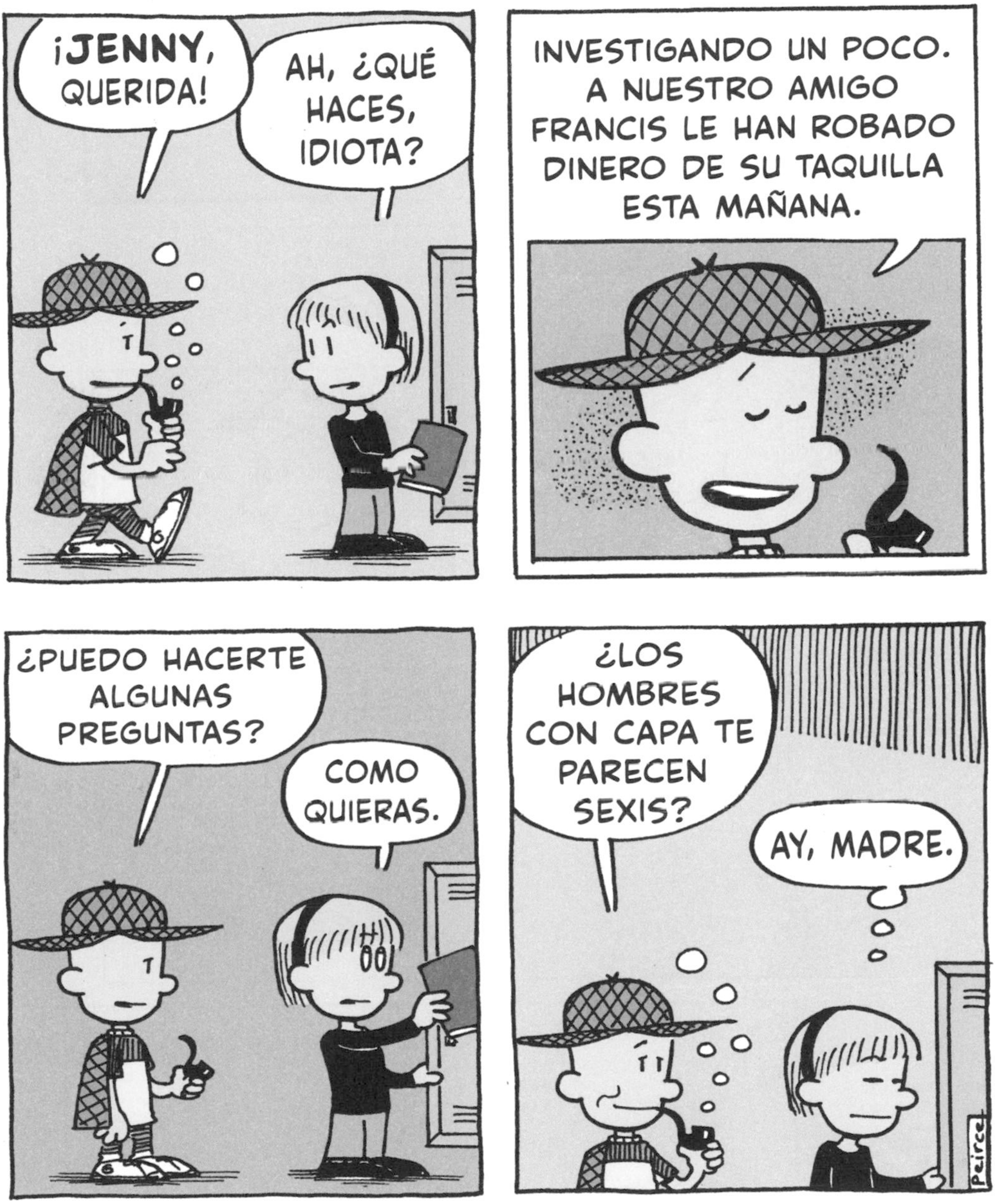
¡JENNY, QUERIDA!
AH, ¿QUÉ HACES, IDIOTA?
INVESTIGANDO UN POCO. A NUESTRO AMIGO FRANCIS LE HAN ROBADO DINERO DE SU TAQUILLA ESTA MAÑANA.
¿PUEDO HACERTE ALGUNAS PREGUNTAS?
COMO QUIERAS.
¿LOS HOMBRES CON CAPA TE PARECEN SEXIS?
AY, MADRE.
Peirce

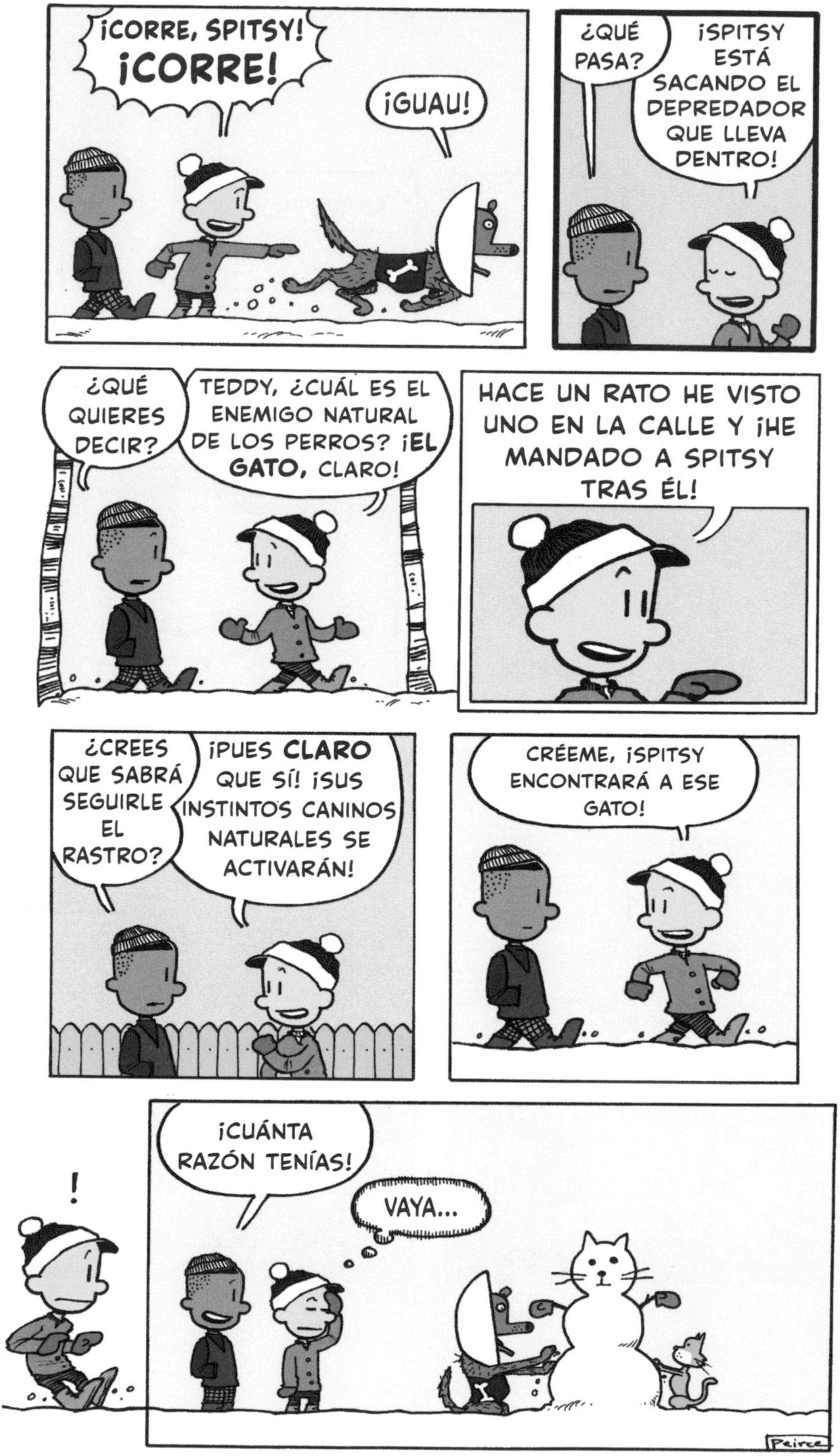
¡CORRE, SPITSY! ¡CORRE!
¡GUAU!
¿QUÉ PASA?
¡SPITSY ESTÁ SACANDO EL DEPREDADOR QUE LLEVA DENTRO!
¿QUÉ QUIERES DECIR?
TEDDY, ¿CUÁL ES EL ENEMIGO NATURAL DE LOS PERROS? ¡EL GATO, CLARO!
HACE UN RATO HE VISTO UNO EN LA CALLE Y ¡HE MANDADO A SPITSY TRAS ÉL!
¿CREES QUE SABRÁ SEGUIRLE EL RASTRO?
¡PUES CLARO QUE SÍ! ¡SUS INSTINTOS CANINOS NATURALES SE ACTIVARÁN!
CRÉEME, ¡SPITSY ENCONTRARÁ A ESE GATO!
!
¡CUÁNTA RAZÓN TENÍAS!
VAYA...
Peirce

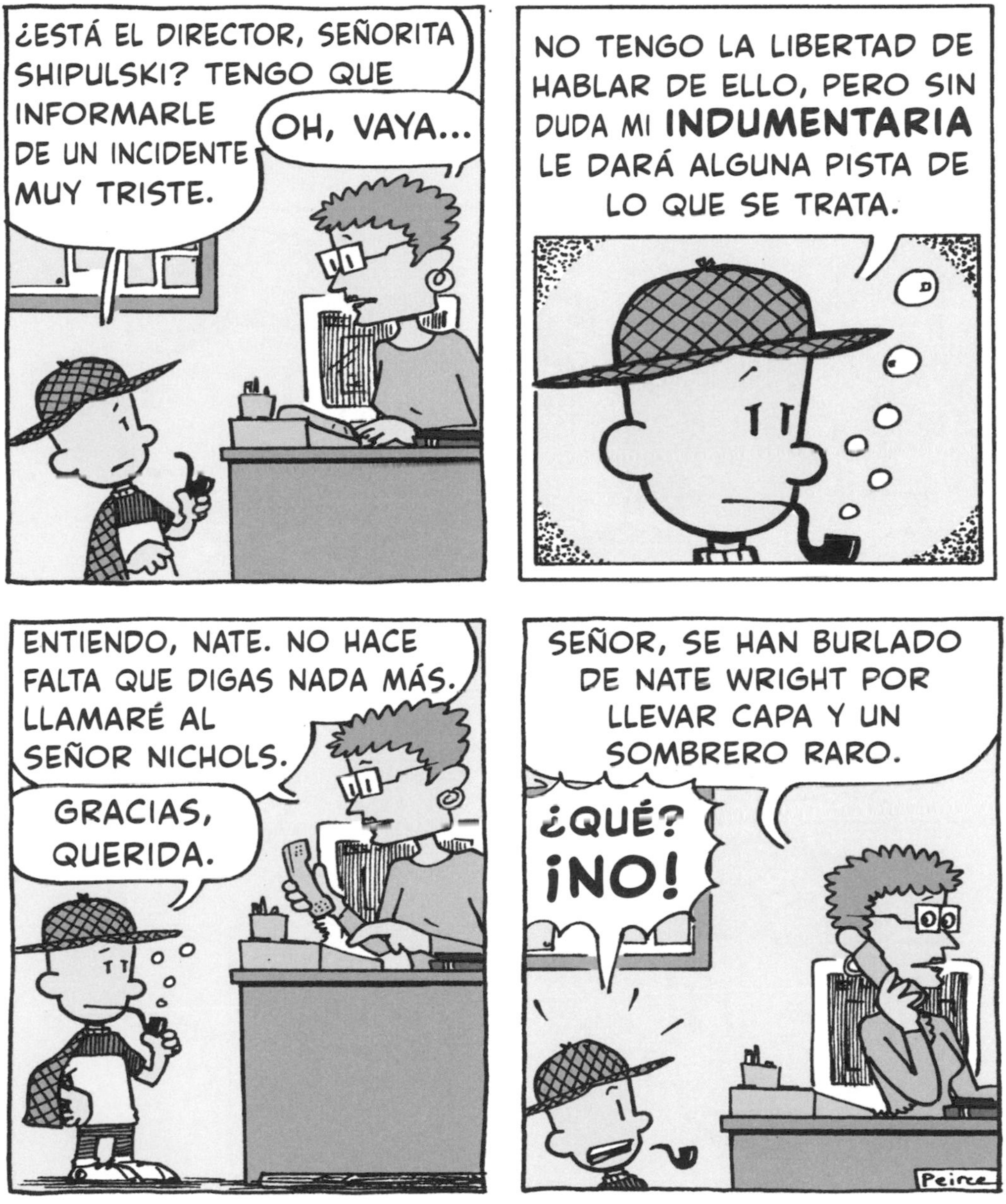
¿ESTÁ EL DIRECTOR, SEÑORITA SHIPULSKI? TENGO QUE INFORMARLE DE UN INCIDENTE MUY TRISTE.
OH, VAYA...
NO TENGO LA LIBERTAD DE HABLAR DE ELLO, PERO SIN DUDA MI **INDUMENTARIA** LE DARÁ ALGUNA PISTA DE LO QUE SE TRATA.
ENTIENDO, NATE. NO HACE FALTA QUE DIGAS NADA MÁS. LLAMARÉ AL SEÑOR NICHOLS.
GRACIAS, QUERIDA.
SEÑOR, SE HAN BURLADO DE NATE WRIGHT POR LLEVAR CAPA Y UN SOMBRERO RARO.
¿QUÉ? ¡NO!
Peirce

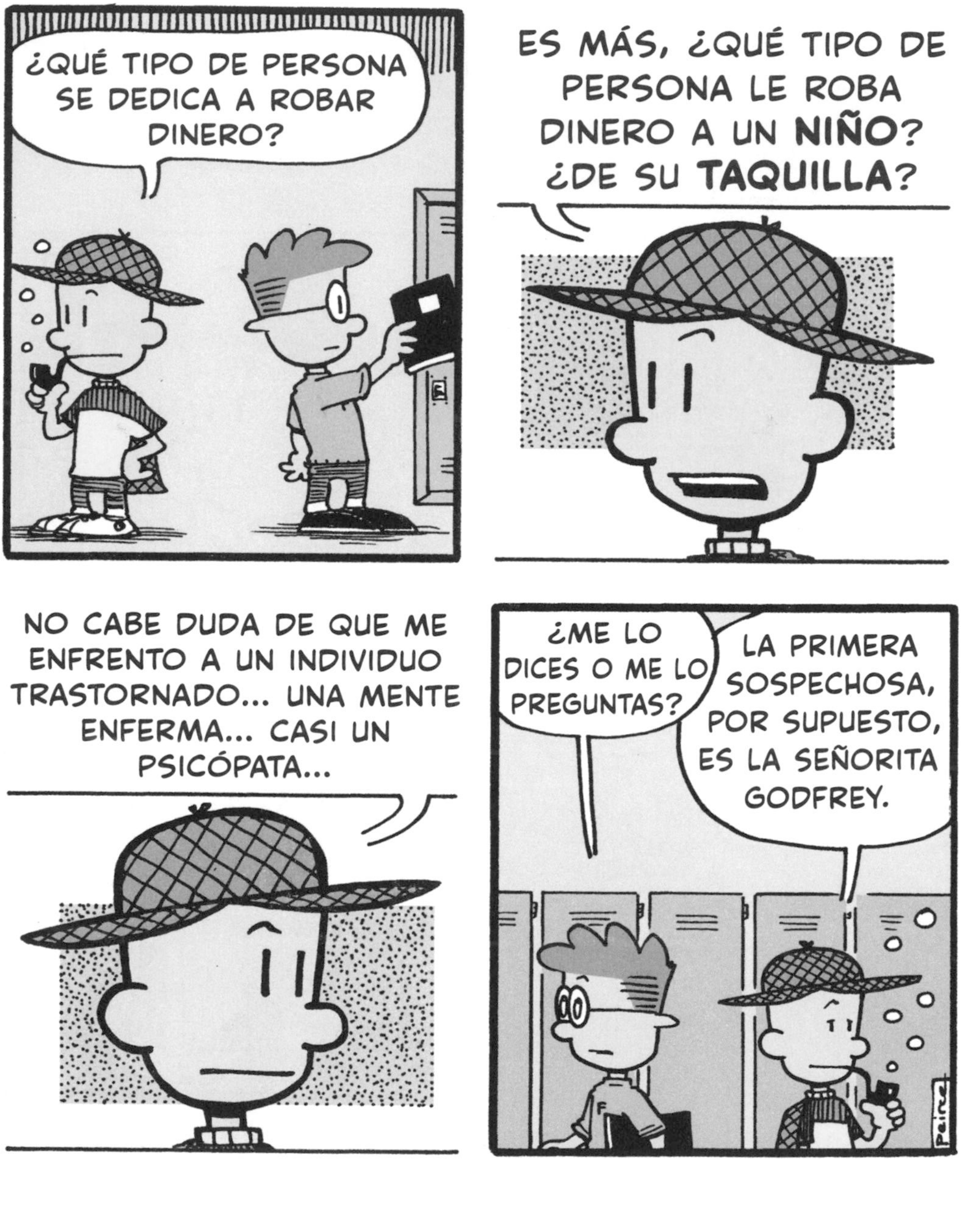

¿QUÉ TIPO DE PERSONA SE DEDICA A ROBAR DINERO?
ES MÁS, ¿QUÉ TIPO DE PERSONA LE ROBA DINERO A UN **NIÑO**? ¿DE SU **TAQUILLA**?
NO CABE DUDA DE QUE ME ENFRENTO A UN INDIVIDUO TRASTORNADO... UNA MENTE ENFERMA... CASI UN PSICÓPATA...
¿ME LO DICES O ME LO PREGUNTAS?
LA PRIMERA SOSPECHOSA, POR SUPUESTO, ES LA SEÑORITA GODFREY.
Peirce

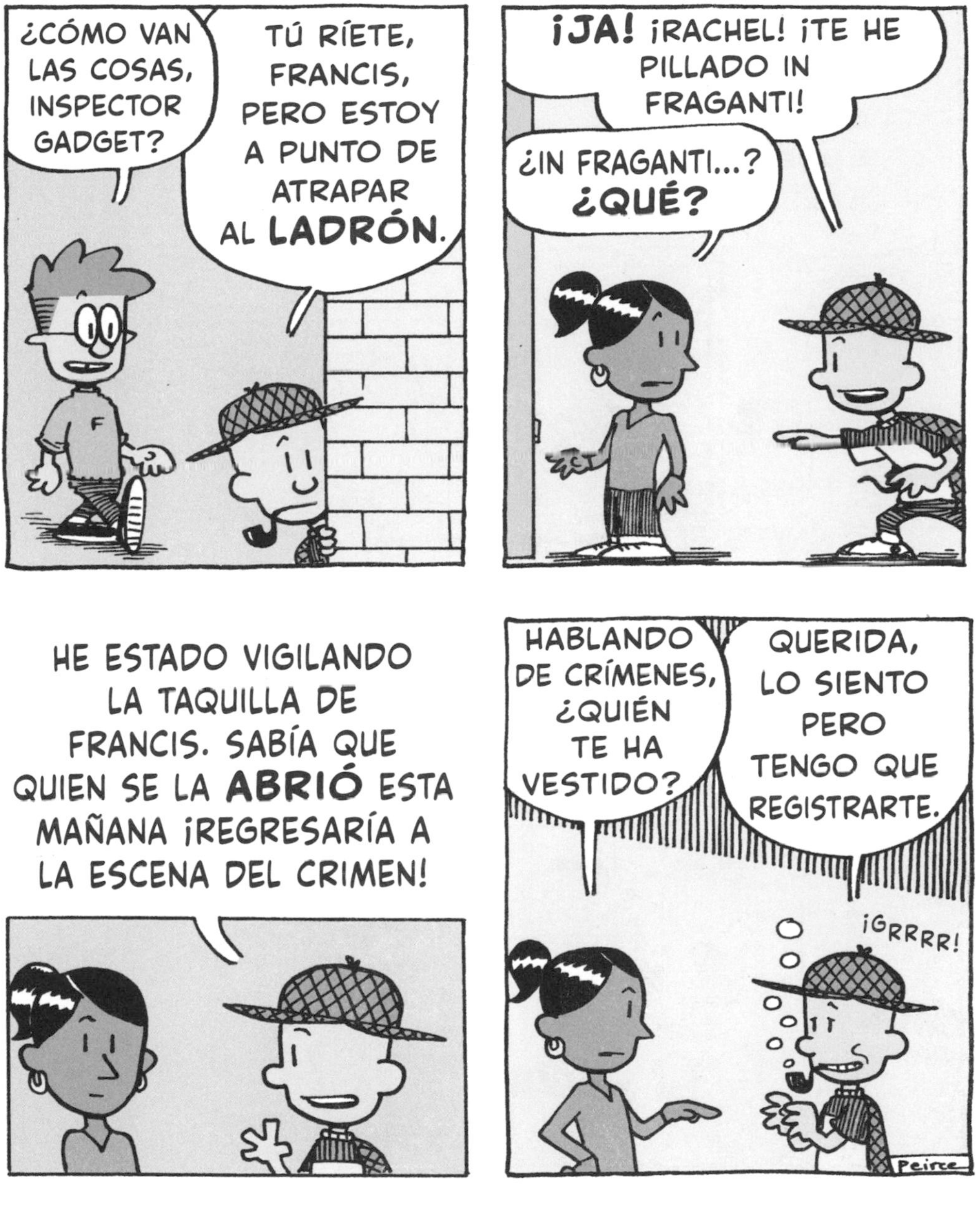
¿CÓMO VAN LAS COSAS, INSPECTOR GADGET?
TÚ RÍETE, FRANCIS, PERO ESTOY A PUNTO DE ATRAPAR AL **LADRÓN**.
¡JA! ¡RACHEL! ¡TE HE PILLADO IN FRAGANTI!
¿IN FRAGANTI...? **¿QUÉ?**
HE ESTADO VIGILANDO LA TAQUILLA DE FRANCIS. SABÍA QUE QUIEN SE LA **ABRIÓ** ESTA MAÑANA ¡REGRESARÍA A LA ESCENA DEL CRIMEN!
HABLANDO DE CRÍMENES, ¿QUIÉN TE HA VESTIDO?
QUERIDA, LO SIENTO PERO TENGO QUE REGISTRARTE.
¡GRRRR!
Peirce

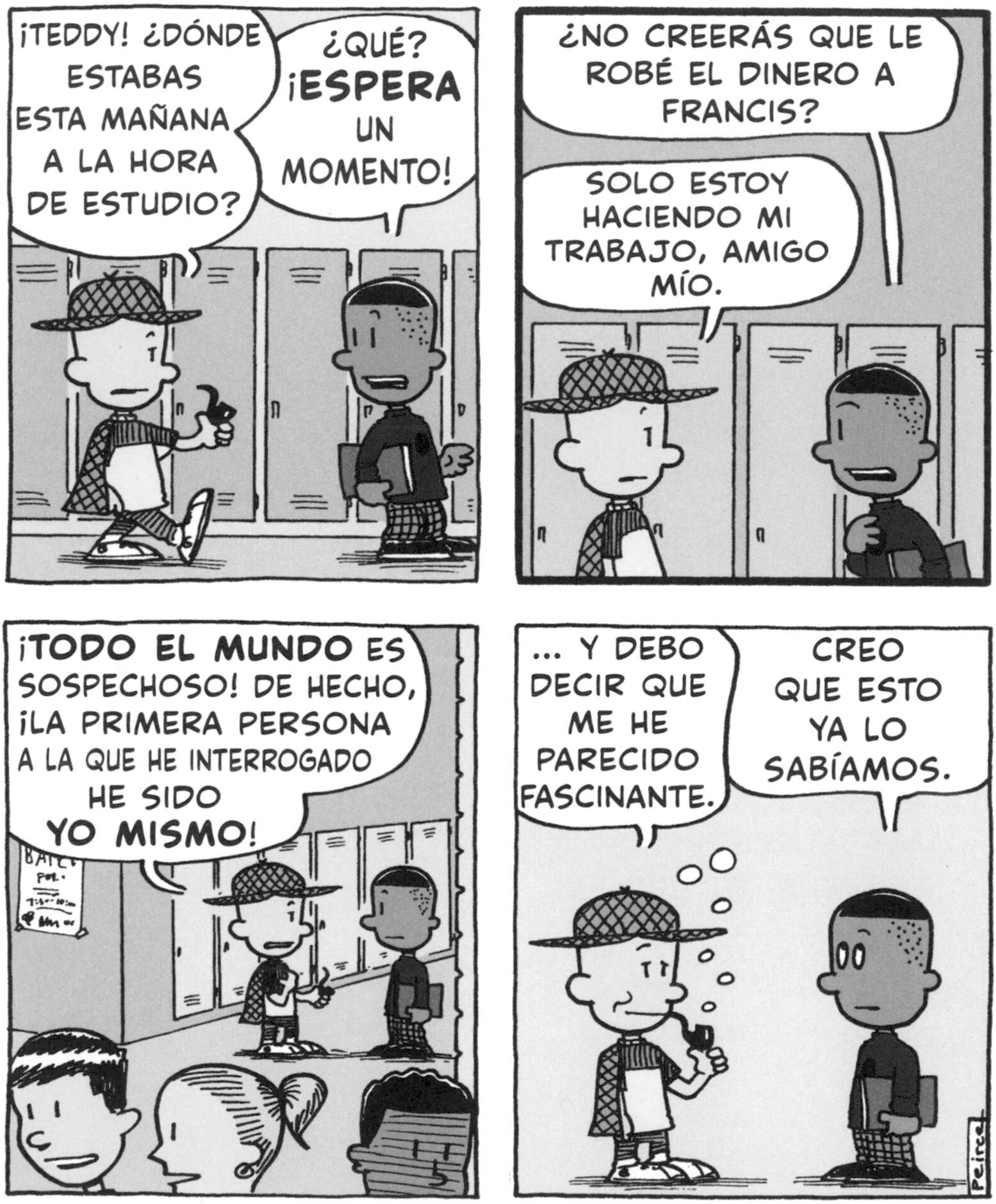
¡TEDDY! ¿DÓNDE ESTABAS ESTA MAÑANA A LA HORA DE ESTUDIO?
¿QUÉ? ¡ESPERA UN MOMENTO!
¿NO CREERÁS QUE LE ROBÉ EL DINERO A FRANCIS?
SOLO ESTOY HACIENDO MI TRABAJO, AMIGO MÍO.
¡TODO EL MUNDO ES SOSPECHOSO! DE HECHO, ¡LA PRIMERA PERSONA A LA QUE HE INTERROGADO HE SIDO YO MISMO!
... Y DEBO DECIR QUE ME HE PARECIDO FASCINANTE.
CREO QUE ESTO YA LO SABÍAMOS.
Peirce

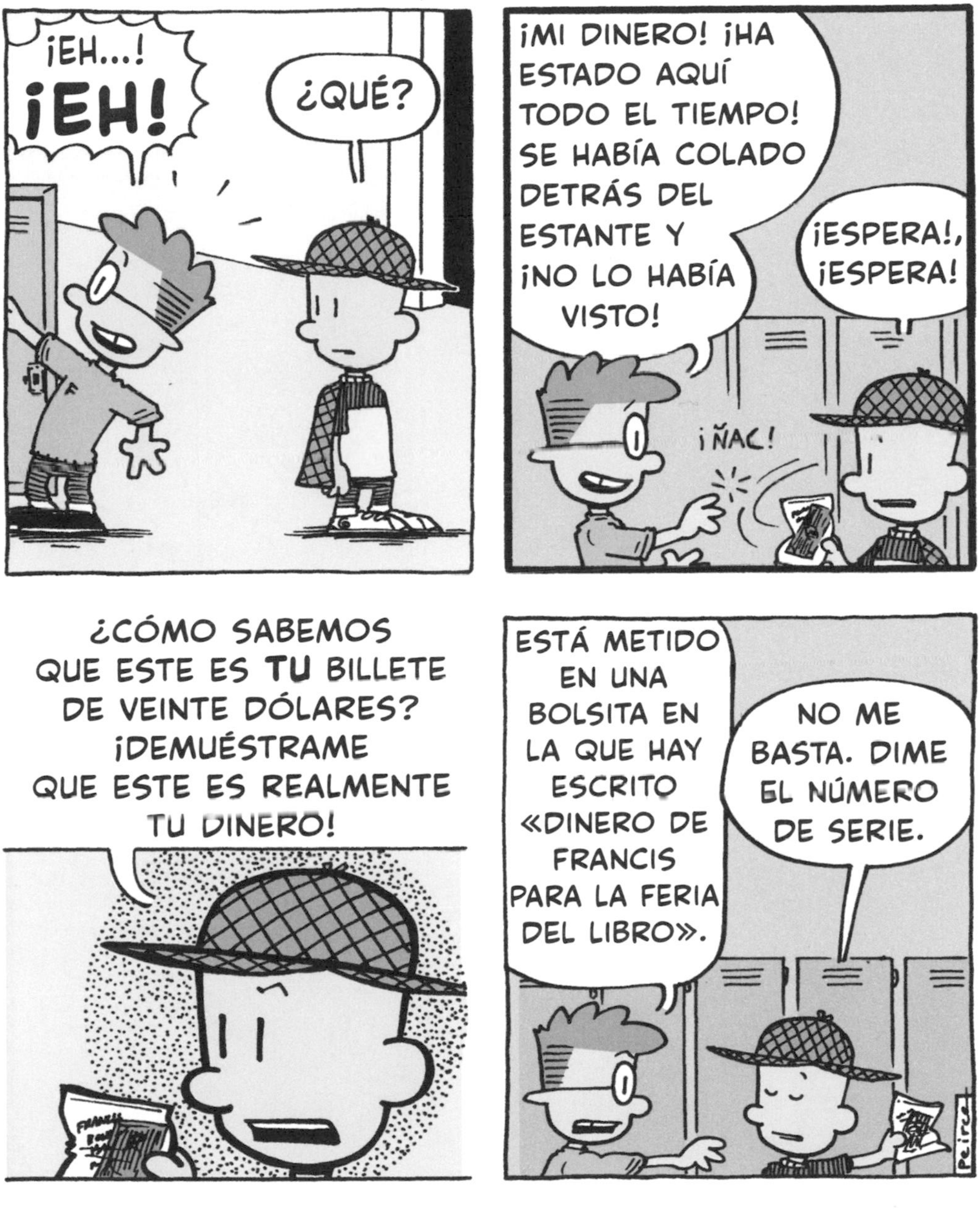

¡EH...! ¡EH!
¿QUÉ?
¡MI DINERO! ¡HA ESTADO AQUÍ TODO EL TIEMPO! SE HABÍA COLADO DETRÁS DEL ESTANTE Y ¡NO LO HABÍA VISTO!
¡ESPERA!, ¡ESPERA!
¡ÑAC!
¿CÓMO SABEMOS QUE ESTE ES TU BILLETE DE VEINTE DÓLARES? ¡DEMUÉSTRAME QUE ESTE ES REALMENTE TU DINERO!
ESTÁ METIDO EN UNA BOLSITA EN LA QUE HAY ESCRITO «DINERO DE FRANCIS PARA LA FERIA DEL LIBRO».
NO ME BASTA. DIME EL NÚMERO DE SERIE.
Peirce

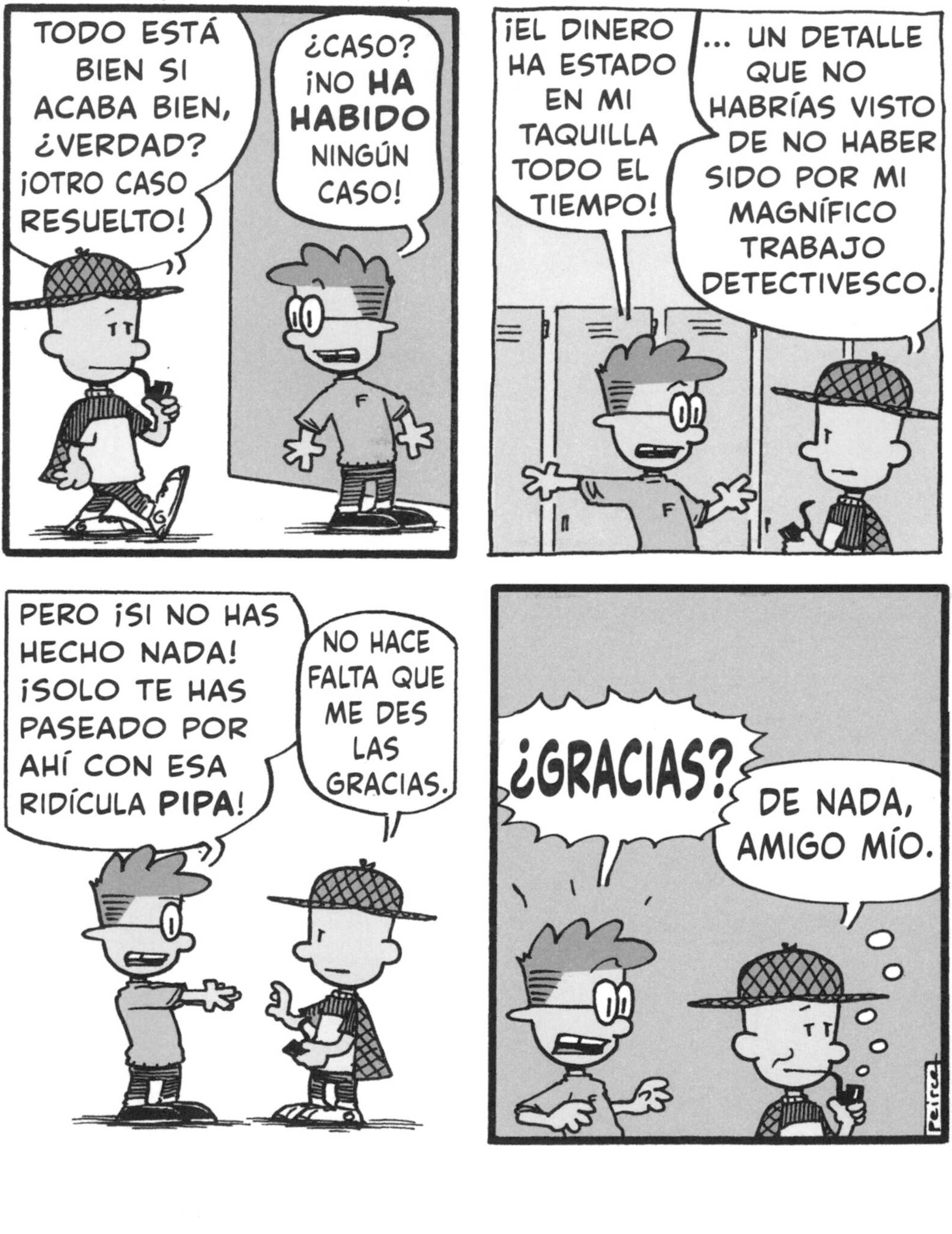
TODO ESTÁ BIEN SI ACABA BIEN, ¿VERDAD? ¡OTRO CASO RESUELTO!
¿CASO? ¡NO HA HABIDO NINGÚN CASO!
¡EL DINERO HA ESTADO EN MI TAQUILLA TODO EL TIEMPO!
... UN DETALLE QUE NO HABRÍAS VISTO DE NO HABER SIDO POR MI MAGNÍFICO TRABAJO DETECTIVESCO.
PERO ¡SI NO HAS HECHO NADA! ¡SOLO TE HAS PASEADO POR AHÍ CON ESA RIDÍCULA PIPA!
NO HACE FALTA QUE ME DES LAS GRACIAS.
¿GRACIAS?
DE NADA, AMIGO MÍO.
peirce

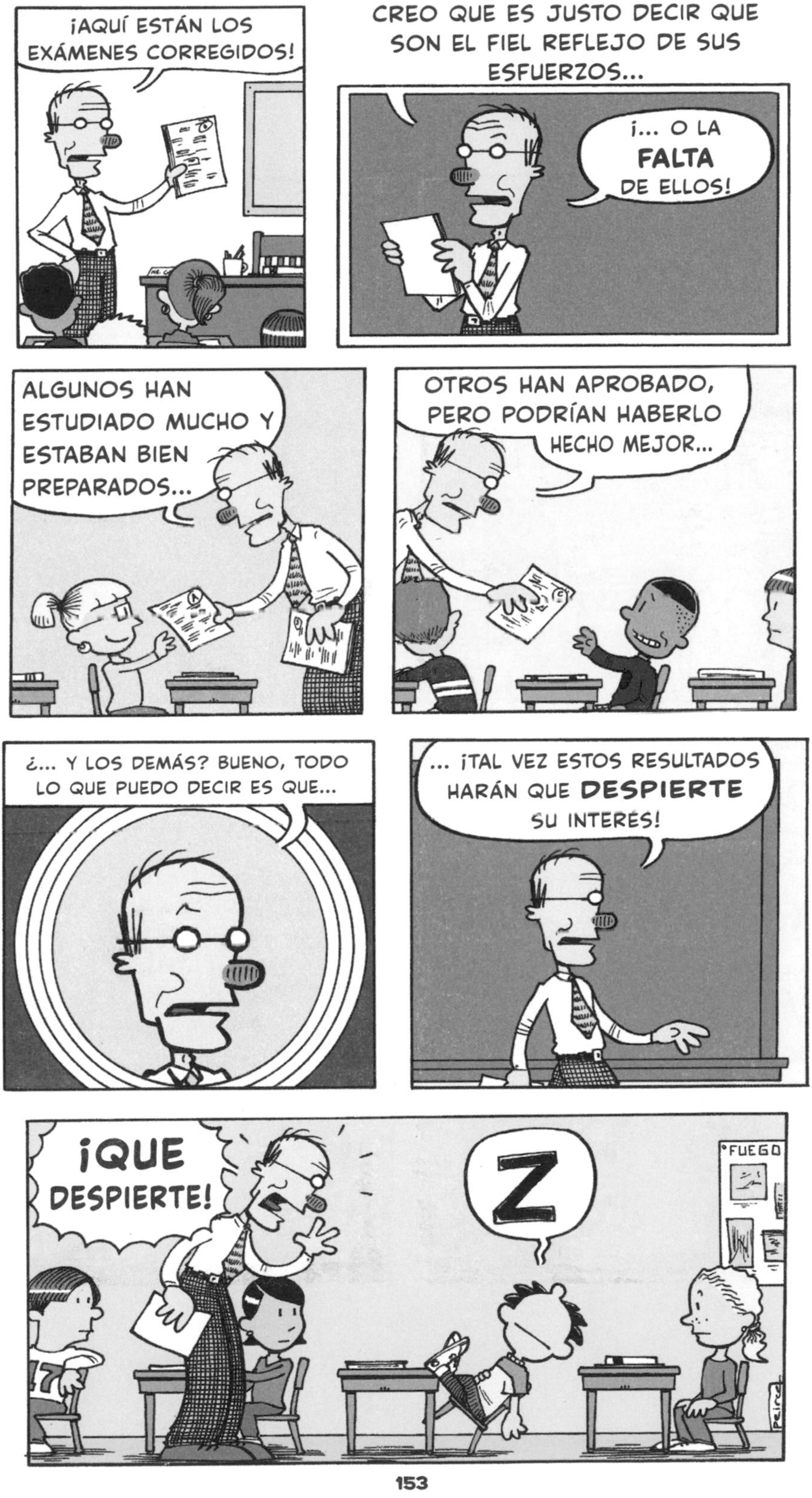
¡AQUÍ ESTÁN LOS EXÁMENES CORREGIDOS!
CREO QUE ES JUSTO DECIR QUE SON EL FIEL REFLEJO DE SUS ESFUERZOS...
¡... O LA **FALTA** DE ELLOS!
ALGUNOS HAN ESTUDIADO MUCHO Y ESTABAN BIEN PREPARADOS...
OTROS HAN APROBADO, PERO PODRÍAN HABERLO HECHO MEJOR...
¿... Y LOS DEMÁS? BUENO, TODO LO QUE PUEDO DECIR ES QUE...
... ¡TAL VEZ ESTOS RESULTADOS HARÁN QUE **DESPIERTE** SU INTERÉS!
¡QUE DESPIERTE!
Z
FUEGO

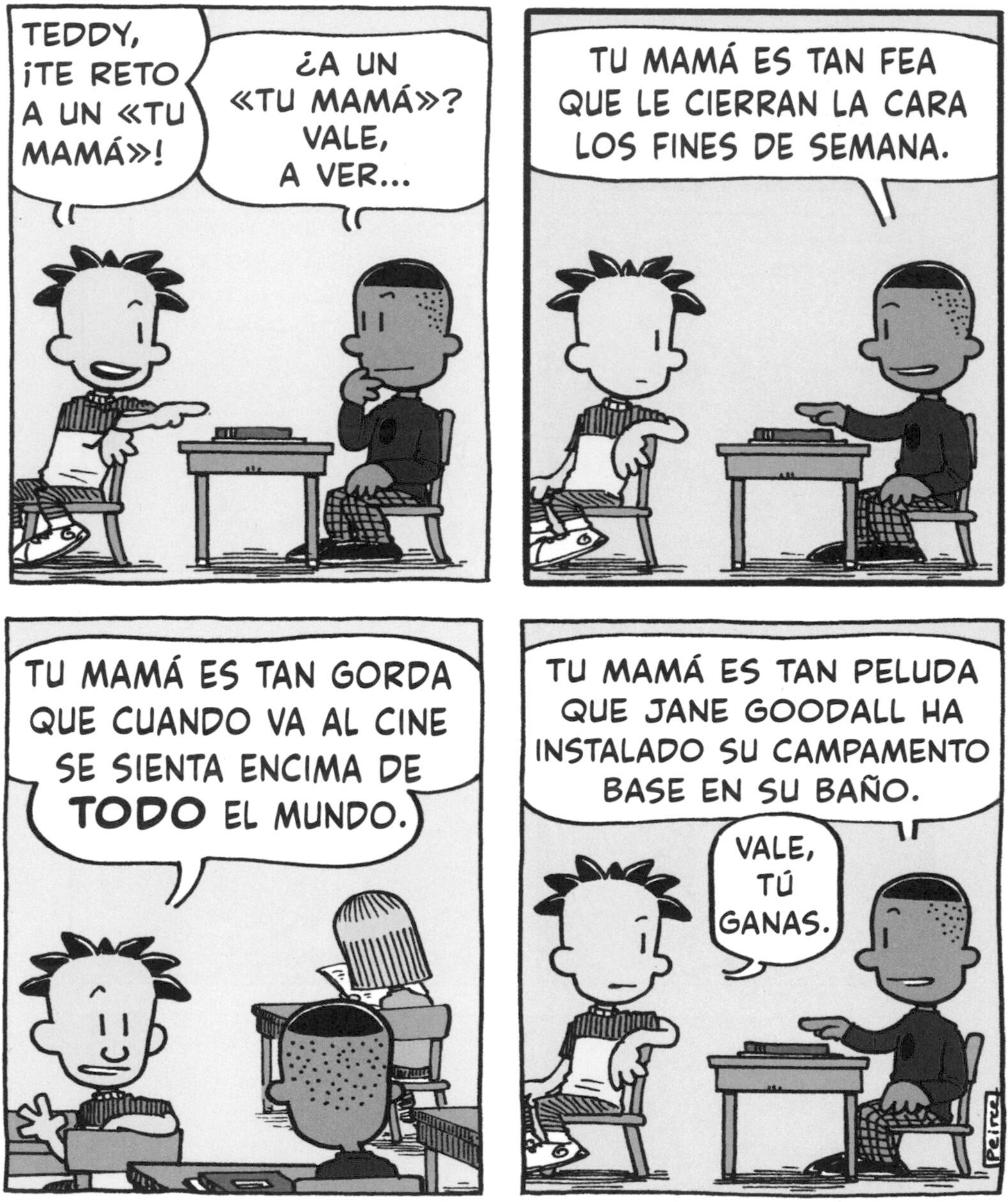
TEDDY, ¡TE RETO A UN «TU MAMÁ»!
¿A UN «TU MAMÁ»? VALE, A VER...
TU MAMÁ ES TAN FEA QUE LE CIERRAN LA CARA LOS FINES DE SEMANA.
TU MAMÁ ES TAN GORDA QUE CUANDO VA AL CINE SE SIENTA ENCIMA DE **TODO** EL MUNDO.
TU MAMÁ ES TAN PELUDA QUE JANE GOODALL HA INSTALADO SU CAMPAMENTO BASE EN SU BAÑO.
VALE, TÚ GANAS.
Peirce

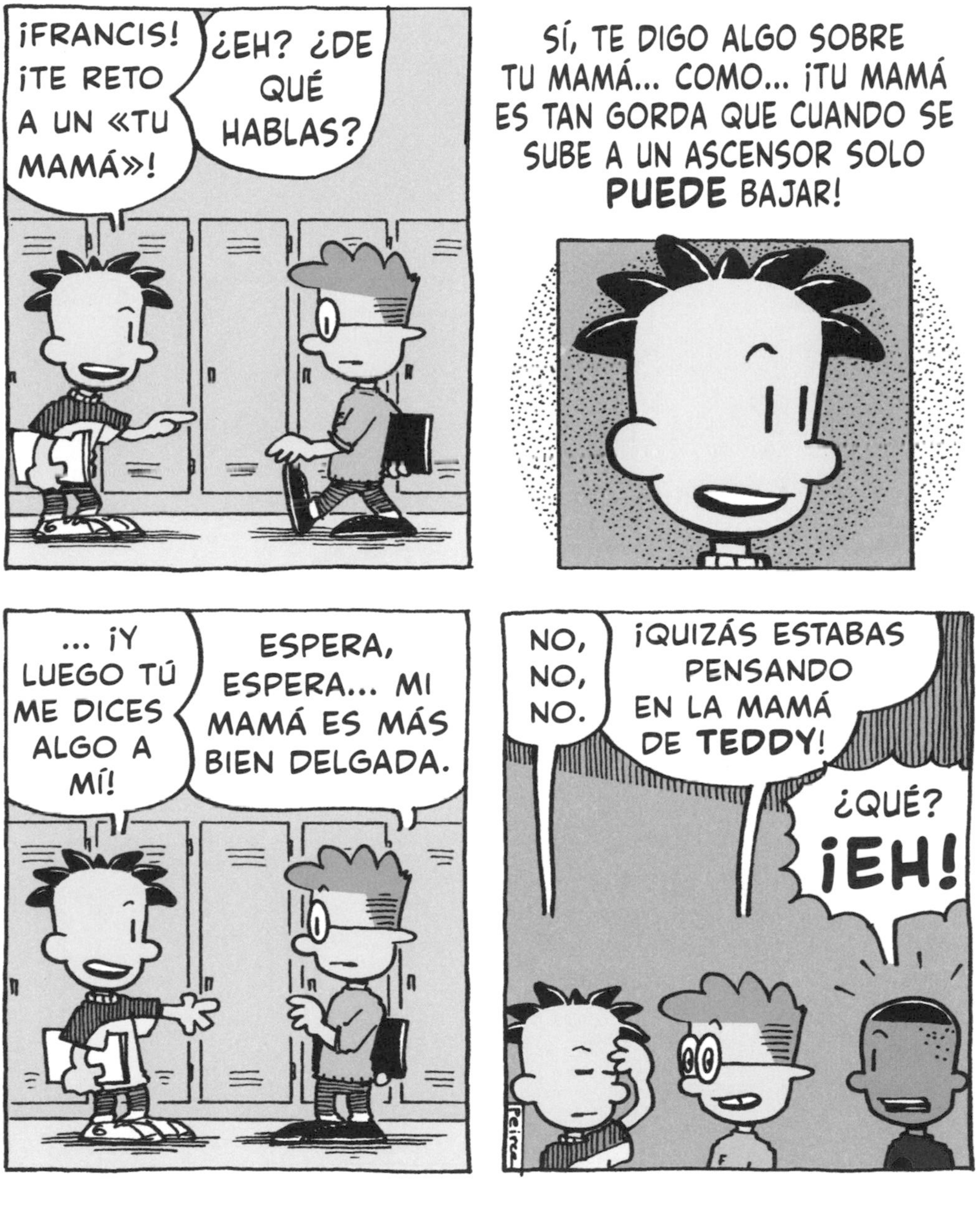
¡FRANCIS! ¡TE RETO A UN «TU MAMÁ»!
¿EH? ¿DE QUÉ HABLAS?
SÍ, TE DIGO ALGO SOBRE TU MAMÁ... COMO... ¡TU MAMÁ ES TAN GORDA QUE CUANDO SE SUBE A UN ASCENSOR SOLO **PUEDE** BAJAR!
... ¡Y LUEGO TÚ ME DICES ALGO A MÍ!
ESPERA, ESPERA... MI MAMÁ ES MÁS BIEN DELGADA.
NO, NO, NO.
¡QUIZÁS ESTABAS PENSANDO EN LA MAMÁ DE **TEDDY**!
¿QUÉ? ¡EH!

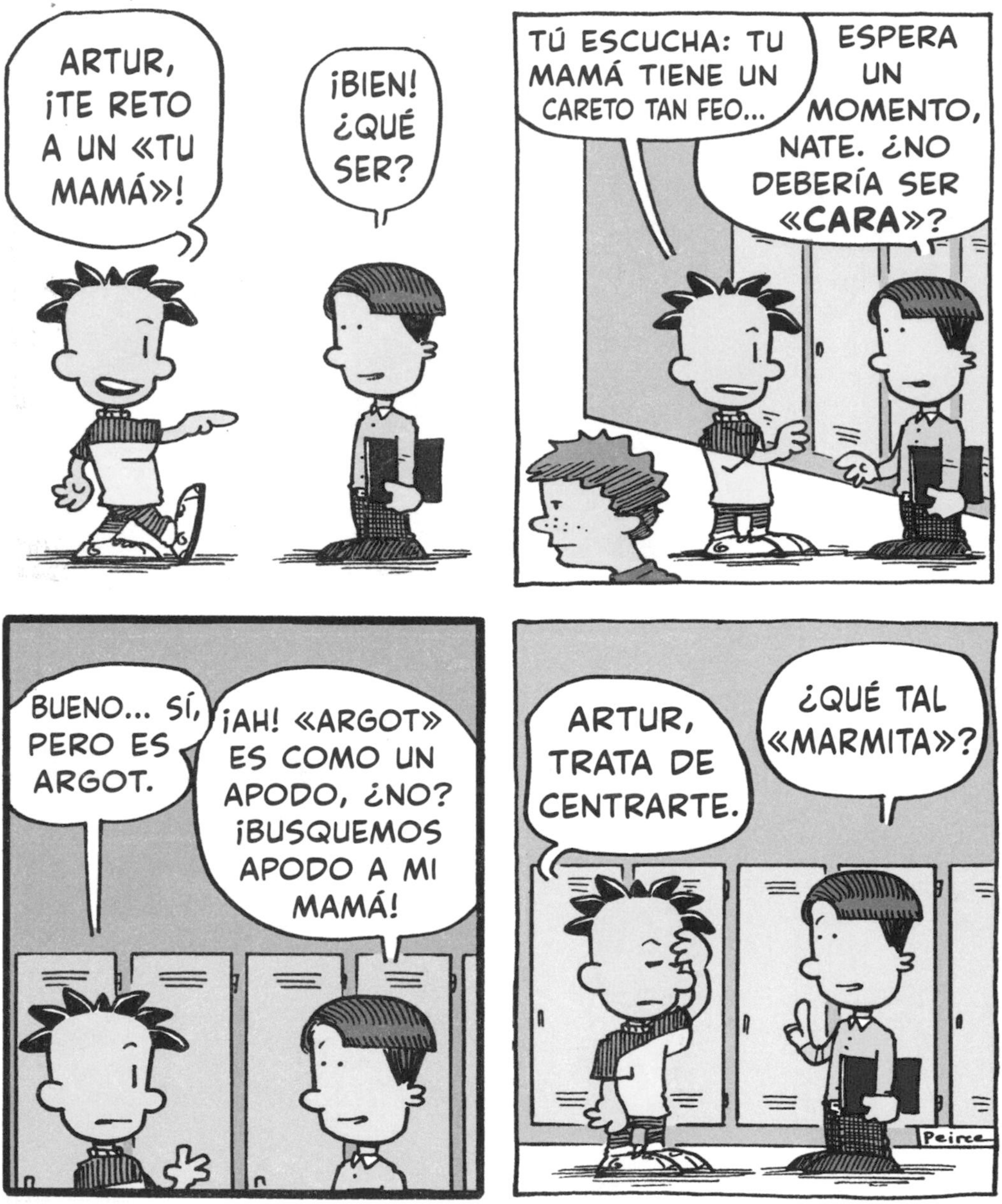
ARTUR, ¡TE RETO A UN «TU MAMÁ»!
¡BIEN! ¿QUÉ SER?
TÚ ESCUCHA: TU MAMÁ TIENE UN CARETO TAN FEO...
ESPERA UN MOMENTO, NATE. ¿NO DEBERÍA SER «CARA»?
BUENO... SÍ, PERO ES ARGOT.
¡AH! «ARGOT» ES COMO UN APODO, ¿NO? ¡BUSQUEMOS APODO A MI MAMÁ!
ARTUR, TRATA DE CENTRARTE.
¿QUÉ TAL «MARMITA»?
Peirce

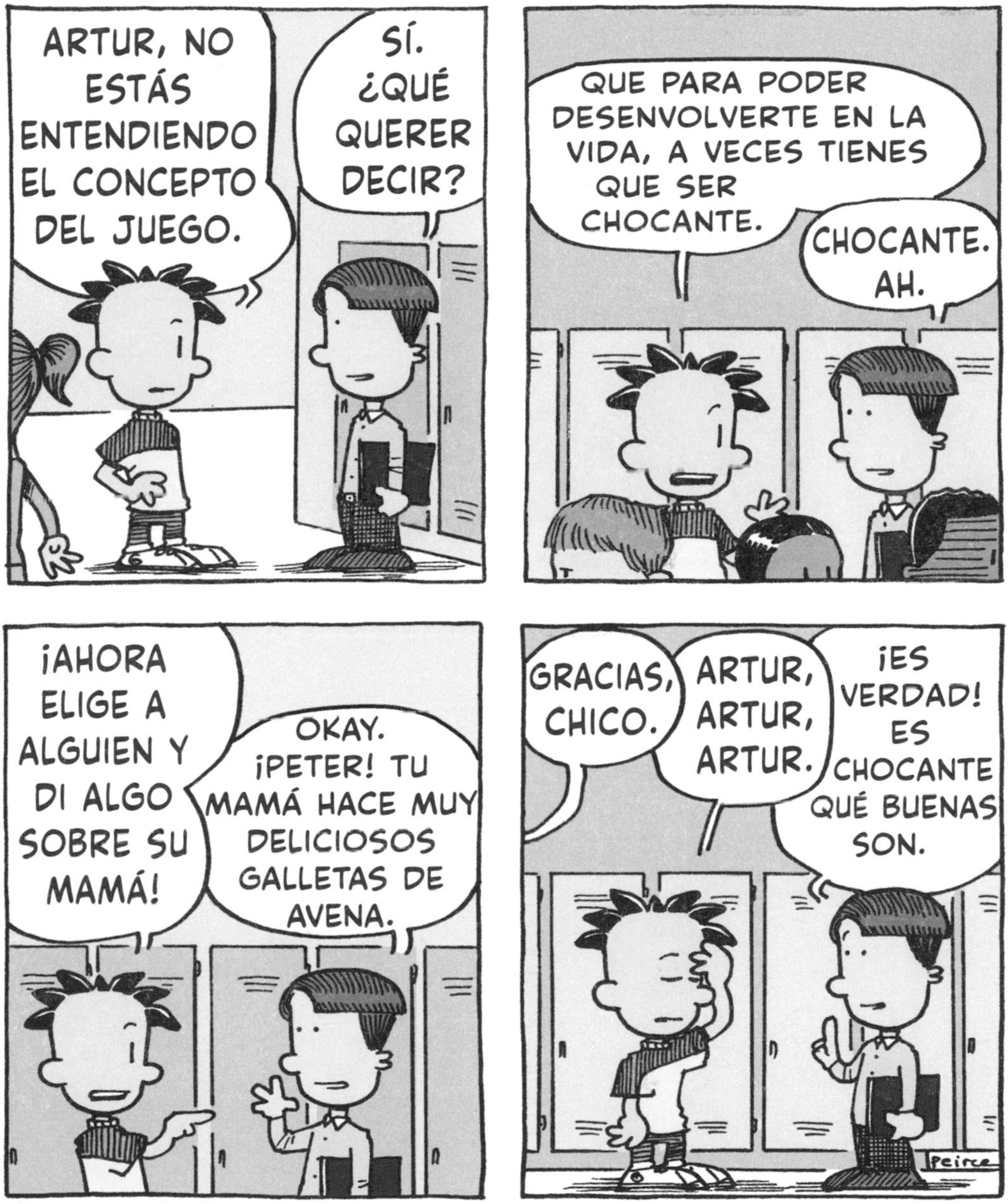
ARTUR, NO ESTÁS ENTENDIENDO EL CONCEPTO DEL JUEGO.
SÍ. ¿QUÉ QUERER DECIR?
QUE PARA PODER DESENVOLVERTE EN LA VIDA, A VECES TIENES QUE SER CHOCANTE.
CHOCANTE. AH.
¡AHORA ELIGE A ALGUIEN Y DI ALGO SOBRE SU MAMÁ!
OKAY. ¡PETER! TU MAMÁ HACE MUY DELICIOSOS GALLETAS DE AVENA.
GRACIAS, CHICO.
ARTUR, ARTUR, ARTUR.
¡ES VERDAD! ES CHOCANTE QUÉ BUENAS SON.
Peirce

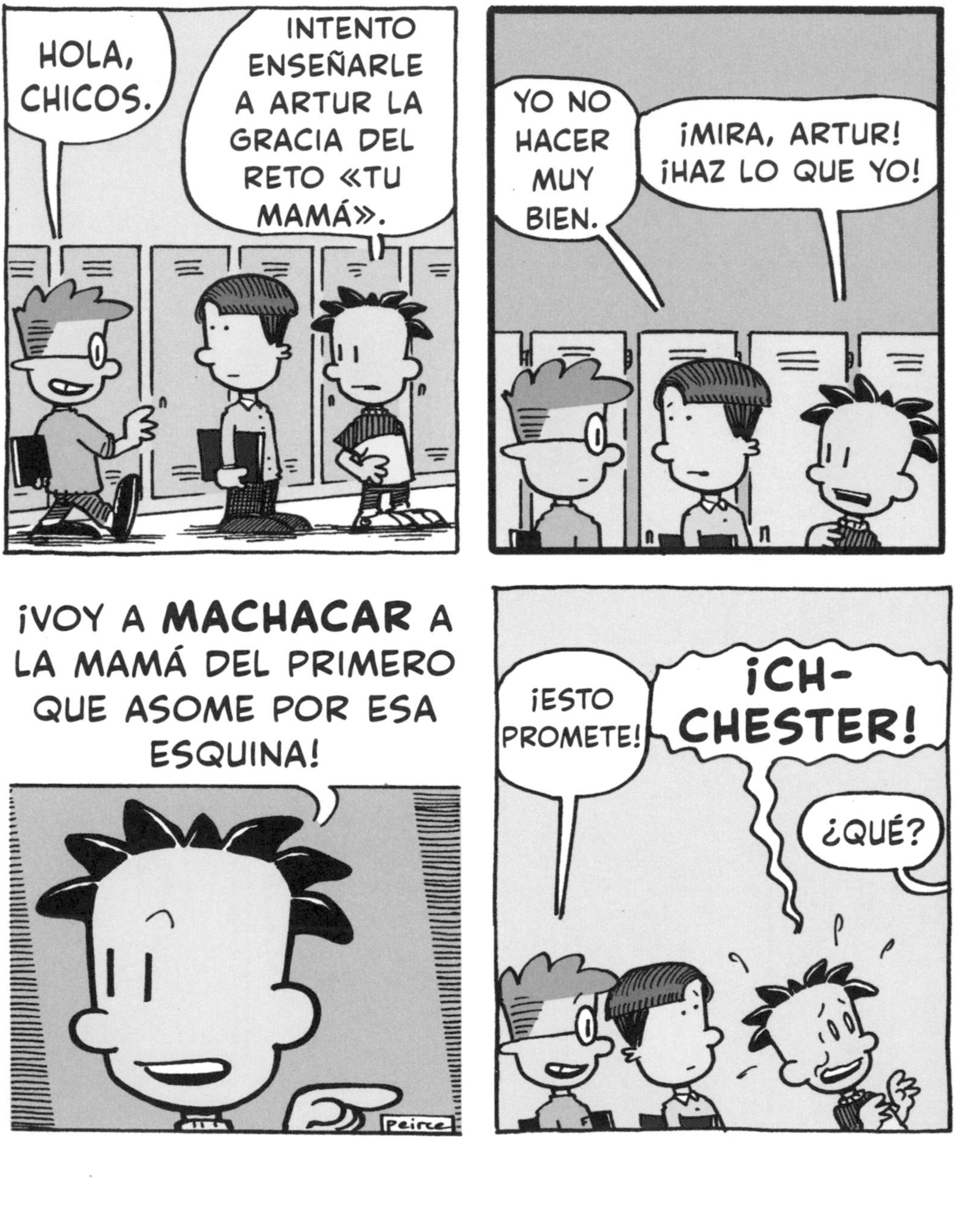
HOLA, CHICOS.
INTENTO ENSEÑARLE A ARTUR LA GRACIA DEL RETO «TU MAMÁ».
YO NO HACER MUY BIEN.
¡MIRA, ARTUR! ¡HAZ LO QUE YO!
¡VOY A **MACHACAR** A LA MAMÁ DEL PRIMERO QUE ASOME POR ESA ESQUINA!
Peirce
¡ESTO PROMETE!
¡CH-CHESTER!
¿QUÉ?

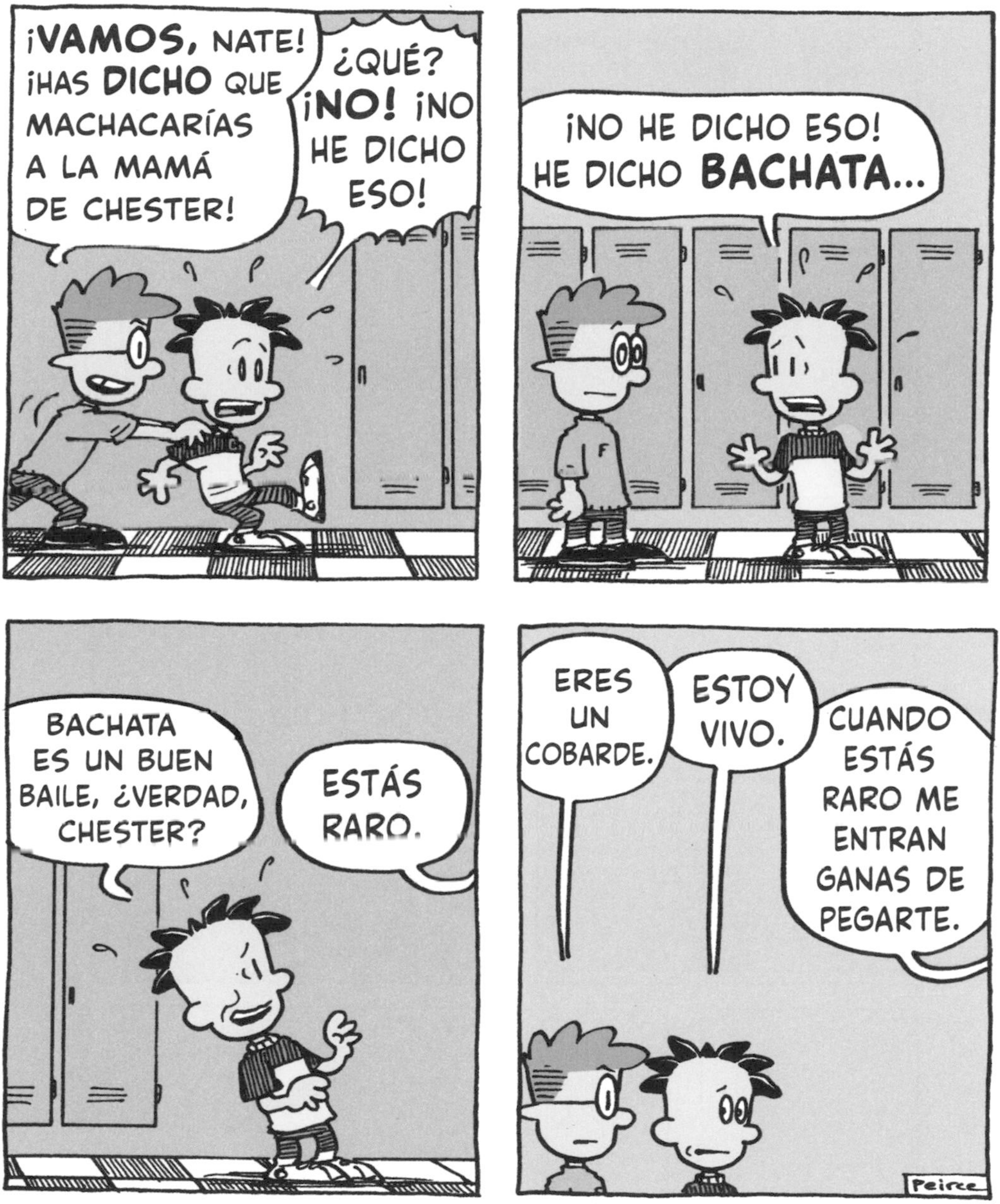
¡VAMOS, NATE! ¡HAS DICHO QUE MACHACARÍAS A LA MAMÁ DE CHESTER!
¿QUÉ? ¡NO! ¡NO HE DICHO ESO!
¡NO HE DICHO ESO! HE DICHO BACHATA...
BACHATA ES UN BUEN BAILE, ¿VERDAD, CHESTER?
ESTÁS RARO.
ERES UN COBARDE.
ESTOY VIVO.
CUANDO ESTÁS RARO ME ENTRAN GANAS DE PEGARTE.
Peirce

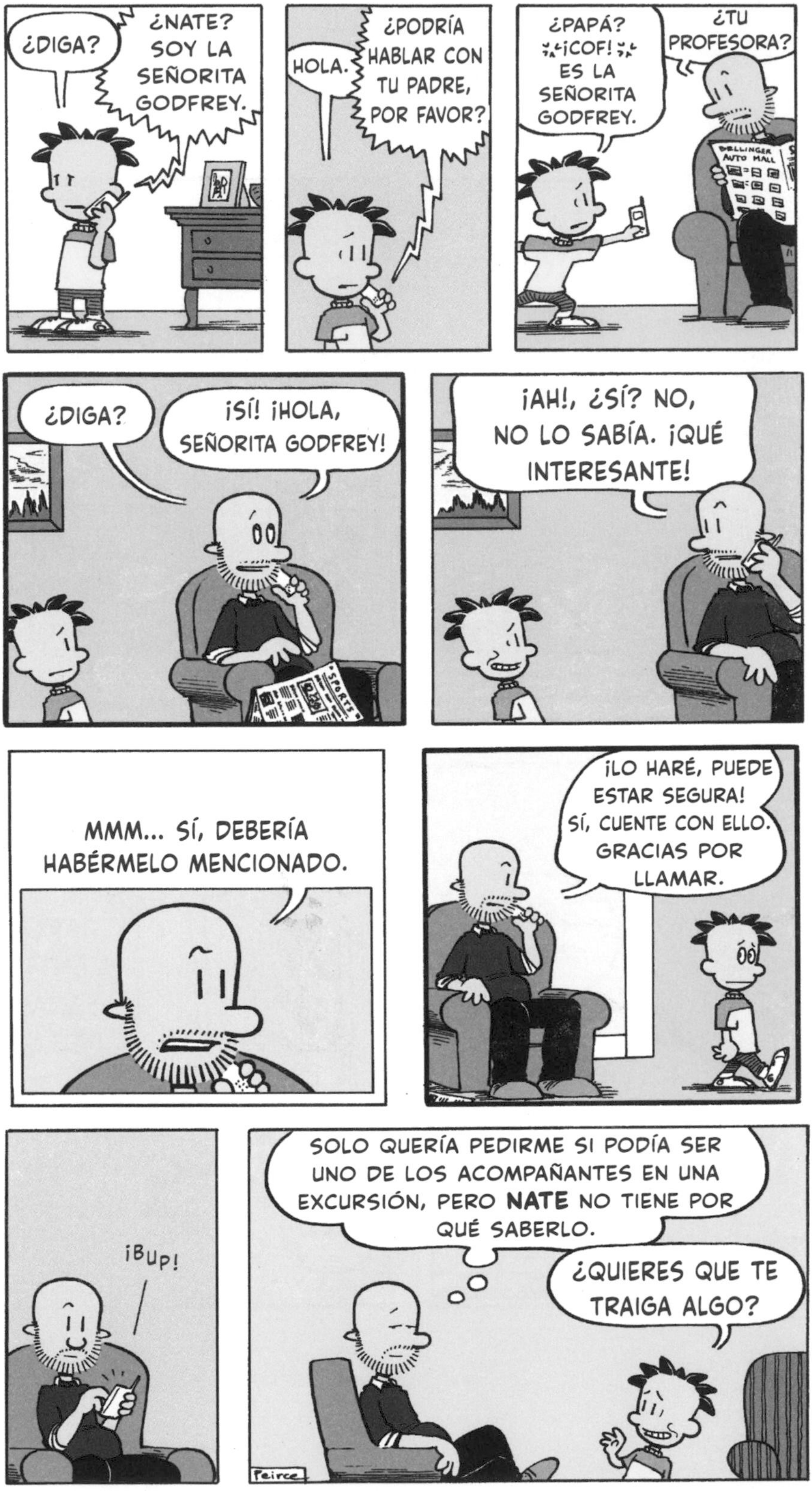
¿DIGA?
¿NATE? SOY LA SEÑORITA GODFREY.
HOLA.
¿PODRÍA HABLAR CON TU PADRE, POR FAVOR?
¿PAPÁ? ¡COF! ES LA SEÑORITA GODFREY.
¿TU PROFESORA?
BELLINGER AUTO MALL
¿DIGA?
¡SÍ! ¡HOLA, SEÑORITA GODFREY!
SPORTS
¡AH!, ¿SÍ? NO, NO LO SABÍA. ¡QUÉ INTERESANTE!
MMM... SÍ, DEBERÍA HABÉRMELO MENCIONADO.
¡LO HARÉ, PUEDE ESTAR SEGURA! SÍ, CUENTE CON ELLO. GRACIAS POR LLAMAR.
¡BUP!
SOLO QUERÍA PEDIRME SI PODÍA SER UNO DE LOS ACOMPAÑANTES EN UNA EXCURSIÓN, PERO NATE NO TIENE POR QUÉ SABERLO.
¿QUIERES QUE TE TRAIGA ALGO?
Peirce

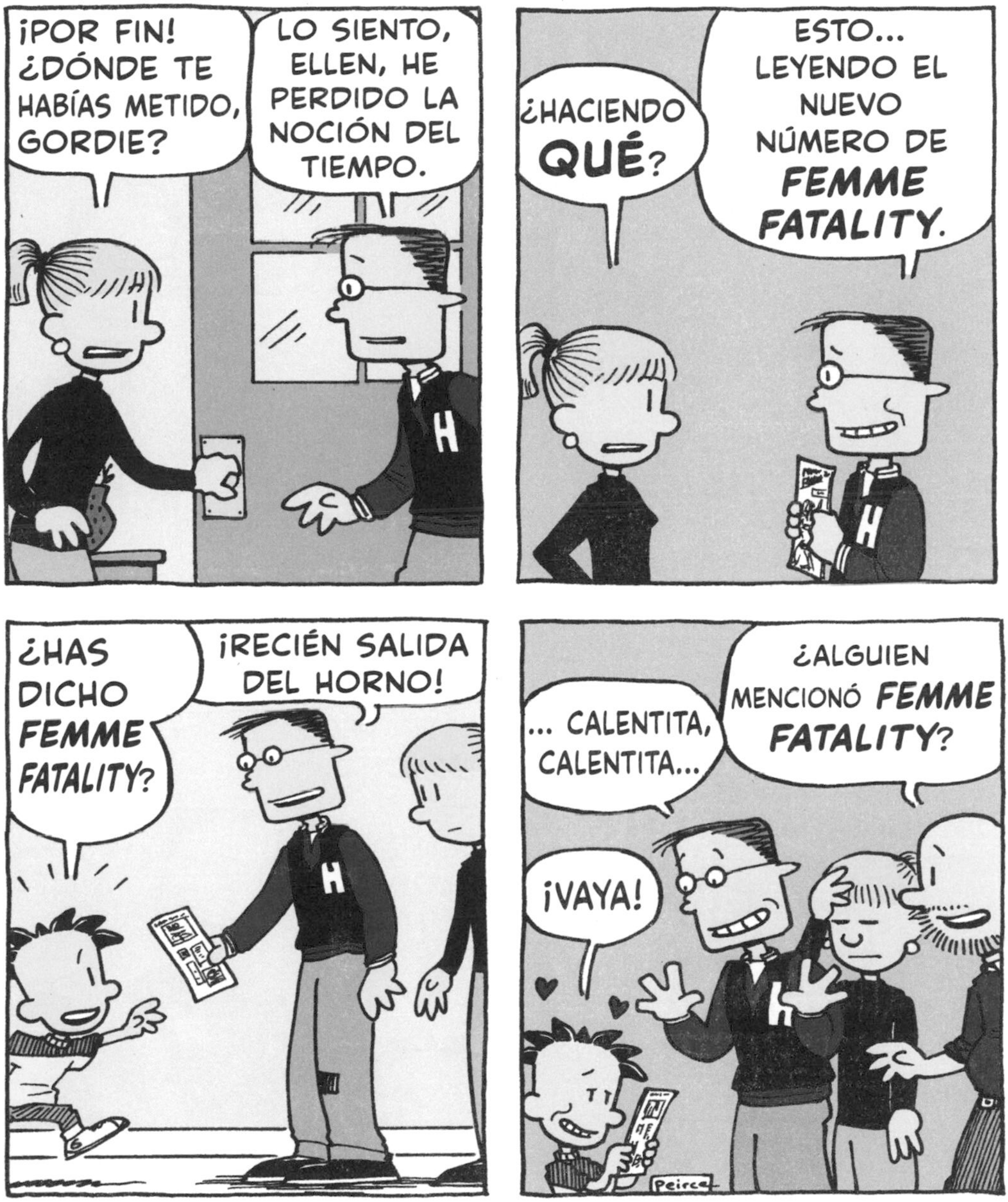
¡POR FIN! ¿DÓNDE TE HABÍAS METIDO, GORDIE?
LO SIENTO, ELLEN, HE PERDIDO LA NOCIÓN DEL TIEMPO.
¿HACIENDO QUÉ?
ESTO... LEYENDO EL NUEVO NÚMERO DE FEMME FATALITY.
¿HAS DICHO FEMME FATALITY?
¡RECIÉN SALIDA DEL HORNO!
... CALENTITA, CALENTITA...
¿ALGUIEN MENCIONÓ FEMME FATALITY?
¡VAYA!
Peirce

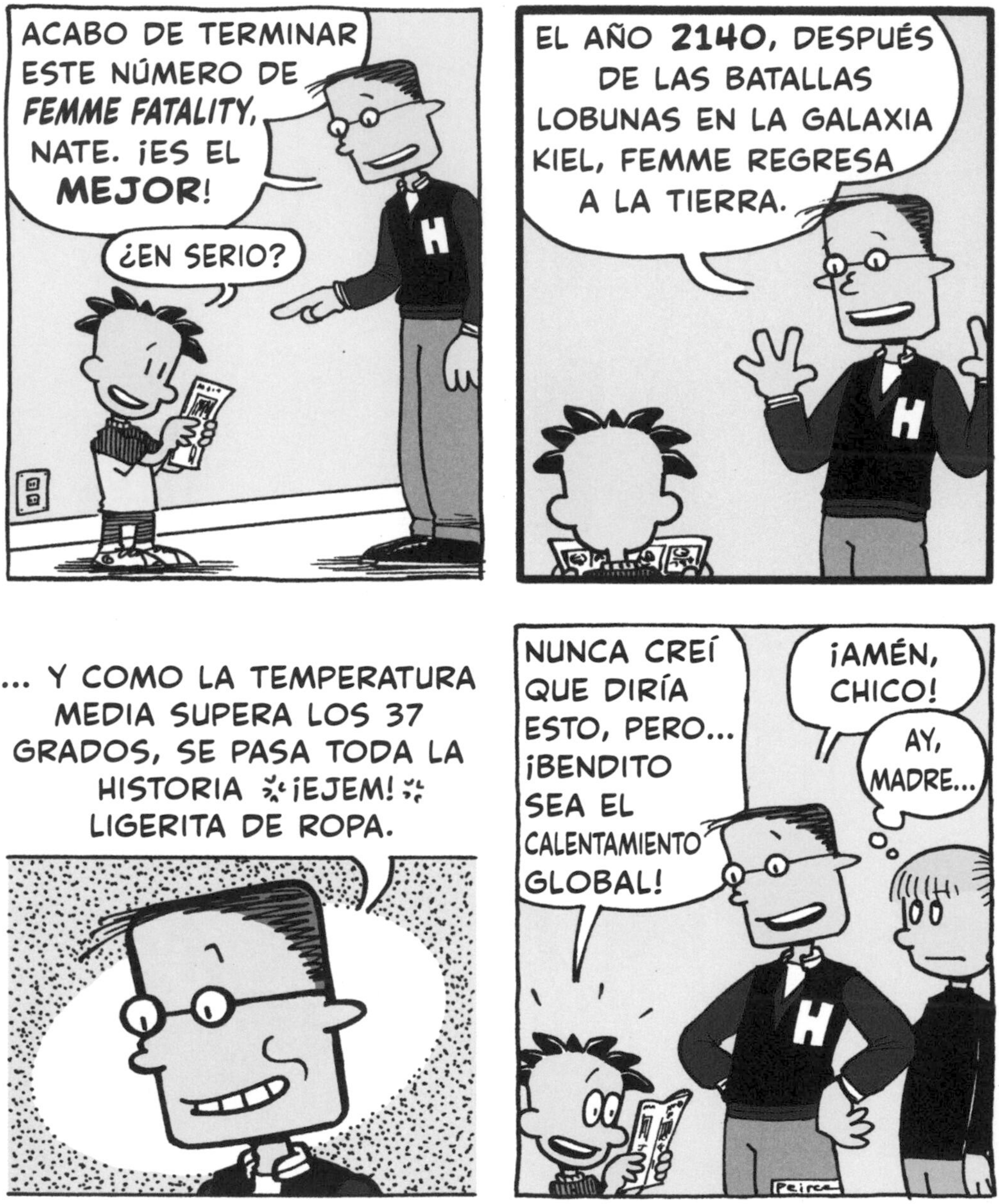
ACABO DE TERMINAR ESTE NÚMERO DE FEMME FATALITY, NATE. ¡ES EL MEJOR!
¿EN SERIO?
EL AÑO 2140, DESPUÉS DE LAS BATALLAS LOBUNAS EN LA GALAXIA KIEL, FEMME REGRESA A LA TIERRA.
... Y COMO LA TEMPERATURA MEDIA SUPERA LOS 37 GRADOS, SE PASA TODA LA HISTORIA ¡EJEM! LIGERITA DE ROPA.
NUNCA CREÍ QUE DIRÍA ESTO, PERO... ¡BENDITO SEA EL CALENTAMIENTO GLOBAL!
¡AMÉN, CHICO!
AY, MADRE...
Peirce

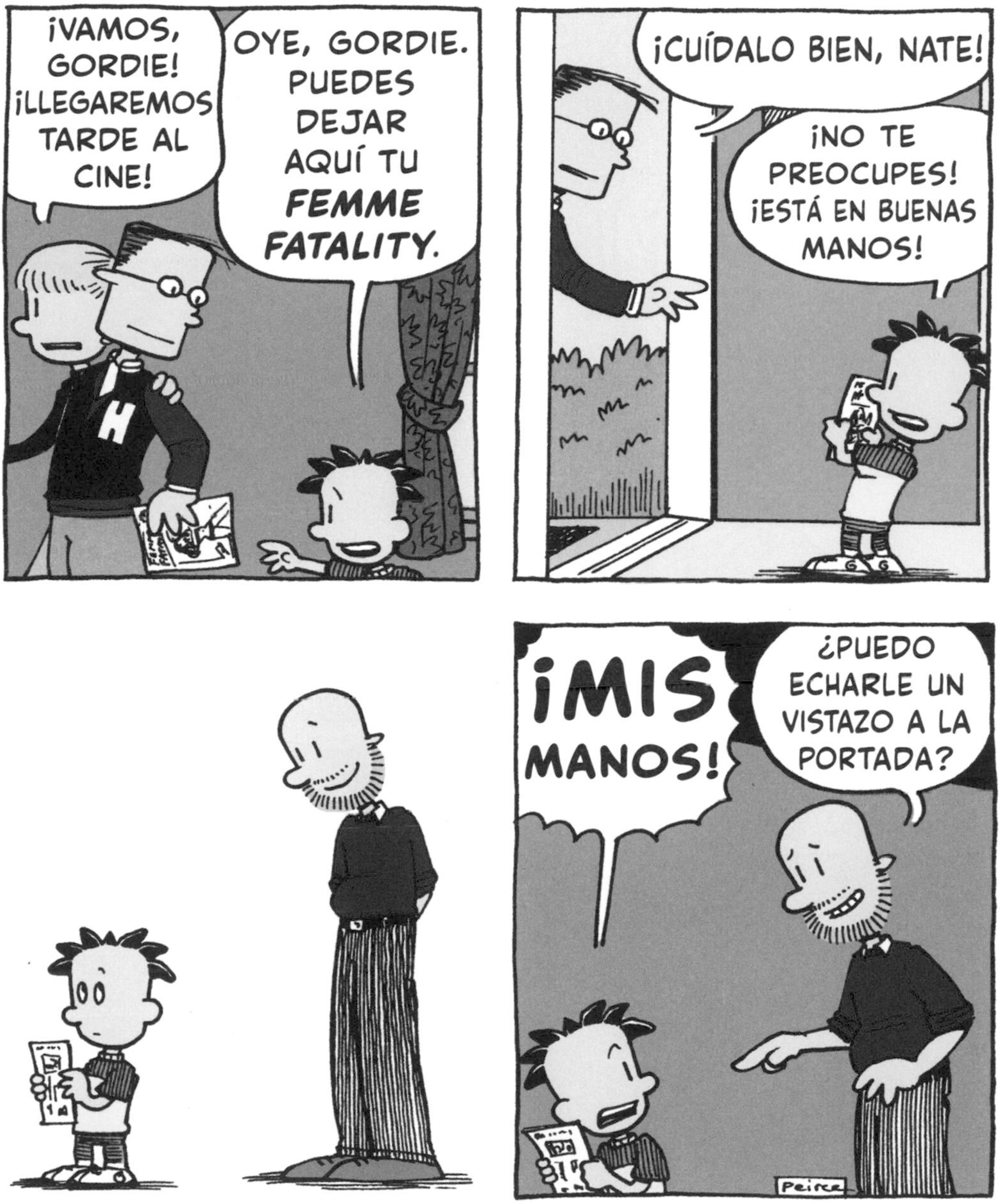
¡VAMOS, GORDIE! ¡LLEGAREMOS TARDE AL CINE!
OYE, GORDIE. PUEDES DEJAR AQUÍ TU *FEMME FATALITY*.
¡CUÍDALO BIEN, NATE!
¡NO TE PREOCUPES! ¡ESTÁ EN BUENAS MANOS!
¡MIS MANOS!
¿PUEDO ECHARLE UN VISTAZO A LA PORTADA?
Peirce

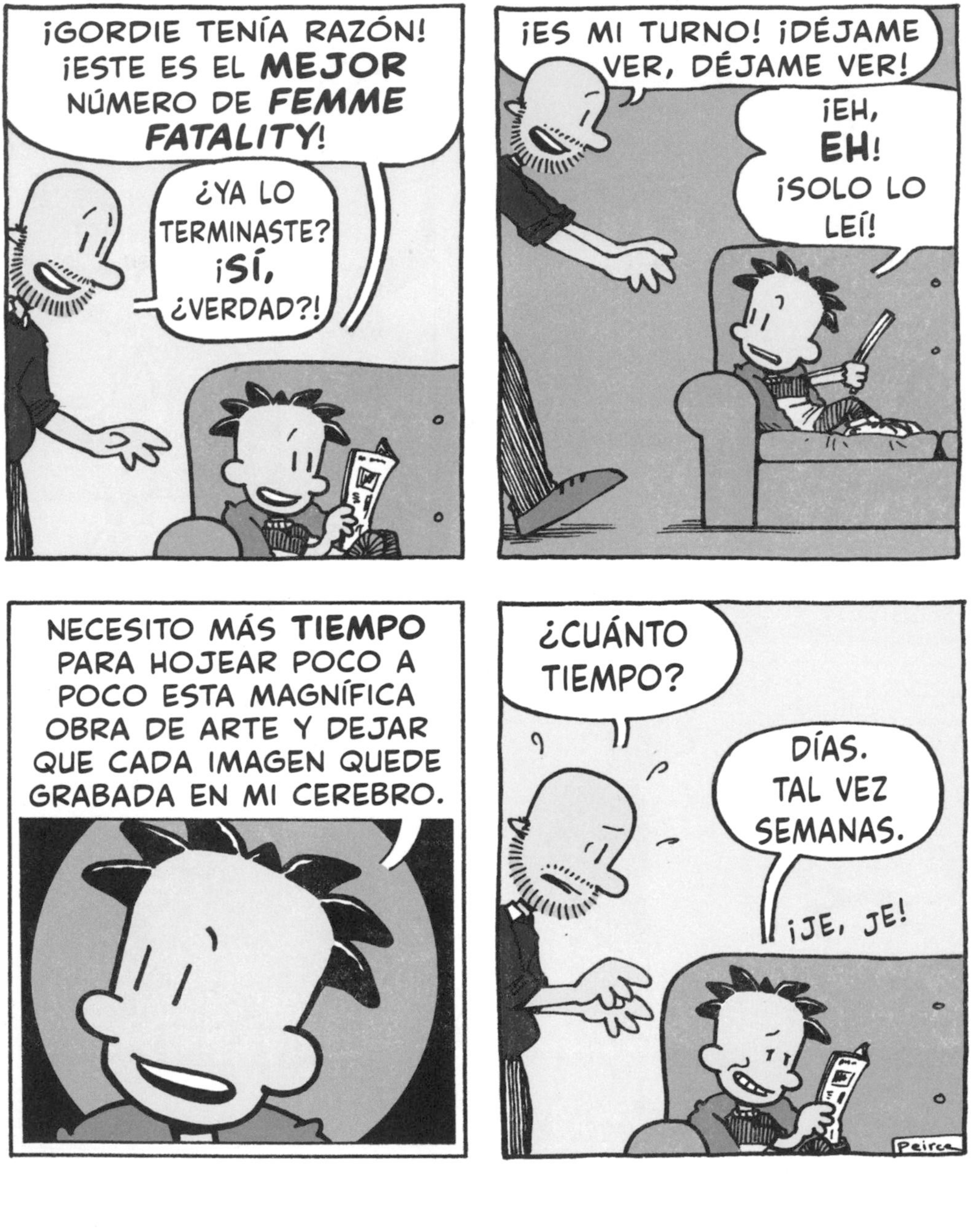
¡GORDIE TENÍA RAZÓN! ¡ESTE ES EL **MEJOR** NÚMERO DE ***FEMME FATALITY***!
¿YA LO TERMINASTE? ¡**SÍ**, ¿VERDAD?!
¡ES MI TURNO! ¡DÉJAME VER, DÉJAME VER!
¡EH, **EH**! ¡SOLO LO LEÍ!
NECESITO MÁS **TIEMPO** PARA HOJEAR POCO A POCO ESTA MAGNÍFICA OBRA DE ARTE Y DEJAR QUE CADA IMAGEN QUEDE GRABADA EN MI CEREBRO.
¿CUÁNTO TIEMPO?
DÍAS. TAL VEZ SEMANAS.
¡JE, JE!
Peirce

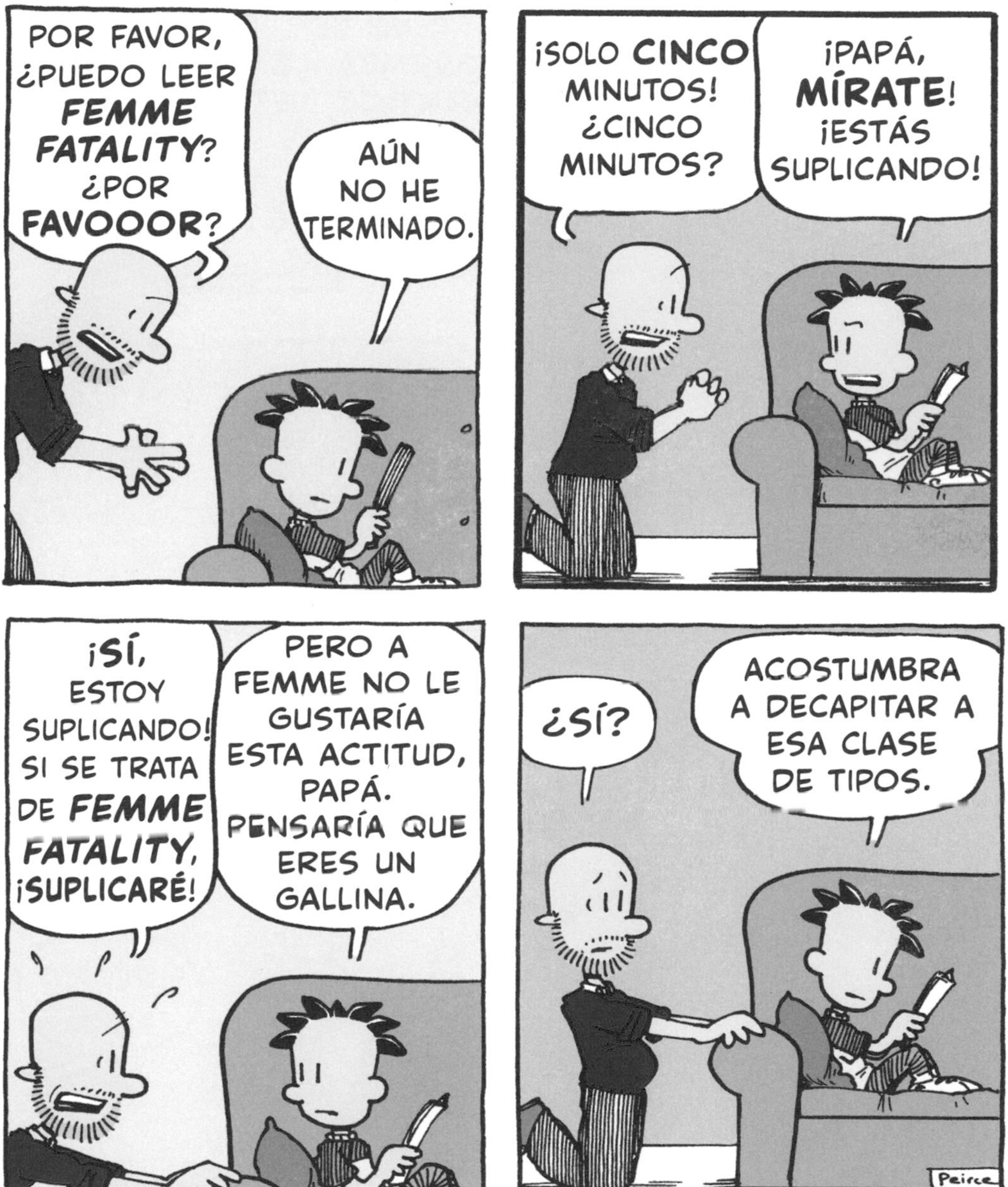
POR FAVOR, ¿PUEDO LEER FEMME FATALITY? ¿POR FAVOOOR?
AÚN NO HE TERMINADO.
¡SOLO CINCO MINUTOS! ¿CINCO MINUTOS?
¡PAPÁ, MÍRATE! ¡ESTÁS SUPLICANDO!
¡SÍ, ESTOY SUPLICANDO! SI SE TRATA DE FEMME FATALITY, ¡SUPLICARÉ!
PERO A FEMME NO LE GUSTARÍA ESTA ACTITUD, PAPÁ. PENSARÍA QUE ERES UN GALLINA.
¿SÍ?
ACOSTUMBRA A DECAPITAR A ESA CLASE DE TIPOS.
Peirce

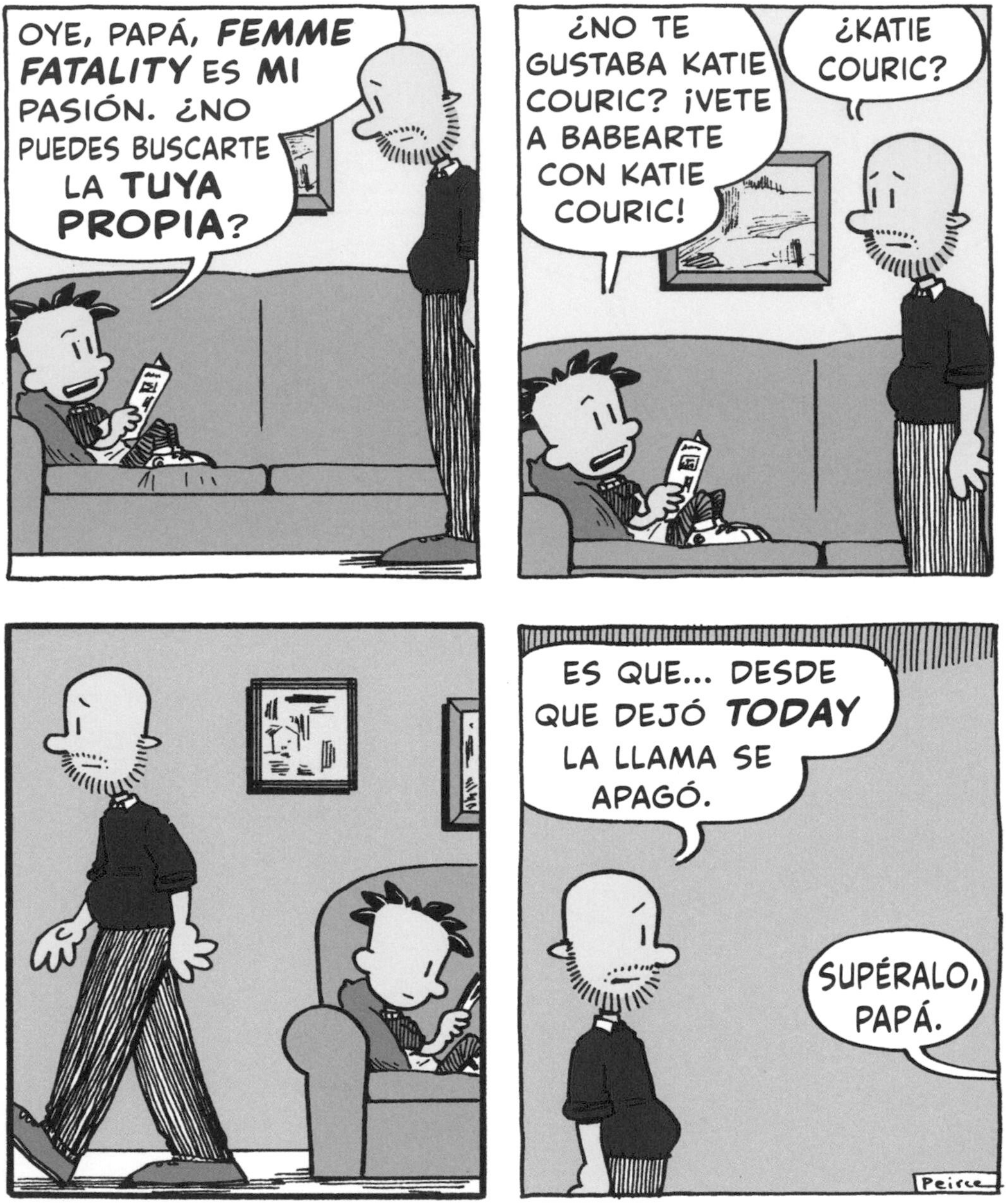
OYE, PAPÁ, FEMME FATALITY ES MI PASIÓN. ¿NO PUEDES BUSCARTE LA TUYA PROPIA?
¿NO TE GUSTABA KATIE COURIC? ¡VETE A BABEARTE CON KATIE COURIC!
¿KATIE COURIC?
ES QUE... DESDE QUE DEJÓ TODAY LA LLAMA SE APAGÓ.
SUPÉRALO, PAPÁ.
Peirce

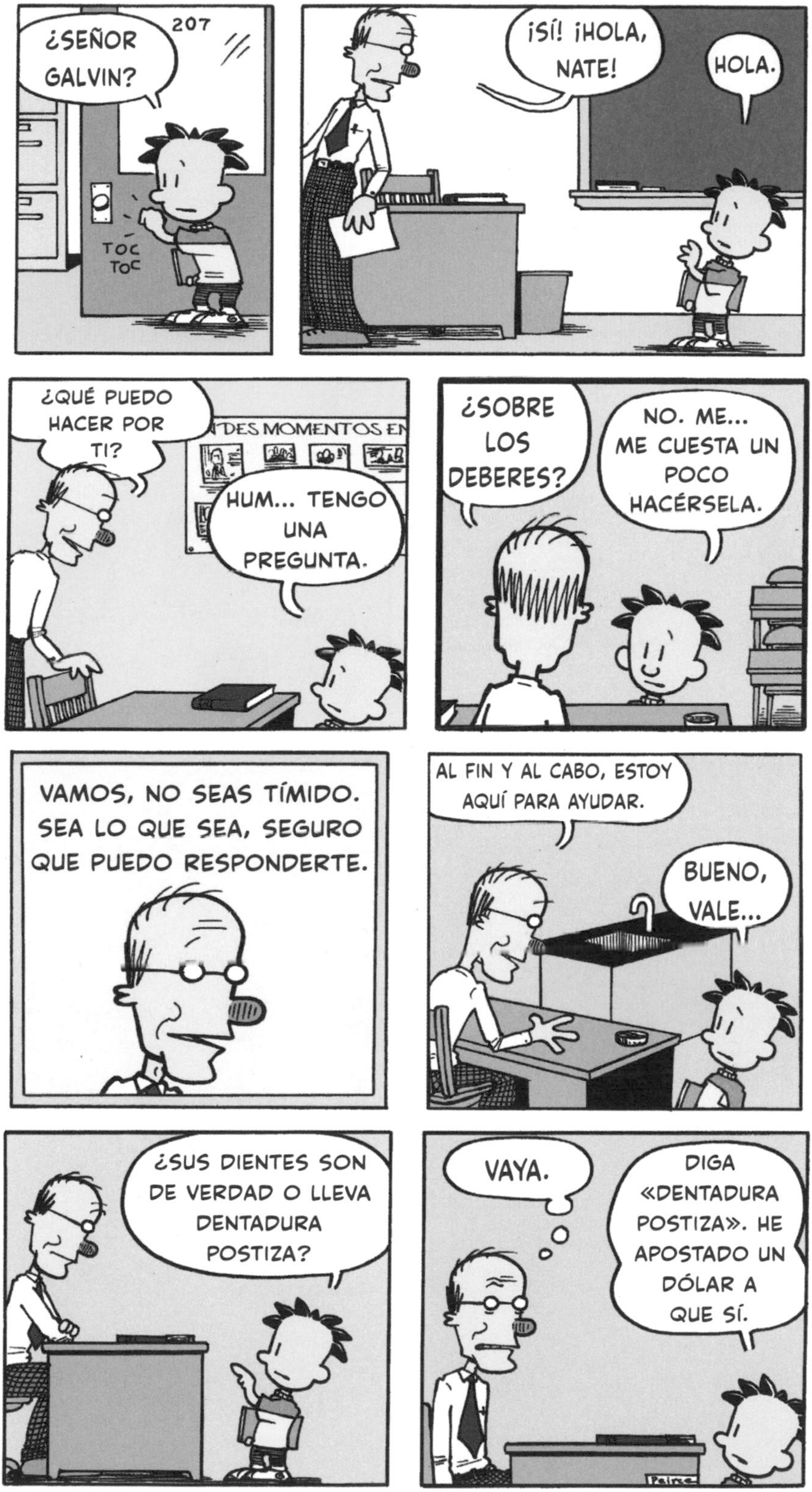

¿SEÑOR GALVIN?
207
TOC TOC
¡SÍ! ¡HOLA, NATE!
HOLA.
¿QUÉ PUEDO HACER POR TI?
DES MOMENTOS EN
HUM... TENGO UNA PREGUNTA.
¿SOBRE LOS DEBERES?
NO. ME... ME CUESTA UN POCO HACÉRSELA.
VAMOS, NO SEAS TÍMIDO. SEA LO QUE SEA, SEGURO QUE PUEDO RESPONDERTE.
AL FIN Y AL CABO, ESTOY AQUÍ PARA AYUDAR.
BUENO, VALE...
¿SUS DIENTES SON DE VERDAD O LLEVA DENTADURA POSTIZA?
VAYA.
DIGA «DENTADURA POSTIZA». HE APOSTADO UN DÓLAR A QUE SÍ.
Peirce

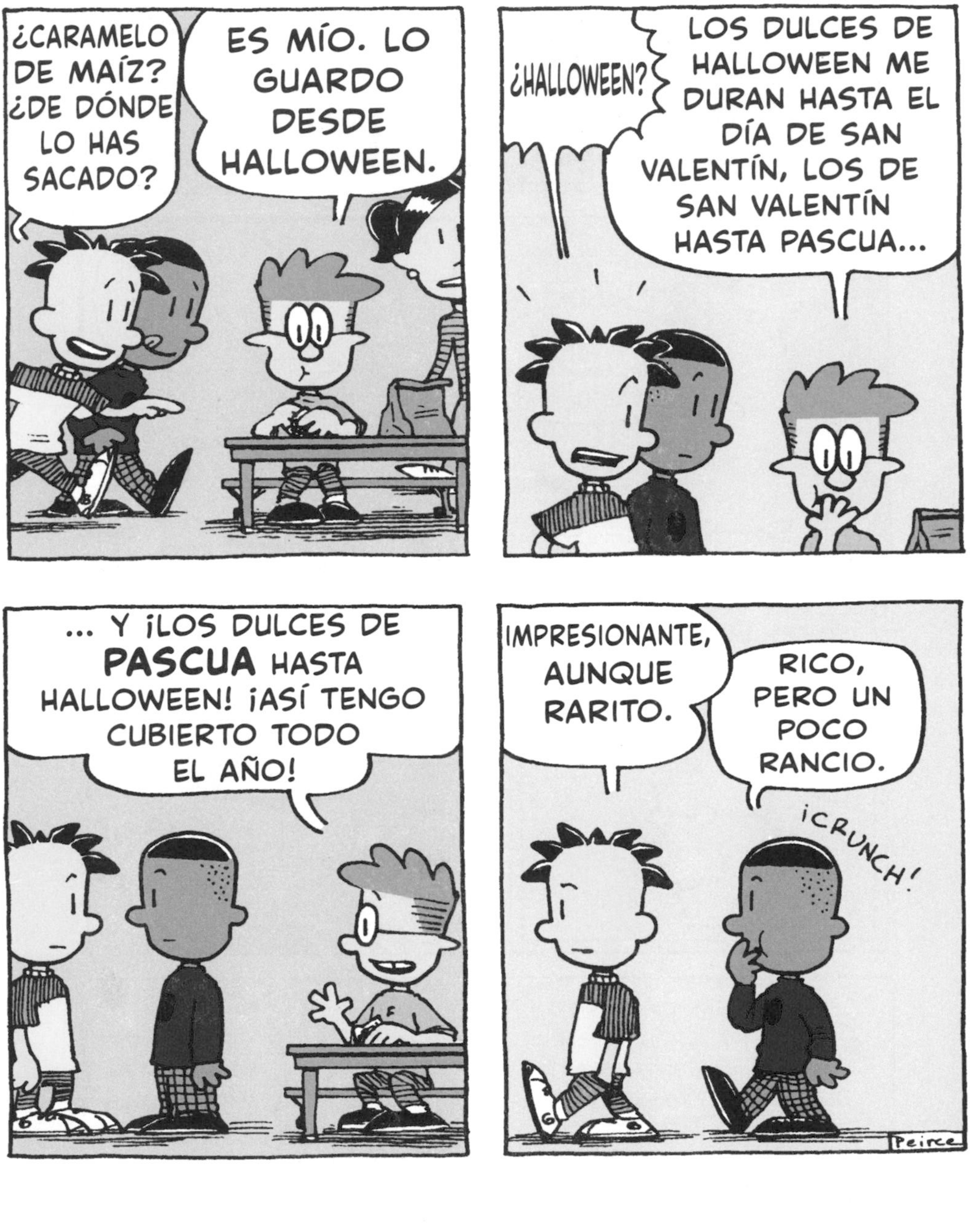
¿CARAMELO DE MAÍZ? ¿DE DÓNDE LO HAS SACADO?
ES MÍO. LO GUARDO DESDE HALLOWEEN.
¿HALLOWEEN?
LOS DULCES DE HALLOWEEN ME DURAN HASTA EL DÍA DE SAN VALENTÍN, LOS DE SAN VALENTÍN HASTA PASCUA...
... Y ¡LOS DULCES DE PASCUA HASTA HALLOWEEN! ¡ASÍ TENGO CUBIERTO TODO EL AÑO!
IMPRESIONANTE, AUNQUE RARITO.
RICO, PERO UN POCO RANCIO.
¡CRUNCH!
Peirce

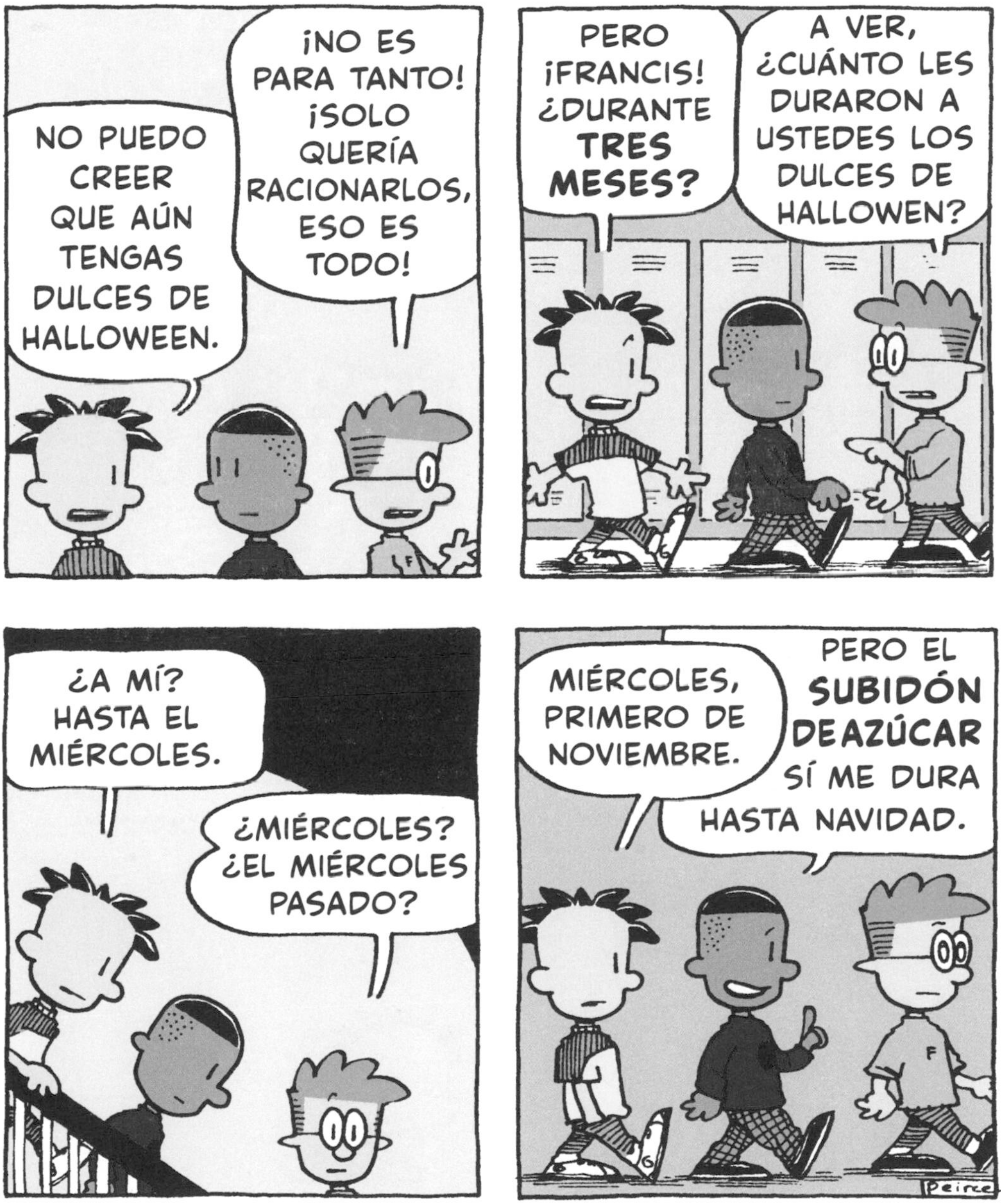
NO PUEDO CREER QUE AÚN TENGAS DULCES DE HALLOWEEN.
¡NO ES PARA TANTO! ¡SOLO QUERÍA RACIONARLOS, ESO ES TODO!
PERO ¡FRANCIS! ¿DURANTE **TRES MESES?**
A VER, ¿CUÁNTO LES DURARON A USTEDES LOS DULCES DE HALLOWEN?
¿A MÍ? HASTA EL MIÉRCOLES.
¿MIÉRCOLES? ¿EL MIÉRCOLES PASADO?
MIÉRCOLES, PRIMERO DE NOVIEMBRE.
PERO EL **SUBIDÓN DEAZÚCAR** SÍ ME DURA HASTA NAVIDAD.
Peirce

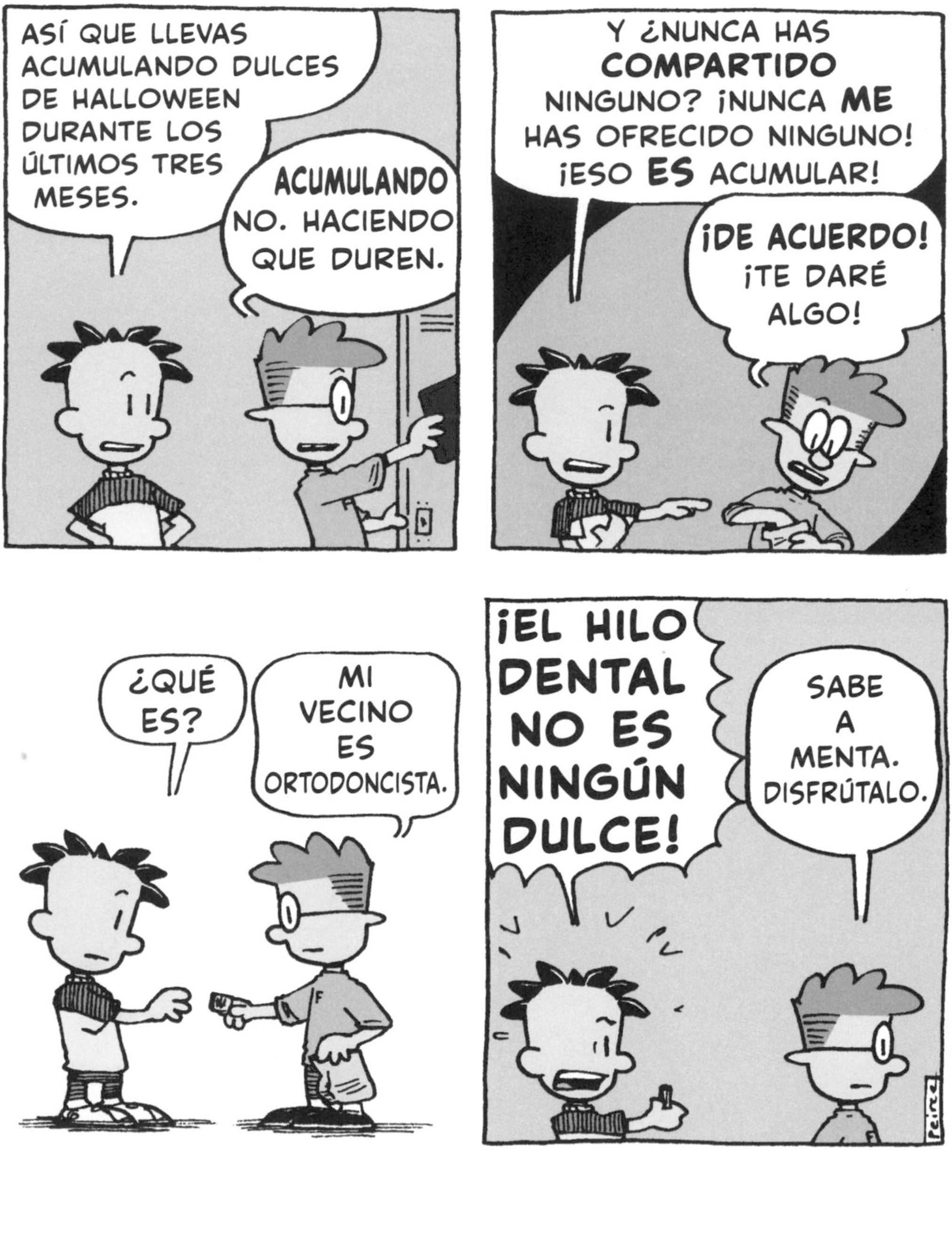
ASÍ QUE LLEVAS ACUMULANDO DULCES DE HALLOWEEN DURANTE LOS ÚLTIMOS TRES MESES.
ACUMULANDO NO. HACIENDO QUE DUREN.
Y ¿NUNCA HAS COMPARTIDO NINGUNO? ¡NUNCA ME HAS OFRECIDO NINGUNO! ¡ESO ES ACUMULAR!
¡DE ACUERDO! ¡TE DARÉ ALGO!
¿QUÉ ES?
MI VECINO ES ORTODONCISTA.
¡EL HILO DENTAL NO ES NINGÚN DULCE!
SABE A MENTA. DISFRÚTALO.

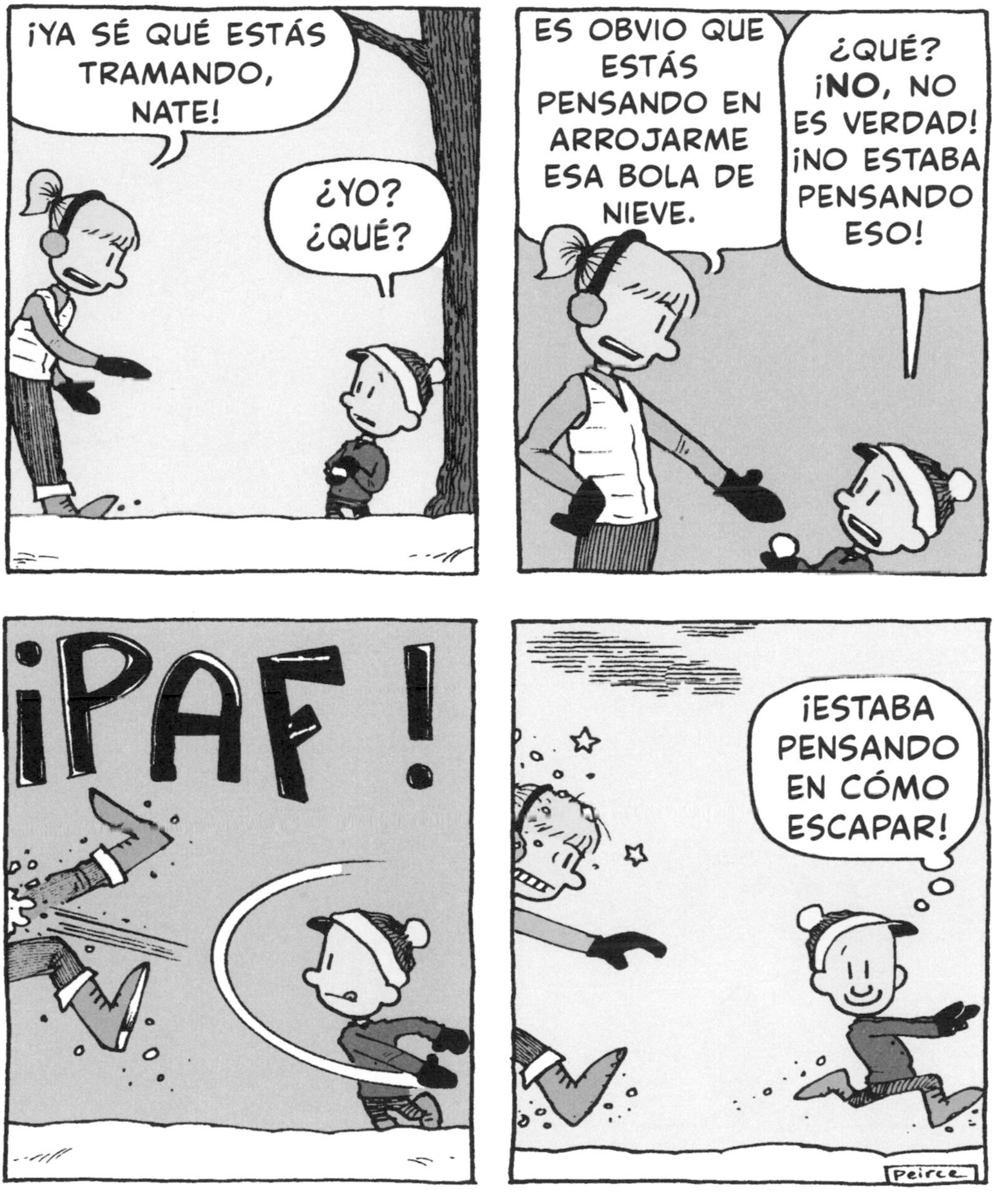
¡YA SÉ QUÉ ESTÁS TRAMANDO, NATE!
¿YO? ¿QUÉ?
ES OBVIO QUE ESTÁS PENSANDO EN ARROJARME ESA BOLA DE NIEVE.
¿QUÉ? ¡NO, NO ES VERDAD! ¡NO ESTABA PENSANDO ESO!
¡PAF!
¡ESTABA PENSANDO EN CÓMO ESCAPAR!
Peirce

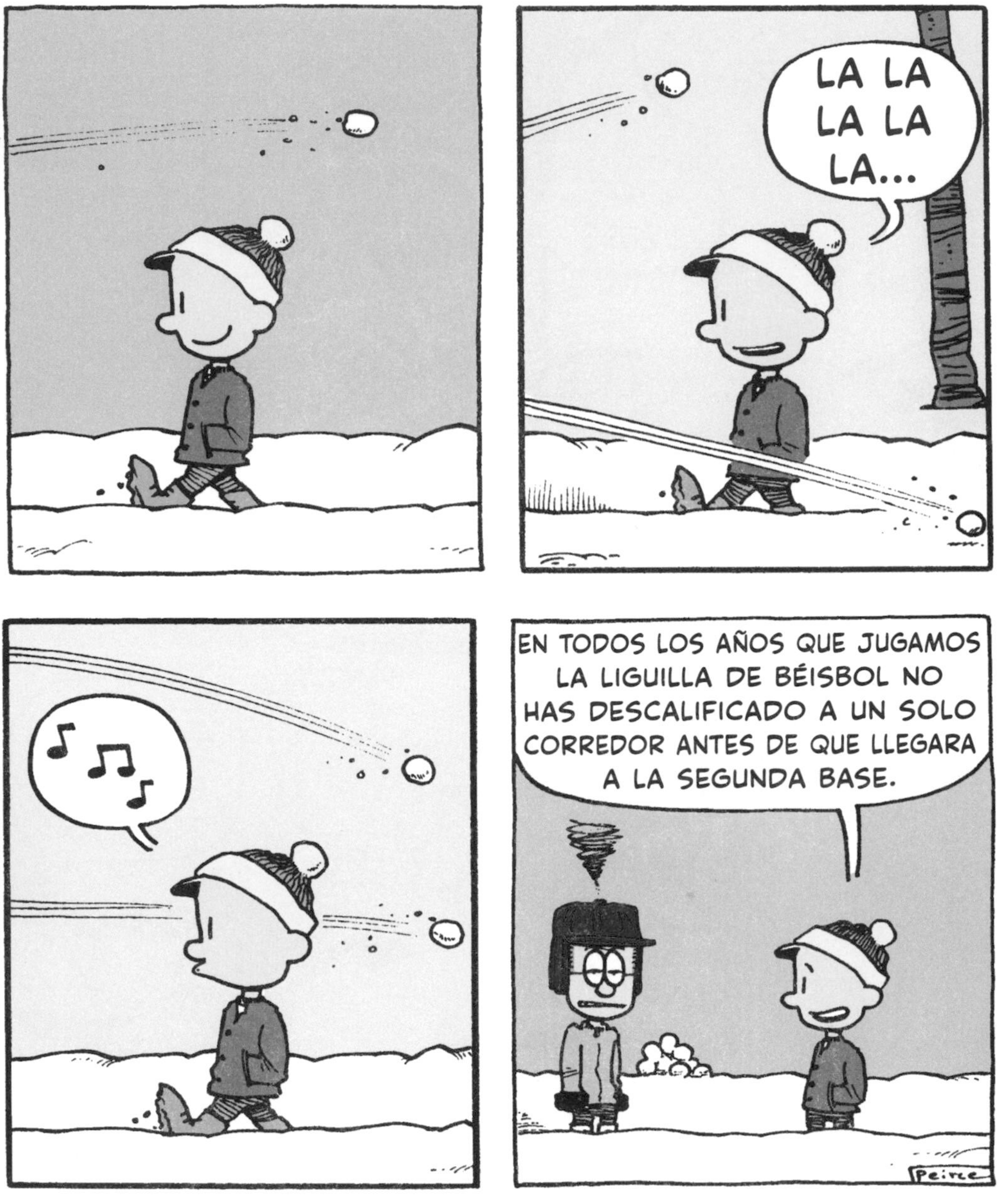
LA LA
LA LA
LA...
EN TODOS LOS AÑOS QUE JUGAMOS LA LIGUILLA DE BÉISBOL NO HAS DESCALIFICADO A UN SOLO CORREDOR ANTES DE QUE LLEGARA A LA SEGUNDA BASE.
Peirce

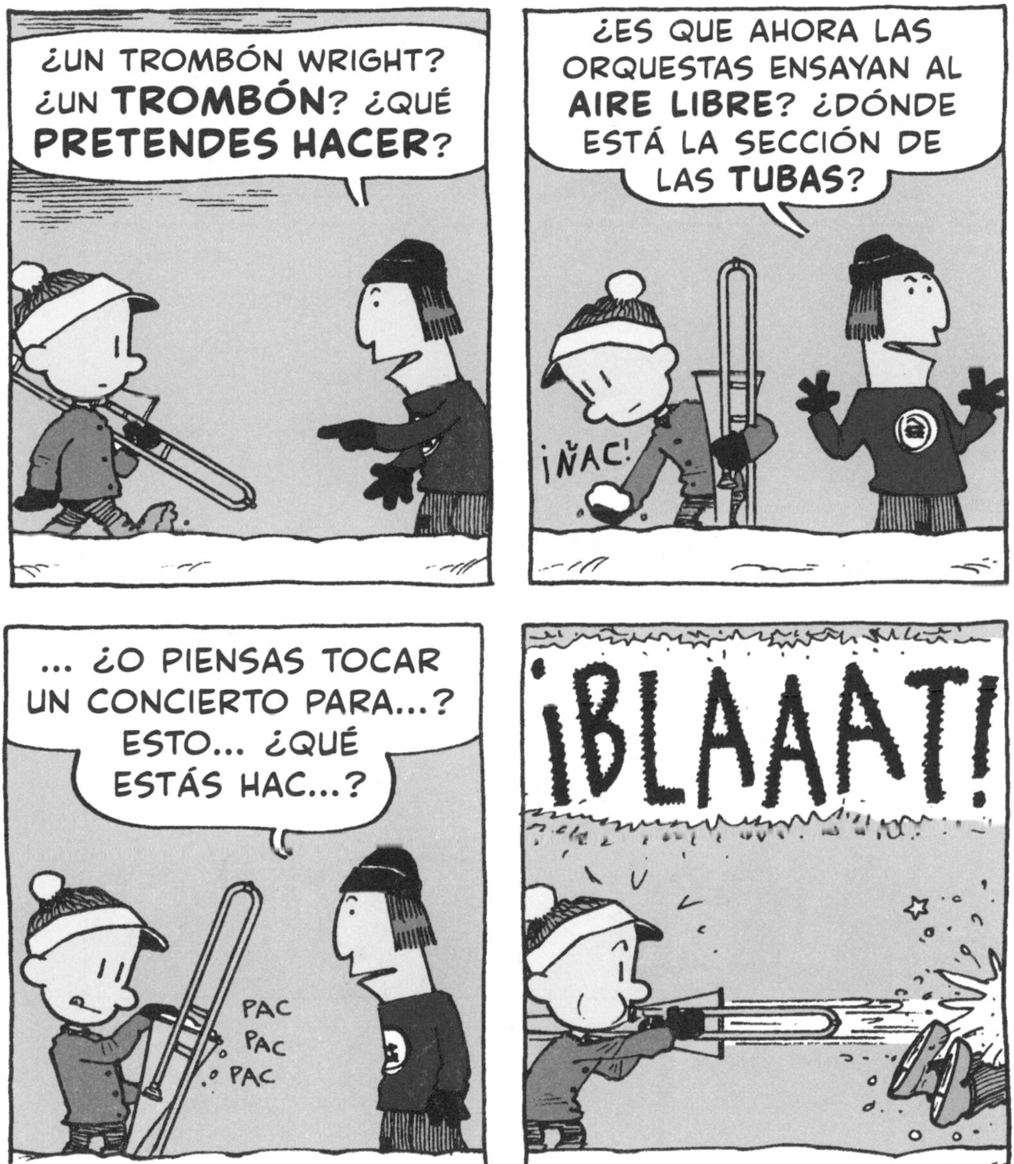
¿UN TROMBÓN WRIGHT? ¿UN TROMBÓN? ¿QUÉ PRETENDES HACER?
¿ES QUE AHORA LAS ORQUESTAS ENSAYAN AL AIRE LIBRE? ¿DÓNDE ESTÁ LA SECCIÓN DE LAS TUBAS?
¡ÑAC!
... ¿O PIENSAS TOCAR UN CONCIERTO PARA...? ESTO... ¿QUÉ ESTÁS HAC...?
PAC
PAC
PAC
¡BLAAAT!
Peirce

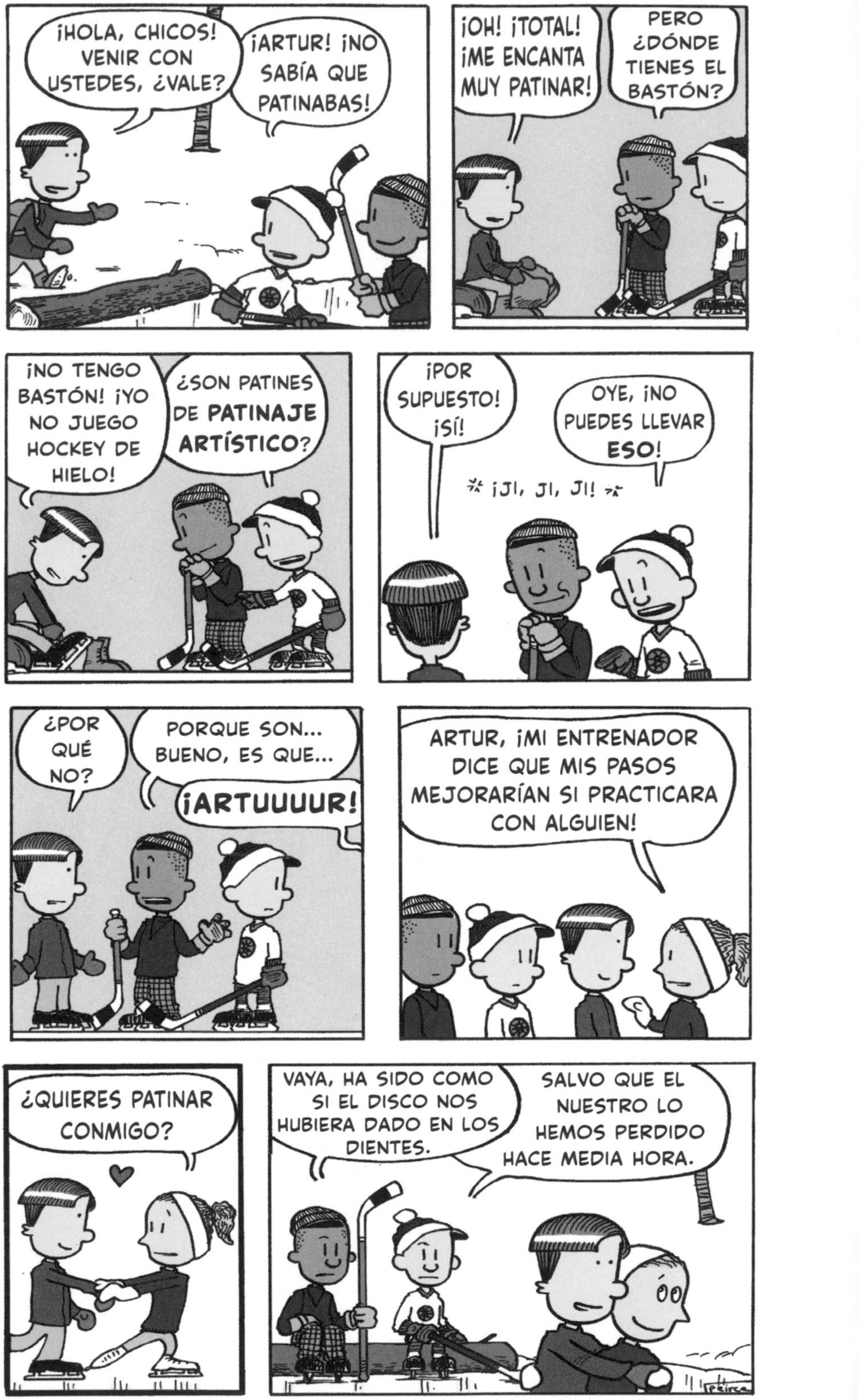
¡HOLA, CHICOS! VENIR CON USTEDES, ¿VALE?
¡ARTUR! ¡NO SABÍA QUE PATINABAS!
¡OH! ¡TOTAL! ¡ME ENCANTA MUY PATINAR!
PERO ¿DÓNDE TIENES EL BASTÓN?
¡NO TENGO BASTÓN! ¡YO NO JUEGO HOCKEY DE HIELO!
¿SON PATINES DE PATINAJE ARTÍSTICO?
¡POR SUPUESTO! ¡SÍ!
OYE, ¡NO PUEDES LLEVAR ESO!
¡JI, JI, JI!
¿POR QUÉ NO?
PORQUE SON... BUENO, ES QUE...
¡ARTUUUUR!
ARTUR, ¡MI ENTRENADOR DICE QUE MIS PASOS MEJORARÍAN SI PRACTICARA CON ALGUIEN!
¿QUIERES PATINAR CONMIGO?
VAYA, HA SIDO COMO SI EL DISCO NOS HUBIERA DADO EN LOS DIENTES.
SALVO QUE EL NUESTRO LO HEMOS PERDIDO HACE MEDIA HORA.
peirce

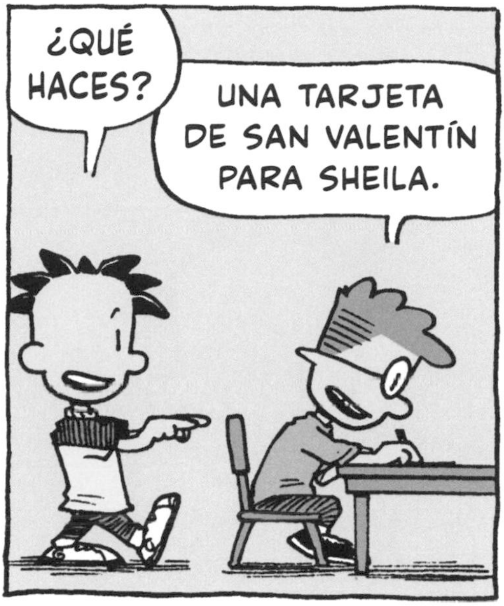
¿QUÉ HACES?
UNA TARJETA DE SAN VALENTÍN PARA SHEILA.

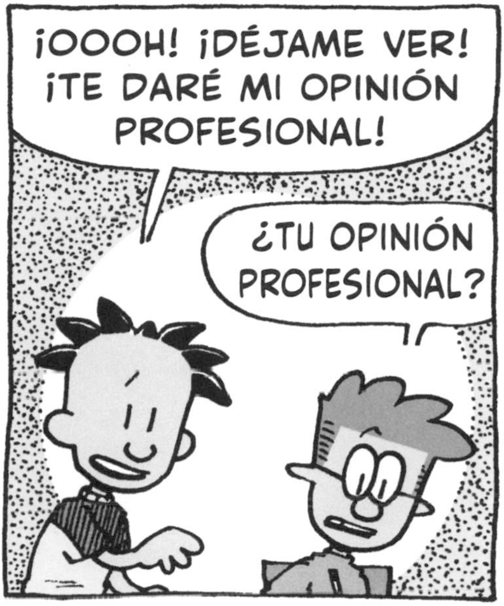
¡OOOH! ¡DÉJAME VER! ¡TE DARÉ MI OPINIÓN PROFESIONAL!
¿TU OPINIÓN PROFESIONAL?

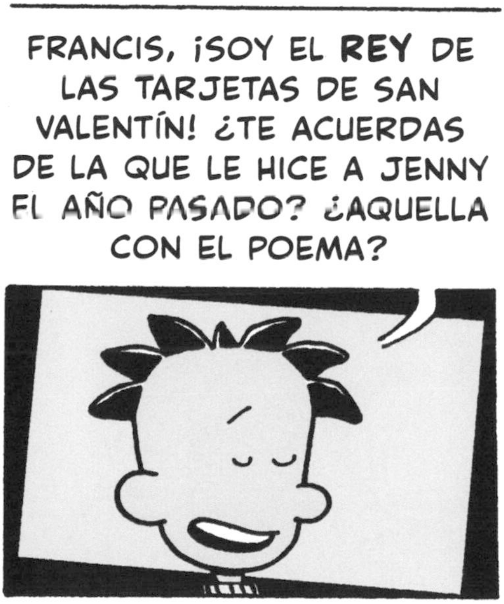
FRANCIS, ¡SOY EL **REY** DE LAS TARJETAS DE SAN VALENTÍN! ¿TE ACUERDAS DE LA QUE LE HICE A JENNY EL AÑO PASADO? ¿AQUELLA CON EL POEMA?

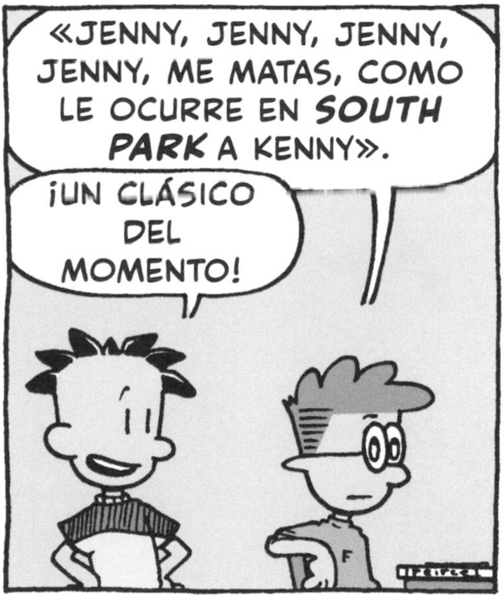
«JENNY, JENNY, JENNY, JENNY, ME MATAS, COMO LE OCURRE EN ***SOUTH PARK*** A KENNY».
¡UN CLÁSICO DEL MOMENTO!

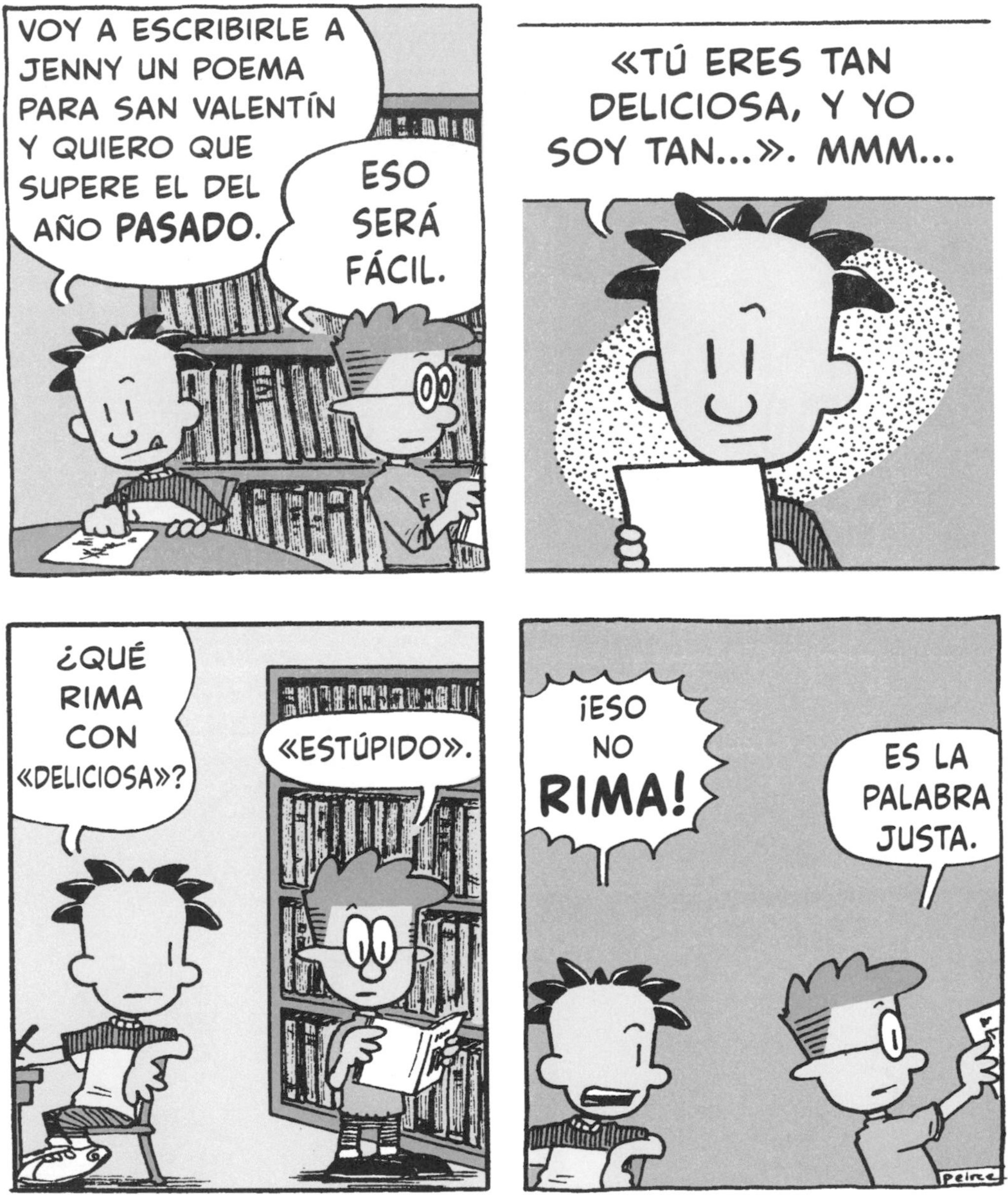

VOY A ESCRIBIRLE A JENNY UN POEMA PARA SAN VALENTÍN Y QUIERO QUE SUPERE EL DEL AÑO **PASADO**.
ESO SERÁ FÁCIL.
«TÚ ERES TAN DELICIOSA, Y YO SOY TAN...». MMM...
¿QUÉ RIMA CON «DELICIOSA»?
«ESTÚPIDO».
¡ESO NO **RIMA**!
ES LA PALABRA JUSTA.

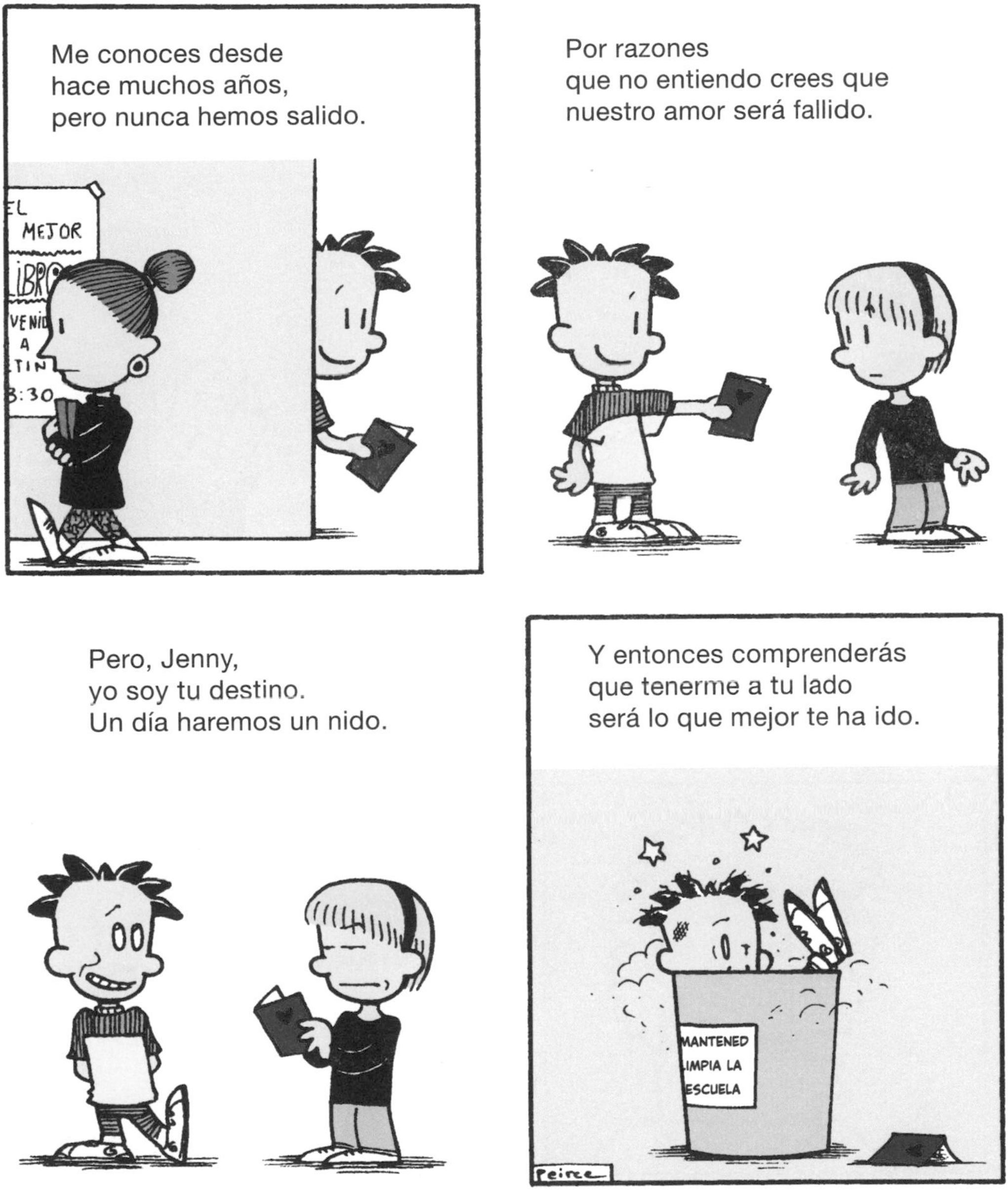
Me conoces desde
hace muchos años,
pero nunca hemos salido.
MEJOR
Por razones
que no entiendo crees que
nuestro amor será fallido.
Pero, Jenny,
yo soy tu destino.
Un día haremos un nido.
Y entonces comprenderás
que tenerme a tu lado
será lo que mejor te ha ido.
MANTENED
IMPIA LA
ESCUELA
Peirce

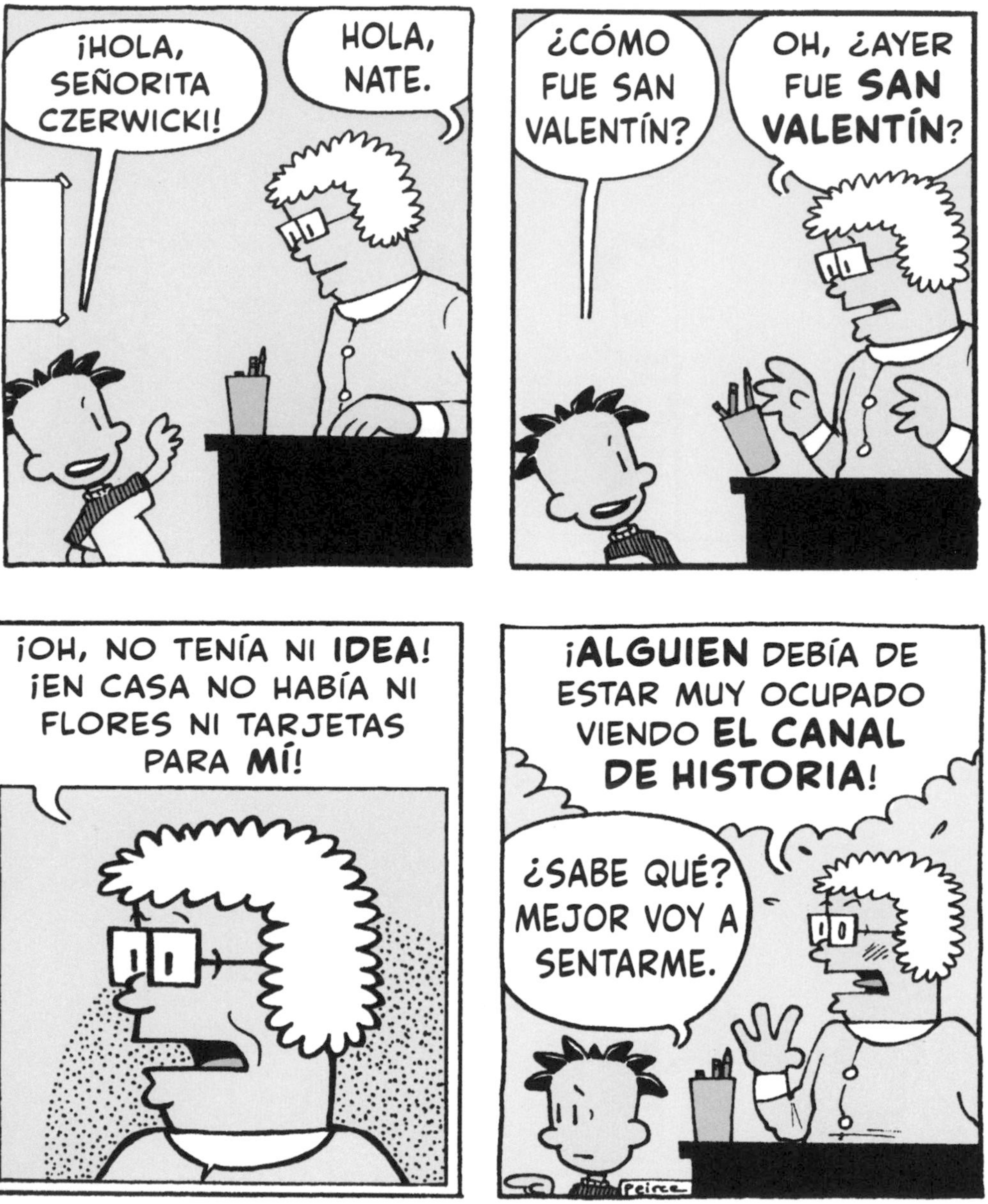
¡HOLA, SEÑORITA CZERWICKI!
HOLA, NATE.
¿CÓMO FUE SAN VALENTÍN?
OH, ¿AYER FUE SAN VALENTÍN?
¡OH, NO TENÍA NI IDEA! ¡EN CASA NO HABÍA NI FLORES NI TARJETAS PARA MÍ!
¡ALGUIEN DEBÍA DE ESTAR MUY OCUPADO VIENDO EL CANAL DE HISTORIA!
¿SABE QUÉ? MEJOR VOY A SENTARME.
Peirce

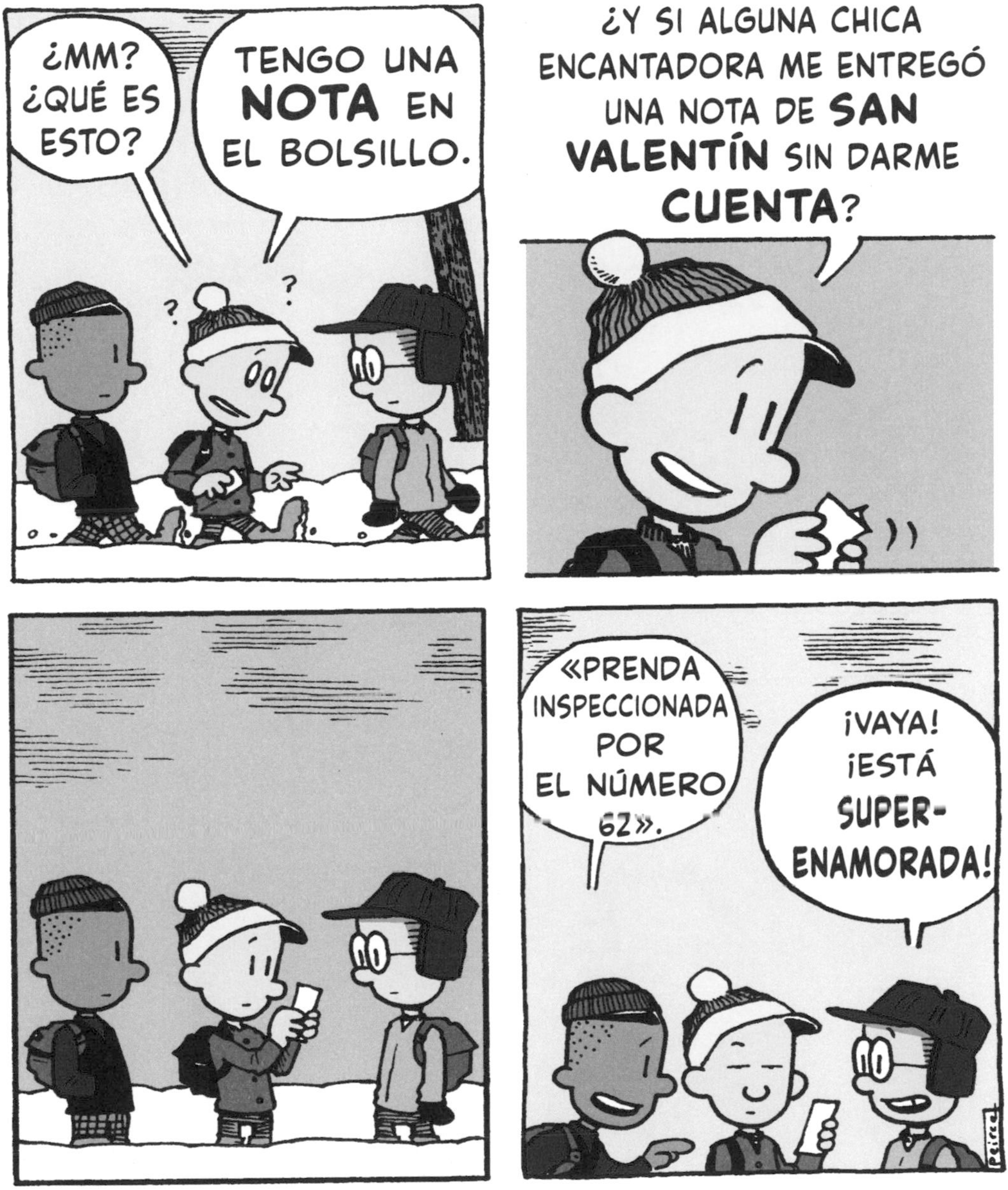
¿MM? ¿QUÉ ES ESTO?
TENGO UNA **NOTA** EN EL BOLSILLO.
?
?
¿Y SI ALGUNA CHICA ENCANTADORA ME ENTREGÓ UNA NOTA DE **SAN VALENTÍN** SIN DARME **CUENTA**?
«PRENDA INSPECCIONADA POR EL NÚMERO 62».
¡VAYA! ¡ESTÁ SUPER-ENAMORADA!

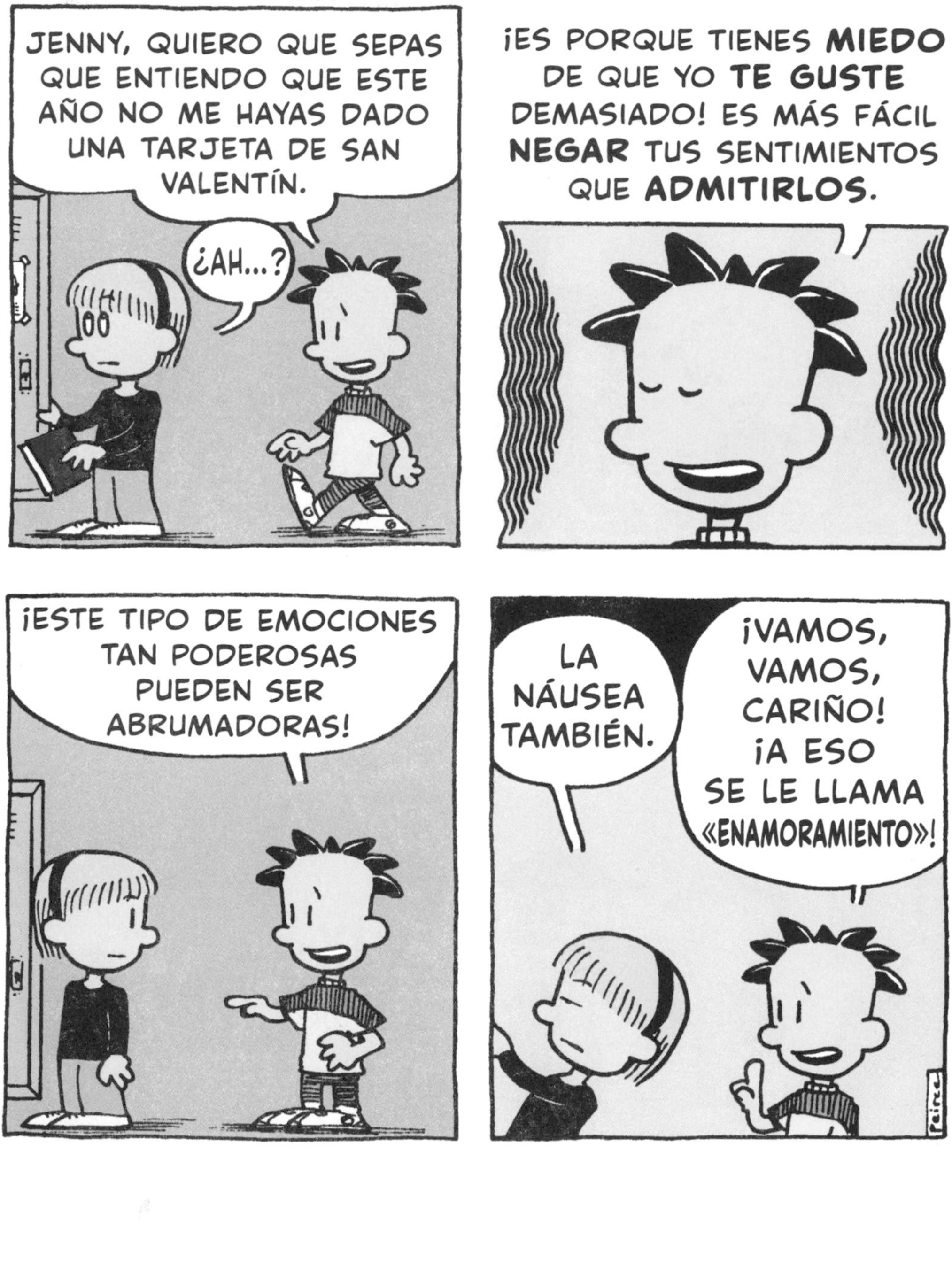
JENNY, QUIERO QUE SEPAS QUE ENTIENDO QUE ESTE AÑO NO ME HAYAS DADO UNA TARJETA DE SAN VALENTÍN.
¿AH...?
¡ES PORQUE TIENES MIEDO DE QUE YO TE GUSTE DEMASIADO! ES MÁS FÁCIL NEGAR TUS SENTIMIENTOS QUE ADMITIRLOS.
¡ESTE TIPO DE EMOCIONES TAN PODEROSAS PUEDEN SER ABRUMADORAS!
¡VAMOS, VAMOS, CARIÑO! ¡A ESO SE LE LLAMA «ENAMORAMIENTO»!
LA NÁUSEA TAMBIÉN.
Peirce

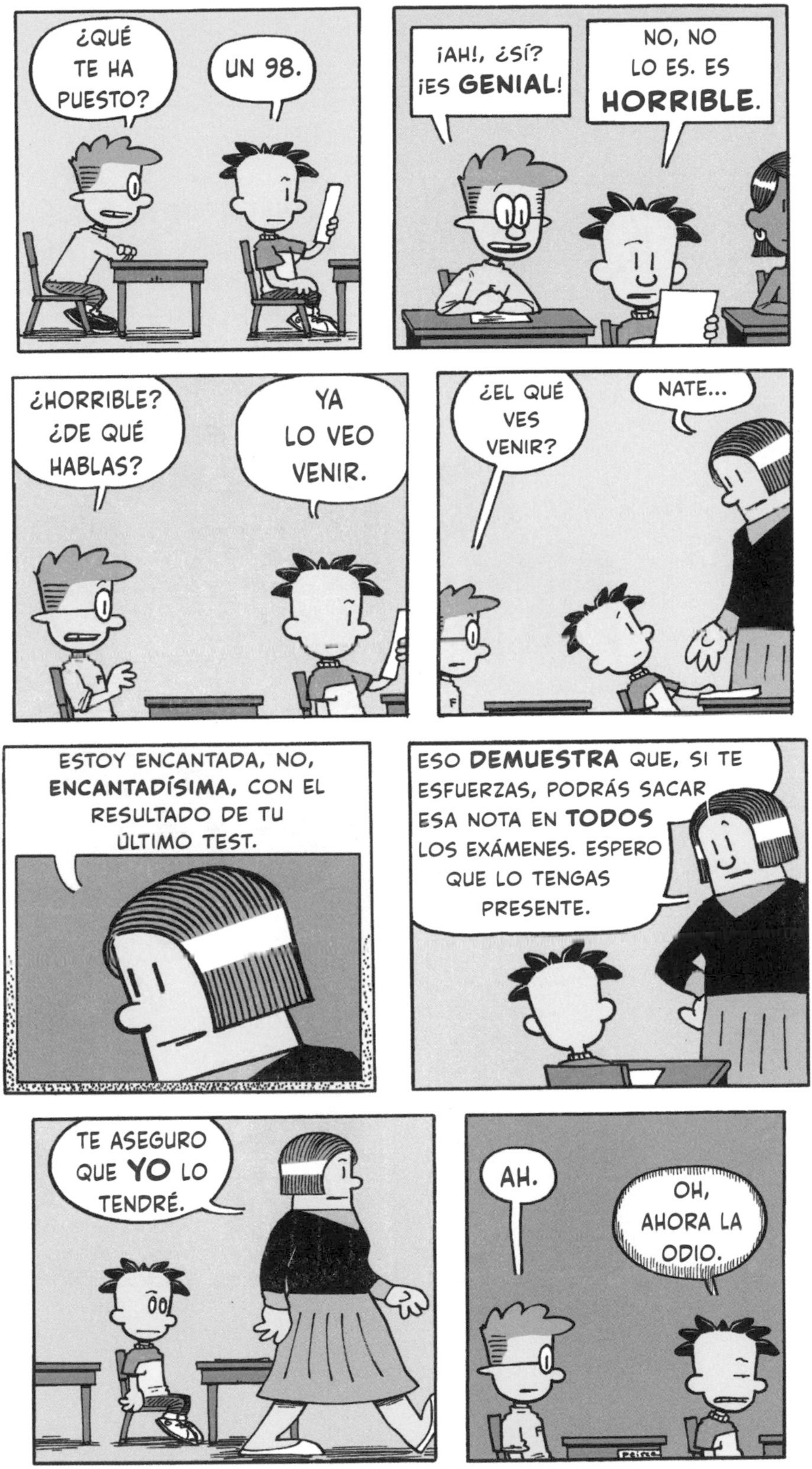
¿QUÉ TE HA PUESTO?
UN 98.
¡AH!, ¿SÍ? ¡ES GENIAL!
NO, NO LO ES. ES HORRIBLE.
¿HORRIBLE? ¿DE QUÉ HABLAS?
YA LO VEO VENIR.
¿EL QUÉ VES VENIR?
NATE...
ESTOY ENCANTADA, NO, ENCANTADÍSIMA, CON EL RESULTADO DE TU ÚLTIMO TEST.
ESO DEMUESTRA QUE, SI TE ESFUERZAS, PODRÁS SACAR ESA NOTA EN TODOS LOS EXÁMENES. ESPERO QUE LO TENGAS PRESENTE.
TE ASEGURO QUE YO LO TENDRÉ.
AH.
OH, AHORA LA ODIO.

¿QUÉ HAREMOS HOY EN CLASE DE ARTE, SEÑOR ROSA?
ENSUCIARLO TODO.
CONVERTIR EL AULA EN UNA POCILGA QUE TARDARÉ EN LIMPIAR MÁS DE TRES HORAS TRAS LAS QUE MI ESPALDA ACABARÁ AÚN MÁS DOLORIDA QUE AHORA.
¿SEÑOR ROSA?
ESCULPIR CON BARRO.
¡SÍ!
NECESITO UNA ASPIRINA.

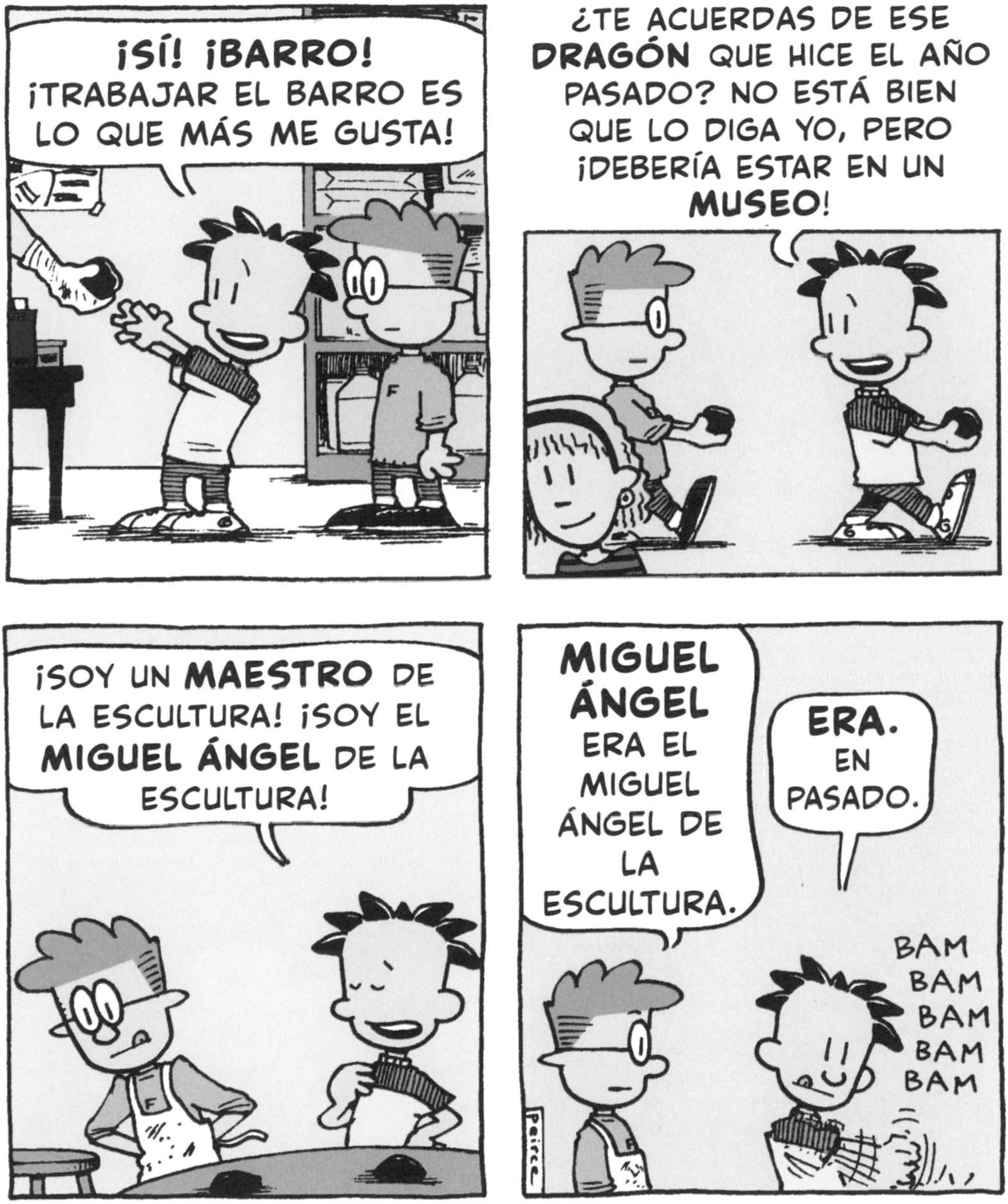
¡SÍ! ¡BARRO!
¡TRABAJAR EL BARRO ES LO QUE MÁS ME GUSTA!
¿TE ACUERDAS DE ESE DRAGÓN QUE HICE EL AÑO PASADO? NO ESTÁ BIEN QUE LO DIGA YO, PERO ¡DEBERÍA ESTAR EN UN MUSEO!
¡SOY UN MAESTRO DE LA ESCULTURA! ¡SOY EL MIGUEL ÁNGEL DE LA ESCULTURA!
MIGUEL ÁNGEL ERA EL MIGUEL ÁNGEL DE LA ESCULTURA.
ERA. EN PASADO.
BAM BAM BAM BAM BAM
Peirce

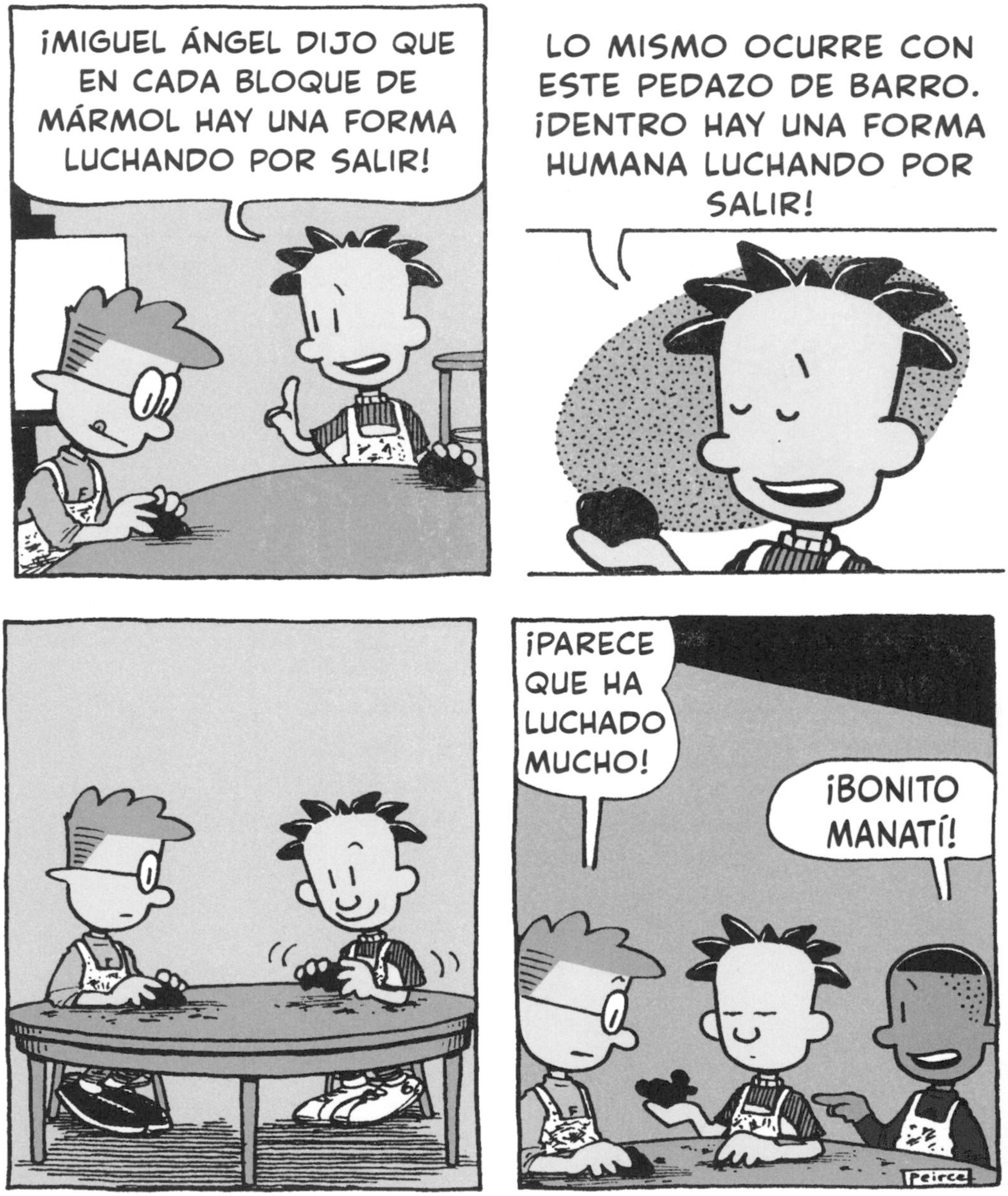
¡MIGUEL ÁNGEL DIJO QUE EN CADA BLOQUE DE MÁRMOL HAY UNA FORMA LUCHANDO POR SALIR!
LO MISMO OCURRE CON ESTE PEDAZO DE BARRO. ¡DENTRO HAY UNA FORMA HUMANA LUCHANDO POR SALIR!
¡PARECE QUE HA LUCHADO MUCHO!
¡BONITO MANATÍ!
peirce

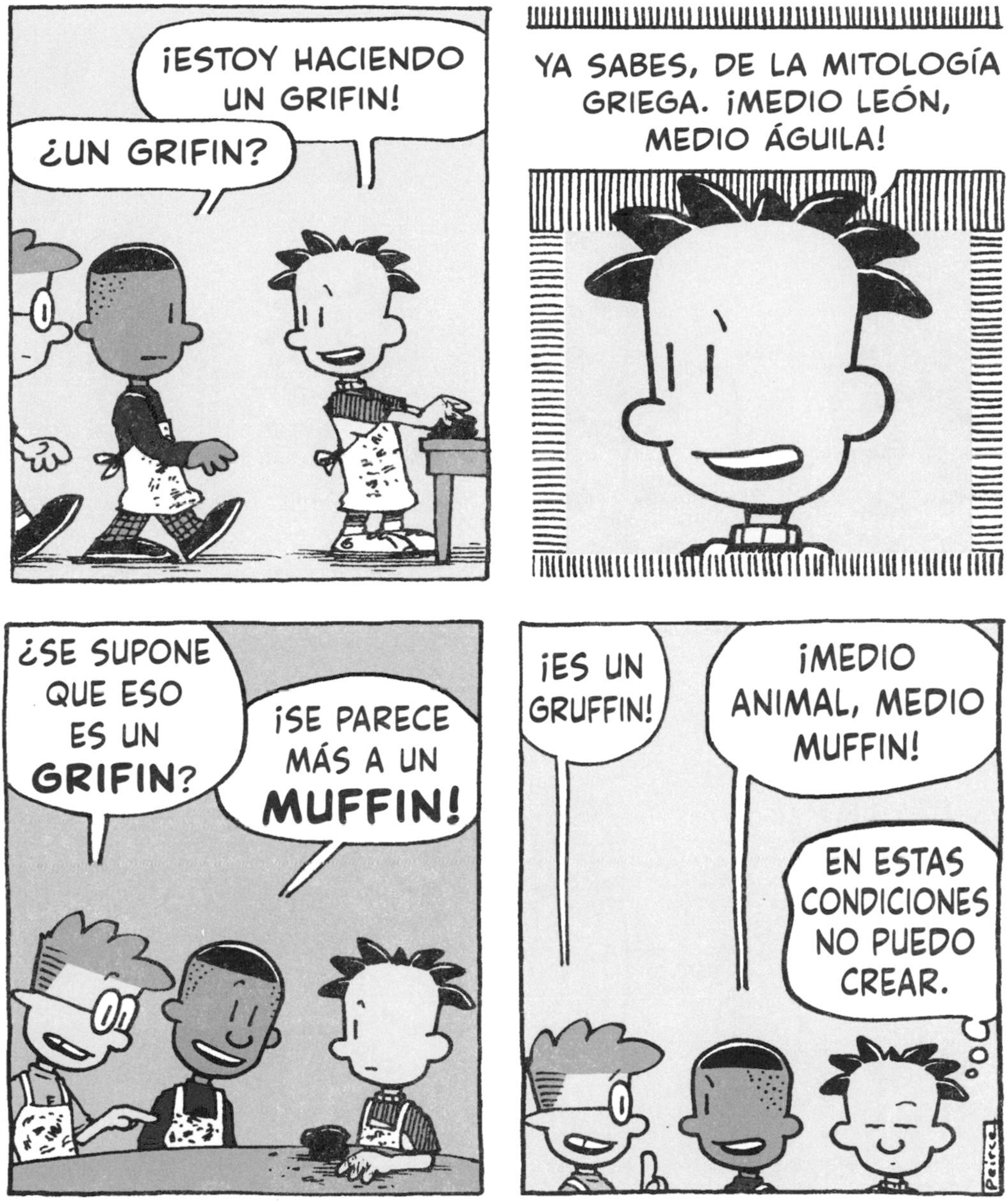
¡ESTOY HACIENDO UN GRIFIN!
¿UN GRIFIN?
YA SABES, DE LA MITOLOGÍA GRIEGA. ¡MEDIO LEÓN, MEDIO ÁGUILA!
¿SE SUPONE QUE ESO ES UN **GRIFIN**?
¡SE PARECE MÁS A UN **MUFFIN!**
¡ES UN GRUFFIN!
¡MEDIO ANIMAL, MEDIO MUFFIN!
EN ESTAS CONDICIONES NO PUEDO CREAR.
Peirce

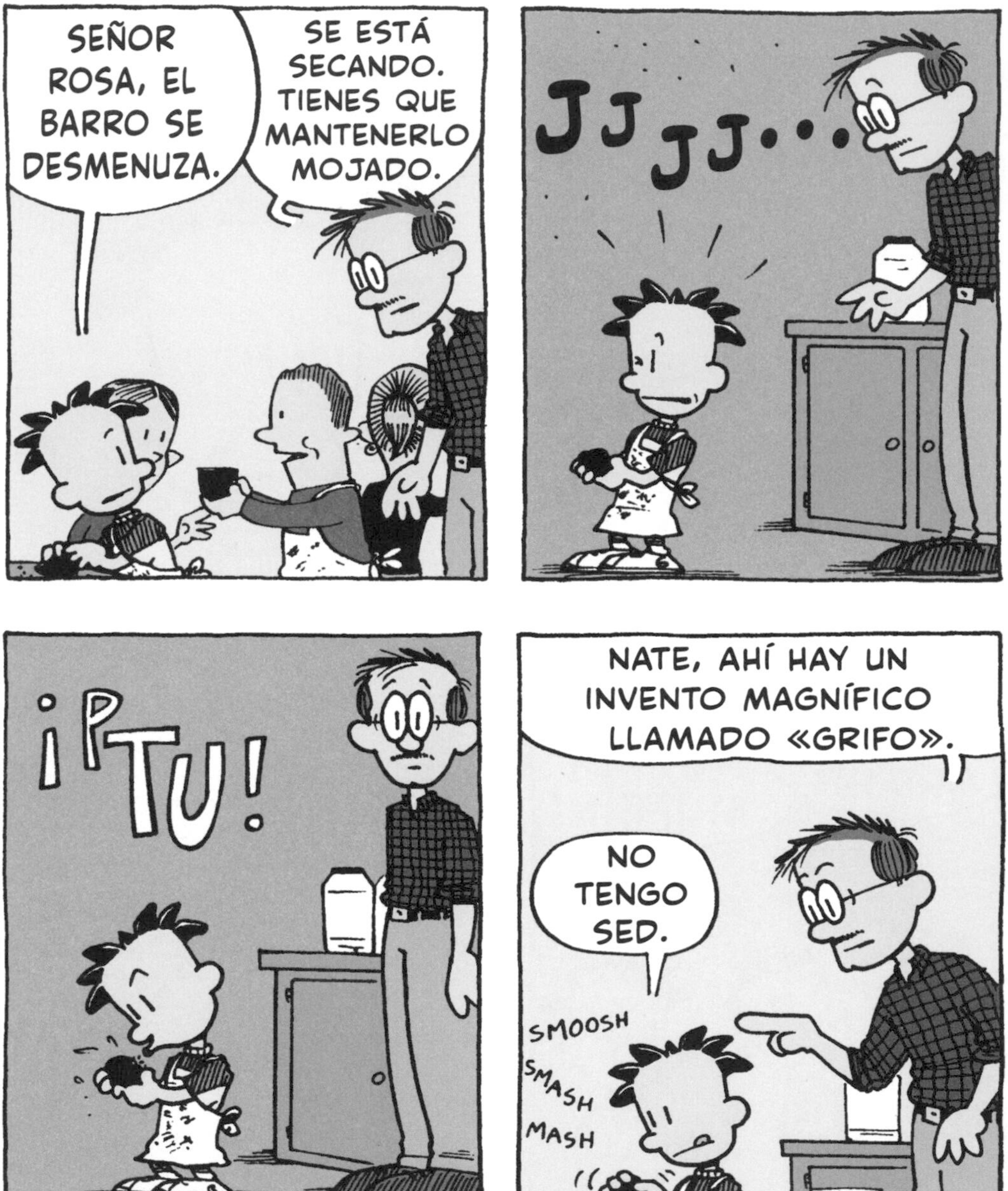
SEÑOR ROSA, EL BARRO SE DESMENUZA.
SE ESTÁ SECANDO. TIENES QUE MANTENERLO MOJADO.
JJ JJ...
¡PTU!
NATE, AHÍ HAY UN INVENTO MAGNÍFICO LLAMADO «GRIFO».
NO TENGO SED.
SMOOSH
SMASH
MASH
Peirce

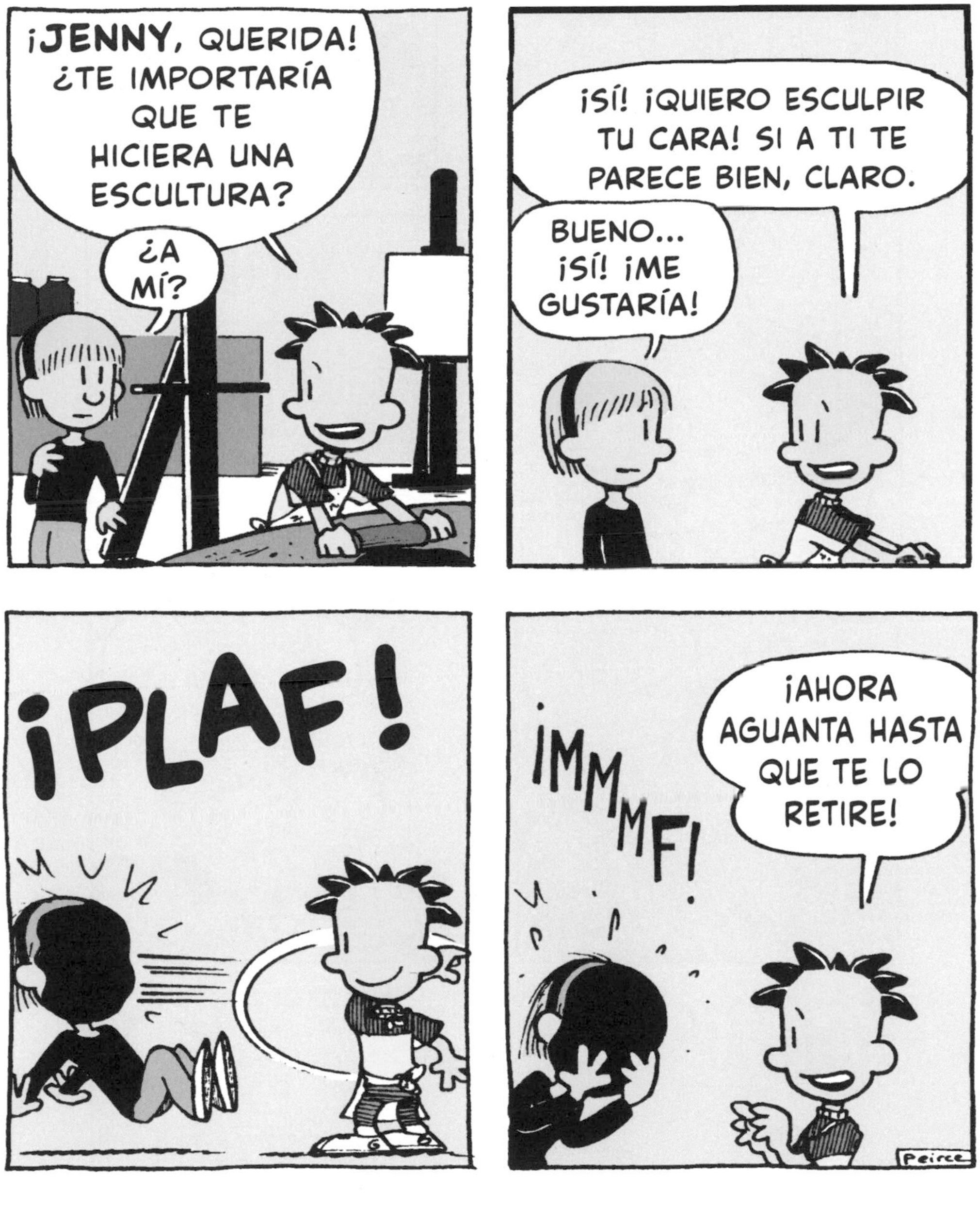
¡JENNY, QUERIDA! ¿TE IMPORTARÍA QUE TE HICIERA UNA ESCULTURA?
¿A MÍ?
¡SÍ! ¡QUIERO ESCULPIR TU CARA! SI A TI TE PARECE BIEN, CLARO.
BUENO... ¡SÍ! ¡ME GUSTARÍA!
¡PLAF!
¡MMMF!
¡AHORA AGUANTA HASTA QUE TE LO RETIRE!
Peirce

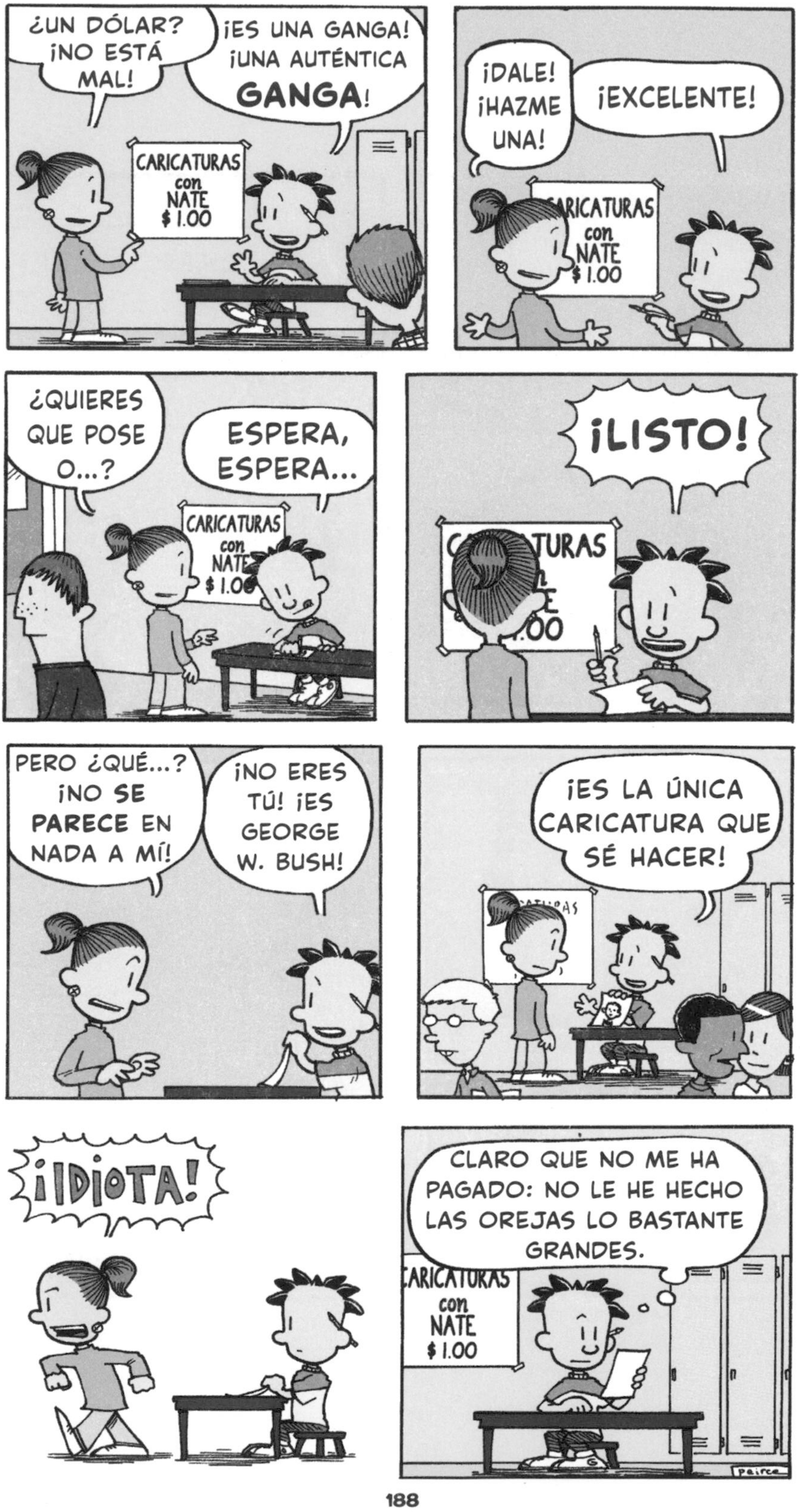
¿UN DÓLAR? ¡NO ESTÁ MAL!
¡ES UNA GANGA! ¡UNA AUTÉNTICA GANGA!
CARICATURAS con NATE $ 1.00
¡DALE! ¡HAZME UNA!
¡EXCELENTE!
¿QUIERES QUE POSE O...?
ESPERA, ESPERA...
¡LISTO!
PERO ¿QUÉ...? ¡NO SE PARECE EN NADA A MÍ!
¡NO ERES TÚ! ¡ES GEORGE W. BUSH!
¡ES LA ÚNICA CARICATURA QUE SÉ HACER!
¡IDIOTA!
CLARO QUE NO ME HA PAGADO: NO LE HE HECHO LAS OREJAS LO BASTANTE GRANDES.
peirce

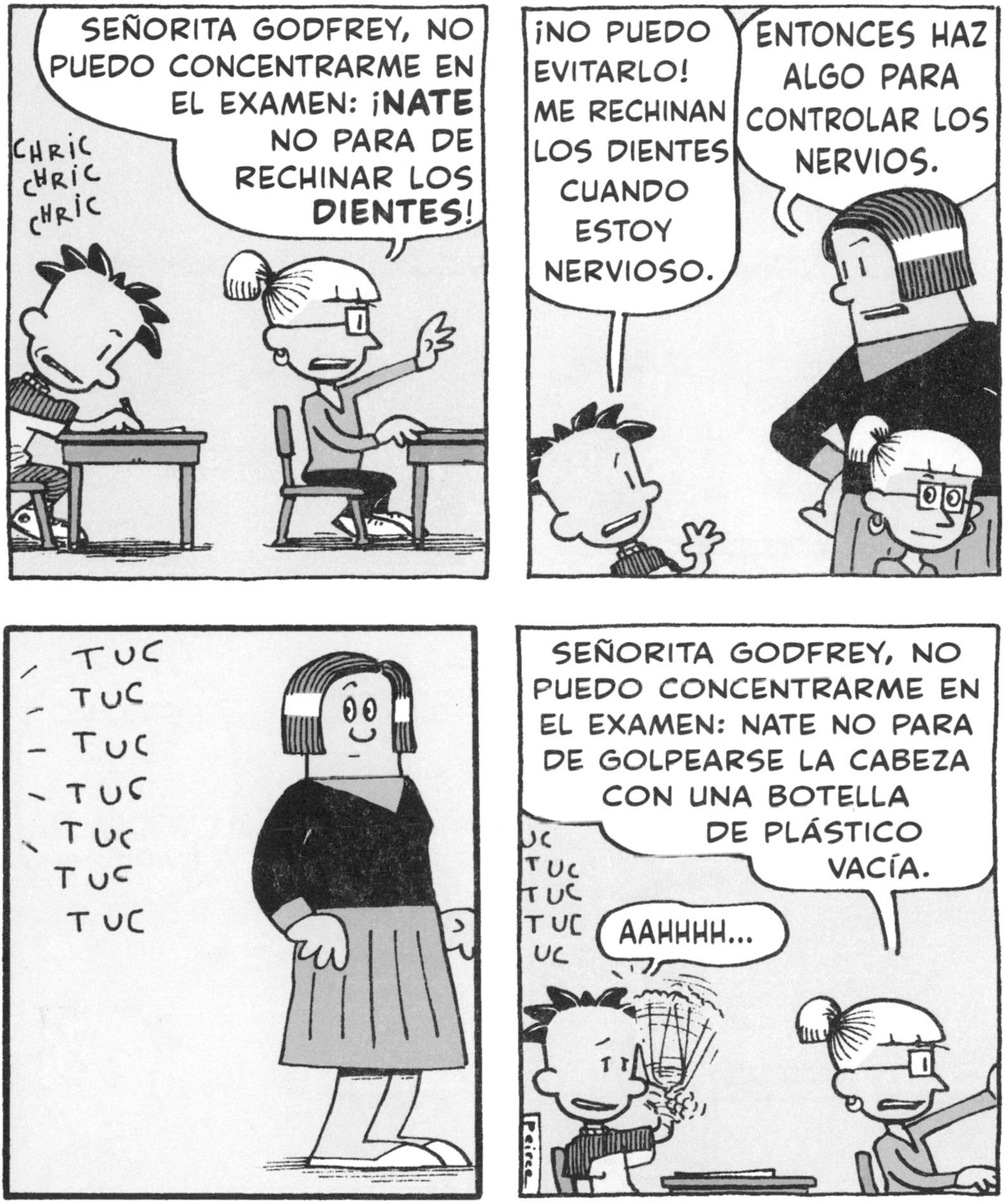
SEÑORITA GODFREY, NO PUEDO CONCENTRARME EN EL EXAMEN: ¡NATE NO PARA DE RECHINAR LOS DIENTES!
CHRIC CHRIC CHRIC
¡NO PUEDO EVITARLO! ME RECHINAN LOS DIENTES CUANDO ESTOY NERVIOSO.
ENTONCES HAZ ALGO PARA CONTROLAR LOS NERVIOS.
TUC TUC TUC TUC TUC TUC TUC
SEÑORITA GODFREY, NO PUEDO CONCENTRARME EN EL EXAMEN: NATE NO PARA DE GOLPEARSE LA CABEZA CON UNA BOTELLA DE PLÁSTICO VACÍA.
AAHHHH...

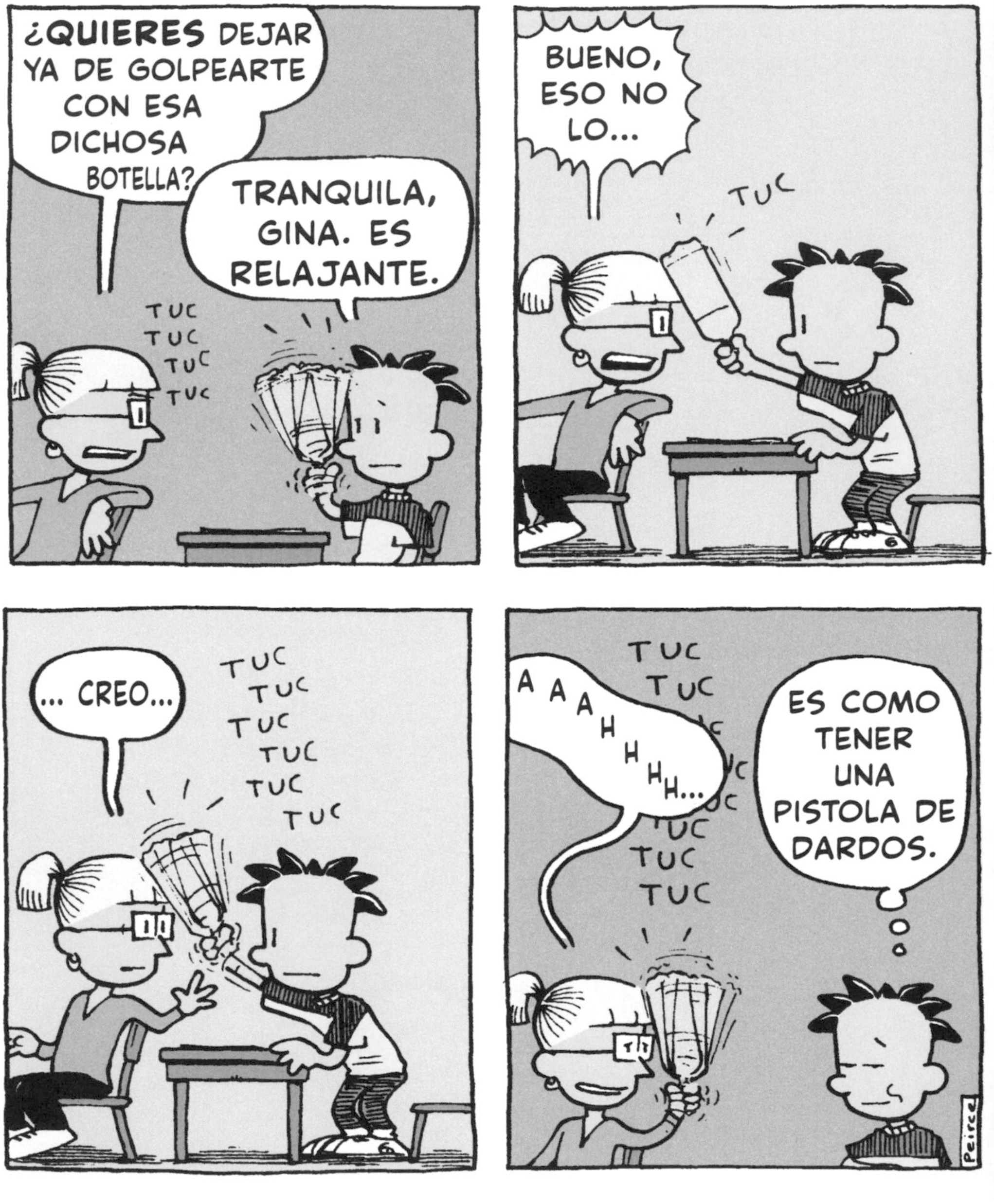
¿QUIERES DEJAR YA DE GOLPEARTE CON ESA DICHOSA BOTELLA?
TUC TUC TUC TUC
TRANQUILA, GINA. ES RELAJANTE.
BUENO, ESO NO LO...
TUC
... CREO...
TUC TUC TUC TUC TUC TUC
TUC TUC
AAAHHHHH...
TUC TUC TUC
ES COMO TENER UNA PISTOLA DE DARDOS.
Peirce

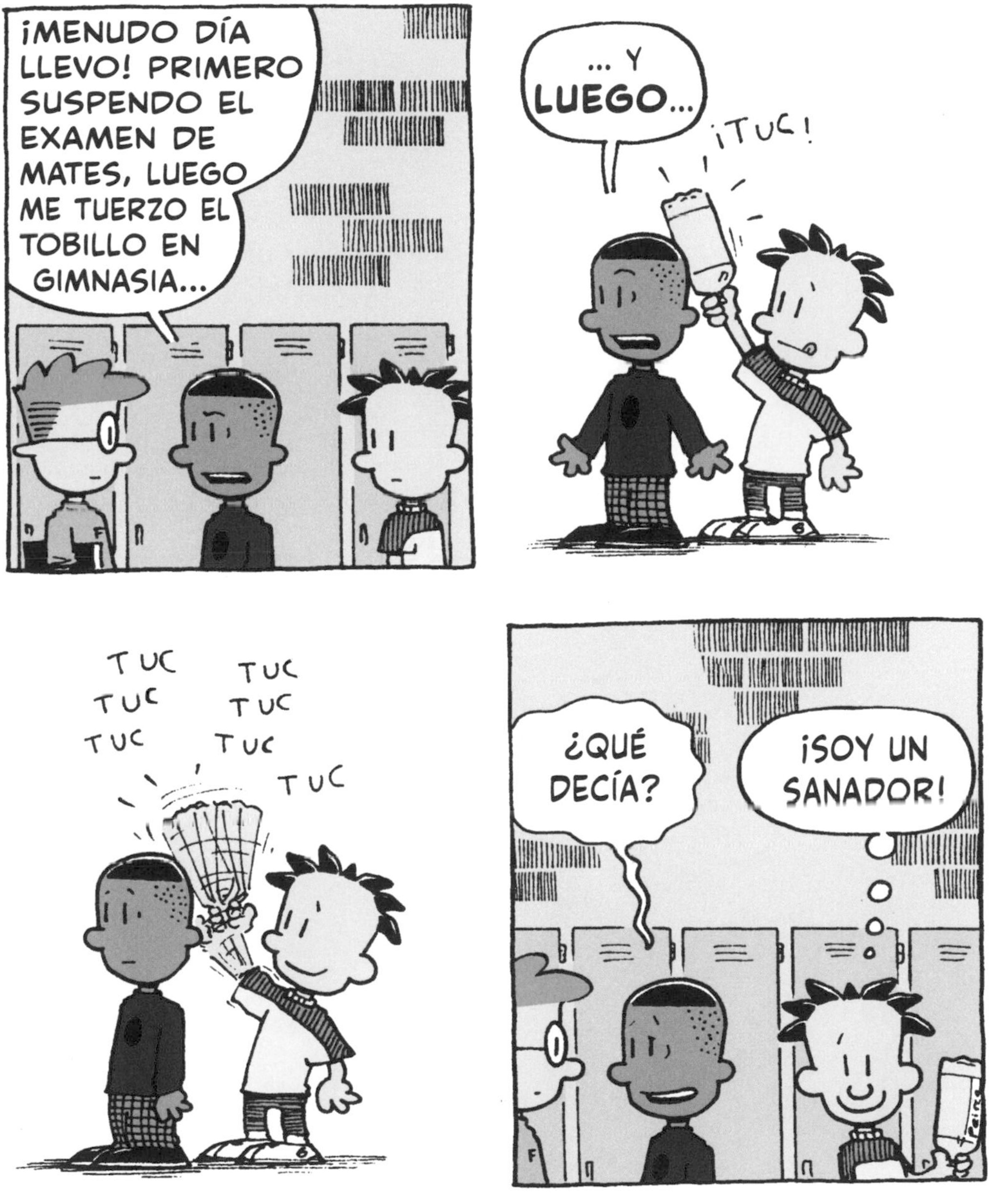
¡MENUDO DÍA LLEVO! PRIMERO SUSPENDO EL EXAMEN DE MATES, LUEGO ME TUERZO EL TOBILLO EN GIMNASIA...
... Y LUEGO...
¡TUC!
TUC TUC TUC
TUC TUC TUC
TUC
¿QUÉ DECÍA?
¡SOY UN SANADOR!

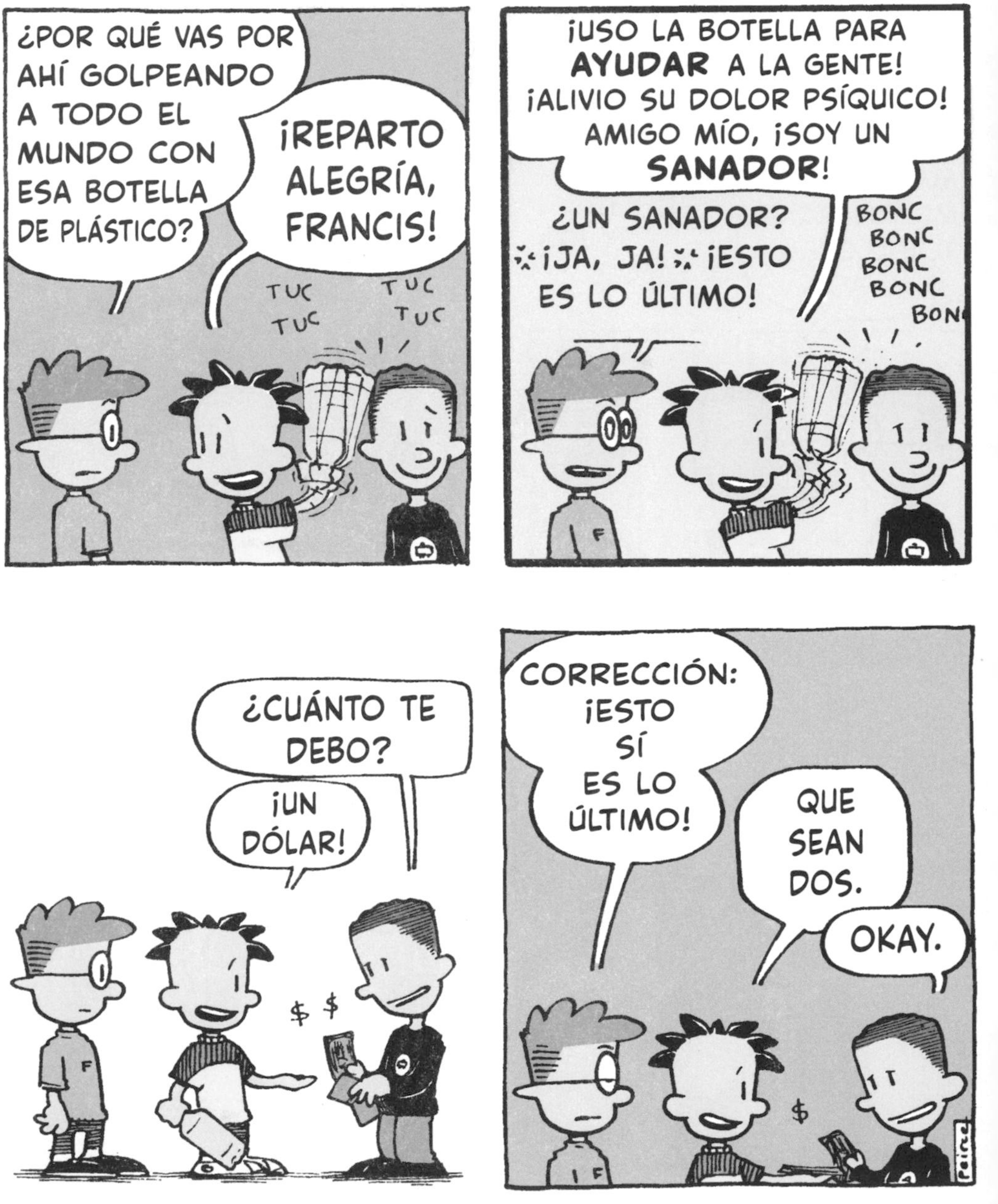

¿POR QUÉ VAS POR AHÍ GOLPEANDO A TODO EL MUNDO CON ESA BOTELLA DE PLÁSTICO?
¡REPARTO ALEGRÍA, FRANCIS!
TUC TUC
TUC TUC
¡USO LA BOTELLA PARA AYUDAR A LA GENTE! ¡ALIVIO SU DOLOR PSÍQUICO! AMIGO MÍO, ¡SOY UN SANADOR!
¿UN SANADOR? ¡JA, JA! ¡ESTO ES LO ÚLTIMO!
BONC BONC BONC BONC BONC
¿CUÁNTO TE DEBO?
¡UN DÓLAR!
$ $
CORRECCIÓN: ¡ESTO SÍ ES LO ÚLTIMO!
QUE SEAN DOS.
OKAY.
$
Peirce

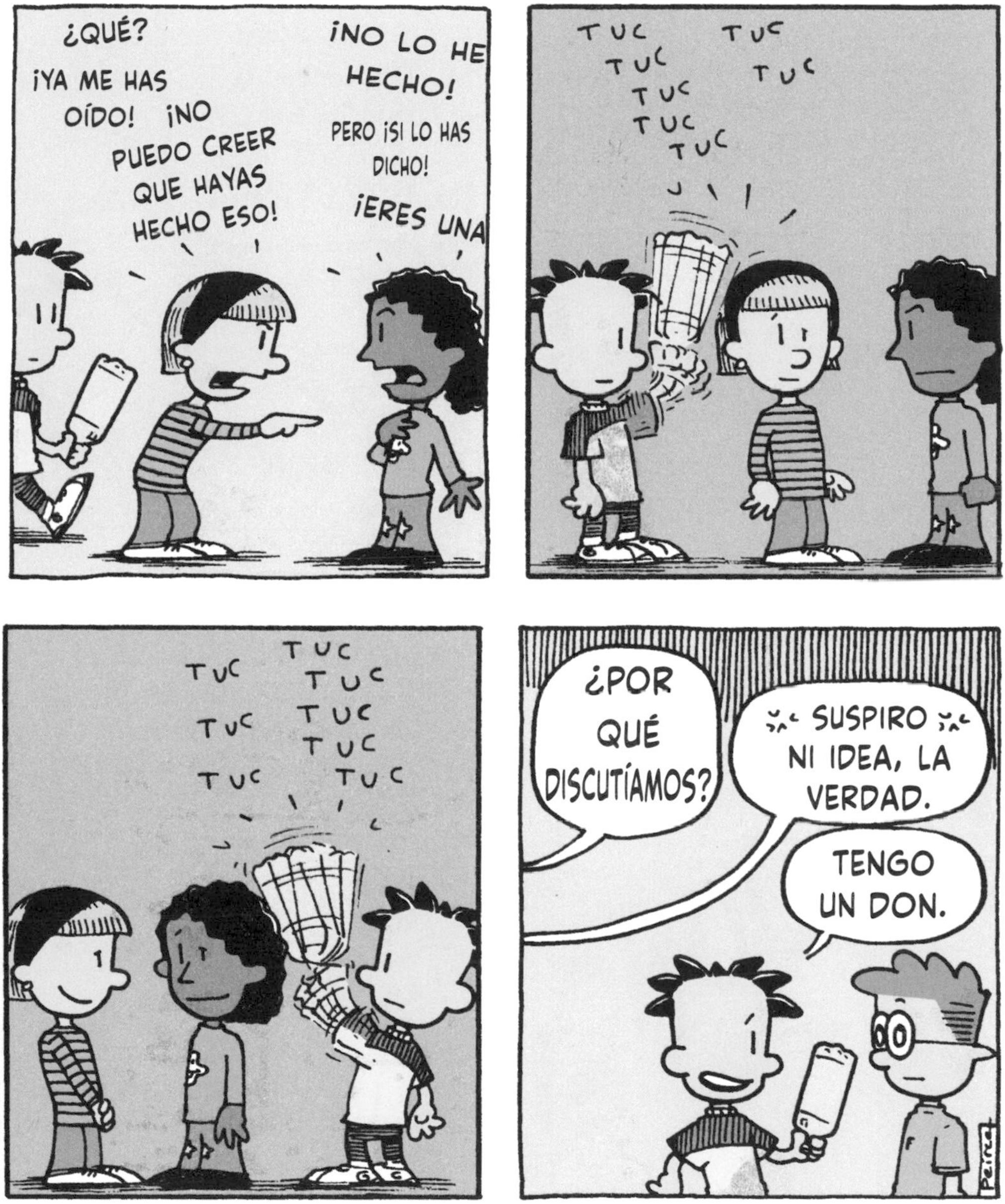

¿QUÉ?
¡YA ME HAS OÍDO! ¡NO PUEDO CREER QUE HAYAS HECHO ESO!
¡NO LO HE HECHO!
PERO ¡SI LO HAS DICHO!
¡ERES UNA
TUC TUC TUC TUC TUC TUC TUC
TUC TUC TUC TUC TUC TUC TUC
¿POR QUÉ DISCUTÍAMOS?
SUSPIRO
NI IDEA, LA VERDAD.
TENGO UN DON.

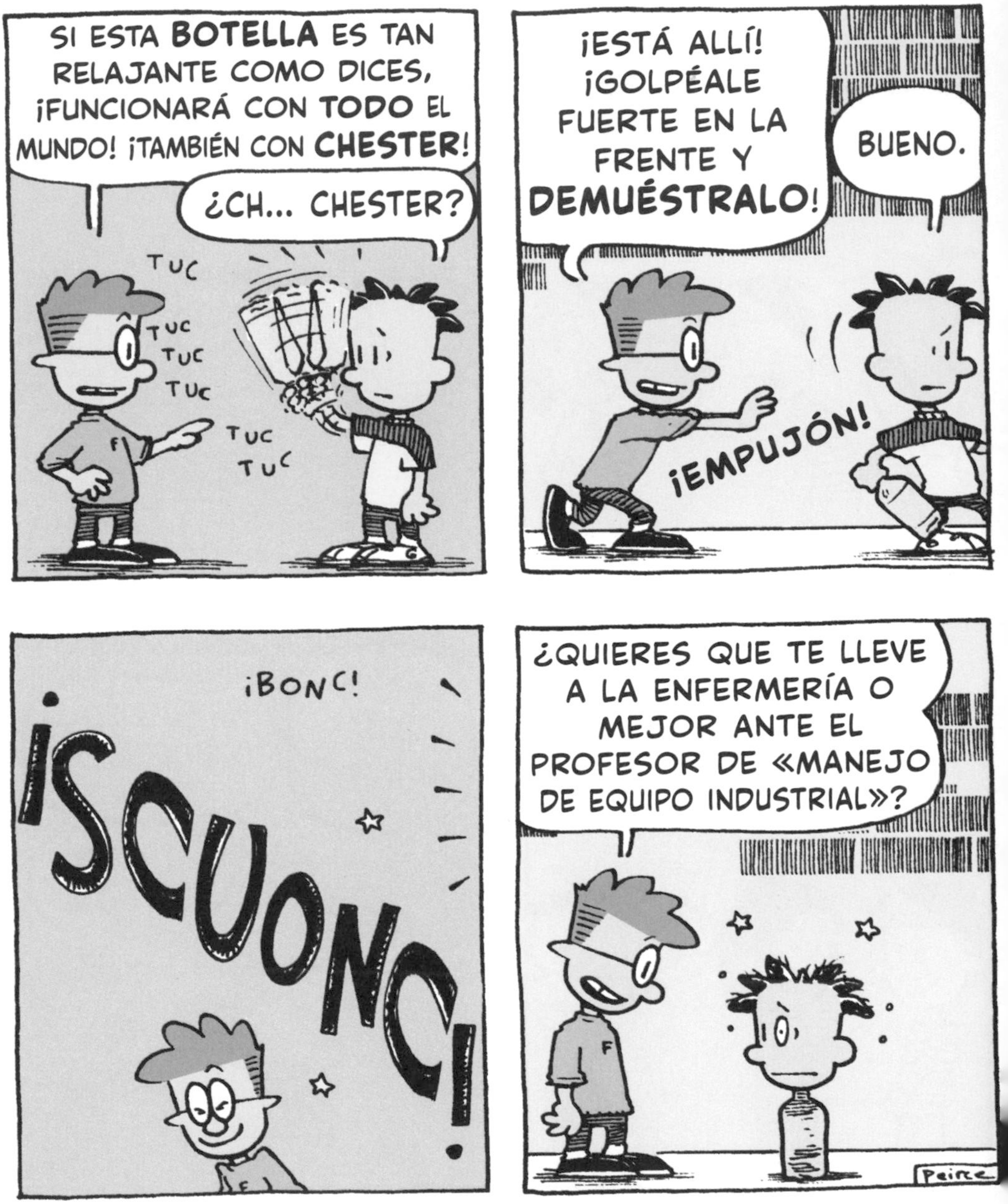
SI ESTA **BOTELLA** ES TAN RELAJANTE COMO DICES, ¡FUNCIONARÁ CON **TODO** EL MUNDO! ¡TAMBIÉN CON **CHESTER**!
¿CH... CHESTER?
TUC TUC TUC TUC TUC TUC
¡ESTÁ ALLÍ! ¡GOLPÉALE FUERTE EN LA FRENTE Y **DEMUÉSTRALO**!
BUENO.
¡EMPUJÓN!
¡BONC!
¡SCUONC!
¿QUIERES QUE TE LLEVE A LA ENFERMERÍA O MEJOR ANTE EL PROFESOR DE «MANEJO DE EQUIPO INDUSTRIAL»?
Peirce

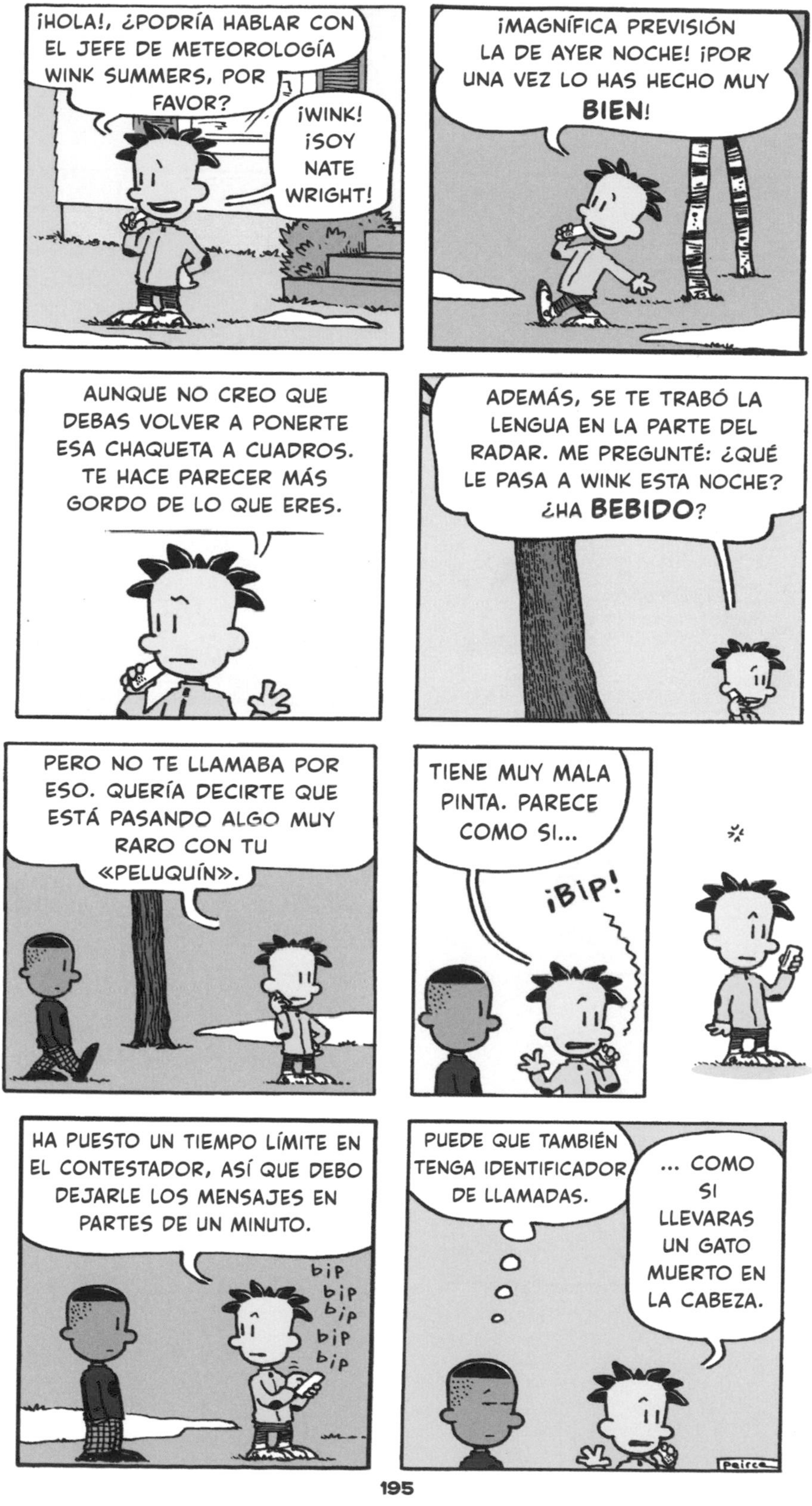
¡HOLA!, ¿PODRÍA HABLAR CON EL JEFE DE METEOROLOGÍA WINK SUMMERS, POR FAVOR?
¡WINK! ¡SOY NATE WRIGHT!
¡MAGNÍFICA PREVISIÓN LA DE AYER NOCHE! ¡POR UNA VEZ LO HAS HECHO MUY **BIEN**!
AUNQUE NO CREO QUE DEBAS VOLVER A PONERTE ESA CHAQUETA A CUADROS. TE HACE PARECER MÁS GORDO DE LO QUE ERES.
ADEMÁS, SE TE TRABÓ LA LENGUA EN LA PARTE DEL RADAR. ME PREGUNTÉ: ¿QUÉ LE PASA A WINK ESTA NOCHE? ¿HA **BEBIDO**?
PERO NO TE LLAMABA POR ESO. QUERÍA DECIRTE QUE ESTÁ PASANDO ALGO MUY RARO CON TU «PELUQUÍN».
TIENE MUY MALA PINTA. PARECE COMO SI...
¡BIP!
HA PUESTO UN TIEMPO LÍMITE EN EL CONTESTADOR, ASÍ QUE DEBO DEJARLE LOS MENSAJES EN PARTES DE UN MINUTO.
bip bip bip bip bip
PUEDE QUE TAMBIÉN TENGA IDENTIFICADOR DE LLAMADAS.
... COMO SI LLEVARAS UN GATO MUERTO EN LA CABEZA.
peirce

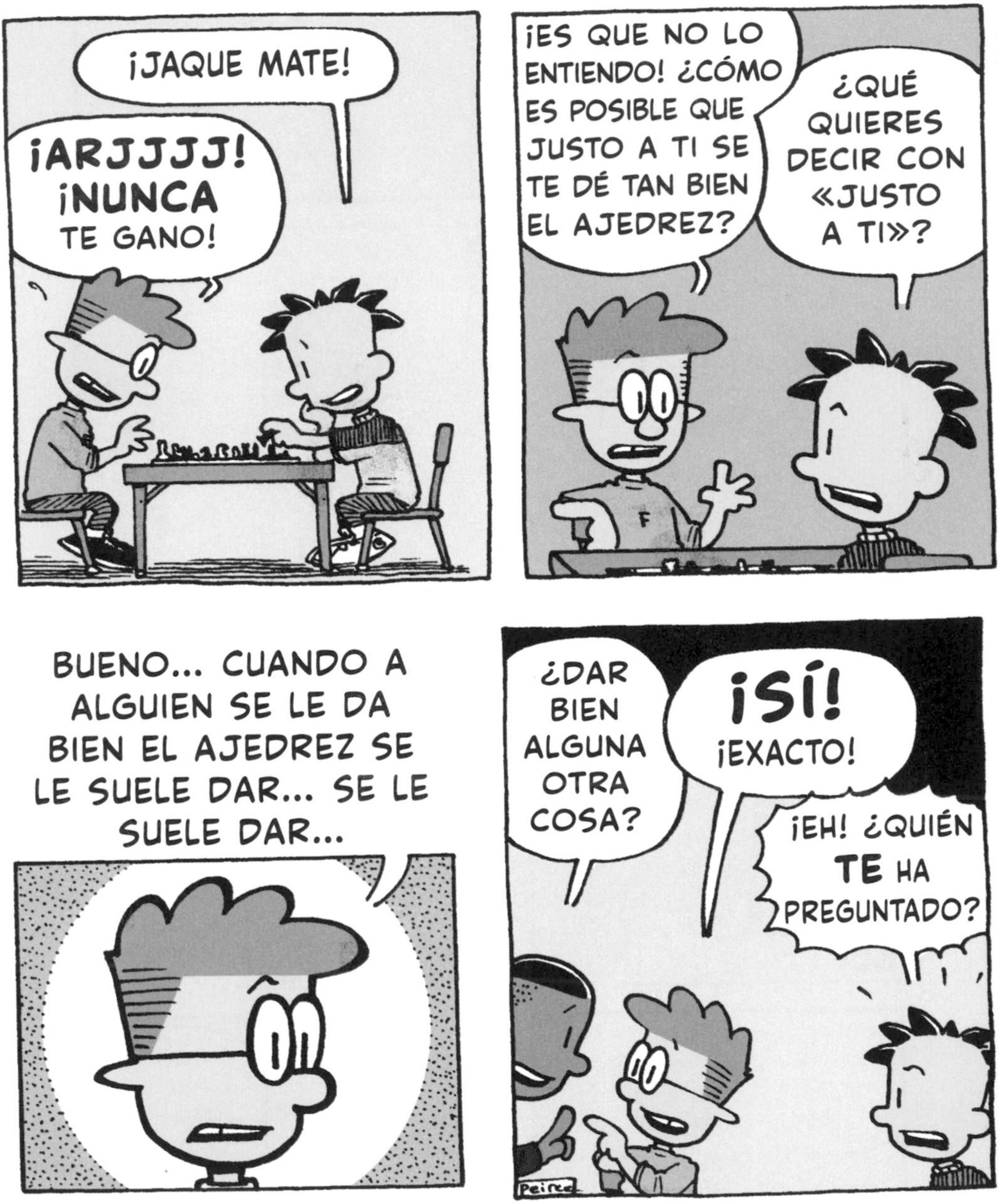

¡JAQUE MATE!
¡ARJJJJ! ¡NUNCA TE GANO!
¡ES QUE NO LO ENTIENDO! ¿CÓMO ES POSIBLE QUE JUSTO A TI SE TE DÉ TAN BIEN EL AJEDREZ?
¿QUÉ QUIERES DECIR CON «JUSTO A TI»?
BUENO... CUANDO A ALGUIEN SE LE DA BIEN EL AJEDREZ SE LE SUELE DAR... SE LE SUELE DAR...
¿DAR BIEN ALGUNA OTRA COSA?
¡SÍ! ¡EXACTO!
¡EH! ¿QUIÉN TE HA PREGUNTADO?
Peirce

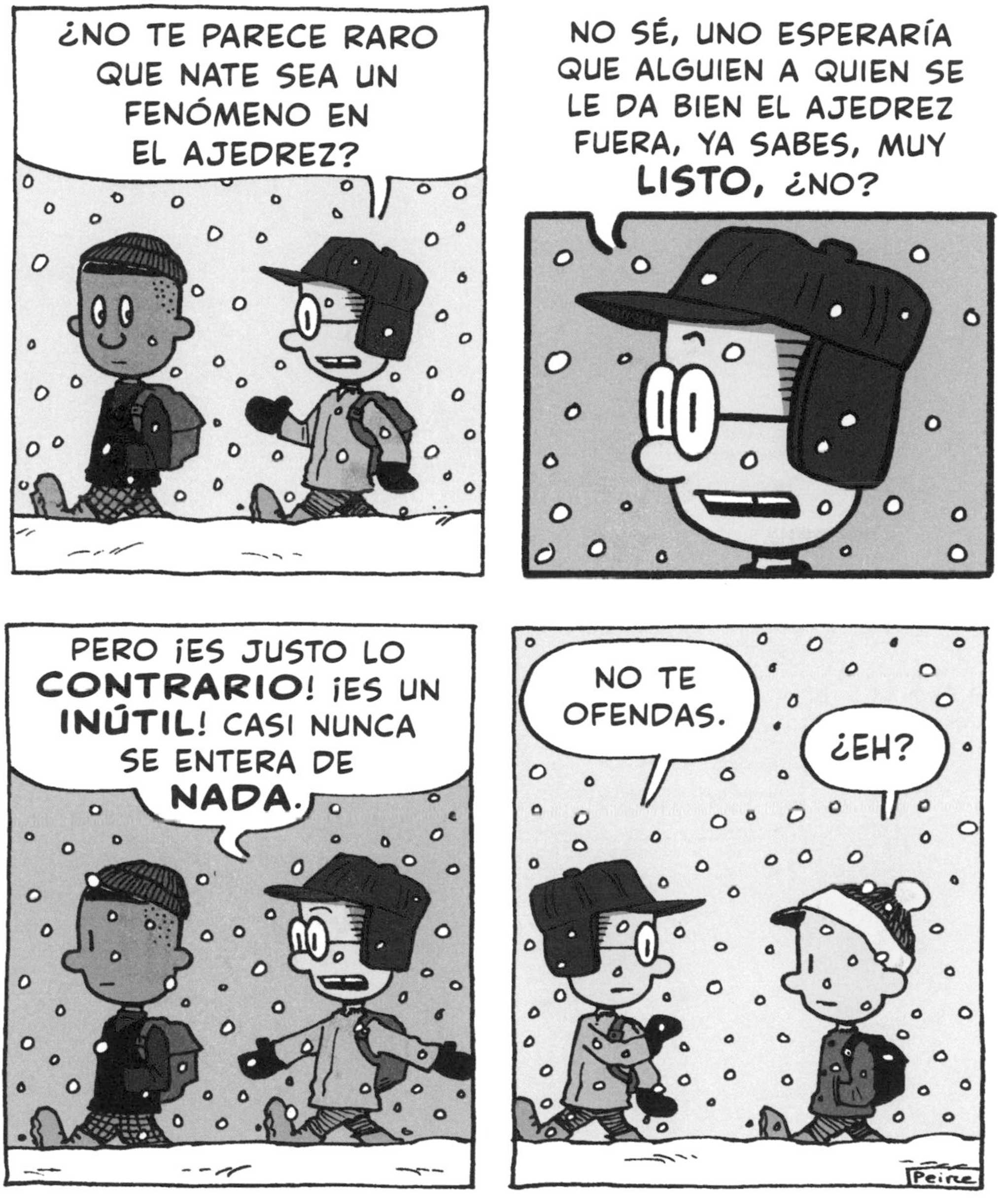
¿NO TE PARECE RARO QUE NATE SEA UN FENÓMENO EN EL AJEDREZ?
NO SÉ, UNO ESPERARÍA QUE ALGUIEN A QUIEN SE LE DA BIEN EL AJEDREZ FUERA, YA SABES, MUY **LISTO**, ¿NO?
PERO ¡ES JUSTO LO **CONTRARIO**! ¡ES UN **INÚTIL**! CASI NUNCA SE ENTERA DE **NADA**.
NO TE OFENDAS.
¿EH?
Peirce

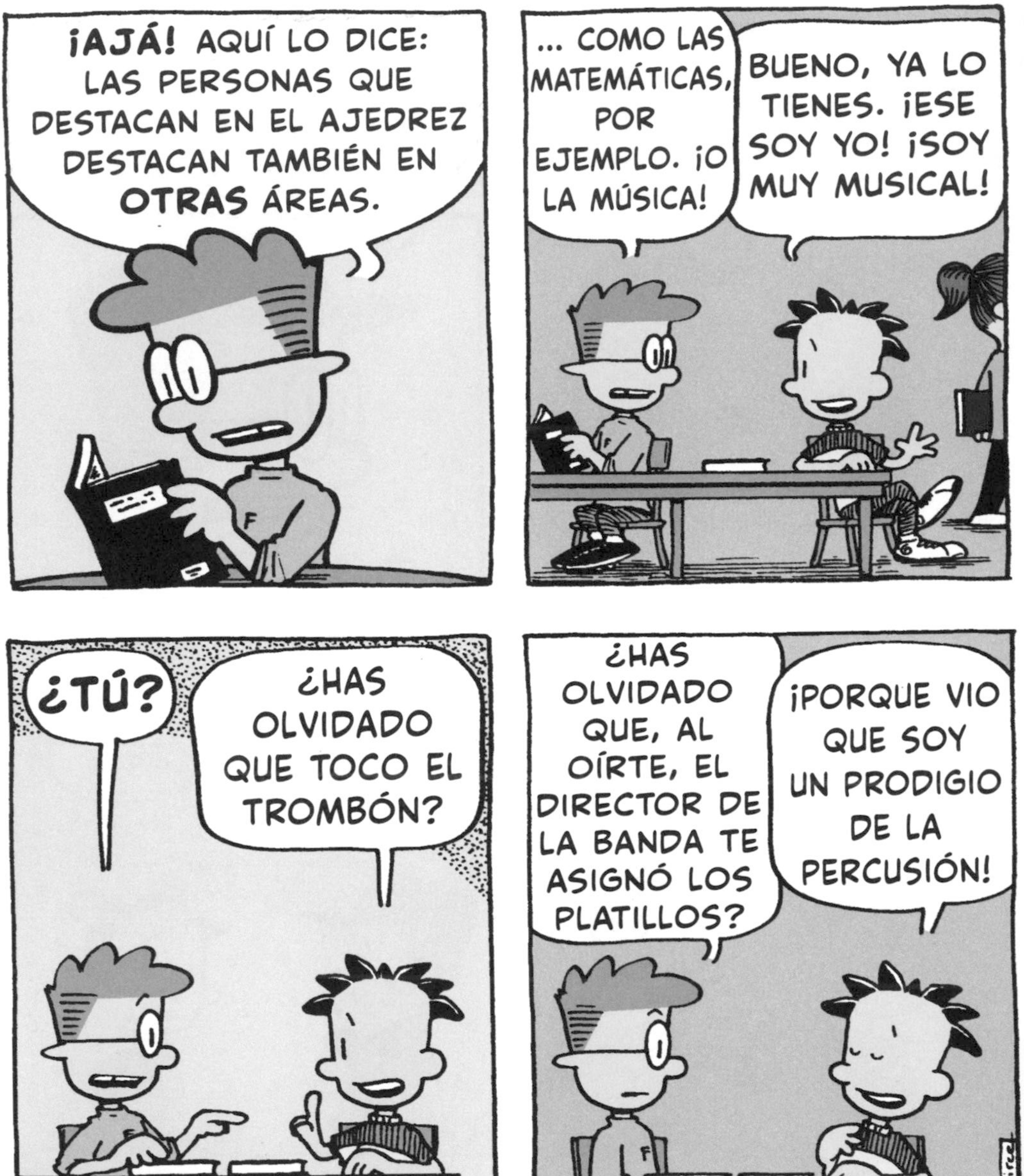
¡AJÁ! AQUÍ LO DICE: LAS PERSONAS QUE DESTACAN EN EL AJEDREZ DESTACAN TAMBIÉN EN OTRAS ÁREAS.
... COMO LAS MATEMÁTICAS, POR EJEMPLO. ¡O LA MÚSICA!
BUENO, YA LO TIENES. ¡ESE SOY YO! ¡SOY MUY MUSICAL!
¿TÚ?
¿HAS OLVIDADO QUE TOCO EL TROMBÓN?
¿HAS OLVIDADO QUE, AL OÍRTE, EL DIRECTOR DE LA BANDA TE ASIGNÓ LOS PLATILLOS?
¡PORQUE VIO QUE SOY UN PRODIGIO DE LA PERCUSIÓN!
Peirce

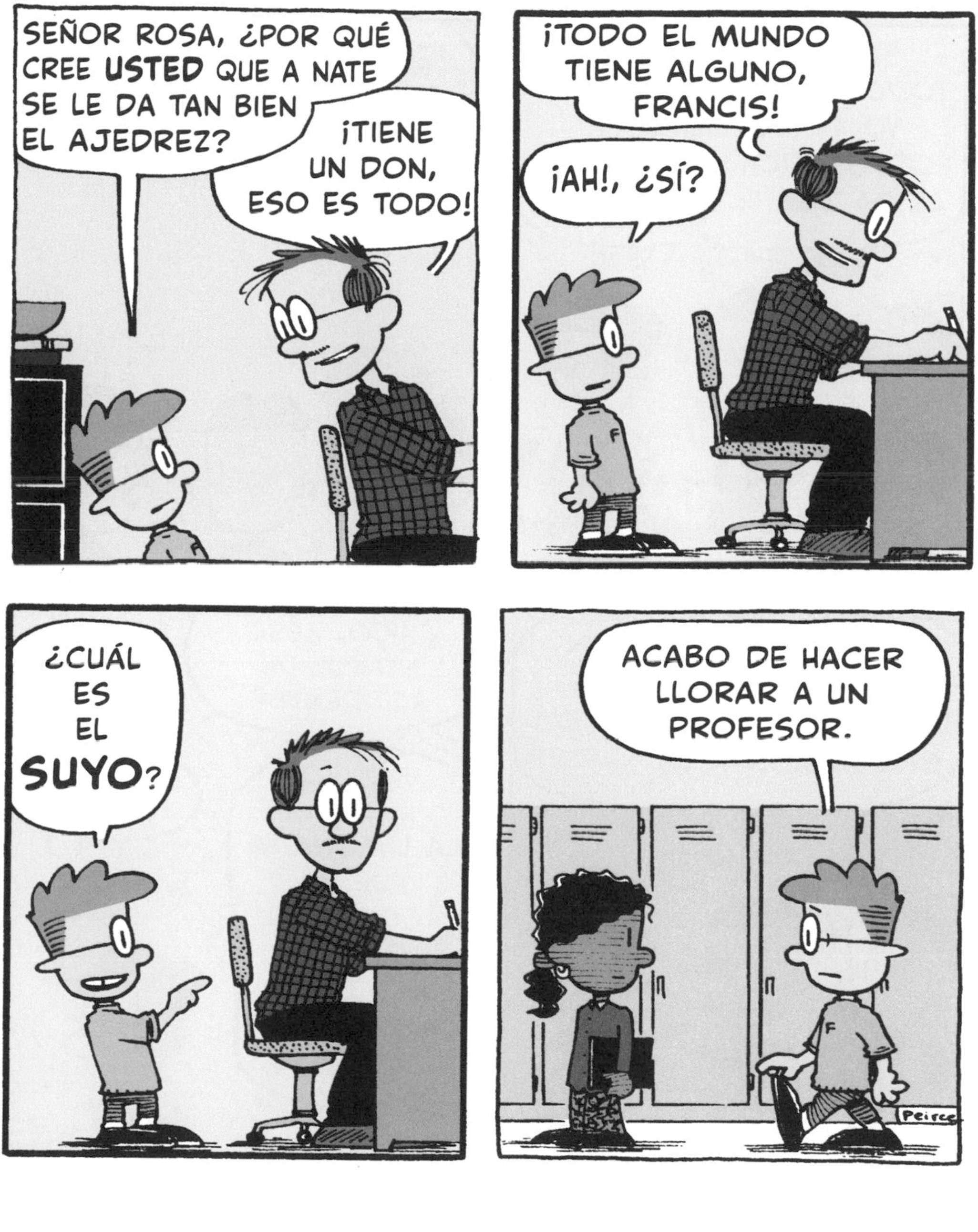
SEÑOR ROSA, ¿POR QUÉ CREE **USTED** QUE A NATE SE LE DA TAN BIEN EL AJEDREZ?
¡TIENE UN DON, ESO ES TODO!
¡TODO EL MUNDO TIENE ALGUNO, FRANCIS!
¡AH!, ¿SÍ?
¿CUÁL ES EL **SUYO**?
ACABO DE HACER LLORAR A UN PROFESOR.
Peirce

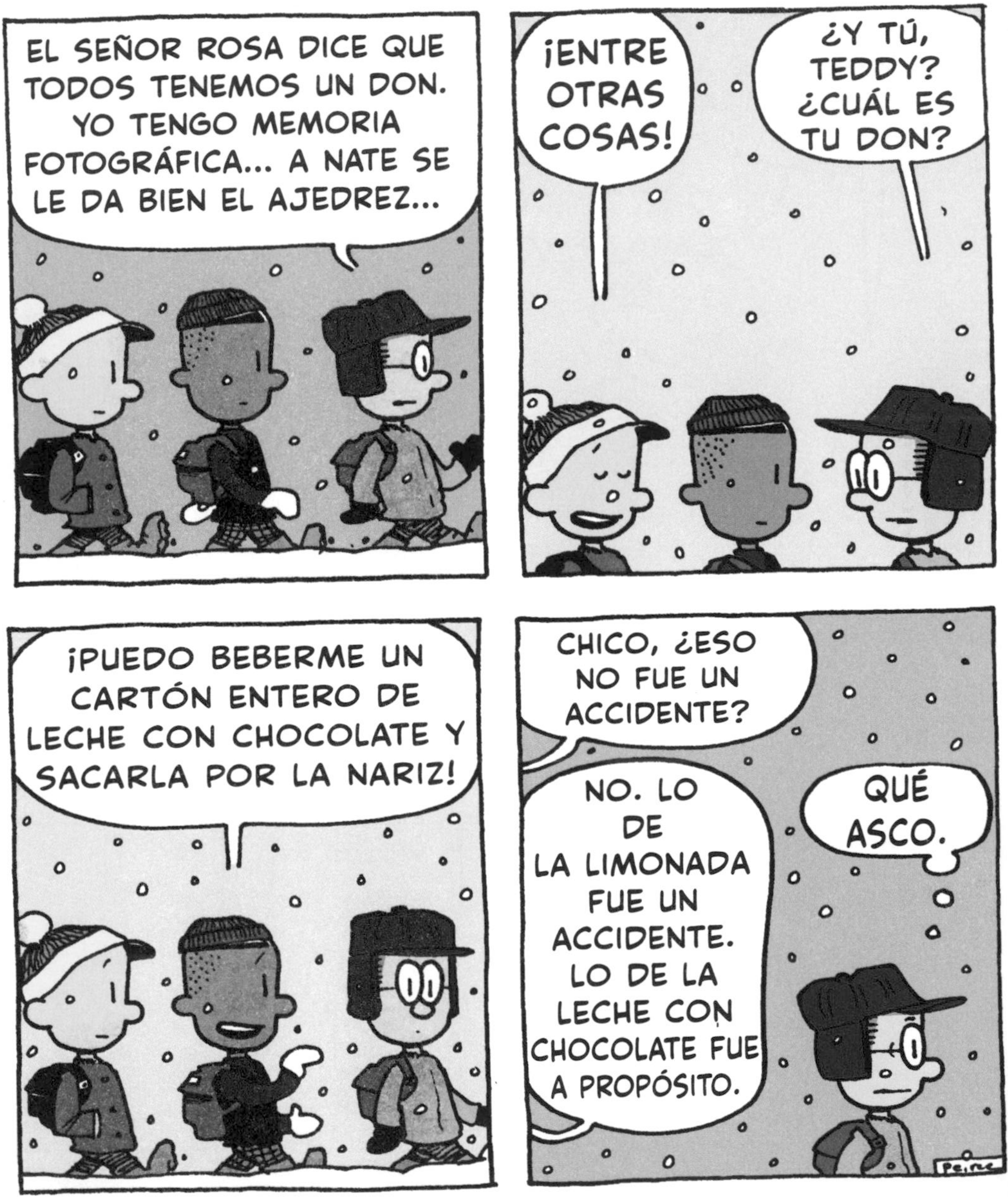

EL SEÑOR ROSA DICE QUE TODOS TENEMOS UN DON. YO TENGO MEMORIA FOTOGRÁFICA... A NATE SE LE DA BIEN EL AJEDREZ...
¡ENTRE OTRAS COSAS!
¿Y TÚ, TEDDY? ¿CUÁL ES TU DON?
¡PUEDO BEBERME UN CARTÓN ENTERO DE LECHE CON CHOCOLATE Y SACARLA POR LA NARIZ!
CHICO, ¿ESO NO FUE UN ACCIDENTE?
NO. LO DE LA LIMONADA FUE UN ACCIDENTE. LO DE LA LECHE CON CHOCOLATE FUE A PROPÓSITO.
QUÉ ASCO.

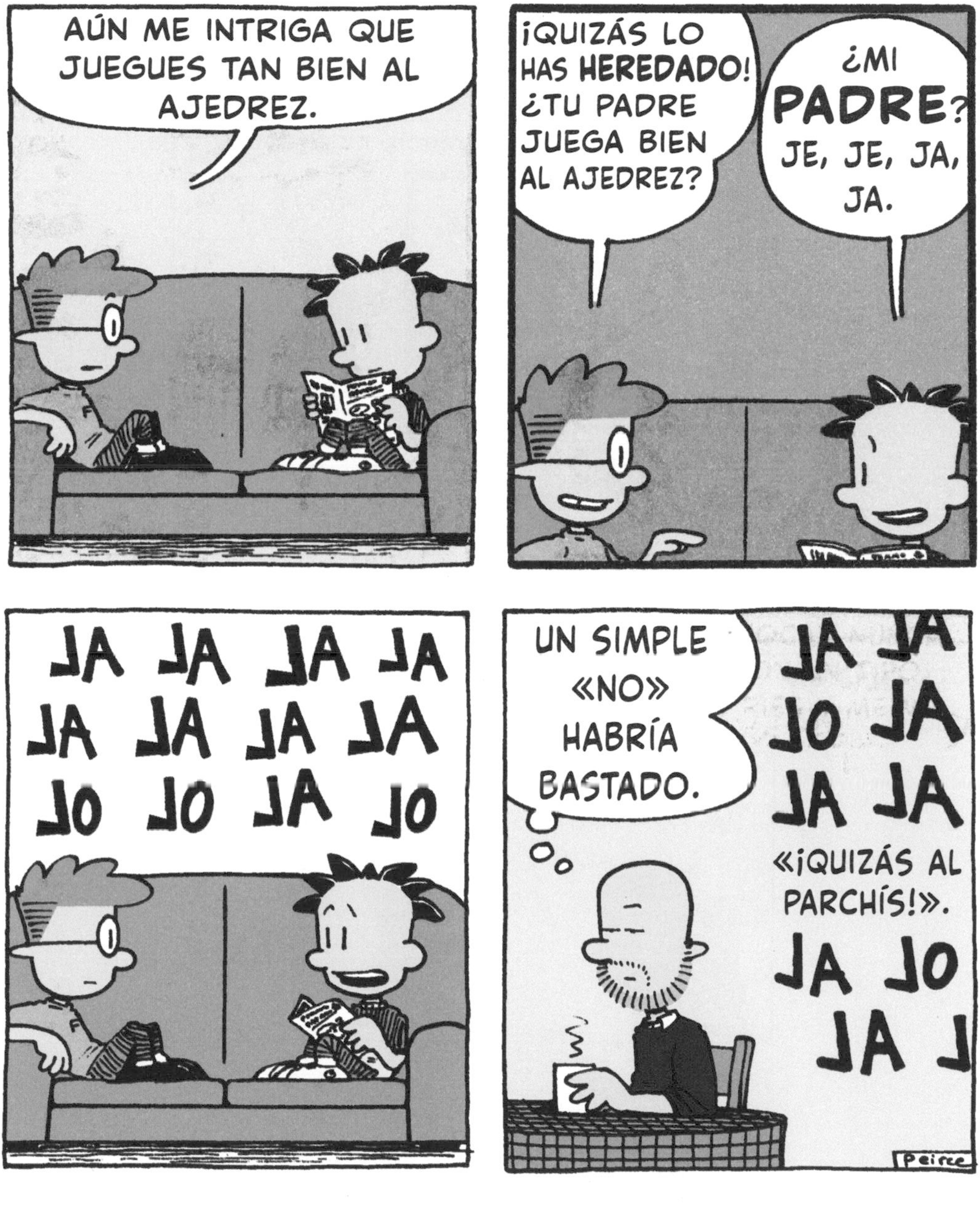
AÚN ME INTRIGA QUE JUEGUES TAN BIEN AL AJEDREZ.
¡QUIZÁS LO HAS **HEREDADO**! ¿TU PADRE JUEGA BIEN AL AJEDREZ?
¿MI **PADRE**? JE, JE, JA, JA.
JA JA JA JA
JA JA JA JA
JO JO JA JO
UN SIMPLE «NO» HABRÍA BASTADO.
JA JA
JO JA
JA JA
«¡QUIZÁS AL PARCHÍS!».
JA JO
JA J
Peirce

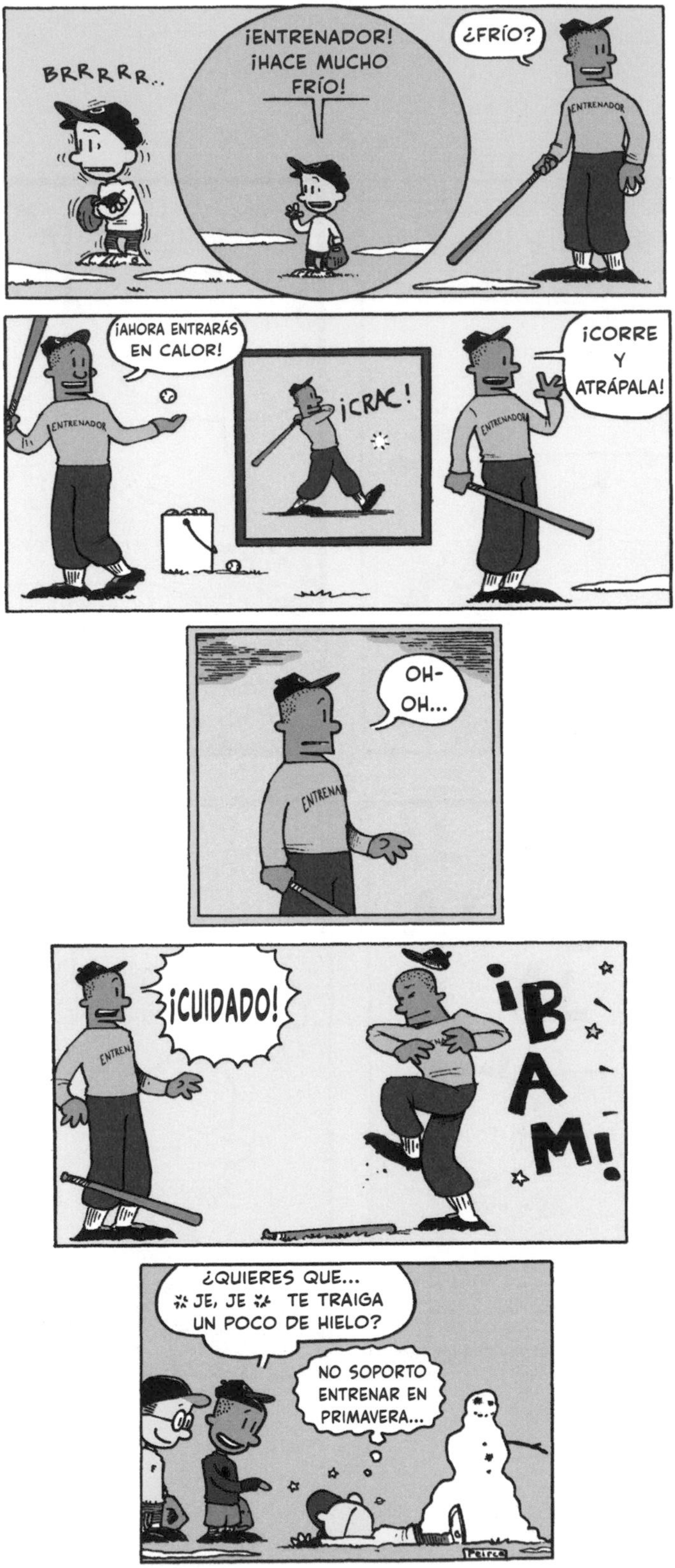
BRRRRRR..
¡ENTRENADOR! ¡HACE MUCHO FRÍO!
¿FRÍO?
ENTRENADOR
¡AHORA ENTRARÁS EN CALOR!
¡CRAC!
¡CORRE Y ATRÁPALA!
OH-OH...
¡CUIDADO!
¡BAM!
¿QUIERES QUE... JE, JE TE TRAIGA UN POCO DE HIELO?
NO SOPORTO ENTRENAR EN PRIMAVERA...
Peirce

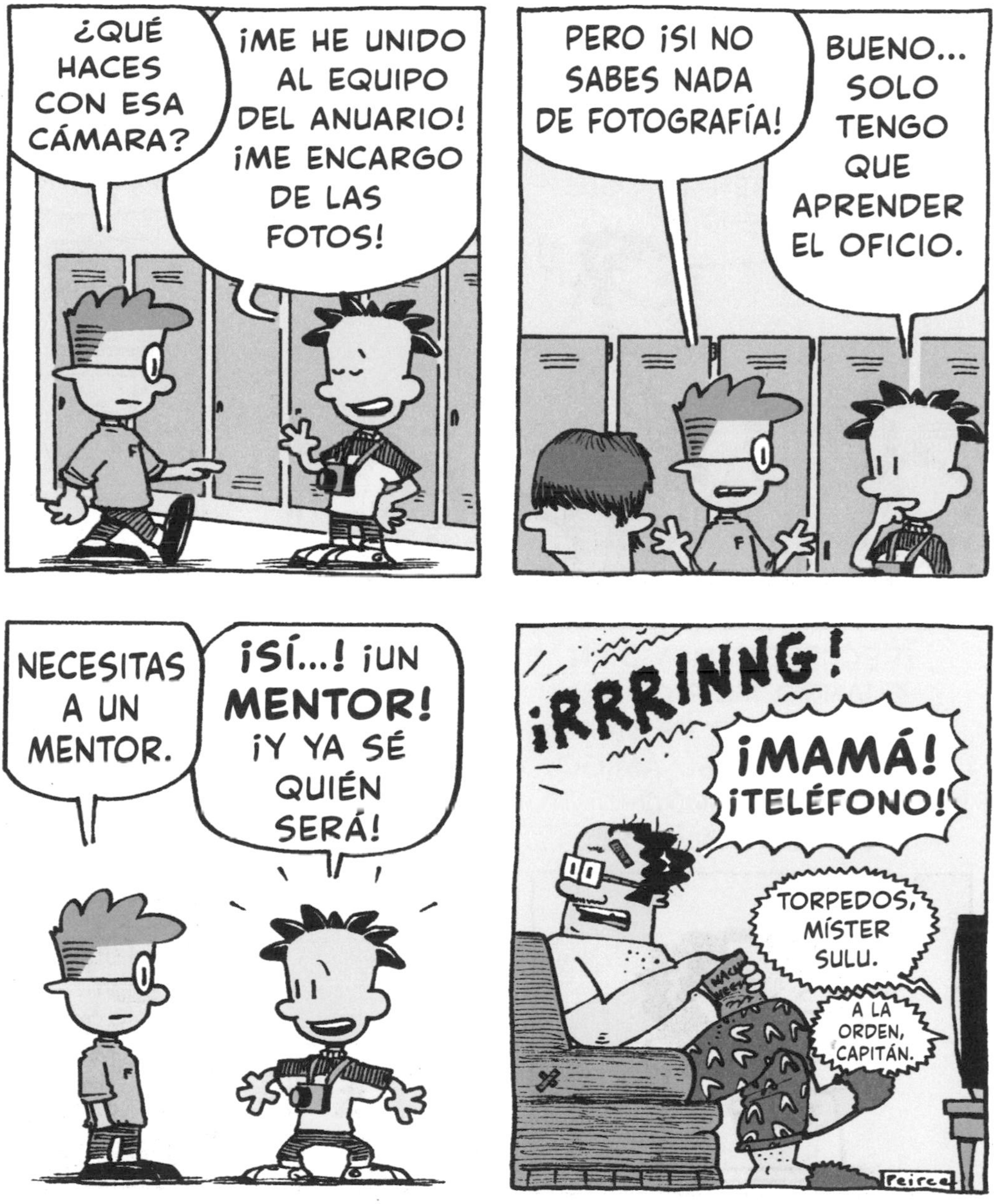
¿QUÉ HACES CON ESA CÁMARA?
¡ME HE UNIDO AL EQUIPO DEL ANUARIO! ¡ME ENCARGO DE LAS FOTOS!
PERO ¡SI NO SABES NADA DE FOTOGRAFÍA!
BUENO... SOLO TENGO QUE APRENDER EL OFICIO.
NECESITAS A UN MENTOR.
¡SÍ...! ¡UN **MENTOR**! ¡Y YA SÉ QUIÉN SERÁ!
¡RRRINNG!
¡MAMÁ! ¡TELÉFONO!
TORPEDOS, MÍSTER SULU.
A LA ORDEN, CAPITÁN.
Peirce

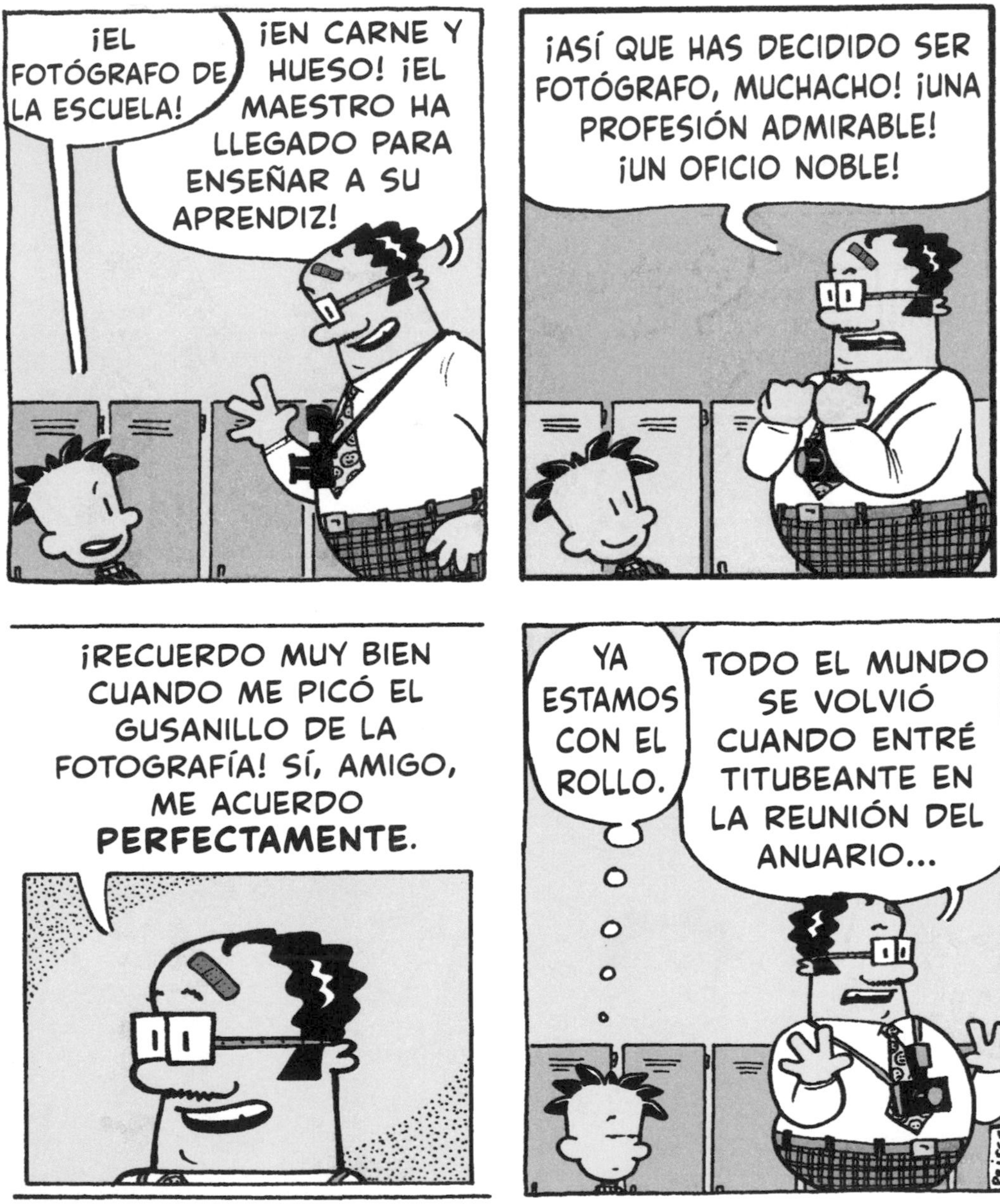
¡EL FOTÓGRAFO DE LA ESCUELA!
¡EN CARNE Y HUESO! ¡EL MAESTRO HA LLEGADO PARA ENSEÑAR A SU APRENDIZ!
¡ASÍ QUE HAS DECIDIDO SER FOTÓGRAFO, MUCHACHO! ¡UNA PROFESIÓN ADMIRABLE! ¡UN OFICIO NOBLE!
¡RECUERDO MUY BIEN CUANDO ME PICÓ EL GUSANILLO DE LA FOTOGRAFÍA! SÍ, AMIGO, ME ACUERDO PERFECTAMENTE.
YA ESTAMOS CON EL ROLLO.
TODO EL MUNDO SE VOLVIÓ CUANDO ENTRÉ TITUBEANTE EN LA REUNIÓN DEL ANUARIO...
Peirce

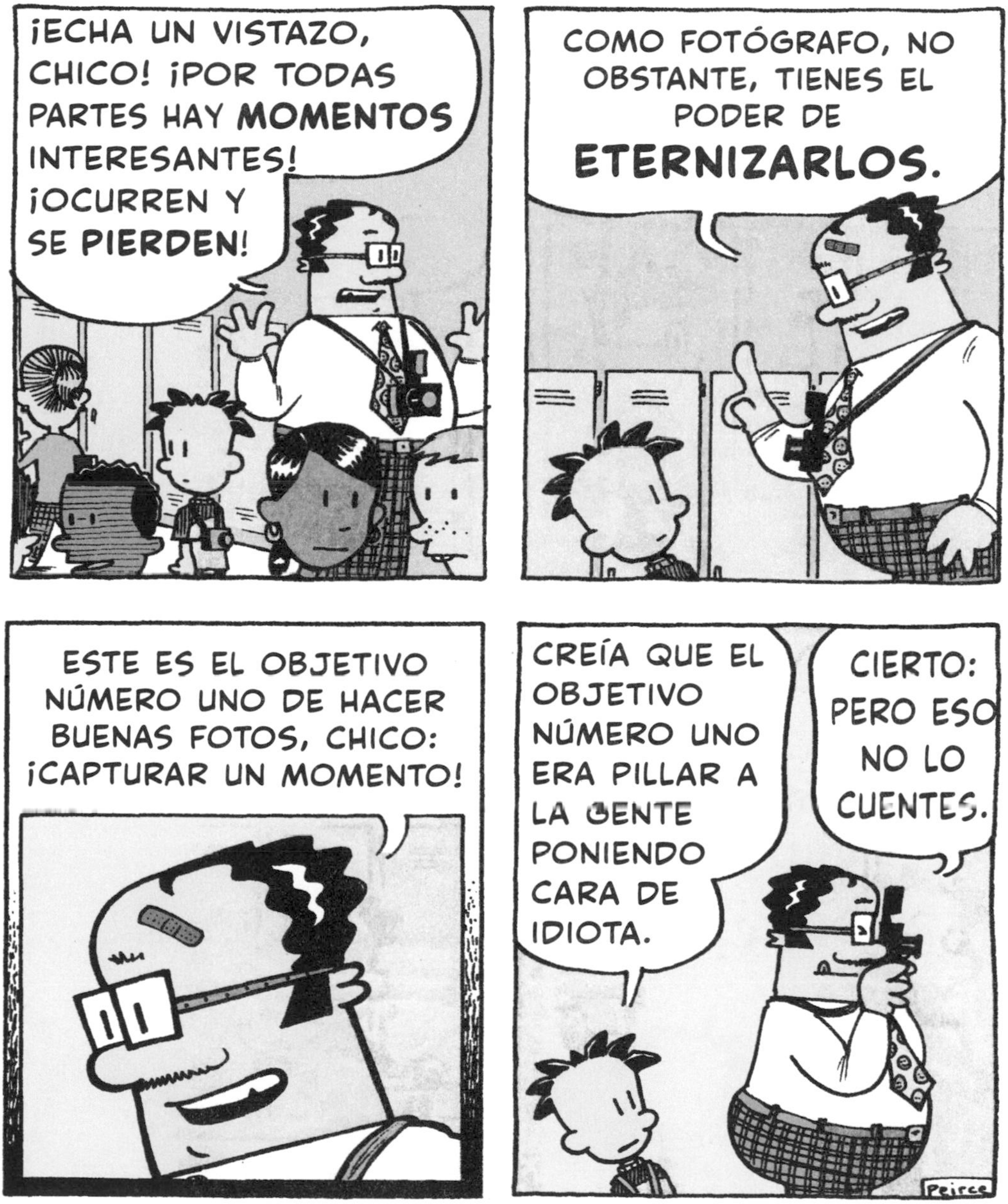
¡ECHA UN VISTAZO, CHICO! ¡POR TODAS PARTES HAY **MOMENTOS** INTERESANTES! ¡OCURREN Y SE **PIERDEN**!
COMO FOTÓGRAFO, NO OBSTANTE, TIENES EL PODER DE **ETERNIZARLOS**.
ESTE ES EL OBJETIVO NÚMERO UNO DE HACER BUENAS FOTOS, CHICO: ¡CAPTURAR UN MOMENTO!
CREÍA QUE EL OBJETIVO NÚMERO UNO ERA PILLAR A LA GENTE PONIENDO CARA DE IDIOTA.
CIERTO: PERO ESO NO LO CUENTES.
Peirce

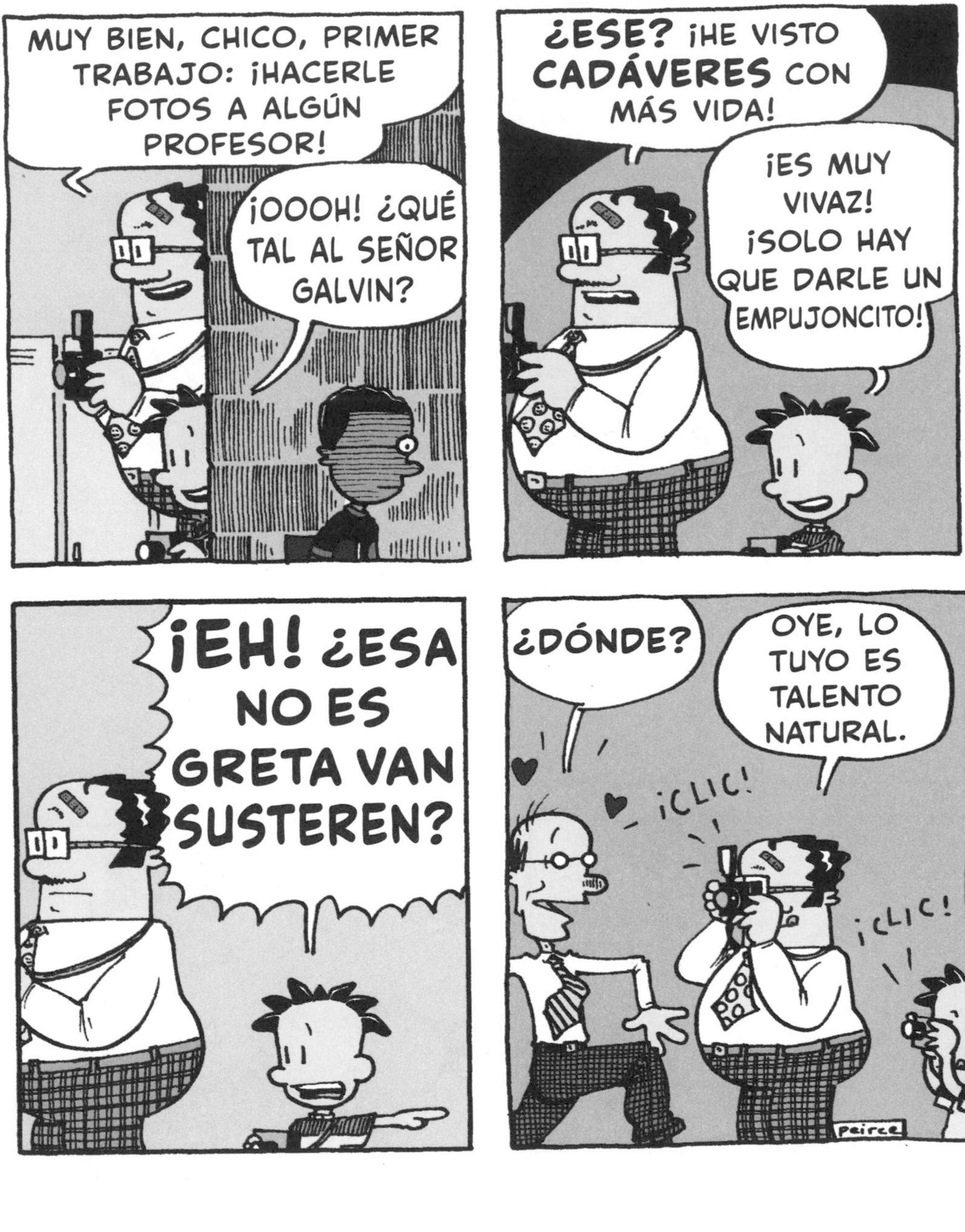
MUY BIEN, CHICO, PRIMER TRABAJO: ¡HACERLE FOTOS A ALGÚN PROFESOR!
¡OOOH! ¿QUÉ TAL AL SEÑOR GALVIN?
¿ESE? ¡HE VISTO CADÁVERES CON MÁS VIDA!
¡ES MUY VIVAZ! ¡SOLO HAY QUE DARLE UN EMPUJONCITO!
¡EH! ¿ESA NO ES GRETA VAN SUSTEREN?
¿DÓNDE?
OYE, LO TUYO ES TALENTO NATURAL.
¡CLIC!
¡CLIC!
peirce

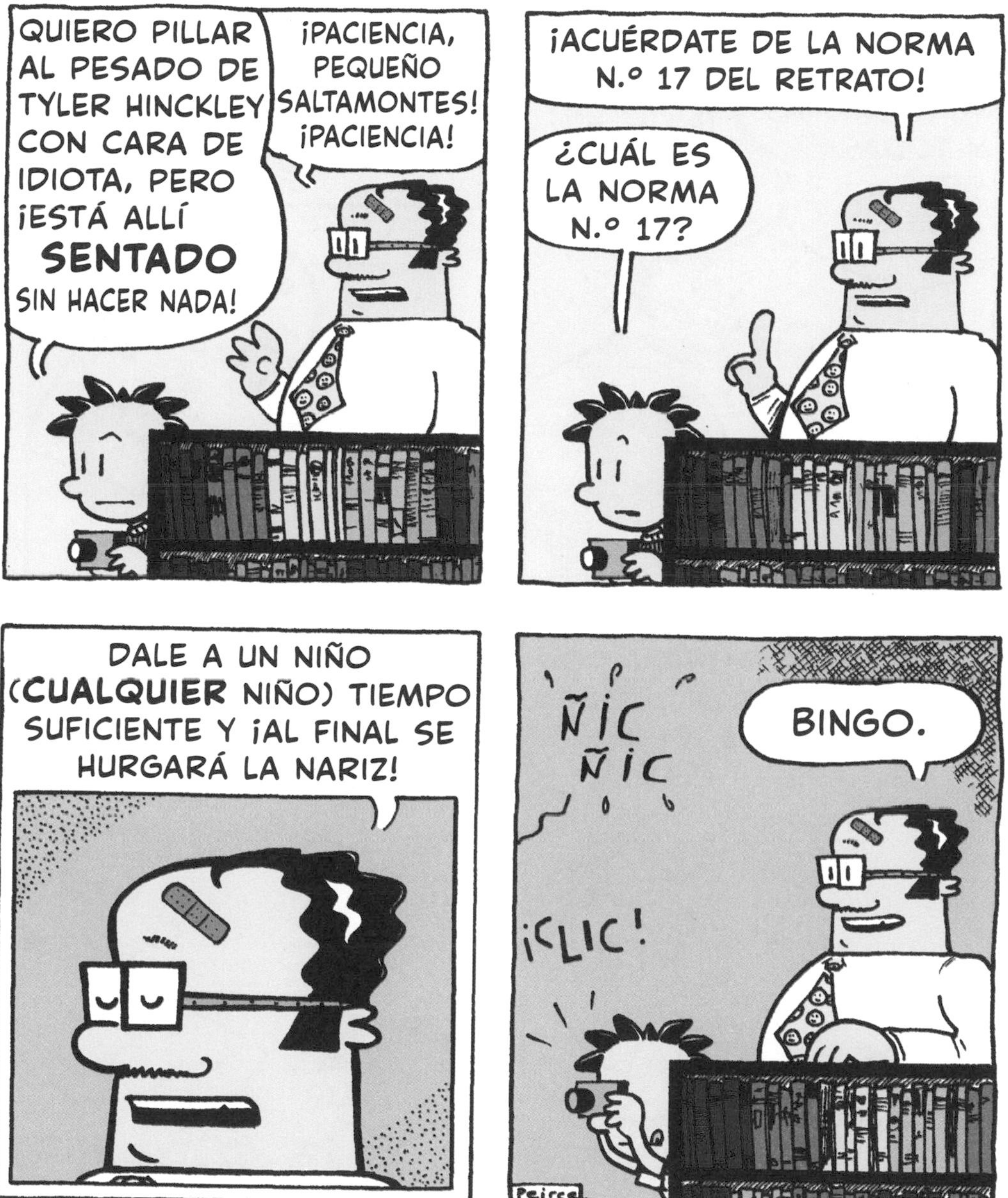
QUIERO PILLAR AL PESADO DE TYLER HINCKLEY CON CARA DE IDIOTA, PERO ¡ESTÁ ALLÍ **SENTADO** SIN HACER NADA!
¡PACIENCIA, PEQUEÑO SALTAMONTES! ¡PACIENCIA!
¡ACUÉRDATE DE LA NORMA N.º 17 DEL RETRATO!
¿CUÁL ES LA NORMA N.º 17?
DALE A UN NIÑO (**CUALQUIER** NIÑO) TIEMPO SUFICIENTE Y ¡AL FINAL SE HURGARÁ LA NARIZ!
ÑIC ÑIC
BINGO.
¡CLIC!
Peirce

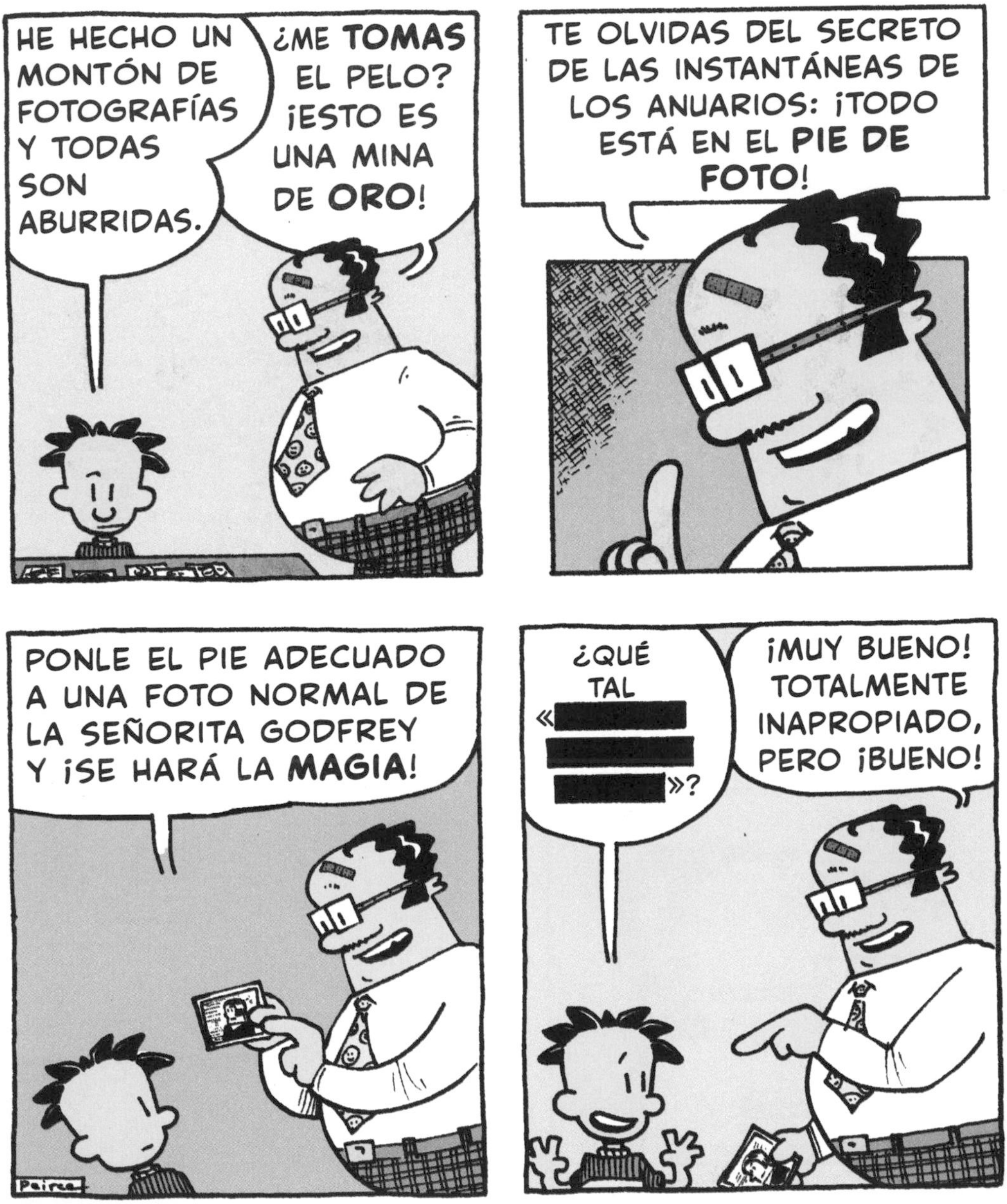
HE HECHO UN MONTÓN DE FOTOGRAFÍAS Y TODAS SON ABURRIDAS.
¿ME **TOMAS** EL PELO? ¡ESTO ES UNA MINA DE **ORO**!
TE OLVIDAS DEL SECRETO DE LAS INSTANTÁNEAS DE LOS ANUARIOS: ¡TODO ESTÁ EN EL **PIE DE FOTO**!
PONLE EL PIE ADECUADO A UNA FOTO NORMAL DE LA SEÑORITA GODFREY Y ¡SE HARÁ LA **MAGIA**!
Peirce
¿QUÉ TAL «[redacted]»?
¡MUY BUENO! TOTALMENTE INAPROPIADO, PERO ¡BUENO!

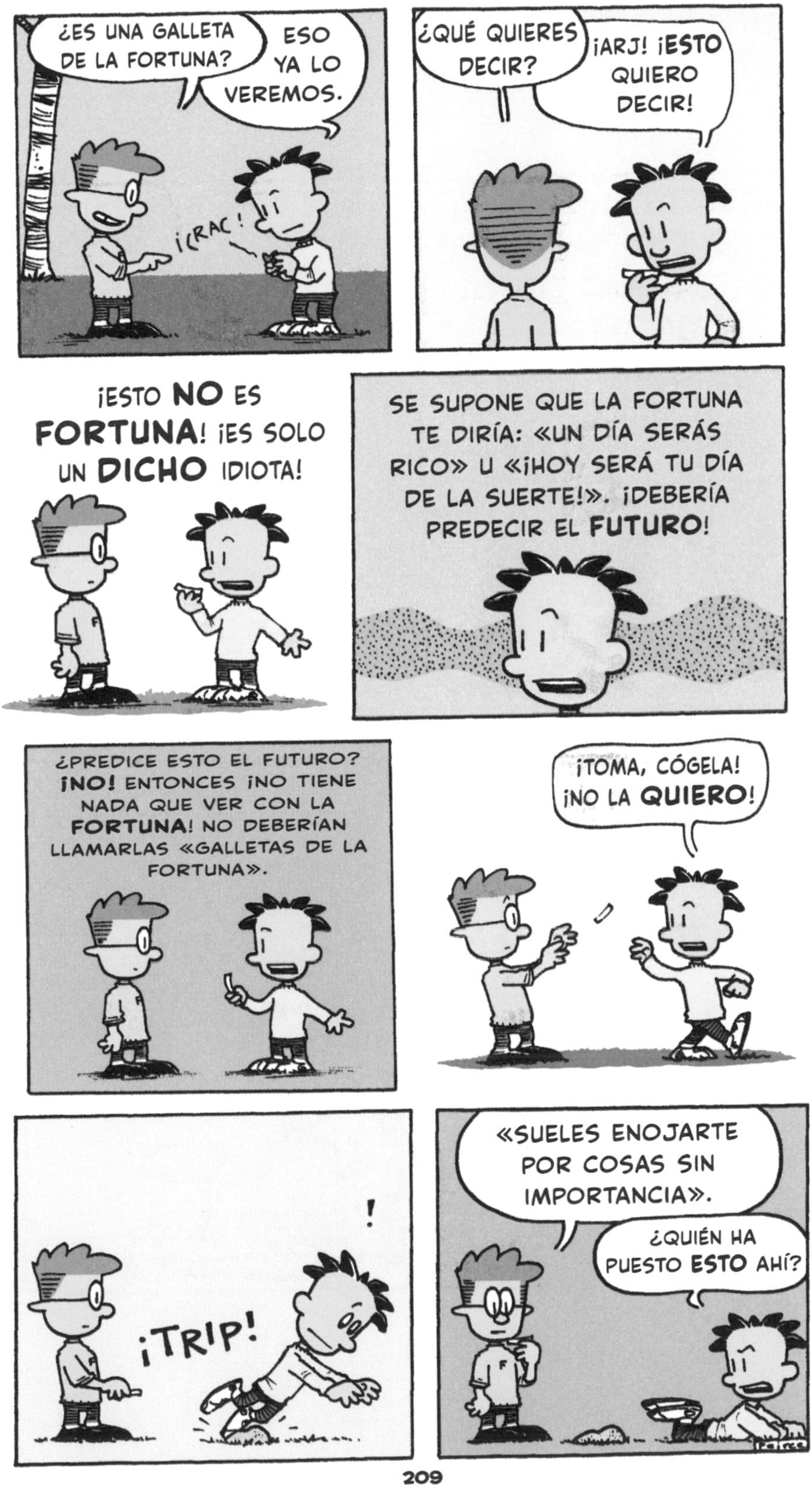

¿ES UNA GALLETA DE LA FORTUNA?
ESO YA LO VEREMOS.
¡CRAC!
¿QUÉ QUIERES DECIR?
¡ARJ! ¡ESTO QUIERO DECIR!
¡ESTO NO ES FORTUNA! ¡ES SOLO UN DICHO IDIOTA!
SE SUPONE QUE LA FORTUNA TE DIRÍA: «UN DÍA SERÁS RICO» U «¡HOY SERÁ TU DÍA DE LA SUERTE!». ¡DEBERÍA PREDECIR EL FUTURO!
¿PREDICE ESTO EL FUTURO? ¡NO! ENTONCES ¡NO TIENE NADA QUE VER CON LA FORTUNA! NO DEBERÍAN LLAMARLAS «GALLETAS DE LA FORTUNA».
¡TOMA, CÓGELA! ¡NO LA QUIERO!
!
¡TRIP!
«SUELES ENOJARTE POR COSAS SIN IMPORTANCIA».
¿QUIÉN HA PUESTO ESTO AHÍ?

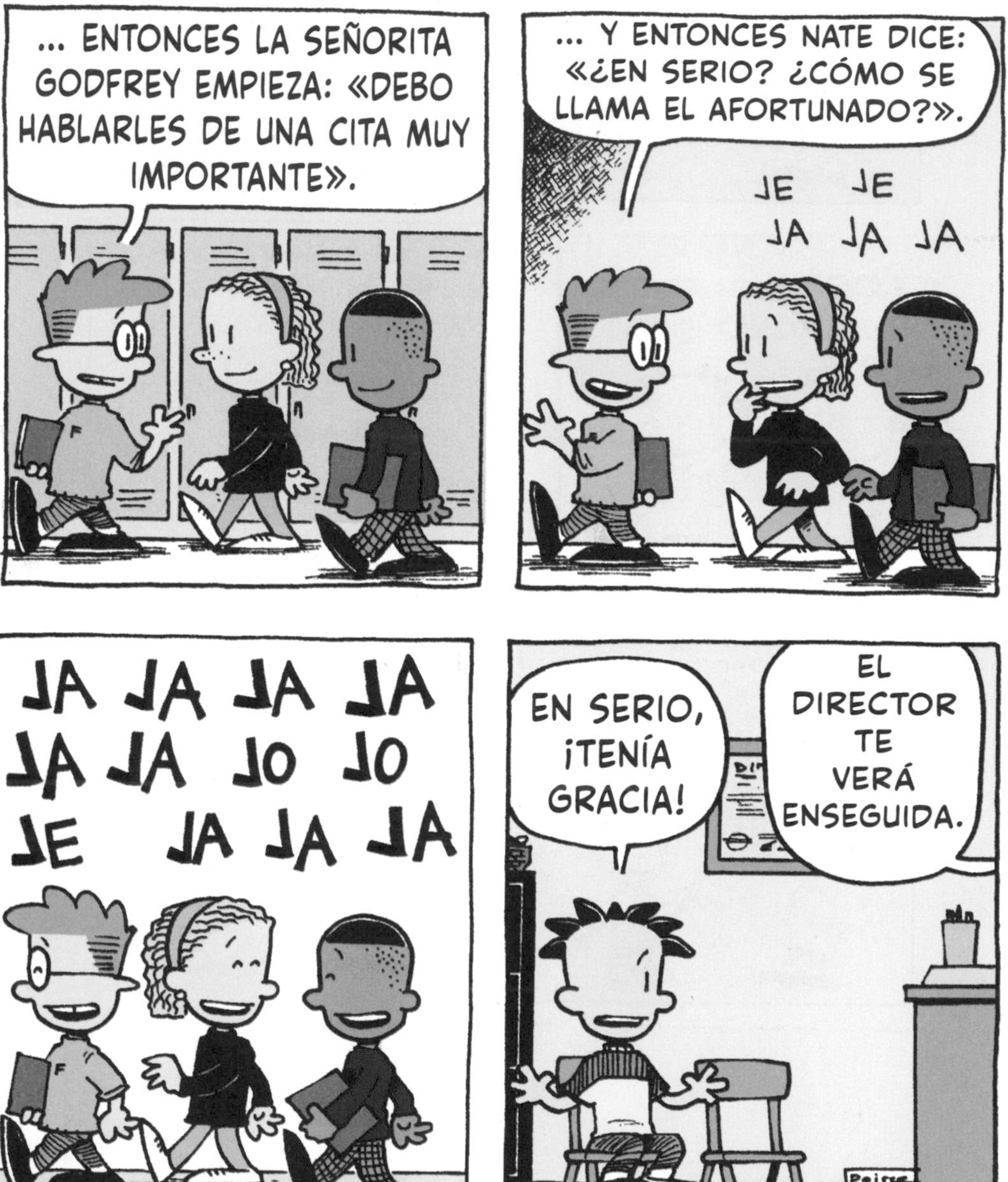
... ENTONCES LA SEÑORITA GODFREY EMPIEZA: «DEBO HABLARLES DE UNA CITA MUY IMPORTANTE».
... Y ENTONCES NATE DICE: «¿EN SERIO? ¿CÓMO SE LLAMA EL AFORTUNADO?».
JE JE
JA JA JA
JA JA JA JA
JA JA JO JO
JE JA JA JA
EN SERIO, ¡TENÍA GRACIA!
EL DIRECTOR TE VERÁ ENSEGUIDA.

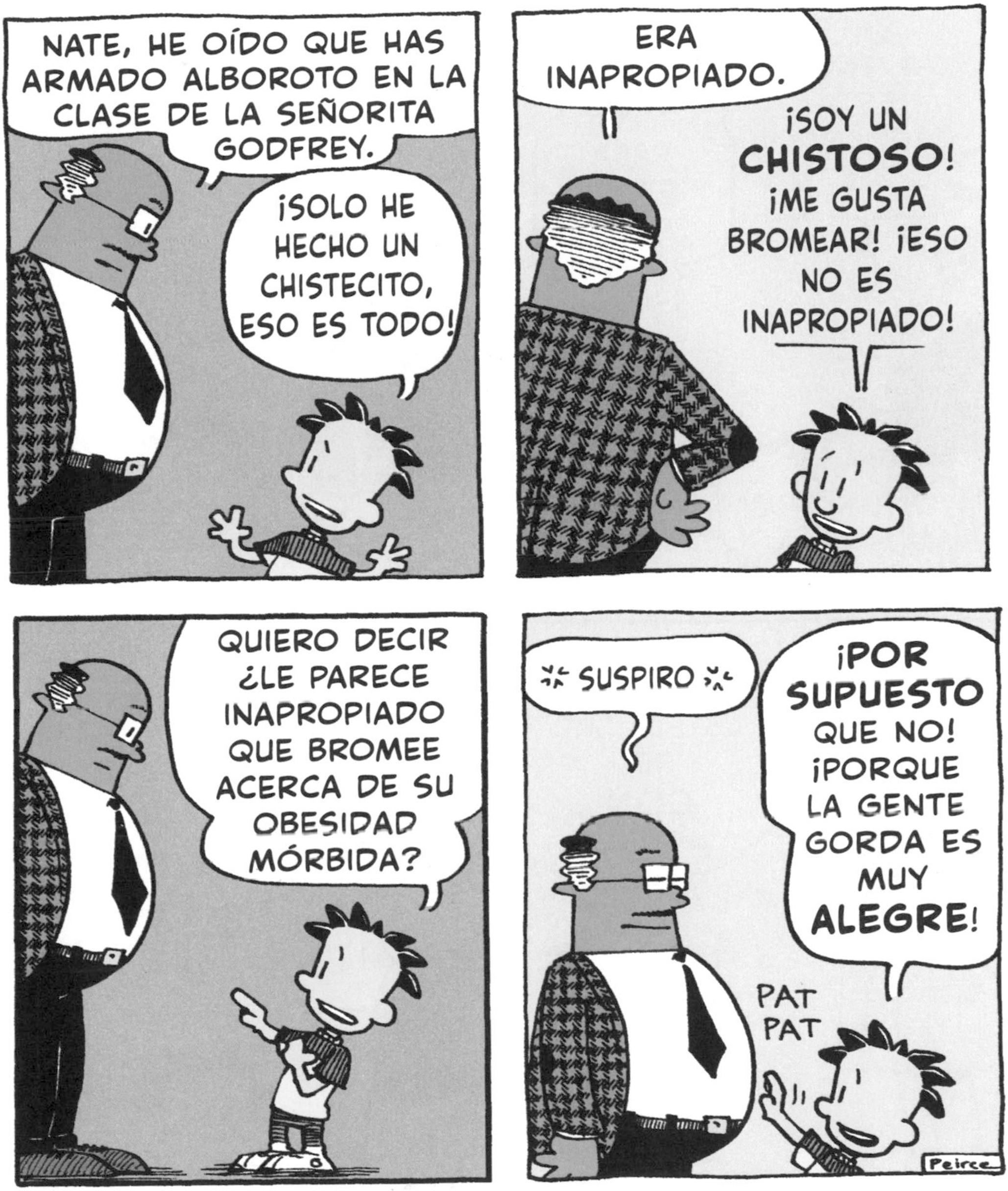
NATE, HE OÍDO QUE HAS ARMADO ALBOROTO EN LA CLASE DE LA SEÑORITA GODFREY.
¡SOLO HE HECHO UN CHISTECITO, ESO ES TODO!
ERA INAPROPIADO.
¡SOY UN **CHISTOSO**! ¡ME GUSTA BROMEAR! ¡ESO NO ES INAPROPIADO!
QUIERO DECIR ¿LE PARECE INAPROPIADO QUE BROMEE ACERCA DE SU OBESIDAD MÓRBIDA?
SUSPIRO
¡**POR SUPUESTO** QUE NO! ¡PORQUE LA GENTE GORDA ES MUY **ALEGRE**!
PAT PAT
Peirce

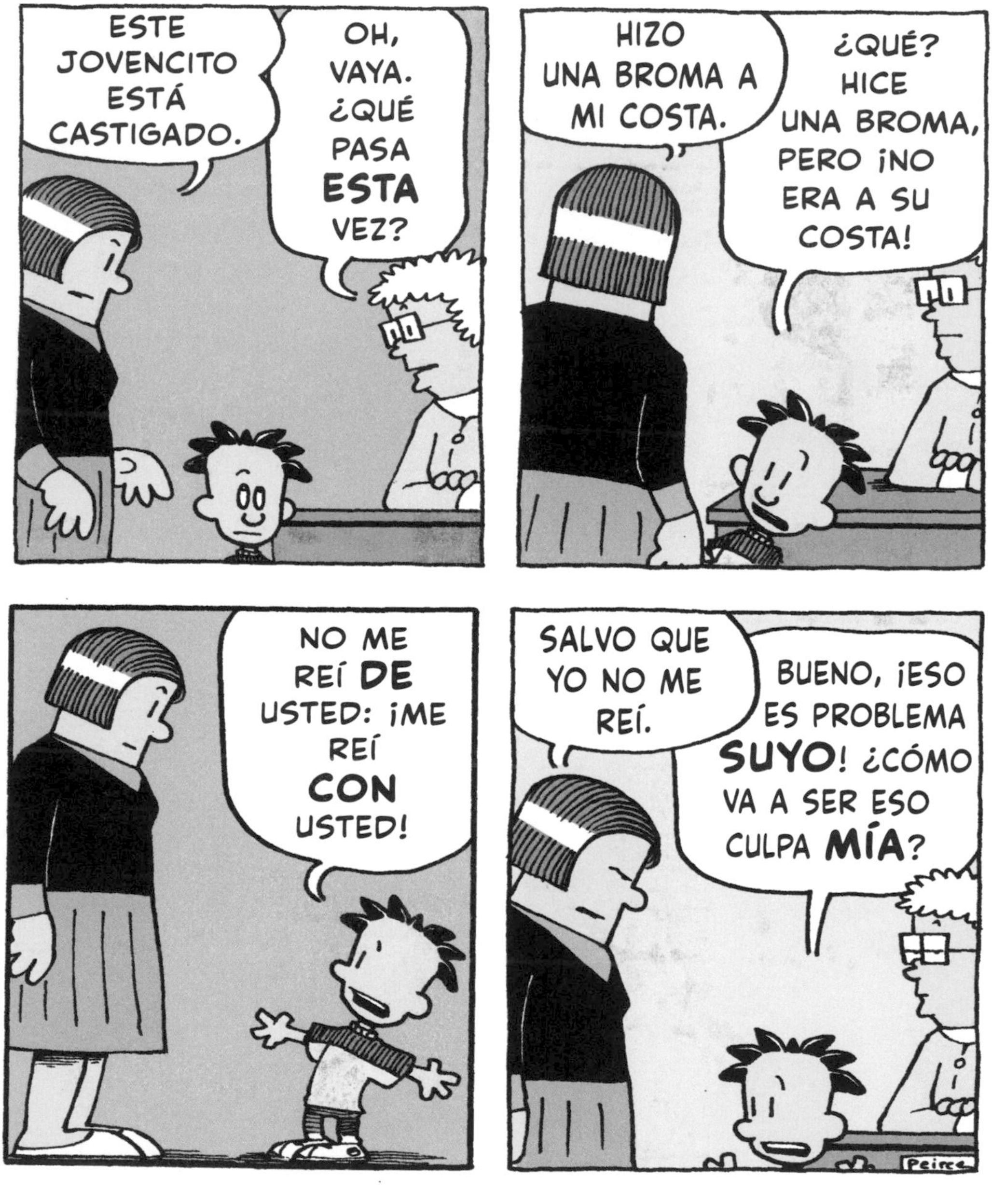
ESTE JOVENCITO ESTÁ CASTIGADO.
OH, VAYA. ¿QUÉ PASA **ESTA** VEZ?
HIZO UNA BROMA A MI COSTA.
¿QUÉ? HICE UNA BROMA, PERO ¡NO ERA A SU COSTA!
NO ME REÍ **DE** USTED: ¡ME REÍ **CON** USTED!
SALVO QUE YO NO ME REÍ.
BUENO, ¡ESO ES PROBLEMA **SUYO**! ¿CÓMO VA A SER ESO CULPA **MÍA**?
Peirce

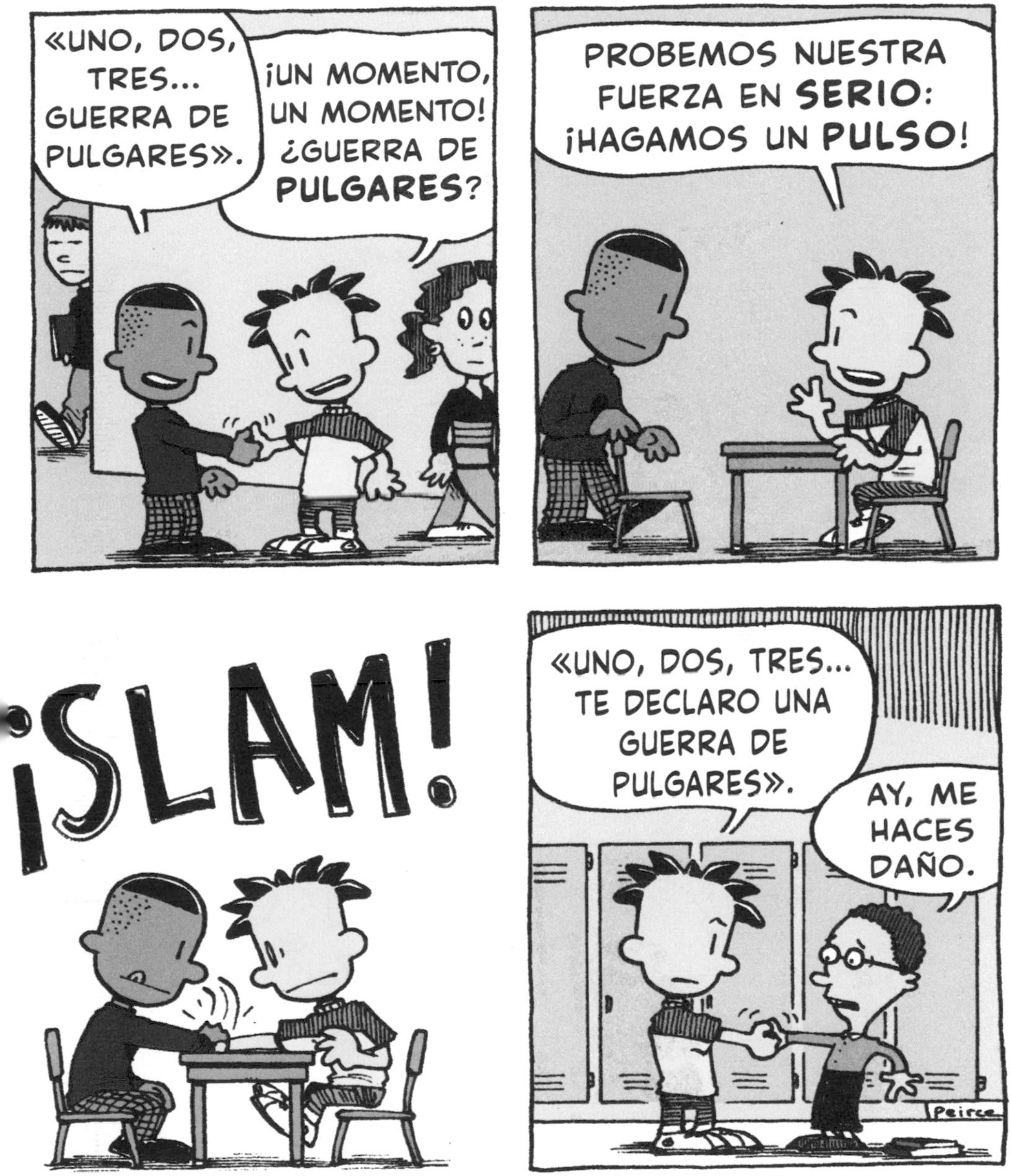
«UNO, DOS, TRES... GUERRA DE PULGARES».
¡UN MOMENTO, UN MOMENTO! ¿GUERRA DE PULGARES?
PROBEMOS NUESTRA FUERZA EN SERIO: ¡HAGAMOS UN PULSO!
¡SLAM!
«UNO, DOS, TRES... TE DECLARO UNA GUERRA DE PULGARES».
AY, ME HACES DAÑO.
Peirce

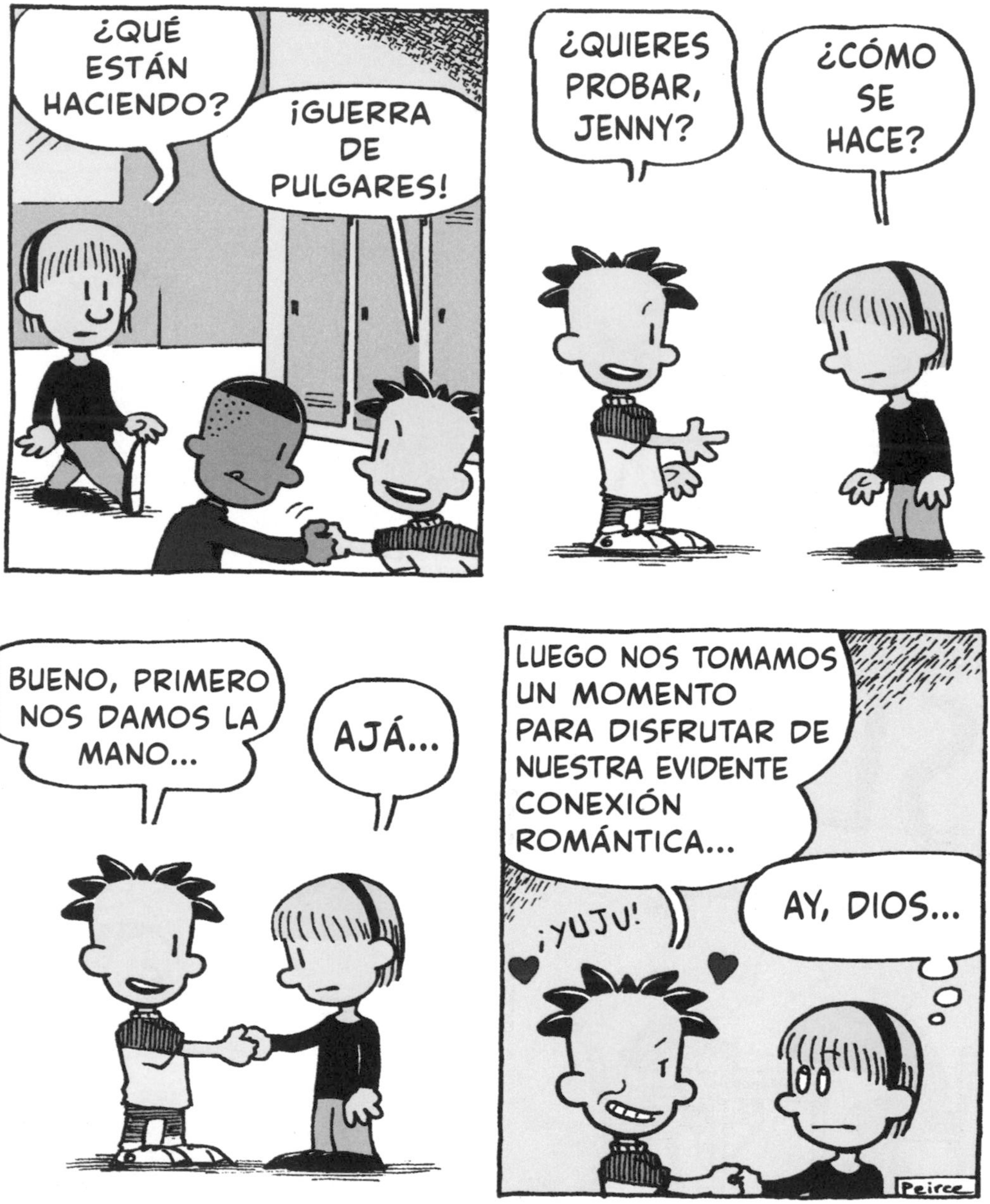
¿QUÉ ESTÁN HACIENDO?
¡GUERRA DE PULGARES!
¿QUIERES PROBAR, JENNY?
¿CÓMO SE HACE?
BUENO, PRIMERO NOS DAMOS LA MANO...
AJÁ...
LUEGO NOS TOMAMOS UN MOMENTO PARA DISFRUTAR DE NUESTRA EVIDENTE CONEXIÓN ROMÁNTICA...
¡YUJU!
AY, DIOS...
Peirce

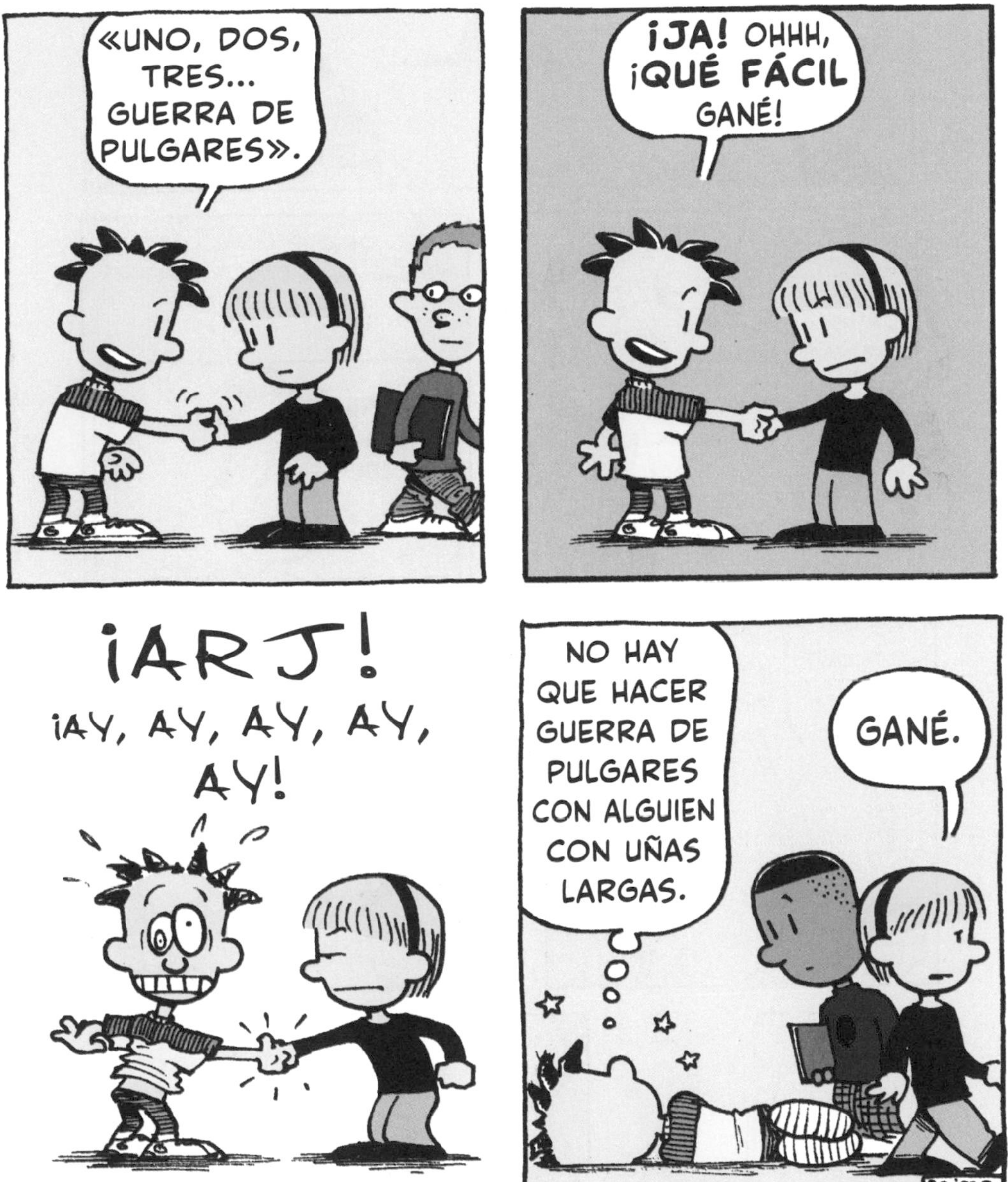
«UNO, DOS, TRES... GUERRA DE PULGARES».
¡JA! OHHH, ¡QUÉ FÁCIL GANÉ!
¡ARJ!
¡AY, AY, AY, AY, AY!
NO HAY QUE HACER GUERRA DE PULGARES CON ALGUIEN CON UÑAS LARGAS.
GANÉ.
Peirce

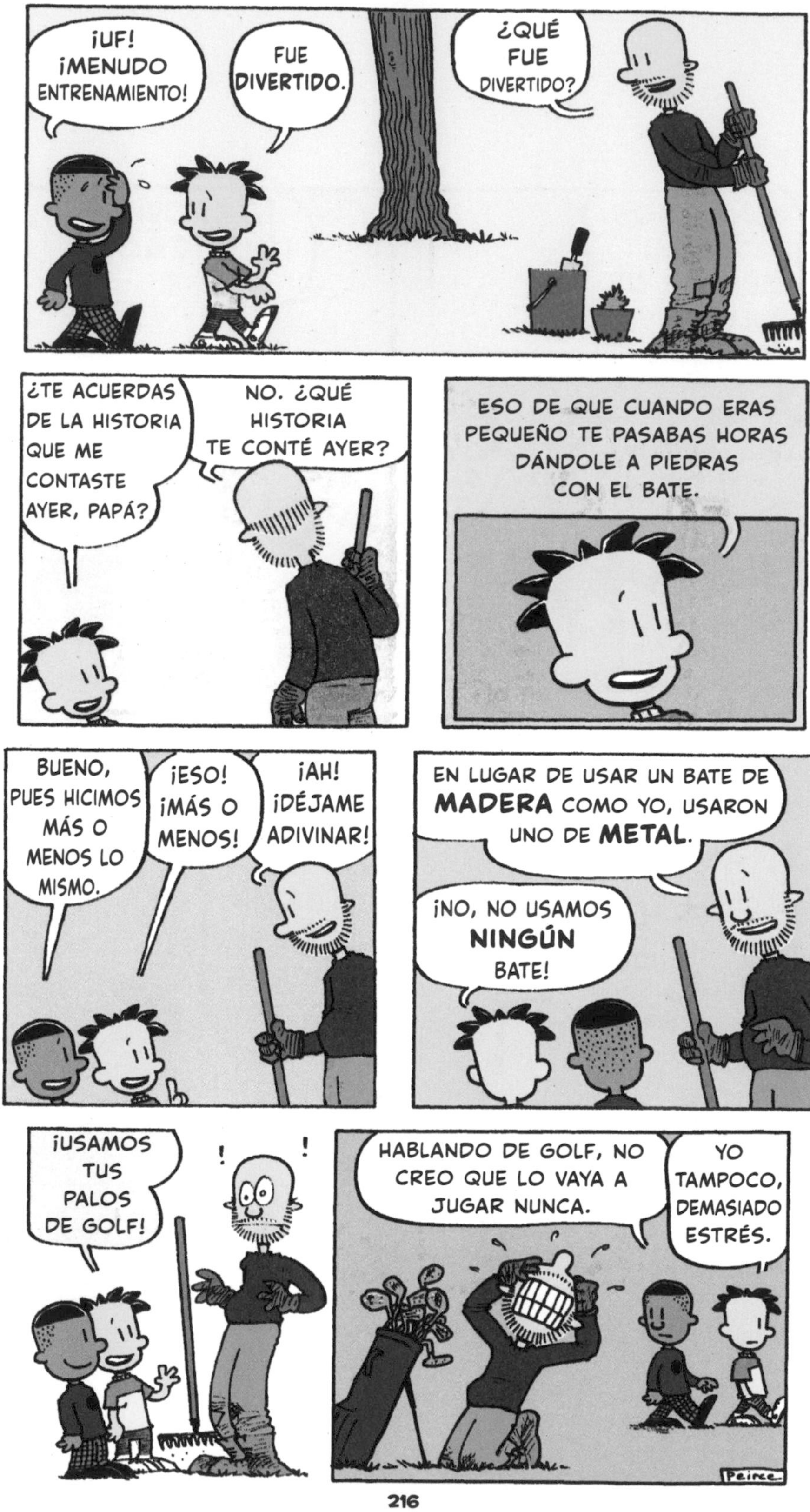
¡UF! ¡MENUDO ENTRENAMIENTO!
FUE DIVERTIDO.
¿QUÉ FUE DIVERTIDO?
¿TE ACUERDAS DE LA HISTORIA QUE ME CONTASTE AYER, PAPÁ?
NO. ¿QUÉ HISTORIA TE CONTÉ AYER?
ESO DE QUE CUANDO ERAS PEQUEÑO TE PASABAS HORAS DÁNDOLE A PIEDRAS CON EL BATE.
BUENO, PUES HICIMOS MÁS O MENOS LO MISMO.
¡ESO! ¡MÁS O MENOS!
¡AH! ¡DÉJAME ADIVINAR!
EN LUGAR DE USAR UN BATE DE MADERA COMO YO, USARON UNO DE METAL.
¡NO, NO USAMOS NINGÚN BATE!
¡USAMOS TUS PALOS DE GOLF!
! !
HABLANDO DE GOLF, NO CREO QUE LO VAYA A JUGAR NUNCA.
YO TAMPOCO, DEMASIADO ESTRÉS.
Peirce

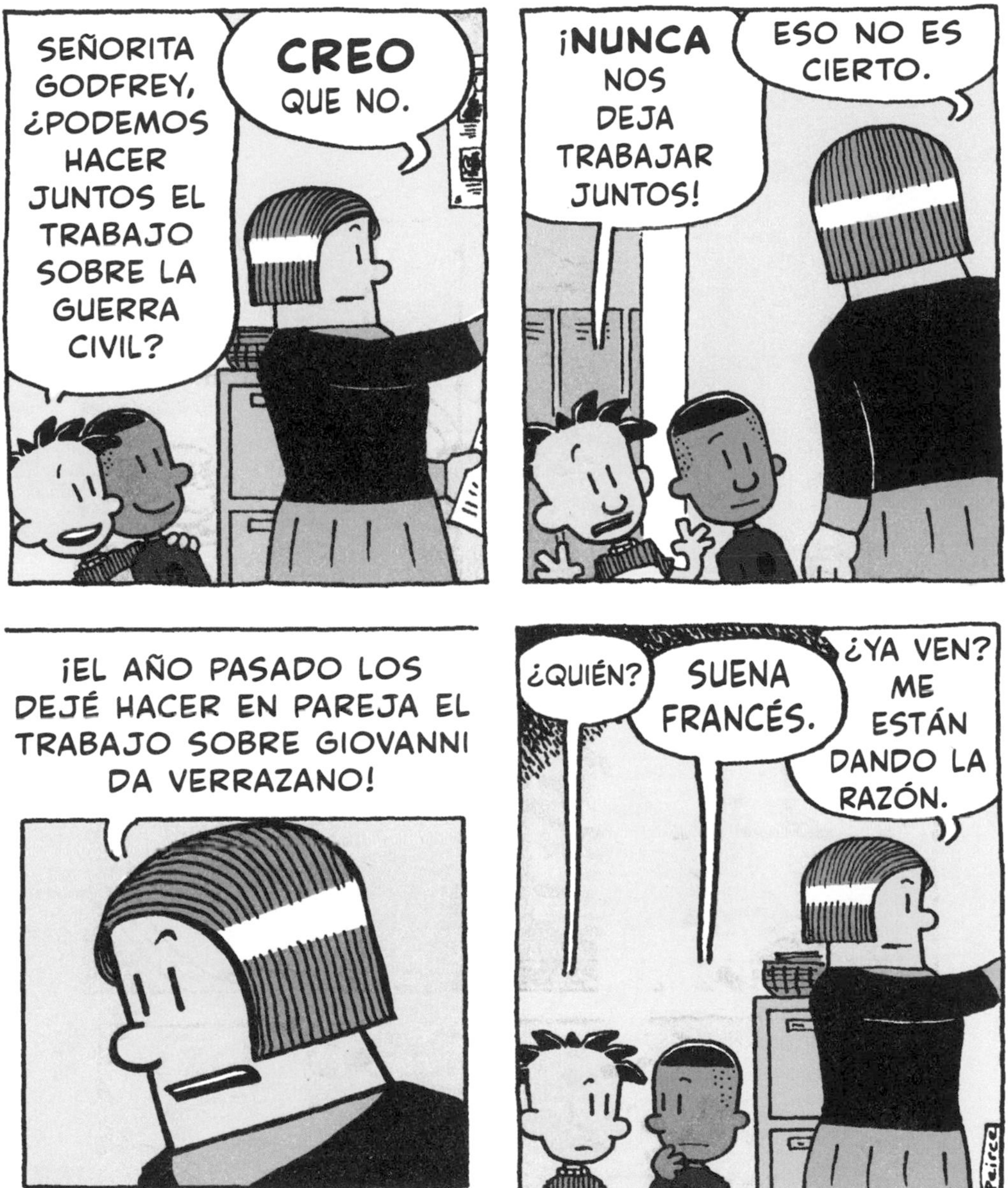
SEÑORITA GODFREY, ¿PODEMOS HACER JUNTOS EL TRABAJO SOBRE LA GUERRA CIVIL?
CREO QUE NO.
¡NUNCA NOS DEJA TRABAJAR JUNTOS!
ESO NO ES CIERTO.
¡EL AÑO PASADO LOS DEJÉ HACER EN PAREJA EL TRABAJO SOBRE GIOVANNI DA VERRAZANO!
¿QUIÉN?
SUENA FRANCÉS.
¿YA VEN? ME ESTÁN DANDO LA RAZÓN.
Peirce

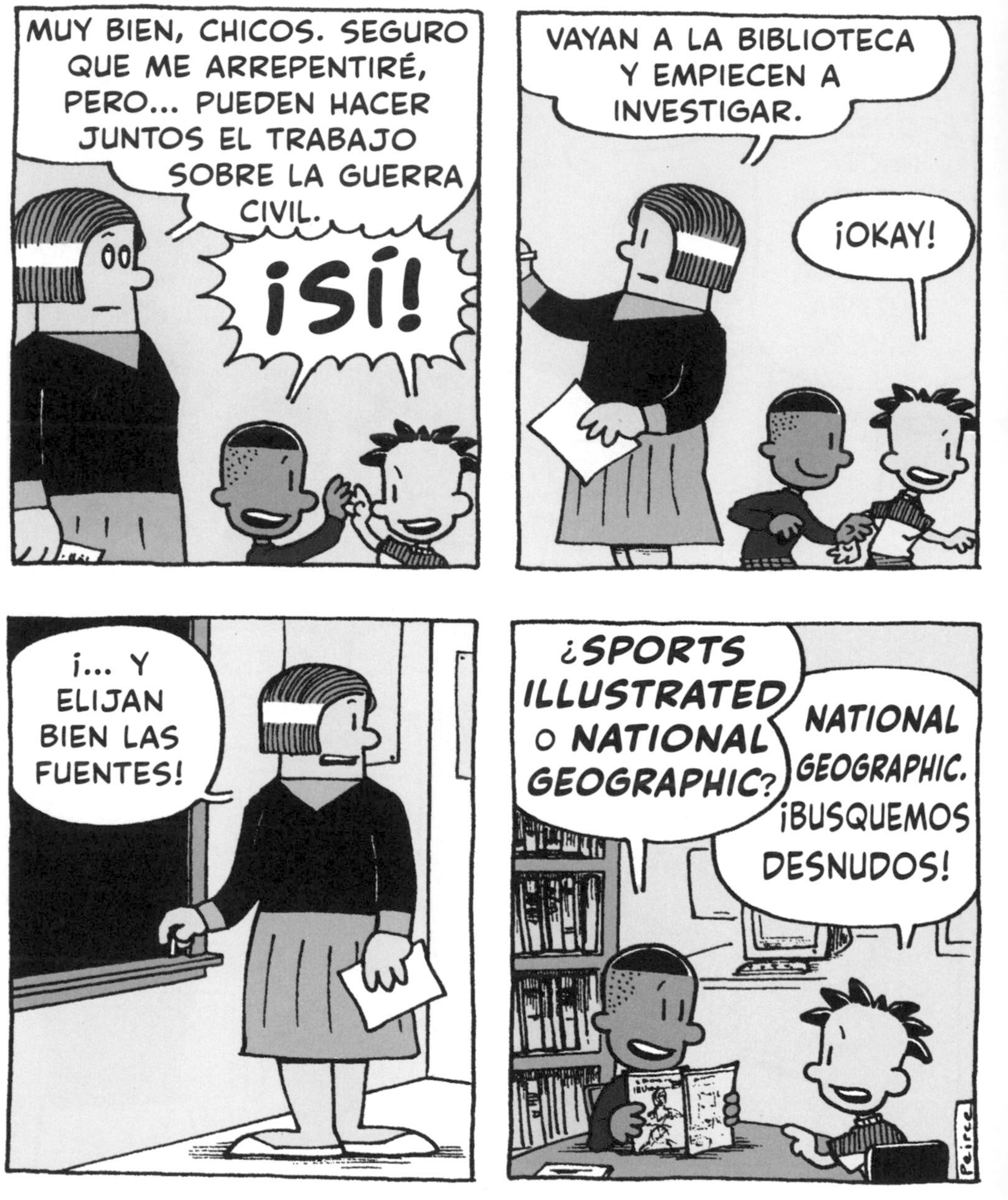
MUY BIEN, CHICOS. SEGURO QUE ME ARREPENTIRÉ, PERO... PUEDEN HACER JUNTOS EL TRABAJO SOBRE LA GUERRA CIVIL.
¡SÍ!
VAYAN A LA BIBLIOTECA Y EMPIECEN A INVESTIGAR.
¡OKAY!
¡... Y ELIJAN BIEN LAS FUENTES!
¿SPORTS ILLUSTRATED O NATIONAL GEOGRAPHIC?
NATIONAL GEOGRAPHIC. ¡BUSQUEMOS DESNUDOS!
Peirce

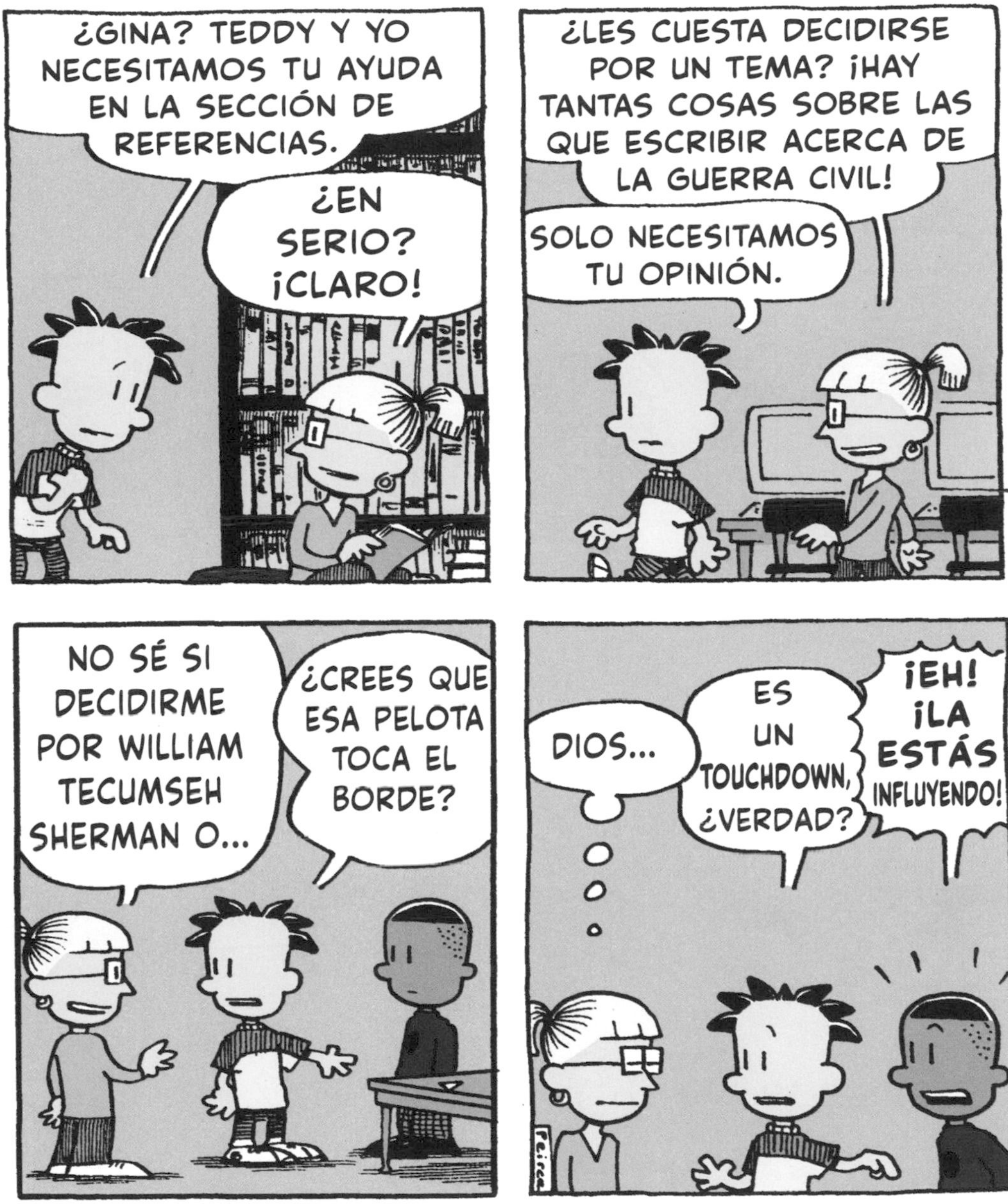
¿GINA? TEDDY Y YO NECESITAMOS TU AYUDA EN LA SECCIÓN DE REFERENCIAS.
¿EN SERIO? ¡CLARO!
¿LES CUESTA DECIDIRSE POR UN TEMA? ¡HAY TANTAS COSAS SOBRE LAS QUE ESCRIBIR ACERCA DE LA GUERRA CIVIL!
SOLO NECESITAMOS TU OPINIÓN.
NO SÉ SI DECIDIRME POR WILLIAM TECUMSEH SHERMAN O...
¿CREES QUE ESA PELOTA TOCA EL BORDE?
DIOS...
ES UN TOUCHDOWN, ¿VERDAD?
¡EH! ¡LA ESTÁS INFLUYENDO!
Peirce

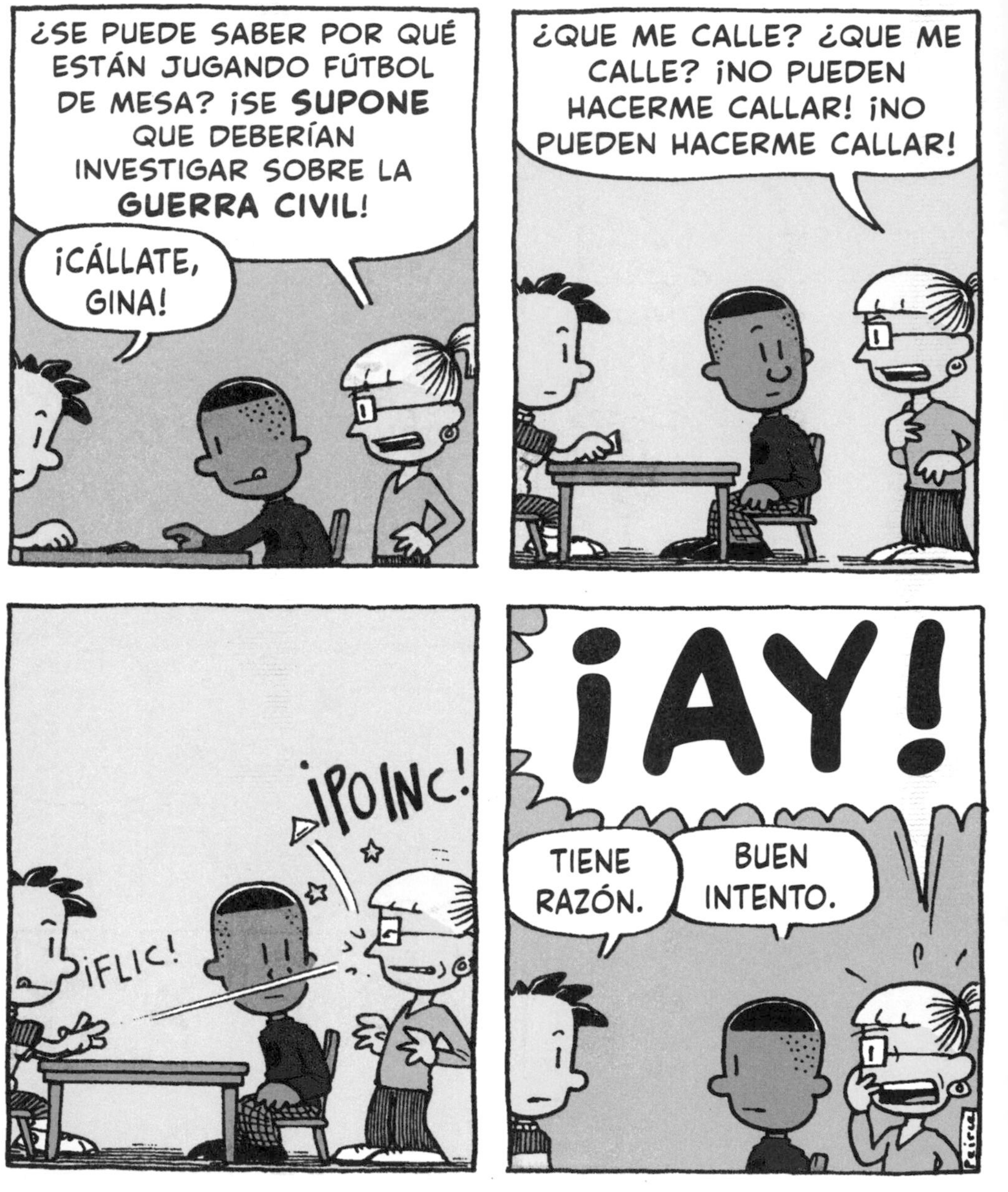
¿SE PUEDE SABER POR QUÉ ESTÁN JUGANDO FÚTBOL DE MESA? ¡SE **SUPONE** QUE DEBERÍAN INVESTIGAR SOBRE LA **GUERRA CIVIL**!
¡CÁLLATE, GINA!
¿QUE ME CALLE? ¿QUE ME CALLE? ¡NO PUEDEN HACERME CALLAR! ¡NO PUEDEN HACERME CALLAR!
¡FLIC!
¡POINC!
¡AY!
TIENE RAZÓN.
BUEN INTENTO.

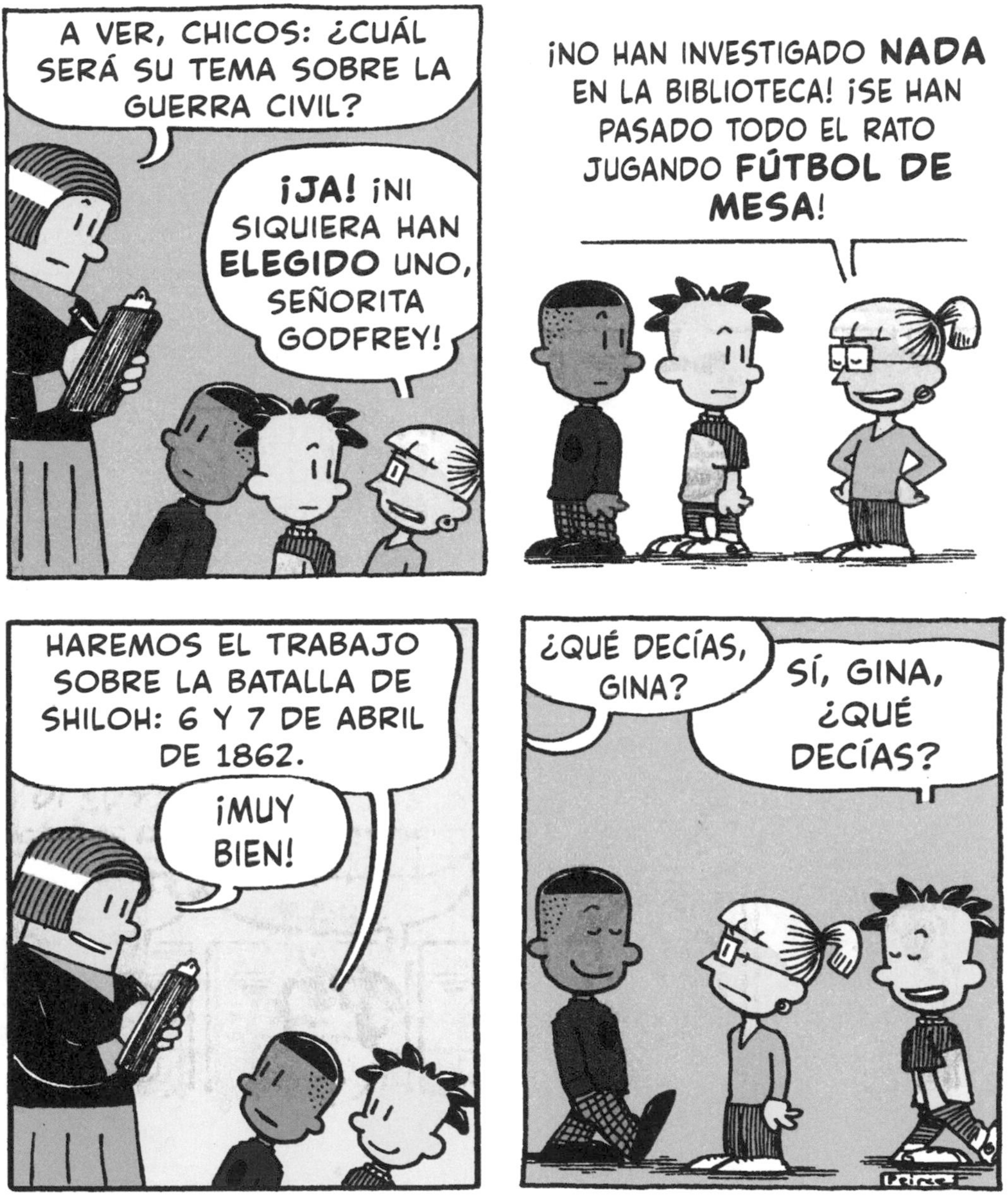
A VER, CHICOS: ¿CUÁL SERÁ SU TEMA SOBRE LA GUERRA CIVIL?
¡JA! ¡NI SIQUIERA HAN ELEGIDO UNO, SEÑORITA GODFREY!
¡NO HAN INVESTIGADO NADA EN LA BIBLIOTECA! ¡SE HAN PASADO TODO EL RATO JUGANDO FÚTBOL DE MESA!
HAREMOS EL TRABAJO SOBRE LA BATALLA DE SHILOH: 6 Y 7 DE ABRIL DE 1862.
¡MUY BIEN!
¿QUÉ DECÍAS, GINA?
SÍ, GINA, ¿QUÉ DECÍAS?

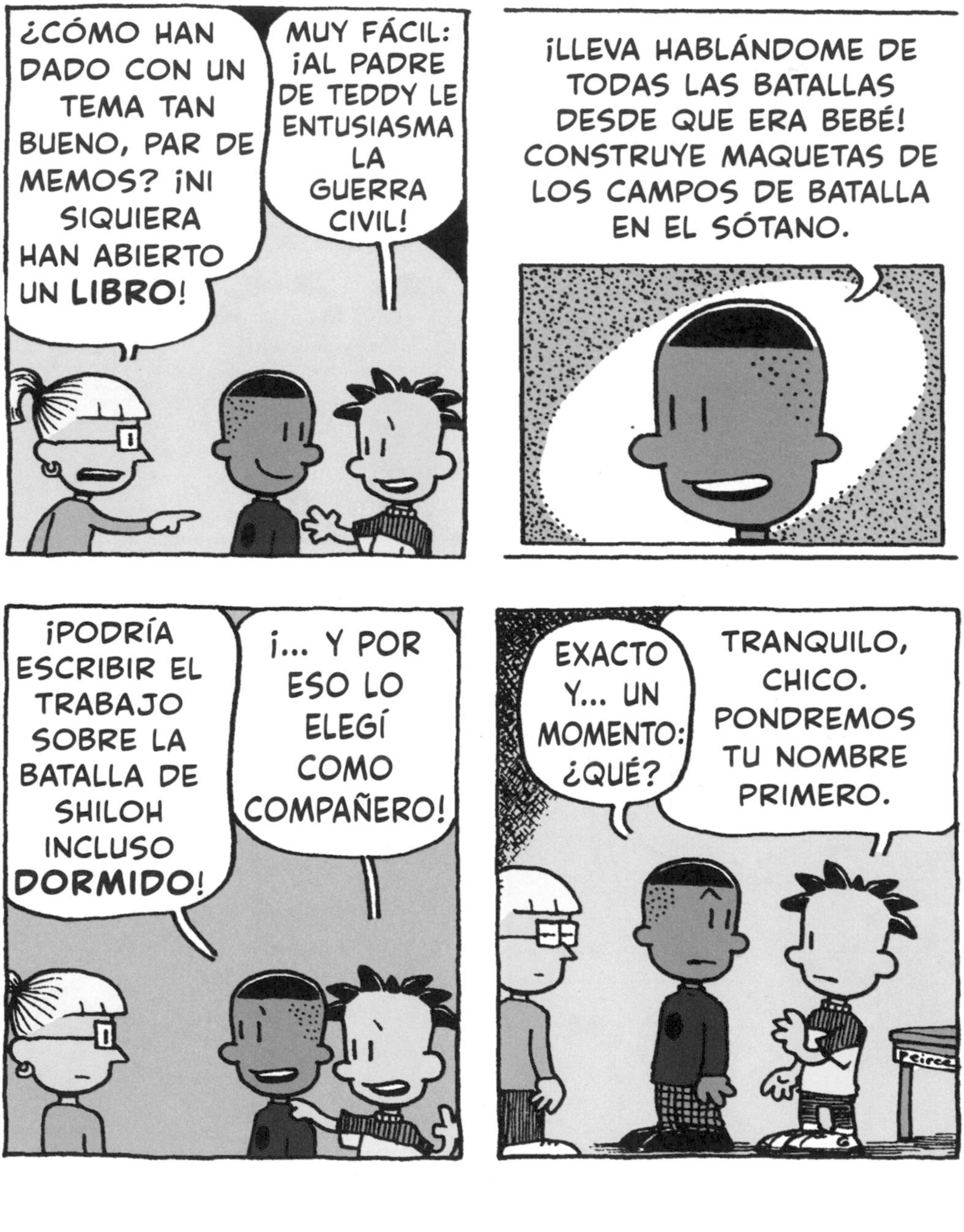
¿CÓMO HAN DADO CON UN TEMA TAN BUENO, PAR DE MEMOS? ¡NI SIQUIERA HAN ABIERTO UN **LIBRO**!
MUY FÁCIL: ¡AL PADRE DE TEDDY LE ENTUSIASMA LA GUERRA CIVIL!
¡LLEVA HABLÁNDOME DE TODAS LAS BATALLAS DESDE QUE ERA BEBÉ! CONSTRUYE MAQUETAS DE LOS CAMPOS DE BATALLA EN EL SÓTANO.
¡PODRÍA ESCRIBIR EL TRABAJO SOBRE LA BATALLA DE SHILOH INCLUSO **DORMIDO**!
¡... Y POR ESO LO ELEGÍ COMO COMPAÑERO!
EXACTO Y... UN MOMENTO: ¿QUÉ?
TRANQUILO, CHICO. PONDREMOS TU NOMBRE PRIMERO.
PEIRCE

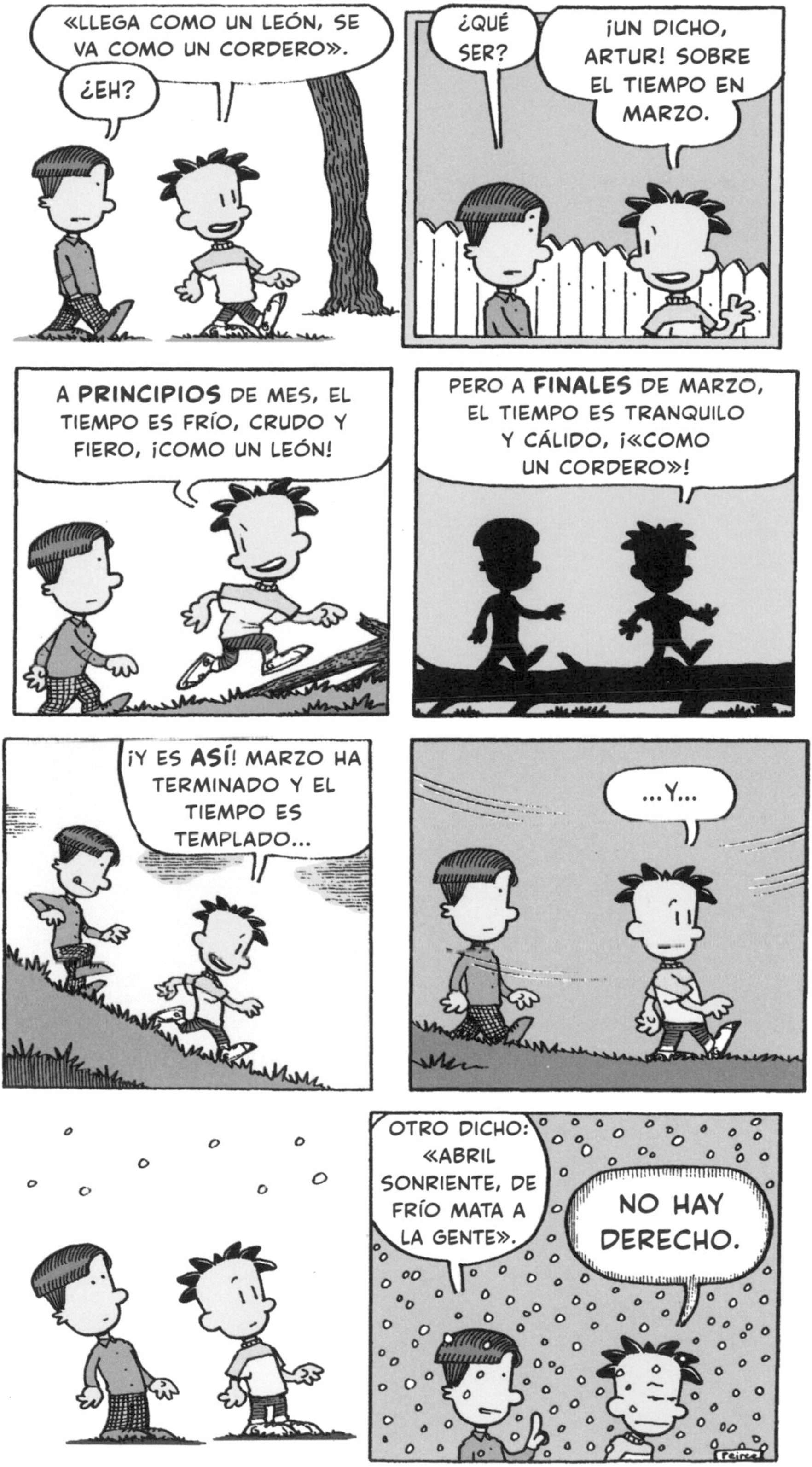
«LLEGA COMO UN LEÓN, SE VA COMO UN CORDERO».
¿EH?
¿QUÉ SER?
¡UN DICHO, ARTUR! SOBRE EL TIEMPO EN MARZO.
A PRINCIPIOS DE MES, EL TIEMPO ES FRÍO, CRUDO Y FIERO, ¡COMO UN LEÓN!
PERO A FINALES DE MARZO, EL TIEMPO ES TRANQUILO Y CÁLIDO, ¡«COMO UN CORDERO»!
¡Y ES ASÍ! MARZO HA TERMINADO Y EL TIEMPO ES TEMPLADO...
...Y...
OTRO DICHO: «ABRIL SONRIENTE, DE FRÍO MATA A LA GENTE».
NO HAY DERECHO.
Peirce